李凤亮 等著

20世纪中国文学批评的海外视野

当代海外华人学者批评理论研究

生活·讀書·新知 三联书店

Copyright © 2022 by SDX Joint Publishing Company.
All Rights Reserved.
本作品版权由生活·读书·新知三联书店所有。
未经许可，不得翻印。

图书在版编目（CIP）数据

20世纪中国文学批评的海外视野：当代海外华人学者批评理论研究／李凤亮等著．—北京：生活·读书·新知三联书店，2022.3
ISBN 978 – 7 – 108 – 07237 – 5

Ⅰ.①2…　Ⅱ.①李…　Ⅲ.①中国文学－文学批评史－研究－20世纪　Ⅳ.①I206.09

中国版本图书馆CIP数据核字（2021）第167702号

责任编辑	叶　彤
装帧设计	薛　宇
责任校对	曹秋月
责任印制	卢　岳
出版发行	生活·讀書·新知 三联书店
	（北京市东城区美术馆东街22号 100010）
网　址	www.sdxjpc.com
经　销	新华书店
制　作	北京金舵手世纪图文设计有限公司
印　刷	河北松源印刷有限公司
版　次	2022年3月北京第1版
	2022年3月北京第1次印刷
开　本	635毫米×965毫米 1/16 印张37.25
字　数	499千字
印　数	0,001-2,000册
定　价	168.00元

（印装查询：01064002715；邮购查询：01084010542）

目 录

导　论　海外华人学者批评理论研究：语境·问题·方法　1

第一章　海外中国现代文学批评的"整体观"　17

　　第一节　文学"整体观"的多重蕴涵　17
　　第二节　现代性的幽灵　22
　　第三节　"Sinophone"话语的建构　44
　　第四节　从文学比较到文化研究　65
　　第五节　文学整体观与研究格局的重建　83

第二章　"晚清文学"观念的崛起与研究格局的扩张　89

　　第一节　"晚清文学"概念的提出及辨析　89
　　第二节　"没有晚清，何来'五四'"　100
　　第三节　"小说"与"大说"的吊诡　115
　　第四节　翻译中生成的现代性　132
　　第五节　重塑历史空间　149
　　第六节　说不完的"晚清"　180

第三章 比较视野中的"海外张学" 191

第一节 张爱玲：跨越时空的批评现象 192
第二节 意识形态对抗：文学与政治的矛盾 201
第三节 文学观念冲突：意识与技巧的争执 216
第四节 中国文学现代性：影响与融合 236
第五节 边缘姿态："海外"的离散与回归 261
第六节 美在"参差的对照" 277

第四章 十七年文学：解读"再解读" 279

第一节 "十七年文学"研究的历史与现状 280
第二节 "再解读"出场的当代学术语境 295
第三节 "再解读"的文本解读方式 308
第四节 海内外互动中的"再解读" 328
第五节 "再解读"与"20世纪中国文学"的重构 342
第六节 余波未了的"再解读" 376

第五章 文学·都市·现代性：彼岸的"上海想象" 380

第一节 海外华人学者的"上海情结" 381
第二节 文学上海：破碎迷城 385
第三节 都市上海：摩登幻城 413
第四节 上海现代性：现实还是想象 436
第五节 彼岸的"上海想象" 451

第六章 海外华语电影研究的跨文化批评模式 457

第一节 海外华语电影研究的概念、历程及其问题 458

第二节 "被凝视"的他者与后殖民话语　471
第三节 全球化语境中的"跨国（区）"研究意识　484
第四节 多元的"对话"与"比较"　500
第五节 华语电影研究的新空间　510

结　语　**走向跨地域的"中国现代诗学"**　513

附　录　**海外华人学者小传**　524
参考文献　554
后　记　586

导 论

海外华人学者批评理论研究：语境·问题·方法

21世纪以来，对海外华人学者批评理论的考察日渐成为跨学科研究的一个重要命题。这一涉及20世纪中国文学、文艺理论、比较文学、海外汉学、华侨华人研究诸领域的崭新论题，随着海内外学术交流的频密，其学理意义与实践价值得到不同科际学者的关注和思考。在"批评理论"研究不断受到重视的语境下，海外华人学者的跨国（境）批评实践，为国内学者提供了一个考察当代西方批评理论、20世纪中国文学研究崭新而特别的视角，其对中国当代文学批评建设的借鉴意义格外突出。

一

本书所讨论的海外华人学者批评理论，并非指对海外华人文学的批评，而是指当代海外华人学者的批评理论。

当代海外华人学者中，有一批专事20世纪中国文学与文化研究[1]的批评家和理论家，其代表人物如夏志清、夏济安、李欧梵、张

---

[1] 海内外学术界对同一研究对象的表述常有差异。中国大陆学术界熟知的"中国现当代文学""20世纪中国文学"，在海外学术界常被表述为"现代中国文学"（Modern Chinese Literature）。除特别指出外，上述概念在本书中可同等使用。

错、刘绍铭、王德威、郑树森、周蕾、奚密、史书美、张英进、张旭东、刘禾、王斑、唐小兵、刘康、鲁晓鹏、徐贲、赵毅衡、黄子平、许子东、孟悦、陈建华、刘剑梅等。他们大多在大陆或台湾完成大学学业,后出国(以北美国家居多)继续攻读学位,并在境外(含港澳台)学术机构从事20世纪中国文学与文化研究,构成20世纪后半叶的学术"西游记""东渡记",其思想既立足于中国本土文化,又深受当代西方批评理论影响,是西方与中国批评理论之间的一个"交叉地带"。从某种角度看,海外华人学者批评理论的重要价值,恰与这一批评理论的"边缘性"与"徘徊性"有关。海外学人一方面对异域批评理论作近距离移植,另一方面又面对中国文学问题采取远观姿态。这种"近取远观"同国内学人研究路向的差异中,隐含着诸多值得探讨的学术话题:既有学术立场上的,也有方法论上的。海外学人在很大程度上改变了过去中国文学研究的封闭单一视角,将跨文化、跨学科、跨语际的研究观念投射到国内,形成了20世纪中国文学研究"多重边界""多重彼岸""多重比较"的特点;其直接参与及影响所及,在某种意义上已改变了文艺理论与20世纪中国文学研究的总体格局,且目前已从某种边缘状态向大陆20世纪中国文学研究的中心地带滑动。

  对上述批评家的理论与实践进行研究,意义重大。经济全球化引发了其他领域的全球化,学术全球化是其中之一。中西学术思想的交流在今天并非难事,中土学者可以通过各种渠道展开对域外思想的学习并与它们对话。尽管如此,我们仍不应忽视海外华人学者批评理论研究的独特意义。它一方面具有中介的价值,另一方面本身也是中西文化交流碰撞的一个实例。我们可以从他们学术的"西游"和"东渡"中,读解到当代西方批评理论的最新信息,直接考察西方批评理论对于20世纪中国文学研究的实际影响,从"彼岸的现代性"这一迂回角度,感受到中西批评理论交流的现实情形及未来走向,发掘中国文学批评的"世界性因素"。从这一意义上讲,当代海外华人学者的批评理论,提供了一个考察当代西方批评理论、20世纪中国文学研究崭新而特别的视角,其对中国当代批评建设的借鉴意义十分重要。

全球化语境下的海外华人研究日益受到重视,在此情势下,海外华人文学研究也掀起热潮,并不断拓展其研究疆域。目前,广义的"海外华人文学研究"已涵盖以下多个领域。一是海外华人作家、作品研究。此一研究起步较早,研究队伍十分壮观,不仅有许多专事此一领域的学者,而且文艺理论、20世纪中国文学、比较文学界的知名学者也踊跃投身此一研究,各高校及科研单位更是设立了许多海外华人文学研究机构,对海外华人作家、作品的介绍及研究成果均蔚为大观。近年来,更从传统的华文文学研究拓展到非母语的华裔文学研究,并引入后殖民理论、身份理论、女权主义等新兴文化批评理论,研究视野与学术深度均有极大变化。此一领域的领军人物,已开始思考研究的升级与学科的建构问题。如:饶芃子教授提出应在原有作家作品研究的基础上,拓展华文文学的诗学研究[1];刘登翰先生等则从研究对象的独立、理论与方法的更新、学术平台的构建三个方面,思考了华文文学研究"学术升级"的问题[2]。二是海外华人诗学研究,即对海外华人文学理论进行研究。此一研究尤其注重对著名诗学家的考察,并将之同海外新儒学的文化诗学研究结合起来,也出版了不少有创见的成果(如对刘若愚、叶维廉、叶嘉莹、徐复观、方东美等人的个案解读与综合分析),研究已成一定气候,并陆续有学人介入此领域。三是海外华人学者批评理论研究。此一研究一直未能活跃,其不足表现在:(1)研究成果方面,多见个案研究及单篇文章发表,但对海外华人学者批评理论整体风貌的准确揭示及对其内在特征的系统探讨尚付阙如;(2)研究方法上,仍以传统的社会历史批评与形式分析为主,而运用新兴的文化研究理论及超越对象的文化考察还很不足;(3)研究

---

1 饶芃子:《拓展华文文学的诗学研究》,《文学评论》2003年第1期。
2 刘登翰、刘小新:《对象·理论·学术平台——关于华文文学研究"学术升级"的思考》,《广东社会科学》2004年第1期。

视野上，多局限于对研究对象自身的分析和诠释，缺少将其置于中西跨文化语境中进行比较观照的意识；（4）研究资料方面，虽译介了其中部分成果，但系统的整理与发掘工作尚未启动，这同时成为阻滞此一领域研究进展的重要原因。上述状况的形成原因，我们认为主要有三点：（1）海外中国文学批评界与国内隔阂已久，疏于交流，国内缺乏研究的基本资料；（2）国内学者一向忽视对批评理论的研究，对海外华人学者的批评理论更欠关注；（3）显现在批评论著中的意识形态隔阂，使对海外华人学者批评理论的研究多少有些"禁区"之感。

海外华人学者中的大多数人是从中国大陆或港台出国留学的，近年来伴随国门开放，他们不断游走于中外之间，随着海内外华人学界交流日盛，上述研究情势正在改观。表现之一是海外华人学者批评成果在中国大陆的陆续出版，其中夏志清、李欧梵、王德威、刘禾、赵毅衡、张英进、张旭东、徐贲等学者的论著有多部在国内出版；表现之二是国内批评界对这一海外批评部落的日益关注。

海外华人学者进入中国大陆学者视野，最早是在20世纪80年代国门再开后的中外学术交流中。1983年，经钱锺书先生联络，美国中国现代文学研究的奠基者夏志清教授回大陆访问，翻开了海内外中国现代文学研究交流新的一页。接着，海外中国现代文学研究界领军人物的论文陆续见诸国内学术刊物。较早进入大陆中国现代文学研究界视野的是李欧梵[1]。1985年，《中国现代文学研究丛刊》第3期发表了李欧梵、邓卓的《论中国现代小说（摘要）》，李的另一篇论文《世界文学的两个见证：南美和东欧文学对中国现代文学的启发》[2]，发表后在大

1　1983年及其后几年大陆译刊的夏志清论文，主要是在中国古典小说领域，如夏志清：《论〈水浒〉》，《阜阳师范学院学报》（社科版）1985年第4期；《论〈儒林外史〉》，《阜阳师范学院学报》（社科版）1986年第3期。二文由郭兆康、单坤琴译自夏志清《中国古典小说导论》英文版第三、五章；该书第一章译载刘世德编《中国古代小说研究》，上海古籍出版社1983年版。

2　李欧梵：《世界文学的两个见证：南美和东欧文学对中国现代文学的启发》，《外国文学研究》1985年第4期。

陆中国文学和外国文学研究界产生了不小的反响，并被广为征引。颇有意味的是，1986年，李欧梵两次在大陆发表介绍美国中国现代文学研究情况的文字：一次是与李陀、高行健、阿城三人在天津《文学自由谈》编辑部的座谈，另一次则是回到家乡河南大学的讲演。[1]这两篇文章无疑透露出这样一种信息：随着国门的打开，海内外中国现代文学研究界的交流、互动及影响正在不可避免地加强。

事实也正如此。20世纪80年代末以来，海内外中国现代文学研究界的交流呈现出一种"加速"趋势，海内外学术研究的"整合"也出现了一些成果。如果说1987年开始推出的"海外学人丛书"是海外人文社科学术成果的全面展示的话，那么20世纪90年代中期以来对海外华人学者群体的关注则显得更为集中：1997年王晓明主编的《二十世纪中国文学史论》《批评空间的开创》就收录了多篇海外华人学者的批评文章，显示出将海外批评家群体融入"20世纪中国文学"研究界的努力；1999年上海三联书店推出的"海外学术系列"收录刘禾、郑树森、张错、杨小滨等人的论著；2001年许子东、许纪霖主编的"边缘批评文丛"由上海文艺出版社出版，收录了赵毅衡、黄子平、唐小兵等人的著作；2002年天津人民出版社出版的"旅美学踪丛书"收录了刘康、鲁晓鹏、王绍光等人的著作；2002—2003年复旦大学出版社出版的"十讲"书系收录了李欧梵的《中国现代文学与现代性十讲》和王德威的《现代中国小说十讲》；2006年上海书店出版社推出的"海上风系列"收录了刘绍铭、李欧梵、王德威、张旭东等人的学术随笔集；南京大学出版社出版的"海外华人学者论丛"收录了张英进、刘康、王斑等人的近著；季进、王尧主编的"海外中国现代文学译丛"2008年起由上海三联书店陆续出版，多位不同代际的海外学者

---

[1] 李欧梵、李陀、高行健、阿城：《文学：海外与中国》，《文学自由谈》1986年第6期；李欧梵：《美国研究中国现代文学的现状与方法》，《河南大学学报》（哲学社会科学版）1986年第5期。

的著述收录其中。近年来，海外华人学者批评理论的出版渐成中国内地学术出版的热门选题。

伴随着海外学术成果的译介，对海外华人学者的研究也渐成热潮。2004年的《当代作家评论》"批评家论坛"连续刊出李欧梵、王德威、许子东等海外批评家的研究专辑，有关海外华人学者批评理论研究的专题论、个案论陆续成为国内硕士甚至博士学位论文的选题，一些以海内外现代中国文学教学与研究比较为主题的学术会议也陆续召开，显示出国内学界对此研究领域的不断重视。

值得注意的是，在国内学人对海外华人学者的批评理论普遍赞肯的同时，也有一些不同的声音；换言之，海外华人学者的一些观点与方法，亦引起过国内学界的争议。其中一些代表人物，像夏志清、李欧梵、王德威、刘禾等，其著作都曾受到大陆学界不同程度的讨论甚至批评，而由此形成的"批评-反批评"现象也成为近年来现代文学研究界的热点之一。如刘禾的"国民性"话语批判及关于《白银资本》的研究，就曾在世纪之交引起过相当大的学术争鸣。[1] 国内批评家王彬彬也在《南方文坛》等刊陆续撰文，对王德威等学者的研究成果予以批判。王彬彬认为，海外华人学者与大陆学者生活于不同的政治、经济和文化环境里，能以不同的眼光看待现代文学的发展流变，但往往也难逃另一个方面的意识形态的左右："他们在审视现代文学时，往往也就清醒与迷误共存，新见与偏见交错。……在过分地称颂周作人、林语堂、梁实秋、沈从文、张爱玲等人的同时，则想方设法地诋毁鲁迅，甚至把鲁迅说得一钱不值，是80年代以来大陆文学界的一种突出现象。这种现象的出现，那些海

---

[1] 代表性批评及反批评文章有：杨曾宪《质疑"国民性神话"理论——兼评刘禾对鲁迅形象的扭曲》[《吉首大学学报》（社会科学版）2002年第1期]、徐友渔《质疑〈白银资本〉》（《南方周末》2000年6月16日）、刘禾《〈白银资本〉究竟犯了谁的忌》（《南方周末》2000年7月27日）、王家范《解读历史的沉重——评弗兰克〈白银资本〉》（《史林》2000年第4期）、刘北成《重构世界历史的挑战》（《史学理论研究》2000年第4期）等。

外华裔学者的影响当是原因之一。"他还认为，运用西方现代思想家的理论来阐释中国新文学，固然会使作品显现出新的意义，但有时也会圆凿方枘，不着边际。尤其像福柯这样的具有强烈独特性的思想家，从其思想体系中摘取某个具体的奇思妙想或逻辑游戏来对中国的文学作品进行解释，有时便让人觉得荒谬绝伦。¹ 无独有偶，在程光炜主持的一个对海外学人现象全面检视的小型讨论中，参加者一方面肯定了海外华人学者的理论贡献及学术启迪，认为像李欧梵的鲁迅研究、现代性研究、上海都市文化研究，王德威的晚清文学研究、中国现代小说研究，刘禾对跨语际文学、文化现象的探讨，孟悦的"红色经典"研究，黄子平对"革命·叙事·小说"的讨论，唐小兵对中国现代文学作品进行的再解读，以及陈建华对革命现代性的追寻等，都给人一种新鲜感，给人很多启发；另一方面又对他们的研究路数加以反思，认为海外学人总体上呈现出重理论、轻材料、缺少整体文学史观等倾向，形成了一种浮泛的学风。[2] 这次讨论是国内学界对海外华人学者批评理论较早的一次全面评述。

由此看来，海外华人学者批评理论进入大陆学人的视野，引发了两种不同的反应。事实上，这两种反应恰好从不同方面说明了海外华人学者在理论方法、学术策略、研究资源等方面与大陆学者的差异。海外华人学者批评理论，作为一种崭新而富有争议的学术领域，其所引起的学术反应，不仅是其学术意义的一种显现，而且本身也构成一个颇可深究的批评话题。

二

海外华人学者游走于中外，其学术中交杂着多元文化因素及复杂

---

[1] 王彬彬：《胡搅蛮缠的比较——驳王德威〈从"头"谈起〉》，《南方文坛》2005年第2期。

[2] 程光炜、孟远：《海外学者冲击波——关于海外学者中国现当代文学研究的讨论》，《海南师范学院学报》（社会科学版）2004年第3期。

理论背景。对其学术加以考察，至少牵涉批评理论、20世纪中国文学、海外汉学、比较诗学与华人研究等多个学科领域。我们认为，对以下几个方面问题的梳理，可为海外华人学者批评理论的系统研究奠定一定的基础。

（一）海外华人学者批评理论的整体风貌及差异描述

此一研究应通过大量收集和研读当代海外华人学者的批评理论著作，勾勒海外华人学者批评理论的"地图"（发展现状、地区分布、研究格局、理论意义等）。通过这一整体描述，学界对海外华人学者批评理论发展状况有了系统了解，并发现其中因来源地区、年龄阅历、知识背景、学术传统、学科建制、研究兴趣等不同而构成的学术差异。有学者从时空角度分别对海外华人学者队伍做了划分。从时间上看，海外华人学者包括了三代人：以夏济安、夏志清兄弟为代表的第一代（20世纪50年代赴美），是海外20世纪中国文学研究的开创者，其影响（如夏志清《中国现代小说史》）所及，至于今日；以李欧梵、张错、王德威、周蕾等为代表的第二代（20世纪六七十年代由港台赴美），与第一代有学统继承关系，又有研究路数上的拓进，一度成为此一领域的标杆人物；第三代（20世纪80年代出国留学）学者多为大陆出身的中青年学人，如许子东、刘禾、张英进、张旭东、王斑、唐小兵、陈建华、孟悦等，其问题意识与学术方法更加新进敏锐，由"问题"牵引研究的路向更加突出。当然，21世纪以来，更多的中国年轻学子负笈海外，正成长为海外20世纪中国文学与文化研究的新锐力量。海外学人的代际差异，有着强烈的西方理论投射的印记，这为我们考察西方理论之于中国文学批评的影响提供了很好的范例。从空间上讲，"台湾学术群体"和"大陆学术群体"因"出海"背景不同，学术传统相异，因此呈现出的群体面貌也颇值得分析。而海外大陆学者又呈现出20世纪80年代、90年代和21世纪的不同。此外，海外学人群体还因出身自中文系和英文系、出国后留学于东亚系或比较文学系、写作语言用中文还是外文而表现出不同的学术兴趣、研究理路，这些都值得细加分析。

（二）当代海外华人学者批评理论中显现的批评观与方法论

由于身在海外，学跨中西，海外华人学者的批评观与方法论呈现出斑斓的色彩，其中既有较为传统的思想史研究、社会文化阐释、形式分析方法，也有当代西方新兴的跨学科、跨文化比较方法。海外华人学者身上的"理论场"，是由多重话语力量构成的，从中我们可以考察到西方批评理论在他们身上的映现、折射与变异。值得注意的是，置身海外，常受西方文化研究潮流的影响，因此海外华人学者的学术理路更多地呈现出从文学批评走向文化研究的整体趋势。此中，李欧梵从上海出发的都市文化研究，张错穿越时空与"文体"的古代器物与传统文化探寻，刘禾从跨语际角度切入的现代性思索，史书美由Sinophone（华语语系）探讨所企盼的跨区域文化走向考量，赵毅衡的"形式/文化学"探求，张旭东的后现代文化考察，唐小兵的图像现代性阐释，陈建华的"革命"话语解读，周蕾的性别理论建构，徐贲的公共思想辨识，张英进的当代中国电影分析，等等，在观照对象、言说方法及结论方面，都有不少新意，也在一定意义上带动了国内文学界的文化研究热潮。

（三）当代海外华人学者批评理论中蕴含的中西文化碰撞、话语冲突与交融

作为当代"流散"（diaspora）文化的重要构成部分及跨文化交流的桥梁中介，海外华人学者的批评理论中包含着丰富的文化及话语碰撞信息。用李欧梵先生的话讲，海外华人学者创造和面对着双重的文化"彼岸"：一是作为中国文化彼岸的"西方"，二是站在西方文化立场上反观与重构的"中国"。文化的碰撞与交融，往往就存在于上述双重"彼岸"构成的重重张力之中。我们必须注意到的是，意识形态的争拗成为学术

讨论河流中不时出现的潜流；无论是议题设置、概念辨别、对象选择，还是立场方法、观点结论，海内外学术界往往都有不小的差异甚至对立。即使在海外华人学者内部，也存在着一定的分歧。我们既应该承认学术的多元路向，也要看到其中蕴含的学术政治、话语权力争夺是一个不争的事实。说清了这一点，也就能够破除在早期引介海外华人学者批评理论时常常出现的学术"迷思"与话语"崇拜"，同时也能以更加开放的心态，欣赏和接纳不同的学术探索追求。

（四）当代海外华人学者批评理论对中国文学批评现代性考察的推进意义

海外华人学者批评理论的现代性，至少体现在三个方面：一是对于因种种原因被大陆学人遮蔽或忽视的研究领域的重视，如对晚清文学的重视、张爱玲的重新发掘等。二是学术思维和研究方法论的新进，海外华人学者在美国式学科建制"规训"下的学术训练，使其研究的问题意识及言说方法呈现出较强的新锐气息，如唐小兵在《再解读》导言中所说的，"文学批评常常杂糅了政治理论、哲学思辨、历史研究、心理分析、社会学资料、人类学考察等话语传统和论述方式"[1]。这种文化研究理路及跨学科方法的实践，在海外华人学者中很有代表性，其对中国文学批评现代性的推进意义自不待言。三是由此而带动的对传统结论的颠覆与改变，在这方面，海外学者与大陆学人在研究起点及结论上的"裂变"，引起了大陆文学研究界的深刻反思。应该说，"20世纪中国文学"概念的提出，"重写文学史""重估现代文学大师"等批评实践，甚至影视界重拍"红色经典"等艺术行动，都曾不同程度地受到了海外学术理念的影响。总之，上述变化的形成，在很大程度上得益于海外华人学者批评的现代性视角。其"移步换景"的思想

---

[1] 唐小兵：《我们怎样想象历史（代导言）》，收入唐小兵编《再解读：大众文艺与意识形态》（增订版），北京大学出版社2007年版，第15页。

方法对拓展中国文学批评研究的意义十分显著。

（五）对我国21世纪批评学科建设的实际影响及理论启示

将批评理论学科观念与方法引入海外华人文学研究，一方面可以弥补既往对海外华人学者研究的不足，进而拓展海外华人文学研究的边界，另一方面也能够为批评理论研究提供新的材料，为批评学科的建设扩展视野与空间。同时，由于处理的对象和问题来自20世纪中国文学和文化，这种跨学科研究对20世纪中国文学和文化研究无疑亦有极大推进意义。从这个角度讲，海外华人学者批评理论不仅属于海外华人文学学科和批评理论学科，更是20世纪中国文学学科的一个重要组成部分。海内外华人学者同样面对的20世纪中国文学，其研究模式与结论却殊然相异，此一现象发人深思。上述几个方面的研究，最终无疑将指向一个目标，即将海外华人学者的批评理论当成重要的话语资源与参照系统，从中汲取可以深化20世纪中国文学乃至其他学术领域的学理启示，进而推动21世纪的中国文学批评学科朝着纵深方向拓展，为整体性地重绘"20世纪中国文学批评地图"奠定基础。

海外华人学者批评理论研究的内容当然不会止于上述几端。比如，海外华人批评家与海外华人作家、诗学家研究的关系，就是一个须从总体上考察的方面。在海外华人学术文化圈中，前者与后两者既有相关性，又呈现出不同的面貌。相比较而言，由于迫近西方理论潮流，海外华人学者批评理论"西化"得较为厉害，它面对的是中国对象，运用的是西学方法，得出的往往是"全球性"的结论。文化研究观念的实践在海外华人学者批评理论中显得尤为突出。

三

"当代海外华人学者批评理论"并非一个孤立的批评现象，它是当代跨国流散文化的一个重要镜像，是20世纪中国学术现代化的一个典型表征，是审美现代性追求的一个独特语域。此一命题的跨文化、跨学科、跨语际交流意味十分凸显，而这一意味正是研究对象——当代海外华人学者批评理论——自身所富含的。只有将海外华人学者批评理论置于当代跨国流散文化与全球化语境下中国学术现代化追求的背景中，才能深刻理解和把握其研究的理论意义、价值立场与思想倾向。由此出发，海外华人学者批评理论研究中几个堪称关键的学术焦点便日益凸显出来。

（一）全球化时代的"学术流散"倾向

全球化语境下的"流散"现象日益明显。人类不断跨越空间、国别、种族、性别、政治、语言、文化、学科的界限，流向地理及文化意义上的彼岸。当代文学写作与学术研究亦随之呈现出一种开放与流动的跨文化面貌。此一面貌在海外华人学者身上尤为显著。事实上，"流散"现象本身即是近百年来全球化进程的必然产物，流散学者的学术研究更集中体现出一种"学术全球化"倾向。流散学者往往具有双重的民族和文化身份：游离于他国／故土之间，既可以和故土文化进行对话，同时也能促进故土文化更具有全球性特征。当代海外华人学者作为20世纪中国文学批评向异域的"取经者"，其批评理论具有突出的跨文化倾向与全球性特征。其研究对象、学术方法、思维模式、言说理路，堪为中西批评交流的桥梁与中介，对此加以深入研究，对思考和实践中国学术的现代化具有针对性的参考价值。

（二）中西文化交流中的"话语权力"关系

强调当代海外华人学者批评理论的全球化特征，并不等于说此一批评理论已跃升至全球学术的话语平台，已能够同西方主流学术话语平起平坐。恰恰相反，当代海外华人学者批评理论带有极强的"边缘性"特征。边缘不仅是地理性的，而且是学科性的。20世纪中国文学（在西方常被表述为 Modern Chinese Literature，"现代中国文学"）处于西方学科建制的边缘;经过半个多世纪的发展、几代人的努力,现代中国文学研究在西方学院中具有了初步的"合法性"面貌,但这一"合法性"仍时常处于动摇之中。换言之,"现代中国文学"在西方仍是一个"准学科"。此中原因复杂,除了研究历史的相对短暂、研究队伍的参差不齐等客观因素,更与西方(主要是美国)的学术建制有关,一定程度上反映出美国学界的学术生态。分析甄别现代中国文学研究的这种"边缘性"特征,有助于我们发现中西文化交流中形形色色的"话语权力"关系。而"话语权力"问题本身亦是海外学人跨语际考察的重要对象,故这种"学术互文"中显现的"话语权力"关系更为微妙。可以这样说,身处西方主流学术界边缘的当代海外华人学者,其批评理论为我们分析当代跨国学术流向及话语权力转换提供了不可多得的标本。正是基于对这一话语权力关系的冷静审视与学理批判,我们才能更清楚地认识中国批评话语建构的方向与路途。

(三)中国文学批评"现代性"的复杂面貌

20世纪中国文学批评的现代性,是中国学术现代化追求的一个侧影。毋庸置疑,20世纪中国文学批评的现代性,是一种深受西方现代性观念、模式影响下的"西方现代性",同时也是以自身现代性模式参与全球现代性进程的"中国现代性"。20世纪最初与最后的两个20年间,中国批评界对西方学术理论的大量译介,可以为上述观点提供佐证。从此一角度讲,中国当代文学批评的"世界性因素"是十分显见的。而当代海外华人学者批评理论的跨文化因素,更可成为中国文学批评"现代性"复杂面貌的典型表征。海外学人的现代性思想意识与理论话语,能够为中国当代文学批评提供双重启示:其对西方现代性话语的合理借取,能够转化为中国文学批评的有效资源;而其借取过程中的话语失误与精神困惑,中国文学批评建设恰可引以为镜鉴。此外,中国大陆学界对海外华人学者批评理论的接受与反应,这一批评理论作为"中国当代批评理论"之一部分对整体的影响,及由此凸显的西方理论经由海外华人学者中介而进入中国的"理论旅行"过程，将成为一个不可忽视的学术话题。这种对彼岸的现代性的挖掘，有助于我们进一步理解并推进全球华人学术研究的互动及中国文学批评"现代性"的复杂面貌。

目前，海外华人学者批评理论已呈现出一些较具共识的研究领域和比较热闹的学术焦点，亦为我们的考察和研究提供了一系列可深入探讨的话题，比如海外中国现代文学研究的"整体观"及批评实践、"晚清文学"观念的崛起与研究格局的扩张、海外中国研究中的"上海想象"、十七年"革命历史小说"的海外重估、比较视野中的海外"张爱玲研究"、海外"华语电影"研究的跨文化批评模式等，均已成为十分显见的学术话题。此外，如海外中国现代文学研究的传统意识、性别意识、文体意识、传播意识、后殖民意识、跨文化意识等，亦正不断显示出重要的研究价值。这些批评现象和话题的发生不是偶然的，牵涉海外学者个人的学术背景及不断变化的学术语境。因此我们认为，在对海外华人学者开展学术访谈[1]和进行个案分析的基础上，将海外华人学者批评理论研究的重点聚焦于上述领域，对其分别展开专题深入研究，能够基本呈现出海外华人学者批评理论的主要脉络与精神症候。本书的论述框架，正是选取了上述海外华人学者批评理论中一些有表征力的现象，加以专题性的深入挖掘，以期取得"撷百花而识其香，窥一孔而知全貌"的效果。当然，限于时间和力量，上述问题中有些我们还不能专题论述，而某些专题所达及的深度也还有限，有些立论也许未尽公允。我们所期冀的，与其说是对海外华人学者批评理论的系统界说，毋宁是引起学术界同人对此一批评领域的持续关注。

---

[1] 目前已出版的访谈有：季进：《另一种声音——海外汉学访谈录》，复旦大学出版社2011年版；李凤亮编著：《彼岸的现代性——美国华人批评家访谈录》，广西师范大学出版社2011年版。

四

海外华人学者批评理论所处的特殊时空,需要我们在研究中打破传统文学研究的一些阈限,实践一种新的研究策略。在这方面,我们以为具备比较视野、实践全球互动、加强学术整合三点是至关重要的。

首先要在研究中突出一种比较视野。如前所言,海外华人学者批评理论是中西文学批评话语交流的中介和桥梁,而其自身作为一种影响个案,亦具有相当丰富的可分析意味。这就要求我们不是把海外华人学者批评理论看作一个孤立的、静止的对象,而要将其视为种种"话语场"冲突、对话、融合、共生的场所,这无疑要通过加强各种各样的比较来实现。其一,是中国大陆学人与海外学人在20世纪中国文学研究方面的比较,突出其在学术视野、对象选取、方法抉择、理论取向、问题意识等方面的差异。其二,是海外华人学者批评理论与20世纪西方批评理论之间的比较,在这方面,不应将海外华人学者批评理论看作当代西方批评理论的一个"传声筒"或"实践场",而要从西方理论的积极实践者、变异者角度,考察海外华人学者对西方的接受与重构。三是海外华人学者的内部比较,即区分海外华人学者因来源地区、求学经历、学术背景、理论兴趣、方法策略、研究对象等不同所形成的代际差异、地区差异、风格差异等,寻绎其谋求中国现代文学在异域学科建制中的学科化及追求批评现代性的学术轨迹。四是海外华人批评家与海外华人作家、诗学家,以及海外华人学者批评理论研究与其他两个领域研究的比较。除此之外,还有海外华人学者自身前后期的学术差异、西方批评理论在海外华人学者身上的不同影响、海外华人学者与其他人文学者的互动等比较。有比较才有鉴别,通过比较,才能"借异而识同,借无而得有",才能对海外华人学者批评理论的整体面貌与内在特征有更为宏观、准确的把握。

其次是在研究中实践一种全球互动。海外华人学者身居海外,其经历、视野、观念、方法有着强烈的"海外"特征。对其批评理论进行研究，单靠国内学者的努力，不仅存在着资料搜取、信息传递方面的种种困难，而且在研究思维、观念上也容易流于僵化。如果引入海外华人学者群体，形成大陆、港台与海外整个"华人学术圈"的互动，必将大大推进此一领域研究的拓展。海外华人学者批评理论的地域性与当下性，还启示研究者通过实地考察、感受访问等形式，体验海外华人学者批评理论得以生长的社会背景与学术语境，从海外华人社会、学术生态等角度对批评现象作更深入的理论思考。

最后是在研究中加强学术整合。这里的学术整合，是指对海外华人学者批评理论作一种整合性的系统研究，从而赋予对象不同角度的观照。在当前海外华人学者中文批评原著已引进较多的基础上，应进一步系统翻译出版其外文著作。海外华人学者批评理论史料整理是个长期工作，既可整本译介学术专著，也可按专题编译一些重要的前沿性成果。通过海外学术系列的整理、翻译、出版，不仅可为海外华人学者研究提供重要的基本文献，而且也为海外汉学、批评理论及世界华人文学研究奠定充实的资料基础，从而解决目前对此一领域研究资料系统了解不足的问题。与此同时，还应加强国外相关批评理论的译介工作。在研究方面，应把海外华人学者的外文学术写作与中文学术写作结合起来，把整体考察与个案解读结合起来，把学术研究与对象访谈结合起来，把海外华人学者批评理论学术内涵的总结与批评现象的学理批判结合起来；同时，在研究队伍上还应加强文学理论界、批评界与海外华人文学研究界的整合。在此基础上，通过邀请讲学、召开研讨会、组织现象研讨等方式加强与海外华人学者的交流，加强研究界的内部交流。

我们相信，随着海内外学术交流的加强，海外华人学者批评理论研究的视野和深度都将不断得到拓展，一种20世纪中国文学研究的"整体观"会日益显现，"重绘中国现代文学批评地图"亦将日渐成为可能。我们期待着一种跨地域的"中国现代诗学"的诞生。

第一章

海外中国现代文学批评的"整体观"

海外华人学者因为身处中西话语的边缘,有着与本土学者不同的学术规训和言说位置,因而其理论话语和批评实践呈现出独特的风貌,为中国现代文学研究打开了新的学术空间,中国现代文学研究中的"中国"与"西方"的对话关系因此重新得以建立。"20世纪中国文学""中国新文学整体观""百年中国文学"等一系列"重写文学史"运动,都与海外华人学者及其批评理论有着或隐或显的关联。海外华人学者的批评理论,参与和促进了新时期中国现代文学学科的重建和发展,深刻地影响了这一领域的研究格局和学术走向。中国现代文学研究已然成为"中国"和"海外"的一个学术共同体。其中,海外中国现代文学研究的"整体观",对于推动大陆的文学研究起到了十分重要的作用。

第一节 文学"整体观"的多重蕴涵

探寻海外中国现代文学批评的整体观及其批评实践,无疑要以对海外华人学者批评理论及其实践的整体观照为基础。从现有的文献资料来看,对于海外中国现代文学批评理论及其实践的"批评之批评""研究之研究"成果已经越来越多,呈现出良好的发展势头。其中多数单篇论文或访谈录都是主要探讨某一位或某几位海外华人学者及其批评成果。尽管如此，还是有一些"例外"：部分论文或访谈录试图通过海外华人学者之眼来观察海外中国现代文学研究的历史和现状，也有部分海内外学人开始关注海外中国现代文学批评理论及其实践的整体面貌。但总的来说，这些论文或者访谈录对海外华人学者批评理论的整体观照还有所欠缺。

海外学界方面，代表性论文有：金介甫的《美国研究现代中国文学的概况》，《现代外国哲学社会科学文摘》1980年第7期；迈克尔·戈茨的《西方对中国现代文学研究的发展》（尹慧珉译），《中国现代文学研究丛刊》1983年第1期；李欧梵的《美国研究中国现代文学的现状与方法》，《河南大学学报》1986年第5期；王德威的《海外中国现代文学研究的历史、现状与未来——"海外中国现代文学译丛"总序》，《当代作家评论》2006年第4期；王德威的《英语世界的现代文学研究之报告》（张清芳译），《海南师范大学学报》（社会科学版）2007年第3期；王晓平的《文学性、历史性和现代性——北美中国现代文学和文化研究的三种趋势》（张清芳译），《中国现代文学研究丛刊》2010年第4期；王斑的《美国现代中国文学、文化研究中的几个新课题》（周珞译），《东吴学术》2011年第1期。这类论文主要是介绍海外中国现代文学研究的概貌和趋势，梳理海外中国现代文学研究的（部分）历史，以述带评，在一定程度上表现出海外学者的内在省思。

大陆学界方面，自20世纪80年代开始，陆续有学者关注海外中国现代文学研究的状况，代表性论文有：温儒敏的《国外中国现代文学研究述略》，《辽宁师大学报》1984年第1期；张泉的《谈国外中国学（文学）的研究（上、下）》，《图书馆学研究》1986年第2、3期；贾植芳的《博采众花 以酿己蜜——浅谈国外的中国现代文学研究》，《复旦学报》（社会科学版）1987年第2期；杨娟的《国外对中国现当代文学的研究》，《上海大学学报》（社会科学版）1988年第5期；董之林、张兴劲的《近十年来国外当代中国文学研究述评》,《文学评论》1990年第1期;言恂的《海外中国现代文学研究一瞥》,《常德师范学院学报》(社会科学版)1999年第5期;程光炜、孟远的《海外学者冲击波——关于海外学者中国现当代文学研究的讨论》,《海南师范学院学报》(社会科学版)2004年第3期;清峻的《昧于历史与过度诠释——近十年海外现代文学研究的一种倾向》,《海南师范学院学报》(社会科学版)2004年第5期;吴秀明、张锦的《海外中国现代文学研究对新时期以来内地学界的影响》,《社会科学战线》2007年第6期;彭松、唐金海的《海外华人学者现代文学研究中的传统因素——以夏志清、李欧梵、王德威为例》,《文学评论》2007年第5期;马睿的《当异质性冲击成为历史——对海外中国现代文学研究的再认识》,《社会科学研究》2009年第2期;张杰的《国外中国现代文学研究方法管窥》,《当代文坛》2009年第3期;余夏云的《性别·身体·写作——海外中国现代文学研究论》,《当代作家评论》2010年第2期;吴宏娟的《姿态还是心态?——由海外"张学"看海外华人批评家的边缘立场》,《南方文坛》2010年第2期;蒋述卓的《百年海外华人学者的文学理论与批评》,《文学评论》2017年第2期;苏文健的《美国华人学者的中国文学整体观——以现代汉诗研究为中心》,《当代作家评论》2018年第1期;等等。此外,部分学位论文也涉及此一研究领域。

在大陆学者的研究成果中,较具代表性的是季进和李凤亮的系列论文与访谈录。季进的相关成果有:《美国的中国现代文学研究管窥》,《当代作家评论》2007年第4期;《当代文学:评论与翻译——王德威访谈录》,《当代作家评论》2008年第5期;《海外汉学:另一种声音——王德威访谈录之一》,《文艺理论研究》2008年第5期;《现代性的追求——海外中国现代文学研究论之一》,《当代作家评论》2009年第6期;《多元文学史的书写——海外中国现代文学研究论之一》,《文学评论》2009年第6期;《"她者"的眼光——海外中国现代文学研究的女性主义形态》,《中国比较文学》2010年第2期;《跨语际与跨文化的海外汉学研究——以海外中国现代文学研究为对象》,《中国比较文学》2011 年第 3 期;《认知与建构——论海外中国现代文学史的书写》,《文艺理论研究》2011 年第 5 期;《回转与呈现——海外中国现代文学研究一瞥》,《中国现代文学研究丛刊》2011 年第 12 期;《文学与政治的辩证——海外中国现代文学研究论之一》,《文艺理论研究》2013 年第 1 期;《作为世界文学的中国文学——以当代文学的英译与传播为例》,《中国比较文学》2014 年第 1 期;《通俗文学的政治——海外中国现代文学研究论之一》,《当代文坛》2014 年第 2 期;《海外汉学:从知识到立场——以海外中国现代文学研究为例》,《国际汉学》2014 年第 1 期;《海外中国现代文学研究的再反思》,《文学评论》2015 年第 6 期;《论海外汉学与学术共同体的建构——以海外中国现代文学研究为例》,《文艺研究》2015 年第 1 期;《"抒情传统"视域下的〈中国现代小说史〉》,《中国现代文学研究丛刊》2016 年第 12 期;《论世界文学语境下的海外汉学研究》,《文学评论》2017 年第 3 期;《论海外中国现代文学研究的多音性与多地性》,《扬子江评论》2017 年第 3 期;《无限弥散与增益的文学史空间》,《南方文坛》2017 年第 5 期;等等。[1] 李凤亮的相关成果有:《海外华人学者批评理论研究的几个问题》,《文学评论》2006 年第 3 期;《海外中国现代文学研究:历史与现状——王德威教授访谈录》,《南方文坛》2008 年第 5 期;《海外中国现代文学与电影研究的学科意识——张英进教授访谈录》,《文艺理论研究》2008 年第 6 期;《二十世纪中国文学研究的整体观及其批评实践——王德威教授访谈录》,《文艺研究》2009 年第 2 期;《穿越:语言·时空·学科——刘禾教授访谈录》,《天涯》2009 年第 3 期;《走向跨地域的"中国现代诗学"——海外华人批评家的启示》,《南方

---

[1] 这一批成果集中参见季进、余夏云:《英语世界中国现代文学研究综论》,北京大学出版社 2017 年版。

文坛》2010年第5期；等等。[1]

以上这些大陆学人的论文，不仅有对海外中国现代文学研究现状及国内"研究之研究"的介绍，而且也提出了不少富于启发性的诗学和文化命题。但是，对海外中国现代文学研究整体风貌的准确解释和内在特征的系统探讨则仍有所欠缺。虽然他们的大多数文章可能已经涉及海外中国现代文学批评的整体观及其批评实践，但并没有对其做出具体的归纳和描述，更没有对此进行深入的研究和探讨。其中，李凤亮在对海外华人学者的批评理论展开研究的基础上，较早触及和思考海外中国现代文学批评的整体观这一论题。在《走向跨地域的"中国现代诗学"——海外华人批评家的启示》一文中，李凤亮首次明确提出海外中国现代文学研究的"整体观"，并积极关注跨地域的"中国现代诗学"的构建（这在他对夏志清、张错、王德威、唐小兵、王斑、刘禾、张英进等人的访谈中也得到具体而充分的体现）。季进的相关成果则主要从文学史和文学理论的角度对海外中国现代文学研究带来的启示与问题进行了独特的反思，大陆其他学者的相关论文也多循此思路。

在《二十世纪中国文学研究的整体观及其批评实践——王德威教授访谈录》一文中，李凤亮针对王德威打破中文小说研究画地自限的做法，归纳并提出了王德威中文小说研究的"整体观"：

> 学界认为您的中文小说研究气象阔大，我想了想，大体有三个特征：一是空间上跨越现有的政治地理疆界，涉及大陆、台湾、香港、海外；二是时间上打破大陆学界关于现当代的分立，甚至将视野引入"晚清"这一重要领域，影响甚大；三是在内容和写作思维上超越文学、历史、政治、思想、想象的交叉领域。[2]

---

1 这一批成果集中参见李凤亮编著：《彼岸的现代性——美国华人批评家访谈录》。
2 李凤亮：《二十世纪中国文学研究的整体观及其批评实践——王德威教授访谈录》，《文艺研究》2009年第2期。

总的来说，海外中国现代文学批评的整体观不仅表现为时间和空间上的拓展，也表现为研究方法、内容和思维上的跨越：一、打通本土学者对文学史的近代、现代和当代分期（从晚清到当下），发现和挖掘了一系列被长期忽视和遮蔽的作家作品、文学流派和文艺思潮；二、将大陆、台港澳以及海外华人社区的文学表现纳入"中国现代文学"版图，甚至尝试重新思考和构建它们之间的关系（如"Sinophone"的提出）；三、在研究方法、内容和思维上实现多重跨越和交叉（文学、历史、思想、政治、影像等结合），呈现出从文学比较走向文化研究的趋势。本章拟在已有研究基础上"接着说"，将海外中国现代文学批评的整体观及其批评实践作为问题焦点，试图以这种"整体观"及其批评实践的三个方面的表现展开论述，并结合一些海外中国现代文学研究领域的代表性学者及其代表性观点、论著进行阐述，试图找出这种"整体观"的产生原因、学理依据、存在问题及对中国文学理论与批评的启示。

第二节　现代性的幽灵

海外中国现代文学批评的指涉范围，涵盖本土文学史通常所说的晚清（明）文学[1]、现代文学和当代文学，在"时间"维度上形成了更为广阔的批评视野。海外华人学者之所以能够打破本土文学史的近代、现代和当代的历史分期，一方面是因为在海外较为特殊的学术语境下，中国文学研究一向只有现代和古代（前现代）的二元区分，另一方面也与海外学者对"现代"/"现代性"的认知和反思密切相关。海外中

---

[1] 在本土文学史中又叫"近代文学"，隶属于"古代文学"范畴。海外华人学者的中国现代文学研究的时间上限并不统一。例如，张错将研究重点放在"前五四"西学东传的文化影响上，他认为："所谓'前五四'，或'五四'前期，实可推前于1600年的明末。"参见张错：《基督文明的明清入华策略》，收入张错《批评的约会——文学与文化论集》，上海三联书店1999年版，第265页。

国现代文学批评通过重寻现代性,对现代性进行多元的解读,突破了本土文学史的"五四"论述框架,将现代视域延展至晚清(明),并对晚清(明)文学给予高度评价和定位。而海外学人挖掘政治色彩极为浓厚的"十七年文学"的现代性更是进一步将"现代(文学)"观念贯彻到底。如此一来,这种"现代观"将文学史从政治史、社会史的简单比附中剥离出来,在"时间"维度上延伸和拓展了学术空间,并形成了一种整体视域。这些迥异于本土批评话语的研究成果一旦进入本土,便引起了海内外学界较为频繁的对话,并深刻影响了本土文学研究的格局和文学批评的现状。虽然"现代性"一词未必明显地见诸批评文字中,但是海外中国现代文学批评的背后始终徘徊着现代性的幽灵。无论是提倡"晚清(明)文学"的现代性,还是挖掘"十七年文学"的现代性,抑或对鲁迅、张爱玲等作家的重新解读,海外中国现代文学批评都离不开现代性理论的内在张力。以现代性为主要理论背景展开的海外中国现代文学批评,虽然仍存部分偏见与谬误,但"时间"视域的扩大无疑改变了中国现代文学批评的面貌。这种"时间"维度上的广阔的"现代观"是海外中国现代文学批评整体观的重要组成部分。

一、多元的现代性

在很长一段时间内,"中国现代文学"作为一门学科成为中国本土文学研究的重点领域。虽然它的命名时间并不长,但业已获得长足的发展。按照毛泽东新民主主义革命的相关论述,20世纪50年代后期之后,"现代文学"这一说法迅速取代了"新文学"概念而成为新宠。在1960年第三次全国"文代会"上,周扬做了题为《我国社会主义文学艺术的道路》的报告,正式确立了"当代文学"的概念和性质。至此,"近代文学""现代文学""当代文学"这一文学史"三分法"正式形成。按照相关论述,本土文学史进行了重新定位:"中国现代文学"始于1919年,终于1949年。显而易见的是这两个年份在中国历史上都具有特殊而重要的政治地位。政治意识形态为本土的"中国现代文学"提供了充足乃至唯一的合法性，以致本土文学史的这一论述框架几成定论，几十年来大陆学者编纂的诸多文学史几乎都遵照这一框架。近代文学、现代文学、当代文学被赋予不同的性质，界限明显，难以被归为一个整体，且与旧民主主义、新民主主义、社会主义达成一种简单的对应关系。在政治氛围影响下的本土"中国现代文学"研究因此受到了不少限制。

20世纪80年代以降，本土的"中国现代文学"开始了重建"合法性"的过程，以传统/现代、政治/审美二元对立的框架来认识文学发展的自身规律及其阶段性特征。而"20世纪中国文学"[1]等命题的提出表明，本土学者试图以"现代化叙事"来取代之前一直沿用的阶级斗争眼光，打破近代文学、现代文学和当代文学的隔膜，形成新文学的整体观。这与学科体制内部的自我反思有关，也与"改革开放"这一宏大叙事密不可分。在"拨乱反正"以及国门再开之后，本土的"中国现代文学"重获生机。在一系列自我反思的基础上，海外中国现代文学研究作为异质性话语资源，参与进了本土"中国现代文学"学科的重建以及发展历程。由大陆学者提出的"20世纪中国文学""中国新文学整体观""百年中国文学"等"重写文学史"命题或隐或显地都与这股"海外冲击波"有关。作为"他者"的海外中国现代文学研究以其特有的研究观念、方法和结论冲击了本土的文学研究格局和文

---

[1] 1985年，由三个不同学科方向的年轻研究者即主攻当代文学的黄子平、主攻现代文学的钱理群和主攻近代文学的陈平原集体提出"二十世纪中国文学"的命题，在学界引起广泛讨论和极大反响。"二十世纪中国文学"："就是由上世纪末本世纪初开始的至今仍在继续的一个文学进程，一个由古代中国文学向现代中国文学转变、过渡并最终完成的进程，一个中国文学走向并汇入'世界文学'总体格局的进程，一个在东西方文化的大撞击、大交流中从文学方面（与政治、道德等诸多方面一道）形成现代民族意识（包括审美意识）的进程，一个通过语言的艺术来折射并表现古老的中华民族及其灵魂在新旧嬗变的大时代中获得新生并崛起的进程。"黄子平、陈平原、钱理群：《论"二十世纪中国文学"》，《文学评论》1985年第5期。

学批评现状,并影响至今。

将研究视域延展至晚清(明),打破"近代文学""现代文学""当代文学"之间的界限,20世纪80年代以来海内外学界在这点上似乎殊途同归,都试图追求一种现代文学批评的"整体观"。"晚清文学"、现代文学中的现代派、新鸳鸯蝴蝶派等长期被遮蔽的学术领域因此被挖掘和重估,进一步拓展了现代文学的研究空间。但本土与海外学界的这种"整体观"也颇多相异之处。"20世纪中国文学"的构想在80年代"破土而出",与当时社会文化语境密不可分,并以迫切追求"现代"和走向"世界"为旨归。与那种建立在"阶级斗争""新民主主义""反封建"等"革命"范式之中的现代文学论述"政治"不同,"20世纪中国文学"是通过"时代""世界""民族""文化""启蒙"等"非政治"的关键词来重新定位和评估现代文学的。"现代"与"世界"、"传统"与"中国"甚至达成了某种同构关系。"现代化"理论主宰了"重写文学史"运动,"五四"新文学的"螺旋式"发展和重现成为当时学界对于新时期文学的普遍认识。如果说"现代文学"转变为"当代文学"在50—70年代一度被视为文学的进步的话,那么在新时期"重写文学史"运动中,"当代文学"则一度陷入"现代"的合法性危机。80年代后以"现代化"为核心的文学史观常常认为,"十七年文学""'文革'文学"是"五四"新文学之后的历史断裂和空白,是文学的倒退乃至"反现代"的。"政治性"凸显而"文学性"缺失成为它们被诟病的理由。革命话语之后,"五四"启蒙话语魂兮归来。即便视新文学为一个整体,并将"现代文学"的源头上溯至晚清,在多数大陆学人看来,对"现代"发出明确渴求之音的"五四"仍然被认为是"现代文学"的关键转折点或真正起点。"五四"启蒙话语仍是彼时的主流话语。在他们看来,正是"自由""平等""理性"等启蒙现代性观念纷涌至文学领域才有"现代文学"的呱呱坠地。"传统"和"现代"、"新"和"旧"、"先进"与"落后"必须予以明确的区分——这都是"现代文学"诞生所需的必要区分。以"五四"为主轴的现代性叙事以强烈的启蒙现代性为"现代文学"加冕、定性,并化为一种文学史的"潜意识"。如此一来,"20世纪中国文学"等"重写文学史"命题即使表面上打破了近代、现代和当代的隔阂,却终究以"启蒙"和"现代"等宏大叙事为旨归。因此,"20世纪中国文学"等命题面对晚清新旧杂陈的文学生态和社会主义文学生态,并没有做出令人信服的判断和解释。这掩盖了20世纪"现代性"的内在矛盾和冲突,"20世纪中国文学"也就被视为内在统一的因而也是"单一现代性"的过程。从这个意义上来说,"20世纪中国文学"并没有有效地贯彻它提出的"整体观"理想,在实践层面困难重重也就不足为奇了。因此在文学批评和文学史写作中,"近代文学""现代文学""当代文学"之间仍然界限明显,即使有心者有意改变现状,却始终缺乏一个宏大的理论视野贯穿其中。即使出现"20世纪中国文学"等新的"重写文学史"命题,"五四"论述框架之下的"现代文学30年"观念仍然稳若磐石,影响深远。"现代文学30年"仍是学科建制的典范。如果说本土的"中国现代文学"研究起初是政治意识形态的产物,那么之后几十年的发展轨迹无疑显示出学科建制和研究传统所带来的束缚力量。在传统/现代、政治/审美二元对立的框架内,现当代文学的一系列问题似乎难以得到有效的解决。对"现代/现代性"的片面理解造成了视野的狭隘,以至于90年代中后期对"现代/现代性"的反思一时成为大陆学界的理论热点。

然而,海外华人学者在较为宽松的学术语境下,对"现代/现代性"的理解却有另外一幅图景。在他们看来,"中国现代文学"的合法性来源于对"现代/现代性"的合理解读。将"现代文学"乃至"现代"的上限向前追溯至晚清乃至晚明的做法早已有之,[1]只是在获得"现代性"这一新的理论动力之后,一向被本土中国现当代文学研究所忽略的"晚清文学"和"十七年文学"在海外才得到空前的重视。以

---

1 周作人在《中国新文学的源流》中便将晚明的"公安派"和"竟陵派"追认为新文学的先驱。

现代性的视野观照中国现代文学,运用日益深化的多元的现代性理论反思甚或质疑"五四",并将之作为20世纪中国文学的内在精神线索,打通近代、现代与当代的分裂,成为不少海外学人的选择。王德威的一番感慨颇有意味:

> 然而如今端详新文学的主流"传统",我们不能不有独沽一味之叹。所谓的"感时忧国",不脱文以载道之志;而当国家叙述与文学叙述渐行渐近,文学革命变为革命文学,主体创作意识也成为群体机器的附庸。文学与政治的紧密结合,当是现代中国文学的主要表征,但中国文学的"现代性"却不必化约成如此狭隘的路径。[1]

在这里,王德威无疑在有意破除"五四"情结,并对"五四"以来日益窄化的"现代性"表示不满。王德威等海外华人学者对国内学界的主流论述话语难以认同,以此为起点,他们在晚清发现了多元的现代性。虽然夏志清等人起初尚无此等理论自觉,但随着时间的推移,认识上已与王德威等后辈并无二致。[2] 事实上,在1961年的海外中国现代文学研究的开山之作《中国现代小说史》(*A History of Modern Chinese Fiction*)中,夏志清已经开始对大陆学人所忽视的现代文学的"审美现代性"进行挖掘(以张爱玲、沈从文、钱锺书等人的再发现以及鲁迅的再认识为代表),引领了海外学者对"启蒙现代性"的单一叙事进行质疑和反驳。而一旦李欧梵等人明确地将现代性理论引进至中国现代文学研究之后,[3] 它就发挥了巨大的理论和现实效应,并进而

---

[1] 王德威:《被压抑的现代性——没有晚清,何来"五四"?》,收入王德威《想像中国的方法:历史·小说·叙事》,生活·读书·新知三联书店1998年版,第6页。

[2] 比如,夏志清标榜"文学性""艺术感觉"解构左翼文学史叙事,并越来越认识到"传统"与"现代"不可分割,将自己的研究视域引进至晚清文学。

[3] 李欧梵在70年代末参与编写《剑桥中华民国史》时便将1895—1927年的中国文学潮流定性为"追求现代性"。

参与到整个中国现代文学的重构活动之中。处于"双重彼岸、双重边缘"（李欧梵语）的海外华人学者将富有特殊性的"中国现代性"加以重新辨识和考量，在西方理论霸权之外试图发现"多元的现代性"。尽管李欧梵在《追求现代性（1895—1927）》中将卡林内斯库所谓的现代性的两个层面附加于中国文学现代性之上，但他还是注意到中国现代性的特殊性：一是"在中国'五四'时期，这两种现代性立场并没有全然对立，而前者——'布尔乔亚的现代性'——经过'五四'改头换面之后（加上了人道主义、改良或革命思想和民族主义），变成了一种统治性的价值观，文艺必须服膺这种价值观，于是小说叙述模式也逐渐反映了这一种新的现代性历史观"[1]；二是"在中国，'现代性'不仅含有一种对于当代的偏爱之情，而且还有一种向西方寻求'新'、寻求'新奇'这样的前瞻性"[2]。明乎此，李欧梵将中国的现代性问题置入中国的历史文化语境，重新思考脱离西方中心主义的"多种现代性"的可能性。针对西方强势话语，王德威也如此反思："文学现代性是否必须按照特定历史时间表依序进场候教？现代性是否只能有一种品牌、来源和出路？"[3]由此可见，一方面，现代性理论被海外学者应用于中国现代文学各个阶段的文学形态（包括社会主义文学形态）研究中，另一方面，各种对于现代性理论的反思也使得这些海外华人学者重新认识了现代性的多元面向，进而认识到"中国现代文学"的复杂性和整体性。现代性的不同面孔在历史的爬梳与反复的思辨中呈现了出来：传统与现代的纠缠，审美现代性与启蒙现代性的辩证，西方现代性与中国现代性的异同……

1　李欧梵：《漫谈中国现代文学中的"颓废"》，收入李欧梵《现代性的追求：李欧梵文化评论精选集》，生活·读书·新知三联书店2000年版，第149页。

2　李欧梵：《追求现代性（1895—1927）》，收入李欧梵《现代性的追求：李欧梵文化评论精选集》，第236页。

3　王德威：《被压抑的现代性——晚清小说新论》，"中文版序"，宋伟杰译，北京大学出版社2005年版，第2页。

正因为发现了"多元的现代性",海外华人学者才能将"中国现代文学"的上限延展至晚清(明),并逐渐形成了"20世纪中国文学批评的整体观"。唐小兵的想法或许代表了不少海外华人学者的观点:

> 我最终感兴趣的便是从19世纪末以来这一百多年间中国人对现代性的体验、认识和想象。如果从这个层面上来看,很多问题都是可以沟通的,有着它们的内在联系。只不过目前人为的学科建制、学术领域划分使这些问题变得离散化,被分割成一个个独立的领域或研究方向;而我觉得把它们联系起来考察才更有意思,也才能看到一些内在的逻辑。[1]

基于这种"打通"人为分期的想法,在现代性理论的平台上,海外华人学者踏上了重寻"现代性"之旅。对于被本土学界所忽略的"审美现代性"和"中国现代性"的看重使得海外中国现代文学批评呈现出与本土学界不同的面貌。无论是将研究视域引向晚清通俗文学、张爱玲和鲁迅等人所体现的"审美现代性",还是对"十七年文学"的"再解读",20世纪中国文学的现代性问题都被反复讨论。"没有晚清,何来'五四'?"和"被压抑的现代性"等口号式观点更是在中国文学界引起了极大的反响。王德威等人的现代性研究成果也许被部分"误读"了,但不得不看到他们所引发的一个客观后果:20世纪中国文学的历史分期得以产生重划的可能,在多元现代性意识的指引下我们开始将眼界投向被我们一再忽视的"晚清"(甚至"晚明")、"通俗文化中的现代性""十七年文学"的貌似"反现代"(社会主义)的"现代性"。作为"一种现代性特有的迷恋"[2],历史分期的不同体现的正是历史观念的不同,也在某种程度上改变了事件的性质和意义。而

---

1 李凤亮、唐小兵:《多样的现代性:20世纪文艺运动的另类阐释——唐小兵教授访谈录》,收入李凤亮编著的《彼岸的现代性——美国华人批评家访谈录》,第219页。
2 利奥塔:《重写现代性》,阿黛译,《国外社会科学》1996年第2期。

承认现代与传统、新文学与旧文学、文学与政治、个人与国民等本质的断裂与否，成为海内外学界基于不同的现代性认识而产生分歧的原因之所在。通过重现复杂的文学谱系和历史脉络，海外学者拒绝对以"五四"为主轴的现代性视野做单一的认同，并将这种多元现代性的观念贯穿于整个20世纪中国文学研究，产生不少洞见，值得认真对待。

二、"晚清文学"的现代性

海外学者对多元现代性解读的直接成果充分体现在海外中国现代文学批评的"晚清意识"之中。具有众声喧哗文化生态的晚清，自然成为多元现代性的象征体系和历史寓言。在海外中国现代文学批评领域，"晚清文学"现代性的挖掘已然成为一个热点。本书下一章将以专章形式论述这一学术现象，这里从文学整体观的视野先稍加分析。虽然不是每位具有重要影响力的海外华人学者都投入这个研究领域，但此一领域，介入的学者之广，产生的成果之多，牵涉的问题之复杂，对国内学术界同行影响之大，似乎是20世纪中国文学研究的其他领域所不及的。在不认同中国本土学界的"五四"主流话语的基础上，海外学界开始自觉挖掘"晚清文学"的现代性。

事实上，海外学界对"晚清文学"的重视很早就开始了。王德威曾介绍说："50年代中期，旅美的夏志清教授和捷克的普实克教授分别对晚清、五四和以后的文学，展开宏观研究。"[1]这两位海外中国现代文学研究先驱的争论使得20世纪中国文学现代性的诸多问题浮出历史地表，从中我们也可见"晚清文学"从来没有遗漏于海外学人的现代视野之外。夏志清的《中国现代小说史》作为海外中国现代文学批评开山之作，主要论述的历史时段从1917年至1957年，并在"附录"《1958年来中国大陆的文学》中又对所要论述的"现代小说"做了相关的补充。

---

[1] 王德威：《海外中国现代文学研究的历史、现状与未来——"海外中国现代文学译丛"总序》，《当代作家评论》2006年第4期。

由此,"现代"的时限范围已经不同于大陆学界的界定。夏志清将大陆文学史中政治色彩浓厚的"1919年"(五四运动爆发年)置换为"1917年"(新文化运动起始年),并打破了将"1949年"作为"现代文学"和"当代文学"转折点的做法。虽然"附录"的《现代中国文学感时忧国的精神》一文对中国现代文学的整体美学精神有所把握,但也留下了不少的遗憾。夏志清在后来的一次访谈中透露:"没有把晚清和民初的小说专门加以讨论,这是全书(《中国现代小说史》)的缺失的方面……现当代不要分得那么清楚,晚清也应该加进来。"[1] 夏志清对于"晚清文学"的重视在《中国现代小说史》的"中译本序"中也曾有所体现[2]。虽然夏志清的《晚清文学史》未能如他所愿成功面世,但是我们却可以发现他的"现代观"已经突破"五四"视角而与"晚清"勾连在一起。

王德威则说得更为明确:"'现代'一义,众说纷纭。如果我们追根究底,以现代为一种自觉的求新求变意识,一种厚今薄古的创造策略,则晚清小说家的种种试验,已经可以当之。"[3] 在他看来,"晚清小说家的种种试验"已经不同于中国古典文学史中的屡次创新与革新,而是因为处在"跨文化、跨语际"的世界网络中,而必须以"现代"名之。他进而"从狎邪、公案、科幻、谴责的四大文类出发,谕知了欲望、正义、价值、真理的四种向度,表明晚清小说望之也许不够新潮,但已对文学传统做了极大颠覆,而且大胆偏激之处较五四一辈有过之而无不及"[4]。王德威注意到,"晚清文学"中这些通俗文类、题材和流派呈现出的现代性风貌已非简单的"启蒙现代性"所能覆盖。而通过挖掘这种通俗文化

---

[1] 季进:《对优美作品的发现与批评,永远是我的首要工作——夏志清先生访谈录》,《当代作家评论》2005年第4期。

[2] 分别有《〈老残游记〉新论》最早收录于《文学的前途》(台北纯文学出版社1974年版)、《新小说的提倡者:严复与梁启超》最早收录于《人的文学》(台北纯文学出版社1977年版),之后相继有新版问世。

[3] 王德威:《被压抑的现代性——没有晚清,何来"五四"?》,收入王德威《想像中国的方法:历史·小说·叙事》,第7页。

[4] 季进、余夏云:《海外汉学界的晚清书写——以韩南、王德威为个案》,《文艺争鸣》2010年第9期。

中所体现出来的多元现代性,王德威试图消解"五四"霸权:"五四其实是晚清以来对中国现代性追求的收煞——极匆促而窄化的收煞,而非开端。没有晚清,何来'五四'?"[1]在这里,王德威明确地将自己的研究视域引进至"新旧杂陈、多声复义"的晚清通俗小说(文学),试图释放晚清文学"被压抑的现代性",对"现代文学"进行刷新式的研究。而更为重要的是,王德威不是"一个人在战斗",他的这种做法与众多海外华人学者"不谋而合":李欧梵、张错、唐小兵、刘禾、陈建华、孟悦等一大批海外华人学者都纷纷投入"晚清"这一研究领域,各表其说。"晚清文学"现代性的挖掘一时成为海外中国现代文学研究的热点。

为何"晚清文学"成为海外中国现代文学研究界的热门话题?其学术理据及问题在哪里?诸如此类疑问难以回避。我们不妨以"晚清文学"现代性的主倡者王德威为例,来做一具体的说明。王德威定义的"晚清文学","指的是太平天国前后,以至宣统逊位的六十年;而其流风遗绪,时至五四,仍体现不已"[2]。虽然王德威宣称自己"不欲'颠覆'已建立的传统,把中国现代文学的源头界定在他处",有意地使用"时代错置"的策略与"假设"的语气[3],以破除"起源论"神话,但他的"没有晚清,何来'五四'"的呼声在客观上还是成功地将人们从对"五四"现代性的迷思中拉回到"多声复义"的晚清。王德威否认晚清小说仅仅代表一个从传统到现代的过渡阶段,而是认为"晚清时期的重要,及其先于甚或超过五四的开创性"[4]。以"晚清文学"为文化场域,王德威发现了晚清通俗文艺形态下的种种"现代冲动"。如此一来,王德威一方面充分认识到晚清文学的"启蒙现代性"之外的

---

1 王德威:《被压抑的现代性——没有晚清,何来"五四"?》,收入王德威《想像中国的方法:历史·小说·叙事》,第16—17页。
2 王德威:《被压抑的现代性——没有晚清,何来"五四"?》,收入王德威《想像中国的方法:历史·小说·叙事》,第3页。
3 王德威:《被压抑的现代性——晚清小说新论》,宋伟杰译,第29页。
4 王德威:《被压抑的现代性——没有晚清,何来"五四"?》,收入王德威《想像中国的方法:历史·小说·叙事》,第3页。

"审美现代性",另一方面再次唤起了对"历史"和"传统"的尊重感。王德威站在新的世纪末,从当下现实出发,穿梭于各种文本之中,以一种思辨的历史时间观想象晚清,勾连起两个世纪末的现代性线索。这位深受福柯和新历史主义影响的批评家,自知"历史的文本化"的奥妙,无意于"复原"历史本来面貌,同时却重现了复杂的文学谱系和历史脉络。"晚清文学"在考古还原和理论修饰下熠熠生辉,在学科界限并不明确的美国学界,被大陆学人忽视和遮蔽的"晚清文学"堂而皇之地进入了现代文学研究界,改写了现代文学史叙事。必须注意的是,作为文学与历史互动的重要表现,海外汉学的历史研究话语解构了"五四"神话,这才使得中国文学现代性的时空坐标发生了位移。而王德威对于"晚清"的偏爱或许也在于晚清文化生态的"混沌多变""众声喧哗",以此可以反证中国文学现代性的多重线索,并进一步释放晚清、"五四"及30年代以来种种不入流的文艺试验所代表的"被压抑的现代性"。"晚清文学"的这种"新旧杂陈"的状况让王德威重新注意到我们必须将视野投向一个更为宽广的历史语境之中:

> 这个历史既是一个生活经验不断累积的历史,更重要的又是我们的本行——文学史。我对中国文学史究竟知道多少?在我大言不惭地运用各种西方理论来谈论现代中国种种现象,谈论中国现代性、后现代性的时候,我们不能忘掉现代性的另外一面就是它的"historicity"(历史性),这个历史性我有多少掌握?不客气地说我知道得很有限。也许我对于明清以来,也就是17世纪以来的中国文学有比较多的了解,就小说研究而言,这四百年也正是中国小说从兴起到最辉煌的盛世。但是从广义来讲,从事文学理论的我们对于传统诗学的尊重有多少?[1]

---

[1] 李凤亮:《二十世纪中国文学研究的整体观及其批评实践——王德威教授访谈录》,《文艺研究》2009年第2期。

深受海外学术训练的学者做这种从现代返回传统的反思表明,现代性并非"横空出世"。王德威显然不同意"传统"与"现代"的"断裂说",这才思索从"历史性"的角度审视现代性。出于将文学现代性问题置入历史文化语境的做法,王德威重申了传统与现代、文学与历史的关联,这关乎对现代性的定义和定位。王德威曾说:"文学和历史之间千丝万缕的关系,应该是建构和解构文学(后)现代性的最佳起点。"[1] 而这里的"历史"显然不是庸俗进化论之下的线性历史。如上所说,新历史主义的观念早已卷入现代文学史叙事之中,而海外学者打通文学和历史的关节也与海外学术界的学科建制有关。不妨以典型的美国学界为例。虽然经过夏志清等几辈人的努力,"中国现代文学"从无到有,在美国的学科建制中已经初步具备了合法性面貌,但它并没有稳定下来,其学科化进程远未完成。在教学方面,中国文学教师往往要讲授先秦以来的整个中国文学史,有时还需兼授中国历史、文化方面的其他课程。"中国现代文学"研究作为海外汉学的一小部分,在美国庞大的学科体系中只能位居边缘。而海外汉学又隶属于"东亚研究"或"东亚语言与文化(文明)研究",东亚(以中日韩为主)的哲学、宗教、思想、政治、经济、文化等都在东亚区域研究范围之内。因此,在这样一种科系设置下,"边缘""非主流"成为海外中国现代文学研究的必然立场与有意选择。学科之间的界限并不严格,学科的跨越与互动成为常态,文史的"亲密关系"也就不足为奇。"晚清文学"与"种种不入(主)流的文艺试验"的现代性挖掘正是在这样的背景下产生的学术成果。

虽然在"20世纪中国文学"的框架之中"晚清文学"也得到一定的重视,但它并没有像海外华人学者的研究成果那样给"五四"论述框架造成有力的冲击。这股"海外冲击波"与"外来的和尚会念经"

---

[1] 王德威:《海外中国现代文学研究的历史、现状与未来——"海外中国现代文学译丛"总序》,《当代作家评论》2006年第4期。

这一特殊效应有关，更与海外华人学者富有洞察力的发现有关。海外华人学者发现了自"晚清"以来中国现代文学中的"审美现代性"，并给予细致的梳理和高度的评价，丰富了现代文学史的内蕴。"晚清文学"因此获得了前所未有的关注。在多元现代性理论的观照之下，中国现代文学批评的上限延展至晚清（明），拓展了中国现代文学的批评时域和学术空间。"现代"因此被认知为一种历史的"建构"，而非不言自明的西方的专利。不过，海外学界"晚清文学"现代性的挖掘始终是以"五四文学"现代性为参照系的，在褒"晚清"而抑"五四"之时，大有借抬高"晚清文学"而误读和窄化"五四文学"现代性的嫌疑。一个急迫追赶"现代"的"五四"形象黯淡下去。"感时忧国"的时代精神和历史内容也遭到某种简化。以混沌多变、多声复义的"晚清文学"作为"现代文学"的起点，必然导致对"五四文学"的独立价值和独立意义的重新估价，因而也无法对"五四文学"做出"同情的理解"。王德威等人更多是出于一种历史的"后见之明"，在主要运用现代性理论的同时夹杂了后现代的论述策略和论述话语，其建立在"想象史学"基础之上的"诗学批评"在某些时候也遮蔽了传统中的真实内蕴。因为疏离于中国的现实和历史语境，这既可发挥"理论先行""六经注我"的优势，也无法避免偏见与盲见，掉入另外一种意识形态的陷阱。正是因为如此，对于王德威等人在"晚清文学"和"五四文学"的"误读""洞见"与"不见"，本土学者的辩驳之音一直未曾断绝。[1]

---

[1] 比较有代表性的论文主要集中在对王德威的批评上，如张志云：《一个错位的"晚清"想象——评王德威"被压抑的现代性"说》，《云南民族大学学报》（哲学社会科学版）2006年第5期；王彬彬：《胡搅蛮缠的比较——驳王德威〈从"头"谈起〉》，《南方文坛》2005年第2期；郜元宝：《"重画"世界华语文学版图？——评王德威〈当代小说二十家〉》，《文艺争鸣》2007年第4期。此外还有唐金海、彭松：《冲突与共生：两种文学价值观的交遇——夏志清的文学理念整体观》，《西南民族大学学报》（人文社科版）2007年第11期等。

三、"十七年文学":现代性的另类呈现

对多元现代性的追寻和历史复杂性的反思还突出地体现在海外中国现代文学研究的另一个热点中:"十七年文学"的再解读。[1]在国内学界,"十七年文学"因其与特定时期政治的密切关联而一度被冷落,而这一特殊文化形态在现代性理论的观照下,终于开始呈现出格外不同的研究面貌。如果说王德威、李欧梵等人致力于挖掘"晚清文学"的现代性,打通通常意义上的"近代文学"与"现代文学"之间界限的话,那么唐小兵、刘禾、黄子平、孟悦等人则对20世纪左翼文学特别是"十七年文学"的现代性的挖掘尤有兴味,试图打通"现代文学"与"当代文学"的历史分期。这一股由海内外学者(国内学者以李杨、贺桂梅等人为代表)共同掀起的学术潮流,通过引入现代性理论,挖掘了"革命文学""十七年文学"和"'文革'文学"的现代性因素,重构了20世纪中国文学研究的新格局,使得中国现代文学批评的整体观在"时间"维度上得到某种历史性的贯彻。对"晚清文学"现代性与"十七年文学"现代性的成功挖掘,使得海外中国现代文学研究在近代、现代和当代得以"有效"地历史勾连,并被视为天然的整体,从而深刻地影响了中国大陆的20世纪文学研究格局和文学批评现状。

回顾"十七年文学"的研究历程我们可以发现,"十七年文学"在国内的命运颇为坎坷。1949—1966年"十七年文学"以其"当代文学"的身份受到主流意识形态的肯定和赞美;"文革"期间"十七年文学"被斥为"毒草"而遭到否定;70年代末80年代初,在"美学热"的大潮下,"十七年文学"因其过强的政治意识形态倾向而遭到忽视和冷落;80年代末以后,"十七年文学"的复杂性才逐渐被重视起来,一度是研究"空白"的"十七年文学"、左翼文学甚至是"'文

---

1 "十七年文学"是指从中华人民共和国成立(1949年)到"文化大革命"开始(1966年)这一阶段的20世纪中国文学历程。

革'文学"因此成了20世纪中国文学研究的热点。其中,海外华人学者是这一研究领域的重要力量。80年代末90年代初主要由海外华人学者发起的"再解读"研究思路风行一时,其研究成果深刻地影响着20世纪左翼文学的研究格局。梳理这一段研究史可以发现:对"十七年文学"现代性的思考,最早就是由海外华人学者如唐小兵、刘禾等人在"再解读"的研究思路中提出来的。身处西方理论旋涡的海外华人学者通过借用"现代性"的相关理论成果重新进入"十七年文学"研究领域,获得了崭新的认识。在他们看来,"十七年文学"蕴含着"现代性"因素,它与"五四"新文学或30—40年代的左翼文学有着内在的逻辑联系。延安文艺也是如此,唐小兵指出,"延安文艺的复杂性正在于它是一场反现代的现代先锋派文化运动"[1]。纵观20世纪中国文学(文艺)史,唐小兵认为现代性的幽灵始终徘徊在我们的现当代文学(文艺)史之中并使之成为一个整体。而现代文学的"民族国家"论述更是进一步佐证了"十七年文学"现代性的存在。在一些西方理论家的论述之下,"民族国家"是现代性的题中应有之义。如安东尼·吉登斯认为:"现代性产生明显不同的社会形式,其中最为显著的就是民族——国家。"[2]循此观点,通过对萧红《生死场》的文本解读,刘禾重新认识了中国现代文学的性质和它的历史语境。在1992年的《文本、批评与民族国家文学》一文中,她认为"五四"以降的文学颇具现代性意味:"'五四'以来被称之为'现代文学'的东西其实是一种民族国家文学。"[3]民族国家的论述不但让现代文学隐匿的现代性得到更大程度上的释放,而且深刻启发了具有强烈革命政治

---

[1] 唐小兵:《我们怎样想象历史(代导言)》,收入唐小兵编《再解读:大众文艺与意识形态》(增订版),第6页。

[2] 安东尼·吉登斯:《现代性与自我认同:现代晚期的自我与社会》,赵旭东、方文译,王铭铭校,生活·读书·新知三联书店1998年版,第16页。

[3] 刘禾:《文本、批评与民族国家文学——〈生死场〉的启示》,收入唐小兵编《再解读:大众文艺与意识形态》(增订版),第1页。

色彩的"十七年文学"。在这里,刘禾利用"民族国家文学"这一现代性思路,破除了国内学者"启蒙与救亡"下的"纯文学"论、"断裂/空白"论的迷思,打开了中国现代文学研究的视野,重构了中国现代文学研究的整体性。

海外华人学者对现代性的多元解读是"十七年文学"的现代性得以彰显的重要原因。对于现代性的不同理解及其价值评判影响着"十七年文学"现代性的挖掘。诚然,作为社会主义文学典型形态之一的"十七年文学"因富有"中国现代性"的特色而引起海外华人学者的热切关注。在谈到当代中国文化的现代性和后现代性时,李欧梵提出:"中国的现代性我认为是从20世纪初期开始的,是一种知识性的理论附加于在其影响之下产生的定义民族国家的想象,然后变成都市文化和对于现代生活的想象。然而事实上这种现代性的建构并未完成,这是大家的共识。没有完成的原因在于革命和战乱,而革命是否可以当作是现代性的延伸呢?是否可以当作中国民族国家建构的一种延伸呢?一般的学者包括中国的学者都持赞成态度。这意味着中国从20世纪初,到中国革命成功,甚至直到'四个现代化',基本上所走的都是所谓'现代性的延展'的历程。其中必然有与西方不同的成分,但是在广义上还是一种现代性的计划。"[1]在李欧梵看来,中国现代性不能完全等同于西方现代性,必须将中国特殊的历史文化语境考虑在内。在此基础上,李欧梵把追求现代性作为中国20世纪的总趋势,从而肯定现代性规划在中国"未完成"(李欧梵语),并将之作为中国现代文学各个时期发展进程的内在精神线索,使得中国现代文学研究获得了更开阔的视野和更巨大的理论能量。社会主义文学形态作为20世纪中国文学的重要段落,应该在"多元现代性"的视野下得到重新观照。

但是这并未消除人们对"十七年文学"现代性的疑虑。目前国

---

1 李欧梵:《当代中国文化的现代性和后现代性》,收入李欧梵《中国现代文学与现代性十讲》,复旦大学出版社2002年版,第88—89页。

内学界就这一话题展开的各种热烈争论就是最好的明证。"十七年文学"究竟是否蕴含着"现代性"因素？海外华人学者大谈"西方舶来品"现代性理论之时，对中国历史和现状究竟有多少了解？反之，对"十七年文学"现代性的忽视或者否定是否也代表了某种研究惯性和历史成见？至少在某些方面，海外华人学者的"十七年文学"研究颇具启发意义。其实，"十七年文学"现代性的挖掘是海外华人学者通过"再解读"这一研究思路完成的。回到历史深处，通过边缘阅读的方式，对某些具有代表性的"十七年文学"作品进行个案分析和文本解读，捕捉话语之间的裂缝，从而对产生文本的历史时期的意识形态做一种分析和观察，这是"再解读"的擅场。如此一来，文本解读就变成一种"文化研究"式的活动，而"十七年文学"的现代性也得以彰显。这当然首先得益于海外华人学者的地缘、语言和文化优势。"再解读"兴起于西方学界的"理论热"前后，受到结构主义、后结构主义、精神分析、后殖民主义、后现代主义、女性主义、西方马克思主义、新历史主义等的影响，正是在理论的威力下，一大批拥有强势阅读话语的"红色经典"才得以被重读、解构与重构，"十七年文学"的现代性命题也因此得到充分的挖掘与重新的体认。

饶有趣味的是，尽管"十七年文学"研究成为海外中国现代文学研究中继"晚清"之后的又一个热点，但其影响却更多地体现在中文学术界。这必须从海外华人学者及其所处的语境说起。"再解读"的代表人物唐小兵、刘禾、孟悦等人都是在大陆完成学业后赴美国进行深造的学者，因而具备跨文化的比较视野。这批海外学者因为受中国文化的熏陶和西方学术的规训，又在境外的学术机构工作，因此既不乏中国问题的敏锐度和历史情境感，又获得了崭新的理论眼光和学术思维。"近水楼台先得月"，海外华人学者在对西方批评理论的发展有了最直接的了解之后，迅速将其用在中国文学的研究之上。海外中国现代文学研究的这种做法，是海外学者屡有创见的重要原因。身处海外学术语境，海外华人学者的"中国现代文学"研究必须以选择和调整研究策略为前提。主要有两种研究路径：一是用英文写作，在英语世界进行汉语文学与英语文学的比较工作，以欧美文学为文学尺度和比较对象，从而获得学术思想界的学术认可和阅读兴趣（如夏志清的《中国现代小说史》，就多以欧美作家作品为比较对象）；二是用中文写作，在汉语世界开拓自己的学术研究空间，以获得国人更多的学术反馈。"再解读"的学者出于自己的学术兴趣、专长、策略与现代性的问题意识选择了后者。"十七年文学"因其特有的社会主义文化形态引起了海外华人学者的广泛注意。面对国内的历史"空白"论、"断裂"论，海外学者"乘虚而入"，运用多种西方理论，打开了全新的研究空间。"再解读"的代表人物之一唐小兵就曾表示：自己提出"再解读"与国内的"重写文学史"有一定的关系，都试图打通"五四"到80年代的文学史。[1] 或许正是因为有了这种海内外的参照与互动，才有了"十七年文学"现代性的呈现。对此，本书后面将设专章予以集中分析。

四、反思"现代性"

现代性的幽灵始终徘徊在海外中国现代文学研究之中。海内外"现代"/"现代性"观念的不同，使得人们对"中国现代文学"这一学科的研究对象、范畴和性质产生了不同看法。正是因为立足于现代性理论这一整合平台，海外中国现代文学研究才具有了宏大的批评视野和理论思辨力，并由此为"中国现代文学"乃至"现代"争取到了某种理论合法性。在作为海内外"学术共同体"的中国现代文学研究中，具有比较视野和灵动气象的海外华人学者以其崭新的研究起点和结论、新进的方法论和敏锐的学术思维给了我们诸多启发。在海外华人学者的中国现代文学批评实践中，本土文学史的近代、现代和当代的人为分期被打通了。如前文所说，这些颇有冲击力的学术成果的出现与海

---

1 李凤亮、唐小兵：《"再解读"的再解读——唐小兵教授访谈录》，《小说评论》2010年第4期。

外华人学者的研究策略、兴趣以及他们身处的学术语境密切相关，也与研究对象自身的魅力和特点脱不了干系。在整个中国现代文学研究中，海外中国现代文学批评界对于"晚清文学"现代性和"十七年文学"现代性的挖掘尤其具有代表性。海外学界在现代性这一问题意识之下，采取"近取远观"的立场和策略进行自己的文学批评和研究，对于20世纪中国文学研究格局的扩容和重构以及中国现代文学学科的长远发展具有重要意义。

在"时间"这一维度上形成的海外中国现代文学批评的整体观是一个值得深思的现象。这种整体观的形成在一定程度上得益于海外华人学者站在非主流立场，运用多种理论方法对中国现代文学进行有效的阐释。海外华人学者往往从一开始就将自己定位为"非主流""边缘"，然后策略性地"自成一家""自圆其说"进而谋取更多的话语权。正因为海内外学者的言说位置和思维方法有所不同，海外华人学者的冲击性、颠覆性言论往往难逃矫枉过正之嫌。譬如，国内学者就曾多次指出，夏志清等人反"五四"、反左翼意识形态的做法，恰恰使得自己掉入另外一种意识形态的泥潭；海外学人呈现出的重理论方法而轻历史材料、对历史情境感的缺乏导致结论的偏颇等问题也值得反思。现代性意识下的中国现代文学研究，呈现出格外不同的气象，但也是"不见"与"洞见"交织。现代性理论的多副面孔使得海外华人学者获得了某种超越局限的穿越视野，却也往往使得他们陷入更为深广的现代性迷惑之中。就现代性本身而言，它并非一个界定清晰的理论场域，它的时空坐标随时可以移动。王德威就曾表示："如果我们根据所得到的西方比较文学不同流派的理论——它告诉我们现代性的发展，永远不是一个所谓选定某个黄道吉日开始发展的话，那么1919年、1911年或1895年这些年份就是可以游动的历史坐标。"[1] 现代

---

1 李凤亮：《二十世纪中国文学研究的整体观及其批评实践——王德威教授访谈录》，《文艺研究》2009年第2期。

性理论固然是强大的理论场域,但它也不是万能的,怎样用多种理论描述,把整个20世纪中国文学说清楚,把我们认为重要的方方面面都能容纳进去,目前还没有找到一个合适的阐释框架。现代性自身内涵的多元与复杂也使得其视域中的研究对象变动不居或者混沌不清。西方出现的各种反思现代性的理论资源表明,现代性理论框架并非完美无缺。与其说现代性是各个阶段文学形态的黏合剂,不如说它是海内外中国现代文学研究的理论对话平台。

海内外学界的争论充分表明了这一点。"晚清"与"五四"的纠缠与论辩就是典型。对于"现代"/"现代性"的不同理解造成了聚讼纷纭的局面。海外学界对"晚清文学"现代性的挖掘引起了大家对"晚清文学"领域的重视,但对于打破"五四"论述框架的做法,海内外学者就有着不同的看法。本土的"五四"研究传统已经根深蒂固,它在某种程度上已经成为众多研究者的"无意识"。一般来说,一个对于"现代"具有明确而坚定渴求的"五四"被视为现代性的爆发点,并因此成为"近代文学"和"现代文学"的转折点,但是海外华人学者似乎对"晚清文学"现代性的众声喧哗局面更为偏爱,海内外学者由此产生分歧和对话。对于长久经受禁锢的大陆现代文学研究界来说,海外学者观念和方法的进入无疑是新鲜的血液,值得学习和借鉴。王德威、李欧梵、张错、唐小兵等人试图打破文学史的人为分期,接续历史的整体之思,重新将视野投至"传统"与"现代"的辩证上,是对"五四"以来的庸俗进化论与激进主义的一次文学反拨。这无疑与叶维廉提出的"历史整体性"有异曲同工之妙。[1]

现代性理论同样在"再解读"思潮中再现光芒。"革命文学""十七年文学""'文革'文学"等文学形态因为文学与政治的紧密关联

---

[1] 叶维廉曾经发表《历史整体性与中国现代文学研究之省思》(1979)一文,最早在文学研究界对所谓"历史整体性"的观念进行了反思。这一反思涉及如何延续传统、如何看待异质文化以及如何实现中西文化交流等问题。

而颇受质疑。在80年代以"现代化"为核心的文学史观中,这些文学形态被"现代"所怀疑乃至拒绝。不过,因为"十七年文学"产生于社会主义形态,自有其特性,引起了众多海外华人学者(主要是海外的"大陆学术群体")的极大兴趣,竟一时成为中国现代文学研究的热点之一。在一些海外华人学者看来,因为现代性具有丰富的内涵,"十七年文学"同样可以被纳入"现代"视野进行意识形态分析。文学文本的"再解读"使得文学批评"介入"诡谲的文化现场和历史风云。唐小兵在《我们怎样想象历史(代导言)》一文中说道:"解读,或者说历史的文本化的最深刻的冲动来自对历史元叙述的挑战,对奠基性话语(关于起源的神话或历史目的论)的超越。"[1]通过"再解读",研究者发现了新的入思视角。在"再解读"的海外学者眼里,"现代文学"并非天经地义,但它却在20世纪中国获得了与众不同的发展;"十七年文学"也绝不是文学的断裂或者空白,而是"中国现代文学"的重要组成部分。

海外中国现代文学批评并无近代文学、现代文学、当代文学的严格划分,或者说是刻意打通这三者之间的隔阂,因而形成了"时间"维度上的"整体观"。这种批评的整体观具有阔大的学术气象,打开了全新的研究空间。但正如叶维廉的"历史整体性"所揭示的那样:"所有历史研究都应作暂行的,不是盖棺定论的,是有待修改的。正是把所有历史的阐释看成暂行这种自觉,才可以使我们与永恒不断变化的整体过程保持持续不断的联系,才可以对整体性的问题充分地掌握"[2]。这种"历史整体性"的自觉使得我们摆脱掉了对任何事物的成见、偏见,从而可以让历史事实更加澄明。我们当然无法视20世纪中国文学为铁板一块的整体,无法简化其复杂性,但我们可以时刻警惕由过去

---

[1] 唐小兵:《我们怎样想象历史(代导言)》,收入唐小兵编《再解读:大众文艺与意识形态》(增订版),第15页。

[2] 叶维廉:《中国诗学》,生活·读书·新知三联书店1992年版,第186页。

一些主流、权威所"钦定"的具有排他性的"一套成见的定型"。即使是这种现代性理论框架，我们也必须予以反思。同时必须注意的是，整体并非部分的总和而已。美国学者露丝·本尼迪克特（Ruth Benedict）就曾在《文化模式》一书中强调文化的整体意义，她认为所谓整体并非仅是所有部分的总和，而是各个部分相互关联的结果，它所产生的是一个新的实体。[1] 在现代性理论的观照下，"晚清文学"与"十七年文学"都被纳入"现代文学"的视野，但 20 世纪中国文学一脉相承的最内在的联系未必已经完全被认清，各时期各阶段的文学形态仍然有着自己的"特性"有待探究。因此，20 世纪中国文学的复杂面貌还需要更多的考察和思辨。

第三节 "Sinophone"话语的建构

海外华人学者利用自己身处海外的优势，打破文学的政治、地理疆界，将大陆、台港澳、海外华人社区的文学表现都纳入中国现代文学的批评视野，并试图消解以大陆为中心的"国家文学史"叙述，对以往的华文文学研究进行反殖民、去中心化的想象和重构。在流散/离散写作日益繁茂的现实情势下，海外华人学者纷纷做出理论的回应和描述，进行多重比较和跨国批评，并因此丰富和改写了"中国现代文学"这一概念，甚至影响和重构了中国现代文学研究格局。海外华人学者对大陆以外其他区域华文文学主体性的强调，对海内外华文文学的全面关注和比较，形成了空间意义上的文学批评整体观，书写了时空交错众声喧哗的中国现代文学史。在流散/离散语境中提出的"Sinophone"（华语语系）话语便是其中的一个重要成果。"Sinophone Literature"（华语语系文学）既是对文学现状的一种回应，也是在全球

---

[1] 露丝·本尼迪克特：《文化模式》，王炜等译，生活·读书·新知三联书店 1988 年版，第 48 页。

化和后殖民观念激荡下的海外华人学者的一种学术话语建构。这突破了传统的"中国现代文学"论述框架,使得我们重新思考文学与国家(区域)、本土与海外之间的关系。虽然"Sinophone"话语只是一个"辩证的起点"(王德威语),尚处于流动和发展之中,它却为传统的华文文学研究提供了诸多新的话题和可能性。"Sinophone"话语的建构必然伴随着多重对话关系的展开,但不妨碍它在中国现代文学和文化领域富有前景的应用。"华语语系文学"的出现与过往的"世界华文文学"等传统研究有着不同的研究旨归、价值立场和理论方法,呈现出自己独特的理论价值和实践意义,对跨地域的"中国现代诗学"的形成与建构具有重要意义。

一、流散/离散语境下的现代文学书写

19世纪晚期以来,中国外患频仍,大量华人或主动或被动地漂洋过海,成为移民、难民、遗民、过境者。这些华人已经远离政权意义上的国家,却仍然以身上难以磨灭的语言文字作为文化传承的共同标志。随着华人不断跨越地域、语言、族裔、文化、政治场域,中国文学传统中的流寓、游徙、怀乡、思归等主题被赋予了新意。现代中文书写逐渐呈现出时空交错、众声喧哗的新局面。远离"家国"的华人与在地文化的冲突和交融导致文化身份的混杂与暧昧,这因此深刻影响了他们的生存体验和书写风格。族群的迁徙和记忆的重组造成了生活经验和文学经验的巨大变化,并构成了艺术创作上的流散/离散(diaspora)[1]主题:"写作者出于历史、政治等原因,主动或者被动离开地理/心理与文化/国族意义上的故土、故地、故乡、故国,迁徙至他者国度,甚至改用所在国(异族)的语言文字,从所在地(异

---

1 diaspora 的汉译仍存争议。如王宁认为,diaspora 应该翻译成"流散"而不是"离散"或"流亡",在他看来,"离散"或"流亡"只能指被迫离开国土的现象,而"流散"则可包括那些自觉自愿地跨越国界的现象。在他看来,"流散"可以涵盖"离散",体现了全球化语境中作家的自由流动性。对此,本文不作详细区分。

地)的文化观念出发再次开始创作。"[1]如此一来,流散/离散语境下的现代文学书写必然呈现出与本土文学书写所不同的面貌,"文学"与"国家"(区域)的关系必须予以再思考。空间的位移导致了文学书写的变异,却不表明本土以外的文学书写仅仅是本土中国现代文学的地理延伸或者附庸,因此,以往简单的文学地理诗学也难以涵盖这一现象。广义上的现代中文书写不仅仅有着一段段的域外插曲,更因为铭刻了海外华人的生存体验和文化纠结而成为流散/离散诗学的重要映象。

我们无意纠缠于"流散"与"离散"的内涵厘清与概念思辨,但不可不面对海外华人这一最重要的生存与书写语境。从80年代初的"台港文学",到80年代中期的"台港澳暨海外华文文学",再到90年代前期的"世界华文文学",本土学界对此一现象的关注不断深化。但是,"世界华文文学"研究的对象目前仍以大陆以外的华文文学为主,而以大陆的汉语写作为参照。中国文学研究本身主要由中国文学(包括古代、近代和现当代文学)学科来承担。在大陆以往编写的种种中国现当代文学史中,各个区域(大陆、港澳台、海外)的文学不过是"拼盘式"的存在,台港澳和海外文学更多是以"支流"和"边缘"的身份点缀般出现。"世界华文文学"与中国文学的差异性有待进一步考察,文学书写因时因地的变异呼唤新的研究框架和研究思维。以"大陆文学"为中心的文学史书写模式即使在"重写文学史"运动中也未得到根本性的变革。这种"中心情结"引起了身处边缘的海外学者的不满。在王德威看来,这种文学史书写模式所蕴含的"国家想象的情结、正宗书写的崇拜以及文学与历史大叙述(master narrative)的必然呼应"是其明显的弊端。20世纪中期以后,海外的华裔文化已经蓬勃发展,"中国"或者"中文"的普遍适用性开始被

---

[1] 杨俊蕾:《"中心—边缘"双梦记:海外华语语系文学研究中的流散/离散叙述》,《中国比较文学》2010年第4期。

质疑,即使是指称广义的中文书写作品的"华文文学"也同样面临难题:"此一用法基本指涉以大陆中国为中心所辐射而出的域外文学的总称。由是延伸,乃有海外华文文学(Overseas Chinese Literature),世界华文文学,台港、新马、离散华文文学之说。相对于中国文学,中央与边缘、正统与延异的对比,成为不言自明的隐喻。"[1]在"国家文学史"的旗号下,历史经验中的断裂游移、多声复义的事实被有意无意地掩盖起来。一个显而易见的事实是:即使仍然使用不无混沌意义的中文/华文/华语等说法,海外的各个华人社群早已发展出不同的创作谱系,海内外同一语系下的"比较文学"关系日益凸显,"国家文学史"的神话面临质疑。

　　种种的质疑当然与海外学者乐于倡导的"边缘政治""干预策略""跨语际实践"有关。身处"双重彼岸、双重边缘"的海外学者无论自觉与否,都必须承认自己的特殊位置和作用。但是,身处全球学术话语圈,面对文学书写现状的理论回应也是反思"中国"和"西方"两个中心的必要举措。在内与外、东与西的比较视野和跨国批评中,海外的中国文学学者自然可以并乐意摆脱政治、地理对于文学的限制,重画现代中国文学繁复多姿的空间版图。海外华人学者作为流散/离散书写的直接见证者和参与者,不可能对此一蓬勃发展的现象无动于衷。在流散/离散的年代里,历史改变了海外华人的命运及其文学经验。海外华人学者身处"海外"这样一种语境中,对问题的思考和言说路径自然显得开阔而别致。尤其是近些年来在全球化与后殖民观念的激荡下,海外华人学者对流散/离散立场的研究与反思不断深入。早在1993年,周蕾的《离散书写:当代文化研究的介入策略》[2]便已经尝试重新解读身份复杂的香港文学的

1 　王德威:《华语语系文学:边界想象与越界建构》,《中山大学学报》(社会科学版)2006年第5期。

2 　Rey Chow. *Writing Diaspora: Tactics of Intervention in Contemporary Cultural Studies*, Bloomington: Indiana University Press, 1993.

当代创作。而 2007 年由哈佛大学和耶鲁大学联合举办的"全球化的中国现代文学：华语语系与离散写作"（Globalizing Modern Chinese Literature：Sinophone and Diasporic Writings）学术研讨会更是将流散/离散现象以及"Sinophone"的话语建构纳入理论研讨范围。由此可见，流散/离散语境对于文学创作和文学批评的意义已经得到广泛的注意。

其实，海外中国现代文学批评界的流散/离散理论也经历了一个变化的过程。以北美学界为例，饶芃子、蒲若茜在《从"本土"到"离散"——近三十年华裔美国文学批评理论评述》一文中指出，北美华裔文学批评理论的重心历经了一个从追求与所在地融合（本土化）到张扬多元意识"去国家化""去领土化"（离散意识）的发展历程。文章认为美国华裔文学新的发展状况是这种离散批评理论的产生根源：正是一些"太空人似的"作家和"祖根难觅"的华人作家以及以离散族群为表征对象的文本的大量出现，使得"离散"成为一种新的理论视野。[1] 可见，虽然多数早期的海外华人都曾面临文化的冲突和心灵的困境，但这种空间的位移在新时期也许已经不再具有震撼性的意义。我们应该认识到，流散/离散语境中的文化认同问题极其复杂，身处双重话语边缘的海外作家和批评家因为代际、身份、立场等原因往往有着不同的文化认同，必须予以具体的观照。一些作家和批评家因为长期居留于海外，出生环境和成长经历等因素导致他们对中国较为隔膜，因而西化得较为厉害；一些作家和批评家即使身在海外多年，仍然坚持"中国性"，试图从"离散"走向"回归"；而另外一些作家和批评家则选择了超越"中国性"和"本土性"的二元对立的局限，成为"世界公民"。这种"离散"和"回归"的辩证，"中国经验"和"中国想象"的多元蔓延与传承，必须放置在具体的情境下予以深入考

---

[1] 饶芃子、蒲若茜：《从"本土"到"离散"——近三十年华裔美国文学批评理论评述》，《暨南学报》（人文科学与社会科学版）2005 年第 1 期。

察,而不是以一个仓促的结论盖棺论定。

以汉语写作而成的海内外中国现代文学形成了繁复多姿的脉络。王德威在纵观中国现代文学史时曾说:"从鲁迅到郁达夫,从徐志摩到瞿秋白,从老舍到冯至,异乡心影莫不成为感时忧国的前提。与此同时,在台湾、香港、东南亚以及其他海外华人社会里,另有一群落地生根的作者也从不同角度写出他们的中国经验。1949年后数百万人离开大陆,域外书写更成为演绎、辩证'文化中国'的大宗。"[1] 如果说这还算是现代中国文学的域外书写,那么在新的历史时期,全球化与后殖民的浪潮不断赋予流散/离散理论以新的内涵,空间的位移甚至导致华文书写产生部分"质变"。正是在此一背景下,有着流散/离散背景的作家和批评家的文化身份问题成为一个理论焦点。在后殖民的理论视域中,身处这样一个后殖民时代,我们必须正视自己的文化身份认同问题。在霍米·巴巴看来,殖民者/被殖民者相互渗透的状态导致了文化的"第三空间"的出现,而话语的"杂交"与"模仿"使得殖民者和被殖民者出现"你中有我,我中有你"的复杂文化局面,并因此打破了殖民者的文化自恋和权威。这无疑有助于解释海外华人文化身份认同的复杂性。海外华人的身份暧昧有可能导致"自我"与"他者"二元对立的破碎,文化"第三空间"的出现对于构建新型文化和身份政治的意义不言而喻。而身处海内外双重话语的边缘,海外华人学者也必须意识到"边缘"与"中心"的互动往返。种种迹象表明,时空的错乱、殖民者与被殖民者的辩证让全球化时代的文学创作和文学批评呈现出斑驳的色彩,身份政治不过是其中一个想象和介入的视角。王德威也曾注意到"异地的、似是而非的母语写作"与驳杂含混的"异化的后殖民创作主体"对"原宗主国文学的嘲讽颠覆"这一现象[2]。王德威由此想到的是"Sinophone"的话语建构。这一话语在流

1 　王德威:《想象中国的新开始》,《扬子江评论》2007年第2期。
2 　同上。

散/离散语境中的出现，显然带有反殖民、去中心化的理论意图：它既对西方主流文化的"殖民化"保持警惕，又与文学的"大中国主义"刻意保持距离。但不管如何，这种兼容并包、海纳百川的现代文学整体观体现出对文学空间维度的必要重视，凸显了对大陆之外华文书写主体性的辨识与尊重。

二、Sinophone Literature：概念·语境·争议

在"流散/离散"的背景下，"跨界"成为常态，面对华文文学不断变化的流动性情势，如何描述大陆以外各区域的华文书写之间及其与中国文学的关系成为一个热点话题。在关于华文文学已有的诸多命名之外，"Sinophone"话语应运而生，因此其出现和应用似乎并不是偶然的。在全球化理论与后殖民主义的观照下，"Sinophone"话语的复杂性日益显露。交织着多重意义的"Sinophone"话语使得传统意义上的"海外华文文学"研究终于有了另外一种看待问题的方式。"Sinophone"作为一个新造的词，虽然汉译仍有分歧，但目前较为常见的译法是"华语语系"。当然，这里的"语系"并非语言学意义上的"语系"，而是海外学人刻意制造的貌似有"误差"的词语。通过考察"中文"或者"华（汉）语"的不同分支或者变种，海外学者试图以语言的多样性消解汉语"正宗"书写的霸权。显然，这个"phone"涉及的是语言、语音、发音的问题。正因为"语言"可能是维系海外华人"中国性"的最后的"公分母"或者认同机制，海外学者才会想到拿出"Sinophone"话语来建构新的华语文学共同体。语言的扩展和差异导致了研究的难度，但也因此成为我们观照华文文学"众声喧哗"的有利条件，并在海外学人的理论运作下可以成为某种"语言政治"。在我们现有的华文文学研究中，"中文""华文""华语""汉语"等词语较为常见，但就是在"Chinese"这样一个结构严谨的语言体系中，我们往往容易站在一个"中心主义"的立场忽略中国的南腔北调

（无论是汉族还是少数民族）、海内外的各种语言流变。[1] 语言的扩散性和流动性导致的文学、文化问题极其复杂，这在20世纪西方文论的"语言学转向"中多有论述，此不赘言。空间的位移使得"语言"成为一个富有挑战性的难题，海外学人作为汉语扩散和流变的见证者、参与者，对此有着深刻的体悟，以此出发，他们认为作为语言精粹表现的文学必须予以重新考量。可见，从这个角度来讲，"Sinophone"话语的建构是海外华人学者的一次理论介入。无疑，海外学人希望以"Sinophone"话语来瓦解海内外华文文学的等级秩序和"一统"神话。

必须注意的是，"Sinophone"话语并不是国内海外华文文学研究界的理论创造，而是在英语语境之中的海外华人学者的有意生产。上文已经提到华文文学已经出现各种新状况，"国家文学史"日益面临难题，理论因此必须对文学生态的变化做出回应。当国内学者仍然习惯于传统的"国家叙事"，仍然在"海外华文文学"或者"世界华文文学"框架内摸索着解决问题时，海外华人学者更换了看待问题的角度，对大陆学界存而不论或者论而不进的问题进行重新审视。各区域的华文文学之间的关系得以建构，大陆学界的文学中心主义遭到解构。当然，我们不能苛求大陆的学者不受意识形态的影响（海外学者同样必须与另外一种意识形态进行抗争、妥协与合作），但也不能不承认海外学者的理论勇气和学术品质充当了"Sinophone"话语这一新生事物的催化剂。身处海外饱受西方学术规训而又有着丰富的海外华文文学经验的华人学者具有各种便利和优势，可以对20世纪华文文学（文化）的盛大表演做出更灵活的思考。事实上，有关"Sinophone"的相关研究自80年代便已经在海外汉学领域开始，但直到90年代，后殖民主义几乎成为一个国际性的学术论述话语之后，它才开始产生命名难

---

[1] 王德威强调"这里所谓的语言指的不必只是中州正韵语言，而必须是与时与地俱变，充满口语方言杂音的语言"。参见王德威：《华语语系文学：边界想象与越界建构》，《中山大学学报》（社会科学版）2006年第5期。

题和理论生命，才开始为人所知晓和重视。在后殖民时代，面对华文文学新的生态，海外华人学者如何在文学批评理论界继续有所作为？"Sinophone Literature"这一概念的提出便是这一反思的结果。一旦这一概念被提出，其定义与辨析便成为首要问题，"名"与"实"的焦虑由是产生。但"Sinophone"的提出既是焦虑的表现，也可能是问题的开始。王德威将其称为"一个辩证的起点"，"华语语系文学所呈现的是个变动的网络，充满对话也充满误解，可能彼此唱和也可能毫无交集。但无论如何，原来以国家文学为重点的文学史研究，应该因此产生重新思考的必要"[1]。在这样一个理论话语框架下，海外学人希望借助此一富有争议的话题，让更多的相关人士参与发言和对话，让世界各区域华文文学的问题复杂性、多义性呈现出来。

在西方学术话语圈内，中国文学的研究显然是边缘的。面对强势的西方理论话语，海外华人学者对中国的学术"反哺"逐步开始，他们不断对中国文学的纵深（以时空为坐标）做出更为关切的考察，将华文文学研究推向更为广阔的世界理论舞台。随着"跨界"成为普遍的事实，不同文化之间的"翻译"逐渐形成一个话语场，文学的政治地理疆界被打破，语言和文学在现实世界之外逐渐形成另外一个多元的"世界"。"Sinophone Literature"可以说也是与此有关的一个理论尝试和学术成果。因此，可以说"Sinophone Literature"既是面对华文文学的一种回应和反思，也是积极介入西方学术话语圈的一种尝试。作为"Sinophone Literature"的主倡者和实践者之一的王德威就曾多次谈到，"Sinophone"话语除了必须置入华文文学的现实语境予以考察，还必须放置于英语世界的现实话语脉络予以定位：正是因为有了英语语系（Anglophone）、法语语系（Francophone）、西班牙语语系（Hispanophone）、葡萄牙语语系（Lusophone）等，才有华语语系"Sinophone"的相应出现。将华语语系与其他各种语系相提并

---

[1] 王德威：《中文写作的越界与回归——谈华语语系文学》，《上海文学》2006年第9期。

论,并不表明在西方学术语境之中它们已经平起平坐,但至少可以部分地提高华裔/华语的位次,同时增进彼此的了解和对话。由此可见,"Sinophone"的提出合情合理并且极其必要。虽然这一新的尚未成熟的理论术语并不表明它可以更新华文文学研究范式,但它的确可以给我们许多新的话题和可能性,它的理论能量和生命力值得期许。

"Sinophone"作为20世纪海外中国文学和华文文学研究领域的热门理论术语,引起了越来越多人的注意。而正是因为"Sinophone"是新生事物,其流动性和复杂性使得海外学者对此并未形成共识,至今仍然争议不断。我们不妨以"Sinophone Literature"的两个代表人物王德威和史书美为例来作一说明。王德威并不是"Sinophone Literature"的首倡者,在他前后,张错、史书美、鲁晓鹏、黄秀玲都曾使用"Sinophone"话语。但是就目前的情形来看,王德威无疑是"Sinophone"话语研究的集大成者和积极践行者。王德威的理论勇气在于他宽容而大气地呼唤"Sinophone Literature"应该将中国大陆文学"包括在外"(张爱玲语):在反对中国大陆文学"定于一尊"的"中心情结"之时,他认为"Sinophone Literature"应该是包含了大陆文学的综合性指称,即世界所有区域的华文文学书写。在确立各区域和社群的华文文学的主体性的基础上,王德威并不惧怕文学的"越界建构",而是再三强调"众声喧哗"的对话及其可能性。同时,他也注意到了"Sinophone"与其他各种"phone"的不同之处。因此,他所谓的"Sinophone Literature"也就有了宏大的气象。而与之相比,史书美似乎更乐意以"华语语系文学"来指称世界各地除中国大陆外和大陆周边以华文为母语的作家在地的华文书写,同时她将"Sinophone Literature"变成了像其他"语系"一样的殖民地文学。此一做法因为试图独占"Sinophone Literature"的理论优先权,无疑将大陆文学视为铁板一块的政治文化霸权而将之排除在外。虽然在2007年加利福尼亚大学出版社出版的《视觉与认同:跨太平洋华语语系表述·呈现》(*Visuality and Identity: Sinophone Articulations across the Pacific*)[1] 一书中，史书美将中国大陆的少数民族的中文书写也归于"Sinophone Literature"，但其理论视野与王德威相比还是逊色不少。

争议持续不断，但它的存在也许并不是一件坏事。"Sinophone Literature"的理论生命力正是在于它能引起注意和对话。无论是海内外的冲突与对话，还是海外学者内部的激烈思辨，"Sinophone Literature"的能量都由此逐渐释放开来，为中国现代文学研究提供了一个更新的思考和想象入口。2007年12月6—8日由哈佛大学与耶鲁大学联合举办的"全球化的中国现代文学：华语语系与离散写作"学术研讨会的召开，更表明了"Sinophone Literature"的不确定性和复杂性。来自中国内地/大陆、中国香港、中国台湾、马来西亚、新加坡、美国等地区和国家的近30位学者参加了此次学术会议，会议就"Sinophone Literature"的相关问题做了多方面研讨，形成几次争论的高潮。在哈佛大学召开这样一次会议，其影响力不言而喻。此后，"Sinophone Literature"概念越来越引起海内外中国现代文学研究界的注意，它对国内华文文学研究和多元文学史的书写也产生了重要的影响。[2]

1　史书美：《视觉与认同：跨太平洋华语语系表述·呈现》，杨华庆译，台北联经出版公司2013年版。

2　在大陆学界，《上海文学》2006年第9期、《中山大学学报》（社会科学版）2006年第5期、《世界华文文学论坛》2018年第1期等，以及《文艺报》《扬子江评论》等报刊纷纷推出专栏文章参与讨论争鸣，引起了重大反响。在台湾学界，《中国现代文学》2012年第22期推出"华语语系文学与文化"专号和2017年第32期推出"华语语系与台湾"主题论坛，《中山人文学报》2013年第35期推出"华语语系文学论述"专号，《中外文学》2015年第1期推出"华语与汉文"专辑等，而论著方面则推出了史书美的《视觉与认同：跨太平洋华语语系表述·呈现》、《反离散：华语语系研究论》（台北联经出版公司2017年版），王德威的《华夷风起：华语语系文学三论》（高雄中山大学文学院2015年版），王德威、高嘉谦、胡金伦主编的《华夷风：华语语系文学读本》（台北联经出版公司2016年版）等研究著作和文学选本。在新马学界，《焦风》第507期推出"华语语系"专题；论著方面则有张锦忠的《马来西亚华语语系文学》（有人出版社2011年版），（转下页）

三、Sinophone Literature：应用及问题

"Sinophone"话语是在流散/离散语境之中提出来的，与全球化与后殖民观念有着深层的关联，具有深刻的针对性、批判性和主体性。但是，中国作为一个整体的国家并没有采取老牌帝国主义国家一样的"殖民主义"政策，也没有完全被殖民化的经验，而且中国确实是世界各地众多使用中国语言定居者的祖居地，这与殖民主义国家的历史情况有所不同。因而"Sinophone"话语虽然在后殖民主义基础之上获得了新的理论动力，但是它的内涵却远超过后殖民主义的理论框架。事实上，"Sinophone"话语一出现并付诸实践，就形成了一张超越了后殖民话语局限的更为复杂的对话网络。正因如此，后殖民理论也许并不完全适用于华语语系。在王德威的论述之中，"Sinophone Literature"并非一种殖民地文学，华语语系区别于英语语系、法语语系、西班牙语语系、葡萄牙语语系等"语系"。而史书美对于"Sinophone"话语的操作或许更能说明这一点。虽然她将"Sinophone"类比于法语语系，使得"Sinophone Literature"成为一种不折不扣的殖民地文学，但这位有着强烈理论批判锋芒的女学者在论述华语语系时还是指出了"后殖民"的不足和缺憾：后殖民研究主要以殖民者和被殖民者的关系及其结果为研究对象，而忽略了被殖民者与其他被殖民者的关系。[1]这种被殖民者与其他被殖民者关系的研究，史书美称为"跨殖民研究"，这无疑是她的洞见。遗憾的是，在实际操作之中，史书美却将中国大陆排除在"Sinophone"之外，并视其为"霸权实体"和某种"殖民力

（接上页）许维贤的《华语电影在后马来西亚：土腔风格、华夷风与作者论》（台北联经出版公司 2018 年版）、《重绘华语语系版图：冷战前后新马华语电影的文化生产》（香港大学出版社 2018 年版）等，王润华、许文荣、庄华兴、辛金顺、游俊豪等学者也先后加入讨论。自此，兴起于北美的"华语语系"话语，迅速在新加坡、马来西亚等国家和台湾、香港等地区流行开来，众声喧哗，蔚为大观。

[1] 史书美：《华语语系研究刍议》，《中外文学》（台北）2007 年第 2 期。

量","中国"(China)和"中国性"(Chineseness)成为她的解构对象。史书美将"Sinophone"定义为"一个在中国以外的、中国和中国性边缘的文化产品集结地,在那里,大陆的中国文化已经发生了几个世纪的多样化与本土化的历史性进展"(a network of places of cultural production outside China and on the margins of China and Chineseness, where a historical process of heterogenizing and localizing of continental Chinese culture has been taking place for several centuries)[1],这无疑又是吊诡地沿用后殖民的内涵。然而历史事实是,在中国大陆与其他华语语系区域之间从未有过真正的殖民关系,"华语语系"区别于"法语语系",有着多民族、多语言(方言)的"中国"也并非铁板一块。鲁晓鹏的一番反问颇为有力:"什么是中国?或什么是中国中心主义?它是指以国土面积和人口为主要的衡量依据吗?它是指对台湾和香港的政府政策吗?它是指语言和方言如何被中国人民在日常生活中使用吗?13亿人是一个单一的实体吗?"(What is China? Or what is China-centrism? Is it the sheer dominant size of the landmass and population? Is it the government's policy toward Taiwan and Hong Kong? Is it how language and dialects are used on a daily basis by the Chinese people? Are 1.3 billion people one monolithic entity?)[2]而这也正是我们在进入"Sinophone Literature"之前必须注意到的一个前提或状况。

前文已经谈到,"Sinophone"话语偏重从"语言"这一角度来切入华文文学研究。"华语"(或汉语、华文、中文等)已成为海内外华人及其创作的最大公约数。在此基础上,或许我们可以讨论"中国性"与"本土性"两者的关系。在应用"Sinophone Literature"之时,"中国性"与"本土性"的张力结构一度成为一个理论焦点。本文所

1　Shu-mei Shih. *Visuality and Identity: Sinophone Articulations across the Pacific*, Los Angeles: University of California Press, 2007, p.4.
2　参见鲁晓鹏对史书美《视觉与认同:跨太平洋华语系表述·呈现》一书的评述,http://mclc.osu.edu/rc/pubs/reviews/lu.htm.

谓的"中国性",就是指使用华语的海外华人及其创作呈现出的与其他族裔所不同的特点;"本土性"则是在地的语言沟通和文化实践所呈现出来的特点。[1]"中国性"和"本土性"并非截然对立,两者的共生局面已成常态,而其复杂纠葛伴随着"Sinophone Literature"整个的研究过程,我们必须将两者的关系放置于具体的语境下予以考察。比如,"中国性"在某些民族自尊心极强的海外华人身上还保留得比较完整,在华语文学文化与在地语言文化交融之后,"中国性"和"本土性"这两者的关系却显得暧昧不清。在"中国性"和"本土性"的辩证中,"Sinophone Literature"呈现出动态的魅力。这也正是史书美等人要解构本质化的"中国"和"中国性"等概念的原因。"Sinophone Literature"最大的一个优点在于可以对各个区域的华文文学给予历史的尊重和进行切实的了解,从而在"本土性"建构的基础上从地域的角度切入华文文学比较研究,重视文学与区域(国家)的微妙互动。这种"本土性"建构的理论冲动来源于反殖民和去中心化的关切。在海外学者看来,这意味着既要反对西方殖民者的"殖民",也要警惕大中国主义的"收编"。身处殖民语境之中的华文文学必须用"本土性"抵抗"被殖民"的危险,而又必须对文学的大中国主义保持理论的清醒。以30年代的马华文学为例,鲁迅作为"五四"新文化运动的健将有效地充当了反对英国殖民者和后来的日本殖民者的文化符号,但是我们也很难说马华文学是中国文学不可或缺的一部分。特别是在后来的发展历程中,马华文学在在地文化的影响下,经受了多重文化的熔炼,已经显现出自己独特的创作谱系和创作特点。如此一来,在这一区域"中国性"与"本土性"的交融就产生了一种"本土中国性"(朱崇科语),并因此使得较为成熟的马华文学呈现出很不一样的面貌。因

---

[1] "中国性"和"本土性"两者的概念或许更为复杂,它们本身具有动态性,本文为行文方便,只能做简单的界定。而这种二元划分法同样具有局限性,带有理论的假设成分。

此,"Sinophone Literature"必须对这种"本土中国性"做出更为准确而详尽的观察,在此基础上一视同仁,进行一种同一语系内的"比较文学"工作。

身处海外的华人学者提出的"Sinophone Literature"无疑对华文文学的"本土性"有着自觉的强调,"因为每一在地实践和批评有它的伦理上的不可避免性,华语语系研究的重要课题之一是对诸中心论的彻底的分析和反驳,对反中心的华文化主体的建构"[1]。即使是有着宽广视野的王德威所言的将中国大陆文学"包括在外"的策略性做法同样隐含着这样的立场和意图。在他看来,面对文学生态的复杂性,四海归心、万流归宗的大中国主义是行不通的,我们必须打开全新的研究视野。在对各个区域的华文文学(包括大陆文学)一视同仁的情况下,王德威认为海内外的学者必须打破画地自限的做法,对其他华文社会的文学文化生产产生好奇和尊重,并在"Sinophone Literature"内进行"比较文学"的工作。除了大力倡导"Sinophone Literature",王德威也开始将之付诸实践。在2006年的"文学行旅与世界想象"工作坊中,王德威邀请了8位知名的华文文学作家就"Sinophone Literature"这一话题进行研讨,并将工作坊成果发表于2006年第9期的《上海文学》。《当代小说二十家》(生活·读书·新知三联书店2006年版)一书的出版亦可视为此一方面的操作尝试。而在较早探讨华语语系的史书美看来,"Sinophone Literature"的建构必须更为彻底地指向本土性,并人为地将流散/离散中的悲凉凄苦、隔海怀乡的成分剔除,从而将"China"排除在外,"华语语系文学研究因此是反离散的在地实践,探索在地的政治主体的华语文化生产,而不是流放或离散主体的自恋式的怀乡母国症"。[2] 出于对中国大陆的敏感与偏见,史书美同时指陈中国大陆为香港的一种"殖民"力量(在其跨殖民研究中,她集

---

1 史书美:《华语语系研究刍议》,《中外文学》(台北)2007年第2期。
2 同上,第13—17页。

中探讨了台湾和1997年回归前的香港作为"被殖民地"关系的两个个案），并称大陆的普通话是"内部殖民"。"当华语语系表达的文化成为中国中心主义的同谋，他们便失去了其作为抵制与变革身份的关键功能"（When Sinophone expressive cultures become complicit with China-centrism, they lose their articulatory function as the fulcrum of resistant and transformative identities）[1]，史书美以"抵制中国"的姿态如此说道。在此前提下来讨论和应用"Sinophone Literature"，无疑是在凸显"本土性"而力图将"中国性"（她眼里的"中国性"实质上是"当代大陆性"）消解乃至忽略。激进的"反抗"姿态和"去中心化"情结使得史书美的研究格局日益狭小，割裂了海内外华文文学的根性联系和现实关联。这种强硬的"反中心"态度可能是某种理论策略，但也是出于对大陆文学的无知与偏见。既然已经意识到整个华语地区不可避免的跨国环境，那么撇开中国大陆去谈"华语语系"，显然是不完整乃至自相矛盾的。

"Sinophone"话语还波及电影、音乐等其他文化领域。2009年3月在台湾中山大学（高雄）召开的"离散与亚洲华语语系电影"研讨会便是一例。但在应用的过程中，"Sinophone"话语又面临分歧和难题。作为"Sinophone"话语主倡者之一的史书美也认为"Sinophone"可以应用于电影、音乐等领域，并根据"Sinophone"的搭配对象来确定各种含义：华语文学、华语电影、华语流行音乐等。史书美的意图在于以"Sinophone"取代"Chinese"而使之成为一个"疆土性"的概念，将中国大陆文化主体排除在外。在实际操作中，她又将"普通话"进行了误读，视其为"内部殖民"的帮凶，有着对语言政治过度发挥的嫌疑。在《视觉与认同：跨太平洋华语语系表述·呈现》一书的第一章中，史书美对于李安及其作品的分析因此遭遇"瓶颈"：她一方面看到了李安作为导演的国家/离散身份，但另一方面却无力解

---

[1] Shu-mei Shih. *Visuality and Identity: Sinophone Articulations across the Pacific*, p. 192.

释李安作品的"跨国"性质。李安及其作品被认为是来自台湾和美国的华语语系文化生产的一个典型实例,那么他们如何抵制中国中心主义?这显然难以自圆其说。王德威则认为史书美将中国大陆排除在外的做法可能分解"Sinophone"话语的理论威力,因而持反对意见。事实上,这一由海外学者提出的概念在电影领域应用之时还处于意见不一的"混乱"状态,比如鲁晓鹏就更多地使用"跨国华语电影"(transnational Chinese cinema)和"华语电影"(Chinese-language cinema)这两个概念。而"Sinophone"话语如果应用于文学领域,它如何防止声音所透露出来的理想主义立场的盲点?"语言"究竟是指"写作语言"还是"沟通语言"?这些问题目前尚无定论。尤其是"Sinophone Literature"的"去中国化"倾向更是令人担忧。如果无视历史、地缘、语言、文化造成的冲突、对话、融合等复杂局面,而一厢情愿地"反殖民""去中心化","Sinophone Literature"可能会带来更多应用者想不到的问题并失去它的理论生命力。而如何跳出中心与边缘的思维,进行同一语系内的"比较文学"工作,还有待于更多实践经验。在海外关于"Sinophone"的相关会议上,整体上来说大家主要探讨的对象还是中国的香港、台湾以及新马和美国等地的华文文学。以上种种现象都表明"Sinophone"话语目前还更多地停留在理论探讨层面。

四、"世界华文文学"的参照系

"Sinophone Literature"如果将中国大陆/内地、台港澳、海外等区域的文学表现都纳入研究范围,那么其意义将超越"边缘诗学"。它使得原本处于大陆现当代文学史边缘位置的"海外华文文学"(还有"华人文学""华语文学""海外文学"等命名),在海外学人的理论运作下,跳出了中心与边缘、异乡与原乡、自我与他者的二元对立模式,获得了崭新的学术话语空间。"Sinophone Literature"基于海外立场,更为深刻地认识了世界各区域和社群的华文文学与中国文学的共同性与差异性，从而在确立各区域和社群华文文学主体性的基础上，使得华文文学的复杂性得以更好地呈现在众人的视野之中。"Sinophone Literature"所强调的重点已经不是传统意义上的中国现代文学的海外经验，而是流散／离散主体的文学生产如何反映、铭刻、记忆离散经验的特殊历史。在反殖民、去中心化方面，"Sinophone Literature"发挥了它应有的作用，从而对华文文学／文化的跨国流通和消费做出了自己的评判。面对20世纪以来海内外华文文学／文化蓬勃发展的情势以及国界、族裔、文化等多重跨越的现状，理论界该如何应对？海内外学界产生了不同的看法和做法。在概念应用方面，大陆学界习惯于用"世界华文文学"等说法，来指涉以大陆为中心所辐射出去的域外文学的总称；而海外学界则对这种"大陆文学中心"十分敏感，在全球化和后殖民观念的激荡下提出了"Sinophone Literature"这一概念，反对"中国中心主义"和"殖民化"倾向。就目前来说，"Sinophone Literature"可以作为"世界华文文学"的参照系，给我们有益的启发。对比两者我们可以发现：两种说法自有其相似之处，但不同之处也十分明显。随着"世界华文文学"和"Sinophone Literature"研究的日益成熟，两者对话的可能性也将日益增大。

　　站在流散／离散立场上的"Sinophone Literature"的研究者们对国内的"华文文学"研究现状颇有意见。在海外学者看来，在过往的"世界华文文学"研究中，尽管台港澳、海外等区域的文学表现都在研究范围之内，但潜在的"中心主义"情结使得各区域文学往往并不处于平等位置，同时各区域文学的内在关联也常常有意无意地被割裂。这种研究状况一如王德威所言："以往的海外文学、华侨文学往往被视为祖国文学的延伸或附庸。时至今日，有心人代之以世界华文文学的名称，以示尊重个别地区的创作自主性，但在罗列各地样板人物作品之际，收编的意图似乎大于其他。相对'原汁原味'的中国文学，彼此高下之分立刻显露无遗。别的不说，大陆现当代文学界领衔人物行有余力，愿意对海外文学的成就作出细腻观察者，恐怕仍然寥寥可数。"¹可以说，正是出于对"收编"、遮蔽的异议，使得海外华人学者提出了自己的研究理路，以"边缘"谋求与"主流"对话。如果说"世界华文文学"研究者仍然或隐或显地以"大陆文学"为中心构建"文学中华"，追求"一体化"和"大同诗学"的话²，那么应用"Sinophone Literature"的海外学者就是要彻底地反中心：既反对"中国中心主义"，又从语言这一角度提出中国本土文学界各区域"众声喧哗"的可能性。换言之，大陆学界将"世界华文文学"视为整合海内外华文文学/文化的名词，而海外学者将"Sinophone Literature"看成一张平等的多重对话的网络。海内外学者出于言说位置和入思视角的不同，得出了不同的结论。虽然饶芃子等国内学者早已倡导和实践将"比较文学"的方法运用于"世界华文文学"研究之中，³"世界华文文学"的深度和广度也在不断拓展，但这两种概念所显露出的研究旨归迥然相异。

"Sinophone Literature"研究与"世界华文文学"研究还有着不同的价值立场。大陆学界70年代末80年代初开始了对"大陆文学"以外的"华文文学"进行拓荒式的研究并卓有成效。随着"世界华文文学"这一概念的日益成熟和学科意识的逐步萌发，它逐渐脱离了"中国文学"学科的论述框架。国内的研究者逐渐认识到"世界华文文学"整体观的重要性，并对它做了明确的界定："世界华文文学，指包括中国大陆在内的所有用汉语写作的文学，它形成一个精神共同体，使用同一的语言，源于共同文学传统的审美价值，拥有共同的作者群、读者群、媒介和共同的文化价值观念。"⁴从这一概念我们可以发现，"世

---

1 王德威：《华语语系文学：边界想象与越界建构》，《中山大学学报》（社会科学版）2006年第5期。

2 也有国内的研究者提出"中国、东南亚、欧美澳华人社会构成华文文学创作的三个中心"的观点。周宁：《走向一体化的世界华文文学》，《东南学术》2004年第2期。

3 具体可参见饶芃子：《世界华文文学的新视野》，中国社会科学出版社2005年版。

4 周宁：《走向一体化的世界华文文学》，《东南学术》2004年第2期。

界华文文学"仍然是一个"想象的共同体",它对"华文文学"语言、美学精神、文学传统、价值理念的一致性(统一性)有着强烈的追求。这里面所体现出来的文学研究的整体性、统一性乃至本质性的思维极其明显。虽然在"世界华文文学"的框架内存在着"多元中心论",并且目前"世界华文文学"在研究资料日益充足的条件下加强了对海外华文文学个案、专题的研究,但"如何解决中国文学与海外华文文学、大陆文学与台港澳文学的关系,如何处理海外华人作家民族身份、政治身份、文化身份、国家身份之间的复杂关联,如何探究华文文学系统内部的传播、衍生、演变的错综构造"[1],"世界华文文学"研究者们并没有给出足具说服力的学理回答。与之相比,站在流散/离散立场的海外华人学者天然地对在地文学文化以及由此而产生的流散/离散文本的复杂性有着更多的体悟和敬意,破除了"本质主义"思维,在反殖民、去中心化的前提下试图去寻找华文文学多元、破碎、复杂的构成状况。由此出发,他们提出的"Sinophone Literature"就破除了文学的"民族主义"迷思,而试图用文学的普遍标准对海内外的华文文学加以评判。

在理论方法方面,"Sinophone Literature"研究无疑可以给"世界华文文学"研究带来诸多启迪。对文学现象、思潮、流派的归纳总结仍然是大陆"世界华文文学"研究惯用的研究方式,这无疑值得反思。而"世界华文文学"研究目前仍然以关注"海外华文文学"为主,在整个文学教学和研究体制中还需更好地处理"海外华文文学"与"中国文学"两者之间的关系。海外华文文学因其具备多重文化背景,因而为研究者带来了更大的研究难度。"世界华文文学"的研究对象、范围一直处于变动状态,这使得它的学科身份一直难以确定,这正是"世界华文文学"的复杂性决定的。这种状况的存在要求国内的研究

---

1 李安东:《流水不腐 户枢不蠹——世界华文文学研究中若干问题讨论》,《复旦学报》(社会科学版)2003年第5期。

者以更为深广的视野、更为多元的方法来对华文文学进行观照,促进"世界华文文学"学科的成熟和发展。"世界华文文学"概念的倡导者饶芃子教授就曾反复提出用比较文学、文化研究、身份理论等方法来总体上认识、把握华文文学的多样性和复杂性,坚持文化、历史、审美三者的结合,提升华文文学研究的诗学品质。事实上,这也正是得地利之先的"Sinophone Literature"的研究者一直在践行的做法。70年代以来各种文学批评方法在欧美人文领域轮番登场,"理论热"成为学者们治学的一大标志。在深受西方学院的学术训练之后,海外华人学者提出的"Sinophone Literature"研究自然也成为其中的一个理论场域。在他们的批评文本中,我们往往容易发现多种理论方法交叉使用的状况(史书美就是一个典型例子)。尽管某些时候海外学者不免为理论所"自伤",但这种理论的优势是"世界华文文学"研究者所要借鉴的。

尽管如此,研究旨归、价值立场和理论方法的不同并不表明海内外学界不能就广义的"华文文学"研究形成对话。无论是"世界华文文学"研究还是"Sinophone Literature"研究,都是中国现当代文学研究空间扩容之后的理论成果。正是认识到华文文学的历史构成和存在现状远非"中国文学"所能涵括,才有对海内外各区域华文文学之间关系的重新思考。事实上,两种理论架构都面临诸多共同的问题。比如,各区域华文文学历史纵深讨论的不足、"语言"与"身份"的辩证、"中国性"与"本土性"的纠缠……我们还需要进一步对这些问题加以挖掘、厘清。随着这一研究领域的不断发展,在一些共同的"问题意识"面前,近些年来国内的"世界华文文学"研究不断汲取海外"Sinophone Literature"研究的优秀成果,而国内"世界华文文学"研究的拓展也在不断地刺激着海外的"Sinophone Literature"研究。"Sinophone Literature"使得海内外各区域的华文文学在确立自己主体性的基础上在同一平台上进行平等的对话,超越了"主流"和"支流"、"中心"和"边缘"的二元对立论述话语的局限性。大陆文学、台港澳文学、海外华文文学正是在这个意义上才得以在"Sinophone

Literature"的网络中形成一个阔大的"联盟"。打破海内外各区域华文文学之间的藩篱和对立，呈现它们彼此参差对照、众声喧哗的局面，凸显对文学"空间"维度的重视，这可以说是海外中国现代文学批评整体观的重要组成部分，对于本土中国现当代文学批评具有重要的启发意义。面对海内外的分歧和隔膜，在承认自己的研究专长和研究局限之外，我们必须拥有"海纳百川，有容乃大"的胸襟和平等对话的态度，形成一种现代文学批评的"整体观"，这或许才是我们目前"华文文学"研究新的进路。正如王德威所说："'中国至上论'的学者有必要对这块领域展现企图心，如此才能体现'大'中国主义的包容性；而以'离散'观点出发的学者必须跳脱顾影自怜的'孤儿'/'孽子'情结，或自我膨胀的阿Q精神。"[1]只有撇开对彼此的成见和偏见，认识到不同意识形态所形成的不同立场，不断加强对话，推动跨地域的"中国现代诗学"形成与建构才有可能。

第四节 从文学比较到文化研究

自1961年夏志清出版《中国现代小说史》并开创海外中国现代文学研究以来，海外中国现代文学批评逐渐呈现出繁复多姿与开放流动的面貌，从文学比较到文化研究（宽泛意义上的）成为一个总体趋势。身处海外的华人学者一开始以欧美文学尺度丈量中国现代文学，进行以欧美文学为典范的文学比较工作。随着研究的进展，文学文本被置入文化脉络和历史语境进行考察，获得了崭新的话语空间。特别是在20世纪90年代之后，海外中国现代文学批评的整体面貌发生了巨大变化，"理论热"成为海外学者治学的一大标记，以至于"90年代以来的现代中国文学研究早已经离开传统文本定义，成为多元、跨科技

---

[1] 王德威：《华语语系文学：边界想象与越界建构》，《中山大学学报》（社会科学版）2006年第5期。

的操作"[1]。随着海内外学术交流的日益频密,中国现代文学批评的"跨界"逐渐成为常态,这种文化研究的范式也越来越普遍,中国现代文学、文化的学术空间和对话空间也因此得到了进一步的拓展与深化。

一、海外语境与海外华人学者的研究取径

海外中国现代文学研究的历史并不漫长。1961年,在美国的夏志清发表这一领域的开山之作《中国现代小说史》。作为第一部向西方世界系统介绍中国现代小说的英语文学史,《中国现代小说史》的意义和影响自不待言。夏志清秉承英美人文主义的"大传统"(great tradition),以新批评的方法细读文本,"改写"了中国大陆的中国现代文学史。此书以西方文学为参照系和最高标准对中国文学进行评判,不刻意标榜理论,慧眼识珠、影响巨大,但也因其鲜明的"冷战"背景和意识形态立场颇受诟病。然而,不得不承认的一点是:此书大力标举"文学性",其对于"文学"的胆识和眼光让后人敬佩不已,其中也不乏对文学与文化、文学与社会互动关系的重视。其后,从20世纪60年代末到80年代,欧美学界的中国现代文学研究诞生了一大批成果,其中既有作家作品论,也有不同文类、现象、运动的文学、文化、政治研究。综观此时的海外中国现代文学批评,传统意义上的狭隘的文学研究局面被打破,其繁复多姿的批评面貌已初露端倪。特别是进入90年代之后,在文化研究的大潮席卷之下,各种理论更是在文学批评领域轮番登场,海外中国现代文学批评似乎已进入"理论时代",在内容、方法和思维上实现了多重跨越和交叉(文学、历史、思想、政治、影像等的结合)。即使是坚守文学文本分析的学者也往往在各个学科之间穿梭往来,比如王德威的中文小说研究就常常在文学、历史、政治、思想等领域互动往返。在经过各种理论

---

1 王德威:《海外中国现代文学研究的历史、现状与未来——"海外中国现代文学译丛"总序》,《当代作家评论》2006年第4期。

流派的"熏陶"之后,从文学比较到文化研究已成海外中国现代文学研究的不可阻挡之势,此时的状况正如唐小兵在《再解读》"代导言"中所说的那样:"文学批评,尤其是文学理论,常常杂糅了政治理论、哲学思辨、历史研究、心理分析、社会学资料、人类学考察等话语传统和论述方式。"[1] 无疑,这种文化研究的理路和跨学科方法的实践活跃了各学科领域的有效对话,为中国现代文学研究注入了新鲜血液。1998年美国的《现代中国文学》(Modern Chinese Literature)杂志更名为《现代中国文学和文化》(Modern Chinese Literature and Culture)便可视为此一趋势下的必然产物。

从文学比较到文化研究,使得海外的中国现代文学批评呈现出斑驳的色彩。何以如此?除了上文所述的"理论热"这一学术氛围,我们似乎有必要对海外的"中国现代文学"这一学科及其语境做更深入的考察。以颇具代表性的美国学界为例,我们便可发现科系设置、教学需要等因素对研究的重大影响。美国的中国现代文学研究经过几代人和几十年的发展,已经在西方学术体制中初具合法性面貌,但其学科化并没有充分完成,更不用说形成一个稳固的学术传统。教材编写、作品翻译、学科规划等学科领域的建设还远远不足,海外华人学者多为在自己的专长领域内各自耕耘。这表明美国的中国现代文学这一学科目前仍然处于变动不居的未定型状态。这可能与研究历史相对短暂、研究队伍参差不齐等因素有关,但也与这一学科在美国学界的边缘位置不无关系。在美国大学的学科建制中,中国现代文学研究隶属于东亚系(区域研究的一部分)的"中国研究"项目。一般来说,"中国研究"涵盖人文社会科学的多个领域,如哲学、历史、政治、文化、文学、艺术等,中国现代文学研究仅是其中极小的一个分支,而各种学科之间往往并无严格的界限,一些学

---

1 唐小兵:《我们怎样想象历史(代导言)》,收入唐小兵编《再解读:大众文艺与意识形态》(增订版),第15页。

科具有很大的相通性，在此情况下，学科的跨越与交叉成为常态。也正因其处在边缘，美国的中国现代文学研究没有一个直接的学院体制保障，对中国现代文学的研究方案和动向，也似乎没有态度明确的定论。这样一来，无论是研究领域、方法还是结论，海外中国现代文学研究往往具有一定的个人特性。就教学方面而言，中国文学的教师一般同时兼任比较文学系和东亚系的教授职位，往往不仅要讲授中国现代文学课程，有时还需讲授先秦以来的整个中国文学史，甚至讲授中国历史、文化方面的其他课程。为了吸引更多的学生来选课和旁听，视觉文化在教学中被提升至一个重要的位置。在这种学术生态下，作为边缘学科的中国现代文学研究为了谋求更宽广的生存和发展空间，便不得不向时髦的视觉文化、思想史、城市研究、性别研究等方向兼顾或转移。

事实上，海外华人学者的批评实践所呈现出的面貌与他们自身的求学经历、学术背景、理论兴趣、方法策略、研究对象等有着密切的关联。这些学者大多在中国（包括港澳台）完成大学学业（中文系或者外语系），出国之后多数人攻读比较文学学位。在取得学位之后，这些人基本都留在了海外学术机构（东亚系或者比较文学系）从事20世纪中国文学文化研究。可以说，同在人文学科这一圈子内，大家所经受的理论训练都极为类似，而对20世纪中国文学文化问题采取"近取远观"的方法策略也使得理论在文学批评中占据了重要地位。因为天然地处在一个流散/离散语境之中，这些海外华人学者对跨学科、跨媒介、跨语际、跨文化的多重跨越做法自然多一份敏感和认同。如此一来，身在海外、学跨中西的海外华人学者身上就有着多重话语力量交织而成的理论场，并使得他们的批评观及方法论呈现出斑驳的色彩。[1]这一点在美国学界这一海外中国现代文学研究的重镇表现得尤为显著。众所周知，比较文学学科在美国早已脱离简单的国别文学比较，

---

[1] 李凤亮：《海外华人学者批评理论研究的几个问题》，《文学评论》2006年第3期。

而是变为一个"精英学科",成为西方文学理论的发源地与训练场。在这种学科规训下,海外中国现代文学批评的复杂面貌也就不足为奇了。如果说老一辈的海外华人学者(如夏志清)还较为"保守"的话,那么新生代的海外华人学者则完全采纳了跨学科、跨媒介、跨语际、跨文化的时兴做法。特别是在20世纪80年代从大陆出去的中青年学人,如张旭东、唐小兵、黄子平、许子东、刘禾、张英进、孟悦、陈建华等,问题意识与言说理论更为驳杂和新进,极大地推动了海外中国现代文学研究的发展。

海外中国现代文学批评的这种驳杂化与西方主流学术理论的密切关系值得深思。从某种程度上来说,海外华人学者之所以这么做,也不失为一种话语权力夹缝下的生存之道。在海外学科建制中处于"边缘""小众"的海外中国现代文学迫使从事此一研究的海外华人学者选择和调整研究策略。为了获得主流学界的阅读兴趣和学术认同,海外华人学者必须不断开拓门路,与主流学术话语搭界。作为海外中国现代文学研究重镇的美国学界便是如此。与中国内地学界不同的是,美国学界实行的是匿名审稿的大学出版机制,一些被出版社认可的审稿人(一般来说是有分量的学者)往往掌握着论著的"生杀大权"。他们所代表的主流看法主导着论著的学术倾向,但也容易因此形成一定的惯性和成见。在这样的情势下,他们的眼光和趣味就显得异常重要,海外学者的学术成果的发表和出版也就具有一定的挑战性。年轻学者为了尽快拿出优秀的学术成果,尽快谋取一份学术职务,更乐意花大力气去做时兴的高、精、尖的东西,当然也就不能自外于学院新潮理论所代表的"象征资本"交易。而就整个学界来说,全球化与信息技术的发展使得学术周转加快、淘汰周期缩短,这也迫使海外学者不断地磨炼批评工具,以便推陈出新、自圆其说。海外学者在这样的学术体制和出版机制下,其异彩纷呈的批评实践往往有着多种理论方法在文学批评领域的综合运用。

二、"华语电影"的跨文化批评

20世纪90年代以来的海外中国现代文学研究议题琳琅满目，而以电影或广义的视觉文化研究[1]最引人瞩目。鲁晓鹏、张英进等人的海外"华语电影"的跨文化批评便是其中的代表。在整个人文学科不断走向视觉化、跨界化、国际化的趋势下，视觉文本在欧美高校教学科研过程中的重要性日益凸显。身居海外的华人学者对于"华语电影"的关注自然也就在情理之中。"华语电影"因其投资、制作、推销、发行、消费等的复杂性，无疑充当了海外学者跨学科、跨媒介、跨语际、跨文化研究的最好文本之一。而电影本身错综复杂的诗学、文化、产业问题更是为理论的进入打开了方便之门。我们注意到，在海外华人学者中，不仅仅是鲁晓鹏、张英进、周蕾、朱影、张真等人专心致力于"华语电影"研究，像李欧梵、唐小兵、刘禾、张旭东、史书美等中国现代文学研究学者也常常涉足此一研究领域。这种"跨界"式的研究固然与海外学界的学术氛围、学科建制、课程设置等因素有关，但也与海外华人学者的学术兴趣和研究专长密切相关。通过对这些华人学者的经历和背景的考察我们可以发现，他们基本上都是受过良好的"比较文学"训练。在学科的内涵与外延不断扩散、学科界限日益模糊等情势下，海外华人学者的问题意识、研究对象、言说理路和方法结论可谓包罗万象、异彩纷呈。因此，我们似乎不必奇怪于这些海外华人学者在明确的问题意识下对"华语电影"产生浓厚的学术兴趣，更何况"文学"作为一门学科本来就是历史的产物。"文学"的定义在多数海外华人学者眼里更是开放性的。特雷·伊格尔顿的言述或许可

---

[1] 张英进则认为，"现在进入视觉文化研究的人不多，电影研究也不完全在视觉文化研究的圈子内"，"虽然大家广义上都说在做视觉文化研究，但我觉得这一块其实做得还不是很好"，原因是"视觉文化应该在不同媒体之间形成一些对话，但目前这种对话还不多"。详见李凤亮：《海外华语电影研究的新视野——张英进教授访谈录》，《福建论坛》（人文社会科学版）2008年第9期。

以给我们诸多启发:"……根本无所谓的'真正'伟大或'真正'如何的文学,独立于它在特定的社会和生活形态中受到的对待方式。……文学批评根据某些制度化了的'文学'标准精选、加工、修正和改写本文,但是这些标准在任何时候都是可争辩的,而且始终是历史地变化着的。"[1]在接受海外人文学术领域相似的理论训练(后殖民论述、性别研究、全球化理论等)之后,海外华人学者对于"华语电影"的跨文化批评更加顺理成章。

"华语电影"的命名争议仍然存在,但它作为一个新的研究领域,日益受到海外多种科系的重视。特别是进入90年代之后,电影研究日益繁荣起来,并逐渐成为一门相对独立的学科。从"华语电影"的复杂性和多元性影像透视20世纪中国政治、历史、文化的现实情形,成为海外"华语电影"研究的基本趋向。在"华语电影"研究的这一潮流中,周蕾、鲁晓鹏、张英进、朱影、张真等海外华人学者在这一学术领域做出了独特而重要的贡献,尤其是鲁晓鹏的"跨国华语电影批评"和张英进的"比较华语电影批评"在本土学界引起了较大反响。在此前后,流行于90年代的是后殖民批评话语。[2]遗憾的是,后殖民话语使得"华语电影"研究完全臣服于西方的理论权威之下,非西方文本成为西方理论的完美注解。周蕾等海外华人学者以西化后的"他者"自居,使得"华语电影"因为理论的"进攻"而丧失了自主性。面对这种情况,鲁晓鹏等人的"跨国华语电影批评"充分认识到全球"华语电影"的国族、文化、语言、产业等多重面向,将"华语电影"置入国际市场和全球视野进行综合考量,从"本土"的立场发言,发现了以往西方中心主义话语遮蔽下的"华语电影"特质,拓展了"华语

1　特雷·伊格尔顿:《二十世纪西方文学理论》,伍晓明译,陕西师范大学出版社1986年版,第254页。

2　周蕾在《原初的激情——视觉、性欲、民族志与中国当代电影》(*Primitive Passions: Visuality, Sexuality, Ethnography and Contemporary Chinese Cinema*)等著述中的观点可以被视为代表性成果。

电影"的批评空间。但是，以上批评模式似乎忽略了某些国族或地区特有的历史体验和文化意义。在此基础上，张英进提出的"比较华语电影批评"则更进一步，力图以"对话的身份"和"比较的立场"争取平等的话语权，建立一种对话式的跨文化研究。在张英进看来，"从'对话'角度看跨文化研究，我们发现问题的关键不在于西方理论能不能应用到非西方的文本中去，而在于如何处理运用西方理论所带来的种种敏感的权威、权力和差异等问题"。[1]由此他提出一种"比较电影研究"，并再次拓展研究视野："比较电影研究应该努力超越简单地追随金钱（跨国资本的流动）或分析国内（如电影审查）、国际（如电影节影展）的文化政治，而必须将研究的视野扩展到国际电影的美学、文化、经济、社会政治和技术等方面的相关问题。"[2]这样一来，"华语电影"研究的自我言说空间不断扩大，"华语电影"的跨文化批评不断走向成熟。

从比较文学走向"华语电影"研究成为鲁晓鹏、张英进等当代海外华人学者的共同学术选择。在整个比较文学界的学术话语转向文化研究之后，一批海外华人学者纷纷进入电影（视觉）研究领域，"华语电影"研究因而在东亚研究和比较文学研究中成为一个蓬勃发展的新领域。海外华人学者的学术根底因为交杂着多元文化因素和复杂理论背景，他们的"华语电影"的跨文化批评呈现出驳杂的面貌。而海外华人学者所经受的学术训练对于他们的研究格局的形成无疑起着重要作用。正如鲁晓鹏所言，"比较文学专业培养出来的学生和学者，知识面比较广，理论思维也比较活跃，这会帮助解决一些问题"，"电影研究是个跨学科的领域，又是视觉艺术、听觉艺术，又是表演，又是产业、票房问题，可谓包罗万象，综合性很强，比较文学的训练对此还

---

[1] 张英进：《西方中国电影研究中的权威、权力及差异问题》，收入张英进《审视中国——从学科史的角度观察中国电影与文学研究》，南京大学出版社2006年版，第57—58页。

[2] 张英进：《中国电影比较研究的新视野》，《文艺研究》2007年第8期。

是有帮助的"。[1] 鲁晓鹏本身或许就是一个生动的例子。鲁晓鹏的研究领域包括世界电影、后社会主义电影、跨国华语电影、中国现代文学与视觉文化、中国传统叙事学、文化理论、全球化研究、东西方比较诗学等。此外,这位出身于比较文学的华人学者还曾创办加州大学戴维斯分校的电影系并担任首任系主任。从中我们一方面可以发现电影研究在鲁晓鹏所涉足的研究领域中占据着重要的地位,另一方面也会看到他的整个文化研究场域是驳杂而宽广的。这种学术兴趣也许是来源于某种因缘际会,但或许也与他所受的美国式学术训练不无关系。

同样出身于美国比较文学的张英进似乎更加自由地游走于文学与影像等领域之间。张英进的学术兴趣一直在中国现代文学、华语电影和比较文学之间互动。张英进清醒地认识到,20世纪80年代以后各人文学科所接受的理论训练基本相同,导致学科之间的差异越来越小,各种学科之间的"跨界"成为常态。在《审视中国——从学科史的角度观察中国电影与文学研究》等著作中,他对于中国文学与电影研究的互动以及学术机制有过讨论;而在《影像中国:当代中国电影的批评重构及跨国想象》(*Screening China: Critical Interventions, Cinematic Reconfigurations, and the Transnational Imaginary in Contemporary Chinese Cinema*)一书中,他对于各学科学者进入电影研究的现象也有过揭示。[2] 就"华语电影"研究来说,因为意识到"电影同时呈现为外向型(跨国性、全球化)、内向型(文化传统和审美习惯)、后向型(历史和记忆)和侧向型(跨媒体的实践和跨学科研究)",他所提出的"比较华语电影批评"要求放宽"比较"的范畴:"使其不仅包括相互影响和平行的事物,还包括跨学科、跨媒体和跨

---

[1] 李凤亮:《从比较文学到电影研究——鲁晓鹏教授访谈录》,《中国比较文学》2009年第1期。

[2] 参见张英进:《审视中国——从学科史的角度观察中国电影与文学研究》;张英进:《影像中国:当代中国电影的批评重构及跨国想象》,胡静译,上海三联书店2008年版。

技术的关系"[1],从而"策略性"地"实现对话"。这种"跨学科、跨媒体和跨技术"的批评实践做法在张英进身上可以说是一以贯之的。例如,针对电影与城市文化的相关论述,张英进这样说道:"我强调把电影放入整体都市文化的氛围中加以考察,并且引进了美国做现代史的一部分年轻学者,把电影研究和其他人文社会科学研究,比如历史学、人类学、社会学等结合起来,这样一来,使得中国电影研究朝着历史的角度往前推进了。"[2]而这种有意识的"跨界"批评和理论建构无疑促使"华语电影"研究不断走向纵深。然而,尽管在电影研究领域卓有成效,张英进仍然对中国现代文学史怀有浓厚的兴趣,除了在实际教学中"有一半时间花在文学上面",他曾在一次访谈中表示:"接下来我想做的,可能是借助于这十几年的电影研究经验,重新介入中国现代文学与比较文学研究。"[3]可见,即使在学科意识非常明确的张英进这里,文学与其他领域的交融、"对话"也被提倡,而这也可视为海外华人学者中国现代文学研究的一个缩影。关于海外华语电影的跨文化批评问题,后面予以专章讨论。

三、跨语际的批评实践

在海外华人学者的批评理论中,刘禾所提倡的"跨语际实践"是个独特而重要的存在。这位早年在中国大陆取得英美文学硕士学位而后赴美进修比较文学的新锐华裔学者进入美国学界主流之后,近年来在大陆学界逐渐为人所熟知。其中,她的两部代表性论著《语际书写:现代思想史写作批判纲要》和《跨语际实践:文学,民族文化与

---

1 张英进:《中国电影比较研究的新视野》,《文艺研究》2007年第8期。
2 李凤亮:《海外华语电影研究的新视野——张英进教授访谈录》,《福建论坛》(人文社会科学版)2008年第9期。
3 李凤亮:《海外中国现代文学与电影研究的学科意识——张英进教授访谈录》,《文艺理论研究》2008年第6期。

被译介的现代性（中国，1900—1937）》[1]更是在大陆学界流传甚广、影响甚大。"被译介的现代性"这一说法的知名度更是堪与"被压抑的现代性"相提并论。在这两本著作中，刘禾通过对不同语言之间"互译性"问题的追问，认识到了"跨语际实践"的复杂性。刘禾"从翻译的文化研究切入，处理的材料和对象是思想史和文学史的内容，但其方法论上的意义则不仅对于中外思想、文化历史研究，而且对于中外文学关系和比较文学研究，也具有相应的启发意义"[2]。在不认同传统"翻译理论"的基础上，以中国近现代思想史和文学史为主要材料和历史背景，刘禾对概念、范畴、理论原封不动地进入另外一种语言文化这一似乎是不言自明的越界行为提出了质疑，进而强调了语言和翻译的"不等值性"和"不透明性"。刘禾以"互译性"文化研究为视野进行的跨语际批评实践，虽然不免有部分历史事实方面的"硬伤"，却仍以其新鲜的方法论大大地冲击了中国大陆文学研究界的思想范式，颠覆了某些固有的研究结论和研究思维，不仅有效地切入了中国现代文学研究，而且拓宽了中国现代文学研究的学术空间。

中国现代文学的发生和研究似乎从一开始就与西方文化和学术背景有着千丝万缕的联系。晚清（甚至晚明）以来的中国文学问题再也不能在封闭的本土架构中得以解决，中国文学的"现代性"一时成为热议的焦点。自近代以来，"翻译"在中国再次形成一次历史高潮，大量新词涌入本土，"中—日—欧"之间的"跨语际实践"对于本土思想文化界的影响不言而喻。而从语言和翻译这一角度对中国现代文学进行有效的追踪和发问，刘禾可谓先锋和主将。无论是对"翻译中生成的现代性"的深究，还是对"国民性"话语的质疑，抑或对其他现代

---

1 刘禾：《语际书写：现代思想史写作批判纲要》，上海三联书店1999年版；《跨语际实践：文学，民族文化与被译介的现代性（中国，1900—1937）》，宋伟杰等译，生活·读书·新知三联书店2002年版。前者以汉语写成，后者是英文著作的汉语翻译。

2 宋炳辉：《文化的边界到底有多宽？——刘禾的"跨语际实践"研究的启示》，《中国比较文学》2003年第4期。

文学史和思想史问题的发现，刘禾的"跨语际实践"研究都在中国文学批评界引起了较大的反响。通过考察"国民性""个人主义"等理论话语的历史建构和沉浮，刘禾试图揭示其中所蕴含的各种文化权力关系。刘禾对于中国现代文学研究的入思视角多少有些特别：语言问题作为文学的首要问题受到刘禾的密切关注。围绕语言和翻译问题，刘禾做了一连串追问和理论的阐述。在《跨语际实践》一书的卷首，刘禾提出了翻译文化中的"互译性"问题：

> 不同的语言是否不可通约（incommensurable）？倘若如此，我们如何在不同的词语及其意义间建立并保持假设的等值关系（hypothetical equivalences）？在人们共同认可的等值关系的基础上，将一种文化翻译成另一种文化的语言，这究竟意味着什么？譬如，倘若不使一种文化经验服从于（subjecting）另一种文化的表述（representation）、翻译或者诠释，我们还能不能讨论——或者干脆闭口不谈——跨越东西方界限的"现代性"问题？这二者之间的界限是由谁确定和操纵的？这界限是否易于跨越？我们有没有可能在普遍的或者非历史的基础上提出一些可信的比较范畴？[1]

对于不同语言之间不言自明的"等值关系"的怀疑，使得刘禾对翻译活动做出了进一步深刻的思考。刘禾正是注意到语言活动的主体色彩和语境规约，从而对人类的话语建构活动（翻译活动）产生了深刻的疑问和浓厚的研究兴趣。在对语言之间的"等值关系"相对化、历史化的基础上，刘禾对"翻译"做了重新定义。在刘禾看来，"翻译"再也不是与政治和意识形态无关的中立事件，而是变成与文化权力密切相关的话语实践。刘禾试图探讨的是："人们通常所设想的对等

---

[1] 刘禾：《跨语际实践——文学，民族文化与被译介的现代性（中国，1900—1937）》，宋伟杰等译，"序"，第1页。

关系在具体的语言之间是如何建立并保持的？在历史上让不同的语言互相对等的行为究竟服务于什么需要？"[1]除此之外，我们还应该注意到，刘禾的研究重点不仅仅在于强调不同语言之间的"可译性"等技术层面的问题，也并非翻译的原初和结果，而是不同语言之间的"互译性"问题，即话语的具体实践方式和过程。有国内学者曾经指出，"刘禾一方面将自己置入这一'语言论'潮流中，从语言问题入手诠释文学活动，重绘思想地图；另一方面她又清醒保持了与传统语言理论及既有研究方式的距离，从反抗单一语言中心论（刘禾更多的指欧洲语言中心论）入手，消解传统的语言翻译交流理论，从一种跨文化的视野中强调文学书写的语际特征"。[2]通过考察新的词语、意义、话语以及表述模式如何摆脱主方语言与客方语言的接触/冲突的困境，从而发现其在主方语言中兴起、流通、共识并获得"合法化"的进程。刘禾在跨文化、跨历史、跨语际的研究过程中，展开了自己的"互译性"研究和跨语际批评。正是通过这种方式的"介入"，通过对中国现代文学诸多话语的历史性考察，刘禾的现代文学研究呈现出新鲜的面貌。

这种"跨语际实践"研究对于打开中国现代文学研究的视野无疑具有重要的意义。刘禾将话语的双向交流方式变成"移植/变异/本土化"的复杂形式，打破了中国现代文学中的西方"单向影响"的神话和简单的线性史观，从而重温和复原了中国现代文学的复杂历史情境，发现了20世纪中国文学的世界性因素。透过这种研究视野和批评实践，我们甚至可以看到刘禾对当代语言理论和文学理论的反思与颠覆。作为一位从汉语学界跻身于英语学界的当代海外华人学者，刘禾接受了全新的学术理论和思维方法的训练，并超越了狭隘的民族主义和西方中心主义的局限。在美国学界科际整合的学术背景中，刘禾对

1　刘禾：《跨语际实践——文学，民族文化与被译介的现代性（中国，1900—1937）》，宋伟杰等译，第22页。
2　李凤亮：《"互译性"研究与跨语际批评——论刘禾文学研究的现代性视野》，《文学评论》2004年青年学者专号。

中国现代文学的研究似乎浑然天成地融合了多种学科的理论方法，大有让我们难以分辨、眼花缭乱的感觉。这来源于刘禾在中与西、传统与现代的互译网络中显示出的强烈的反思精神和鲜明的问题意识。而这种反思精神和问题意识的凸显，使得刘禾的研究方式与批评实践获得了蓬勃的理论生命力，也使得其文学研究能够置于广阔的人文领域并得到深化。在刘禾看来，"理论就是问题意识"，"就是提出别人没有提过的问题，它不是炫耀名词概念，更不是攀附知识权贵"[1]。从某种程度上来说，正是在明确的"问题意识"指引下，刘禾的跨文化、跨语际、跨学科研究才能取得极大的成功。

在"问题意识"的牵引下，刘禾的理论视域日益扩大，不断地进行"跨界"研究。因为对文字符号和图像符号有着深刻的迷恋，刘禾从"互译性"研究和翻译理论研究走向了对帝国的话语政治研究乃至对技术文明的考察，多门学科"交相辉映"各展神通，可谓实现了多种学科的"穿越"。近几年来，刘禾甚至对技术史与概念史、文明史与思想史的关系颇感兴趣。在《帝国的话语政治》[2]一书的首章，刘禾的论述就涉及符号学的发生和通信技术的发明。从《语际书写》《跨语际实践》到《帝国的话语政治》《佛氏人偶》[3]，刘禾对技术文明的兴趣似乎越发浓厚。对于这种穿越于自然科学和人文科学之间的做法，面对可能脱离她所在的"学术共同体"的风险，刘禾有点"不以为然"，声称自己仍然坚持站在人文主义的立场对文本进行人文历史政治的解读，而现实问题和文本符号是研究的内在驱动。[4]刘禾本人并不认为自己的

1　刘禾、李凤亮：《穿越：语言·时空·学科——刘禾教授访谈录》，《天涯》2009年第3期。

2　2004年哈佛大学出版社出版了本书的英文版。汉译版本可参见刘禾：《帝国的话语政治——从近代中西冲突看现代世界秩序的形成》，杨立华译，生活·读书·新知三联书店2009年版。

3　Lydia H. Liu. *The Freudian Robot: Digital Media and the Future of the Unconscious*, Chicago: The University of Chicago Press, 2011.

4　刘禾、李凤亮：《穿越：语言·时空·学科——刘禾教授访谈录》，《天涯》2009年第3期。

研究历史发生了"断裂"。事实或许正是如此。例如,在《帝国的话语政治》中,刘禾延续了她的"跨语际实践"的理论方法,通过捕捉帝国研究的"符号学"转向,解读帝国碰撞所包含的文化冲突和融合信息,从而揭示了19世纪符号学转向(早于"语言学"转向)与国际政治之间的复杂互动。面对"跨界""穿越"的质疑,刘禾"始终认为自己是做文学的":"我是学文学的,所以我不愿意幼稚地面对文本,我觉得文本有许多阐释的可能性,仅此而已……我和其他文学研究者不同的地方,可能在于我的领域比较广,是广义上的人文学者。我认为比较理想的状态就是能够既不离开文学,又能突破文学自身。"[1]在刘禾看来,"文学"本身就是一个开放性概念和历史性学科,对于文本、历史与理论的循环思考,也许是回到文学最佳的想象入口。通过观察我们可以发现,刘禾的这种观念和做法在海外华人学者中颇具代表性,这是否说明"跨界"的文学批评已成不可阻挡的趋势呢?

四、走向文化研究

前文以海外华人学者的"华语电影"研究和"跨语际批评"为例对他们的跨学科、跨媒介、跨语际和跨文化研究展开了初步的描绘,希冀以此窥一斑而见全豹。海外华人学者的研究成果和批评实践当然不止于此。有学者指出,在北美中国现代文学和文化研究领域中,"对皮埃尔·布迪厄文化场域理论的运用正逐渐和历史阐释学方法结合起来,取代后现代、后殖民批评范式,成为一种更富有辩证色彩和综合特色的方法论趋势"[2]。在此基础上,海外中国现代文学批评领域新见迭出、异彩纷呈。王德威在《海外中国现代文学研究的历史、现状与未来——"海外中国现代文学译丛"总序》一文中就曾指出,海外中国

---

1 刘禾、李凤亮:《穿越:语言·时空·学科——刘禾教授访谈录》,《天涯》2009年第3期。
2 王晓平:《文学性、历史性和现代性——北美中国现代文学和文化研究的三种趋势》,张清芳译,《中国现代文学研究丛刊》2010年第4期。

现代文学的相关研究至少已经跨越到电影、流行歌曲、思想史和政治文化、历史和创伤、马克思和毛泽东美学、后社会主义、"跨语际实践"、语言风格研究、文化生产、大众文化和政治、性别研究、城市研究、鸳鸯蝴蝶和通俗文学、后殖民研究、异议政治、文化人类学研究、情感的社会和文化史研究等相关课题与领域。针对此一繁复现象,王德威进一步说道:"与此相应的是文化研究的大行其道,试图综合不同人文社会学科的方法,对中国社会文化转型,做出全面观察。"[1] 在这里,王德威对海外中国现代文学研究(批评)的现状做出了总结性的概述,并且认为文化研究已经在其中流行开来。

　　王德威的概述是准确的。身处海外的华人学者往往得西方文学研究的风气之先,操着西方新潮理论的"手术刀",对中国现代文学文化展开了全面的剖析。走向文化研究成为他们共同的选择。诚然,这里所谓的文化研究是宽泛意义上的称谓,即不完全等同于伯明翰学派以来的作为一种理论方法的文化研究(尽管海外华人学者常常采用这一尚无定论的做法)。海外华人学者的文化研究更像是一种在问题意识指引下的泛文化研究,对中国文化(史)本身的关注和了解往往使得他们能够超越一般意义上的文化研究的局限性,做到理论感和历史感的有机结合。这点在某些海外华人学者身上体现得特别明显。例如,李欧梵、孟悦、陈建华等出身于东亚研究的学者对于历史材料的爬梳和理解就给他们的中国现代文学研究打上了强烈的传统史学的烙印。通过跨学科、跨媒介、跨语际、跨文化的文学研究,海外华人学者最终要找到的是一个更佳的进入文学想象的入口。在海外华人学者看来,必须将"文学"置于一个广阔的人文领域来加以动态的考量,文学批评也随之必须发生"文化转向"。李欧梵因此特别强调将文学(史)问题置入历史文化语境中进行全面的考察:"我并不是把作品当作独立存

---

[1] 王德威:《海外中国现代文学研究的历史、现状与未来——"海外中国现代文学译丛"总序》,《当代作家评论》2006 年第 4 期。

在的东西,这和某一种西方理论不一样。我觉得作品是被制造出来的,它产生的历史文化的环境,和它产生的人,和作家、阅读者的关系都非常密切。"[1] 以文本和符号为研究起点,海外华人学者的这种以文学批评为旨归的文化研究就迥异于普通的政治思想史研究、社会学研究而别有一番景致。虽然不断地进行学科"跨界",海外华人学者的研究落脚点和焦点仍然是中国现代文学、文化问题,这也正是他们进行文化研究时的"共识"。而因为自觉地将文学问题语境化、关系化,海外华人学者的现代文学研究呈现出一种更为阔大的气象。这种文化研究虽然与传统的社会历史批评有几分相似之处,但它显然是对传统的社会历史批评的一种超越。传统的社会历史批评建立在"模仿论"的理论前提下,"批评家时常将文学视为社会历史的模型","作品与社会之间的互相参证是他们的不二法门";而"文化研究的考察广泛得多。批评家可能追溯到大学课程的设置与经典的形成,也可能分析意识形态对于文本结构和语言修辞的影响。文化研究并不拒绝以文学为中心。文化研究拒绝的是封闭的文学观念——文化研究必须穿透文本的内部与外部,揭示二者之间隐秘而复杂的互动关系"。[2] 在"内部研究"和"外部研究"的有机结合中,文化研究试图全面地打开视野,将文学问题置于多重脉络之间给予考察,从而重新发现文学与文化、文学与社会的复杂互动关系。文化研究的这种兼容性和"穿透力"使得它开启了一个又一个有力的问题——这也正是海外华人学者青睐它的重要原因。而考察文化研究在西方学界的起源与发展,我们可以发现,海外华人学者同其他西方学者一样,通过这种与社会网络密切关联的文化研究,试图达到的是"理论介入"和"文化批判"的目的。或许正如李欧梵所说,这种文化研究最大的好处,"就是在西方的学界里面真正是为了

---

1 李欧梵:《徘徊在现代和后现代之间》,上海三联书店 2000 年版,第 88 页。
2 南帆:《后革命的转移》,北京大学出版社 2005 年版,第 267 页。

广义的第三世界的文化传统或者政治开辟了一条新的道路"[1]。从文化里面发现政治,从而试图"介入"和"干预"现实,使得文化研究不再只是一种学院的"自娱自乐"。

随着海内外学术交流活动的增多,这股文化研究的思潮同样进入了本土的中国现代文学批评实践中。文化研究给国内学界带来了新鲜的方法论视野,让批评重获生机和活力,因而受到了广泛的欢迎,并成为多门学科热议的话题。但与此同时,它也面临诸多质疑。关键问题在于这种文化研究的内涵和概念在目前学界尚无定论。因其研究对象"海纳百川"、研究方法过于西化,人们对文化研究的顾虑和防范从未消失。文化研究模糊了文学与其他学科的界限,打破了固有的文学研究边界,让众多的传统文学研究学者深感不安。虽然在理论意义上文化研究具有强烈的批判精神,但很多人仍然试图捍卫文学的相对独立性。文学学科自律性和权威性的消解是他们担忧的焦点。文化研究也许可以兼顾中国现代文学的复杂面向,但它肆无忌惮的跨学科做法是否会让文学迷失于理论的"八阵图"之中?"文学"如果不是以"审美"为中心,那它作为一门学科还有存在的必要吗?诸如此类的疑问在众多文学研究者脑中挥之不去。可以说,在整个文化研究的"本土化"过程中,关于它的争论未曾停歇过。事实上,海外华人学者中也有人对"文化研究"提出过批评,并在对其产生清醒认识的前提下试图超越它的局限性。李欧梵的一番言论引人深思:"我个人对文化研究的批评主要有两个方面,首先它基本上是一种批判的模式,它开展了很多领域,可是这些领域的空间开展了以后,他们反而不知道怎么研究,他们只知道用理论批判,不知道怎样扎扎实实地做研究";又说,一般的文化研究者"不愿在历史资料上下功夫,只是叫叫历史口号"。除了认为"文化研究"需要在实证和历史方面下功夫,他接着说道:"而我对文化理论批判的另一方面就是,名为 Cultural Studies,可是不

---

[1] 李欧梵、季进:《李欧梵季进对话录》,苏州大学出版社 2003 年版,第 135 页。

注重文化的意涵,只是把文化当成语码,认为文化的背后是政治、是性别、是种族、是征服、是霸权。"[1]西方"文化研究"的这种研究旨趣自有其来龙去脉,但也是其受质疑的一个很重要的原因,而置身于西方学术语境中的李欧梵对"文化研究"的局限性显然有着真实而深刻的体验。

第五节 文学整体观与研究格局的重建

相对于国内的中国现代文学批评来说,海外中国现代文学批评呈现出阔大的学术气象和灵动的比较气质,进一步拓宽了中国现代文学批评的学术空间,甚至丰富和改写了"中国现代文学"这一概念。海外中国现代文学批评不仅拓展了批评对象的时空范围,将视域拉近至晚清(明)文学和"十七年文学",对海内外各区域华文文学之间的关系予以重新的考量和建构,而且在研究方法、内容和思维上实现了多重跨越和交叉,呈现出从文学比较走向文化研究的大趋势。这种时空交错、众声喧哗的中国现代文学批评局面的出现,正是得益于海外中国现代文学批评的整体观及批评实践。海外中国现代文学批评的整体观及其批评实践,打通了20世纪中国文学近代、现代和当代的人为历史分期,重现了世界华文文学繁复多姿的空间版图,并在文化研究的大潮中发现了诸多新的文化和诗学问题。海外华人学者运用现代性理论实现了20世纪中国文学的历史贯通,并以其斑驳复杂的理论重新解读了文学与历史、文学与国家(区域)之间的关系,影响了国内的现代文学批评现状和走向,重构了中国现代文学的研究格局。随着海内外学术交流的日益频密,中国现代文学研究已然成为海内外学界对话和互动的"学术共同体"。而海外中国现代文学批评的整体观及其批评实践作为本土学界的"他者",在学术背景、出场语境、问题意识和研

---

1 李欧梵、季进:《文化的转向》,《当代作家评论》2004年第2期。

究方法等方面都与我们有着很大差异,无疑可以为我们带来诸多启发与借鉴。

海外中国现代文学批评整体观的出现是有多方面原因的。因为身处海外社会和学术语境,海外华人学者自然可以对中国现代文学的诸多问题做出自己更为灵活和多元的思考。海外学人一方面及时将西方各种批评理论"挪为己用",另一方面又以旁观者的"超然"立场对中国现代文学问题进行整体观照,这使得他们的研究视野、研究内容和研究方法呈现出与本土学界不同的面貌。如果说国内的中国现代文学研究是由内向外看,以"走向世界"为旨归的话,那么海外的中国现代文学研究则是由外向内看,它强调的是中国文学之于世界文学的独特意义。在较为宽松的学术语境之下,海外学者并没有像国内学者一样"保守",而是发出了多种不同的声音。这既是他们富有洞见的表现,也是他们在海外学术体制中的"生存之道"。作为海外学科体系中的"小众",只有短短几十年历史的海外"中国现代文学"尚未定型,而且为了谋求发展,它并没有过多的限制和束缚,而是在不断地进行各种"比较"和"越界"。身处西方理论旋涡的中心,在"问题意识"的牵引下,经过海外学术训练的华人学者因此有了另外的"眼睛"观照中国现代文学,从而突破中国本土研究的种种成规和定论,发现隐而不彰的文学史线索,打破观念、时间、空间的画地自限因此成为可能。就"中国现代文学"本身而言,它从"出生"到"成长",都伴随着跨文化、跨学科、跨语际的对话过程,我们无疑要将其置于国际的(未必平等的)对话情境来加以认识。如果一味固守"中国现代文学"的本质性和本土性,死守住其时空坐标,那么将造成不可避免的盲视与偏见。海外华人学者在这方面就比国内学者做得更好,这也是海外中国现代文学批评整体观形成的重要缘由。"现代/现代性"并非天经地义,更不是西方(资本主义)的专利,而是历史建构的知识谱系和话语机制。

海外中国现代文学批评进入国内学人视野之时,正是国内学界进行文化反思与学术转型的高潮期,海内外学界的对话渐成趋势。"20世纪中国文学""中国新文学整体观""百年中国文学"等"重写文学史"命题与此遥相呼应。甚至可以说,大陆学界的"重写文学史"运动本身就是海内外互动的结果。对于中国现代文学"整体性"的把握成为海内外学界普遍的追求。在"20世纪中国文学"的主倡者看来,所谓的"20世纪中国文学",不单是为了把"近代文学""现代文学""当代文学"这样的研究格局打通,也不只是研究领域的扩大,而是要把20世纪中国文学作为一个不可分割的有机整体来加以把握。[1] 虽然"20世纪中国文学"在实践层面屡遭"困惑与矛盾",但研究者对20世纪中国文学"有机整体"的强调无疑显示出大陆学界"走向世界"的"雄心壮志"。而正是有了近30年的"请进来""走出去",大陆现代文学研究中的单一模式才得以逐步消解,一系列基于"现代"意识的广义"中国现代文学"概念才得以真正诞生。[2] 因为海内外思想和学术生态存在着巨大差异,海外华人学者的中国现代文学批评整体观似乎走得更远。对"现代/现代性"的多元认识,使得海外学人在本土现代文学史之外重现发现了"晚清文学"的现代性和"十七年文学"的现代性,从而有效地贯彻了20世纪中国文学的批评整体观。如果说"五四"在本土学界还有着坚固地位的话,那么它在海外的"中国学"中却遭遇了"重新认识"的处境,因而中国现代文学的"五四"论述框架得以被突破。而由于天然地置身于流散/离散语境,海外华人学者对世界各区域的华文文学特别是海外华文文学有着更为切实的了解和尊重,并在西方理论的启发下展开对各区域华文文学的比较研究和理论建构。"Sinophone"话语的出现因此并非偶然。处在文化研究大行其道的"理论时代",海外华人学者跨学科、跨媒介、跨语际的

---

1 钱理群、黄子平、陈平原:《二十世纪中国文学三人谈·漫说文化》,北京大学出版社2004年版,第11页。
2 李凤亮:《走向跨地域的"中国现代诗学"——海外华人批评家的启示》,《南方文坛》2010年第5期。

中国现代文学批评实践也因此成为常态。在不认同中国大陆学界的主流论述话语的基础上，海外中国现代文学批评在明确的"问题意识"下重新出发了。海外华人学者的观念立场、入思视角和方法结论往往迥异于国内学者，他们以跨国意识和比较视野构建起来的整体观因此呈现出广阔而别样的面貌。

"传统"与"现代"，"中国"与"西方"的辩证关系在中国现代文学领域反复纠缠，并内化成其不可或缺的一部分。海外中国现代文学批评整体观视域下的批评实践得益于海外华人学者运用西方文学批评理论对中国现代文学展开的跨文化研究。尽管这些海外华人学者往往自觉不自觉地采用中国传统方法和思维，但不可否认的是，近乎"过度"的西学阐释使得他们的批评理论"西化"得较为厉害。理论阐释合理性和有效性当然不能根据理论的国籍身份做出评判，但我们必须警惕海外华人学者批评理论中所透露出的"重理论方法、轻材料史实""话语权力"等问题。"理论热"自然有其客观背景和可取之处，但我们作为海外华人学者的"他者"，必须对他们的理论适用性予以具体的辨析，并注意到他们可能忽略的历史情境和历史事实。事实上，针对这样的问题，海外华人学者自身也进行了反思，如王德威就曾谦虚地坦言：自身对西方文学理论的认知基于自己对于中国文学传统的无知，建议学者们应该"创造性转化西方理论"[1]。而对于一些理论"买办""挟洋自重"的做法，我们同样必须保持清醒的态度。我们注意到，海外华人学者往往是以不认同大陆学界的主流论述话语为研究起点的，但这种非主流的立场和以边缘谋取中心的学术策略一方面使得他们颇有洞见，另一方面也往往使得他们走入另外一个"极端"。在中西话语权力夹缝中的海外华人学者，采取了灵活的态度来应对各种强势话语，争取自己的话语空间，重建

---

[1] 李凤亮：《二十世纪中国文学研究的整体观及其批评实践——王德威教授访谈录》，《文艺研究》2009年第2期。

了"边缘诗学"的"合法性",引起了主流话语的注意和重视,在某种程度上促进了"主流"与"非主流"的对话,这无疑值得肯定和赞赏。但与此同时,他们位居边缘的话语姿态和灵活的批评策略,虽然有着丰富的多角度宏观透视画面,但难以形成系统的文学史全貌;这也像王德威所承认的,"点"的研究多,"面"的研究少,无法形成一个可贯彻始终的整体的文学史观。这固然与海外华人学者"散点分布""各自作战"有关,也与海外学界的学科建制和学术机制密切相关。这可以说是海外华人学者的中国现代文学批评整体观的一个缺陷。

在大陆学界,早在1986年,王瑶先生就注意到了现代学者运用"西学"研究中国文学的启示,即如何协调西方研究方法和中国固有学术传统间的矛盾。中国现代文学作为现代性的产物,对其展开研究更是不可能脱离海外的学术资源和理论方法。在文论"失语症"恐惧不断弥散的今天,作为大有可分析意味的话语中介的海外华人学者的中国现代文学批评经验同样不可忽视。比如,海外华人学者的现代性研究思路以及他们的"Sinophone"话语建构虽然有着一定的局限性,但这种"整体观"的形成和实践对于开拓中国现代文学批评空间无疑是有益的,多元文学史的有效书写无法忽视它们所发挥的巨大作用。在建构一种多元比较的跨地域的"中国现代诗学"方面,海外华人学者的批评实践可以释放出它独特而巨大的能量。王元化先生曾经指出,早期的文学研究并没有形成古代文学、近代文学和现代文学的隔绝,而是讲究"融会贯通","把问题放在历史的宏观背景上来探讨","只有经过比较之后才可以显示出问题的来龙去脉和它本身所具有的特点",不然将使研究流于狭隘,难以将问题真正搞深弄懂。[1]虽然此番话他是针对中国古典文论研究而言,但同样适用于中国现代文学批评实践。海外中国现代文学批评整体

---

[1] 王元化:《清园近作集》,文汇出版社2004年版,第78页。

观视域下的批评实践用事实一再告诉我们，打破人为设置的时空藩篱和学科限制不仅可能而且必要。这种开阔的批评思路和研究路向既是现实情势下国内学人必要的自我反思，也是海外华人学者中国现代文学批评整体观带给我们的重要启示。

第二章

"晚清文学"观念的崛起与研究格局的扩张

在海外中国现代文学研究中,"晚清文学"话语的崛起成为近年来影响甚巨的一个学术现象。此一现象,介入的学者之广,产生的成果之多,牵涉的问题之复杂,对国内学术界同行影响之大,似乎是中国现代文学研究的其他领域所不及的。本章以"'晚清文学'观念的崛起与研究格局的扩张"为题,拟对这一尚未止息的学术现象进行系统考察与分析,以期由此进入,发掘海内外批评理论流向之异同,并为21世纪中国文学批评的发展寻找新的路径。

第一节 "晚清文学"概念的提出及辨析

对晚清文学中所蕴含的现代性的发掘,最早源于海外华人学者的学术研究。作为海外中国现代文学研究创始者之一的夏志清,在出版《中国现代小说史》及《中国古典小说史论》等著作的同时,也曾有再撰著一部《晚清文学史》的打算。他后来说,其"对晚清的研究也是很早开始的。以前都认为'五四'与晚清没有关系,'五四'作家看不起李伯元、吴趼人他们"。在谈及《中国现代小说史》的不足时,他也曾不无遗憾地表示,"没有把晚清和民初的小说专门加以讨论,这是全书(《中国现代小说史》)的缺失的方面"[1]。夏志清的这个遗憾,也在其《中国现代小说史》"中译本序"中提到过。虽然他意欲撰写的《晚清文学史》未能产生,但仍有《〈老残游记〉新论》《新小说的提倡者:严复与梁启超》《现代中国文学感时忧国的精神》等数篇论文面世,[2]足可见其对包括通俗小说在内的晚清文学的重视。

自夏志清1961年出版《中国现代小说史》、开创海外中国现代文学研究以来,海外的中国现代文学研究不仅"蔚为风潮",而且能人辈出。[3]这一领域的海外学者从不同角度介入,共同推进了晚清文学研究的进展。"没有晚清,何来'五四'",王德威等人借此口号,对晚清文学的现代性语域进行刷新式的研究。王德威将学术研究重点放在对晚清写实小说以及通俗小说的研究上,将文本分析与文化研究相结合,考察了诸多发端于晚清未能扩大的边缘声音;李欧梵将晚清时期的小说、报纸、杂志纳入大叙述,以跨学科的眼光,考察小说等传播媒介如何从传统"转型"到现代;刘禾从翻译的文化研究入手,由现代文学切入思想史研究,追寻"翻译中生成的现代性";陈建华对梁启超及林纾的翻译、《新小说》等小说期刊以及"革命"话语进行研究,力图找出当时学术与政治意识形态之间的复杂联系;孟悦借助于对晚清之际扬州与上海城市花园的考察、江南制造局的研究,对"格致"和"西学"范畴的梳理,发掘出历史发展着的公共空间,以及科学技术话语中潜藏的现代性重构;唐小兵在对晚清小说进行"内层精读"之时,探究这些文本在历史瞬间累积的"外层重构",并分析阐释了梁启

1　季进:《对优美作品的发现与批评,永远是我的首要工作——夏志清先生访谈录》,《当代作家评论》2005年第4期。

2　分别收录在夏志清的《文学的前途》(台北纯文学出版社1974年版)、《人的文学》(台北纯文学出版社1977年版)和《中国现代小说史》(复旦大学出版社2005年版)"中译本附录二"。

3　练暑生:《中国现代文学、文化中的颓废和城市——评李欧梵〈现代性的追求〉》,《文艺研究》2005年第8期。

超的全球性新史学构想,以此了解这一重要思想人物所处时代的复杂问题;张错则把研究重点放在"前五四"西学东传的文化影响,指出严复、梁启超等人的翻译小说,对文学界、政治界乃至文化界都具有不可小觑的启蒙作用,并认为冯至的诗歌凝聚着对晚清以来"新文化运动"的反思与艺术再实践,反映出其对传统与现代、中方与西方等问题的考量。海外的晚清文学研究当然不止于此。总体上看,海外华人学者对晚清文学的研究呈现出多重视角,或将文学文本、历史环境、政治因素相结合来考察,或引入话语权力等理论,重视民间声音及文本叙事隐形结构的发掘,等等。

值得注意的是,海外华人学者的晚清视域并不一致。比如:王德威提出的"没有晚清,何来'五四'",是将晚清的时代范围扩大到鸦片战争以后;而他所认为的"晚清文学",指的是"太平天国前后,以至宣统逊位的六十年"[1]时期的文学。以第一次鸦片战争及太平天国运动前后至清朝覆灭之间的六十年作为晚清研究的上下限,基本上成为大多数学者的共识。当然,在具体研究中,"晚清"及与此相关的现代性研究的时间区隔并不绝对分明:如在上限方面,一些学者提出某些更长的研究时域,张错就曾经指出,千丝万缕的"前五四"现象是十分值得探索的文化课题,他甚至还认为"所谓'前五四',或'五四'前期,实可推前于 1600 年的明末"[2];而在研究的下限方面,一些学者又将晚清从清末延伸至民国初年直至"五四"前夕。这些都表明,"晚清"概念在文学及历史等研究领域的操作,实际上是与当代人文学术对于"五四"及 20 世纪中国文化现代性的反思密切相关的。换言之,"晚清"话语的出现,某种意义上打破了既往的"五四"和现代性论述框架。因此,在"晚清"论述中,"五四""前

---

[1] 王德威:《被压抑的现代性——晚清小说新论》,宋伟杰译,"导论:没有晚清,何来'五四'",第1页。

[2] 张错:《基督文明的明清入华策略》,收入张错《批评的约会——文学与文化论集》,第265页。

现代""前五四"等便成为出现频率极高的概念。而"前现代""前五四"等"前"式（pre-）概念，正是西方学术界非时间意义的通行学术表达语式。它通常相对于具有现代意义的"五四"而言，本身并非完全意义上的时间界定，而是一个表明文学行进过程中区别于其他阶段文学性质的概念。

自有晚清文学以来，国内便有了对晚清文学的研究。"五四"之前，国内学术界的"晚清"研究渐露头角。梁启超在对晚清文学的研究中，注重对其文学社会功能的揭示，总结出晚清小说具有的"熏浸刺提"四大功能，成为流播甚远的晚清文学研究观念。在其以后，阿英和鲁迅成为晚清文学的两个重要研究者：阿英作为晚清小说研究的拓荒者之一，其撰著的《晚清小说史》影响甚众；而鲁迅对晚清狎邪、谴责等小说类型的批评，对国民性的批判，更影响了后来人们对晚清文学性质的认识。然而，这些研究，仅立足于晚清当时的文学状况，视域也只能触及晚清及其之前的中外文学、文化领域，既未完全摆脱晚清民国的时代戳记，也不可能具有20世纪后期晚清文学再研究的历史距离感。而上述研究中所体现的立场和方法，如简单化的文学工具论视角等，也日渐成为晚近的晚清文学研究者反思和诟病的话题。

20世纪中国的主流文学史观，无论是诞生于"五四"时期的"启蒙主义"文学史观，还是30年代后逐渐兴起的"新民主主义"文学史观，抑或是80年代以"现代化"为基本诉求的"新时期"文学史观，都坚持"从'五四'谈起"。在这种语境下，即使在80年代"重写文学史"与"重估20世纪中国文学"的号召之下，也并未出现像王德威"没有晚清，何来'五四'"这样被反复谈论的20世纪中国文学研究命题；[1]换言之，此期的文学史书写仍未摆脱"五四"新文学的论述框

---

[1] 李杨：《"没有晚清，何来'五四'"的两种读法》，《中国现代文学研究丛刊》2006年第1期。

架,也鲜有将晚清视为中国现代性起源语境的考察。如陈平原在《中国小说叙事模式的转变》(1988)中从叙事学角度指出晚清小说虽有所变化,但认为晚清小说变化不够,是不成熟形态的小说,落脚点依然是站在"五四"看晚清。在文学史著作方面,无论是1983年出版的郑万泽《中国近代文学史事编年》、1984年出版的唐弢主编的《中国现代文学史简编》、1993年黄霖所著的《近代文学批评史》、2013年袁进主编的《中国近代文学编年史:以文学广告为中心(1872—1914)》,还是国内影响甚大、2016年第二次修订的钱理群等编写的《中国现代文学三十年》,都不约而同地把现代文学史从"五四"开始算起。将晚清文学排除在现代文学史之外,是中国现代文学研究界长期的主流语式。无疑,这与长期横亘于文学研究中的时代分期与进化观念密切相连。而文学批评类著作和论文,如1988年出版的《中国近代文学论文集》,常征发表于1982年的《晚清小说理论外部规律学说初探》,陈建生发表于1983年的论文《略谈晚清小说理论》等,也大多数是以传统的史学分期观念来看待晚清时期的文学文化,离不开"五四"以来"雅"式的主流话语论调。

正是因为上述研究境况,所以当20世纪80年代以来海外学术界有关晚清文学与文化的研究成果传播至国内时,很快便形成了一阵阵晚清文学研究与反思的"现代性"冲击波。

80年代中期到90年代中期这十年间,可以看作冲击波的前潮涌至期。此前,海外学者还没有专门研究晚清文学及文化现代性问题的论著,不过已有涉及晚清文学批评的文章以"中译本"形式出版,如夏志清那本收录了《〈老残游记〉新论》的中译本《文学的前途》,就是由台北纯文学出版社于70年代出版后再辗转传入内地的。而80年代后,则有海外华人学者以中文写作的晚清文学研究成果,陆续在国内期刊上发表,如李欧梵、邓卓合作发表于1985年第3期《中国现代文学研究丛刊》上的《论中国现代小说(摘要)》。一些著作则首先在台湾、香港等地出版,然后再传入大陆学术界,如王德威1986年由台北时报文化出版企业出版的《从刘鹗到王祯和——中国现代写实小说散论》、1993年由台湾麦田出版社出版的《小说中国——晚清到当代的中文小说》[1]和张错1989年由台北联经出版事业公司出版的《从莎士比亚到上田秋成——东西文学批评研究》等。这些来自海外的学术成果，辗转来到大陆，引起了批评界、出版界的关注，一些著作还在大陆陆续出版了中文简体字本。大陆对晚清文学的相关研究也在此影响下得到深化，发表出版了一系列晚清文学研究的新成果，如吴秀亮《从晚清到"五四"——文化转型与小说的雅化进程》、周渡《晚清小说理论是五四小说理论的先导——梁启超与胡适小说观之比较》、熊月之《西学东渐与晚清社会》等，都直接或间接受到海外华人学者的影响。[2]

90年代中后期至今的20余年间，是海外晚清研究冲击波的发展深化期。由于国内外学界交流的日益加剧，海外华人学者的研究成果被较为广泛地介绍到国内学术界，其传入途径更为多样，方式更加灵活[3]。自"被压抑的现代性"与"没有晚清，何来'五四'"等呼声从海外传来，国内学术界也拉开了重新审视晚清文学生态的序幕，参与这一审视的，有老中青不同年龄阶段的学者。首先是从文学史的角度进行重新梳理，像郭延礼不少关注近代文学、文化的著作，将1898年至"五四"这段时间看作古典到现代的转型阶段；章培恒、范伯群、栾梅健和柳珊等学者也不约而同地把目光聚焦在现代文学史分期问题的辨析上；徐鹏绪、汪林茂和王宏斌等则从不同领域重新梳理晚清文学的

---

1 其大陆版本是《想像中国的方法：历史·小说·叙事》，生活·读书·新知三联书店1998年版。

2 吴秀亮：《从晚清到"五四"——文化转型与小说的雅化进程》，《江海学刊》1996年第4期；周渡：《晚清小说理论是五四小说理论的先导——梁启超与胡适小说观之比较》，《盐城师专学报》（哲学社会科学版）1993年第1期；熊月之：《西学东渐与晚清社会》，上海人民出版社1994年版。

3 值得一提的是，台湾学者颜健富的《从"身体"到"世界"——晚清小说的新概念地图》（台大出版中心2014年版）迅速地被介绍到大陆（改题为《晚清小说的新概念地图》，北京联合出版公司2018年版），从一个侧面体现出海内外学术的紧密互动，对于推进晚清文学研究自不待言。

发展脉络；而李杨的《文学史写作中的现代性问题》也涉及了这一问题。除文学史反思外，更多的成果是以专题形式对晚清时期的文学生态进行分析与重构。如孔范今的《中国近代四部著名小说的生成和价值内涵》虽仍将"新小说"尊封为中心文体，但也开始注意到多元价值的存在；范伯群则开始摆脱单一的主流文学价值观，关注晚清通俗文学等非主流文学形态。此外，像杨联芬以"现代性"作为理论资源研究晚清文学，王一川从文化转型的角度将中国现代性的体验发生界定在清末民初时期，徐志啸从清末民初中外文化交流和碰撞的视角考察当时文学受西方影响嬗变的情况，魏朝勇从历史政治层面分析文学作品的现代性，郑家建对中国文学现代性的起源语境的阐述，均给人以耳目一新之感。对晚清文学生产、传播机制的研究也受到重视，并成为博士学位论文写作的时兴选题。[1]值得一提的是，最近由徐志伟

1　"海外晚清研究冲击波的迅猛期"所涉及的国内研究成果，按其在文中出现的顺序，分列如下：郭延礼《中国近代文学发展史》（山东教育出版社1993年版），《中西文化碰撞与近代文学》（山东教育出版社1999年版），《近代西学与中国文学》（百花洲文艺出版社2000年版），《20世纪中国近代文学研究学术史》（江西高校出版社2004年版）；章培恒《开端与终结——现代文学史分期论集》（复旦大学出版社2002年版），《关于中国现代文学的开端——兼及"近代文学"问题》[《复旦学报》（社会科学版）2001年第2期]；范伯群《论中国现代文学史起点的"向前移"问题》[《江苏大学学报》（社会科学版）2006年第5期]；栾梅健《二十世纪中国文学发生论》（广西师范大学出版社2006年版），《为什么是"五四"？为什么是〈狂人日记〉？——对中国文学现代性的考辨》[《盐城师范学院学报》（人文社会科学版）2006年第1期]；柳珊《民初小说与中国现代文学的起源》（复旦大学出版社2002年版）；徐鹏绪《中国近代文学史纲》（中国社会科学出版社2004年版）；欧阳健《晚清小说简史》（山西人民出版社2005年版）；汪林茂《晚清文化史》（人民出版社2005年版）；王宏斌《诗说中国五千年·晚清卷》（河南大学出版社2006年版）；李杨《文学史写作中的现代性问题》（山西教育出版社2006年版）；孔范今《中国近代四部著名小说的生成和价值内涵》（《文史哲》1995年第6期）；范伯群《中国近现代通俗文学》（江苏教育出版社2000年版）；杨联芬《晚清至五四：中国文学现代性的发生》（北京大学出版社2003年版）；王一川《中国现代性体验的发生：清末民初文化转型与文学》（北京师范大学出版社2001年版）；徐志啸《近代中外文学关系（19世纪中叶—20世纪初叶）》（华东师范大学出版社2000年版）；魏朝勇《民国时期文学的政治想象》（华夏出版社2005年版）；郑家建（转下页）

主编的"中国现当代文学研究前沿问题读本丛书"推出了张春田编的《"晚清文学"研究读本》[1]。以21世纪以来为时限，此书携手海内外学者，以跨学科的视野、敏锐的发现、恢宏的气势，展示一个不一样的"晚清文学"，让人领略晚清学人的起舞，亦见中国现代文坛的异彩。此书因而成为当下"晚清文学"研究的代表性读本。

总之，近20多年来国内学术界的晚清文学研究，已大大突破既往较为单一的模式和视角，呈现出了多样性的格局。无疑，这种格局的产生，是伴随着对海外相关研究成果的接受与互动的。事实上，海内外学术的互动促进了晚清文学研究热潮的出现，在这一方面，虽以海外对国内的影响为主，但国内学者对海外的反向影响，也日益受到注意，比如王德威就不止一次地提到陈平原、郭延礼等学者对海外晚清文学研究的影响。[2]

用"一石激起千层浪"来形容国内学界对海外华人学者"晚清文学"研究的反应，似乎并不为过。因为海外华人学者"晚清文学"研究所引起的国内文学史观念的嬗变，其现代性问题意识对国内20世纪中国文学研究中主流的"五四"论述框架的颠覆，以及海外新进的研究方法对国内传统社会历史批评的冲击，都使得上述影响效应呈现不断扩大和深化的态势。在这个意义上，"晚清"不仅成为国内近代文学、现代文学界的"学科话题"，更成为整个文学研究界甚至知识界的一个"公共问题"。而在这一热潮中，对海外华人学者"晚清"意识的研究与批判，也成为不可避免的一种学术反应。

（接上页）《中国文学现代性的起源语境》（上海三联书店2002年版）。同时也不乏从媒介传播机制的角度来研究，如蒋晓丽《中国近代大众传媒与中国近代文学》（巴蜀书社2005年版），李楠《晚清、民国时期上海小报研究——一种综合的文化、文学考察》（人民文学出版社2005年版）。

1 张春田编：《"晚清文学"研究读本》，广西师范大学出版社2016年版。
2 李凤亮：《二十世纪中国文学研究的整体观及其批评实践——王德威教授访谈录》，《文艺研究》2009年第2期。

大陆学界对海外华人学者"晚清"文学研究的批评，较为集中在海外晚清文学研究的一些重要学术话题及其代表性人物身上，同时也受到海外华人学者在国内传播、阅读热度以及国内学术潮流的双重影响。在这些海外华人学者中，王德威、李欧梵和刘禾等人迅速成为国内学者不同时期关注的重点，其代表性著作及批评观点也自然成为争议的焦点。王德威是海外华人学者文学批评中"晚清"意识的主倡者，围绕他展开的论辩，有相当一部分集中在其"晚清"研究成果上，研究者意欲借此阐发对其批评观点、方法论或支持、或反思、或批驳的立场[1]，甚至还形成了相当激烈的学术争论[2]；另外一些学者则从与此相关的其他角度出发，较为全面地探讨王德威的研究意识与学术理路[3]。再如，自李欧梵《上海摩登》中译本2001年在大陆出版以来，其对上海都市文化的研究就备受关注，在某种意义上引领了当代都市文化研究的热潮。对《上海摩登》的研究的批评也随之展开[4]，同时还有论者

---

1 这方面的代表性成果有：冷露《评王德威"被压抑的现代性"说》（《中国现代文学研究丛刊》2002年第2期）；田祝、刘浪《被压抑与未被压抑的现代性——〈被压抑的现代性——晚清小说重新评价〉质疑》（《中文自学指导》2005年第1期）；李杨《没有晚清，何来'五四'"的两种读法》（《中国现代文学研究丛刊》2006年第1期）；张志云《一个错位的"晚清"想象——评王德威"被压抑的现代性"说》（《云南民族大学学报》（哲学社会科学版）2006年第5期）；王平《现代雅俗观：中国现代文学阐释的新视角——由王德威"被压抑的现代性"论题谈起》（《青岛社会科学》2007年第1期）等。

2 这方面最有代表性的批评文章有：郜元宝《"重画"世界华语文学版图？——评王德威〈当代小说二十家〉》（《文艺争鸣》2007年第4期）；王彬彬《胡搅蛮缠的比较——驳王德威〈从"头"谈起〉》（《南方文坛》2005年第2期）。

3 季进《文学谱系·意识形态·文本解读——王德威的学术路向》（《当代作家评论》2004年第1期）；刘绍铭《王德威如此繁华》（《万象》2005年第2期）；林分份《史学想象与诗学批评——王德威的中国现代小说研究》（《当代作家评论》2005年第5期）。

4 这方面的主要研究论文有：廖炳惠《李欧梵的浪漫与现代探索》（《当代作家评论》2004年第2期）；朱崇科《重构与想象：上海的现代性——评李欧梵〈上海摩登——一种都市文化在中国1930—1945〉》（《浙江学刊》2003年第1期）；薛羽《"现代性"的上海悖论——读〈上海摩登——一种新的都市文化在上海1930—1945〉》（《博览群书》2004年第3期）；练暑生《中国现代文学、文化中的颓废和城市——评李欧梵〈现代性的追求〉》（《文艺研究》2005年第8期）等。

对转型期现代性批评路向做集中探讨[1]。对刘禾"国民性神话"理论及《白银资本》研究的质疑也与此类似。由于"国民性"问题牵涉如何认识中国现代文学及思想史的性质等,因此此一问题甫一出现,即招致各方争议,参与者不仅有文学界,还有历史界、思想界的一些知名学者[2];也有学者从正面对其理论视野进行阐释,肯定它对中国文学批评界的方法论启发[3]。对张错、陈建华等人的研究成果,也渐有一些评论和介绍[4]。

---

1 如李凤亮《徘徊在现代与后现代之间——李欧梵文学批评的现代性视野》[《山东师范大学学报》(人文社会科学版) 2005年第3期];《民族话语的二元解读——论李欧梵的文学现代性思想》(《文艺研究》2006年第6期);《浪漫·颓废:都市文化的摩登漫游——李欧梵的都市现代性批判》(《宁夏社会科学》2006年第6期);夏光武、詹春花《从"公共领域"到中国的"批评空间"——读李欧梵〈批评空间〉的开创》与陈建华〈申报·自由谈话会〉》(《中文自学指导》2005年第1期);康华《有情有学李欧梵》(《中关村》2005年第1期)等。

2 有关"国民性神话"的争议文章有:杨曾宪《质疑"国民性神话"理论——兼评刘禾对鲁迅形象的扭曲》[《吉首大学学报》(社会科学版) 2002年第1期];汪卫东、张鑫《国民性:作为被"拿来"的历史性观念——答竹潜民先生兼与刘禾女士商榷》(《鲁迅研究月刊》2003年第1期);王学钧《刘禾"国民性神话"论的指谓错置》[《南京工业大学学报》(社会科学版) 2004年第1期];王彬彬《花拳绣腿的实践——评刘禾〈跨语际实践——文学,民族与被译介的现代性(中国,1900—1937)〉的语言问题》(《文艺研究》2006年10期)。有关《白银资本》研究的争议文章有:徐友渔《质疑〈白银资本〉》(《南方周末》2000年6月16日);刘禾《〈白银资本〉究竟犯了谁的忌》(《南方周末》2000年7月27日);王家范《解读历史的沉重——评弗兰克〈白银资本〉》(《史林》2000年第4期);刘北成《重构世界历史的挑战》(《史学理论研究》2000年第4期)等。

3 如孟晓云《刘禾:"特殊的一个"》(《国际人才交流》1997年第11期);宋炳辉《文化的边界到底有多宽?——刘禾的"跨语际实践"研究的启示》(《中国比较文学》2003年第4期);陈树萍《再返〈生死场〉——评刘禾〈文本、批评与民族国家文学〉》[《河北大学学报》(哲学社会科学版) 2004年第2期];李凤亮《"互译性"研究与跨语际批评——论刘禾文学研究的现代性视野》(《文学评论》2004年青年学者专号)。

4 李凤亮《现代汉诗的海外经验——张错教授访谈录》(《文艺研究》2007年第10期)、《诗情·眼识·理据——张错教授访谈录》(《文艺争鸣》2007年第5期);夏中义《"革命"探源启示录——评陈建华的〈革命〉的现代性——中国革命话语考论〉》(《文艺研究》2003年第6期)。

综观以上评价和研究，我们可以看到：无论是聚焦在晚清研究领域本身，还是在研究方法、立场及观点方面，国内学界对海外研究成果的反应、接受与研究，并非只有"支持"或"反对"一边倒的声音，也并不是一味只片面接受海外带来的影响，而是往往具有多元的声音，并渐渐在互动反思中努力进行自我的重构。这种多元的声音常常反映了研究立场的差异，或者表现出研究思维的辩证与偏执。我们大体可以分辨出三种较具代表性的声音：（一）坚持"五四"新民主主义文学论立场的言论，这种文学史的主流思想，在很多近现代的文学史教科书、文学批判论集的分期讨论中皆有明显的体现。（二）接受海外观点时有所保留，更多地批评海外学者的研究观点和策略。像王彬彬认为海外学者受理论影响太深，其论文《胡搅蛮缠的比较——驳王德威〈从"头"谈起〉》曾引起较大反响和争议；上面提到的杨曾宪、汪卫东、张鑫、王学钧等人的论文，都对刘禾的"国民性"话语理论有所质疑。（三）正面评价海外学者的视角立场与观点，并强调分析其产生的客观历史语境，进而立足于国内批评现状对其进行冷静审视和借鉴吸收。

对海外华人学者的批评与回应，具体落实到国内学界对20世纪中国文学研究的建设性思考当中。国内学者逐渐懂得利用海外学界这面镜子反照自身的现代性批评，从中寻找中国文学批评现代化的出路。如《当代作家评论》从2005年始就开设了"海外华人学者专栏"，上述不少成果正是出自该专栏。然而，与喧嚣的争论相比，冷静辩证分析的声音仍然显得不够，对海外华人学者本身的研究不太均衡。另外，虽然有了数篇整体观照海外华人学者批评理论的文章，[1]但就其"晚清"

1　郑闯琦：《从夏志清到李欧梵和王德威——一条80年代以来影响深远的文学史叙事线索》，《文艺理论与批评》2004年第1期；程光炜、孟远：《海外学者冲击波——关于海外学者中国现当代文学研究的讨论》，《海南师范学院学报》（社会科学版）2004年第3期；刘小新：《从华文文学批评到华人文化诗学》，《福建论坛》（人文社会科学版）2004年第11期；李凤亮：《海外华人学者批评理论研究的几个问题》，《文学评论》2006年第3期。

研究而做整体学术考察的研究成果,还显得较为薄弱。可以说,国内批评界对海外华人学者的研究,仍处于一个缺乏整体观照的阶段。再者,晚清是海外华人学者学术研究的重要堡垒,以此专题来探察海外华人学者的批评理路,仍有待进一步的加强与深化。

毋庸置疑,海外华人学者的"晚清"学术意识,已作为现代文学研究思维中不可缺少的一部分,值得我们挖掘、深思。海外华人学者借助"晚清"概念重理中国文学现代化地图,在对以"五四"为主轴的现代性视野造成冲击的同时,也给予国内学术界以一面反思与自鉴的镜子。在这方面,海外华人学者非主流的立场、独特的话语方式、新进多元的方法论思维、明确的问题意识,以及敢于挑战权威的学术品质,已获得国内学术界同行的公认,这些学术品质亦将为20世纪中国文学批评走向现代提供有益的参考。

本章希图通过研读海外华人学者有关晚清文学现象的论著,考辨其文学批评活动中的"晚清"意识;通过重理海外"晚清"文学话语的生成与影响,探赜其中隐含的现代性观念,进行寻找中西批评观念冲突与对话的学理空间。诚然,因为学术背景、研究立场、思维方式等方面的差异,海外华人学者在"晚清"文学问题上也表现出诸多差异,这既为研究增加了难度,但同时亦提供了一个考察海外20世纪中国文学研究复杂性的契机。在此意义上,海外"晚清文学"研究为我们提供了一个不可多得的独特场域。

第二节 "没有晚清,何来'五四'"

海外的20世纪中国文学研究从来不缺"热点":从女性主义的发现到"十七年文学"的"再解读",从"都市文化"的考察到视觉媒介研究,海外中国现代文学研究一直呈现出斑驳多彩的姿影。在这一学术场域中,"晚清"意识是如何浮现并凸显的,对此做一"学术发生学"式的考察似乎很有必要,因为对这一情境的揭示,将为我们揭开蒙在海外"晚清"研究上的神秘面纱。为此,我们的考察首先要面对"晚清"话语产生的具体语境。

一、20世纪中国文学研究格局的扩容与调整

如上一章所论,20世纪中国文学研究格局的扩容,首先是在时间和空间两个维度同时展开的:时间上,打破了以往对近代、现代、当代的线性划分,将文学史从社会史、政治史的樊篱中解放出来,赋予20世纪中国文学以一种研究的"整体观",在这一整体观的审视下,20世纪中国文学研究的时域被进一步延伸,上溯至晚清;文学史研究空间上的扩容,是指对既往因种种原因被遮蔽或忽视的研究领域的重视。时空的扩容,两者紧密联系,互相影响,互为因果。而调整,则呈现为一个更为复杂的过程,包括学术盲点的扫除、学术思潮的变向、研究重点的变化、研究观点的更新以及研究话语的多元化等学术趋向。在这股扩容与调整的风潮中,海外"晚清文学"研究推波助澜,也再次促进了上述学术进程的深化。

(一)"重写文学史"的期盼

20世纪80年代以前的中国文学研究界,近代、现代、当代文学的划分可以说是壁垒森严。人们对时间和专业范围有着过于清醒的认识,研究时不得不遵循既定的意识形态命名和历史含义,在种种清规戒律的束缚中,现代文学研究裹足不前。"文革"结束后,随着政治氛围逐渐宽松,国内现代文学研究界出现了种种打通近代、现代与当代文学史的设想。在此背景下,1985年5月,陈平原、钱理群、黄子平在"中国现代文学研究座谈会"上首次提出了"20世纪中国文学"的概念。按照首倡者们的构想,此概念的提出"不单是为了把目前存在着的'近代文学''现代文学'和'当代文学'这样的研究格局加以打通,也不只是研究领域的扩大,而是要把20世纪中国文学作为一个

不可分割的有机整体来把握"。[1] 这种应学术界解放思想、突破政治对文学束缚的时代性要求产生的文学史设想，凸显出世界性的研究视野，受到文学研究和批评理论界的高度重视。几乎同时，"重写文学史"的浪潮应声涌来，这表达了人们郁积多年的学术期待：理解中国20世纪文学，要从整体上加以重新把握，要找到新的理论起点。而人们也日益倾向于赞成"现代文学史研究"更名为"20世纪中国文学研究"。

国内研究领域的这种变化，既有其本土的社会政治原因及学科设置原因，同时也是对来自海外研究界先声的积极响应和融入。在海外，往往只将文学史分为"现代"与"前现代"，而两者之间有时并没有一个绝对明确的时间分期。这使得很多西方学者并不专注于某个时间领域，而是"心有旁骛"。他们关注的问题不总局限于古、现、当代文学的某个时段之内，而是没有顾忌，跨越于它们之间。[2] 20世纪60年代初，旅美的夏志清和捷克的普实克就分别对晚清、"五四"和其后的文学展开过激烈的辩论。[3] 在这次辩论中，不仅浮现出许多引起后人持续关注的20世纪文学、文化史议题，还凸显了对历史论述重新审视的取向。就像夏志清所说的，"现当代不要分得那么清楚，晚清也应该加进

---

1 黄子平、陈平原、钱理群：《论"二十世纪中国文学"》，《文学评论》1985年第5期。
2 王德威：《海外中国现代文学研究的历史、现状与未来——"海外中国现代文学译丛"总序》，《当代作家评论》2006年第4期。
3 1961年3月，美国耶鲁大学出版夏志清的《中国现代小说史》。这是以英语写成的第一本中国现代文学史著作；此前，西方学界对中国文学的关注点主要在于古代文学，因此，夏志清这部深具前瞻性的著作出版后很受学界欢迎。1962年，著名汉学期刊 *T'oung Pao* 刊出普实克长篇书评，对夏著做了非常苛刻的批评。夏志清撰文反驳，在同一刊物发表响应。由于意识形态的分野，再加上一些个人意气，两人的争论非常激烈。双方互相指控对方充满"政治偏见"，而力陈己方才是文学"艺术价值"的守护者。然而，这次辩论的真正学术意义却在于双方对"文学史书写"的态度和取向：夏志清以"文学批评"作为首要任务，而普实克则认为"文学科学"才是研究"文学史"的正道。关于这次著名的辩论的具体情况，可参见陈国球：《"文学批评"与"文学科学"——夏志清与普实克的"文学史"辩论》，《北京大学学报》（哲学社会科学版）2011年第1期。

来"[1]。带着这种把晚清加进现代文学史的构想,海外学界也形成了重理20世纪中国文学史"地图"的思潮。事实上,夏志清的《中国现代小说史》英文版于20世纪60年代初的出版,迅速对港台的中国现代小说史/文学史的研究产生了深远的影响,成为任何有志于中国现代文学、文化研究的学者及学生不可或缺的重要参考书。[2]改革开放后,应钱锺书的邀请,1983年夏志清回大陆的短期学术旅行,在今天看来所具有的意义非同寻常。

于是,海内外在这一领域的对话和互动,进一步刺激和推动了双方的研究,"重写文学史"成了海内外相互激荡的潮流,在这样相近的期盼下,中国现代文学研究领域发生了巨变。一时间,学界众声喧哗,或占据边缘,或跨越古今,不少红色经典被质疑、祛魅,不少曾经被鄙视或忽视的作家作品被重新发现,这其中,自然包括对晚清时期大量的通俗小说家和作品的重新估衡。

(二)20世纪中国文学研究格局的扩容

由于政治意识形态等种种原因,西方汉学界一直对中国传统古典文学有着更多的认同感。他们认为那些轻视传统中国社会和思想的"五四"学者见解肤浅。这种立场一旦与国内"五四"精英立场相遇,随即发生强烈碰撞。而结果是,单一的"五四"主流文学模式被消解,多元的审视角度使20世纪中国文学研究进入了"百家争鸣"的局面,一些过去被遗忘或被压抑的学术话题纷纷浮出地表。

重新审视"晚清"热潮的持续高涨,无疑是这一文学史反思的自然结果。国内外学者把握了"重写文学史"的契机,对"五四"主流的现代文学传统进行反思,使现代文学研究摆脱既往研究的惯性,呈

---

1 季进:《对优美作品的发现与批评,永远是我的首要工作——夏志清先生访谈录》,《当代作家评论》2005年第4期。
2 王德威编:《中国现代文学的史与学:向夏志清先生致敬》,台北联经出版公司2010年版。

现出新的格局。过去以"五四"为开端的现代文学史观,开始受到学界的质疑和挑战。海外学人意识到,要动摇"五四文学"的中心地位,最好的方法就是让"晚清"这一多音复义的时代,以其被压抑的边缘身份,高调地从民间走上舞台。

首先,随着"重写文学史"讨论与实践的深化,以及晚清研究的持续开展,传统的现代、当代文学的分野以及时间界限被逐步打破,这使20世纪文学史的研究有了一个整体把握的可能性。在时间维度上,现代文学史的开端向"五四"前延伸,向晚清甚至晚明延伸,上限比早先的现代文学史往前推溯了数十年,对多年来现代文学研究"三十年"的框架形成了突破;而在空间维度上,如前文所提及的,在不少红色经典被重新阐释的同时,大量以前被忽视甚至禁毁的作家作品和文学现象,得到了较深入的研究,取得了突破性的成果。在大量研究成果的基础上,中国文学现代性概念的整体建构正在形成,现代文学的历史图景也随之变得愈加明朗和开阔。

其次,晚清文学研究在一定程度上颠覆了20世纪70年代末以前比较单一的阶级论、二元论的模式,取而代之的是多元"现代性"的理论概念。以现代性为归依,中国一百年来的现代追求呈现出一种特有的动态魅力。值得注意的是,海外华人学者眼中的现代性,并非以西方为中心的霸权式的现代性,而是基于文化比较方法论的多元现代性,具体到中国现代文学,则是"从晚清到'五四'逐渐酝酿出来的"的现代性。海外华人学者用"现代性"概念来描述中国现代文学的时候,都有意地采用一种比较文学的视野去发掘那些迥异于西方的、"具有中国特色"的"现代"问题。

最后,现代文学史研究格局的扩容与具有丰富内涵的文化思想观念渗透密切相关。海外学者似乎很自觉地把文学作为文化政治、文化生产的一部分,文学研究不再被狭小的框架所限制。这与西方的学科建制有关,如美国的中国现当代文学研究没有一个直接的学院体制保障,对中国现代文学研究方案与动向,似乎也没有一个态度明确的拟订,诸多人文社会学科具有交叉属性,众多研究都可以在文史哲大学科范围内自由驰骋。海外华人学者对晚清的研究也自然会溢出文学研究的范畴,转向文化研究甚至是"关于文化的研究"。这其中既有学者自己的兴趣和选择,也因为包容性的文化观念更加适合研究需求。当他们越来越清晰地把"中国的现代性"作为核心焦虑来审视的时候,文学内容本身并不足以提供足够的论述空间,而需要把问题放在一个更加开阔和复杂的文化背景下来考察了。[1] 于是,跨文化的超然眼光是他们学术发展的自然结果。无论是像王德威、唐小兵等对晚清小说进行"内层精读",探究这些文本在历史瞬间累积的"外层重构",抑或像刘禾、孟悦那样直接对晚清文化思想史进行考察,他们无不试图打破文学理论、文学史和文学批评之间的区隔,揭示出新旧文化之间的深刻裂变关系。这些观照20世纪中国文学整体性的开放性视野,不仅为现代文学史研究开拓了更广阔的学术生长空间,而且使文学研究便于利用其他学科的资源来自我发展,有利于提高文学史研究作为一个有机整体所应有的自我调整能力。

二、海外晚清史学研究的辐射

"晚清文学"研究的发生与发展并不是孤立的,它与晚清社会史和思想史的研究联系密切。王德威就曾说,"过去五年中,我越来越认识到视野应该投向一个更广大的历史语境中"。[2] 海外华人学者有意识地将文学置于历史政治文化实体中加以研究,把理论触角主动伸入历史资源,使得其"晚清文学"研究更容易借鉴西方中国现代史研究的相关成果,并紧随史学研究的学术变化而迅速做出相应的调整,从而推动文学研究的深化。

1　程光炜、孟远:《海外学者冲击波——关于海外学者中国现当代文学研究的讨论》,《海南师范学院学报》(社会科学版)2004年第3期。
2　李凤亮:《二十世纪中国文学研究的整体观及其批评实践——王德威教授访谈录》,《文艺研究》2009年第2期。

（一）海外晚清史学研究模式的转变

如果说清代历史由于其与中国"现代"的直接联系而备受学界重视，那么晚清作为清代与现代直接相接的一环，更是备受重视的焦点所在。中外、民族、阶级、体制以及文化冲突等都在历史的一瞬间爆发，所谓千年之大变在晚清。这一时期种种"新""变"的现代冲动喷薄而出，现代的趋势在动荡的局势中逐渐成形，所以，抓住这一现代百年之旅的龙头，梳理晚清历史社会中的诸多问题，具有不可忽视的参考价值。

诚然，当国内历史研究被政治意识形态所辐射，晚清历史得不到足够重视时，海外汉学家早已迫不及待地把研究触角伸到"晚清"这个价值资源里面去了。半个多世纪以来，费正清一直以其独特的眼光来考察中国。在20世纪50年代，他提出了著名的"冲击－反应"模式，把晚清的历史主线看作西方现代性对中国社会传统进行挑战，从而迫使中国做出反应的过程。这种植根于现代化理论的观点，深刻阐释了全球现代化视野里中西文化的冲突。这种观点在五六十年代的美国和西方流行甚广，并影响着好几代美国汉学家。然而，"冲击－反应"模式割裂了历史，忽视了中国传统以及民族内部的自我更新能力，夸大了西方冲击的历史作用，是典型的"西方中心论"。此外，列文森的"传统与近代"以及"帝国主义对中国的控制"的观点都可归纳为植根于现代化理论的视野，[1] 同样是把19世纪以来的中国历史看成一部中西文明的冲突史。

20世纪80年代，尽管受到西方史学家和中国同人的批评后，费正清对自己观点进行了修正，承认中国现代转型主要是基于中国自身的内在生命和动力，西方的影响是有限的，[2] 但其"冲击—反应"模式

1　何平：《近年来西方汉学清史研究若干范式》，《史学月刊》2005年第8期。
2　王新谦：《对费正清中国史观的理性考察》，《史学月刊》2003年第3期。

影响犹在。一直到始于70年代的"中国中心论"清史编纂模式、90年代的后现代主义诠释模式等被称为"新汉学"的历史研究思潮的出现,这种情况才有所转变。"新汉学"的成果斐然,其中最为突出的是美国学者柯文的晚清研究,他在《在传统与现代性之间:王韬与晚清改革》[1]中对王韬在中国现代化进程中所发挥的作用进行了全面描述,指出了"传统-现代"二元对立研究模式的偏颇,强调应注重传统与现代之间的连续性;而海外史学家唐德刚教授的著作《晚清七十年》[2],以其独特的视角、大量的史料、个性的语言,对海外晚清研究界造成不可小觑的震撼。

"中国中心论"清史编纂模式从诉诸文化转向诉诸历史的解释路数的变迁;[3]而新汉学的"结构主义"未提出或运用特定的哲学和历史解释理论,不太注意事件的细节而专注于分析在某一历史现象的社会内部机制;"后现代主义"受到"结构主义"影响也着重于观察中国同世界其他文明的互相影响,但又不同于"结构主义"史学偏重那些跨文化的共同模式,而是关注一直作用于晚清历史变迁的中国内在结构和传统趋向。总的来说,"新汉学"流派倾向于扬弃解释中国晚清转型的既定结论,强调站在中国社会内部,回溯本土的历史传统,关心历史事件的主角以及他们所生存的环境、愿望和动机,以此对历史事件做出较充分的说明;[4]运用跨学科的理论视野,如历史学不仅研究历史事件,更借鉴政治学、社会学、人类学等社会科学方法来研究清代经济发展和社会结构变动的历史过程,同时也不忘把内视角转换为外视角,考察中国同世界其他文明的交流带来的内部重构。

综上,晚清由于其与现代的直接传承关系,是中国近现代史的重

1　柯文:《在传统与现代性之间:王韬与晚清改革》,雷颐、罗检秋译,江苏人民出版社2006年版。
2　唐德刚:《晚清七十年》,岳麓书社2005年版。
3　何平:《近年来西方汉学清史研究若干范式》,《史学月刊》2005年第8期。
4　同上。

要组成部分，也由于可以获取大量的原始文献资料和实物资料，因而成为近半个世纪以来西方汉学研究的重要领域。[1]从战后的美国汉学泰斗费正清，到后来的列文森、柯文等，西方晚清研究可谓名人辈出；从战后以西方现代化理论为解释架构，到以中国为中心的历史编纂模式，再到70年代以来的"新汉学"和近年来兴起的后现代主义诠释，可谓视角灵活、理论丰富。20纪50年代以来，海外关于清代政治社会历史方面的研究成果不断出现，而专门探讨晚清思想政治、中外交流、文学艺术、都市民间等专题的历史研究也日益火热起来。而在国内，70年代末80年代初，经过"拨乱反正"后的晚清政治史研究也步入了活跃期。以晚清政治史为基本框架、"以阶级斗争为纲"的革命史的"左"倾研究路线逐步得到纠正，加上与海外的学术交流越来越频繁，既有的历史研究体系也受到了冲击与挑战。人们已不再满足于中国近代史基本是政治史甚至只是革命史的状况，而是试图突破框架模式与既定结论。[2]一些以往被有意无意忽视的人物和事件也相应得到关注和研究，如对清朝统治阶级的重要人物曾国藩、李鸿章等人及其文集的研究，都产生了大量的论文和成果；而晚清中外关系史也因当代中外交流的频繁而受到重视。受海内外晚清历史研究不断升温的辐射和影响，中国大陆文学研究界的"晚清热"也悄然无声地到来了。

（二）亦文亦史的晚清意识

从西方现代化理论到后现代主义诠释，海外晚清研究领域得同时代西方理论思潮之先，研究不断推陈出新、百花齐放，呈现出题材多样、视角独特、理论创新的特点。海外学科建制松动，汉学各个科目界限不明，具有很大的相通性，"晚清热"一开始就迅速从史学界蔓延

1　何平：《近年来西方汉学清史研究若干范式》，《史学月刊》2005年第8期。
2　姜涛：《50年来的晚清政治史研究》，《近代史研究》1999年第5期。

到文学界。研究者们都不约而同地把晚清作为透视中国现代化转型进程的窗口,作为反省中国历史的关键。

学术界一般认为,海外历史研究界对晚清研究的重视,辐射到了海外中国现代文学研究界,他们进而关注到晚清文学与文化研究;但事实上,海外历史界和文学界对晚清的研究本来就是相互影响、相互启发的。

对此或可以从海外学科建制的特殊性得到说明。海外汉学隶属于"东亚研究"或"东亚语言与文化(文明)研究",其领域包容甚广,举凡东亚(以中日韩为主)哲学、思想、宗教、政治、经济、文化、艺术都囊括在内。不少学科的界限并不分明,尤其是文学、思想和历史之间更是常常打通。这种学科设置的跨越性,在一定程度上促成了晚清文学与历史研究的联姻。海外史学家与文学批评家在大学科的学术机制影响下,通常都是人文学科的通才,既懂文学理论、历史理论,又懂政经、法律。他们的思路和视野也相当灵活、宽广,所做的研究通常也都会跨学科、跨文化、跨国界的。他们还分享着某些共同的学术品质,如不盲从任何定论,总是要尝试以其他角度来探讨,以求有新突破。在这种学术大环境下,无论是史学研究还是文学批评,都会受到人文学科内各种理论成果的影响,而且两者之间也容易相互借鉴、相互渗透,呈现出相似的理论走向。海外中国文学研究领域的华人学者,也直接受到这种西方学潮的影响,利用西方丰富的理论资源以及历史资料,对"晚清"这块汉学热土开始了彼岸式的"耕耘"。

海外华人学者的"晚清文学"研究,呈现出一种历史研究形态。他们倾向于从时间的角度来思考中国思想文化史的现代进程,用现代性理论考察晚清。这跟费正清的清代历史研究虽然有着某些相似之处,但更多的是受到"新汉学"历史研究的影响。海外学者的晚清研究,敢于质疑既定结论,透露出对"反应-冲击"模式所依赖的"西方中心论"的质疑,反对单一的资本主义现代范式,强调多元多样多重的现代性,注意跨文化跨学科的比较意识,既立足于中国内部社会及本土传统，又不忘拓展世界性的视野。像孟悦对晚清历史的追踪，就呈现出前述的史学研究策略。她不满主流话语中心对晚清社会的各种历史叙事，于是重回晚清社会内部多维度地追索现代化痕迹，为中国现代性的发生"书写第 N 次历史"，为我们描绘出"存在于中国现代化之已有定论以外的历史脉络"。[1]

王德威就曾这样说过："文学和历史之间千丝万缕的关系，应该是建构和解构文学（后）现代性的最佳起点。"[2]这话给我们展示了海外华人学者中文史对话的研究方法，他们重写文学史的实质也是对现代文学进行的一次新的历史叙事。海外华人学者要以一种不一样的眼光，来重新审视那些因现实政治的需要而被误读了的晚清历史、晚清小说，重绘中国现代文学地图。有人说，海外华人学者比很多中国人本身更了解中国的历史；这句话在一定意义上是成立的，对于晚清历史和文学的研究就是一个例子，在这一领域，海外学界确实显得更具先知先觉。他们更早地明白，要反省历史、资治通鉴，要重写文学史，则必须先将晚清的很多问题厘清，抓住"现代"历史的源头。

三、"现代文学"：如何现代？怎样文学？

（一）"晚清文学"与多元的"现代性"

在 20 世纪的中国，对晚清文学文化的研究，未曾像今天这般火热。在主流历史观和文学史观中，晚清时期作为封建时期的尾巴而存在，与"五四"现代性不能同日而语，因而一直处于受冷落的研究状态。人们在谈起现代性时，理所当然地"从'五四'谈起"，把现代性

---

[1] 孟悦：《人·历史·家园——文化批评三调》，人民文学出版社 2006 年版，第 196 页。原文是这样的："江南制造局的兴起以及'格致'的兴起和消亡像中国历史上的许多现象，告诉我们的是存在于中国现代化之已有定论以外的历史脉络。"

[2] 王德威：《海外中国现代文学研究的历史、现状与未来——"海外中国现代文学译丛"总序》，《当代作家评论》2006 年第 4 期。

看成一种与传统通俗文学绝无关系的全新事物,这种模式让晚清这个资源迟迟得不到开启。

而在海外,夏志清想过写《晚清小说史》,欲从晚清文学资源中寻找现代性因素,将晚清看作现代性文学之滥觞。夏志清的想法,提醒了学界对通俗文学的重视,让大家开始回过头来发现它的价值。而随着学者们观念中纯文学与俗文学之间界限逐渐被打破,大家的注意力也从现代文学转向了晚清文学。王德威、李欧梵等人继承这个想法并进一步提出"通俗文化中的现代性",认为此现代性之根生于晚清,虽然自"五四"后处于被压抑的状态,但从未中断,并且在80年代的中国得到复兴。海外华人学者对晚清文学所蕴含的现代性的关注,是意欲从现代性根源的更深处加以挖掘。

"中国的现代性不可能只从一个精英的观点来看待"[1],李欧梵如是说;"现代性是否只能有一种品牌、来源及出路?"[2]王德威如此反思;"现代是非系统乃至反系统的、多层次多方面的存在"[3],孟悦这样总结。他们不约而同地认为,现代性是多元的,审视现代性的视角也可以是多元的。海外华人学者的这种多元的现代观论述,源于他们身处的多元化的学术氛围,以及对边缘事物的关注。而相对于国内主流文学史观而言,海外华人学者将晚清文学与"五四"新文学相提并论这一论调是非主流的、边缘的。海外华人学者否定单一的现代性而倡导多元的现代性,本身也是一种赋予自身论述合法性的策略。

对现代性的思考把他们引领到晚清文学研究的领域,同时我们也可以看到,也正是晚清文学的神秘魅力,让海外华人学者把欣赏的目光投向了它。晚清处于传统与近代文化的交接点,整个思考形态都很新奇,整个社会形态也丰富多彩。无论在"重写文学史"口

1　李欧梵:《晚清文化、文学与现代性》,收入李欧梵《中国现代文学与现代性十讲》,第13页。
2　王德威:《被压抑的现代性——晚清小说新论》,宋伟杰译,"中文版序",第2页。
3　孟悦:《人·历史·家园——文化批评三调》,第19页。

号提出之前还是之后,此领域始终充满了无比活跃和富有挑战性的话题。面对这样一个文学史宝藏,国内学者因为学科建制和研究传统等因素的束缚而不去触碰,李欧梵、王德威等人则率先主动回到晚清的历史情境中,从这种不确定性中感受到它的生机活力、不可复制的奇妙联想,并把这种复杂新颖、混沌多变的状态确立为"现代性"的源头之一。

不可否认,"晚清""晚明"概念的提出,对"五四"现代性视野造成了冲击,使得研究不再局限于"五四"现代性模式的论述,进而转入了"通俗文化中的现代性"的新天地。而出于对20世纪中国文学现代出路的关注,国内学界对文学现代性根源的历史研究逐渐兴起,在此过程中,被看作"黎明前夕的黑夜"的晚清文学研究,其重要性也随之日益凸显出来。海内外晚清文学研究的兴起与互动,推动了现代文学史研究的延伸和扩容。

(二)现代文学研究观念与方法的调整

晚清文学文化研究作为新兴的学术增长点,发生在现代文学研究观念调整之际。"文革"之后,伴随着思想解放运动,国内批评界对传统的现代文学观产生了质疑,认为自"五四"新文学以来偏狭的文学氛围,对中国文学界造成了很大的损害。在"重写文学史"的号召下,学者纷纷加入推倒陈旧思想樊篱的行列中来。而在早已萌生研究晚清兴趣的海外学界,在对"现代性"反思的推动下,则日渐耕耘出现代文学史研究的新空间。

夏志清与普实克关于左翼文学的论争至今让人记忆犹新,而他与刘再复对张爱玲的争论于当时的文艺界也引起不小反响。夏志清在《中国现代小说史》中译本序言中就对中国现代小说功利的政治形态做出批判:"中国现代小说的缺点即在其受范于当时流行的意识形态,不便从事于道德问题之探讨。"而在他的《中国现代小说史》中,关于张爱玲、钱锺书、沈从文和张天翼的论述占据了很大的篇幅和重要的地位。是什么让夏志清以极大的热情重新挖掘他们呢？因为他们能在功利性意识形态泛滥的时代，"凭着自己特有的性格和对道德问题的热情，创造出一个与众不同的世界"[1]。长期以来受到大陆主流文学史家有意无意忽视的作家作品，夏志清将其一一从历史埋葬的废墟中挖掘出来并赋予新生，一种独立的现代文学观念蔚然其中。

以夏志清为代表的海外学界对左翼意识形态的警惕立场，是"五四"主流文学史观不可回避的参照系，对其后的晚清及现代文学研究具有积极意义。这不仅在于为现代文学研究提供了另一种切入视角，还在于从根源上纠正了以"五四"为主轴的主流现代史观对晚清文学的偏见，跳脱政治意识形态的限制，发现并褒扬了晚清文学种种难能可贵的"现代试验"。这样的一种现代性反思，可以说是研究观念领域一次转折性的调整。而对"狎邪""侠义公案""丑怪谴责""科幻"等晚清通俗小说的重新审视，则是这种研究观念的进一步发展的体现。在启蒙、革命等角度的观照下，它们大部分都被贬为颓废、猥亵甚至是反动的；尽管有一些被肯定是有新意的，但也是指不足为法的"负面"新意，态度极为暧昧，像《二十年目睹之怪现状》等谴责小说的讽刺手法，被鲁迅批为"辞气浮露、笔无藏锋"，胡适亦把谴责小说家比作"一群饿狗"。而王德威则站在不一样的立场，认为这种批评是苛责，强调"晚清谴责小说比其他文类更大胆地暴露了价值系统的危机"[2]，而谴责小说家的"粗制滥造"则是对出版市场急速发展的主动适应。恰恰是这些小说的不足，暴露了很多深层次的东西，反而为研究者提供了更开阔的学术空间。因此，当晚清通俗小说由被批判到被重新发现、审视，现代文学观念也由单一刻板走向开放多元。

现代文学研究观念让人耳目一新的调整，还包括"理论热"成为

---

1 吴小攀：《文学的"现代"与"意识形态"——反思夏志清的〈中国现代小说史〉》，《粤海风》2007年第3期。
2 王德威：《被压抑的现代性——晚清小说新论》，宋伟杰译，第216页。

海外学者治学的主要研究路向。[1] 海外中国现代文学研究兴起的20世纪下半叶，恰逢西方文学理论界研究范式转换的时期。尤其是70年代以来，理论大量地进入文学史的研究和文学作品的批评中，对后者的重新认识和评价产生了极其重要的影响。海外华人学者中的代表人物，除夏志清等老一辈学者尊奉"新古典主义"的理论立场和"新批评"的研究方法外，大多数学者都深受西方晚近新历史主义、后殖民主义、后结构主义、女性主义、文化研究等理论热潮的影响。他们将这些理论方法应用于文学史研究当中，产生了诸多以往不见的"洞见"。"晚清文学"的发现和评价，正是其现代性意识下的洞见之一。因此，理论影响下的海外中国现代文学研究不再拘泥于单一的经典诠释，多样化的理论方法让不同的视点分析大放异彩。除了从文本角度解读晚清小说的现代性，还出现了多种跨学科的研究，像从中国的历史语境中发掘晚清时期不同"现代性"之间的互动，从翻译角度的现代话语阐释等。理论视角的多样化，是现代文学观念调整的又一突出动向，形形色色的论题无疑为现代中国文学研究注入了一股活力。

当然，理论方法本身是一把"双刃剑"，海外华人学者在过多将理论投射至"晚清文学"研究的同时，也不免会为理论所伤。他们的研究也因此有某些不当之处，或者某种矫枉过正的意识。比如，一些学者反"五四"、反左翼意识形态的姿态，恰恰显示出其自身的意识形态立场。对此，国内学者已有了相应的批评，尤其是对一些学者过度批判鲁迅的做法，表示了极大的学术反感。因此，虽然西方理论为海外"晚清文学"研究提供了一个生发的语境与空间，却也为其埋下了某些自伤的因素。

---

1 王德威：《海外中国现代文学研究的历史、现状与未来——"海外中国现代文学译丛"总序》，《当代作家评论》2006年第4期。

第三节 "小说"与"大说"的吊诡

在海外"晚清文学"研究的热潮中，小说是一个重要的文类和入口。新文学与通俗文学的对立互补关系，晚清小说与"五四"文学之间的渊源，以及晚清小说的多元现代化因素等，都是海外"晚清小说"研究的重要议题。

一、发端于晚清通俗小说的现代冲动

对晚清通俗小说的关注，并非始于夏志清或王德威，但在他们以前，似乎尚未有人将晚清通俗小说与"现代中国文学"乃至"文学现代性"的发生紧密联系起来加以考察。在国内很长一段时期的历史叙述中，晚清通俗话语一直处于被压抑的状态，其所代表的多元现代性价值也为主流叙述所忽视。正是基于此，夏志清等海外华人学者提出对包括通俗小说在内的晚清小说给予重视，将其视为中国现代小说史的一部分，以崭新眼光重新看待晚清通俗小说。

（一）对晚清通俗小说的重新发现

"没有晚清，何来'五四'"，王德威这句口号的新意，很大程度在于把晚清通俗小说视为"五四"新文学起源之范式。晚清小说果真是"五四"新文学生成的必要条件之一吗？晚清小说，是否孕育着与"五四"新文学一脉相传的现代性？或许此口号的意旨，仅在于把晚清小说中被压抑的现代光芒释放出来，使其复杂色彩重现于人们的视野当中。王德威给我们展现的是复杂而又多彩的世俗文学画面：

> 摆荡于各种矛盾之间，如量化/质化、精英理想/大众趣味、古文/白话文、正统文类/边缘文类、外来影响/本土传统、启蒙理念/颓废欲望、暴露/伪装、革新/守成、教化/娱乐等……晚清小说呈现出一个多音复义的时代，其"众声喧哗"之势足以呼

应当时那个充满爆发力的时代。[1]

王德威把晚清小说看作新兴文化场域,把"狎邪""侠义公案""丑怪谴责""科幻"等通俗文类比作活跃在场上最为耀眼的新星,对它们所包含的既多样又矛盾的现代性做出了深入的阐释,力求以此打破"四大小说"或"新小说"式的僵化论述,从而证明现代冲动乃发端于晚清,引导我们拨开历史的迷雾,看清这表面纷乱颓废的世俗文学土壤,内里却蕴藏着勃勃生机。也正是这块包容的土壤,孕育出了"五四"主流文学。我们似乎能看到晚清的各类小说,曾经也一如母亲襁褓中玩耍的小孩儿们,都是平等共存的。而后'五四'文学观确立其主流地位,使得多元趋于一元,多元逐渐被一元遮蔽。王德威的策略则是,挖掘晚清通俗小说与政治写实小说等主流小说文类的不同之处,通过强化其边缘身份来凝聚"去中心化"的力量。由此,将晚清通俗小说从被压抑的历史地位中解放出来,使其回笼成一股足以跟主流现代性媲美的气势。

同样是把目光投向晚清通俗小说,与王德威不同的是,李欧梵集中研究晚清媒体报纸上的"游戏文章"。这些刊登在副刊上的文章内容不拘一格,大多是反映社会风气、针砭时弊、有感而发;风格多以拟古讽刺、玩弄趣味为主;形式则有小说、诗歌、逸闻、逸事、短评等,其中小说类型最为丰富,包括"滑稽小说""才子佳人小说""科幻奇谭"等;无论是短篇小说,还是长篇小说连载,副刊小说中的"狂夫之言"所代表的边缘话语与正刊所代表的中心政治话语,形成了相对而又互补的现代话语空间。而唐小兵则对吴趼人的悲情小说《恨海》进行个案分析,指出小说"独树'情'帜"[2],着意渲染创伤和悲苦的气

---

1 王德威:《被压抑的现代性——晚清小说新论》,宋伟杰译,第21页。
2 唐小兵:《创伤与情愫:〈悔海〉的范式意义》,收入唐小兵《英雄与凡人的时代:解读20世纪》,上海文艺出版社2001年版,第18页。

息。与20世纪文学主流意识形态——乐观英雄主义相比,这种通俗言情的范式,同样能表达存在于那个时代的真情走向。不过不同的是:一个是高高在上的理性主义和道德使命,另一个是沉溺于世俗情感的现世与幻想;一个是属于英雄的理想践行,另一个是属于凡人的生活欲望;一个是大雅,一个是大俗。

需要追问的是,海外华人学者为什么纷纷把触角伸向通俗小说呢?我们似乎都能感觉到,海外华人学者的兴趣都在于寻找一些被遗忘在一角的东西,而经过他们考古式的还原和理论化的修饰后,这些"俗不可耐"的东西,抖去了厚重的历史尘埃,呈现出比原本更亮丽的光辉。晚清通俗小说被压抑,晚清游戏文章只能是"一种边缘型的批评模式",通俗言情的范式也无法逃离异化陨落的命运。无论是王德威、李欧梵还是唐小兵,他们都又不约而同地对通俗话语于主流叙述中的"非主流""边缘特性"加以强化,以求借此与主流、中心的文学话语抗衡。他们的思维出发点也总是从为"中心"等设定对立面开始,然后又想方设法地得出与"中心"相对的"边缘"才是最具代表性的结论。可以说,这种对晚清通俗小说的重新发现,既是研究界多元化发展的必然趋势,也是研究者有意识的"预谋"。

其实,晚清小说对海外华人学者的吸引之处,还在于它的传统。就如美国汉学家柯文认为的,"现代性是一个相对性概念","所有社会——无论多么现代——都会保有某些传统特点",而过去把传统与现代当作两个完全不同甚至相互对立的社会文化标志,是一种非常僵化机械的认识。受这种"新汉学"历史研究的现代观点所影响,海外华人学者也采取一种新的史学视点来看待晚清。他们对晚清小说的传统意义进行历史挖掘,以此证明世俗的审美取向原来也是一个传统的基因,发端于晚清的"现代性"也是从传统蜕变而来的。晚清的狎邪小说杂糅了古典情色小说的两大传统——感伤及艳情,在开拓中国情欲主体的想象方面,影响深远;而侠义公案小说中的《荡寇志》《三侠五义》等承继《水浒》以降侠义说部的同时,实已暗暗重塑传统对法律正义与诗学正义的论述等,[1]这些批评中无不蕴含着对小说审美传统的现代想象。

(二)重新阐释晚清通俗小说的现代影响

王德威对于晚清小说的研究,特别指向"种种不入主流的文艺实验"。他认为"晚清小说"四大文类代表着种种非主流、混沌、热闹的声音,分别述说着晚清人对欲望、正义、价值以及知识的现代诉求。而晚清四大文类小说,在求新意识、价值取向、叙事模式、美学风格、女性话语、市场意识、接受传统、对话西方等方面,却以一种非主流形式影响着中国现代文学,特别是现代通俗小说的生成。在王德威看来,这种影响体现在下述两个方面。

首先是对"五四"新文学的影响,用王德威本人的话来说,就是"没有晚清,何来'五四'"。解读起来,这句话包含着这样一层意思:晚清时候,各种新旧文学样式都是处于一种混沌杂陈的状态,多种新的文学形式正萌芽生长,当中既包括种种非主流的通俗话语,也包括后来生长为"五四"新文学的起源范式。"五四"新文学的端倪,如何在众多声音中脱颖而出成为主流话语,那是后话,而不容置疑的是,晚清文学确实是孕育其成形的母体。就像没有母亲的孕育就不可能有胎儿的出生一样,王德威的这句话,恰好道出了晚清与"五四"之间不可割裂的历史联系,同时也使"五四"新文学传统的神圣光环消退了,因为它本来就跟同时代的众多文学新样式一样,都是从晚清文学这个母体中,贪婪地汲取着现代性营养而成长的。

对于晚清小说如何改变创新传统叙事成规,如何启发影响"五四"主流文学的创作,王德威结合晚清通俗小说的具体文本来进行阐释。例如他从侠义公案小说《老残游记》《三侠五义》的叙事话语分析中,

---

1 王德威:《被压抑的现代性——晚清小说新论》,宋伟杰译,"导论:没有晚清,何来'五四'",第12—13页。

得出晚清侠义公案小说中提倡的侠义精神与政治魄力，并非"完全落在'五四'主流叙事话语之外"，反而对"把传统的侠义精神转化为文学革命与政治革命的现代符码"起着"至关重要的作用"[1]，以此突出晚清侠义公案小说对现代革命小说寓言式的启发。

其次，更受人重视的是晚清小说对现代通俗小说生成的影响。用王德威的话说，"日后中国现代文学里的渴望、挑战、恐惧及困境，都已在这个氛围中首次浮现"[2]。这些从日后中国现代文学里散发的阵阵香气，真的就源自大半世纪以前的晚清陈酿？它们之间是怎样的一脉相承呢？王德威从对中国文学现代性的溯源，到两个跨越大半个世纪的文学时期对话，来往于众多通俗文本之间，为我们勾勒出现代冲动发展的线索。在他看来，现代文学的发展是宿命式的：晚清文学中的现代性因素，"在20世纪末浮出文坛"。也就是说，出现于晚清小说的四大路向，在20世纪晚期的中国得到再次的延续；晚清小说的很多主题和情节模式深入人心，成为中国现当代大众文化之滥觞。而在具体论述中，王德威分别就"狎邪""侠义公案""丑怪谴责""科幻"四种晚清通俗文类进行了追踪，发现这四种文类分别开启了关于欲望、正义、价值、知识四种现代话语，并指出这四种现代叙事话语也就是后代通俗小说叙事话语的主要渊源。

同样关注通俗小说的李欧梵就认为，"游戏文章"虽为报刊的副产品，但从诞生起就占据报刊的主导地位，已与报刊相互作用成崭新的现代话语空间，寄托着"新民"和新国家的思想，启迪着后人。而对于非报刊的晚清通俗小说，李欧梵以《文明小史》为例，指出通俗小说文本试图展示的世界也就是都市小说读者们身处的世界，晚清通俗小说重新勾画出中国都市现代性的复杂面貌，那是一种远远超乎体制化想象的摩登世界。

1　王德威：《被压抑的现代性——晚清小说新论》，宋伟杰译，第143—144页。
2　同上书，第21页。

因此，与一本正经的主流话语相比，灵活自由的体裁、新颖活泼的语言，更能表达出社会上多个层面的多种现代诉求，也更能广泛地点燃广大读者的热情，使其文字间所藏的信息更容易被读者接受。无论是王德威还是李欧梵都不遗余力地强调其中包含不可忽视的现代性影响，这是与"五四"新文学中的现代性不一样的"俗文化的现代性"。不管是指向欲望、正义、价值或是知识的现代诉求，还是对时政作痛快淋漓的嘲讽批评，这些被视为非主流的热闹声音，尽管无一不是为了满足消费需求而生的，尽管里面也时时泛起哗众取宠的沉渣，然而它们饱含着"元"的现代性早已是被论证的事实。处于边缘地位的通俗文学，一边娱乐着大众，一边乖张地演绎着消费、欲望、性别、正义、都市等市民生存现状，反映着不断更新的社会生存意识，甚至也跟主流政治话语一起"寄托着'新民'和新国家"的思想，最后还影响到当下的现代通俗创作。

最后，对于晚清通俗小说在文体形式方面的现代影响，海内外学者皆有精彩的见解。

陈平原在《中国小说叙事模式的转变》[1]"附录一"中提到，中国现代小说的文体确立是一个不断文人化和书面化的演进过程；他同时也不否认在19—20世纪复杂的文学体裁嬗变历史中，另一些不入"五四"新文化主流的作品却经历了一种逆向的发展：即经过某种去文人化和去书面化的过程，从小说走向话本（剧本），并最终进入大众文化层面。例如他通过探究谴责小说的叙事类型，指出谴责小说的作者以第一人称视角叙述，玩弄本土乃至国外的笑料资源，让书中人所叙之事可笑之余还不忘使书中人可笑，这些把荒唐编织到自身叙事中去的手法，更新了传统小说的叙事模式。

对于陈平原等国内学者的论述，海外华人学者做了比较积极的回应。李欧梵"钦佩和激赏"陈平原先生在此领域的成果，王德威则结

---

[1] 陈平原：《中国小说叙事模式的转变》，北京大学出版社2010年版。

合文本对此进一步阐发。他将晚清作家铭刻现实的手法称为"模仿与虐仿",小说中的叙述"拟真的效果"多于"模仿的幻觉",由此揭示"当说书人所依赖的时间、叙事序列失去其历史或社会导向,当传统价值的定位可以被取代或彼此取代,那么传统叙事中操控公众与个人之间关系的法则就有崩溃之虞"[1]。从叙事学角度来看,晚清作家把颓废之风带到了叙事中,他们蓄意地破坏传统小说叙事法则,任意模仿、复制,使作品结构松散、趣味恶俗。从这个角度来说,晚清小说的叙事本身,就沉积着一种超越了古典范畴的现代性断裂感和幻灭化追寻感。

以《二十年目睹之怪现状》和《官场现形记》等谴责小说为例,文本采取章回体这样一个规则传统的叙事模式,而在叙事中作者又逾越了此模式,从而表达对传统经验的不满和对现代性的期待。王德威指出,这是一种为传达现实与理想的某种错位,以及作者自身内在的某种历史性矛盾而采取的分裂叙事。这些被王德威称为"中国第一批职业文人"的作家,乐于用"新闻报道式"的手法来"再现变动的社会现象"[2],同时,由于他们自身处于保守与开明的矛盾状态,旧有古典情感、生存需求在内心发生抵触,所以作品传达的体验也是分裂的,批判是含泪的。在王德威所展示的谴责小说的"荒凉狂欢"中,我们看到了在悖论丛生的创作裂缝中,晚清小说已从传统古典叙事的窠臼中挣脱出来,不再停留在从群体层面上揭示启蒙等重大命题,而是故作轻松地书写着沉重的个体情感及政治体验。

晚清通俗小说的现代影响远不止以上所提及的内容,从文学自身的意义来讲,晚清小说在思想以及形式上所生成的现代性,为小说乃至文学发展的现代转捩做了最生动的注脚;也正是这样的文学存在本身,为后来小说的现代经验提供了丰富的创作营养。晚清小说显示出

1　王德威:《被压抑的现代性——晚清小说新论》,宋伟杰译,第52页。
2　同上书,第231页。

一种新的审美取向。晚清小说虽然没有彻底超越旧小说的形式传统，但我们并不能对其中新出现的诸多叙事元素视而不见。以狎邪小说为例，它被王德威称为"晚清最为流行的小说之一"，容易让人看到传统才子佳人小说的影子，却对中国现代的浪漫叙事传统形成巨大影响[1]。王德威从叙事的角度为我们揭示了小说审美空间在晚清小说中向"现代"慢慢打开的过程，烟馆、咖啡厅、夜总会、洋场……代表着都市化、商业化的现代经验元素在"传统"文本叙事中得以生动映现、传递。也就是说，作家的现代性体验和想象，为晚清小说审美空间的开创提供了现成的经验，而这种对颓废美、浪漫美等审美倾向的开创性描绘，对后来鸳鸯蝴蝶派、海派、新感觉派的兴起，乃至整个20世纪现代文学景观的生成具有重要意义。

二、"新小说"所寄予的现代想象

梁启超的"新小说"作为晚清文学文化界一个不能不提的话题，在海外华人学者的现代性论述中当然也不免被屡屡提及。在这些论述中，不少是对之推崇有加的，也有反思批评的，但都自觉地将其看作"启蒙"和"现代"的符号，并尝试用一种非主流的眼光来审视这种代表着主流政治欲望的文学样式。结果是，这种阐释给我们展现了比从前更全面的历史图景。

（一）对小说工具论的批评

提起"新小说"这个话题，总会离不开一个人，那就是其发起者梁启超。梁启超（1873—1929），字卓如，号任公，笔名饮冰室主人。作为中国近代资产阶级改良派的著名政治活动家、思想家、文学家和学者，他的业绩包括政治和学术两个方面。"公车上书""史学革命""诗界革命"等运动，以及《少年中国说》《论中国学术思想变迁

1　王德威：《被压抑的现代性——晚清小说新论》，宋伟杰译，第86页。

之大势》《新民说》《新中国未来记》等作品汇聚了其启蒙国人的现代思想，印证了他"但开风气不为师"的理想；而他在《新中国未来记》中提出的"理想的国家和理想的国民"的宏愿，成为众多中国知识分子追逐终身的共同理想。

正如唐小兵所言，"少年中国"正寄托了梁启超建构现代民族国家的宏伟政治理想。为圆"少年中国"梦，梁启超在提出"少年中国说"两年之后，又发起"小说界革命"，创办了《新小说》杂志，并开始连载梁启超自作《新中国未来记》。而这充分说明梁启超对"小说"这一叙述形式的看重：一是因为小说能开启民智，启蒙新思；二是因为小说可将他的政治计划、历史想象予以史诗性的宏大叙述，进行"逼真"、情节化的表达。

其实，"诗言志""文以载道"的文人传统古已有之。而晚清的严复、梁启超在此濡染下得到启发，意欲通过"小说"达到"群治"的现代理想。1902年《新小说》杂志的创设，标志着新一轮文学革新运动的开启。在首期《新小说》的开篇，梁启超发表《论小说与群治之关系》，倡言"欲新一国之民，不可不先新一国之小说"，由此发起了对"旧"式小说的改造攻势，又提到"旧"小说与当时小说创作产生的不良影响是"中国群治腐败之总根源"，所以必须从"华士坊贾"手里把小说的创作权夺回来，倡导多方面革新小说的内容。[1]

显然，此处"当时小说"指的就是晚清通俗小说。"把创作权夺回来"和"倡导多方面革新小说的内容"，这充分表明梁启超决意倡导一种不同于旧小说和当时通俗小说的"新小说"。在"为理想而写实"的小说观的倡导下，小说被看作发挥文字之力的媒介，其社会功能和政治地位不亚于报刊。

海外华人学者对"新小说"的评价总体上是正面的。李欧梵指出，

---

[1] 周渡：《晚清小说理论是五四小说理论的先导——梁启超与胡适小说观之比较》，《盐城师专学报》（哲学社会科学版）1993年第1期。

梁启超在使小说成为一种重要的启蒙媒介上有功，这却无益于晚清小说的文学建树；陈建华指出晚清的"新小说"，让小说在形式上成为"现代性"的一种比喻；唐小兵认为梁启超及其提倡的"新小说"偏重于理性思维，基于其强大的影响力，现代性由此被赋予了政治使命。他们都倾向于对"新小说"所具有的启蒙现代性加以肯定，认为它确实承担着这个时代个人意志与群体理想的叙述责任。然而，对于将"新小说"看作政治启蒙工具的做法，海外华人学者则纷纷表示质疑和否定。如陈建华明确指出了"把道德指令强加于文学之上"的欲望本质：

  这新小说含有浓厚的乌托邦性质，既担负起启蒙"新民"的思想功能，小说就已经成为"群治"的政治机制的一部分，而这"群治"或"新民"都仅仅存在于梁氏的以西方某种"公民社会"为蓝图的政治设计中。然而在形式上小说却成为"现代性"的一种比喻，真正显示了"小说界革命"的内蕴，并为后来的中国革命与小说实践所证实。[1]

陈建华在此一针见血地挑明了小说被用来"为他人作嫁衣裳"的真相。小说一旦当上了政治意识形态的代言人，那么文学创作也不可避免跟政治标准扯上关系；如果文学创作只一味迎合政治标准，那么就容易造成对审美追求的忽视。

  所以，海外华人学者对"新小说"加以否定的另一方面的原因则是，"小说工具论"在文学方面所带来的负面影响。梁启超的"新小说"论使小说逐渐成为公认的启蒙文体及媒介，曾一度点燃了晚清政治幻想小说的创作热。对此，海外华人学者似乎都达成这样的共识：这种为晚清"理性斗士"所共同追逐的创作风潮，始终也无法越过政

---

[1] 陈建华：《林纾与现代"小说"观念的形成》，收入陈建华《帝制末与世纪末——中国文学文化考论》，上海教育出版社2006年版，第274—275页。

治启蒙的苑囿而止步于"文学",因为有着移风易俗之感染力的小说,已被视为一种政治的武器、权力的工具。对此,李欧梵的批评颇有代表性:"他提出'新小说'的主张,就是希望把中国小说从一种通俗的消遣品提升为一种严肃的知识工具,使它具有改革和教育的功能。"也就是说,梁启超虽对通俗小说样式加以重视和推广,但他提倡的"新小说"和创作的《新中国未来记》却明显具有精英主义色彩和道德说教姿态。这种自上而下的教化,在晚清通俗小说那多元而活泼的艺术风格对照下,明显过于生硬。[1] 换句话说,对于梁启超的新小说,海外华人学者在肯定其启蒙现代性的同时,都清醒地认识到这种启蒙性背后的政治功利性,而他们也都认为,这种政治功利性导致了新小说创作在文学审美上的种种缺陷。

(二)对"新小说"启蒙的主流现代性的反思

在海外华人学者眼中,晚清小说可分为社会小说和言情小说两类,同时也可分为雅和俗两类。梁启超虽对通俗小说样式加以重视和推广,但那是基于一种"欲将改造并利用之"的目的,他提倡的"新小说"和创作的《新中国未来记》却极具精英主义色彩和道德说教姿态。显而易见,在梁启超的心目中,"旧"小说和当时的通俗小说是无补于社会改良、民族振兴的"小"说,而"新小说"却是能促进社会进步、民族振兴的"大"说。

作为"大说"的"新小说",为集体、政治的'五四'新文学的蓬勃发展拉开了重要的序幕。海外华人学者对此观点并未质疑。陈建华就认为,以《新小说》为标志的近代中国小说期刊的兴起,不仅在小说的内容及"共时"意识的表现上体现了"想象社群",而且在小说的印刷资本和生产机制上都带有"想象社群"的独特性格。他们同意晚清"新小说"的"启蒙新思想"与"五四"时期文学的"重塑民族灵

---

[1] 李欧梵:《中西文学的徊想》,江苏教育出版社2005年版,第71页。

魂"是一脉相承的，但对于"新小说"里装载的是否真的为"新"的现代思想，他们却有不同的看法。

李欧梵认为："梁启超提出'新小说'的主张，就是想把中国'传统小说'的旧瓶装上'新思想'的新酒。他所说的'新思想'，就是小说的主张，就是小说要改良社会、改变中国的政治制度。"[1]王德威则如是说："'新小说'理论之所以风行，究竟是因为带入新思想，还是因为重复旧信念呢？""他们文学信念中的'新意'，其实来自对过去的夸大，而非拒绝；当他们一厢情愿地对未来新文学表示吹捧时，他们其实已成为自己一心想打倒的旧文学价值的最吊诡的提倡者。"[2]

李欧梵肯定"新小说"所承载的改良思想是新的，将此称为"旧瓶"里的"新酒"；王德威则指出所谓的"新意"只是对旧信念的重复，认为"刻意求新者往往只落得换汤不换药"[3]。那究竟是"旧瓶装新酒"还是"换汤不换药"呢？两位海外华人学者表面上截然不同的意见，其实都基于对"新小说"本质的一个共识，就是"新小说"继承了"文以载道"的传统文学观，倡导文学与政治紧密结合，让小说具有启蒙现代性功能。而他们的不同只在于：李欧梵认为对传统小说来说，装上改良的新思想，给小说文类赋予了前所未有的现代启蒙理念，无疑是一次新的现代的尝试；而王德威则认为这只是对过去传统文学观的一种延续甚至"夸大"，并无新意可言。

事实上，如果像王德威所定义的那样，"现代"为一种自觉的求新求变意识，那么"新小说"的新旧矛盾、中西糅合，也是其具有现代性的一个重要表征。在内外矛盾中挣扎求发展的"新小说"，并不缺乏"晚清通俗小说求新求变的努力"[4]，而这一自觉的现代追求也导致了文坛的巨变，直接开启了"五四"这一新的主流文学传统。凭着这股自

1　李欧梵：《中西文学的徊想》，第71页。
2　王德威：《被压抑的现代性——晚清小说新论》，宋伟杰译，第31、33页。
3　同上书，第5页。
4　同上书，第25页。

觉的现代追求,"五四"时期的胡适、陈独秀继承并发展了"新小说"理论,一时间,"新青年""新文学""新文化"等新词纷纷出现,为求新的现代风越刮越猛,政治文学的主流现代性已占据着文坛的绝对主导地位。此后,在20世纪中国文学史中,无论30年代后"新民主主义"文学,还是在80年代"新时期"文学,这种主导地位在国内学界不曾动摇。因此,不可否认,梁氏倡导的"新小说",寄予了精英的现代想象,启蒙了主流现代性。

而在海外华人学者眼中,这种主流现代性是跟通俗小说所孕育的现代性截然不同,甚至是相对的,尽管事实上两者都是"新"的。前者被视为精英的、主流的、政治的、理性的、启蒙的;后者则是大众的、非主流的、商业的、感性的、娱乐的。从对"现代性"的这种区分,我们可以看到海外华人学者不一样的现代性视野。对于既定的主流现代性结论,他们敢于质疑、否定,不仅对其中的政治功利性做出揭示和鞭笞,而且以不同的现代价值观来发掘那些湮没于历史叙述中的边缘现代性,并肯定其作为多元现代性一种的合法地位;相比起来,国内学者显得相对保守,大多避免触碰政治这条敏感的神经,主动绕开文化意识形态上的探讨,偏向体裁等领域的研究。

三、文学与文学批评的"大、小说"之争

围绕"新小说"和晚清通俗小说,海内外华人学者分别以不同的立场,进行了热烈的争论。而这"两种晚清文学"给我们展示的,不仅是"断裂"的现代文学图景,还有当今海内外文学批评的微妙差异。

(一)雅俗之争预示的现代图景

海外华人学者以小说研究为出发点,以现代性重构为归宿,在进行"内层精读"之时,探究这些文本在历史瞬间累积的"外层重构",初步勾勒出晚清时期雅俗大分裂的现代趋势,就是严肃的政治、人生文学与大众通俗文学之间的意识形态之争,再广阔些就是启蒙新文学

与都市消费文化之间的分流。所谓"五四致力于'工作',鸳鸯蝴蝶致力于'消闲'"(陈建华语),由此看来,晚清文学的雅俗分流在历史上对"五四"时期及后来的文学形态有着深远影响。

首先,尽管晚清之后很长的一段历史选择了政治小说作为唯一"合法"的现代性,把"狎邪""侠义公案""丑怪谴责""科幻"等通俗文类通通打进权力门外的冷宫;而在时隔多年的大洋彼岸,一群海外华人学者却用一种截然相反的态度来对待它们。相比于大多数的国内学者来说,海外华人学者更倾向褒扬那些似远又近的通俗小说,为它们在历史中曾遭遇的压抑而不平,并尝试以一种贴近大众的边缘视角进行阐释。李欧梵认为包括"四大小说"在内的晚清通俗小说,虽然很多作品的写作都是对梁启超"新小说"倡导的"追随",但它们完成的方式与梁启超截然不同,表面上都在讲"改良群治",却是偷换了中国原有的模式;王德威把晚清小说重新放回历史语境之中,得出"五四"文学是"窄化了"的晚清文学的结论。

"五四"真的是晚清以来对中国现代性追求的一次收煞?还是在论述过程之中,王德威的厚此薄彼反倒压抑了另一方?不少国内学者也对此有自己的看法。其中,张志云就认为王德威"现代性"理论和观照文学的方式,存在着理解上的文化错位。也就是说,在理解中国文学的现代性时,王德威不可避免带有美国文化中的情感想象印记,造成了对晚清文学和"五四"文学的双重误读,这实际上是对"五四"文学一种不公正的对待。王彬彬强调王德威的观点和思维在摆脱意识形态左右的同时,掉进了另一种意识形态的陷阱,因此在审视现代文学时,往往也就清醒与迷误共存、新见与偏见交错。彭松和唐金海否定王德威对晚清小说品质的过高估量,尤其是王德威对其中私人叙事和欲望表达的推重,使其与"五四""启蒙现代性"对立并置,这种批评本身就建立于非历史的想象之上,用编构的假想模式遮蔽了传统中的真实蕴含。郜元宝则认为王德威把延续了晚清文学风格的当代小说创作称为"世纪末的华丽",是一种"严格局限于理论爆炸、标签乱舞以及中外文学史的家谱指认,而一味回避对所论作家的优劣判断"的文学批评,指出热衷探寻"奇特"和"色情"这些早已被国内主流意识所抛弃的东西,其实出自一种取悦西方强势国家的自卑自傲心理。[1]

这些批评从不同方面指出了王德威观点的一些不足。也许,不少人会因此为海外华人学者抱不平,指出这些研究者捍卫"五四",是因为害怕既成的历史秩序会被破坏,因为作为现代起源的"五四"遭到"祛魅",整个现代性的知识体系有被颠覆的可能性。就像李杨所说的,在"知识考古/谱系学"的视野中,历史成为一种对我们来说是异己的、陌生的东西,而一旦我们认识到往昔历史的异己性的时候,我们身处的现代的合法性也就岌岌可危了。[2] 这是一种对异己意识形态出于本能的焦虑。而我们并不能因为这个是"五四"立场或那个是反"五四"立场而统统加以否定。因为事实上,这些与海外华人学者针锋相对的对话,与海外华人学者的研究成果一样可贵。所有围绕王德威等海外华人学者研究成果的激烈争辩,都是通向自由审视的一扇窗,当更多的窗被打开,研究的视域就会越被廓清,我们就能以更全面、更清醒的思维来审视晚清和"五四"。陈思和《试论"五四"新文学运动的先锋性》一文就是这样的典型成果。该文根据大量中外文学关系史实,在20世纪世界文学语境中界定"五四"新文学运动的"先锋性",既回应了王德威"没有晚清,何来'五四'"的问题,也刷新

---

[1] 以上对王德威的批评分别参见张志云:《一个错位的"晚清"想象——评王德威"被压抑的现代性"说》,《云南民族大学学报》(哲学社会科学版)2006年第5期;王彬彬:《胡搅蛮缠的比较——驳王德威〈从"头"谈起〉》,《南方文坛》2005年第2期;唐金海、彭松:《冲突与共生:两种文学价值观的交遇——夏志清的文学理念整体观》,《西南民族大学学报》(人文社科版)2007第11期;郜元宝:《"重画"世界华语文学版图?——评王德威〈当代小说二十家〉》,《文艺争鸣》2007年第4期。

[2] 李杨:《"没有晚清,何来'五四'"的两种读法》,《中国现代文学研究丛刊》2006年第1期。

了以往对"'五四'新文学性质"的论证。[1]

与此同时,国内不少学者也纷纷为梁启超的文学思想辩护。他们认为,因为"新小说"的功利性而招致的否定和质疑,这种论调本身也是值得质疑的。原因是我们不能在文学之讲求功利与文学之丧失独立性之间轻率地画上等号。梁启超十分尊重小说艺术的优势,更重要的是他深知当时的中国最需要的是什么样的文学,既能立足现实又能沟通传统与现代、中方与西方。传统的以"游戏"为宗旨的"小"说孕育出了"宏大叙事"这样一种现代小说的范式——"新小说",从而促成了小说的"现代转型"。[2] 因此,梁氏的文学思想并没有使小说失去作为文学的特性,反而为晚清的文学困境开启了通往现代的一扇大门。他们无不认为,这同样起源于晚清的关于个人主体与民族国家主体的表述模式,在"五四"传统与左翼传统中日益丰富,通过对个人与族群形象、价值的历史化建构,对晚清至80年代中国文学的现代化进程具有不可磨灭的影响。

海内外在晚清小说领域的研究,已渐形成一种话语交锋的趋势。在经历海外华人学者对"新小说"及"五四"文学"去中心化"的研究后,国内主流群体也开始了自我观照和反思,刷洗身上文化权威的味道,并逐渐懂得正视那些反对或不同的意见,与之进行对话争论。这种对话本身,打破了海内外隔阂,是一种进步,有助于现代文学研究的健康发展。

(二)海内外文学批评的差异性

如果说通俗小说与政治小说从晚清的"混沌不分"到其后的纠缠

---

1. 郜元宝:《2005年"中国现代文学研究"综述》,《杭州师范学院学报》(社会科学版)2006年第4期;陈思和:《试论"五四"新文学运动的先锋性》,《复旦学报》(社会科学版)2005年第6期。
2. 张俊才:《近代文人新小说观与中国现代小说的发生》,《文艺理论与批评》2007年第5期。

相争的局面，代表着雅俗两大文学潮流的历史发展地貌，那么海内外对晚清小说批评的差异性，则显示出海内外学者群体不一样的文学批评意识。

这种海内外的差异性，不仅表现在围绕晚清通俗小说以及"新小说"做出的各执一端的看法上，更映现了隐藏在各执一端看法背后的原因。比较明显的是海内外各自的意识形态偏见，这在海内外围绕晚清小说而进行的话语交锋中得到体现。这并不是说海内批评或海外批评都分别呈统一的意识形态，实际上它们各自内部也有不小的争议和分歧。但总的来说，海外批评界更偏爱于通俗话语所代表的非主流意识形态，以此来消解文学与政治之间过于亲密的关系；而海内则仍未能完全突破以政治为批评标准的意识形态苑围，对怀抱严肃政治性的民族话语具有自觉或不自觉的认同感。

当然，随着"重写文学史"的观念被广为接受、海内外批评交往的加深，国内批评家也开始用新观念和新视角来探讨晚清小说这个热门话题，从中也发现晚清小说的多重现代话语。然而，国内学界对晚清通俗小说的这种"肯定"是带有保留意味的，他们一方面承认晚清通俗小说的"现代性"，另一方面又强调这种"现代性"是"极其有限的"。[1] 我们看到，王德威在晚清通俗小说与"新小说"等政治小说的对比中，发现了两种不一样的现代话语，并对晚清通俗话语持"激赏"态度；而相比之下，国内学者杨联芬虽然也是以"现代性"作为研究晚清文学的视点，也没有以晚清现代性之"过渡性"为理由来贬低它，但她对晚清通俗文学里缺乏系统性的、新旧杂陈、鱼龙混杂的"现代"思想仍是不甚"欣赏"。

所以，海内外的不同看法显示的不仅是意识形态上的差异，更是文学批评观的不同。这是一个更为复杂的问题，而从海内外对晚清小说的专题研究来看，他们文学批评观之间的差异，主要体现在审美现代性与

---

[1] 杨联芬：《晚清至五四：中国文学现代性的发生》，第33页。

启蒙现代性之间所做出的取舍。王德威、李欧梵等海外华人学者几无例外地都倾向于更多地肯定前者对后者的反抗，因而在他们文学史叙述中始终存在着一种"价值批判优先于历史批判"的问题。[1]而在国内学界则呈现出多重倾向态势：一部分批评仍自觉地将启蒙现代性作为现代文学批评的首要标准；更多批评开始正视启蒙现代性对文学批评的限制，逐渐认知到审美现代性的价值所在，而对晚清通俗话语的审美空间进行小心翼翼的发掘；还有就是像杨联芬那样，在对现代性的叙述过程中兼顾两者的动态平衡，更侧重于揭示两种现代性之间的悖论与张力形式。[2]

由此可见，在海外的文学批评观念中，审美现代性与启蒙现代性是有主次、先后之分的，认为应以前者为主；而国内批评界对这个问题的认知比海外学界来得晚些，在受到海外学潮的影响后，也从原来的唯"启蒙现代性"的文学批评观，逐渐向"审美与启蒙并重"的批评观转变。也就是说，海外华人学者以晚清现代话语的多元性来对抗"五四"现代话语的单一性，而国内批评家则在主动汲取他们"发掘边缘话语以呈现对文学及文化构建的主要关怀"的同时，也出现了对海外批评的文学史叙述模式的"再反思"以及纠偏。

海内外多重话语的文学研究让我们看到了多角度的历史视域，只有不过分压抑其中一方，将两者平等、如实而全面地回放到历史的画卷中，才能构成相争又多彩的现代图景。

第四节 翻译中生成的现代性

在中国近现代翻译史上，晚清是一个十分特殊而重要的阶段。此一阶段译介范围之广、译者之众、影响之大，某种程度上成为后来中

---

1 张光芒：《评杨联芬〈晚清至五四：中国文学现代性的发生〉》，《中国现代文学研究丛刊》2005年第4期。
2 同上。

国翻译界的绝唱。晚清的翻译文学,成为当时重要的文学体裁之一。译介,也构成了晚清知识界跨文化交流与实践的重要形式之一,其对20世纪中国政治、思想、文化发展进程的影响,殊为深远。在海外的晚清文学与文化研究中,对译事的考察成为重要的内容。谁译,译什么,如何译,甚至翻译是否可能,在海外华人学者眼中都成了可思考的问题。随着海外"晚清"译介研究的展开,一些新的研究思维开始呈现,有关于此的理论争论也日趋激烈化。对此加以回顾和分析,无疑是考察海外晚清文学研究的一个重要视角。

一、"借题发挥"的晚清译介传播

提起翻译,第一时间让人联想到的是其沟通中外的文化功能,其实这也可以是一种通向"摩登"的行为捷径与话语模式。而此处所提的"晚清翻译",主要是国人把国外(主要是西方)科学、政治、文学等各类作品,翻译、介绍及传播到国内的行为过程,更倾向指一种单向的努力。对晚清翻译界所做的现代贡献,海外华人学者大都持肯定的态度,将其视为通向现代的另一种试验。既然"翻译"是中国转入现代化的关键,那么也就理所当然地成为考察晚清现代性的重要资源。

(一)翻译,还是"误读"?

以林纾为例,他的翻译一直被称为保守性"误读"。这种"误读",形式上是以中国古文(具体来说是史传和唐宋派古文)为"前理解",在此基础上再对西方文学进行审美整合;内核则是以士大夫的价值体系来"疏通"西文,全然是中国经验式的类比阐释。[1] 对其翻译,时人梁启超以及后来人胡适给予的评价,几乎没有不肯定的。如梁启超在《清代学术概论》中说道:"译有林纾者,译小说百十种,颇风行于时,

---

[1] 杨联芬:《晚清至五四:中国文学现代性的发生》,第97页。

然所译本率皆欧洲第二三流作者。纾治桐城派古文,每译一书,辄'因文见道',于新思想无予焉。"[1]胡适则将林纾的翻译敲定为"终归于失败"。梁氏与胡氏的评价,"五四标准""五四色彩"皆赫然其中。很明显,这种"有距离"的解读,与求真求绝对的"五四"文学立场有着截然不同的风格,必然会引起"五四"文学家们的不满,进而将批评矛头指向这位翻译先锋。

在"五四"期间,林纾一直被看作复古势力代表而备受攻击,而他与众"五四"文人的论战也终以林的登报致歉作为结局,尽管在"五四"以后的主流文学史中林纾的历史地位得到公允的承认,然而,其曾为时人所诟病的古文体翻译,也未能摘下"不合时宜"的帽子。换句话说,林纾古文形式的翻译话语,一直是作为某种边缘性的存在。而恰恰是由于这被主流压抑的边缘性,引起了海外华人学者的关注、研究。陈建华将林纾的翻译称为"青衣主角",借此区分其与梁启超等人的翻译。这个比喻,不仅将林纾在当时不合流的身世处境恰如其分地道出,而且还一语中的,点出了他那文雅哀情的翻译作风。"这个'古文'是隐含了精英身份的焦虑?代表了一种艺术自主的现代倾向?"[2]陈建华接着揭示了林纾古文身份的变化实质是其士人身份的变化,而这种身份的变化有着深刻的社会经济根源,具体来说就是晚清政治改革思潮以及小说商业市场的兴起。

从上述可知,海外华人学者跳出了"五四标准"的框框,来审视晚清意味深长的翻译,发现了当中具有的进步意义。同是古文,林的翻译已不再是为封建帝王效力的说教文章,而是意在传西学、启蒙国人的"现代"美文;同是欲借小说重塑国民灵魂,林的翻译抛弃了梁启超式的理性说教,而是凭借古文的"温柔敦厚"深入人性的内层,

---

1 梁启超:《清代学术概论》,上海古籍出版社1998年版,第98页。
2 陈建华:《林纾与现代"小说"观念的形成》,收入陈建华《帝制末与世纪末——中国文学文化考论》,第281页。

进而征服士大夫市场。于是，通过海外华人学者的眼睛，我们在林纾身上看到了"曲线救国"的努力，那是一种在迂回中前进的现代性，一种与"五四"现代性互为镜照、互为补充的现代形态。海外华人学者对这种古文化的翻译给予了理解和认同，肯定这是一种现代改良的捷径，甚至以一种更为宽阔的思维来对晚清翻译现象进行重新审视。从林纾到严复以及鲁迅等，不仅看到他们弥合中西文化的不同策略，而且分析翻译文本在传统环境中所承继的连续性，以及给文化环境带来的冲击，揭示隐含其中的政治意识和文化生产过程。

陈建华集中分析林译作品中的意识形态及感情状态，从而导出了林纾对"现代"小说观念形成的贡献——个人哀情与民族悲情的融合促成了言情小说的现代转换；而从夏志清、李欧梵对严复、梁启超及林纾的研究中，我们可知道晚清译者借题发挥，所译作品的意识形态及感情指向与原作大相径庭；张错的"前五四"翻译小说研究，却以严复为首要典型，然后到深受严复翻译影响的梁启超、胡适、鲁迅等人，重点揭示他们在翻译西方小说时将西学东传，引入进化论、自然主义等西方现代重要理论，推广了小说的社会功能，对晚清小说造成冲击和影响，启蒙了"五四"人。而从这些对晚清翻译现象的研究中，我们发现，翻译家们不同的策略所指向的目的是相同的：他们译介的作品，无一不浸染着强烈而隐忍的启蒙意识和救国情感，他们译介目的不仅于文学，而在于传西学、启国人。

"当他们翻译小说时，不完全是直译，常常套用中国的文体模式……中国的文体与西方的内容结合起来，有时会限制我们对西方的了解，但是西方内容又会对中国文体产生某种刺激。"[1]李欧梵在他的文章中揭示了翻译在文体上亦中亦西的必然性。翻译家的译介行为，在海外华人学者眼中不再停留在文学翻译的层面，而是进入了"创作"

---

[1] 李欧梵：《晚清文化、文学与现代性》，收入李欧梵《中国现代文学与现代性十讲》，第14页。

的层面，是翻译家对西方作品的"再创作"。而这种"再创作"行为，不仅表现在文体形式上，还表现在思想意识上，它包含着比书写纯文学更为功利的意图，使翻译作品更具启蒙的张力。

事实上，海外华人学者的批评行为，又何尝不是"借题发挥"的再创作行为呢？

（二）关于"翻译"的历史想象

与其他海外华人学者不同，王德威对晚清时期翻译的研究，不是通过对当时出现的翻译家和翻译作品进行直接深入的研究分析，而是换个角度、另辟蹊径，从涉及晚清翻译现象的通俗小说的文本中，分析并寻找翻译所蕴含的"现代性"。

在王德威的指引下，通过李伯元的眼睛，我们看到了晚清极具荒诞意味的"翻译面孔"。在《文明小史》里，贾氏兄弟看到的那位著名译者和编辑辛修甫先生，就是其中一张典型"面孔"。他有一本从不让人一睹的秘籍，里面包括了他从外国书籍上学到的所有词汇，而他的所谓翻译居然是从秘籍中找出一个个字来，然后推敲拼凑而成的；英国总督劳航芥则是另一张典型"面孔"，他来自英国，只懂中英文的翻译，却被总督认为是懂所有洋文的专家，让他翻译德语、法语，最后这位"超级翻译"落得了尴尬的结局。李伯元用夸张讽刺的手法把这些似是而非的"翻译"鞭笞了一番，而王德威则由此得出，"李伯元较那些自称为现代化倡导者的人士更能明白，现代化的进程比想象的复杂"[1]；"西方的众多语言参差不一，其实暗示出西方的科学、风格和价值系统也是多元和驳杂的"[2]。最后，他把论述引向"也许单一的现代性并不存在"的现代命题之上。

王德威从小说中读到的"翻译"现象，包含着作家李伯元对晚

1　王德威：《被压抑的现代性——晚清小说新论》，宋伟杰译，第261页。
2　同上书，第262—263页。

清"翻译"现象的批评,同时也是王本人对晚清的所谓"翻译/交易"现象的洞见表达。原来寄托着改革者诸多现代愿望的"翻译",到头来只是中国人对西方一厢情愿的理解;对西学趋之若鹜的出版商及知识分子所迎接的所谓现代学问,也不过是"秘籍"式"翻译"的牺牲品。王德威为我们揭示了晚清翻译界无奈的一面:通过"翻译"把西方现代性嫁接到本土的举措,不一定有益于现代追求,种种激进的行为只会造成不伦不类的混乱局面。只有摒除简单机械的思维,对"翻译"的复杂性和多元性有着足够清醒的认识,才能传达正确、合适的新学。

我们知道,在李伯元的年代,要厘清现代性追求的线索是不大可能的;关于晚清"翻译"所引出的现代性种种推论,无疑也是王德威对李伯元写作意图的猜测。这种猜测,跟对晚清翻译现象的解读一样,归根结底都是一种历史的想象。王德威站在现代跋涉历程的未来一端,回头去看那个时代的小说,在解读的过程中无形就会预设一种"现代性"的内核,所以,对于作者寓意的阐释显然开始就是一种超越文本的过度解读了。这种关于晚清翻译现象的理解,不可避免浸染着其文学研究中的文化取向和历史想象。

这里就引出王德威的一种重要批评方法——把小说看作"想象中国的方法"[1]。他在《想像中国的方法:历史·小说·叙事》序言中,就对其进行过这样的阐释:20世纪的中国小说是20世纪中国历史的一面镜子,我们可以由小说阅读历史;小说作为一种文类,它的真正功能是虚构、想象和叙述;"小"说以它的"琐屑"与"尘俗"夹处各种历史大叙述的缝隙,所谓穿衣吃饭、市井恩怨,原本也是历史的一部分。[2] 也就是说,揭示被主流大叙述所遮蔽的非主流历史现实,是王德

---

[1] 此语源自王德威的一本著作书名,这本著作就是《想像中国的方法:历史·小说·叙事》。
[2] 王德威:《想像中国的方法:历史·小说·叙事》,"序:小说中国",第2页。

威对文本展开历史想象的目的所在。与众学者从林纾的"误读式翻译"引出翻译的现代贡献不同,王德威则从李伯元笔下闹剧式的"翻译"现象感悟到另一种翻译现代性。

不难发现,小说与中国社会政治错综复杂的历史关系,成了王德威研究的出发点。[1] 所以要考察晚清翻译存在的状态,也自然地回到了小说文本这个原点。借助历史想象,王德威对作者赋予小说的修辞意图做出猜测,并以此探勘文本叙事、现实社会和作家本身的关系,凸显出其中蕴含的历史建构和伦理承担的意义,从而回应自身对于意识形态的复杂寓言。

这里面是否陷入了一种合目的的论证意识呢?王德威则这样回应:"我无意重弹历史因果律的老套,或回应某种决定论或目的论。与这些僵化的观念恰恰相反,我意在发掘更多的线索与痕迹,以期重新辨识中国现代文学形成过程的复杂性。"[2] 对于这种与实证研究、鉴赏评点风格迥异的批评思路,王德威是深谙其妙的:站在历史的一端对前一端的文学做出考察,理性的透视和经验的想象都显得尤其重要,故此,我们可以看到,想象的尺度把握大多恰如其分,推论也不流于牵强附会。

二、"互译"中生成的现代性话语

如果由翻译家译介过来的各种作品是一种横向传播,那么与翻译紧密相关的话语变迁则是一种更为复杂的纵向演化。

陈建华、刘禾以及孟悦三人都从既定的历史话语切入,借鉴"知识考古学"的套路来考察它们在流变中折射出来的文化思想。陈建华将"革命"话语置于历史时空中考察,厘清其中整合内化的脉络,从话语的变革发现其中的现代性;孟悦从"格致"和"西学"的知识话

---

1 林分份:《史学想象与诗学批评——王德威的中国现代小说研究》,《当代作家评论》2005年第5期。
2 王德威:《被压抑的现代性——晚清小说新论》,宋伟杰译,第364页。

语范畴在甲午战争前后的消长对比,反映出当时国人对科学技术、政治体制、中西文化以及文学传统的现代想象;刘禾则强调"国民性"话语的非本质性,认为这一话语在现代知识分子建构民族国家理论方面发挥了重要作用。

而事实上,具有现代意义的"革命"一词最先从西方翻译过来,"国民性"一词最初也由梁启超等晚清知识分子引入中国,而"格致""西学"也在一次次的改写后,成为一对包含着新旧相间、中西糅合的想象范畴。这些外来话语被译介进来后,于中国语境中经受现代洗礼,在中外互文中不断被赋予新意,最终指向具有强烈意识形态的话语。海外华人学者对这些词语的追踪让我们从历史中醒悟:现代性话语不仅可以从中国与西方、传统与现实的"互译"中沉积而成,更可以作为历史叙事流变中的现代印记而存在。所谓"本质离不开话语,历史离不开叙事",海外华人学者就是从话语的历史维度的变化,来揭示传统文化观念的现代演化的。

(一)陈建华:"革命"话语"生产机制"的考论

陈建华的"革命"话语考论,是通过话语演变历程的考察,来对现代中国"革命"意识形态形成史进行研究。值得注意的是,革命(一般意义上的变革)与"革命"为两个截然不同的概念,前者指的是一般意义上的和平变革即由西方传入的 revolution,"革命"则是一个具有更为丰富意指的概念。

在陈建华的专论《"革命"的现代性——中国革命话语考论》中,他首先寻找到中国传统"革命"话语的源头:"'革命',是儒家学说中重要的政治话语,源出《易经》:'天地革而四时成,汤、武革命,顺乎天而应乎人,革之时义大矣'!"[1] 于是,中国传统"革命"话语

---

1 陈建华:《"革命"的现代性——中国革命话语考论》,上海古籍出版社2000年版,第5页。

从"汤武革命"开始,经历了两千多年的历史;然而,现代"革命"的含义远不止"汤武革命",而是超出了改朝换代的范畴,与西方的revolution实现了国际接轨。所以,陈建华接着对现代中国"革命"话语之源进行了探讨,把"革命"一词经过日语的翻译而增加了西方revolution的意义返回中国的经历,称为"革命"的"现代复活"。[1]而从19世纪末到20世纪初,在王韬、梁启超和孙中山等时代弄潮儿的数番阐释后,"革命"一词在中外文化的激烈冲突和交融中历经锻铸,最终成了中国政治意识形态的最生动注脚。

"革命"话语在20世纪初形成之后,一度成为炙手可热的关键词,此热潮一直延续到当代。政治事件上的"大革命""二次革命""文化大革命",文化事件上的"史学革命""诗界革命""革命文学""革命加恋爱"等,可谓层出不穷、蔚为大观。话语已承担着越来越重的现代寄托,一如知识分子身上背负着民族大义的重托。在这里,陈建华对"革命"话语的历史考察,不只指向话语使用者的政治意识形态,而且包含着对中国知识分子感时忧国文化传统更深层的反思。"革命",从政治领域的指涉引申到文学、史学等文化领域,表层上是意识形态向文学层面的浸透,深层上却可视为传统文人政治抱负的一种现代体现。

另外,从"革命"话语的演变过程我们可以看到,现代中国"革命"话语的时空行迹已纵横交错,凝聚着比西方"革命"更为复杂的民族记忆及文学场域的现代构建。难怪陈建华也自称其"革命"探源是某种"跨语言实践"。[2]而用国内批评者夏中义的话概括其含义,则是"三维二元"。[3]所谓"三维",即它横跨汉语、日语、英语三大语言;所谓"二元",是指"革命"一词的语义,无论在古汉语还是在日

---

1 陈建华:《"革命"的现代性——中国革命话语考论》,第23页。
2 同上书,第27页。
3 夏中义:《"革命"探源启示录——评陈建华的〈"革命"的现代性——中国革命话语考论〉》,《文艺研究》2003年第6期。

语、英语所表述的各国文化谱录中皆含有双重指向；此处的双重指向，也就是一般意义的变革和中国传统的"革命"。

然而，"三维二元"这种词源学和语义场上的辨识总结，只能将"革命"一词作横切面式的展示，把其圆满的现代意义告知我们，却未能从纵向使"革命"话语复杂的历史演变得到强调。正如陈建华所说，"话语"的"追踪"方法，是其讨论传播和重构的环节选择的策略。[1]这样一来，与话语有关的文化被看作结构性的整体，历史的复杂性又得以全面展现，一种立体宏观的互文性研究视域也形成了。

"话语"，给我们揭示一种新的诠释方式：将社会思潮（文学观念）的产生及演变过程看作一种"生产机制"，在政治等意识形态的错综关系中加以分析，从而提挈起意识形态、文化观念与话语演变之间某种必然联系。[2]而提到"追踪"的方法，我们似乎看到了乾嘉学派"考证话语"、福柯"知识考古学"的影子。对于陈建华的革命话语考论，或许就可以理解为"话语"与"考古学"互为表里的研究，这不仅是一种跨语际的文化旅行，同时也是一种跨时代的历史旅行。

（二）孟悦："格致"范畴历史的"救赎"

"'格致'的范畴为我们提供了研究19世纪的科技书本知识的重构及其流传的重要线索。"[3]孟悦在《人·历史·家园——文化批评三调》的第五章"什么不算科学"中，开宗明义道出了对"格致"的研究目的。事实上，对以"科学"取代"格致"具有进步性的质疑，并非新论，而此文章通过挖掘江南制造总局文人及政治家的"格致"实践，

---

[1] 陈建华：《"革命"话语的转型与"话语"的革命转型——从清末到1920年代末》，收入许纪霖、刘擎编《丽娃河畔论思想Ⅱ——华东师范大学思与文人文讲座续编》，华东师范大学出版社2006年版。
[2] 同上。
[3] 孟悦：《什么不算科学》，收入孟悦《人·历史·家园——文化批评三调》，第157页。

来厘清"格致"一词复杂含义的历史变迁,思考潜藏在这些变迁中的深层文化,确实比前人更进一步。

孟悦指出,"格致"一词原意为通过对事物的仔细观察和把握而获得其背后蕴含的同一普遍的"理",源出朱熹注释的《大学》,属于哲学范畴;而明清两代变成了一种特定实用性书本知识范畴,包括人文学以及科学技术;当西方 science 广泛入传,江南制造总局的知识圈第一次把翻译进来的各种学科和技术知识系统融合进"格致"。随着"格致"的内涵不断扩张,其后更上升为一种解决社会和文化问题的态度,是以"通"为核心的知识观,也是大于科学、杂于科学、丰富于科学的知识系统。而甲午战争是"格致"一词由盛转衰的分水岭,"科学"一词的翻译引进,"西学"在"格致"范畴内由边缘转向中心,"格致"被边缘化;"格致"的内涵逐步被抽空,梁启超更将科学和技术的内容从"格致"中剥离出来,纳入"西学",于是,辉煌一时的"格致"作为"非西方"的传统被打倒了,沦落为"西学"的附庸。[1]

"格致"的命运反映了国人在应对危机时的思路转向。"格致"的兴,始于江南制造总局将从西方翻译进来的西方科学融入其中,此时的国人希望以"中为体西为用"的策略来完成中国伟大的现代转折;然而,甲午战争的失败击碎了这个宏愿,同时也击毁了"格致"所寄予的想象范畴。其后,曾一度因翻译西方文化而兴的"格致"话语,慢慢地被西学的翻译热潮所吞噬。原因是多元混杂的"格致"范畴,无法适应国人现代化进程对概念专业化的需求,用孟悦的话说就是:"'格致'那种黏合中国和西方、过去与当前、经典与'小识'而建立的知识流通网络如今在对现代国家的追求中被切割堵截,反映了民族国家政治诉求对科学技术所进行的、如同国家边界一样严格的界限和限定。"[2] 这致使后人

---

[1] 孟悦:《什么不算科学》,收入孟悦《人·历史·家园——文化批评三调》,第157—203页。

[2] 孟悦:《什么不算科学》,收入孟悦《人·历史·家园——文化批评三调》,第183页。

大多认为,在1915年《新青年》杂志用"赛先生"作为science的中文翻译,借此呼唤现代科技的到来之前,中国还不存在现代"科学",也就是说在此之前的"格致"实践是被"历史"所否定的。

就这样,"格致"现代身份的获得与失去,跟江南制造总局的兴盛与衰微紧密相连,也跟洋务运动的"成功"与否息息相关。孟悦通过厘清"格致"话语的流变脉络,辨析国人对西文science之译从"格致"到"科学"的演变过程,揭示清末国人"科学"观念的重要变化,并把握与之相关的历史情境和民族心理。"西学"取代"格致"的话语转变,为我们揭示了被历史定论遮蔽的另一种真相:国人选择用遗忘治疗战争带来的创伤,使得"格致"实践遭遇浅尝辄止,而终使中国的现代化进程永远失去了从反垄断角度想象科学实践的多元性的机会。

孟悦把这鲜为人知的历史一幕,通过对话语的回溯一步步地叙述出来,这本身就是对历史的一次救赎式反思、刷新式书写。而孟悦则通过这种不一样的历史叙事,来反思且反抗被主流叙事遗忘的命运,使被边缘化的历史文化痕迹,在今日以及未来的国家民族叙事中能"分饰"到应有的"戏份"。孟悦的这种历史观与现代观在其他晚清历史空间的研究也有体现,她为这些被遗忘的边缘文化而做出的努力,也是对边缘身份的一种自我认知,体现着对中西的权威现代观的双重反抗:带着对西方话语与意识形态霸权的反抗进入中国历史语境,正视中国现代性基础与西方的差异,凸显着其自觉的本土意识;同时也反抗中国主流历史叙事对边缘历史的遗忘,体现出对"五四"主流意识形态的现代界定的质疑和不满。

(三)刘禾:"国民性"理论的跨语际批评

刘禾的跨语际批评实践,是以其"互译性"文化研究的方法论视野为基础的。与其他学者的研究相比,刘禾对晚清译介传播的研究显示出浓厚的方法论色彩。她的研究不是指向以往的翻译史等问题,而是直接从具体翻译行为的文化研究入手,对中国现代文学中的话语现象展开批评，追寻翻译中生成的现代性。李凤亮曾对刘禾的方法论做出过这样的描述：

> 刘禾一方面将自己置入这一"语言论"潮流中，从语言问题入手诠释文学活动，重绘思想地图；另一方面她又清醒保持了与传统语言理论及既有研究方式的距离，从反抗单一语言中心论（刘禾更多地指欧洲语言中心论）入手，消解传统的语言翻译交流理论，从一种跨文化的视野中强调文学书写的语际特征。[1]

刘禾深深地意识到在不同语言和不同文化之间的翻译旅程将不可避免地遇到"阻隔"，既然翻译不可能做到完全的"等值"，那么回答"基于何种的立场而进行翻译"这个问题就显得尤其重要。因为立场的选定，决定了翻译主体在不同语言和文化穿梭之中会选择什么样的姿态，会为语境设定何种表述基调，而这对翻译话语的效果有着重大影响。而"跨语际实践"，指的就是在对跨文化、跨历史、跨语际研究过程中，注重考察新的词语、意义、话语和表达模式，如何逃脱主方语言与客方语言的接触/冲突的困境，从而在主方语言中兴起、流通、共识并获得合法性的过程。

而话语的译介过程，作为跨语言文化的历史实践活动，不仅包含着时代片断的原生记录，更凝聚着国人的现代想象以及在对现代追求过程之中的阅读、书写和译介等创造性实践。所以对晚清话语译介的考察，有助于了解当时纷繁复杂的政治意识形态之间的斗争和流变。正如刘禾自己所说："我提出'跨语际实践'的概念是为了将我对中国与西方在本世纪初的历史性交往的研究落实在语言实践的领域里。"[2] 而

---

1 李凤亮：《"互译性"研究与跨语际批评——论刘禾文学研究的现代性视野》，《文学评论》2004年青年学者专号。
2 刘禾：《个人主义话语》，收入刘禾《语际书写：现代思想史写作批判纲要》，第35页。

其文章《国民性理论质疑》就是跨语际批评理论的应用典型。

对于"国民性"一词,刘禾先是发出这样的疑问,"'国民性'是一个什么样的知识范畴?它的神话在中国的'现代性'理论中负载了怎样的历史意义?"[1]按照刘禾的介绍,"国民性"一词并非中国原有,而是近代西学东渐过程中从日本引进的源自西方的外来词,也就是说"国民性"从根源上说是英语 national character 或 national characteristic 的日译。而这种外来的话语理论有着强烈的意识形态,它的特点是把种族和民族国家的范畴作为理解人类差异的首要准则,以帮助欧洲建立其种族和文化优势,为西方征服东方提供了进化论的理论依据,所以归根结底是西方话语霸权的表现。刘禾对"国民性"话语继续进行追踪:"国民性"话语最初由梁启超等晚清知识分子译介到中国,从梁启超到孙中山等,他们都以此建构中国现代民族国家理论,并把国民性话语归结为"不得不屈从于欧洲人本来用来维系自己种族优势的话语——国民性理论"[2];而鲁迅国民性思想主要来源于明恩溥的《中国人气质》,并在其文学作品《阿Q正传》中对"国民性"做出本土化的阐释,倾注了深深的主体批判意识。

通过刘禾的跨语际视野,我们似乎看到了"国民性"话语的理论渊源、语义史,以及其从西方到日本再到中国,从梁启超到鲁迅,从政治到文学再到文化的翻译传播路径。"国民性"是被直接"拿来"还只是被"借用"呢?如果按照刘禾跨语际批评的理论,则可以得出"国民性"的跨文化实践历史,使这个西方话语在离开原来语境的同时也失去它原有的意义,但在新的语境中又生发出了与此相关的新意义。也就是说,西方的文化霸权通过中国的翻译中介,在中国应用语境中产生出新的知识权力关系来,融入了越来越多政治意识形态的现代诉

---

[1] 刘禾:《国民性理论质疑》,收入刘禾《语际书写:现代思想史写作批判纲要》,第67—68页。

[2] 刘禾:《国民性理论质疑》,收入刘禾《语际书写:现代思想史写作批判纲要》,第68—69页。

求,渐渐遮蔽了话语的原有面目。所以,当"国民性"话语从客方语言走向主方语言时,与其说它的意义是发生了改变,不如说这种意义是翻译者在主方语言的本土环境中发明创造出来的。[1]于是,"国民性"作为一种知识话语逐渐被打造成一种意识形态的批判工具,一种被鲁迅等现代知识分子用来建构国民性话语神话的工具。

对这种语言的政治工具化的翻译现象,刘禾做出的批判不仅仅简单针对其中蕴含的意识形态,而是试图深入中国现代文学传统的深层去揭示其本质和关键问题——正是感时忧国的精神,促使中国知识分子社群对文学社会参与功能以及"国民性"理论产生了极大关注,而在这一历史土壤里,现代文学与政治日益密切,继而诞生了左翼文学。对中国现代文学强大社会功能及感时忧国传统的这种深层反思,显示了不一样的批评眼光。"国民性"作为"现代性"理论中的一个神话,其建构过程的历史痕迹会随着时间被遗忘,而人们在习已成规的使用中把"话语"既定形态当作知识的本质或真理。立足于客观的历史考察,刘禾对经典知识的生产机制进行分析,反思知识的健忘机制,这实际上也是对经典权威的解构。

而"国民性"话语的研究在国内学界引起冲击的同时,也受到不少人的质疑,如王彬彬、杨曾宪、王学均、汪卫东、张鑫等。这些学者认为刘禾仅对"国民性"话语的研究从话语生产机制角度来考察,却未能顾及国民性话语作为历史范畴的事实,忽略了当时社会思想的复杂性与具体性,才得出了对鲁迅国民性思想简单而曲解式的判断。

关于刘禾"互译性"方法论的研究、跨语际批评以及其国民性理论考察,李凤亮曾在《"互译性"研究与跨语际批评——论刘禾文学研究的现代性视野》一文中,就杨曾宪对刘禾的后现代方法、后殖民观点给予的系统批驳而做出辨析。该文指出论辩的双方对"国民性"的认识形

---

[1] 宋炳辉:《文化的边界到底有多宽?——刘禾的"跨语际实践"研究的启示》,《中国比较文学》2003年第4期。

成了一种错位：杨曾宪偏重于国民性"事实"本身，偏重于事实与理论的一致性，而刘禾则注重国民性的"话语"意义，注重话语与事实的差异性；前者重视由思想批判而产生的现代性，而后者更看重对"翻译中生成的现代性"的考察。换言之，批判者杨曾宪可能并未深刻理解到被批判者刘禾从"话语"出发进行现代性考察的方法论意义。

基于这种理解，我们有理由相信，刘禾对"国民性"话语的跨语际批评实践，凭着其"非本质""解构主义"倾向的方法论思想，突出了话语重构对现实权力的影响作用。在"预先限定了何为现代、何为传统的旧范式的"时代，这种从翻译话语演变轨迹中考察现代如何生成的批评实践，对文学史研究寻求新思维具有不可忽视的启示意义。

三、沉重的"语言"

海外华人学者为什么会不约而同地对晚清翻译产生兴趣呢？刘禾的话也许能提供注脚："中国现代知识传统创始于对西学的翻译、采纳、盗用，以及其他一些涉及语言之间关系的活动，对中西交往的研究不可避免地要以翻译活动为始点。"[1]在晚清，通过翻译，西方的一整套文明话语也被引介进来了，而这又促进了中国文化向现代转型。所以，翻译活动对于中国现代文化形成的重要意义，是海外华人学者选择从语言的角度来考察晚清文学及话语现代命运的重要前提。而从海外华人学者所在的文化环境来看，全新学术视域和思维方法的熏育，让他们有着跨语际、跨文化的学术视野和治学思路，加上其自身的双语及多语优势，共同促使他们在自觉与不自觉之间萌生一种对语言翻译领域的关注。

不同于一些凭借感受和悟性包打天下的赤手空拳的文学批评家，海外华人学者似乎对既定的学术经典说法有着更为清醒的反思意识、更为系统的理性方法。他们对晚清翻译文学现象、现代性话语的研究，不只局限于"中/西"二元思维，而是处于一种让"中/西""传统/

---

[1] 刘禾：《个人主义话语》，收入刘禾《语际书写：现代思想史写作批判纲要》，第35页。

现代"纵横贯通的互译网络之中，分析晚清译介作为现代话语生成过程的重要部分所隐含的西学东传、政治启蒙、话语理论及价值系统，分析"语言"所承载着的那些厚重的"现代性"元素。

本部分题为"沉重的'语言'"，事实上包含三层意思：其一，从学者们对有关晚清翻译的作家、作品等现代性资源的解读可知，翻译作为一种文化行为是意味深长的，因为它承载着晚清不同政治社群对于现代化的不同历史想象，有林纾、梁启超等精英群体借翻译传播西学的启蒙理念，或者诸如辛修甫（李伯元笔下人物）等平民阶层对现代化机械的理解，又或者如李伯元等作家文人那样面对翻译洪流却冷静处之的智慧心态。其二，从话语转型入手，探究这种转型的社会文化动因。精巧的话语一如影片胶卷那样，封存着绵长而厚重的历史沉积，记载着断裂而多元的历史景象。从"语言"（话语演变）层面切入思想史的诠释，也就如影片播放的过程，一个个"话语"匣子被打开了、激活了，原本藏匿在黑暗里的历史片断被投射、重构成连续而多维的视觉空间。这种"以虚击实"的研究思路，把学派的构成及思想论述的生产过程看作一种"机制"，在晚清政治意识形态的复杂关系中加以讨论，从而揭示晚清文化现代转型的语境。

而其第二层意思作为一种独特的方法论视野，为更多的海外学者所重视。刘禾、陈建华等人对晚清译介而来的"话语"进行的考察，也就是这种"以虚击实"研究思路的实践。在他们的批评考论中，呈现出"历史性""跨际性"以及"批判性"相结合的研究特点。[1]"历史性"，也就是前面所说的重视在历史和记忆中作纵向的发掘，使得话语的源流脉络得以全面展现；"跨际性"，不仅仅是"跨语际"，更是强调有机整体的人文观照，更重视打破"社会科学"与"人文科学"之间的界限，即把文化视作具有结构性的整体，也就是所谓的跨学科研

---

1 陈建华：《"革命"话语的转型与"话语"的革命转型——从清末到1920年代末》，收入许纪霖、刘擎编《丽娃河畔论思想Ⅱ——华东师范大学思与文人文讲座续编》。

究;"批判性",批判的锋芒直指主流价值,如刘禾等人对"国民性"经典的批评,就是对我们长期以来误认作常识的、用来标志现代进程的分析单位的质疑。在文学研究界呼唤"重写文学史"的时代,向国内学界介绍这种全面而又不失个性锋芒的形式分析方法,将有利于中国文学批评学科朝着纵深方向拓展。

第三层意思则是对中西译介的话语权力关系的再审视。审视的角度与海外华人学者独特的身份、意识形态立场有着莫大关系。海外华人学者在中西文学批评交往中担当的角色,使得他们在审视晚清翻译行为时,会站在一种与中、西方都不同的角度。我们可以看到,刘禾对"国民性"理论所隐含的意识形态进行批判时,拿起西方话语理论作为批评的武器,以此消解"国民性"理论中的"五四"主流话语中心;而孟悦则恰好相反,她循着国人特有的"创伤记忆"回溯到晚清的历史文化,挖掘出被西方话语中心的历史叙事所遮蔽了的中国传统话语痕迹,以中国化的眼光来寻找中国的现代性。也就是说,中西双方的话语权力关系,成了海外华人批评的对象和资源,这种不屈服于主流叙事模式和僵硬意识形态的立场,使得研究能深入中国内部的历史土壤中,真正理解话语流变中所蕴含的丰富信息。

第五节 重塑历史空间

海外华人学者为何重视晚清文化形态的研究?通过"晚清文学"所在的历史语境认知"晚清文学"本身,是海外华人学者跨学科的晚清文化研究的最终目的。正如刘禾所说的:"我是学文学的,所以我不愿意幼稚地面对文本,我觉得文本有许多阐释的可能性,仅此而已。"[1]于是,对文本、历史与理论的循环思考,成了海外学者回到文学

---

1 刘禾、李凤亮:《穿越:语言·时空·学科——刘禾教授访谈录》,《天涯》2009年第3期。

的想象入口。这样，文学研究就到达一个较理想的研究状态：能够置于广阔的人文天地来对文学自身进行全面观照，深刻揭示其发展的复杂面貌。

而海外华人学者的这种文化研究风潮，也与海外的学科建制紧密相关。一方面，西方学术界的东亚研究，包括涉及东亚的文学、历史、思想、社会、政治、文化等多个领域，其中的东亚文学与历史研究常常互相牵扯，难以分割。另一方面，70年代以来，批评理论开始大量进入作为人文学科之一的比较文学，并在其中得以实践和深化。除了各种国家文学，人类学、社会学、历史学等人文学科，以及在美国学科建制中还没有取得合法性的文化研究，都在有容乃大的比较文学之中迅速兴盛起来。

本节从海外华人学者晚清思想文化研究的历史政治语境、文学生产机制、外来文化影响、都市物质文化空间等方面，集中探讨他们的研究成效，以及由此开拓的海内外对话空间。

一、考究晚清的历史政治语境

在多元文化构成的国家文化中，每一种文化都是国家文化建构的资源与构成部分。然而，历史的压抑与遗忘常常发生，所以要铭刻或再现每一种文化在历史中的位置得靠该种文化符号／文本生产及流传，也就是说，表征政治的核心是历史的阐释权问题。[1]

对于晚清历史政治语境的考究，可以从理论等多种角度切入，对构建历史政治空间的不同文化符号或痕迹进行关注，从而建立起独立的历史阐释路向。像海外学者在恢复晚清历史状貌方面的努力就是一个典型。刘禾、孟悦等学者对晚清历史政治语境的重新审视，发掘这些被主流遗忘的历史痕迹，并希望通过对历史的重新书写，使弱势声音在

1　刘小新：《从华文文学批评到华人文化诗学》，《福建论坛》（人文社会科学版）2004年第11期。

民族文化场域中占据应有的位置。通过重新书写晚清的历史，我们可以看到，政治运动或战争的成败是如何改写民族文化的深层记忆的。事实上，这些潜在记忆又对文本符号生产传播有着某种密切影响。文学符号生产与政治历史语境之间有着千丝万缕的潜在关联。

（一）对政治历史的新式阐释

刘禾的《帝国的话语政治》[1]，就是从符号生产与传播的角度来考察晚清帝国复杂历史面貌的文学研究。称之为文学研究，是因为她始终依靠历史文字证据作为根本出发点，始终站立在以文学、文本符号为中心的立场来进行相关的人文政治历史解读，并以此理解文学与这些文化构成之间的关系。

比如她在《帝国的话语政治》里面提到中国人与英国人在经济、外交等各种各样的交往中，由语言的冲突所产生的误会和碰撞。研究的目的，不单在于考究它的意义是怎么产生的，语言上的词语是怎么发明的，还在于它如何持续制约着现代人的思维。[2]而现代人的这种思维，对认知世界以及运用文字符号的表达方式，都是非常关键的。这些思维方式贯通着各种符号、语言以及文化的生产、表达及交往。在刘禾的研究中，翻译不仅仅是翻译的问题，外交也不仅仅是外交的问题，宗教也不仅仅是宗教的问题，文本也不仅仅是文本的问题，这些迥异的核心方面，都深藏着一些共通的思维定式、集体无意识及历史文化基础。而因为这些共通的要素，文学与政治历史等文化语境被作为一个整体的对象来研究。刘禾的文学研究，体现着文史哲相通的批评观念，被灌注了深深的思想史思考，以此思索和追溯文学产生的社会历史根源。

1　Lydia H. Liu. *The Clash Of Empires: The Invention Of China In Modern World*, Cambridge: Harvard University Press, 2004.
2　刘禾、李凤亮：《穿越：语言·时空·学科——刘禾教授访谈录》，《天涯》2009年第3期。

从另一个层面来讲，刘禾的这种文学研究是一种新式的思想史研究。按照她所说的，就是做"传统意义思想史研究"所不能的——"从一些很有意思的角度来切入"[1]。她跟随美国学术范式的改变，并不按照"一个思想导致另外一个思想"这样一种传统方式去追究思想的源流，而是追溯概念的"本原"——语言、符号的生长发展之旅。[2] 这种溯源式思想史的研究，与福柯的"知识考古学"有一脉相承之处。而同样是溯源式思想史的研究，刘禾更注重跨文化的词语、思想、典型产物的移动和流通问题，处处运用比较思维，可以说对福柯的"知识考古学"是一种补充、延伸或者纠正。[3] 而事实上，刘禾只是在延续她的"跨语际实践"理论方法，通过考察符号和意义的跨边界游历，解读帝国碰撞所包含的文化冲突与融合信息，将单一文化有效连接到异质文化相遇、冲突和融合之中，从而揭示19世纪符号学转向与国际政治动向之间的复杂互动。

跟倾向于从理论入手的刘禾相比，孟悦的晚清历史政治语境研究，则更执着于对那些僵硬的既有历史叙述进行重新书写。在她展开的晚清历史画卷中，一场发生在19世纪后半期的洋务运动，给古老的中华大地引进了西方先进科学知识、工业技术以及政治文化，清帝国一度迎来了"中兴"。然而，19世纪末甲午战争的失败却让洋务运动成为昙花一现的历史。其后一直以来，有关"现代化"的历史叙述中，以江南制造总局为轴心的科技现代化成果也因战争受到否定，江南制造总局的重要性也因此被历史抹杀。

面对这样的一种历史叙述，孟悦努力寻找隐藏在叙事背后的历史真相，以及形成这种历史叙事的各种原因，为她新的历史书写做充分准备。孟悦在《什么不算现代：甲午战争前的技术与文化》一文中，

1　刘禾、李凤亮：《穿越：语言·时空·学科——刘禾教授访谈录》，《天涯》2009年第3期。
2　同上。
3　同上。

首句即点明:"战争与'现代性'之关联的密切,经常超出我们想象之外。"[1] 战争的胜负,往往改写着一个民族对现代化进程的预设期待,影响着集体对现代化的努力方向。孟悦以江南制造总局为例,详细地展现了甲午战争前国内技术与文化的发展面貌,分析战争胜败对国人心理造成的微妙影响,追述中国内部力量如何应对战争失败带来的政治危机。她指出,对洋务运动现代化成果的否定,是国人自我批评的心理机制造成的。这种自我批评心理认为,战争失败证明了晚清的军事科技水平仍是落后的,通过洋务运动来发展科技水平的途径是行不通的。于是,洋务运动所引发的内部现代化一再被旁置、淡却,"格致"实践的有效性也相应遭到了否定。而事实上,此文对江南制造总局与日本横滨造船厂的科技实力对比,给我们澄清了这样的历史事实:甲午战争前中国的军事技术水平并不比日本低,中国的"挨打"也并非军事技术能力的落后。也就是说,洋务运动对于推动科技现代化是起着积极作用的,而作为引领晚清现代化潮流的官方代表江南制造总局,也不应被排除在民族记忆之外。

随着孟悦对那些被遗忘的历史真实的孜孜探求,民族记忆机制的深层动因被揭示出来的同时,新的历史叙事也就逐渐呈现出来。这不同于话语切入历史文化的研究,也不同于从符号流通考察异质政治文化的冲突,孟悦直接考证战争于现代化进程的影响,回到过去重拾遗事。

从刘禾和孟悦的晚清历史政治研究中,我们可以发现一个共通点,那就是她们阐释的目的不仅仅是说明历史的真相,更重要的还是回答这样的问题——我们是否对既定的历史叙述要有疑问?如何验证这种质疑的正确性?该如何重新阅读历史原始材料、历史事件所构成的"文本"?而不同的是她们各自选择了不同的历史"文本"来进行

---

1 孟悦:《什么不算现代:甲午战争前的技术与文化》,收入孟悦《人·历史·家园——文化批评三调》,第118页。

阅读［刘禾选择由原始文字材料、语言符号所构成的"文本"，孟悦则选择由历史事件、政治机构及主体（行为）所构成的"文本"］；各自采取了不一样的阅读和阐释方式（刘禾是以"跨语际"等理论为切入口，孟悦则是直接地重写历史）。而最终，她们都把从历史权威叙事手中夺来的政治阐释权，紧紧握在手中。

（二）对晚清文学政治历史语境的梳理

一是海外晚清研究中的文学与政治。

关于政治与文学关系的讨论，在中外几千年的文学史中从未退热。"从属论"和"平行论"两种观点仍在争论不休，我们无意探讨两者孰是孰非，因为这两种观点都描述了文学与政治某种可能的关系，但都不是文学与政治关系的全面概括。而无论是"从属论"还是"平行论"，都不能否定这样一个事实，就是在中外几千年文学史中，文学与政治的关系是一种无法也无须割断的关系。

政治与文学同为社会意识形态的一部分，都是社会文化发展变化的示温器。在形成作用于经济基础的合力的同时，也相互影响着。所以，当文学所在的语境倾向于重视"经世型"知识作用时，文学也会出现相应的趋向。小说、报纸杂志等文学表现形式，都被视为晚清文学领域中经世救国的有力武器。《新小说》和《申报》"自由谈"就是"发挥文字之功用"的典型例子（本章其他部分有关于两者的论述）。陈建华的话也恰好照应了文学与政治的这一关系，小说被提到民族叙述体的高度，在某种程度成为民族危机的补偿形式。[1]这种文学与政治的亲密关系，在"五四"至20世纪70年代末的中国文艺发展史中达到了高峰，现代革命小说则是这种政治论诗学的极端体现方式。

既然文学不可避免地受到政治环境的影响而趋向功利，很多时候更

1　陈建华：《林纾与现代"小说"观念的形成》，收入陈建华《帝制末与世纪末——中国文学文化考论》，第275页。

被用作反思政治、表达政治愿望的载体,那么,在文学中读到有关政治的话语就成为可能,而且这种可能性不只在雅文学中,还在俗文学中。王德威对晚清小说的解读就是一个证明。王德威从晚清小说中探讨晚清作家的文学观与政治观,而我们通过王德威的解读看到晚清错综复杂的政治历史面貌,如官场内幕、维新思潮;王德威的晚清小说批评也展示了通俗小说家们那种分布着政治愿望碎片的写作状态,即在讽刺滑稽、颓废乖张的字里行间流露出来的时政指涉,扭曲而零散。

其实,海外华人学者对晚清文学中表现的政治的关注,并非停留于针对"五四"主流意识形态的层面上,而是指向中国现代文学的强大社会功能。现代文学的这种社会政治参与功能,可以说是中国文学感时忧国传统的一种现代表现。事实上,无论是"正统"的"新小说"还是晚清通俗小说,多多少少都具有这种一脉相承的文学传统观念;两者所不同的是表现方式,前者是赴汤蹈火式的使命感表达,后者则是自居边缘式地以"游戏"来载道。而王德威对"新小说"工具论以及左翼革命文学功利性进行批判的同时,也尽力挖掘晚清通俗小说家们混杂斑驳的政治文学观,自觉对两者之间的差异性加以强调,进而揭示出晚清这一历史时刻的政治意识分流是这两种文学书写方式分化的重要原因。

二是海外晚清历史政治研究中的理论深层。

在当下国内学界,由于打通学科界限的内在需要、个人研究方法的转换要求,不少学者都自觉地从现代文学三十年往前开掘,向外部拓展;而此时海外学界的晚清历史政治研究,已不仅在时空双向上突破了现代文学研究的框框,而且研究视域也实现了时空两个维度的多层重构。海内外学者的这种差异性,根本上还是源自他们有没有真正地实现对固定思维方式的突破,是不是真正地对陈旧的历史观念进行了更新。

因为,对晚清历史政治的研究,涉及的不单单是经验的,而且还是材料、方法以及历史观的。相对于国内学界来说,海外学者在这方面显示出一种新颖研究视角的切入、灵活方法的运用。刘禾就是其中一个典型例子。对深受西方学术氛围感染的刘禾而言，语言哲学、后殖民理论和福科的"知识考古学"作为深层的理论背景对她的治学有着深刻的影响。这使得她面对文学文本、档案史料和历史记忆时，可以凭借全球性的视野以及新锐的理论眼光来破除成见，对所沉积的经验场景进行全新审视，从而让研究对象在丰富复杂的历史场景中敞开。

"面对原始材料要诚实，面对大量的历史叙事要质疑。"[1]从刘禾、孟悦的晚清历史分析来看，两位学者都坚持着一种清醒的文学批评观和历史观。她们对传统的线性史观持质疑态度，力求挖掘"进步"神话等历史叙事背后的复杂原因，追问这些历史叙事如何限制国人想象自身以及看待世界的方式，进而追溯到历史的本原，得出与这些历史叙述不一样的结论。

二、考察晚清的文学生产机制

海外华人学者对晚清文学的生产机制及环境的研究，重点比较分散，较多的是集中研究小说的生产机制，也就是对小说期刊、报纸杂志的考察，也有专门对现代印书馆的产生及发展做出分析，从文化研究的角度研究晚清文学生产与接受背后的影响因素。

（一）媒体"公共空间"的开创与文学生产

纵观海外华人学者对晚清现代印刷媒体的研究，可以得出以下命题：文学承载了政治，而媒体则承载文学。

对于小说、报纸杂志这两种晚清主要的文学承载形式，李欧梵一直很看重，将其看作对新民族国家想象的"大叙述"，并尝试从这一

---

[1] 刘禾、李凤亮：《穿越：语言・时空・学科——刘禾教授访谈录》，《天涯》2009年第3期。

"大叙述"中洞察出晚清的种种。李欧梵的这种学术路向,是从本尼迪克特·安德森(Benedick Anderson)的观点获得了灵感:"一个新的民族国家在兴起之前有一个想象的过程,这个想象的过程也就是一种公开化、社群化的过程。这一过程依靠两种非常重要的媒体,一是小说,一是报纸。"[1]小说和报纸这两种媒体形式,与民族国家这一"想象的共同体"具有重要联系。李欧梵从"批评空间"的角度关注晚清报纸,则借用了哈贝马斯的"公共空间"和伊格尔顿的"批评"概念。

聚焦在民国前后影响最大的一份报纸的"批评空间"上,李欧梵从《申报》副刊"自由谈"入手,分析其"游戏文章"所开辟的新式文化批评。这些"深于正论"(梁启超语)的"游戏文章",具有幽默讽刺的特点,可以或明或暗地讽刺时政;这种迂回、间接、边缘化批评的策略,更便于利用"文字之力"来"启蒙民风""曲线救国"。李欧梵把这些活跃于报纸副刊的文章,称为"最能代表晚清到民初的文化批评"。[2]作为一种新兴的文化批评模式,这种可以逃离政府打压的"游戏文章"搭建起了一方自由的空间。《新青年》《游戏报》等知名报刊向读者征稿,拓宽文章来源种类,广采民众言论,以此贴近读者市场,带动读者阅读兴趣,引起更多的读者产生共鸣。当读者越多,报纸的发行量越多,"游戏文章"也就越流行,报纸为民众构筑起来的非官方言论空间也就越宽广,社会各阶层表达声音的主要"公共空间"也就得以形成。然而,在立宪共和与军阀混战的历史空隙里形成的"批评空间",很容易随着政治理想的破灭与公共理性的失落而昙花一现。

与李欧梵的观点相呼应,陈建华自觉对《申报·自由谈话会》展开研究。他肯定《申报》的"自由谈"和"自由谈话会"是资产阶级

---

1 本尼迪克特·安德森:《想象的共同体——民族主义的起源与散布》,吴叡人译,上海人民出版社2003年版,第二章。
2 李欧梵:《"批评空间"的开创——从〈申报〉"自由谈"谈起》,收入李欧梵《中国现代文学与现代性十讲》,第130页。另见李欧梵:《现代性的追求:李欧梵文化评论精选集》,第5页。

的公共"批评空间",而且还充分利用地方史志等对该报的运作做了历史性和社会性的探讨,补充了隐藏在"文本"后的资本经济和复杂历史纠葛,并交代这个"公共空间"因资产阶级的软弱而最终早夭。[1]此外,他还从现代传媒理论出发,对以《新小说》为标志的近代中国小说期刊的流通模式进行研究,指出它是"想象社群"现代化、物质化、机械化的体现,并且带有强烈政治集团意识形态。在《民族"想象"的魔力:论"小说革命"与"群治"之关系》一文中,陈建华这样说道:"他(梁启超)数年来大量使用的'新名词'已经营造了一个现代的知识架构,一种新的意识形态,正通过报纸期刊和交通运输系统,倾动朝野,迅速传播到内地各个角落。"[2]

海外华人学者以上的研究向我们表明,时政"批评空间"的开创与现代印刷媒体在晚清就已经建立了依存关系。李欧梵就在其《晚清文化、文学与现代性》中对这种关系做出解释:"梁启超办报之初,提出了一个重要的说法:'新民说',要通过报纸重新塑造出中国的'新民',希望能够经由某种最有效的印刷媒体创造出读者群来,并由此开民智。"[3]高效的传媒基础以及繁荣的都市文化,不仅为"小说界革命""诗界革命"等文学运动准备了物质条件,而且民意启蒙与表达的"批评空间"也在印刷媒体的广泛影响下得以生长发展。通过资本市场对"印刷语言"的扩散,新思想、新信息可以迅速传送到每个城市的大街小巷,于是,文学的生产传播机制与报纸杂志的生产流通过程合二为一,它的创作和编辑必须符合报纸杂志作为现代媒体的规格,读者对它的接受消费也贯穿在报纸杂志的销售环节之中。

---

[1] 夏光武、詹春花:《从"公共领域"到中国的"批评空间"——读李欧梵"批评空间"的开创与陈建华〈申报·自由谈话会〉》,《中文自学指导》2005年第1期。

[2] 此论文刊于李喜所主编的《梁启超与近代中国社会文化》(天津古籍出版社2005年版)之中。

[3] 李欧梵:《晚清文化、文学与现代性》,收入李欧梵《中国现代文学与现代性十讲》,第10页。

通过对文学与媒体联姻的语境分析，海外学者揭示了在晚清时期，意识形态与商业媒体两大社会因素促使文学生产方式发生了"现代转向"——一种建立在现代传媒操作之上的文学生产传播机制。

（二）从印刷店到出版社的历史性演变

从《浮出历史地表——现代中国妇女文学研究》到《历史与叙述》《人·历史·家园——文化批评三调》，孟悦从国内移居到国外，其学术重点也由文学转向历史。孟悦这样解释她文学研究的这一转变：喜欢把历史作为分析文本的一个意义框架和分析视野，詹姆逊的这个理论方法使文学批评能够发挥政治历史分析的深度，有道德尺度和参与的可能，同时又避免庸俗社会学或简单化的粗暴政治学，保持文学批评的人文质量，所以我很感兴趣。[1] 我们看到，在"格致"话语历史考察、江南制造总局历史考察之余，孟悦又尝试以商务印书馆为例，考察上海近代印刷文化的生成与兴起，探索晚清现代印刷文化的社会构成，以此呈现一个更大范围的社会文化变迁图景。

孟悦先对印书中心从江南移向上海的社会原因进行分析。如上海作为商埠的环境优势、西法印刷的传入、避乱的人口和财富向沿海迁徙等因素，都为上海奠定了良好的印刷经济文化底蕴，使其顺理成章地成为晚清文化再生和重建的基地。接着就是对作为典型的职业印刷机构——商务印书馆进行个案分析，探究它为何会选址落户在上海这个现代商业都市，如何利用都市的经济文化空间来自我发展。由此指出，雄厚的商业资本、精英的企业创办人、先进的印刷技术、丰富的文化资源，都是职业印刷业生存发展的有利条件。

为了全面考察晚清印刷业的历史转型，孟悦不仅重回社会经济文化空间中去挖掘其外在条件，而且还深入考察印刷行业内部的生产及

---

[1] 孟悦、薛毅：《一个讲到头了的启蒙老故事——孟悦 薛毅谈话录》，《天涯》2002年第5期。

接受机制，进一步揭示出晚清文学的生产消费环境。首先是生产者一方，商务创办人作为一种新的社会文化群体：一、他们的构成不像旧式文人书商般纯粹，而是来自社会不同阶层，包括帝国主义势力代表、商人、教会机构以及从江南等地迁徙进来的知识分子；但他们又比文人书商更为职业，具有专业的编辑知识技术、现代的企业管理理念、敏锐的市场触觉。二、他们之间的关系从根本上来说是一个复杂的利益共同体，相似的经济目的、社会理想和职业信念是他们合作的关系基础，这又与旧式文人书馆家族式的经营模式有所不同。三、商务人社群不再像传统文人书馆那样，以印传统古典藏书作为印刷业的核心任务、以维护封建道德礼教为印刷业的核心文化，也不像《申报》等报刊那样，以政治启蒙等为中心话题、以世俗文人或文人化商人为拟想读者；而是以都市一般读者为上帝，出版包括翻译作品在内的不同文化口味的书籍，并且懂得利用和借助上海特有的西方文化资源（教会）、商业资本，一举成为新的传播西学的主体，从而成为参与中国经济政治文化现代重构的新兴力量。

与此相对的，是接受者一方，现代都市普通读者消费群已经慢慢形成。作为非官方机构的上海出版界，生于民间而熟悉民间，凭着其现代的经营意识敏锐地察觉到随着中西文化交流的扩大与深入，读者市场对西学翻译书籍的需求越来越大。尽管已有同文馆和江南制造总局编译局等官方机构翻译西学，但这些翻译作品仅局限于政治国防等方面，远远满足不了以都市普通读者为主体的世俗市场需求。而商务印书馆则利用自身优势抓住机遇，针对这些普通读者群发出的新需求，翻译一些更为实用、通俗的文学文化学习读物。正如孟悦所说，"这样一个非文人、非商人的新的普通读者群是可以培育的"[1]，商务印书馆创建人以都市普通读者群的实用需求为标准，注重读者市场的反馈信息，

1 　孟悦：《商务印书馆创办人与上海近代印刷文化的社会构成》，收入孟悦《人·历史·家园——文化批评三调》，第115页。

不断添加翻译出版物的品种、改善翻译出版物的质量，以追求更专业地服务都市普通读者群。这种重视读者的出版生产机制，是现代都市的经济文化产物，反映了都市文学语境的现代走向。

通过孟悦对晚清印刷业历史演变的研究，我们能全方位地捕捉到有关晚清文学生产机制的景观。从背景到前景，孟悦的历史观察思维不同于一般的文学消费接受批评，她并没有从审美接受的角度来对晚清都市读者群进行研究，而是从文学符号生产和消费的外部环境以及内部逻辑入手，考察这些文本产生及传递的社会物质文化链。由此，我们可以看到晚清文学生产与消费之间的互动关系，更为重要的是，"晚清文学"所处的政治文化环境以及消费市场环境的生态变动，也清楚地展示于我们面前。事实上，中国文学的现代发展，也无不与社会时代物质文化的这种"裂变"息息相关——"文学"，不仅更趋向受到政治意识分层的影响，而且与经济领域的商业资本也生长出愈加紧密的关系，越来越倾向于接受市场意识的推动。

（三）政治与商业：晚清文学的生产 – 消费语境

对于"晚清文学"的生产机制，海外华人学者主要关心的不是作为审美活动的文学创作与接受，而是作为一种特殊社会活动的文学生产与消费。他们主要捕捉政治介入和商业运作这两大因素，通过关注文学的生产、传播和接受环境以及它们与文学之间的互动关系，研究影响晚清文学生产和读者消费的语境。

这里面又有两种研究思路，其中一种就是像王德威那样，深入文本内部展开解读，用历史想象的方法把文本中所反映的晚清文学生产消费环境"还原"出来，再以"现代性"为理论资源进行文化层面的研究。例如，他曾指出某些晚清狎邪小说的商业性与政治性："时移事往，在20世纪末回顾狭（狎）邪小说，我们倒可在颓废的章节中，体会到一代文人对情欲的种种态度，并由其间细思文化、政治的动机。"[1] 晚清不少通俗小说的创作，一方面是作家们因其"入仕"之途突然断绝而对自由和西方观念万般无奈的玩味；另一方面则又强调其中混合的经济商业目的，甚至认为这是写作生计化、职业化的现实要求。王德威指出丑怪谴责小说在报刊上的连载刊登，小说家在小说期刊或报纸大量"制作"谴责小说，也成为他们肆意描写的怪现状之一部分。从王德威对小说的文化解读可知，急速发展的出版业是晚清小说迅速兴起的主因，也是晚清小说家参与体制的主要平台，同时也是文学产品中消费、投资、流通其"经济资本"与"文化资本"现代方式的体现。也就是说，"入世参政"的传统文学观和市场商业经济逻辑，在"晚清文学"的生产消费之中得到了暗合。

而第二种思路则对晚清的文学语境进行直接的文化分析，也就是本节前文提及的专门研究。不同于王德威从晚清通俗小说中解读晚清文学语境，孟悦、李欧梵和陈建华直接以晚清印刷传媒（机构）的个案为例，指向当时的文学"生产－消费"语境。如孟悦运用典型的思想史研究方法，深入具体的历史情境之中考察晚清现代印刷文化的社会构成；李欧梵对《申报》"自由谈"的论述，涉及媒体、文学、意识形态、知识和权力等文化理论问题，显示出新鲜的文化视野；陈建华则引入现代传媒理论来解释《新小说》与印刷出版业的现代关系。文学"生产－消费"语境研究是论者为他们所做的这部分研究的归类，海外华人学者并没有对这方面考察做有关的名称限定，这恰好反映了学者们跨学科、跨文化的整体思维。他们通过灵活运用经济商业逻辑、政治意识形态、现代传媒以及读者接受等理论资源，来把握晚清现代化的复杂局面，从而揭示出其在政治上虽然继承了传统文人的政治情怀，经济上却已不得不受新兴市场经济的影响，也就是晚清文学生产机制的现代性所在。

---

1 王德威：《世纪末的中文小说：预言四则》，收入王德威《想像中国的方法：历史·小说·叙事》，第388页。

三、外来文化影响分析中的多重比较视野

海外华人学者的双重身份,为他们从事这方面的研究提供了特殊的语境。最为典型的就是他们用外语书写对中国文学、文化的批评。用李欧梵的话讲,就是海外华人学者创造和面对着双重的文化"彼岸":一个是作为中国文化彼岸的"西方",另一个是站在西方文化立场上返观与重构的"中国"。[1]因此,当批评课题涉及中西文化冲突与交融时,海外华人学者就会在自觉或不自觉地将双重视角、多维比较的研究路向投射其中,其跨文化的背景也就自然内化为中西话语交流的中介。他们不仅考察西方话语如何对中国传统话语进行解构,而且无不强调以知识分子、实业家为主体的中国社会各阶层如何主动吸纳西方先进文明,将其内化为推进国家现代化的动力因子,在研究中凸显出一种双向互动思维,以及多重比较视野。

翻译作为西方文化传入中国的"传媒手段",其中"糅合着西方民主思想与科学知识冲击"[2],满载着国人对于西方文化的现代想象,海外华人学者在这方面的研究也实属丰富,对此前文已有论述。而接下来我们主要关注海外华人学者在思想文化层面的研究成果。他们对西方舶来的现代影响,有着全面的透视:不仅在文学翻译领域,还扩展至政治思想、宗教文化、科技经济、学术思潮等领域。

(一)追索晚清文学发生的深层动因

在寻求现代化的跋涉中,中西之间历史、文化、环境、国情等交融互补的复杂境况导致了中国现代性发生的复杂性,并使西方的现代性经验对中国社会乃至文化与文学的现代性生成,产生了巨大而特殊

---

[1] 李凤亮:《海外华人学者批评理论研究的几个问题》,《文学评论》2006年第3期。
[2] 张错:《西涛拍岸——"前五四文学现象"的文化索源反思》,《中外文学》(台北)第32卷第10期,2004年3月。

的冲击与影响。海外华人学者利用他们的独特优势,追寻了早期西方文化入传的踪迹以及因此触动的文化脉动。如刘禾《帝国的话语政治》里的第一章,就考察了比国际政治的"符号学转向"还要早的物质和技术的基础——现代科技(尤其是交流系统的发明,包括电报码的出现)。[1] 刘禾将早期通信系统的现代化,看作帝国扩张的前因和基础。也正如她所说的,只有从比较早的碰撞之中,才能把它后来的一些表现看得更全面、清楚。[2] 所以,对潜伏于现代初期的文化变动的研究,对于了解文学发展的深层动因、历史走向有着重要价值。而张错对晚清基督文化入华的历史考察,追索的也是这种影响现代文学发生、发展的那些较早而深层的文化动因。

在分析张错对基督文化入华的研究前,有必要先对他的"中国现代史观"进行理解与把握。严格来说,张错对基督文明入华策略的研究,不应划在晚清文化研究之列。因为他考察的基督文明入华历史,是从1600年左右即明末清初开始的,明显比晚清要早很多。之所以将之纳入其中,是由于他对"前五四"概念别有新意的阐释:"如果追溯以赛德二先生为首的'五四'新文化运动,则不但可以从谴责小说推前向西书中译的西方文化启蒙,更可以从自强运动或鸦片战争再度推前,以西方基督文化进入中国作为'五四'新文学兴起的最早触机。"[3]

很明显,张错认为以"五四"为标志的现代化转折,其发生趋势并非一朝一夕就能形成的,而一定有一个漫长的酝酿阶段,也就是所谓的"前五四"时期。而"前五四"作为"五四"现代文化运动的始源,不仅仅包括清末时期,更应追溯到明末清初时期,正如"传统"和"现代"不能分得很清楚,"晚清"与"民国"有重叠一样,"明"

1　刘禾、李凤亮:《穿越:语言·时空·学科——刘禾教授访谈录》,《天涯》2009年第3期。
2　同上。
3　张错:《基督文明的明清入华策略》,收入张错《批评的约会——文学与文化论集》,第242页。

与"清"也多有叠合。张错的论断还给我们传达了这样一层意思,即如果仅从文风的传承上追踪,可以把"前五四"溯源至晚清谴责小说,而如果从文学以外的经济、宗教等线索上追踪,那么在晚明清初早已发现许多"现代"的蛛丝马迹。所以,相关的研究不应局限在"就文学谈文学",而应以一个文化全局的思维来考虑文学"现代性"的来龙去脉。而"基督文明入华策略"的宗教研究,则是张错在考察"前五四"文学课题中所牵涉的一个重要课题。

张错以利玛窦、汤若望为例考察明末西方传教士的传教情况,又以徐光启、李之藻和杨廷筠为例考察明末中方知识分子如何努力促成基督文明与儒学的融合。这可以分为几个层面来理解。一、以利玛窦为首的那些通晓中国语言文化的西方传教士,利用中国人重经世致用治学的心理,以引介西洋天文历法等科技文明的手段博得了国人的信任,敲开了通向中国的传教大门;徐光启等折服于西方科技的中方知识分子则以富国强兵为目的,开始了与西方传教士的文化沟通。二、利玛窦等西方传教士为实现通过传教而建立西方宗教威信的理想,实施策略性的自我"华化",借此软化坚守儒学的中国精英阶层的立场,争取开明士大夫的支持;受到西方宗教"本土化"策略感化的士大夫们,逐渐接受利玛窦"天儒合一"的观点,有的甚至还成为基督教忠实的布道者。三、在西方传教士以及中方士大夫的双向推动下,基督教文明的文化地位从外部边缘慢慢地滑到文化中心的位置,它使用的并非殖民主义军事扩张式的强行抢滩,而是技巧性地通过对儒学俯首称臣来亲近中国知识群,继而扎根、壮大,在与儒学的互动中成功地"入侵"到中国传统文化的中心,从而为日后西书中译等启蒙思潮的萌发埋下了种子。

通过张错的描述,一条中西文化交流的现代性发展线索,在我们面前慢慢清晰浮现。以西方科技打头阵的西方宗教传义之旅,给我们带来的不仅是西方近代科技成果、宗教文化,更夹杂着丰富多彩的西方话语。这些近现代的西方因素激发了中国知识界的对富国强兵的渴望,为中国从封闭走向开放提供了一种现代范例,启动了中国精英阶层开往彼岸的现代想象之航。

张错对基督文明入华策略的研究,给我们研究中国现代文学提供了另一种范例:对文学思潮流变的考察,应追溯到更前端、更广阔的历史文化语境。在张错看来,相隔数百年的"五四新文学"与晚明基督教,看似无关,却隐藏着重大关联。张错就是这样尝试深入更大的文化文本里,挖掘出更深更广的现代涵面。

其实,张错对"现代"文学进行更远更深的寻根时,并没有撇开"文学",反而是为了更深刻地阐释中国文学的现代转型。比如,他做基督文明入华策略的研究,文章最后也归结到对西书中译的文学影响,这明显是为他后面"前五四"翻译小说的专题研究设下伏笔。诚如他自己所说的,"我现在考察'前五四'文学的时候,就牵涉基督教文明,我这不是像朱维铮、黄一农等学者在研究宗教学、宗教文化学,我还是从文学的角度出发,因为现在文艺的研究已经拓展到其他的领域了"。[1] 换言之,张错的"前五四"文化研究并非一般意义的历史文化研究,而是带有明显文学目的的泛文学研究。

深入考察近代中西方文化交流史,还原具体的历史语境,这种具有深广的文化意识的文学研究思路,对我们的现代文学批评有着重要的借鉴意义。

(二)西方"影响"模式的重新解读

正如张错所说,"'五四'运动并非单纯的文学或语言解放运动。究其本质,无疑是政治与文化觉醒,新与旧交替中的抉择"。[2] 在"五四"新文学运动发生的土壤——晚清社会文化中,发掘文学现代转型的种种踪迹,从来都是王德威、陈建华、孟悦等海外华人学者所孜孜追求

---

1 李凤亮:《现代汉诗的海外经验——张错教授访谈录》,《文艺研究》2007年第10期。
2 张错:《基督文明的明清入华策略》,收入张错《批评的约会——文学与文化论集》,第265页。

的。而在他们的研究中,我们不难发现他们对西方文化的独特论述。

通过对文学文本的阅读实现对文化文本的解读,是王德威较为突出的研究路向。王德威在对晚清通俗小说的研究中,频频涉及小说叙事中的西方话语。如本章第四节提及的王德威对《文明小史》中"翻译现代性"的阐释。《文明小史》是晚清文学中包含洋人形象最为丰富的小说,有英国的传教士、意大利的工程师、德国的教练等;小说的汉语写作还夹杂着英语和德语的语句。王德威提到所谓"翻译的现代性",指的就是被译介进来的西方文化对中国语境的现代重构,包括官场民间对西洋事物表现出来的种种反应,都为我们重置晚清刚刚进入摩登时代的错综复杂,使我们感受到多元文化冲击所带来的现代性。

在对晚清科幻小说进行分析时,王德威批判了"五四"文人对科幻小说视而不见的态度,强调晚清科幻小说也是西方科学话语的一部分,也富含着晚清作家们对西方以及未来的现代想象。起源于19世纪欧洲的科幻小说,最早被译介到中国是19世纪末,其后,关于科幻小说的翻译和创作在中国的报纸杂志中日渐兴盛起来。而晚清文人常谓的科幻奇谭则是传统狂想小说与西方科幻小说相互介入的结果。就像王德威所说的,晚清科幻奇谭作家在构想那些飞天遁地的旅行时,很大程度是受到了西方流行科幻小说译本的启发。[1]吴趼人的《新石头记》是才子佳人故事与科学乌托邦幻想的合并,海天独啸子的《女娲石》描述的是一个高科技的女性主义理想社群,荒江钓叟的《月球殖民地小说》体现出中西合璧的想象力,徐念慈的《新法螺先生谭》包含传统伦理学与现代科学观的混合参照,梁启超的《新中国未来记》用未来完成式来叙述对中国的西式想象,碧荷馆主人的《新纪元》幻想中国成为称霸欧洲的世界强国……晚清科幻奇谭不仅从形式上借鉴了西方的科幻小说,而且其中出现的"科"的知识与"异"的风情也来源于世界,甚至里面透现出来的女性主义意识、实验主义观念、历

---

[1] 王德威:《被压抑的现代性:晚清小说新论》,宋伟杰译,第313页。

史主义意识乃至寄予的政治愿景，也是受到西方思潮影响而萌生的。这些混杂着传统文化和西方思想的话语形式，与其说是中西文化交流激发了晚清文人对未来的想象力，还不如说是晚清文人有意向西方寻求解救中国的现代路径。饱含着西方想象的科幻奇谭的出现，再次证实了在晚清小说中，除了模拟现实的写实主义，还存在另外一种小说模式——建构未来的小说模式。梁启超的《新中国未来记》是一种，而徐念慈的《新法螺先生谭》也是一种……王德威对通俗小说的研究，使我们看到主流话语也好，通俗话语也罢，都以西方作为中国未来的参照构建而成，扮演着建构、想象新的民族国家的角色。然而，王德威充分肯定了科幻奇谭中泛滥的西方想象，强调其所代表通俗话语的可贵；但忽略了这样一点，那就是与后来在政治、文学等各领域产生的启蒙思想相比，晚清科幻奇谭中的西方话语形式，大多仅限于对科技的想象、异国情调的体验或文化思潮的感性认识，显得朦胧且幼稚。认识到王德威批评的某种不足，有利于我们从更高的批评视点来看"晚清"与"五四"文学的西方想象，正是前后两个时期西方想象风貌的传承和差异，给我们揭示了晚清中西文化衔接和断裂的全面图景。

对于中西文学文化交往的研究，不少国内学者仍以"由传统旧文学向现代新文学转型"为研究论调，视角较为单一，视野也相对狭窄。相比之下，海外学者的研究有意突破过去对历史成因的某些阐释模式，如在东西方冲突的问题上，国内过去较多讲晚清的闭关锁国，讲落后的封建社会，讲"亚细亚生产方式"，讲"文明和愚昧"的冲突。而海外华人学者却把思考引入更宽的视野中去展开。[1] 从刘禾的帝国文化冲突分析，张错的基督文明入华研究，王德威对小说叙事中西方话语的分析，到陈建华、孟悦分别对"革命"话语、"格致"与"西学"消长

1　刘禾、李凤亮：《穿越：语言·时空·学科——刘禾教授访谈录》，《天涯》2009年第3期。

的追踪，以及他们对晚清都市社会、甲午战争前的技术文化、都市印刷出版业等题目的研究，都溯源到浸润其中的西方文化因素。面对无孔不入的西方政治思想、经济科技及学术思潮，他们没有简单地将这些问题纳入意识形态对抗框框里，而是自觉地反省现有意识形态、简单对立与双重遮蔽，进而揭示出更加复杂的历史状况。[1]

"西涛拍岸"（张错语）形象地揭示了那个时代西方文明对中国本土的冲击，然而，从前面有关分析我们可知，海外华人学者对西来文明影响的研究不再停留在"冲击－反应"的机械论模式之中，而是采取了一种以本土为中心、内外双向互动的研究思维，并且把问题置于跨语际、跨文化以及跨时代的多重比较视野之中。这些带有跨界和离散意味的文学研究，在另一层面上，恰恰显示出海外华人学者在后殖民的历史语境下复杂多元的批评视野。

四、都市物质文化空间重构中的历史想象

不少海外华人学者都意识到，考察书写与物质形态关系对于文学研究的重要意义。刘禾就认为，做文学研究也应该打开思维，思考一些大的问题，比如文化的问题、文明的问题，了解关于书写符号、文字符号、口头表达等物质性的基础，进一步考察印刷和文学之间的关系，电子文化与文学之间的关系，以及文学与大众媒体的关系，这样才能提出新的问题、新的理论。[2] 同样地，李欧梵、王德威等海外华人学者也认识到，都市物质文化环境会对身处其中的文学生产以及接受主体有着重要影响。故此，他们都对文本内外的都市物质文化空间产生了兴趣，把文学现象生成的物质条件和文化氛围纳入考察范围，研究都市空间与文学之间的互动关系。

---

1 李凤亮：《"华语语系文学"的概念及其操作——王德威教授访谈录》，《花城》2008年第5期。
2 刘禾、李凤亮：《穿越：语言·时空·学科——刘禾教授访谈录》，《天涯》2009年第3期。

（一）跨文化的都市空间的"重构"

对于都市空间的历史挖掘，孟悦对扬州和上海都市景观演变的描述，是其中一个有代表性的例子。她在《"世界主义"景观与双重帝国边界上的都市社会》中，从18世纪的扬州与19世纪晚期的上海消长对比以及对特色园林的研究中，发掘出两个城市现代性景观，发现了中国18世纪到20世纪的都市发展所呈现的特殊历史曲线（与西方世界的不同）。而这种特殊的都市发展曲线，似乎是对同一时代的文学现代发展历程的一种隐喻式的揭示。

18世纪的扬州，已是一个多文化、多社群的近代都市，拥有帝国权力戳记的同时也富有欧洲文化元素。这些都建构着一个"进步性、世界性、现代性"的都市空间。孟悦把扬州的没落，归因于清帝国内部"资本扩张"和"发展"之间的冲突，认为正是这种内部不平衡导致的危机得不到向外的转嫁，才引发内陆的资源中心向沿海转移。孟悦还把扬州的没落与上海的兴盛相联系，揭示了中国都市发展的特殊性。从扬州到上海，不仅仅是经济文化中心空间的转移，更是一种"质"的改变。相对于扬州，上海的"世界主义"都市空间有过之而无不及。从孟悦描述的上海都市景观看，"复杂"是形容上海都市文化景观的最佳词语。它的复杂现代性，首先在于它作为对外开放商埠的独特身份，既是内陆的"海外"也是海外的"大陆"，处于两大文明（清王朝和英帝国为首的西方列强）的交接前沿，其中自然汇聚了多元的文化体系。

通过孟悦对晚清都市文化空间的描绘，我们得到了可深入观照都市文学空间的镜像。多元的文化体系相互冲击、消解和融合，是诱发都市文学对"西化""现代"或是"颓废"多元表达的土壤；不同的社会和文化群体从西方资本主义体系中心以及清帝国经济文化资源中心，聚集到这个文化边缘重叠之城的"离心化"迁徙，则为活跃文学创作注入了财力与才力；象征着上海多元文化身份、具有异国风情的园林，由私人空间转化为开办政治文化运动的公共空间,则暗合着文学空间的众声喧哗。

此外,在对晚清扬州和上海都市空间的考察过程中,孟悦一如既往地"书写非主流历史",把世界其他大都市不同的城市发展命运,形容为"不是中国历史而是欧美历史的特殊性",这表明了孟悦与西方中心话语模式对立的一贯态度。她不再用"东方主义"的眼光来看待中国,而是很努力从中国出发看待中国。正是出于这种立场,她本能地对西方媒体把中国都市史压缩成"本土"风格的叙事产生疑问,进而"试图重构上海的出现及其在西方话语中被抹杀的部分,从而在观念上重构上海的出现及其与西方现代性的关系"。然而,为何又是"西方现代性"呢?在此,很明显地,孟悦展现了"非主流历史书写"的双重立场,或者说陷入了对"现代性"理解的悖论。她虽然有着非常自觉的中国本土意识,也鲜明显示着反"西方中心"的意向,但是,其所依据的所谓"多元现代性"内涵却仍在西方框架之内。因此她的论述实际上还没有完全摆脱"西方中心论"的文化逻辑。而这恰恰表征着海外华人学者在中西文化之间的艰难挣扎,折射出深层的身份焦虑与言说困境。

(二)释放凝结在文本中的都市文化

《上海摩登》是研究近现代上海都市文化的代表作品。从严格意义上来说,这不算是一部严谨的学术论著,倒有点文化随笔的味道。李欧梵在《上海摩登》里构建的上海形象,契合着20世纪中国文学作品中对都市文化现代性的想象——摩登和怀旧、浪漫和颓废的复杂共存。很明显,《上海摩登》着意刻画出不同于左翼文学的现代面孔,是对单一现代性的一种反拨,或者说是对单一现代性的一种丰富。这里面释放出来的"浪漫""颓废"等现代性气象,体现出李欧梵一贯的学术思想倾向,也即强调现代性的多层次和多样化。

《上海摩登》的研究对象并非晚清时期的上海,而是晚清后——1930—1945年的上海在各个层面呈现出来的新都市文化。然而,"罗马城非一天建成",辉煌于三四十年代的上海都市文化也不是一朝一夕形成的,而早在19世纪末已见雏形,孟悦对晚清上海的研究就可以说明这一点。所以,基于上海都市文化发展的历史延续性,我们可以推测,晚清的上海已经孕育着作为摩登都市的现代文化要素,也就是李欧梵笔下的摩登和怀旧、浪漫和颓废共存的上海特质。对于30年代的上海都市,王德威在他的《文学的上海,1931》[1]一文中也曾以文学为主线进行过考察,为我们描绘那个年代上海文学创作之繁盛。

正如李欧梵所说,"只要牵涉到维新和现代的问题,几乎每本晚清通俗小说的背景中都有上海。"[2] 上海是许多晚清通俗小说的地理背景,原因在于这个都市浓缩着晚清时期的现代性。而通过王德威对晚清小说解构式的研究,我们则看到了上海现代文化的多个侧面。

从韩庆邦的《海上花列传》中,王德威发掘了开辟在上海的新型"公共空间"。这个充斥着欲望、权力、商业的新型"公共空间",就是沪上的花街柳巷。小说以繁荣的上海都市为背景,正是因为上海的现代和繁荣为成行成市的妓院提供了客源的保证;而这种繁荣底下的各色势力的角力,也在妓院这个人财混杂的公众场所得到了最集中的体现;可以说,在沪上多如牛毛的妓院每天都上演着都市的人生百态。妓院的发达,映射着上海的"发达";欢场喧嚣的众生相,折射出上海的欲望与颓废。晚清上海的浮华与荒凉,在韩庆邦笔下得到了真实而又梦幻般的展现。王德威认为,韩庆邦运用狎邪小说话语,构建了上海具有地缘特色的现代都市文化,开启了海派文学之先河。至此,(上海)都市文化成为现代文学史上一个不衰的原型。

而从李伯元的《文明小史》中,王德威则发现了属于市民阶层的"梦之都"。上海之所以成为众多"漂海族"的朝圣地,是因为在人们心中它早已是"现代"的代名词。也就是说,包括贾氏兄弟在内

1　王德威:《文学的上海,1931》,收入王德威《如此繁华》,上海书店出版社2006年版。
2　李欧梵、季进:《现代性的中国面孔》,《文学理论研究》2003年第6期。

的上海移民或游客,都是怀着对现代文化的偶像式崇拜前去上海"淘金""镀金"的。而上海都市文化的"现代"又是怎么样的呢?通过王德威的解读、李伯元的叙述、贾氏兄弟的所见所闻,我们看到了一个新旧混杂的"怪现状"。这些对西学、维新、现代趋之若鹜的人,其实是愚昧无知或者各怀鬼胎的,有的甚至借此装模作样、招摇撞骗,当"现代"成为有些人的未来想象时,却又沦落为某些人赚取金钱和名声的资本。值得一提的是,李欧梵也对《文明小史》做了专门研究,他论述的落脚点在讨论该小说与晚清现代性的关系,肯定小说如史诗般反映出上海、广州、直隶等地区在新政背景下新旧杂陈的面貌。

尽管是以文本为起点,但王德威的批评视野不局限于小说内容,而是延伸到同时期小说作家与读者生存的历史语境中去。这不仅使小说中让人眼花缭乱的都市文化得以重构,还深涉晚清小说真正代表的那个空间——都市小说作者和读者的生活世界。例如王德威就认为晚清狎邪小说的色情是与商业逻辑密切相关的;谴责小说家的丑怪讽刺叙事,是都市商业经济的产物,是政治与经济动机的混合物。

关于都市小说生存的都市文化空间,国内学者也有相似阐释。如杨义的《京派与海派比较研究》(太白文艺出版社1994年版)认为海派小说的商业性特点在文学经济形态上符合现代文艺生产的规范;袁进的《中国小说的近代变革》(广西师范大学出版社2009年版)则推测兴于特定都市空间的晚清谴责小说,导致了文化生产与作者/读者关系的新模式。这似乎显示出,王德威的这种研究思路,与他跟大陆学者之间的学术交流密切相关;王德威也坦言是在这些学者所开创的基础上展开自己的研究的。然而,海内外学者各有侧重。国内学者视点只是落在"小说与社会"的外部关系上,也就是说为一种单纯的文学生产机制研究,并非以文本解读为中心的;而王德威则是对小说中的都市想象的再想象——一个由内而外的过程,是一种蕴含着个人文化取向的文本解读。

在都市文化现代性的研究上,王德威与李欧梵的相同之处在于,二者都尝试通过文本与历史的"互文"来重构都市文化的现代想象。其实，王德威关注文学创作中"都市与人"的关系，不仅限于对晚清小说的阅读。从《华丽的世纪末——台湾·女作家·边缘诗学》突出被边缘化的台湾女性意识及政治地位，到《文学的上海，1931》《海派文学，又见传人——王安忆的小说》有意从地域文化的角度阐释文学书写与文化记忆的关系，到再后来的《北京梦华录：北京人到台湾》，都能体现出这种侧重于都市文化与文学创作关系的研究思路。[1]

不同之处是，王德威始终坚持以小说史为中心的文学研究；而李欧梵则不仅利用作品叙事这一媒介，还包含所有都市文化的物质碎片和景观。如在对上海新都市文化的研究中，外滩建筑、百货大楼、咖啡馆、电影院、舞厅、公园、跑马场等文化设施，《东方杂志》《现代杂志》《良友》、广告、月份牌等传媒，这些城市的公共构造和公共空间，所有凝聚着对老上海集体想象的文化载体，都是他研究的对象。[2] 李欧梵的上海文学研究，采用的是新文化史方法，作品、作家，乃至整个都市，都被作为一个个开放式的文本来解读，而这也恰好体现了他"大叙述"的理论视野。

五、从复杂的文化史中探究"文心"

"文学"与"历史"之间的紧张关系，"牵涉到我们想象、界定知识空间的问题"；而"现代"与"历史"之间的对话，"则引领我们重审知识时间的问题"。[3] 季进对王德威批评思路的上述分析，为我们揭示的正是这种文学批评所不可规避的两个维度——"空间"与"时间"。海外

---

1 林分份：《史学想象与诗学批评——王德威的中国现代小说研究》，《当代作家评论》2005年第5期。

2 薛羽：《"现代性"的上海悖论——读〈上海摩登——一种新的都市文化在上海1930—1945〉》，《博览群书》2004年第3期。

3 季进：《文学谱系·意识形态·文本解读——王德威的学术路向》，《当代作家评论》2004年第1期。

华人学者对晚清历史空间的重塑,也是从这两个维度展开的。

(一)文化史的研究视野

以上四节基本上概括了海外华人学者重塑晚清历史文化空间努力的几个方面。他们各自选择不同的"媒体"切入,从不同侧面勾勒出晚清文学生存环境的现代图画。像刘禾追溯帝国碰撞中所包含的文化冲突与融合信息,孟悦以江南制造总局、商务印书馆、扬州及上海的都市空间为例,张错以基督文明入华策略为对象,李欧梵关注《申报》"自由谈"……这里既反映了海外华人学者研究思维的个体差异性,又体现着他们研究倾向的一种共性,就是从文学史进入文化史的研究转向。

海外华人学者身处西方文学研究的腹地,他们的研究方式和整个西方文论界的文化转向紧密相关。从西方文学批评理论发展的历程来看,文学研究在社会历史批评之后走向新批评,又在文化研究中走向对社会历史的回归。从这个意义上来说,海外华人学者的研究方法的确是得风气之先并且具有一定的优势——他们在采纳新批评重视文学本体做法的同时返回社会历史,这样,既贴近文学本体又不乏社会历史的广阔视野。他们的文学研究显示出强烈的问题意识,往往为了解决一个问题而广泛涉猎文学以外的学科,文学背后的思想、文化因素,通常会成为学者们寻求批评突破口的基石。如唐小兵在《再解读:大众文艺与意识形态》的导言中,对文学批评与文化研究的内在联系解释道:"文学批评,尤其是文学理论,常常杂糅了政治理论、哲学思辨、历史研究、心理分析、社会学资料、人类学考察等话语传统和论述方式。"[1] 在海外学者眼里,有关文学的问题不再是纯审美层面上的研究就可以解决的了,而是只有当别的学科参与进来才能有效阐释这些问题的复杂面向。所以,"晚清文学"批评的文化转向,是他们学术逻辑的自然后果。这种文化

---

[1] 唐小兵:《我们怎样想象历史(代导言)》,收入唐小兵编《再解读:大众文艺与意识形态》(增订版),第15页。

研究与传统的社会历史批评有相似之处,都是一种外部研究,注重将作品的解读与其产生的时代背景、历史条件以及作家的生活经历等联系起来考察;而不同的是,社会历史批评更强调文学与社会活动的关系,认为文学是再现生活并在一定的社会历史环境中形成的,因而文学作品的主要价值在于它的社会认识功用和历史意义。而文学批评的文化转向强调的则是思想文化史与文学史之间的复杂关系,是以一个人文关怀的宏观视野来审视多元并存的文学话语。

事实上,海外华人学者对晚清的文化研究,并非一种浮泛的政治思想史研究、社会学研究或者中外交流史研究等,而是一种以文学批评为皈依的文化研究。或者准确来讲,是一种考察文学语境的文化研究。比如,李欧梵就很强调将文学(史)问题置入历史文化语境中进行考察:"我并不把作品当作独立存在的东西,这和某一种西方理论不一样。我觉得作品是被制造出来的,它产生的历史文化的环境,和它产生的人,和作家、阅读者的关系都非常密切。"[1] 所以不应将李欧梵、王德威等海外华人学者看作史学家或社会学家,其出发点和落脚点,依然是文学批评或文学研究。

在重塑晚清历史空间的研究中,有从以文本为起点上升到进行超文本的文化解读的,也有直接以文学的历史语境为考察对象的,但无论哪种研究思路,都有一个共通点,就是始终以文学的"现代性"为论述中心。追溯"现代性"的源起,成为海外华人学者"以史治诗"的理论前设和研究向度。于是,为了更全面考察文学史的现代性脉络,海外华人学者另辟路径,选择以寻找历史文化的现代发端为切入口。而他们在进入晚清文学文化研究之前,都会先预设好对"现代性"理论的个人理解,为后面的论述做铺垫。像李欧梵在《晚清文化、文学与现代性》里,就阐释了自己"多种现代性"的历史观;孟悦在《人·历史·家园——文化批评三调》一书的第一章,就发出了"'现

---

[1] 李欧梵:《徘徊在现代和后现代之间》,第88页。

代'：过去还是未来？"的疑问，进而做出了"现代性是事件意识与历史叙述"的回答；王德威更以"被压抑的现代性"作为其晚清小说新论的书名，并在其导论"没有晚清，何来'五四'"之中强调"现代性"的多重性与复杂性……"现代性"成了文学与政治思想等社会文化勾连的桥梁、黏合剂。文学批评借助"现代性"的理论力量，极大范围地向文化、政治、社会领域敞开，为有关中国复杂"现代性"的阐释提供了有利的诗学构建。

在这里，文化研究成为文学批评的一种有效手段。它不仅能致力"小说之虚构体制与真实世界间互动关系的探讨"[1]，还能在文学和文化之间的模糊边界获取更为璀璨的思想灵光。晚清意识在文学批评和文化研究领域的双向浸润，让更多的线索与痕迹得以发掘、重现，中国现代文学生长过程的复杂性也得到了充分揭示。于是，我们可以感受到，海外华人学者的晚清意识，已浸润到对晚清的文化研究之中，并在对晚清历史空间的重塑中日益深刻。

与此相呼应的是，国内学者陈平原也有相似的学术视野，其《晚清文学教室：从北大到台大》[2]大致涵括了与晚清文学相关的几项重要议题，如晚清文学现象、报刊文化的兴起与发展、翻译文学的引进与转化、小说叙事方式的改变、新式教育制度的建立、文风变革与文学教育之间的关系，相对完整地勾勒出晚清文学的面貌。这本书所记录的，是在两岸开放学术交流十多年后的背景下，陈平原从北大到台大客座讲学的讲演精华，某种程度上也可以视为海内外晚清领域的学术交流成果；而该书的编辑及出版，也正好说明了海内外学术交流现象日益受到学界

---

1 王德威：《从刘鹗到王祯和——中国现代写实小说散论》，台北时报文化出版企业1986年版，第13页。
2 陈平原主讲、梅家玲编订：《晚清文学教室：从北大到台大》，台北麦田出版社2005年版。编者这样介绍道：陈平原是两岸开放学术交流十多年后，第一位来到台大做客座讲学的北大教授；《晚清文学教室：从北大到台大》集其讲演精华而成书，既可对台湾"晚清文学"的教学有所裨益，同时也为北大与台大的往来交流，另启新页。

关注,并形成了对其进行研究的前沿阵地。

(二)凸显"现代性"追溯的历史感

海外华人学者的晚清批评,不再停留在纯文本的封闭性研究,而是面向文学史甚至文化史的一种想象和构建。海外华人学者对晚清历史语境的构建,实际上试图给文学史研究一个思想史的框架。而他们对晚清的文学文化研究,也无不凸显着对"现代性"追溯的历史感。

不同于"出身"比较文学的刘禾、唐小兵等对理论的重视,李欧梵、孟悦、陈建华等"出身"于东亚研究的学者,更倾力于历史材料的爬梳和理解,带有更多的传统史学的烙印,他们更主张在丰富的史料基础上与西方现代性理论进行对话,从而发现"中国的现代性"[1]。李欧梵重回晚清民初的报纸堆里追寻《申报》"批评空间"的"筑起"、兴盛、缩小,渗透着强烈的历史考证意识;孟悦对晚清都市社会、印刷文化、科学程度的多层面揭示,体现的是一种非体系化、非资本主义的现代性历史观;[2]陈建华提出"以史治诗"和"以诗治史"[3],以此考察"革命"话语"长长的历史",饱含着浓郁的史学意味和清醒的时间意识。而王德威虽是比较文学科班出身,不过他的小说史研究可谓理论感与历史感并重,在对晚清历史空间的想象构建中,执着于小说与历史的互动,让文学与历史展开对话;张错对"前五四"文学和西方文化入华脉络的梳理,显示着更为深层的史学意识;而刘禾对概念的溯源,则是一种新式的思想史探究。

1　程光炜、孟远:《海外学者冲击波——关于海外学者中国现当代文学研究的讨论》,《海南师范学院学报》(社会科学版)2004年第3期。

2　这是孟悦在其著作《人·历史·家园——文化批评三调》中体现的一种历史观。在该书第一章《"新"与"变"之外:体系的历史与反体系的历史》里,孟悦提出"现代性"是由非体系化的活动来体现的,它的第一种内含在非资本主义的历史中找到了比在资本主义体系的历史中更大的发展空间。

3　陈建华:《从"以诗证史"到"以史证诗"——读陈寅恪〈柳如是别传〉札记》,《复旦学报》(社会科学版)2005年第6期。

海外华人学者无不热衷于追寻中国"现代性"的历史源头。他们对现代性历史的这种溯源反思，是一种从当下现实出发的回索之旅，潜藏着一种思辨的历史时间观。李欧梵曾说过："现代也必将走向未来人的历史幽魂，这是个死循环。"[1]在他看来，历史是一个不断化新为旧的时间盒，现在的这一刻马上就会成为过去的"历史"，所以"现实"其实也包含着"历史"，"古""今"本来就是不分的；孟悦则认为"现代"是一个不断自我更新的概念和时段，只有超越了历史的既有标准才谓之"现代"；陈建华深受西方理论影响，强调"现代性是一种时间意识"，而他的中国文化考论中也处处流露出这种形而上的时间意识。时间向度这一西方哲学上的历史命题，给学者们的"考古"工作提供了一个历史维度的支撑架构；而西方资本主义的历史也就是西方现代发展史，为对中国等非西方世界现代历史线索的发掘，提供了具体的历史参照范式。因此，中西"现代"历史的不同，并不意味中国没有"现代"，只意味着对"现代"范式的历史叙述存在差异，仅此而已。

王德威说"当历史不能满足我们诠释现实的欲望时，寓言升起"，又说"历史的尽头，小说升起"；他强调"如何把历史变为寓言甚至预言的努力，才是我们的用心所在"[2]。这似乎告诉我们："历史"，其实就是某种寓言叙事。这也正如新历史主义者告诉我们的："历史"，只是一种"叙事"；不同的"历史"，源于不同的"叙事"方式。尽管新历史主义过于强调历史认识的主观性，但它为我们全面认识历史提供了一种新的审视角度。正是这种敢于质疑既定"历史叙事"的勇气，引领海外华人学者发现了异于西方中心话语的另一种现代模式；也正是这种带有主观性的史学想象，让我们追溯到了中国多元现代性的文化源流。孟悦将这种对既定现代化历史以外的历史脉络的书写，

---

1 李欧梵、季进：《李欧梵季进对话录》，第28页。
2 王德威：《千言万语·何若莫言：莫言论》，收入王德威《跨世纪风华：当代小说20家》，台北麦田出版社2002年版，第257—267页。此文另见王德威《千言万语 何若莫言》，《读书》1999年第3期。

称为"对历史的救赎",因为它能拯救那些被主流叙事所遗忘的边缘文化,使得人为破坏的历史"生态"在再次书写中得以恢复平衡。而研究者面对文学史的想象与创造,也已经聚集成足以冲击以往僵化观念的动力。

然而,这种历史的叙事是存在风险的。当想象的分寸把握得不好,缺乏足够的材料与理据,叙述就会流于牵强附会,构建就会显得摇摇欲坠。因此,"叙述"必须立足于充分的文本阅读和文化考证。事实上,立足于文本的同时,与创作者的经历以及历史情况建立交流,又或者将文化的延续性纳入现代性理论体系之内,这种历史性表述也就更有说服力。"从时间观念入手,探讨的还是文化的东西"[1],这种以时间向度为架构、以文学乃至文化为内容的历史叙述方式,才是稳固、丰满的。

第六节 说不完的"晚清"

海外华人学者晚清批评及其体现的立场与方法,对20世纪中国文学研究格局的重构与发展有着不可小觑的影响。当然,以海外华人学者的晚清研究作为一个批评的对象,也有缺陷与不足。而走在寻求中国文学批评现代出路的途中,我们又该如何迎接这一愈加强大的"海外冲击波"呢?

一、"晚清"观念与20世纪中国文学批评空间的扩容

批评界对晚清领域的考察,也早已远离鲁迅那个时代的"说几下那些谴责小说而已",进入了一个空前繁盛的时代。从小说到报纸,从文学到文化,晚清研究的领域从源头上为20世纪中国文学批评延长了"战线",有利于多声交汇研究局面的打开。

---

1 李欧梵、季进:《现代性的中国面孔》,《文艺理论研究》2003年第6期。

国内学者李杨认为海外华人文学批评中的晚清观点，不仅可以理解为他们对"重写文学史"命题的呼应（扳倒"五四"霸权），也可以理解为一种挑战"起源论"本身的问题意识。[1]显然，李杨的这种批评眼光已从文学层面，上升到了思想层面。分析海外华人学者的晚清文学文化研究，可以发现，所谓晚清意识，不仅存在于文学史层面，更着眼于思想文化史层面。

晚清意识，首先应该是一种意识形态的概念，或许更为准确地说，是文史研究界对既有"现代性"标准的一种反叛意识，旨在唤起人们对历史复杂性的反思，对多元"现代性"的追寻。他们的这些研究不是要恢复文学历史原貌，而是对历史叙事和一些理论问题的思考。[2]文学谱系的多样性、历史脉络的复杂性，都是晚清意识所执着追寻的。因此，拥有"复音多义"文化生态的晚清，自然而然地成了多元现代性的象征体系。在海外华人学者的晚清批评中，无论理论层面的讨论还是文学层面的分析，"晚清"一词似乎都包含着"现代性"的指涉性。在文化批评界里，"晚清"已逐渐作为一种"现代性"的寓言而存在，成了反观现实、展望未来的"镜像"。在那里，学者们不仅重识了复杂的"现代"历史，同时也找到了"现代"的努力方向。众所周知，夏志清的小说史研究，在以启蒙现代性为主流的语境中成功凸显出审美现代性的魅力；王德威从晚清小说"跨度"到20世纪末小说，挖掘出现代小说审美现代性、世俗现代性的历史痕迹；李欧梵"狐狸型"的研究，从小说、报纸，再到思想、意识形态，范围深广；唐小兵从梁启超到"再解读"，陈建华从话语研究到人文风景考论，张错从晚明文化到晚清小说，孟悦从战争事件到印刷出版业、科学技术，再到都市社会，以及刘禾的跨语际理论实践……提问之新锐、涉猎之广

---

[1] 李杨：《"没有晚清，何来'五四'"的两种读法》，《中国现代文学研究丛刊》2006年第1期。

[2] 刘禾、李凤亮：《穿越：语言·时空·学科——刘禾教授访谈录》，《天涯》2009年第3期。

泛、思域之辽阔，带给中国文学批评界不少冲击和启发。其相通之处，则是他们从研究立场、批评路径到思维方法等方面，都对陈旧的、单一的结论进行质疑、颠覆，无不例外地向边缘松动。

海外华人学者的晚清意识，其实是一种有意识的非主流立场。在中国现代语境中，对既有"现代性"标准的反叛，常常意味着对"五四"主流话语所设定的"现代性"标准的反叛，这几乎在大多数海外华人学者的批评中都有显现。而有时，这"标准"也有着对西方话语中心所设"标准"的指涉。对中国文化的主体性的某种认同感，使得海外华人学者能在中西文化的互动视野中，主动地去发掘、审视那些被西方话语遮蔽了的中国"现代性"。像孟悦的"书写非主流历史"，不仅努力挖掘被国内主流叙述遗忘了的历史痕迹，还力图将西方话语中被抹杀的部分展现出来；刘禾的"国民性"理论研究、"帝国冲突"研究，既对殖民主义以及全球化的普遍性保持清醒的警惕，也不满意国内主流叙事的简单化结论，而是一心一意"埋在档案里面做理论"[1]，以思考、修正和更新那些限制国人想象的话语方式。

随着晚清意识的崛起，对晚清领域的研究也日趋火热，为中国文学批评带来了更宽广的增殖空间。一是批评对象的拓广。"晚清"概念的兴起带动了对主流中心话语的挑战以及对传统结论的颠覆，让国内学术界开始注意到多元价值的存在。除了对"没落"思潮文学的关注外，随着"五四"话语霸权的消解，日益开放的观念也使批评家大胆地去触碰所谓的批评禁区。这不仅发生在晚清这一领域，而且蔓延到整个20世纪文学史，反说"传统"、再读"经典"也因此流行起来。此外，在海外文化研究热的影响下，国内20世纪中国文学史研究的年轻学者也开始把文化史的丰富内涵包括进来，这些具有开放性视野的文学史研究推动"重写文学史"从内部研究扩展到外部研究，开拓了

---

[1] 刘禾、李凤亮：《穿越：语言·时空·学科——刘禾教授访谈录》，《天涯》2009年第3期。

更广阔的学术生长空间,有利于文学批评的深化发展。

二是研究格局的重构。海外华人学者与大陆学者在研究起点及结论上的"错位"与"裂变",引起了大陆文学研究界的深刻反思。[1]随着晚清研究的进一步发展,原来被分割于近代、现代、当代的文学及历史材料,如今都被置于一个整体观照的视域中,它们之间的渊源关系等错综复杂的历史脉络也会相对完整地凸显出来。除了结构范式与研究视野的调整,这种重构还包括海内外批评的互动交往。作为一种新的批评资源,海外华人学者的批评直接成为国内批评界关注的对象,"晚清""现代性"等20世纪中国文学批评领域的话题在海内外之间引起了多层次、多角度的对话,而这些海外新近的批评方法、研究视角和话语方式给予国内批评的冲击、启发,从结构层面上推动了20世纪中国文学批评空间的扩容。

二、从迷失到廓清:观念与方法论的多重对话

海外华人学者、国内批评家这两个群体都不是铁板一块的整体,各自内部既存在共性,也有着差异。这是我们对其进行比较研究时首先应该看到的事实。以海外华人学者而论,在晚清文学"现代性"的批评中,他们的意识形态立场和学术路向上都存在着"相互支撑""相互启发"的关系;而他们的研究重点、理论视角、思想方式、学术风格却不大一致。造成海外华人学者研究的差异的原因,有人生阅历、知识背景因素,也有学术资源和传统因素,同时也与西方的学科建制有密切的关系。[2]然而,承认这种差异性,并不妨碍我们对这一群体进行新的整体性观照。事实上,仅以其"晚清文学"研究而论,他们的研究思维与成果客观上早已积聚成一股强大而独特的学术力量,不断

---

1 李凤亮:《徘徊在现代与后现代之间——李欧梵文学批评的现代性视野》,《山东师范大学学报》(人文社会科学版) 2005 年第 3 期。

2 程光炜、孟远:《海外学者冲击波——关于海外学者中国现当代文学研究的讨论》,《海南师范学院学报》(社会科学版) 2004 年第 3 期。

冲刷着国内文学批评界的现有格局。而对于海外华人学者"晚清"研究中所蕴含的非主流立场、多元现代性观念以及不一样的方法论视野，国内学者也做出了回应和探讨。

海外华人学者的非主流立场，是其中一个争论的焦点。夏志清、王德威和刘禾等海外华人学者所带有的反"五四"的意识形态立场，是批判的主要对象。王彬彬就认为他们对现代文学史的左翼作家不能依据具体的历史条件做出公允分析、评说，其"新见"也是对国人"创伤性的记忆"的一种无视；祝宇红则指出更多是因其拥有"充满保守主义者对人性的某种思考"的文化观而站在左倾思潮的对立面；李凤亮则将李欧梵批评中的"边缘"姿态归结成一种"不中不西、又中又西"的"世界主义"视野，并将其视为批评实践中比较眼界与灵动气象的来源。[1]

国内学界对海外华人学者意识形态的褒贬不一，更多是针对个体而非整体。这在一定程度上也说明海外华人学者的意识形态立场并非完全一致；而国内学者对海外华人学者意识形态的关注，也恰好说明了海内外意识立场之间存在着较为明显的差异。海外华人学者虽然有着不同的成长经历和学术训练，但他们都在中国和海外生活过；双重"他者"的身份，使摆脱国内外话语中心的控制成为可能，决定了他们常会以边缘话语的拯救者自居，借此来实现与中、西话语中心进行多向对话；而徘徊于中西交错语境中的他们，在西方理论氛围潜移默化的影响下，始终无法摆脱西方理论思维的框架，只能以一种隔岸看花的姿态去了解中国文学，因而在获得一种广阔视野的同时也出现了诸多盲点，致使其重寻"现代性"之旅迷失于对本土的离散与回归之间。

---

1 参见王彬彬的《胡搅蛮缠的比较——驳王德威〈从"头"谈起〉》(《南方文坛》2005 年第 2 期)、《花拳绣腿的实践——评刘禾〈跨语际实践——文学，民族与被译介的现代性（中国，1900—1937）〉的语言问题》(《文艺研究》2006 年第 10 期）以及祝宇红的《夏志清的中国现代文学研究及其批评谱系》(《中国现代文学研究丛刊》2007 年第 2 期)。

所以，海外华人学者有意识的非主流立场，表面是一种意识形态上的政治偏见，其实背后也隐藏着内在的身份焦虑；而这种在反"西方中心论"与依赖西方现代理论之间的挣扎，也暗示着当代中国文学批评的现代困境。

海内外学者不一样的方法论视野，同样引人注目。与海外华人学者非主流立场的态度不同，一开始，国内学界对海外新鲜的方法论普遍表示肯定和欢迎。正如我们看到的，不少学者尝试借用科际整合的批评策略，希望借此来有效阐释"海外20世纪中国文学研究"的复杂面向，一股文化研究的热潮也蔓延开来了。而这种由海外研究带动的"文化研究转向"却又引发了学界的担心：过于泛滥的跨学科以至于无学科，方法过多以至于丧失了文学批评的基本方法，面面俱到以至于丧失了审美研究的主体性，很容易陷入反学科的泥潭。而国内学界西方方法论热、文化热的"泛滥"，是否也揭示着海外华人学者方法论的某种缺陷呢？或是这些方法理论在"东渡"到国内，再到国内学者的应用过程之中，也会出现"生搬硬套""水土不服"的问题？

海外华人学者的文学文化批评中，不仅处处援引西方理论，还利用理论框架来重建20世纪中国文学的研究视野和路径。"近水楼台先得月"的海外华人学者，得西方女性主义、后殖民主义、现代性、后现代主义等理论之先，对于摆脱国内学界的一些理论惯性和传统研究方式进而寻求进入历史问题的新的可能性，无疑具有很大帮助。而国内学者则批评他们有着重理论方法、轻材料史实等不足。对此批评，一些海外华人学者进行了自我反思，如王德威曾谦虚地坦言：自身对西方文学理论的认知基于自己对中国文学传统的无知，建议学者们应该"创造性转化西方理论"[1]；夏志清更强调，理论框架只是研究文学的一种理论姿态，不能只是以"新""奇"出胜，还应该在认真踏实研

1　李凤亮：《二十世纪中国文学研究的整体观及其批评实践——王德威教授访谈录》，《文艺研究》2009年第2期。

究的基础上把问题的发现和研究引向深处。[1] 也许，海外华人学者的这些自省，对于当今学界批评过度理论化、盲目套用西方理论方法的学风现状，也是一剂对症的良药。

另一方面，海外华人学者开放性的批评视野，打破了文学性与非文学性的二元对立的思维成规[2]，使得纯文本批评趋向一个多元、宏观的诗学研究。从宏观的文化研究角度介入文学研究，他们对文学现代性话题的研究，往往会采取灵活的批评策略，点到为止而切中要害。突出的代表有李欧梵"狐狸型"的治学思路，而这种灵动的批评策略，有针对性的同时也具有某种局限性，虽然有着丰富的多角度宏观透视画面但也难以形成系统的文学史全貌；这也像王德威所承认的，"点"的研究多，"面"的研究少，无法形成一个可贯彻始终的整体的文学史观。国内学者程光炜和孟远将这种"散点"研究的不足，归咎于西方的中国现当代文学研究缺乏独立的学科保障；而李凤亮则认为这是李欧梵及其同时代海外华人学者在面对中西、古今、文史等冲突性因素时做出的"超越"学理反应。[3] 不得不承认，作为西方的中国现当代文学研究的一部分，海外华人学者"散点"的宏观研究由于不受学科限制，显得鲜活灵动，但也同样因为缺乏学科保障而难以规模化、系统化。

其实，对理论热、文化热"泛滥"的忧虑自有其道理。海外华人学者的理论方法视野也确实有着自身的不足，不加分析、不分情况地盲目套用这些方法论很容易让"批评"走上"歪路"。然而，我们不能因噎废食，而是应该在对这些理论方法有着全面了解和清醒认识的

---

1 程光炜、孟远：《海外学者冲击波——关于海外学者中国现当代文学研究的讨论》，《海南师范学院学报》（社会科学版）2004年第3期。
2 刘小新：《从华文文学批评到华人文化诗学》，《福建论坛》（人文社会科学版）2004年第11期。
3 此处对李欧梵与王德威两人"散点"研究路向的总结，参见程光炜、孟远的《海外学者冲击波——关于海外学者中国现当代文学研究的讨论》[《海南师范学院学报》（社会科学版）2004年第3期]以及李凤亮的《徘徊在现代与后现代之间——李欧梵文学批评的现代性视野》[《山东师范大学学报》（人文社会科学版）2005年第3期]。

基础上，积极吸取海外华人学者的"反省"成果，学习海外学者善于"移植"的机警，使这些"异域"方法论在新的语境中发生有利的"变异"，以应对文学批评不断出现的新问题。

三、"冲击波"之后的反思：批评的现代之途

面对中国现当代文学批评的复杂局面，如何对文学史进行描述，是 20 世纪中国文学研究的重要内容。而这种复杂性主要体现在围绕"现代性"的争论上。

对"现代性"持肯定态度的一方认为，"现代性"概念对现代文学研究有重要的意义，它不仅是一个时间概念，而且是划分文学史的一个内在尺度，只有具备"文学现代性"，才能算得上现代文学。支持方又分为两种声音，第一种声音仍将"五四"作为现代文学的起源，另一种则以"前五四"（晚清甚至晚明）作为现代的起源。以"五四"文学革命看作中国文学现代性之源的说法，是国内主流话语对现代文学历史的叙述，他们认为中国文化和中国文学走向现代完全是受世界文学冲击的结果；"五四"文学革命就是这个打破封闭性的转折点。"起源说"的另外一种声音，则是在 80 年代"重写文学史"讨论后，响彻文化界的"20 世纪中国文学（史）"。它不仅使我们对近代、现代文学的传统划分进行了重新审视，而且突破以往的政治性研究模式，刷新了中国现代文学研究。

反对"现代性"的学者，则认为以文化政治"现代性"的标准来划分文学"现代性"，是一个非文学的命题。在他们眼中，无论是哪种"现代起源说"，都是"文化现代性"召唤而诞生的"文学现代性"说法，所以都是一种文学弱化论，不能称为"文学"的现代进步[1]；只有

---

1 反"现代性"论调者指出，"五四"文学革命开创的白话文学具有"工具性、平庸性、贫困性"的弊端，从而否定"五四"的文学性进步；又认为"20 世纪中国文学"观虽然突破了近代、现代、当代这种政治性划分，但并没有突破"文化政治社会推动文学"的思维模式，同样不能称为"文学"的历史进步。

具备人的现代性、世界的现代性和审美的现代性,才能叫作与文学相关的"现代性"。

然而,有反对者提出建立一种从古至今的"整体文学史观"(不仅突破古代、现代、当代文学史的政治时间分割,而且要突破文化时间分割),认为只有这样才能超越以"历史进步论"式的"现代性"为审美理想的思维模式。[1] 而支持一方,如郜元宝就建议重建现代文学研究学科的合法性[2],并称属于"现代性"论调的"中国新文学整体观"[3]抓住了文学中所表现的现代性精神意识的主干,"直指本心"[4];而更多的支持者,一针见血地指出反对者对文学现代性的批判,是建立在对现代性的错误理解上的。文学现代性其实是文化的现代性(他们仅归结为"人的解放与自由")的一种,它还应该包括对现代性的反思和批判。[5] 反思文学与现代性思潮、关于现代性起源说的争论,使得中国文学批评格局产生更纵深的重构,有助于学界关注先前有意无意忽略的历史和现实课题,提示中国现当代文学及其批评的现实与未来道路的复杂性,从而将简单、乐观的现代化想象转变为复杂多元的现代化想象。

此外,当今中国现当代文学批评的复杂面貌,还体现在学术批评理论、话语方式的世界性、多元性方面。世界性是文学现代性及文学批评现代性的重要内容,是中国文学及批评迈向现代的动力之一。正

1　吴炫:《一个非文学性命题——"20世纪中国文学"观局限分析》,《中国社会科学》2005年第5期。

2　郜元宝:《2005年"中国现代文学研究"综述》,《杭州师范学院学报》(社会科学版)2006年第4期。

3　陈思和等"第五代批评家"受到"重写文学史"的召唤,对教科书式文学史框架进行了大胆的改写,提出"中国新文学整体观"。他们首先否定人为的"当代""现代"划界,进而拆除现当代中国文学与传统文化和西方影响的障壁,填平大陆和台港澳地区文学的鸿沟,提倡"打通",即把"五四"至今的文学在时空上视为整体,找出其间真实的发展脉络。

4　郜元宝:《评〈中国新文学整体观〉》,《唯实》1999年第7期。

5　杨春时:《文学性与现代性——〈一个非文学性命题〉引发的理论问题》,《学术研究》2001年第11期。

如有学者指出的，20世纪中国文学批评的"现代性"，是一种深受西方现代性观念模式影响下的"西方现代性"，同时也是以自身现代性模式参与全球现代性进程的"中国现代性"。[1]而海外华人学者对中国文学的跨文化、跨语际研究，作为当代学界"西学东进"的典型代表，与中、西双方的对话状态与话语权力关系，集中体现了中国文学批评"现代性"的复杂面貌。

海外华人学者对中国文学的批评，同时作为西方中国文学研究界以及华人中国文学研究界的一部分，在面对中西话语权力的双重压力时，并没有退缩，而是采取一种主动灵活的策略以应对强势话语，在历史传统的缝隙中寻找非主流话语的"合法"证据。而中国文学批评要走向现代化，也同样会面临中西文化交流的"话语权力"关系问题。如何能在贴近西方文化、利用西方理论消解中方主流话语权威的同时，又不为强势的西方话语所"俘虏"呢？我们可以参考海外华人学者的话语姿态。虽然他们这种自居边缘的"游击战"策略，无法真正消除西方的现代理论底蕴，也不可避免会导致研究盲点的出现，但对于现实的国内批评界却有着重要意义——帮助非主流声音从权威话语的夹击中争取更广的言说空间。也许这更多表现为一种批评的独立姿态，但关键往往也在于思维能否打开。有论者提醒，从事中国近现代史研究的国内学者不能自认为对中国的事情很了解，因为就算把国内的材料弄得再透，若是没有看过（中英双方）官方的英文来往信件的话，还是谈不上真正的了解。[2]因此，大胆质疑"理所当然"的成规，突破以往研究思维，才能真正取得话语阐释权，摆脱文学批评所面临的困境。

想象本章从"现代"之源——晚清——考察作为中国文学批评重要组成部分的海外华人批评，以此作为检视中国现代文学批评衍变的

---

1 李凤亮：《文学批评如何走向多元——从外国文学思潮的影响说起》，《当代文坛》2003年第1期。

2 刘禾、李凤亮：《穿越：语言·时空·学科——刘禾教授访谈录》，《天涯》2009年第3期。

一个新视点,可以说具有某种"起点"的寓意。海外华人学者的晚清意识,从"头"更新了海内外对中国现代文学史的书写,为海内外中国文学批评带来了新气象。诚然,处于中西磁场内的20世纪中国文学批评,应加强海内外学者的对话与交流,正确看待彼此之间的重复与差异,善借"彼岸之光"来照亮被遮蔽的历史和现实,找到从凝滞的意识中逃逸的出路,积极营造"百花齐放、百家争鸣"的多元格局。

第三章

比较视野中的"海外张学"

在 20 世纪中国文学史上,有一个"美丽而苍凉的手势",相信无人能够忘记——其传奇性的个体生命与文学生命,特立独行的行事风格和行文风格,给人们留下了深刻的印象和至今余韵未了的评议。这便是张爱玲。

关于张爱玲,在近 30 年中国文学研究中已经形成了一种现象。这个现象,如果从所谓"张迷""张派""张学"这几个流行词语来看,就是"张爱玲"在读者阅读、作家创作以及学者研究层面引起的热潮,通俗地说,也即"张热"。

张爱玲的传奇文学生命,尤其是她被中国大陆学界重新接受的过程,可以说纠合着海外华人学者与大陆学者的多重冲突和矛盾。从 1961 年海外华人学者夏志清的《中国现代小说史》第一次为张爱玲发出"荒野的呐喊"[1]开始,到 20 世纪 90 年代中国大陆亦掀起"张热",在张爱玲逐渐为大陆文学界所接受的过程中,海外华人学者的"奔走呼告",总给人一种"突围"的印象,只不过,他们不是从内部冲出重围,而是从外部向内发起进攻。从这个意义上来说,相对大陆学界,

---

[1] 郑树森:《夏公与"张学"》,收入刘绍铭、梁秉钧、许子东编《再读张爱玲》,山东画报出版社 2004 年版,第 6 页。

海外"张学"似乎一开始就处于一种边缘的位置。

第一节　张爱玲：跨越时空的批评现象

从20世纪40年代至今，长达70多年，张爱玲及其创作在中国文学、文化界的大起大落值得深思：1943年，张爱玲在上海《紫罗兰》杂志上发表连载小说《沉香屑·第一炉香》与《沉香屑·第二炉香》，由此异军突起，名噪一时。她1952年赴香港，1955年移居美国，其人其文从此在大陆销声匿迹，却于60年代开始在香港、台湾及海外华人中受到欢迎；80年代后，又逐渐为大陆文学研究界所发现，继而受到读者和文化市场的追捧。尤其是1995年9月，张爱玲在大洋彼岸以自己独特的方式悄然告别人世后，海峡两岸暨香港、澳门的"张热"达到了最高温度。张爱玲传记、张爱玲研究专著和张爱玲的纪念、评论文章汇编接连不断地出版，网上更是众声喧哗，热闹非凡，张爱玲跨越文学界而成为一种社会文化符号。

我们可以看到，在长达70多年的时间里，对张爱玲及其创作关注的大起大落，其实是以空间为基础，针对特定地域而言的。首先，是张爱玲由上海到香港再到美国的迁居；更重要的是，张爱玲的作品在不同时期、不同地域所受到的欢迎：20世纪40年代，上海；60至80年代初，香港、台湾及海外；80年代以后，大陆、香港、台湾及海外。实际上，在这三组时空组合中，是两种不同"声音"的此起彼伏与相互响应。这两种不同的声音就是：海外华人学者与大陆学者的张爱玲研究。值得玩味的是，1949年中华人民共和国的成立，与1957年海外华人学者夏志清的《张爱玲的短篇小说》[1]《评〈秧歌〉》[2]在台湾

---

[1]　夏志清：《张爱玲的短篇小说》，收入刘绍铭、梁秉钧、许子东编《再读张爱玲》，第351—375页。原载台湾1957年6月《文学杂志》第2卷第4期。

[2]　夏志清：《评〈秧歌〉》，台湾《文学杂志》，1957年。

的发表以及1961年《中国现代小说史》英文本在美国的出版，是张爱玲及其曲折的创作命运的两个重要节点：前者导致了张爱玲的离国及其作品在大陆的消失，后者则掀起了台港的张爱玲热。正是在节点上，海内外两种声音发挥了各自至关重要的作用。尤其是后者，逐渐引起大陆对张爱玲作品的关注和重新发现，最终改变了张爱玲的文学生命。因此，在张爱玲研究中，相对大陆而言，海外构成了另一个可资比较与参考的不同视角。

一般来说，张爱玲的研究历史可以分为三个阶段：第一个阶段是1949年以前，也即张爱玲创作其代表作《传奇》《流言》的时期；第二阶段是20世纪60年代至80年代初，以夏志清1957年在台湾发表两篇评论张爱玲的文章及1961年出版的《中国现代小说史》为标志[1]；第三个阶段是80年代初至今。这三个阶段，在不少研究者那里，都被按研究主体很自然地做了划分：上海、海外、大陆。例如灵真写于1996年的《海内外张爱玲研究述评》，在题目中就自觉地对张爱玲研究做了海内外的划分，而文章又主要由"40年代，上海""60—80年代，海外""80—90年代中叶，大陆"三个部分构成[2]。此后，王卫平、马琳的《张爱玲研究五十年述评》与黄玲玲的《六十年代以来张爱玲研究述评》都沿着这个思路展开，可见研究者对60年代至80年代海外张爱玲研究的重视[3]。然而，因80年代以后张爱玲在大陆、台港及海外同时受到欢迎，80年代后的张爱玲研究并非只有大陆的声音，而研究者们或许震惊于当时张爱玲在大陆重新崛起的气势之盛，大多把对这个时期的研究目光投向了大陆学界。实际上，正是在这个研究阶段，海外

1　上面所述两篇文章：《张爱玲的短篇小说》与《评〈秧歌〉》，后来合成《中国现代小说史》中张爱玲专章，于1961年出版英文版，并分别于1979年、1991年、2005年在香港、台湾、大陆出版中文版。

2　灵真：《海内外张爱玲研究述评》，《华文文学》1996年第1期。

3　王卫平、马琳：《张爱玲研究五十年述评》，《学术月刊》1997年第1期；黄玲玲：《六十年代以来张爱玲研究述评》，《文教资料》2002年第2期。

的张爱玲研究,无论是从入思视角、研究方法,还是批评立场与姿态,都凸显了与大陆张爱玲研究的强烈可比性,蕴含着与大陆"张学"相互对照、影响、作用与融合的张力,从而更应该引起注意。

从海内外比较的角度出发,张爱玲的研究状况大致梳理如下:

第一阶段,1949年之前的张爱玲评论。这个时期的张爱玲研究集中在上海,陈子善称之为"'张学'研究的源头",认为它"所讨论的话题,所涉及的范围,即以今日的'张学'研究视之,仍有不少并未过时,甚至尚未企及的"[1]。迅雨(傅雷)的《论张爱玲的小说》是第一篇正式评论张爱玲作品的文章,并且以其理论性、系统性及富有预见性的见解成了"张学"的重要起点。该文中肯地评述了张爱玲的创作实绩,肯定了她的才华,同时也一针见血地指出技巧的诱惑之于她的危险性,由此而导致他对《金锁记》的高度推崇——"我们文坛最美的收获之一",以及对《倾城之恋》及《连环套》的严厉批评。[2] 傅雷对《金锁记》的主题、风格研究对后代研究者有重大影响,而其技巧与主义的研究角度涉及对新文学的整体评价以及张爱玲的创作与新文学的关系,由此显示了其批评的针对性与高起点。稍早于傅评发表的胡兰成的《论张爱玲》,虽带有浓厚的感情色彩,但却准确地把握了张爱玲创作的内在意识——对"人生的恐怖与罪恶,残酷与委屈"的表现与同情,同时第一次把张爱玲与鲁迅相提并论,与傅雷的将《金锁记》与《狂人日记》相提并论一起,对后世的张、鲁比较研究有着重大启示。[3] 同时期还有女性文学研究者谭正璧,在《论苏青与张爱玲》中把张爱玲与"五四"时代的女作家做了比较,开启了对张爱玲的女性写

---

[1] 陈子善编:《张爱玲的风气:1949年前的张爱玲评说》,山东画报出版社2004年版,"弁言",第2页。

[2] 迅雨(傅雷):《论张爱玲的小说》,原载1944年5月上海《万象》第3卷第11期。此处引自陈子善编《张爱玲的风气:1949年前的张爱玲评说》,第3—18页。

[3] 胡兰成:《论张爱玲》,原载1944年5月、6月上海《杂志》第13卷第2、第3期。此处引自陈子善编《张爱玲的风气:1949年前的张爱玲评说》,第19—32页。

作研究的先河。[1] 此外，这个时期的其他张爱玲评论大多限于即兴式的阅读体验，学术价值不高，但不可否认，张爱玲的写作技巧及过人的艺术才华得到了普遍的认同。

第二阶段，20世纪60年代至80年代初。这个时期的张爱玲研究集中于海外，在大陆则成为盲点。夏志清1957年在台湾发表的两篇张爱玲评论文章及1961年的《中国现代小说史》中有关张爱玲的专章讨论，成为"张学"一个重要里程碑。在此，张爱玲首次被列入中国文学史并得到了高度评价——"今日中国最优秀最重要的作家"，《秧歌》"在中国现代小说史上已经是本不朽之作"，《金锁记》则是"中国自古以来最伟大的中篇小说"。[2] 夏志清将张爱玲置于中外文学的大背景中考察，发掘出她创作思想和艺术手段的渊源——她对于中国传统文化、人情风俗及西方文学意象营造、心理刻画技巧的把握，同时继承了胡兰成所说的张爱玲对普通人弱点的包容和同情的观点，指出其小说的苍凉意味。继夏志清之后，水晶[3]和唐文标[4]对张爱玲进行了较为集中的研究。水晶的《张爱玲的小说艺术》作为张爱玲研究的第一部研究专著，对张爱玲具体作品中的神话原型结构、意象、心理描写等进行了细致的研究；唐文标的《张爱玲卷》和《张爱玲资料大全集》对张

1　谭正璧：《论苏青与张爱玲》，原载1944年12月上海《风雨谈》第16期。此处引自陈子善编《张爱玲的风气：1949年前的张爱玲评说》，第41—47页。

2　夏志清：《中国现代小说史》，刘绍铭等译，复旦大学出版社2005年版，第254、261页。

3　水晶，台湾著名文学评论家，头号"张迷"。以一篇对张爱玲的独访《蝉——夜访张爱玲》而闻名，并著有《张爱玲的小说艺术》《张爱玲未完》。

4　唐文标（1936—1985），广东开平人，数学家、文学评论家。美国加利福尼亚大学毕业、伊利诺伊州立大学哲学博士。曾在加州大学任教。1972年回台，在台湾大学数学系及政治大学任教。1973年，先后发表《什么时代什么地方什么人》《僵毙的现代诗》《新诗的没落》等文章，言论激烈并指名批评《文学杂志》《蓝星》《创世纪》等刊物以及洛夫、周梦蝶、叶珊、余光中等人的诗作，对台湾流行的现代诗持否定态度，震动台湾诗坛，时称"唐文标事件"。著有《平原极目》《中国古代戏剧史初稿》《唐文标散文集》《诗的没落》《台湾民族史研究》《台湾文化批评》《中国古代的侠》《张爱玲杂碎》《张爱玲卷》《张爱玲资料大全集》及英文版数学论文多篇。

爱玲有关资料的整理，使"张爱玲研究由孤零零的几本台湾版本立体化了"[1]。然而，以夏志清的评论为起点，这个时期在海外，尤其是台湾兴起的张爱玲研究热潮，基本上可以分为两派：以夏志清、水晶、林以亮（宋淇，1919—1996，原名宋奇，又名宋悌芬）等为代表的一派，对张爱玲的创作成就、写作技巧给予很高的褒扬；而以唐文标、林柏燕、王拓等为代表的另一派，则对张作的思想内容做了严厉的批评。此一时期张爱玲研究的特点，一是夏评标志着"张学"的一个制高点，成为后世张爱玲研究参照的蓝本，并且逐渐引起大陆学界对张爱玲的关注；二是张爱玲专门研究者，例如水晶、唐文标的出现，标志着张爱玲研究学术品格的确立，对作品的研究从零星散评走向了整体把握，将张爱玲研究引向了深入；三是这个时期的海外张爱玲研究存在社会历史批评与文本形式分析的明显分歧。

第三阶段，20世纪80年代初至今。这个阶段的张爱玲研究状况，在大陆一般以1990年为界，80年代为前期，90年代以后为后期。

前期的张爱玲研究主要着眼于重新评价张爱玲，试图在文学史上给其一个较为合理的定位。最早重新评价张爱玲的是年轻学者颜纯钧，他在1982年发表的《评张爱玲的短篇小说》一文注意到了张爱玲继承中国旧小说传统而又汲取西方小说方式的创作方法，但是认为其作品中有不少脱离时代环境之作。[2] 最有影响力的文章是赵园的《开往沪、港"洋场社会"的窗口——读张爱玲小说集〈传奇〉》，该文着重阐发了张氏洋场小说的认识意义，认为张作所挖掘的洋场社会男女心理的内容总量是巨大的，并提请研究界注意这位独特的作家。[3] 80年代初

1　水晶：《张爱玲的小说艺术》，台北大地出版社1973年版；唐文标：《张爱玲卷》，台北艺文图书出版公司1982年版；唐文标：《张爱玲资料大全集》，台北时报文化出版事业有限公司1984年版。

2　颜纯钧：《评张爱玲的短篇小说》，《文学评论丛刊》1982年第15期。

3　赵园：《开往沪、港"洋场社会"的窗口——读张爱玲小说集〈传奇〉》，《中国现代文学研究丛刊》1983年第3期。

的大陆研究者虽只是小心翼翼地为张爱玲说几句肯定的话，但毕竟为过去 30 年张爱玲在大陆所受的封锁打开了一个缺口。而资深批评家柯灵 1985 年发表于《读书》和《收获》两家颇有影响力的杂志上的《遥寄张爱玲》，虽在肯定张氏才华的同时亦指斥其在政治上的盲视，但无疑是某种解冻的信号。[1] 于是，80 年代中后期，研究张爱玲的文章明显增多，也出现了一些有学术深度的论文。整体研究有胡凌芝的《张爱玲的小说世界》和饶芃子、黄仲文的《张爱玲小说艺术论》，比较研究有吕启祥的《〈金锁记〉与〈红楼梦〉》和钱荫愉的《丁玲与张爱玲——一个时代的升腾飞扬与苍凉坠落》，创作心理研究有宋家宏的《张爱玲的"失落者"心态及创作》和张淑贤的《精神分析与张爱玲的〈传奇〉》，人物论有宋家宏的《一级一级走进没有光的所在——曹七巧探》和刘川鄂的《变态：洋场人物的主导性格——张爱玲前期小说人物论》，思想内涵的讨论有张国桢的《张爱玲启悟小说的人性深层隐秘与人生观照——评〈茉莉香片〉和〈沉香屑·第二炉香〉》，技巧研究则有周筱华的《活跃小说的创造物——泛论张爱玲〈传奇〉的意象艺术》[2]，等等。这个时期的文学史写作中也开始出现了张爱玲的名字，并试图给其一个较为合理的定位。第一个把张爱玲写进大陆文学史的是

1　柯灵：《遥寄张爱玲》，《读书》1985 年第 4 期。
2　胡凌芝：《张爱玲的小说世界》，《抗战文艺研究》1987 年第 1 期；饶芃子、黄仲文：《张爱玲小说艺术论》，《暨南学报》（哲学社会科学）1987 年第 4 期；吕启祥：《〈金锁记〉与〈红楼梦〉》，《中国现代文学研究丛刊》1987 年第 1 期；钱荫愉：《丁玲与张爱玲——一个时代的升腾飞扬与苍凉坠落》，《贵州民族学院学报》（社会科学版）1987 年第 2 期；宋家宏：《张爱玲的"失落者"心态及创作》，《文学评论》1988 年第 1 期；张淑贤：《精神分析与张爱玲的〈传奇〉》，《徽州师专学报》（哲社版）1988 年第 1 期；宋家宏：《一级一级走进没有光的所在——曹七巧探》，《中国现代文学研究丛刊》1988 年第 3 期；刘川鄂：《变态：洋场人物的主导性格——张爱玲前期小说人物论》，《湖北大学学报》（哲学社会科学版）1989 年第 4 期；张国桢：《张爱玲启悟小说的人性深层隐秘与人生观照——评〈茉莉香片〉和〈沉香屑·第二炉香〉》，《海峡》1987 年第 2 期；周筱华：《活跃小说的创造物——泛论张爱玲〈传奇〉的意象艺术》，《抚顺师专学报》（哲社版）1989 年第 2 期。

黄修己的《中国现代文学简史》，而第一次给予较高评价的是钱理群、温儒敏、吴福辉、王超冰合编的《中国现代文学三十年》，此后殷国明的《中国现代文学流派发展史》和严家炎的《中国现代小说流派史》分别把张作归入社会言情小说和心理分析小说。[1]另外，陈子善对张爱玲逸文的搜集和打捞工作也是这一时期不容忽视的研究成果。

90年代的大陆张爱玲研究形成了热潮。一是大批有学术价值的研究论文发表：赵顺宏的《论张爱玲小说的错位意识》和潘学清的《张爱玲家园意识文化内涵分析》在从创作心理方面探讨的同时又加进了文化心理的深度；思想内容分析方面，刘川鄂的《中国现代小说史上的张爱玲》、吴福辉的《海派小说都市主题研究》、杨义的《论海派小说》都把张爱玲的小说与鸳鸯蝴蝶派、海派小说进行比较，突出了张作高于鸳鸯蝴蝶派、海派的思想内涵及艺术技巧；人物分析方面，则针对张作中的女性主角，用时兴的女性主义理论进行解读，于青的《论〈传奇〉》、李继凯的《论张爱玲小说中的女性异化》、刘思谦的《关于中国女性文学》与《张爱玲：走出女性神话》、钱振纲的《婚恋现象的现代审视——论张爱玲小说的思想价值》等都是代表；艺术技巧方面的探讨，则主要集中在张作"传统"与"现代"的完美结合这一主题上，刘鸿音的《葱绿配桃红参差对照的艺术——张爱玲的〈传奇〉及其他》、姚玳玫的《闯荡于古典与现代之间——张爱玲小说悖反现象研究》、范智红的《在"古老的记忆"与现代体验之间——沦陷时期的张爱玲及其小说艺术》等文章在这方面的研究比较深入、透彻和完善。[2]二是1992下半年至

1　黄修己：《中国现代文学简史》，中国青年出版社1984年版，第354—355页；钱理群、温儒敏、吴福辉、王超冰：《中国现代文学三十年》，上海文艺出版社1987年版，第586—587页；殷国明：《中国现代文学流派发展史》，广东高等教育出版社1989年版，第462—474页；严家炎：《中国现代小说流派史》，人民文学出版社1989年版。

2　赵顺宏：《论张爱玲小说的错位意识》，《华文文学》1990年第2期；潘学清：《张爱玲家园意识文化内涵分析》，《上海文论》1991年第2期；刘川鄂：《中国现代小说史上的张爱玲》，《中国现代文学丛刊》1991年第2期；吴福辉：（转下页）

1995年年初，出现了四部张爱玲传记：于青的《天才奇女张爱玲》、王一心的《惊世才女张爱玲》、阿川的《乱世才女张爱玲》与余斌的《张爱玲传》。[1]这四部传记可算是80年代至90年代中期大陆张爱玲研究的总结，至此，大陆有关张爱玲的研究完成了对其"经典性"的论证。三是1995年9月张爱玲的逝世，引起了社会的巨大关注。张爱玲在大陆越来越成为一种文化符号，并和商业操作日益结合，成为90年代特别显眼的一种文化现象。

而这个阶段的海外张爱玲研究，声势更为浩大，辐射面波及北美等地的华文文学的影响研究、分析和评价。上个阶段的一些重要研究者在这个阶段依然坚持对张爱玲的研究，如水晶1996年又出版了一本张爱玲的研究专著《张爱玲未完》[2]。同时，又有海外其他许多中国文学研究者加入了张爱玲研究的行列，如高全之、王德威、李欧梵、孟悦、周蕾、林幸谦、周芬伶、许子东等，使得这个阶段的张爱玲研究呈现出多彩多样的局面——女性主义、殖民主义、性别政治、精神分析、人类学、文化哲学、心理学……各种西方文学、文化理论纷纷登场，可谓异彩纷呈。特别是张爱玲去世之后，海外学者的回

（接上页）《海派小说都市主题研究》，《文学评论》1994年第1期；杨义：《论海派小说》，《中国现代文学丛刊》1987年第2期；于青：《论〈传奇〉》，《当代作家评论》1994年第3期；李继凯：《论张爱玲小说中的女性异化》，《中国现代文学研究丛刊》1994年第4期；刘思谦：《关于中国女性文学》，《文学评论》1993年第2期；刘思谦：《张爱玲：走出女性神话》，《首都师范大学学报》（社会科学版）1993年第3期；钱振纲：《婚恋现象的现代审视——论张爱玲小说的思想价值》，《北京师范大学学报》（社会科学版）1995年第2期；刘鸿音：《葱绿配桃红参差对照的艺术——张爱玲的〈传奇〉及其他》，《名作欣赏》1994年第5期；姚玳玫：《闯荡于古典与现代之间——张爱玲小说悖反现象研究》，《文艺研究》1992年第5期；范智红：《在"古老的记忆"与现代体验之间——沦陷时期的张爱玲及其小说艺术》，《文学评论》1993年第6期。

1　于青：《天才奇女张爱玲》，花山文艺出版社1992年版；王一心：《惊世才女张爱玲》，四川文艺出版社1992年版；阿川：《乱世才女张爱玲》，陕西人民出版社1993年版；余斌：《张爱玲传》，海南出版社1995年版。

2　水晶：《张爱玲未完》，台北大地出版社1996年版。

忆、纪念文章铺天盖地，张爱玲一些鲜为人知的史料被披露出来，对张爱玲的创作研究起到一定推动作用。特别值得一提的是，有关张爱玲的三次研讨会都是由海外华人学者发起、组织并在这个阶段举行的：一是1995年12月由台湾东海大学中国文学系主办的"张爱玲国际研讨会"，主要从"文学与历史之间""性别政治""后殖民与城市史""张爱玲与台湾文坛"四个主题深入解读张爱玲的经典作品；二是2000年11月由香港岭南大学中文系主办的"张爱玲与现代中文文学"国际学术研讨会，主要从"张爱玲研究的历史回顾""张爱玲的小说与电影""张爱玲在现代中文文学史上的地位与影响""张爱玲与我……"四个角度对"张学""张派"及张爱玲创作的跨文体发展做了研究与总结；三是2006年9月由香港浸会大学中文系主办的张爱玲逝世十周年纪念国际学术研讨会，分作家讲演、学者讲演及五场专题讨论，对张爱玲做了具体细致的研究。前两次研讨会后来分别出版了论文集《阅读张爱玲》和《再读张爱玲》，是迄今为止张爱玲研究成果较为集中的展示。[1] 需要注意的是，三次研讨会都有大陆学者受邀参加，尤其是第三次，与会大陆学者几乎占总人数的一半，这是这个阶段的张爱玲研究改变过去海内外"各自为政"的特点而呈现出海内外互动交流特征的重要体现。

如果说，在张爱玲研究的第一、第二阶段，海内外是各自为营、互不干涉的话，那么在第三阶段，海内外开始走向互动、交流、对话和融合，虽然早期不免对抗与冲突。这就是本章的研究目的所在：通过"比较"，于"不同"与"融合"中寻找海内外"张学"的话语交锋机制，尤其是海外华人学者的张爱玲研究相对于大陆学者的独特性——不同的入思视角、学术方法、思想立场等，亦即"张学"中所充蕴的海内外多重话语空间，由此观照海内外学者在共同面对20世纪

---

[1] 杨泽编：《阅读张爱玲》，广西师范大学出版社2003年版；刘绍铭、梁秉钧、许子东编：《再读张爱玲》。

中国文学这一对象时的交流、碰撞与整合问题,反思 20 世纪中国文学研究崭新格局的诞生。

第二节 意识形态对抗:文学与政治的矛盾

一、意识形态问题的必要性

从海内外比较的角度来看"张学",意识形态是一个不可回避,而且应该首先提出的问题。张爱玲及其创作在大陆的传播与接受,经历了较大的起伏——1949 年之后张氏作品在大陆的消失与 80 年代的重新出现,其中有着非常明显,甚至是异常激烈的意识形态对抗。

首先,是张爱玲 1952 年的离国及在此后 30 年大陆文学史中的湮没。就像柯灵所说,"'全国解放',在张爱玲看来,对她无疑是灾难"[1],政治意识形态的不见容于当时社会,是造成这一转折的最大原因。张爱玲本身的政治意识形态问题,就成了大陆在 1949 年之后很长时间之内对张评价的第一个问题。这个问题的提出多出自一些"事实",例如张氏的出身、发表作品的刊物的性质、在抗战时期参加的社会活动、与"文化汉奸"胡兰成的恋情等。由张爱玲本身的政治意识形态问题引申出来的,则是张作的思想内容问题。这个问题多来源于张作所表现出来的所谓拜金主义、享乐主义的小资产阶级价值观、人生观以及消极的人生态度。这是张爱玲及其创作本身存在的政治意识形态问题。

其次,是张爱玲于 20 世纪 80 年代在大陆的重新崛起,很大程度上得助于海外华人学者的极力推崇。而所谓"海外",就语境而言是一个地缘、文化概念,但在当时的社会语境中还是一个非常敏感的词语。实际上,这个与中国"大陆"相对的概念就是 1949 年新中国成

---

1 柯灵:《遥寄张爱玲》,《读书》1985 年第 4 期,第 100 页。

立之后才有的。更何况，作为"张学"主要阵营之一的"海外华人学者"，最大的扎营地就是美国，而其早期来自台港者居多，其中蕴含的意识形态冲突意味可想而知。因此，在大陆对张爱玲重新接受的过程中，海外华人学者本身的政治意识形态问题也自然而然地成了题中之义。

最后，以上所谓张爱玲及其创作的命运转折，是以大陆为场域的，因而张爱玲其人其作及海外华人学者的政治意识形态问题，又都是相对大陆的意识形态而言的。张爱玲研究的海内外主体都有意识形态问题。

由此可见，"张学"中的政治意识形态问题，是基于两个层面提出的：一是作为研究对象的张爱玲及其创作的政治意识形态问题，二是作为研究主体的海外华人学者与大陆学者的政治意识形态问题。正是因为研究对象和研究主体的多重意识形态叠嶂，"张学"中的意识形态问题才变得必要而敏感。

对海外华人学者来说，要改变张爱玲在中华人民共和国成立后30年大陆文学史中不见踪影的状况，就必须冲破大陆学界对她的意识形态封锁，而意识形态自然没有能被轻易冲破之理，因而海外华人学者在这个问题上所做的努力以及大陆对此的反应也就显得特别耐人寻味了。海内外学者在"张学"上的政治意识形态对抗，主要表现于80年代初大陆对张爱玲重新认识的早期，矛头主要指向第一个为张爱玲说话的夏志清《中国现代小说史》中有关张爱玲的论述。最大的"不满"主要集中于两点：一是夏著对《秧歌》和《赤地之恋》的好评，二是其对张爱玲的抬高与对鲁迅的相对"贬抑"。

二、《秧歌》与《赤地之恋》：意识形态的表层

（一）关于《秧歌》与《赤地之恋》

夏著对这两部作品的看法，比较集中地体现于下面一段文字中：

作为研究共产主义的小说来看,这两本书的成就,都非常了不起,因为它们巧妙地保存了传统小说对社会和自我平衡的关心。而且,更难得的是,这两本小说既没有滥用宣传口号,也没有为了方便意识形态的讨论而牺牲了现实的描写。那是西方反共小说的通病。……在他们后来写成的反共小说中,他们最关心的,不是小说的艺术,而是为共产党的罪恶作证。……张爱玲和他们恰巧相反。她不是研究共产主义的学者;共产主义之出现,令她大感意外。因此,在她的小说中,她是以人性而非辩证法的眼光去描写共产党的恐怖的。她的着眼点是:一个普通的人,怎样在一个完全陌生的制度下,无援无助地,去为着保存一点人与人之间的爱心和忠诚而挣扎的过程。[1]

由这段措辞相对缓和的文字,我们仍不难感觉到夏志清渗透其中的意识形态情绪。但是,我们也仍然可以看出夏氏为这两部作品所做的"辩解":它们不同于西方的反共小说,没有"滥用宣传口号",没有牺牲"现实的描写",关心的亦不是共产党的"罪恶",而是用人性的眼光去关心普通人"在一个完全陌生的制度下"的生存状况,是有着"小说的艺术"的。其主要思路是:首先否认这两部作品是反共小说,接着肯定它们的艺术成就。此后,海外华人学者对这个问题的看法也大多沿用这一思路,如龙应台认为:"它(《秧歌》,引者注)并不是一本'反共'小说,……《秧歌》的层面就从对一个政权的批评,提升到对制度的批评,更提升到对基本人性的批评。"[2] 又如陈芳明认为:"张爱玲的《秧歌》与《赤地之恋》,并非在反共文艺政策的指导下铸造出来的,而是她在1949年以后留在上海亲身经验的文学反映。她使用精确文学与反讽态度,忠实刻画了中国共产党解放后,上海乡

---

[1] 转引自刘锋杰:《想象张爱玲:关于张爱玲的阅读研究》,安徽教育出版社2004年版,第131—132页。

[2] 转引自刘锋杰:《想象张爱玲:关于张爱玲的阅读研究》,第135页。

下农民的生活实况。这两本书都在描写真正的人性,尤其在政治、经济条件特别困难的挑战中,人际关系是如何变得矛盾而扭曲。……正好对当时流行的反共文学构成了极为鲜明的讽刺。"[1] 在艺术方面,夏志清从《秧歌》中读到了人性内涵和"人生如戏"的意向结构,王德威则读到了饥饿、未消失的女性主体等张爱玲自己的风格。[2]

大陆对此的反应一开始自然是激烈的。柯灵的《遥寄张爱玲》作为大陆老一辈学者第一篇有关张爱玲的文章,虽然向远在大洋彼岸的张爱玲伸出了橄榄枝,但对《秧歌》和《赤地之恋》的态度依然是义正词严的:"我坦率地认为是坏作品,……并不因为这两部小说的政治倾向,……《秧歌》《赤地之恋》的致命伤在于虚假,描写的人、事、情、境,全都似是而非,文字也失去作者原有的美。……海外有些批评家把《秧歌》和《赤地之恋》赞得如一朵花,醉翁之意不在酒。——他们为小说暴露了'铁幕'后面的黑暗,如获至宝。"[3] 柯灵似乎避开意识形态而把评价这两部作品的标准指向了是否符合真实,同时又认为海外批评家对这两部作品的好评是基于意识形态偏见的。实际上,柯灵对"真实"的认识恐怕也还是难以脱离意识形态的苑囿的。重视意识形态而又有意避之,转而重点谈论小说艺术,成为海内外学人面对张爱玲《秧歌》《赤地之恋》相近的论述策略,这一点颇引人深思。而此后于青的《张爱玲传》显然深受柯灵影响,不仅明确指出"这是两部具有明显反共倾向的作品",还断言:"这两部书稿的写作和出版,应为张爱玲创作生涯的'滑铁卢'阶段。其主要原因是应召而作,命题作文。"[4] 严家炎也表达了相似的看法:"五十年代所写的《秧歌》《赤

---

1 陈芳明:《张爱玲与台湾》,收入陈子善编《作别张爱玲》,文汇出版社1996年版,第36—37页。原载台北《中国时报·人间》1995年9月10日。
2 刘再复:《张爱玲的小说与夏志清的〈中国现代小说史〉》,收入刘绍铭、梁秉钧、许子东编《再读张爱玲》,第47页。
3 柯灵:《遥寄张爱玲》,《读书》1995年第4期,第102页。
4 于青:《张爱玲传》,中国华侨出版社2003年版,第292—294页。

地之恋》等作品,不但内容上不真实,违背生活逻辑,而且艺术上也平淡无奇,失去光泽。"[1] 实际上,夏志清的《中国现代小说史》早在80年代初就引起了大陆学者的注意,丁尔纲的《评夏志清著〈中国现代小说史〉》就认为夏志清的政治偏见和艺术偏爱导致了他在评论作家作品时的褒贬失度,而"夏氏之所以抬高张爱玲,关键在于她的反共倾向"。[2] 在2000年的"张爱玲与现代中文文学"国际研讨会上,刘再复的发言依然表达了同样的观点:"无论是《秧歌》还是《赤地之恋》,都是在经济的压力下写就的'遵命文学'。……不得不与当时美国的反共意识形态相通。……其反共的动机与立场,非常明显。"[3] 虽然亦有年轻学者对这两部作品的态度有所改观,如余斌在《张爱玲传》中就认为:"《秧歌》自然已是一部近乎完美的作品,即如《赤地之恋》,虽有种种可挑剔之处,至少也显示了她准确把握时代气氛的能力以及驾驭'尖端'题材的一种可能性。"[4] 费勇在其所著《张爱玲传奇》中进一步肯定了张爱玲的"作家的立场,或者说,是文学的、人道的立场",并特别指出《秧歌》因为"从一个独特的角度表现一场震惊世界的大革命",而"即便对于20世纪中国文学史而言,也是宝贵的收获"。[5] 但是,我们可以看到,大陆关于这两部作品的看法总体上还是将之归于"具有反共倾向的作品"。这一观点的立论基础大多是:一、"应召之作"导致的作家创作自主性的缺失;二、作家没有亲身经验而导致的与事实相违背的虚假;三、海外批评家视大陆为"铁幕"而导致的意识形态偏见。

1　严家炎:《张爱玲和新感觉派小说》,《中国现代文学研究丛刊》1989年第4期,第139页。
2　丁尔纲:《评夏志清著〈中国现代小说史〉》,《鲁迅研究月刊》1983年第7期,第12页。
3　刘再复:《张爱玲的小说与夏志清的〈中国现代小说史〉》,收入刘绍铭、梁秉钧、许子东编《再读张爱玲》,第47页。
4　余斌:《张爱玲传》,广西师范大学出版社2001年版,第319页。
5　费勇:《张爱玲传奇》,广东人民出版社1996年版,第239—240页。

作为对立方的海外华人学者对这三个立论基础自然也有其说法："应召之作"正好可以看出"在文化帝国的宰制下，她如何突破言论限制，凸显个人的艺术主张"[1]；亲身经验并非创作的唯一源泉，何况张爱玲写《秧歌》前还曾在乡下住了三四个月[2]；大陆对张爱玲的封锁本身就是意识形态偏见所致。

围绕张爱玲及其创作中的意识形态问题，海内外各执一端。在"张学"中（至少在早期），海内外意识形态的隔阂是客观存在的，但问题又不只是意识形态的苑囿这么简单。对比双方，我们可以发现一个非常有趣的现象，即大陆在应对海外华人学者"以艺术成就来对抗意识形态"的论辩策略时所表现出来的迂回和婉转：对上面所讨论的两部作品，大陆总体上的看法是将其归入"具有反共倾向的小说"，而对张爱玲本身的意识形态问题却又似乎"网开一面"，从而出现了在论及张胡之恋时，"张爱玲的政治态度虽不是很积极明朗，但至少是清白"[3]的这样颇具感情色彩而又自相矛盾的说法，甚至极力在中华人民共和国成立初期张爱玲创作的两部作品《十八春》和《小艾》中寻求"救赎"张爱玲的途径。大陆学者在重新接受张爱玲过程中的犹豫由此可见一斑：一方面，从文学的角度来说，张爱玲创作的艺术魅力具有不可抗拒的吸引力；另一方面，从政治的角度来说，张爱玲的政治"污点"又是一块"心病"。相对大陆学者这种欲迎还拒的心态，海外华人学者虽然也难免存在意识形态偏见，但是其"艺术"策略则显得干净利落有力得多。因而，"张学"中的这场意识形态"战争"，总体情形应该是这样的：对海外来说，是在与研究对象意识形态契合基础上的艺术攻略；对大陆来说，则是在艺术认可掩隐下的意识形态

1　周芬伶：《艳异：张爱玲与中国文学》，中国华侨出版社2003年版，第97页。
2　殷允芃：《访张爱玲女士》，原载所著《中国人的光辉及其他》，台北志文出版社1977年版。此处引自陈子善编《私语张爱玲》，浙江文艺出版社1996年版，第118页。
3　于青：《张爱玲传》，第261页。

松动。

于是，从中我们看到了"文学"与"政治"这对在中国现代文学中渊源极深的"冤家"。

本来，对于批评家个人来说，在政治上有所选择无可非议；但是，对批评活动来说，渗入个人的意识形态立场却是一个非同小可的问题。这关乎文学史写作、文学学科以及文学本身的独立性问题。20世纪中国文学中文学与政治的复杂关系集中而突出地表现在文学史写作中。

（二）文学史写作中的政治标准

从中国大陆"现代文学史"中的张爱玲写作，我们可以窥见20世纪中国文学中文学与政治复杂关系的一隅。

以张爱玲在20世纪40年代上海的"走红"程度，要在中国现代文学史中占据一个重要位置，应该是没有困难的。但是，中华人民共和国成立后的第一本现代文学史——王瑶的《中国新文学史稿》里没有张爱玲的名字。[1] 这种情形一直维持了30年，大陆的各式文学史里张爱玲的名字始终没有出现，直到1984年黄修己的《中国现代文学简史》。黄著文学史以几乎一页的篇幅介绍张爱玲，是大陆出版的现代文学史著作中最早有关张爱玲的描述。紧接着，1987年钱理群等编著的《中国现代文学三十年》也收进了张爱玲；到今天，几乎每一本现代文学史或小说史都会谈到张爱玲，张爱玲成为不可或缺的重要作家。这是张爱玲在中国大陆现代文学史中地位的变化情况，我们再来看其在中国大陆现代文学史中的形象变化。

黄修己在《中国现代文学简史》中，首先提出张爱玲的小说"多围绕恋爱、婚姻表现城市中的上层人物"，同时指出张作"多了点市井俗气，格调也不高"；关于技巧，只是寥寥数语："用的是传统手法，很善于在平常生活中细腻地描画人物心理"；最后，结束时还不忘加上"当

---

[1] 王瑶：《中国新文学史稿》（上），开明书店1951年版。

人民革命风暴来到后,她的思想将趋向反动"。这是早期文学史中张爱玲论述的基本模式:主要以作品的内容思想为评述对象,大体上以政治作为评论标准。于是,在很长时间以内,张爱玲的创作在中国大陆文学史中是以一种负面的形式进行描述的,"黑暗""畸形""病态""变态"等字眼经常被用来描述张爱玲小说中的中国社会和人物。

后来,越来越多的文学史家愿意肯定张爱玲小说主题上的积极意义。例如认为她"暴露金钱对人性的异化""展示上流社会人物灵魂的丑恶"[1],"揭露商业社会下疯狂的金钱欲望对于人性的严重损折"[2]等。但是,这样的评论视角其实仍然停留在过去以作品思想内容为评述对象的批评思维模式中,虽然不再是单一的政治标准,但仍然强调作品对社会人生的积极作用。直至近30年,艺术技巧的讨论才被放到一个重要的位置。

张爱玲在中国大陆现代文学史中的变化——从缺席到出现,从负面评述到正面挖掘,从思想内容评论到艺术技巧探讨,反映了中国现代文学史写作机制的变化。而造成这种变化的,正是中国现代文学中文学与政治关系的复杂变化。

中国大陆的文学史写作,从其产生之初就与教育有很大关系,而爱国主义恰好是近代国家学校教育的一个核心观念,于是中国大陆文学史写作便不可避免地与国家政权建构有关,而自"五四"以来,中国现代文学的发展跟中国共产党从成立到新中国成立的历程几乎是同步的,现代文学也就成为左翼作家为建党建国做积极贡献的工具。于是,在新中国成立之后,要求在新文学史课程中强调文学与政治的关系,以无产阶级思想为文学史写作的指导思想,也就成了顺理成章的事情。在中华人民共和国第一次文代会上,周扬宣布新文艺的方向就

---

1 易新鼎:《二十世纪中国小说发展史》,首都师范大学出版社1997年版,第425页。
2 金钦俊、王剑丛、邓国伟:《中华新文学史》(上卷),广东高等教育出版社1998年版,第224页。

是《在延安文艺座谈会上的讲话》所规定的人民的方向,在今后的文艺工作中,必须坚持文艺为人民服务,首先是为工农兵服务的延安传统。具体表现在文学史写作中,就是以政治为标准来评论作家作品,注重思想内容上的政治倾向。这样,张爱玲之缺席于新中国成立初期30年的中国文学史,及其文学史描述中的负面评述,也就不难理解了。

80年代以后,中国社会环境有所变化,学界也开始有所变动,在文学研究方面比较突出的表现就是对一大批遭受批评的作家进行"改正式"重评。张爱玲正是在这个时候走进大陆学者视野的,也由此"挤进"了钱理群等编著的《中国现代文学三十年》,而钱理群也是提出"20世纪中国文学"概念的学者之一。稍后的"重写文学史"运动矛头直指左翼文学、解放区文学以及新中国成立后的"十七年文学",其得以展开的基本前提就是文学与政治的二元对立,努力的目标也无疑首先是走出过去文学史写作中的政治标准限制,换言之,即要建立"文学标准"。张爱玲在中国现代文学史中的正面价值的挖掘及其艺术技巧的讨论正是"文学标准"建立的要求。

因而,海外华人学者在意识形态契合基础上对张的艺术价值的发掘成为大陆参照、借鉴的一面镜子,大陆本身突破政治标准、建立文学标准的内部要求则是张爱玲真正在大陆文学史中站稳脚跟的根本原因。

然而,我们仍然不可忽视长期以来政治标准在中国文学史写作中的决定性作用这一状况。一个必然的追问是:大陆学者何以如此顺理成章、"心安理得"地接受这个标准?这个问题恐怕要追寻到中国文学传统的深层。而"张学"中关于张爱玲与鲁迅的比较正好体现了海内外学者在这方面的思考。

三、张爱玲与鲁迅:文学传统的深层

(一)关于张爱玲与鲁迅

夏志清的《中国现代小说史》里关于张爱玲与鲁迅的对比,最明

显不过的是两者各占的篇幅：张爱玲一章有 42 页，而鲁迅一章则只有 26 页（指英文版），这反映了夏志清对张爱玲的重视超出鲁迅。不仅如此，他还对鲁迅的"殊荣"地位给予定性：这种殊荣当年是中国共产党的制造品。这些对大陆文学史既定的"鲁迅第一"秩序无疑是一个极大的冲击。另外，夏志清还在该书中对鲁迅的《阿Q正传》表达了诸多批评，例如"结构很机械，格调也近似插科打诨"，从而"就它的艺术价值而论，这篇小说显然受到过誉"。[1]

其实，"张学"中的张、鲁比较话题，在 1949 年前的张爱玲评论中就已经出现。胡兰成在其《论张爱玲》一文中从个人主义的角度，第一个将张爱玲与鲁迅相提并论："鲁迅之后有她。她是个伟大的寻求者。和鲁迅不同的地方是，鲁迅经过几十年来的几次革命和反动，他的寻求是战场上受伤的斗士的凄厉的呼唤，张爱玲则是一株新生的苗"；"鲁迅是尖锐地面对着政治的，所以讽刺、谴责。张爱玲不这样，到了她手上，文学从政治走回人间，因而也成为更亲切的"。[2] 胡兰成触及了鲁、张两人在 20 世纪中国文学史上前后相继而又有所不同的特点。与胡文差不多同期发表的傅雷的《论张爱玲的小说》则从艺术的角度认为《金锁记》"颇有《狂人日记》中某些故事的风味"。[3] 这些论述为后世"张学"留下了话语空间。所以，虽然夏志清并没有在其书中直接将张爱玲和鲁迅相提并论并给两者评定优劣，但是敏感的大陆学者还是从中"嗅"出了张爱玲对鲁迅文学史地位的冲击，从而为捍卫鲁迅的文学史地位而与海外华人学者展开了"论战"。最突出的表现莫过于 2000 年在香港举行的"张爱玲与现代中文文学"国际研讨会上，刘再复与夏志清针对张爱玲的"夭折"与鲁迅的"失

---

1 夏志清：《中国现代小说史》，刘绍铭等译，第 29 页。
2 胡兰成：《论张爱玲》，收入陈子善编《张爱玲的风气：1949 年前的张爱玲评说》，第 30 页。
3 迅雨（傅雷）：《论张爱玲的小说》，收入陈子善编《张爱玲的风气：1949 年前的张爱玲评说》，第 9 页。

败"而引发的激烈辩论。

在这次会议上,刘再复首先发言称:"这两位文学家,一个把天才贯彻到底,这是鲁迅;一个却未把天才贯彻到底,这是张爱玲。而天才只有具备彻底性,才最具光辉。"[1]而张爱玲之所以没能把其天才贯彻到底,是因为她在后期的创作中转向政治而抛弃了自身的审美特点。这番言论引来了夏志清的激烈反对,"张爱玲是个天才,但是她与鲁迅相反。如果张爱玲的天才是夭折了(is a failure),那鲁迅更加失败(is more of a failure)",原因在于张爱玲写《秧歌》是"基于人文立场,为了正义和同情",而鲁迅后期转向左翼则是对政治的妥协。[2]表面上看,两人争论的焦点在于张、鲁两人后期创作与其政治"转向"的关系,但还是批评家的意识形态倾向在起作用。但是,问题似乎并没有这么简单。

我们再来看刘再复关于张、鲁的比较:"20世纪中国文学史上真正有绝望感的作家只有两个人,一是鲁迅,一是张爱玲。鲁迅虽然绝望,但他反抗绝望,因此,总的风格表现为感愤;而张爱玲感到绝望却陷入绝望,因此风格上表现为苍凉。鲁迅看透人生,但又直面人生,努力与人生肉搏,因此形成男性的悲壮;张爱玲看透人生,却没有力量面对人生,结果总是逃避到世俗的细节里,从而形成特殊的女性语言。……鲁迅的精神内涵显然比张爱玲的精神内涵更为深广,而且深广得很多很多。"[3]他还进一步指出:"这里有一个文学批评的价值尺度问题。衡量一部作品的价值,不仅要看其文字功夫,而且要看其精神内涵与灵魂深

---

[1] 刘再复:《张爱玲的小说与夏志清的〈中国现代小说史〉》,收入刘绍铭、梁秉钧、许子东编《再读张爱玲》,第40页。

[2] 夏志清:《讲评:张爱玲与鲁迅及其他》,收入刘绍铭、梁秉钧、许子东编《再读张爱玲》,第62页。

[3] 刘再复:《张爱玲的小说与夏志清的〈中国现代小说史〉》,收入刘绍铭、梁秉钧、许子东编《再读张爱玲》,第40页。

度。"¹ 夏志清对此的回应颇耐人寻味："刚才刘先生说男性鲁迅看上去比张爱玲高，好像男性总比女性高一点，……而张爱玲从来不想做'男人'，她总是坚持女性角色。坚持女性角色使她缺乏英雄气，有点'难为情'。作为女性就应该低声下气吗？"² 在这里，我们可以看出三个问题：一是在文学批评的价值尺度中，精神内涵和文字功夫，孰重孰轻；二是对所谓精神内涵和灵魂深度，有什么样的评价标准；三是男女性别政治问题。这里的精神内涵与文字功夫、男女性别政治问题，在下一节讨论意识与技巧的关系问题时将重点论述。在此，与文学和政治问题相关的是海内外学者对所谓精神内涵和灵魂深度的理解。

刘再复的观点在大陆是非常有代表性的。同一会议上的大陆作家王安忆表达了同样的观点：张爱玲"略一眺望到人生的虚无，便回缩到俗世之中，而终于放过了人生的更宽阔和深厚的蕴含。……我更加尊敬现实主义的鲁迅，因为他是从现实的步骤上，结结实实地走来，所以，他就有了走向虚无的立足点，也有了勇敢"。³ 而早在1996年，大陆学者费勇就指出："鲁迅是一位能够承担'伟大'两字的作家。……张爱玲是一位创造了一种独特风格的优秀作家。仅此而已。"⁴ 所谓的精神内涵和灵魂深度是什么？如刘再复、王安忆等所言，在鲁迅的创作中为"国民性"批判及其对社会人生的积极态度，在张爱玲则是对国家民族的无担当以及消极的人生态度，而两者是不在同一个层次的。

20世纪90年代中期中国大陆曾经刮起"重评20世纪文学大师"的活动，鲁迅和张爱玲就是其中的主角。1994年，王一川以"文学大

1　刘再复：《张爱玲的小说与夏志清〈中国现代小说史〉》，收入刘绍铭、梁秉钧、许子东编《再读张爱玲》，第51页。
2　夏志清：《讲评：张爱玲与鲁迅及其他》，收入刘绍铭、梁秉钧、许子东编《再读张爱玲》，第64页。
3　王安忆：《世俗的张爱玲》，收入刘绍铭、梁秉钧、许子东编《再读张爱玲》，第310页。
4　费勇：《张爱玲传奇》，第105页。

师"为目标主编《20世纪中国文学大师文库》,其小说卷排出的九位文学大师分别是:鲁迅、沈从文、巴金、金庸、老舍、郁达夫、王蒙、张爱玲和贾平凹,由此引起强烈反响。[1] 王一川在《我选二十世纪中国小说大师》中指出:评选标准的"基本着眼点将不应再是作者的政治身份、态度或倾向在其文学作品中的折光,而是他创造的文本本身的审美价值",具体而言有四条:"首先,作为以现代汉语为写作工具的作者,他应当在这种语言的运用上做出了与众不同的独特贡献。其次,他应当在文体(体裁、叙事、抒情、风格等)创造上作出卓越建树。再次,他应当使语言和文体方面的独特建树服从于表现深广而独特的精神含蕴……最后,如果可能的话,他应当提供形而上意味的独特建构。"由此可见,此次"重评大师"活动标举的是包括语言、问题、精神含蕴、哲学意味四个方面的文学审美标准,并且语言和文体的使用是必须服从于精神含蕴的表现的。在这一标准之下,"鲁迅仍是当之无愧的20世纪小说大师,而且是迄今无人能比拟的第一大师。唯有鲁迅小说才能把20世纪中国文化的病症揭示得如此深刻、传神、令人震撼,具有'永久的魅力'",张爱玲则以"伴随冷月意象而对男女悲剧的性本能一无意识渊源的深刻挖掘"占据第八名的位置。[2] 张爱玲在此次活动中取得的位置反映了其在大陆学界地位的提升,但仍然无法撼动鲁迅的"第一"地位。原因何在?可以说,这次"重评大师"活动是80年代"重写文学史"运动的余绪,由王一川对张、鲁两人的分析,我们可以看出政治标准的退位,但作为文学标准之一的精神内涵的深浅标准仍然是大陆文学批评的重要指标。

(二)文学传统中的感时忧国情结

刘锋杰在《想象张爱玲:关于张爱玲的阅读研究》中把《阿Q正

1　王一川等编:《20世纪中国文学大师文库》(四卷),海南出版社1994年版。
2　王一川:《我选二十世纪中国小说大师》,《文学自由谈》1994年第4期。

传》《金锁记》《边城》并列比较，认为《阿Q正传》是"最理性最社会化的作品"，《金锁记》则是"最深刻最艺术化的作品"，而之所以有这样的区别，主要原因在于前者因为揭露中国"国民性"问题而具有很大的社会普遍性，而后者因为其人性内涵在中国的社会普遍性稍逊于前者而影响自然不及前者。[1] 换言之，鲁迅创作的精神内核是"国民性"，张爱玲创作的精神内核是人性，而"国民性"和人性在中国受关注程度不一样。其实在前文所论及的意识形态问题中，海外华人学者就是以对人性的深入体察为张爱玲创作的艺术成就之一来对抗大陆的意识形态标准的。在这里，我们看到海内外对所谓精神内涵的理解是有分歧的。

关于"国民性"这个大陆学界习以为常的问题，海外华人学者刘禾曾经质疑。她通过梳理"国民性"理论来自西方传教士而又在中国新文化运动中得到重视，尤其在鲁迅身上体现为以文学拯救民族灵魂的实践过程，分析《阿Q正传》的叙述观点中隐含着的对"国民性"理论本身的颠覆，提出了对话语实践的疑问。[2] 这篇文章的写作目的虽然不在于直接颠覆中国学界对"国民性"的"信仰"本身，但是触及了中国近代以来由鲁迅影响而形成的中国知识分子"经由文学改造中国国民性"的集体情结，以及被"国民性"理论牢牢钳制住的大多数中国读者和批评家。许子东也曾表达过类似的看法："新文学之'幸'与'不幸'，都在于20世纪整个中国社会文化的变革，居然由两篇讨论文章写法的短文所引起。"[3] 这里涉及的就是中国新文学的强大社会功能。正是因为中国新文学的强大社会参与功能，当国家民族面临重大变革时，文学便有可能与国家政权建设、阶级斗争、思想革命联系起

1　刘锋杰：《想象张爱玲：关于张爱玲的阅读研究》，第138—140页。

2　刘禾：《国民性理论质疑》，收入其所著《语际书写：现代思想史写作批判纲要》，第65—104页。

3　许子东：《中国现当代文学发展的若干线索》，收入其所著《呐喊与流言》，上海文艺出版社2004年版，第1页。

来。由此我们就不难理解左翼文学传统的产生，也不难理解中国作家及批评家对政治的热心参与。

夏志清在《现代中国文学感时忧国的精神》中讨论中西文学对人的关注时，也认为中国作家特别关注现实。他分析说，中国现代作家关注中国问题，表面上也是关注人的精神病况，但却将之视为中国特有的现象而流为一种狭窄的爱国主义；而张爱玲与一般的中国现代作家的不同之处就在于，她对中国人的关心，超越中国而上升到对人在现代社会中的生存状况的思考高度。[1]

海外华人学者对"国民性"的质疑、对中国现代文学强大社会功能及感时忧国传统的反思，可以说是深入了中国现代文学传统的深层而揭示了其本质和关键问题——在中国现代文学中，正是感时忧国精神导致其强大的社会参与功能以及对"国民性"的极大关注，进一步发展，则是文学与政治的密切联姻以及左翼文学的产生。海外华人学者在此显示了其独具的深度。于是，我们就可以理解，海外华人学者所倡导的文学人性内涵，并非简单地针对左翼文学传统的阶级论，而是指向中国现代文学的强大社会功能及其感时忧国传统。由此看来，在海内外"张学"的意识形态对抗中，关于《秧歌》和《赤地之恋》的争论实际上只是文学与政治复杂关系在意识形态表层的体现，其深层原因，则可以通过在关于张爱玲与鲁迅的争论中引出的中国现代文学的强大社会功能及其感时忧国情结得到解释。

当然，无论文学与政治还是文学与社会，都属于文学的外部研究，因而，"张学"中的意识形态对抗，可以说是海内外学者在文学的外围所进行的第一轮对话。同时，这一轮对话也引发了更深层次的文学内部研究话题，即对文学艺术技巧的研究。

---

[1] 夏志清：《现代中国文学感时忧国的精神》，收入所著《中国现代小说史》，刘绍铭等译，第359页。

第三节　文学观念冲突：意识与技巧的争执

一、文学观念问题的重要性

在"张学"中，海内外学者的冲突首先表现在批评活动中意识形态情绪的对抗上，但是，最主要的问题并不在此。海内外批评最大的对话基础和最大的分歧，都在于文学观念上。一方面，在上述所讨论的意识形态对抗中，假如没有双方对文学性的一定程度的认同，没有大陆对自身文学研究中政治标准的反思以及建立文学标准的努力，就不会存在对张爱玲及其创作的共同欣赏和兴趣，也就不会产生在这个对象上的意识形态对抗。另一方面，基于中国大陆文学传统对文学社会功能的重视以及海外华人学者在一定程度上对这一传统的有意疏离，海内外学者在文学观念上其实存在着巨大的分歧，从而在批评活动中表现出不同的批评理念和批评方法。最直接和最主要的表现便是双方在意识与技巧的关系这一文学范畴内的基本问题上的"争执"。

其实，意识与技巧的关系问题早在傅雷的评张文章中就凸显了。准确地说，是张爱玲的创作引发了傅雷对中国新文学以来意识与技巧问题的思考，直接导致这位一向专心于翻译的学者写出这么一篇在"张学"中举足轻重的评论文章。在《论张爱玲的小说》中，傅雷一开始便开宗明义地把矛头指向了"五四"以后中国文学重意识而轻技巧的问题："我们的作家一向对技巧抱着鄙夷的态度。'五四'以后，消耗了无数笔墨的是关于主义的论战。仿佛一有准确的意识就能立地成佛似的，区区艺术更是不成问题。"[1] 接着表明自己的观点："哪一种主义也好，倘没有深刻的人生观、真实的生活体验、迅速而犀利的观察、熟练的文字技能、活泼丰富的想象，决不能产生一件像样的

---

[1] 迅雨（傅雷）：《论张爱玲的小说》，收入陈子善编《张爱玲的风气：1949年前的张爱玲评说》，第3页。

作品。"[1]他进一步说,"瞧瞧我们的新作家为它们填补了多少",亦即张爱玲在这个问题上对新文学"主张缺陷"的弥补作用。在这里,张爱玲的创作技巧被首先挖掘并得到了重视,如结构、色彩、节奏的成就,利用暗示把动作、言语、心理三者打成一片的心理分析法,电影手法,以及新旧文字糅合、新旧意境交错的风格。但是,从傅雷对张爱玲几篇作品的不同评价来看——《金锁记》因为意识和技巧的完美结合而被誉为"我们文坛最美的收获之一",《倾城之恋》因为"华彩胜过了骨干"而显肤浅,《连环套》则因为内容的贫乏而被批为"恶俗"——他虽对新文学重意识而轻技巧的弊病有了相对同时代人比较清醒的认识,但仍然认为技巧是应该为意识服务的,首先还是要重视意识,因而技巧是与意识分开的,并且处于次要地位。且看其更为明确的说法:"这巧妙的技术,本身不过是一种迷人的奢侈;倘使不把它当作完成主题的手段(如《金锁记》中的这些技术的作用),那么,充其量也只能制造一些小古董。"[2]应该说,傅雷的这种观点在当时是具有一定代表性的,而这种文学观念的根源,在于中国文学传统中文学的强大社会功能。

相对而言,海外华人学者则较为重视技巧的作用。夏志清在《张爱玲的短篇小说》中首先阐述了张爱玲对色彩、嗅觉、音乐的敏感之后指出,"她小说里意象的丰富,在中国现代小说家中可以说是首屈一指","她在她的丰富的意象里面,把优美和丑恶、不变的物质和可变的人生,都随时作巧妙的对比",然后才具体讨论《金锁记》等小说中的意识内涵。[3]以研究张爱玲的艺术技巧著称的水晶,更是几乎具体到张氏的每篇作品而谈其意象、象征、隐喻、结构等。

---

1 迅雨(傅雷):《论张爱玲的小说》,收入陈子善编《张爱玲的风气:1949年前的张爱玲评说》,第4页。
2 迅雨(傅雷):《论张爱玲的小说》,收入陈子善编《张爱玲的风气:1949年前的张爱玲评说》,第14页。
3 夏志清:《中国现代小说史》,刘绍铭等译,第259页。

总的来说，关于意识与技巧的关系问题，在大陆的文学观念中，两者是有主次、先后之分的，尤以意识为主；而海外华人学者在这个问题上似乎没有分得这么清楚，甚至重视技巧甚于意识。这种文学观念的分歧比较明显地表现在关于张爱玲的女性写作的讨论中。

二、女性写作与性别政治

在傅文发表后，张爱玲曾写过一篇《自己的文章》，对傅雷的批评做了委婉的辩解："我发现弄文学的人向来是重视人生飞扬的一面，而忽视人生安稳的一面。其实，后者正是前者的底子"，"人生安稳的一面则有着永恒的意味。……它存在于一切时代。它是人的神性，也可以说是妇人性"。[1] 所以，她喜欢"参差的对照的写法"，不喜欢采取善与恶、灵与肉的斩钉截铁的冲突那种古典的写法。仔细琢磨双方的观点，我们可发现，傅雷代表的是"五四"以来的男性主流文学观，而张爱玲虽然没有明确提出她的女性创作观，但她其实坚持了自己创作中的女性特质。傅、张两人关于意识与技巧的"争执"，在一定程度上其实就是男性主流文学观与女性文学创作观念的冲突。另外，在前述刘再复和夏志清关于张爱玲与鲁迅的争执中，我们归纳出了三个问题之二——精神内涵与文字功夫问题、男女性别政治问题，精神内涵与文字功夫问题其实和男女性别政治问题密切相关。可见，就张爱玲这个研究对象来说，海内外学者关于意识与技巧问题的探讨必须与其女性写作联系在一起。

（一）女性意识与大陆的"补充""纳入"说

张爱玲作为女作家的女性写作，从一开始就进入了批评家的视野。女性文学史家谭正璧1944年就发表了《论苏青与张爱玲》一文，把张

---

[1] 张爱玲：《自己的文章》，收入金宏达、于青编《张爱玲文集》（第四卷），安徽文艺出版社1992年版，第176页。

爱玲与同时代的另一位女作家苏青作比较，认为："在重视意识过于技巧的批评家的笔下，苏青却高过于张爱玲。我们如果把两者同样重视，那么张爱玲在技巧方面始终下着极深的功夫，而苏青却单凭着她天生的聪明来吐出别的女性所不敢吐露的惊人豪语，对于技巧似乎从来不去十分注意。就文艺来论文艺，两个人的高下应该从这地方来判分和决定。"[1] 可见谭正璧多少受了傅雷的影响，从女性写作的角度，在与苏青比较时，他同样肯定了张爱玲的创作技巧。技巧在这里相对意识而言占了上风。但是，在这段文字之前的文章开头，谭正璧还有这样的一段话："不过在同样的倾向里，我们读了以前冯沅君、谢冰莹、黄白薇诸家的作品再来读这两位的，便生出了后来者何以不能居上的疑问。因为前者都向着全面的压抑作反抗，后者仅仅为了争取属于人性的一部分——情欲——的自由；前者是社会大众的呼声，后者只喊出了就在个人也仅是偏方面的苦闷。"[2] 在把张、苏两人同稍前时代的女作家相比时，谭正璧采取的是意识标准，而且此"意识"还有全面与片面、社会与个人之分。这两段话有着明显的矛盾。但是从全文来看，这种矛盾是不难理解的，因为谭正璧对苏青之女性经验的直白表达不满。女性经验在苏青那里是作为意识直接地喊出来的，在注重技巧的张爱玲面前暴露了其"直言谈相"的肉麻，于是在仅仅对比这两位女作家的时候，谭正璧自然而然地倾向了张爱玲的技巧。然而，在把这两位女作家与其他女作家作比较时，谭又不自觉地暴露了其"意识第一"的批评潜意识。在这里，我们又一次见识到了"意识第一"这一文学观念在中国大陆批评家思想里的根深蒂固。这种根深蒂固，即便在他们已经认识到这一问题并试图有意识地去纠正时仍会在某些环节不小心露出端倪。不过，从谭正璧的评张，我们仍然可以得出大陆"张学"

1　谭正璧：《论苏青与张爱玲》，收入陈子善编《张爱玲的风气：1949 年前的张爱玲评说》，第 42 页。
2　谭正璧：《论苏青及张爱玲》，收入陈子善编《张爱玲的风气：1949 年前的张爱玲评说》，第 41 页。

关于张爱玲女性写作研究的一些线索：一是张爱玲创作中的女性意识在被拿来跟中国新文学以来的"女性主义"文学作比较时，其独特意义在一定程度上被凸显；二是张爱玲的创作技巧在女性写作研究中受到了重视，但是没有被明确地与女性意识联系起来。

关于第一点，谭正璧在意识内涵方面承袭"五四"以来的感时忧国、社会参与传统，对张爱玲创作中片面的、个人的女性意识并不特别认同，但是，在80年代后期以来大陆对张爱玲的重新接受中，这一方面有了一定的改进，从而对张爱玲女性写作中女性意识的独特意义有了一定程度的发掘。钱荫愉在其发表于1987年的《丁玲与张爱玲：一个时代的升腾飞扬与苍凉坠落》一文中认为，"丁玲以莎菲为代表的早期小说中的女性，都是响当当的'第一性'，是一些'倔强的人'"，而张爱玲"笔下的女子则是道地'第二性'的弱者"，她"淋漓尽致地表现出这些女人人性中的弱点是导致她们命运悲剧的深层原因"，从而得出结论："如果说张爱玲是女性世界的深刻剖析者，那么丁玲则是彻底的批判者。四十年代中国女性的心理情感结构，由于丁玲和张爱玲的描述凸现得完整、立体而富于历史感和文化感"。[1] 在此，张爱玲被作为女性弱者及女性内省意识的代表、新文学女性反抗外部世界的反面而被纳入中国新文学女性书写的传统中。此后于青关于张爱玲创作中的女奴原罪意识的论述也大致沿袭了这一思路。[2] 可见，大陆关于张爱玲的女性意识的讨论，致力于发掘其中的独特意义和补充作用而将其纳入中国女性文学传统。

而孟悦和戴锦华合著的《浮出历史地表——现代妇女文学研究》，作为中国大陆第一部系统运用女性主义立场研究中国现代女性文学史的专著，在前言中通过追溯中国文学中的两类女性形象——作为社会苦难

---

1 钱荫愉：《丁玲与张爱玲：一个时代的升腾飞扬与苍凉坠落》，《贵州民族学院学报》（社会科学版）1987年第2期。

2 于青：《女奴时代的谢幕——张爱玲〈传奇〉思想论》，《安徽教育学院学报》（社会科学版）1991年第2期。

见证的旧女性与作为上升、上进的新生阶级代表的新女性——指出这一新文化女性观实质上是"五四"男性的女性观：只谈男女平等而不谈性别差异，抹杀了真正的女性话语，从而提出对女性写作中女性自己的视点、立场及审美观物方式的重视。[1]这一观点的提出对大陆女性文学研究有重要影响，可以说是开中国现代文学女性性别政治研究之先河；而该书使用精神分析、结构主义和后结构主义理论，以及理论切入、文本分析和历史描述有机融合的方法，对海内外的中国女性文学研究都有很大影响，其影响甚至波及海外华人学者：林幸谦研究张爱玲女性写作的力作《荒野中的女体：张爱玲女性主义批评Ⅰ》《女性主体的祭奠：张爱玲女性主义批评Ⅱ》提出的女性"闺阁政治论述"观点，应该说与孟、戴两人"女性自己的视点、立场及审美观物方式"观点如出一辙，在研究方法上也是心理分析和结构主义、后结构主义的结合；周芬伶对张爱玲放弃女儿、妻子和国民身份的分析与孟悦的张爱玲异乡人理论应该也有一定关系。[2]因而，这本出自大陆学者之手的女性文学研究专著堪称中国女性批评和理论话语"浮出历史地表"的标志性著作。

因此，关于张爱玲的女性意识，海内外的批评应该说是相互影响、相得益彰的。海外较早指出张爱玲小说中的女性意识的是高全之，他于1973年就指出"张爱玲短篇小说——乃至张爱玲世界——的最大关切：在急遽变动的以男性为中心的中国社会里，中国女性的地位与自处之道"[3]；大陆在80年代开始重新认识张爱玲之后，她的女性意识也很快成为研究热点之一，及至80年代末孟悦和戴锦华合著的《浮出历史地

---

[1] 孟悦、戴锦华：《浮出历史地表——现代妇女文学研究》，河南人民出版社1989年版。

[2] 林幸谦：《荒野中的女体：张爱玲女性主义批评Ⅰ》，广西师范大学出版社2003年版；林幸谦：《女性主体的祭奠：张爱玲女性主义批评Ⅱ》，广西师范大学出版社2003年版；周芬伶：《艳异：张爱玲与中国文学》，中国华侨出版社2003年版。

[3] 高全之：《张爱玲的女性本位》，原载台湾《幼狮文艺》1973年8月38卷2期。此处引自金宏达主编《回望张爱玲·华丽影沉》，文化艺术出版社2003年版，第165页。

表——现代妇女文学研究》出版，也影响了海外对中国女性文学的研究。可以说，在张爱玲的女性意识研究方面，大陆是后来居上的。大陆在女性意识研究方面的重视，实际上是与大陆对"意识"的一贯重视相联系的。基于此，张爱玲便以其女性意识的独特性，作为大陆女性文学的"补充"，被"纳入"了中国现代女性文学史，并取得了一定的地位。

然而，值得一提的是，即便是这本影响很大的《浮出历史地表——现代妇女文学研究》，其专论张爱玲的一章《张爱玲——苍凉的莞尔一笑》也并没有对它所提倡的女性写作中的女性视点、立场及审美观物方式就张爱玲这个对象作出详细的分析。而这一点，在海外华人学者的张爱玲评论中，借助对其女性写作技巧独特性的讨论得到了具体阐释，而关于女性写作技巧的讨论，也正是大陆对张爱玲女性写作的讨论中所欠缺的。

（二）女性写作技巧与海外的"破坏""颠覆"说

在海外"张学"中，张爱玲的女性写作技巧，作为其女性视点、立场及审美观物方式的具体体现而得到重视，主要表现在两个方面：一是细节描写，二是电影技法。

1. 细节描写

周蕾所著《妇女与中国现代性：东西方之间阅读笔记》一书从细节着眼，对张爱玲的小说做出了富有洞见的分析。她认为"女性的特质就是细节"，并一针见血地指出细节描写在女性文体和美学上的重要意义："相对于那些如改良和革命等较宏大的'见解'，细节描述就是那些感性、烦琐而又冗长的章节；两者的关系暧昧，前者企图置后者于其股掌之下，但却出其不意的给后者取代。"[1]在周蕾眼中，细节描写是对抗整体、宏伟、统一、国家等父系符号的策略，而张爱玲正是

1　周蕾：《妇女与中国现代性：东西方之间阅读笔记》，台北麦田出版社1995年版，第85页。

"把这些互相毫无关系的细节并列,也就是把人类美德的描写都一扫而空……把细节戏剧化,如电影镜头般放大,其实就是一种破坏,所破坏的是人性论的中心性,这种人性论是中国现代性的修辞中,经常被天真地采用的一种理想和道德原则。在张爱玲的文字中,冷漠感占了一个主导位置,形成一种非人类本位说的感情结构,并经常通过毁灭和荒凉这两个主调表达出来"。[1]

周芬伶在其《艳异:张爱玲与中国文学》一书中对周蕾的观点有所发展。她从几个方面分析了"细节描述一向被视为女性文体的特征,亦是女性文体被排斥于主流文学之外的明显'缺陷'"这一关键问题的原因:一是引用西方女性主义学者关于细节描写与女性特质的论述;二是"挑选'重要'的,去除'细节'的"主张所代表的"新文学与男性语言价值观";三是细节描述的"复数性、散发性"和"传统的中心主义与目的性"的背道而驰的关系。最后,她具体分析了张爱玲小说中的细节描写在小说场景铺陈、对话处理、作者语调上的体现和作用,认为张爱玲的细节描写作为一种女性特质,对新文学的"重要""伟大"主流采取"规避"和"破坏"策略,从而形成了她个人的苍凉美学。[2]

许子东关于张爱玲的意象营构方式的分析更具体地体现了张爱玲细节描写的女性美学特质。他在《物化苍凉——张爱玲意象技巧初探》一文中对钱锺书和张爱玲的意象营构特点进行了比较,认为两人"在设置譬喻营造意象时,喻体与本体(意象与被象征物之间)的位置关系常常是颠倒的",钱常"以抽象形容具体",张则往往"以实写虚",而且被张拿来做喻体的实物,除了自然景物,更多的是室内实物。许子东进一步分析"张爱玲对室内物品,尤其是对服饰的持久的特别的兴趣",并指出"她笔下的人物常常以服装素描出场,最后性情命运又

---

[1] 周蕾:《妇女与中国现代性:东西方之间阅读笔记》,第218页。
[2] 周芬伶:《艳异:张爱玲与中国文学》,第268—272页。

化为衣饰意象",这"说是女性意识也可以,但萧红、丁玲甚至生活富裕的冰心都不曾这样处理室内实物具象"。最后,许子东把张爱玲的这种意象技巧与"贯穿其作品的美丽的苍凉感"联系起来,以《第一炉香》末端的一段文字作为"张爱玲对自己'以实写虚'意象技巧的一个理性注解":"她没有天长地久的计划。只有在这眼前的琐碎的小东西里,她的畏缩不安的心,能够得到暂时的休息"。[1] 也就是说,张爱玲的这种"以实写虚"技巧,是其作品中女性借助实物寻求安全感的心理体现,也是张爱玲作为作家对其笔下人物体察入微并且贴切表达的结果。在此,张爱玲作品中女性的苍凉体验与其文学写作技巧联系起来了,相对于其他"五四"女作家的从家庭走向社会,张爱玲借助细节描写"逃回"家居实物,正是其独特女性意识的体现。

这样,孟悦和戴锦华所提出的对女性文学中女性特质的重视,在海外华人学者的张爱玲文学技巧分析中,得到了具体的阐释:张爱玲的细节描写通过对女性特质的标举和家居实物的回归,实现了独特的女性意识与女性书写方式的展示。

因此,相对于大陆仅仅从女性意识、作品内涵方面把张爱玲纳入中国新文学女性文学史,周蕾等海外华人学者的论述却是从写作技巧方面指出了张爱玲对中国新文学女性书写模式,甚至男性文学传统的颠覆。

2. 电影技法

周蕾在一篇名为《技巧、美学时空、女性作家——从张爱玲的〈封锁〉谈起》的文章中,提出妇女解放与其所处时空的变迁有密切关系,甚至可以说,时空变迁亦连带着男女社会关系的彻底改写。而张爱玲的《封锁》正是利用"封锁"期间的公车,这一"与平常生活隔绝、疏离的时空"的技巧而达到对男女社会关系的改写的。也即,"以

---

[1] 许子东:《物化苍凉——张爱玲意象技巧初探》,收入刘绍铭、梁秉钧、许子东编《再读张爱玲》,第167—183页。

一个反父权主义的立场来看,张爱玲选择的,正是放弃了以男性为权力中心,放弃了以家庭、家族,甚至以理想人性这些连续性的历史观念为生命平衡点的'正常'时空"。她指出这种关系的变化与张爱玲对技巧的理解分不开:她深谙隔离带来的美学效果,在因为隔离而成的非常性时空里,种种平常生活中不可能的事都变成可能。"在她的文字里,正因为封锁造成的框框,所以一切感受才变得尖锐起来——在封锁的时空中,一切现象显得夸张而纤细、扩大而精密,刻画着物质世界的明显轮廓而又充满了多彩多姿的感官细节。"而她对技巧的这种理解其实与电影"基于摒弃时间的连续性"的定义有着相通之处。在这一点上,"她的文字却是绝对与新的技术意念、媒介意念走着同一步伐的",也是西化的。[1]

对周蕾提出的张作中运用电影技法而造成的美学时空,李欧梵除了表示这有助于打破由男人确定的日常时空,还受此启发,比较全面地梳理了张爱玲与电影的"不了情"。他认为张爱玲与电影的渊源关系,首先体现在其文字中的视觉感以及电影蒙太奇方法的使用,更重要的是她对当时好莱坞爱情"谐闹戏剧"的借鉴——"对中产(或大富)人家的家庭纠纷或感情轇轕,不加粉饰,以略微超脱的态度,嘲弄剖析。情节的偶然巧合和对话的诙谐机智,在这类作品里,也是不可或缺的要素"。由此,李欧梵认为傅雷对《倾城之恋》的批评,实际上是其高调文学立场与好莱坞喜剧电影技巧冲突所致。[2] 李欧梵在稍后发表的《张爱玲:沦陷都会的传奇》一文中,更把"电影和电影宫"单列为一小节,从张爱玲的《多少恨》开头对电影院的描绘出发,分析电影如何"构成了她小说技巧的一个关键元素":"在她的故事中,电影院既是公众场所,也是梦幻之地;这两种功能的交织恰好创造了

---

[1] 周蕾:《技巧、美学时空、女性作家——从张爱玲的〈封锁〉谈起》,收入杨泽编《阅读张爱玲》,第95—107页。
[2] 李欧梵:《不了情——张爱玲和电影》,收入杨泽编《阅读张爱玲》,第258—268页。

她独特的叙述魔方","现代电影院确实是文本中一个既真实又具象征性的场所,它是电影和文学之间的桥梁"。他认为张爱玲借助电影技法而形成的隔离的美学时空以及好莱坞电影的谐闹技巧,"对现代中国历史的大叙述造成了某种颠覆",《倾城之恋》的受欢迎便是一个证明。[1]在此,李欧梵又一次推翻了傅雷对《倾城之恋》的微词。

与此相联系的是张爱玲的电影剧本创作及其作品的电影改编。郑树森最先对张爱玲的剧本创作予以关注,认为在中国电影史上,应该有张爱玲的一席之地。[2] 周芬伶对此做了比较深入的研究,发掘出张爱玲作为"女剧作家的反男性凝视"眼光。她认为在早期中国电影编剧的作用甚于导演,且男导演一统天下的情况下,张爱玲作为女编剧,其剧作无疑就像电影镜头,一定程度上替代了男性凝视眼光而表达出了一个女性编剧的镜头语言,从而对主流电影用男性的潜意识、以女性为永远的凝视对象而构组的男性观众机制有所冲击。[3] 由张爱玲的电影剧本创作推及其文学创作中的电影手法,我们或许可以做出如下理解:张爱玲文学创作中的电影手法,或也是其女性视角与立场的一个体现。

在关于张爱玲文学创作电影技法的研究中,周蕾和李欧梵突出了这种创作技巧的实质及其在中国新文学史上的意义:第一,是张爱玲运用电影技法在隔离而成的美学时空里改写日常男女社会关系,在性别政治上具有打破由男性确定的日常时空的作用;第二,"这种把'故事'、'内容'与'形式'自觉性交叠在一起,使'意识'与'技巧'不能干净分辨开来的暧昧创作法,正是现代性的'技巧'问题的关键"[4];第三,"这一种新的视觉媒体往往不为'五四'作家所重视,而

---

1 李欧梵:《张爱玲:沦陷都会的传奇》,收入其所著《上海摩登——一种新都市文化在中国 1930—1945》,毛尖译,北京大学出版社 2001 年版,第 283—317 页。
2 郑树森:《张爱玲的电影艺术》,原载台北《中国时报·人间》1995 年 9 月 11 日。此处引自陈子善编《作别张爱玲》,第 36—37 页。
3 周芬伶:《艳异:张爱玲与中国文学》,第 353—359 页。
4 周蕾:《技巧、美学时空、女性作家——从张爱玲的〈封锁〉谈起》,收入杨泽编《阅读张爱玲》,第 101 页。

研究中国现代文学的学者亦复如此"[1]。

  他们的观点颇引人深思。首先，与张爱玲的意识与技巧合二为一的创作手法相对应，海外华人学者在这里明确表达了自己关于意识与技巧关系问题的看法。但是，这何以是"现代性的'技巧'问题的关键"？海外学者如何识别这个所谓"现代性"？其次，关于张爱玲的电影技法，其实傅雷早在其评论张爱玲的那篇文章里就提及张的"节略法的运用"，并指出"这是电影的手法"，起到时空转换的作用，但是长时间以来大陆学者在这方面并没有更多的论述，倒是海外学者对此做了比较深入的讨论。在此问题上，是海外学者的得风气之先，还是大陆真如海外华人学者所言的文学传统里有着对视觉的忽视？

  我们不妨倒回来看这几个问题。首先，海外学者对视觉的重视，来自对电影影像研究的重视，而电影研究在西方是由女性研究发展而来的——西方女性学者发起由性别政治的角度研究电影，一般认为偷窥女性的行为奠定了好莱坞的电影模式，同时女性研究、电影研究与视觉研究又一起构成西方文化研究的一个主流。可见，海外学者关于张爱玲的女性写作及其电影技法、文字中的视觉感的研究，其实是一体的，是西方文化研究模式的影响所致。其次，海外学者所谓现代性"技巧"问题的关键，即"意识"与"技巧"不能干净分辨开来的暧昧创作法，如周蕾所说，实际上是提倡一种跨感官性及跨媒介性的叙事方式——在从文字到视觉的跨越中实现细节感官的跨越。这种对"跨越"的提倡，意味着边界的模糊和界限的打破，实际上反映出整个西方文化研究潮流的本质特征之一——在研究领域与研究方法上的跨文化、跨媒介、跨学科与跨领域。这样看来，海外学者对所谓现代性技巧的理解，仍然还是由西方文化研究思维模式决定的。因而，在张爱玲的女性写作技巧这个问题上，海外华人学者的背后是一个大的西方文化研究背景。这一点是应该引起重视的。

---

1 李欧梵：《不了情——张爱玲和电影》，收入杨泽编《阅读张爱玲》，第261页。

最后，海外学者的这种跨越性的研究理念和研究方法，与张爱玲的跨越性创作手法——"参差的对照"相契合。张爱玲对自己"参差的对照"的写法的解释是：

> 我发觉许多作品里力的成分大于美的成分。力是快乐的，美却是悲哀的，两者不能独立存在。"死生契阔，与子成说；执子之手，与子偕老"是一首悲哀的诗，然而它的人生态度又是何等肯定。我不喜欢壮烈。我喜欢悲壮，更喜欢苍凉。壮烈只有力，没有美，似乎缺少人性。悲剧则如大红大绿的配角，是一种强烈的对照。但它的刺激性还是大于启发性。苍凉之所以有更深长的回味，就因为它像葱绿配桃红，是一种参差的对照。[1]

正如前文提到的，"参差的对照"是与"善与恶、灵与肉的斩钉截铁的冲突那种古典的写法"不同的，并非极端的对比，而是一种界限并不那么分明的"参差"中的"对照"。并且，张爱玲认为这种手法是比较适宜表现她当时的时代，也是比较适宜写出现代人"虚伪之中有真实，浮华之中有朴素"的特点的。换言之，张爱玲"参差的对照"的写作技巧正好表达了其作品"参差的对照"的意识内涵，意识与技巧是合二为一的。因而，"参差的对照"之于张爱玲，是一种写作手法，也是一种美学原则。这种写作手法与美学原则，在海外华人学者的阐释下，则是与完整、宏伟、统一相对的琐碎细节，与正常的连续性时空相对的隔离的美学时空，与战争、革命、力量相对的苍凉，与高调文学立场相对的通俗谐闹喜剧立场及与文字相对的视觉感。总而言之，"此一手法，不正是'女性视点'最特殊的运用吗？"[2] 问题最

1　张爱玲：《自己的文章》，收入金宏达、于青编《张爱玲文集》（第四卷），第177页。
2　梅家玲：《烽火佳人的出走与回归——〈倾城之恋〉中参差对照的苍凉美学》，收入杨泽编《阅读张爱玲》，第186页。

终又回到了女性写作上——归结起来，无论是细节描写还是电影技法，最终都是"参差的对照"的女性写作技巧与美学原则的体现。这样，海外华人学者通过对张爱玲文学技巧的发掘和研究，肯定了张爱玲对中国男性文学传统的破坏和颠覆作用。但是，与其说这是海外华人学者对张爱玲的创作之于中国男性文学传统的破坏与颠覆作用的肯定，不如说这是其对自己的文学观念和文学研究方法的肯定——不仅是在意识与技巧的关系问题上注重技巧，坚持意识与技巧合二为一，更重要的是其文化研究的思维和方法论，一种跨越性的研究视野和研究方法。

由此，在女性写作与性别政治这个话题上，我们可以看出海内外学者的不同：大陆学者多是就意识而谈意识，对于张爱玲的甘于"第二性"弱者的女性立场，仅仅将其作为女性内省意识的一个表现，使其以"补充"的姿态被"纳入"中国新文学女性文学传统，还是社会历史批评的路子，从而很大程度上束缚了其对文学本体的理解，因而其对"技巧"的忽视与后识也就在所难免了。而海外华人学者受西方文化研究思维和方法的影响，在重视技巧的同时，将技巧联系意识，由技巧的使用分析其中内含的女性意识，不仅揭示了她借助细节描写与电影技法的创作技巧成功表达了的女性意识，而且肯定了她从写作方式上以"参差的对照"手法对中国男性文学传统的破坏和颠覆。于是，这种"意识"与"技巧"合二为一的研究方法所具有的性别政治含义，也就不仅仅局限于"意识"本身，而是深入中国文学男性传统的骨髓里去了。

海内外学者在张爱玲女性写作研究中的差异，可以做两个层面的理解：

一是从研究结果来看，女性写作研究不仅仅是作品意识、内容上的性别之争，更是文学传统上的性别政治。这可以从台湾学者周芬伶的一句话中得到印证："女作家的地位纳入正统文学史总有扞格不入的地方，如果纳入女性文学史中，没有名次之争、正统非正统之分，她无疑是现代极重要的女作家。"[1]

二是从研究方法来看，海内外对张爱玲的女性写作研究反映出的是文学批评理论发展的不同进程。大陆学者坚持社会历史批评的路子，忽略技巧与文学本体而导向对意识的重视；海外学者持西方文化研究方法，从对技巧的重视出发，导向意识和技巧的完美结合。从整个西方文学批评理论发展的历程来看——文学研究在社会历史批评之后走向新批评，又在文化研究中走向对社会历史的回归——两者的差异正好反映了文学批评理论发展的不同进程。从这个意义上来说，海外华人学者的研究方法的确是得风气之先并且具有一定的优势——他们在汲取新批评对文学本体的重视的同时返回社会历史，既贴近文学本体又不乏社会历史的广阔视野。因而，可以说，海外"张学"在张爱玲研究中是占据强势地位的，对大陆学界有着很大的影响，但是其对西方文学批评理论及研究方法的大量使用，在一定程度上也不能避免理论先行的嫌疑——与大陆学界以前的"政治先行"相比较，我们不得不说，海外学者在跳出政治的同时又陷入了另一个陷阱。

透过海内外学者对张爱玲女性写作的研究，我们可以看到海内外对意识与技巧关系的不同看法，更能发现两者在文学观念和文学研究方法上的冲突和分歧。在某种程度上，意识与技巧的关系问题是前述文学与政治问题在文学本体研究层面的延续。同时，因为张爱玲的文学创作技巧涉及"中西"之论，从而也把此问题引向了更深层面的思考。

三、中西技巧与后殖民主义

关于张爱玲的写作技巧，批评家很早就认识到其"中西结合"的特点。

夏志清曾多次将张爱玲与中西作家比较。他指出："张爱玲有乔叟式享受人生乐趣的襟怀，可是在观察人生处境这方面，她的态度又是老

---

[1] 周芬伶：《艳异：张爱玲与中国文学》，第33页。

练的、带有悲剧感的——这两种性质的混合,使得这位写《传奇》的青年作家,成为中国当年文坛上独一无二的人物。"[1] "张爱玲受弗洛伊德的影响,也受西洋小说的影响,这是从她心理描写的细腻和运用暗喻以充实故事内涵的意义两点上看得出来的。可是给她影响最大的,还是中国旧小说。她对于中国的人情风俗,观察如此深刻,若不熟读中国旧小说,绝对办不到。"[2] 也就是说,张爱玲的心理观察是中国的,而描写技巧则是西洋的。至于张爱玲的小说里所表现的苍凉的意味,他认为和中国旧戏里表现的"人生一切饥渴和挫折中所内藏的苍凉的意味"是一致的,而契诃夫以后的短篇小说作家所持悲剧观——"悲剧人物暂时跳出'自我'的空壳子,看看自己不论是成功还是失败,都是空虚的",也就是张爱玲小说的苍凉特色。[3] 关于《金锁记》,他认为:"这篇小说的叙事方法和文章风格很明显地受了中国旧小说的影响。但是中国旧小说可能任意道来,随随便便,不够严谨。《金锁记》的道德意义和心理描写,却极尽深刻之能事。从这点看来,作者还是受西洋小说的影响为多。"[4] 可见,中国旧小说对张爱玲的影响不仅在心理观察方面,还在叙事方法和风格方面;而张爱玲的道德意识,更是"中国近代一些政治兴趣过浓的讽刺作家"所没有的,因为他们"对于道德问题并无充分的认识"。[5] 在夏志清的分析中,我们可以看到"中西"之于张爱玲的创作,是交缠错杂的,无所谓孰轻孰重,而且不仅仅在于技巧,还在于精神与意识。

水晶则比较侧重于考察张爱玲创作中的西方特点:"张爱玲的小说外貌,乍看起来,似是传统章回小说的延续,其实她是貌合而神离;她在精神上和技巧上,还是较近西洋的……既然较近西洋,诸如神话、性心理、象征、意象、双层结构等法则,在她的小说中,也就如天女

---

[1] 夏志清:《中国现代小说史》,刘绍铭等译,第257页。
[2] 同上书,第260页。
[3] 同上书,第258、260页。
[4] 同上书,第261页。
[5] 同上书,第272页。

散花,显得香风细细、淹然百媚。"[1]

　　大陆80年代最早讨论张爱玲的文章也注意到了这一点,赵园就曾指出,"张爱玲的艺术本能,使她在诸种矛盾的艺术因素间,找到并组成了她需要的那一种和谐、统一。这里最基本也最足够成'特色'的,是旧小说情调与现代趣味的统一","她运用旧小说笔法,确实可称驾轻就熟","不无受西方现代派文学的影响,她强调人物的'感官印象'"[2]。饶芃子、黄仲文的《张爱玲小说艺术论》也分析说:"张爱玲对中西文化有深厚的修养。她的小说,无论从作品的艺术结构、形象塑造的手法和语言运用方面,都可以明显看到我国文化遗产优良传统的深刻影响,……却并不排斥外国文学的创作经验。"[3]万燕在《小说艺术的延续、融合和创造——张爱玲小说艺术论》中认为张爱玲的小说在形式方面取自中国古典章回小说,"摆脱不了这种有头有尾全知说书套语的痕迹",创作手法方面的"暗写"手法则是"进一步调动了大量现代化的技巧来操纵她暗写的简略,里面包含着心理分析的进程",此中的"现代化的技巧"即潜意识与意象等现代化手段。[4]

　　周蕾在论述张爱玲的电影技法时就指出张氏在这一点上是西化的。李欧梵也说,"张爱玲的特长是:她把好莱坞的电影技巧吸收之后,变成了自己的文体,并且和中国传统小说的叙事技巧结合得天衣无缝",《倾城之恋》就是"中国'才子佳人'的通俗模式和好莱坞喜剧中的机智诙谐和'上等的调情'的混合品"。[5]

---

[1] 水晶:《张爱玲的小说艺术·跋》,收入所著《替张爱玲补妆》,山东画报出版社2004年版,第125—126页。

[2] 赵园:《开往沪、港"洋场社会"的窗口——读张爱玲小说集〈传奇〉》,《中国现代文学研究丛刊》1983年第3期。

[3] 饶芃子、黄仲文:《张爱玲小说艺术论》,《暨南学报》(哲学社会科学)1987年第4期。

[4] 万燕:《小说艺术的延续、融合和创造——张爱玲小说艺术论》,收入金宏达主编《回望张爱玲·镜像缤纷》,文化艺术出版社2003年版,第270—282页。

[5] 李欧梵:《不了情——张爱玲和电影》,收入杨泽编《阅读张爱玲》,第262、263页。

应该说，在张爱玲小说融合中西技巧这一点上，海内外学者达成了某种共识。但是，在体认的程度上还是有所区别的：大陆一般中西兼顾，但是对中国小说技巧，例如古典章回小说形式、语言用词古典的强调不言而喻，对西方技巧则大多数只看到其借助感受性意象而达到的心理描写深度；海外早期，例如夏志清认为张中西并重；而到了后期，水晶、周蕾则更看重西方技巧，李欧梵的分析也是取西方技巧对中国技巧的补充角度。可见，相对大陆学者，海外华人学者对西方技巧的认识更为深入。然而，更重要的一点是，在张爱玲这种中西技巧形成原因的探讨上，海内外学者表现出了不同的关注程度和着眼点。

大陆多把原因简单归结于"张爱玲对中西文化有深厚的修养"而不做深入探讨，或结合作品题材内容做社会性质、阶级分析，如："张爱玲的小说风格，是在与描写对象——沪、港'洋场社会'的和谐中完成的"，而所谓洋场社会"并非单纯的'洋化'，而是'洋'与'东方固有文明'的同盟，由西方'现代文明'滋养、翼覆的最古旧最腐败的封建生活方式与封建文化，这才是四十年代沪、港'洋场社会'生活的最基本的真实。"[1]这样的视角未免显得有点简单而陈旧。海外华人学者却能把批评的触角深入张爱玲所处的家庭、社会环境及由此影响而形成的写作视角，这尤其突出地表现在对张爱玲的后殖民解读上。蔡源煌[2]的《从后殖民主义的观点看张爱玲》认为，"从后殖民主义的观点看张爱玲的世界，总要提到以欧洲人眼光看东方：'东方主义'"，"像《第一炉香》里，葛薇龙看到她姑妈香港豪宅的布置，甚至于殖民地的东方人连自我呈现，都刻意迎合西方人的东方主义"，"实际上，这些现实写照也为张爱玲开启了后殖民主义书写的想象空间"。[3]

---

1 赵园：《开往沪、港"洋场社会"的窗口——读张爱玲小说集〈传奇〉》，《中国现代文学研究丛刊》1983年第3期，第218、208页。
2 蔡源煌，1948年生。纽约州立大学英语研究所毕业。台湾大学外文系教授、文学评论家，曾任《中外文学》主编。著有《海峡两岸小说的风貌》等。
3 蔡源煌：《从后殖民主义的观点看张爱玲》，收入杨泽编《阅读张爱玲》，第191—197页。

彭秀贞[1]更具体,她通过分析张爱玲的细节描写艺术所造就的上海殖民都会,指出了殖民主义对上海文化与生活的介入与形塑:"时间流逝所带来的'荒凉',主体性被分割、替代所引发的经验危机,以及殖民主义造成的文化混同与阶层化。"[2] 张小虹[3]则更深入,她首先将东方主义定义为"他者的西方恋物化",由此从恋物心理学和后殖民主义结合而成的"殖民凝物"角度,分析了张爱玲笔下的旧中国与新西方的掺杂混糅,以及张爱玲作为"文化杂种"的写作身份。"文化杂种"因为"既可用中国人的眼看外国人,又可用外国人的眼看中国人"而有一种"视觉的精神分裂与错乱"。最后,她针对傅雷对张爱玲《连环套》的批评:"西班牙修士的行为,简直和中国从前的三姑六婆一模一样",提出了疑问:"迅雨只看出《连环套》中对中国古典小说的借用,(是否)却否认了其对西方中世纪文学场景的挪移呢?迅雨'画虎不成反类犬'的责之以严,是否也排除了'文化杂种'四不像的可能呢?"[4] 后来周芬伶的"双重视点"说法更直接地肯定了张爱玲的复杂身份对其写作的中西风格的影响:"她在写作的同时观顾中国人与外国人的看法,而具备双重视点,一方面向外国人展示中国的文化橱窗,一方面向中国人抒发民族感情;她既创造了外国人眼中的'他者',又揭开了中国人自身的'人民记忆',这种中英文互写、华洋掺杂的风格,奠定了张爱玲的文体基调。"[5]

---

1 彭秀贞,1962年生。台湾大学外文系毕业,美国爱荷华大学比较文学硕士,哈佛大学博士。专攻中国小说史、近代欧洲思想史及大众文化理论与文化史。
2 彭秀贞:《殖民都会与现代叙述——张爱玲的细节描写艺术》,收入杨泽编《阅读张爱玲》,第198—210页。
3 张小虹,1961年生,美国密西根大学英美文学博士,台湾大学外文系教授。出版评论集《后现代/女人》《性别越界》《自恋女人》《欲望新地图》《性帝国主义》《情欲微物论》等。
4 张小虹:《恋物张爱玲——性、商品与殖民迷魅》,收入杨泽编《阅读张爱玲》,第108—135页。
5 周芬伶:《艳异:张爱玲与中国文学》,第145—146页。

从后殖民的角度,海外学者把张爱玲的中西技巧与其内容的华洋杂处结合起来,归结到张爱玲处于东西方文化大杂烩的环境里而形成的"文化杂种"身份。这种解读方法,一方面避免了大陆学者的社会性质批判,以及如张小虹所批评的大陆学者的中西二元对立思维;另一方面,相对于大陆学者在这方面的较少关注,这更可能是海外华人知识分子的一种身份焦虑的体现,正像黄子平所说的,这是"连串'焦躁的商量'",并且这种"焦躁的商量""出自他们书写与发言的知识特权,出自他们意识到了这种特权而无法自救的内疚和罪恶感"[1]。为什么大陆学者对中国技巧的强调不言而喻?为什么海外学者越来越趋向于用西方技巧来解读张爱玲的作品?中西之论似乎并不仅仅是地域区别那么简单,海内外批评的背后是其各自的身份、文化背景。这是关于张爱玲中西技巧的后殖民主义解读给予我们的启示。

在关于张爱玲中西技巧的讨论中,我们不难发现"中""西""新""旧"这样的字眼大量出现,例如傅雷评价《金锁记》称"新旧文字的糅和,新旧意境的交错,在本篇里正是恰到好处"[2];香港学者梁秉钧[3]认为"张承继旧小说的传统、鸳鸯蝴蝶派小说的遗风,又融汇

---

1 黄子平:《更衣对照亦惘然——张爱玲作品中的衣饰》,收入刘绍铭、梁秉钧、许子东编《再读张爱玲》,第156页。
2 迅雨(傅雷):《论张爱玲的小说》,收入陈子善编《张爱玲的风气:1949年前的张爱玲评说》,第9页。
3 梁秉钧(1948—2013),笔名也斯。诗人、评论家。原籍广东新会,在香港长大。香港浸会学院(今浸会大学)英文系毕业,1978年赴美留学,1984年获加州大学圣地亚哥分校比较文学博士学位。曾任教香港大学英文及比较文学系,后为香港岭南大学中文系教授。在诗歌、散文、文学评论、文化研究方面均有成就,曾获"大拇指"诗奖及"艺盟"香港作家年奖,诗集《半途——梁秉钧诗选》曾获中文文学双年奖。著有散文集《灰鸽早晨的话》《神话午餐》《书与街道》《昆明的红嘴鸥》《城市笔记》《山水人物》,诗集《雷声与蝉鸣》《游诗》《游离的诗》《形象香港》《东西》《博物馆》《衣想》,小说集《岛与大陆》《剪纸》《记忆的城市·虚构的城市》《布拉格的明信片》,摄影集《也斯的香港》,文化评论《六十年代剪贴册》《香港的流行文化》《香港文化》,翻译作品《当代拉丁美洲小说选》《美国地下文学选》《法国当代小说选》,等等。

西方现代"[1]。中国小说往往是"旧"的,而西方技巧则是"新"的——"中国"与"旧","西方"与"新"这样的地域概念与时间概念的搭配在张爱玲研究中显然非常普遍。可是,何以有这样的搭配?中国的"旧"在哪里?西方之"新"又在哪里?这就提出了张爱玲创作中的"传统"与"现代"问题。

第四节　中国文学现代性:影响与融合

一、传统与现代:"五四"文学场域的角逐

关于张爱玲创作中西新旧多种因素的纠合,大陆学者姚玳玫在较早时期曾做过专门研究,称为"张爱玲小说的悖反现象":"不仅指特定时期的人文图景在文学作品里的映像,更指作品艺术元素的纷繁复杂——古典的、现代的、民族的、西洋的各种艺术观念、技巧手法、情调氛围,在作者极具功力的艺术手腕的调配下进行了新的组合,诸多互为矛盾、互为冲突的艺术元素,经过特殊的配置而融为一体,产生了新的艺术的质。"所谓古典,"不仅是形象画面的'仿古',而且是意象内涵的'仿古'",不仅在情调、氛围、生活图景的古典味,还在于人物的古味。但是,她指出,"张爱玲的独特之处在于,她那些古气盎然的艺术图景里蕴藏着极其现代的精神内涵","用古典的故事外壳表现关于现代人的主题,表现生命在强大环境力量的摧残下的扭曲变形,表现人在两种文化夹缝中苟且偷安的精神状态,是张氏不凡之处"。以上所述"由观念的'两栖性'衍生出来的种种矛盾,渗透在张氏的艺术世界里,也即是,不同形态的历史现象的组接,带来了艺术创作的悖反现象"。具体而言,"张爱玲小说成功地溶解了两种相悖的艺术图景和情感形式,与其文体技法的复杂多元分不开":"两种貌似毫无联系的文体——传统

---

[1] 梁秉钧:《张爱玲与香港》,收入刘绍铭、梁秉钧、许子东编《再读张爱玲》,第203页。

的情节化、全能全知视角、章回体语言与现代的心理分析、情绪化感悟式语言被不着痕迹组接起来,诸种'相克'的艺术元素在化合中形成独特的调子。"最后,姚文指出,"张氏小说现代内涵与传统叙事方式间的冲突所揭示的,是生命本体及其欲望对固有模式的反抗",而且,这种"语言的意义与形式间的冲突"本身还有一种反讽意味,"那就是意义与形式之间的互为否定道出了现实人生的荒诞感和悖谬感"[1]。

应该说,姚文比较全面而准确地研究了张爱玲小说中艺术元素的驳杂现象,并且将它们归结到了"传统叙事方式"和"现代内涵"两点上,这也是大陆学者看待这个问题的普遍观点。对大陆学者而言,所谓传统,主要表现在叙事方式上取法古典小说的情节化、全能全知说书叙述者、章回体语言等;所谓现代,则是由其现代人的生存体验所体现出来的人性关怀。前者是相对于新文学小说而言的,后者则取自中国"五四"以来人的解放及对人性的关注。正是这两点的结合,形成了至今大陆对张爱玲的基本定位——"都市消费文化符号"[2]。正如温儒敏所说:"'张爱玲'热(类似的还有林语堂、梁实秋)属于文学研究界的再发现之后,由商业社会借用经典话语,将'张爱玲'作为时尚制成商品,并在大众的消费中演化。"[3]

较早进行这方面研究的是吴福辉。他在《新市民传奇:海派小说文体与大众文化姿态》中开篇便为张爱玲在海派中定位,他认为海派的文化姿态有两种:"一种,是从张资平到予且的力求靠近通常市民的实际态度;一种,是从穆时英到徐訏这样一些'时代骄子'面朝现代的活跃身影。两者相互渗透,结出智慧之果,最有代表性的便是张

---

[1] 姚玳玫:《闯荡于古典与现代之间——张爱玲小说悖反现象研究》,《文艺研究》1992年第5期。

[2] 许子东:《"张爱玲与现代中文文学国际研讨会"侧记》,收入刘绍铭、梁秉钧、许子东编《再读张爱玲》,第379页。

[3] 温儒敏:《近二十年来张爱玲在大陆的"接受史"》,收入刘绍铭、梁秉钧、许子东编《再读张爱玲》,第27页。

爱玲。张爱玲的文体,高可以与世界文学、与中国文人文学的高峰相连,深可以同民间文学、传统的市民文学相通,真正兼有现代化与中国化的双重品质。"而"海派文体的市井趣味,同它们与旧文学脱不掉的联系并非无关"。但是,在新文学运动兴起以后,旧文学的形式就失去了主导地位,"一部分就沉入了民间,在那里找到地盘,得到存活的可能。所以通俗性到了现代,常常要由民间文学和旧文学这样两方面来输送营养"。另外,"总体上还应承认海派使通俗文学在审美方面得以提高的功绩。海派在大众趣味中同时加进文人趣味,加进文人理想,加进知识者期待物质生活精神化,促进生命价值升华的不懈追求。张爱玲如果没有了对人世间的悲剧性感受,那她只能是个高明些的言情小说家"。于是,"就是在通俗文体内部,使其容纳古老的和现代的双重记忆,把这两种记忆打通、激活"[1]。我们可以看到,吴福辉试图从通俗文学的角度解读张爱玲创作中的传统与现代因素。

陈思和的《民间和现代都市文化——兼论张爱玲现象》也是从类似的角度谈张爱玲:"至于民间文化形态在现代都市文学中出现,即新文学传统与现代都市通俗文学达成了艺术风格上的真正融合,却是在沦陷中的现代都市上海完成的。这种历史性转变是以一个当时才二十出头的小女子的名字为标志:那就是张爱玲的传奇创作。"具体而言,"张爱玲对现代都市文学的贡献是她把虚拟的都市民间场景……与新文学传统中作家对人性的深切关注和对时代变动中道德精神的准确把握,成功地结合起来,再现出都市民间文化精神",也即"使散失在都市里的民间文化碎片中心凝聚起来,再生出真正的'现代性'都市生命"。从而,张爱玲"使原来'五四'新文学传统与庙堂文化的相对立的交叉线,变成了民间文化与庙堂文化的平行线"[2]。换言之,张爱玲利用民

---

1 吴福辉:《新市民传奇:海派小说文体与大众文化姿态》,《东方论坛》1994年第4期。
2 陈思和:《民间和现代都市文化——兼论张爱玲现象》,收入杨泽编《阅读张爱玲》,第225—257页。

间文化形态进行的现代都市文学创作使新文学传统与庙堂文化达成了妥协。这里面有两点值得注意：一是张爱玲利用民间文化形态进行的现代都市文学创作是属于"五四"新文学传统的；二是在张爱玲这里，新文学传统与权力（指敌伪政权）的关系由对立走向妥协。

比较两者，吴、陈两人都是从通俗文学的角度谈张爱玲。但是，吴福辉从海派文学的角度切入谈张爱玲通俗文体中的传统与现代，是就通俗而谈通俗，注重通俗文学与旧小说传统的汇合，以及现代因素对海派文学的提升；而陈思和直接从民间文化形态谈张爱玲的现代都市文学创作，倾向于厘清民间、权力与"五四"新文学传统的关系，并在这三者的相互关系中给张爱玲进行定位。应该说，陈思和的重点并不在于张爱玲创作中的传统与现代特点本身，亦不在通俗文学本身，而是张爱玲与新文学传统的关系以及新文学传统中民间与权力的关系，这就使他的研究具有了比较明显的整体文学格局眼光与文学史意识。对张爱玲研究而言，也就触及了张爱玲的创作与"五四"新文学传统的关系这一重要问题。

在陈思和这里，身处沦陷区的张爱玲进行的现代都市文学创作与"五四"新文学传统走向了统一。这一结论的得出首先有一个预设的前提：在张爱玲之前新文学与都市通俗文学之间存在对立情绪，对立的原因在于新文学传统对民间文化形态的忽视。在这一前提下，张爱玲利用民间文化形态进行的现代都市文学创作，是都市通俗文学与新文学传统达到了艺术上的融合，从而改变了两者的关系，张爱玲的创作也由此被纳入了新文学传统。关于张爱玲的创作与新文学传统的关系，陈思和在进行前面这番论述之前就做过分析，认为"张爱玲是新文学史上的一个'异数'"，但是她又与'五四'新文学有着天然的联系。而通过张爱玲的现代都市文学创作，陈思和真正地把张爱玲完全纳入了新文学传统而不再存在前面的一分为二的说法。实际上，张爱玲被纳入新文学传统是借助于新文学与都市通俗文学的融合，而这两者之所以能够达成统一，主要是因为当时沦陷区这个特殊的环境。在这环境里，民间与权力达成了妥协。张爱玲正好在这个环境中创作，于是其现代都市文学创作也就与新文学达到了艺术上的融合。所以，在陈思和的民间论述中，张爱玲刚好是其民间与权力理论得以展开和完成的最好例子。但是，反过来看，这也说明了大陆学者将张爱玲重新纳入中国新文学传统的努力——张爱玲创作中的传统与现代特点正好都可以统一在"现代都市文学"中，大陆学者选择"通俗文学"来对其进行定位是可以理解的；并且，大陆学者似乎也在尽量扩大新文学传统的内涵以包括张爱玲的创作——陈思和所认为的沦陷区都市通俗文学与新文学的融合，可以说就是尽量让新文学走出抗日救国的范围限制而包括沦陷区都市通俗文学。尽管后来"张爱玲"在大陆发展为"都市消费文化符号"，有商业这一重要因素参与其中，但是，大陆学界一开始对张爱玲有所"警惕"并将其定位为"通俗文学"，应该说是为其后来的商业化发展定下了基调。因此，大陆学界这种将张纳入新文学传统的努力不能不说是非常谨慎而且很有限度的。

在此，我们可以看到，大陆学者由张爱玲创作中的传统与现代特点出发，寻找其与新文学传统相契合的东西，试图把张爱玲纳入新文学传统。同时，我们也不难发现，张爱玲创作中的所谓"传统"实际上就是古典小说情调及形式，这又恰好是新文学所反对的东西，是"五四"反传统的对象之一。因此，大陆学者的论述不能说没有漏洞，而海外华人学者就是抓住了这一点。

康来新[1]在《对照记——张爱玲与〈红楼梦〉》一文中，同样是抓住张爱玲来自民国通俗小说与明清世情小说的文学承传，但却由此指出张爱玲文学生命步调与"五四"以降的新文学的不一致："新文学除了'白话'渊源外，实则是反对旧小说的，而张爱玲则一再套用旧小说

1 　康来新，1948年生。台湾大学中文系学士、美国印第安纳大学东亚研究所硕士。留学返台后一直任教于"中央大学"中文系，主持《红楼梦》研究室，著有《失去的大观园》《石头渡海——〈红楼梦〉散论》《晚清小说理论研究》《可爱——我读美人诗》《应有归来路》等书。

的命名、用语、叙述口吻,并蓄意营造旧小说特有的气息氛围。"以上康来新谓之为"张氏之'旧学'"。"至于她的'新知',20世纪的中国新文学,其实并未与世纪同行,倒是紧紧尾随于19世纪的写实主义。张爱玲则不然,她的'创作在精神上却与同时代的西方文学有严格意义上的同步关系。西方文学中真正对她具有吸引力的是第一次世界大战以后的西方作家……普遍感到的深刻的精神危机……强调了人的非理性的一面'。"由此,康来新断言:"经常被定位于民国通俗小说的'旧'派张爱玲,毋宁是再'现代性'不过的现代主义作家。"[1]

由此我们可以看出,张爱玲创作中传统与现代特点的具体表现在海内外学者的表述中其实大体是一致的,差别在于他们将之置放的参照系:对于张爱玲的"传统",大陆学者虽意识到其与新文学的矛盾,但却似乎倾向于忽略不计,且尽量为其寻找与新文学传统结合的途径,对于张爱玲的"现代"则是虽也指出其"现代"性质,但更倾向于给其一个相对笼统的解释——"五四"对人的解放及对人的关注,而鲜少在西方文学中为其寻找相应的位置。大体上来说,大陆学者倾向于把张爱玲的"传统"与"现代"一并归入"五四"新文学传统。而海外华人学者在这个问题上,首先将之置于中国新文学传统进行观照,显出其"传统",尔后将之置于西方文学发展历程而凸显其相对新文学传统而言的"现代"。可见,海外华人学者是有两个参照系的——新文学传统与西方现代文学传统,尤其是后者发挥了重要作用——新文学传统的"落后"及张爱玲的"现代"正是在此显现了出来。实际上,海外华人学者在关于这个问题的论述中很少直接出现张爱玲的"传统"与"现代"等字眼,其考察大多是通过张爱玲的创作与中国新文学传统的比较来达成的。

王德威《张爱玲再生缘——重复、回旋与衍生的叙事学》一文的一个非常重要的出发点就是这种比较:"现代文学与文化的主流一向以

---

[1] 康来新:《对照记——张爱玲与〈红楼梦〉》,收入杨泽编《阅读张爱玲》,第3—27页。

革命与启蒙为尚。在这样的号召下,我们的中国想象莫不以开创新猷、与时俱进为前提。隐于其下的目的论,不论左右,均不言自明。发为叙事创作,则出现各种名好的写实/现实主义,要皆以铭刻现实、通透真理作为思辨的基准。自鲁迅、茅盾至杨沫、浩然,现实及现实写作的意旨性(meaningfulness)及有效性(utility),总浮现于字里行间。相对于此,张爱玲一脉的写作绝少大志。以'流言'代替'呐喊',重复代替创新,回旋代替革命,因而形成一种迥然不同的叙事学。"王德威还进一步明确指出,他以"回旋"诠释 involution 一词,"意在点出一种反线性的、卷曲内耗的审美观照,与革命或 revolution 所突现的大破大立,恰恰相反"。与此相联系,"张的重复叙事学在一广义的写实/现实主义论述上,更显露了'五四'以来'文学反映人生'的教条。"他依据吉尔·德勒兹(Deleuze)区分"再现"的两种方法——一种视现实为圣像,务求再现灵光;一种视现实为海市蜃楼,将其作幻影般呈现,认为"如果正宗写实/现实观强调模拟'再现'(represent)——一种文学的重复——生命原貌","张爱玲的与众不同之处,就在于穿梭于此二者之间,出实入虚,终以最写实的文字,状写真实本身的运作与权宜"。于是,张爱玲"以双语四写同一题材的努力,隐含着她对现实,以及写实/现实主义的抵抗"[1]。

在此,我们可以看到,流言/呐喊、重复/创新、回旋/革命等二元对立概念频繁出现,而对立的两端正是张爱玲与中国现代文学。在这样的对立比较中,张爱玲的"现代"被凸显了出来,而中国现代文学,则是相对张爱玲而言的"传统"了。因而王德威的目的可以说非常明确:"在我们观察张对后之来者的影响之余,更具思辨向度的做法,是省思她的出现,如何也改写/重写此前现代文学的向度。"[2]

---

[1] 王德威:《张爱玲再生缘——重复、回旋与衍生的叙事学》,收入刘绍铭、梁秉钧、许子东编《再读张爱玲》,第7—19页。

[2] 王德威:《张爱玲再生缘——重复、回旋与衍生的叙事学》,收入刘绍铭、梁秉钧、许子东编《再读张爱玲》,第18页。

实际上，这种二元对立的比较在前文所述的海内外学者观点中比比皆是：文学/政治、人性/"国民性"、技巧/意识、女性/男性……可以说，几乎每一个关于张爱玲的讨论范畴，都可以在这种思维下延伸出二元对立来，似乎矛盾与冲突无处不在。如果说，关于政治与文学矛盾的讨论还是海内外学者各自不自觉的意识形态表露，是相对客观的，那么，文学观念的冲突则很大程度上是海外华人学者主动发起的"进攻"。关于张爱玲的女性写作，大陆学者力求将其作为新文学的"补充"而纳入新文学传统，海外华人学者则强调张爱玲对新文学传统的"改写"，这主要体现在海外华人学者以张爱玲的写作技巧为据点展开的对中国现代文学的批判性讨论：在细节描写方面，张爱玲借此对抗整体、宏伟、统一、国家等父系符号；在电影技法上，张爱玲营造的美学时空具有打破由男性确定的日常时空的作用，对好莱坞谐闹喜剧的借鉴也是对新文学高调文学立场的反叛，更由此凸显了新文学传统对视觉的忽视，等等。最为集中的体现应该是王德威对张爱玲的三种时代过渡性意义的归纳："基本上，我认为张爱玲作品贯串了三种时代意义，第一，由文字过渡（或还原？）到影像时代。……第二，由男性声音到女性喧哗的时代。……第三，由'大历史'到'琐碎历史'的时代。……正是在这些时代'过渡'的意义里，张爱玲的现代性得以凸显出来。"[1]或许，更为准确的说法是：正是在张爱玲的这些对新文学传统的"改写"中，其现代性得以体现。

比较海内外学者在张爱玲的"传统"与"现代"问题上的考察，可以发现一个重要现象："五四"文学传统是海内外必须面对的一个共同问题，而对这个对象的不同态度导向了对张爱玲认识的不同方向：大陆学者维护"五四"传统，故尽量将张爱玲的"传统"与"现代"纳入其中，为此又不惜扩大"五四"文学传统的内涵，因而其"维护"中带有

---

[1] 王德威：《"世纪末"的福音——张爱玲与现代性》，收入其所著《落地的麦子不死：张爱玲与"张派"传人》，山东画报出版社2004年版，第63—64页。

些许反思的意味；海外华人学者借助西方现代文学传统而凸显张爱玲与"五四"文学传统的不同，以此对"五四"文学传统提出批判和反思，可谓来势汹汹。这么说来，"五四"文学传统实际上成了张爱玲研究中海内外学者角逐、争斗、融合的中心场域。因此，可以说，谈张爱玲的"传统"与"现代"问题，绕不开"五四"文学传统。但是，在这里面，不可忽视的是海外华人学者把西方现代文学传统作为参照系的插入。这个参照系，不仅"照"出了张爱玲，也"照"出了"五四"文学传统。我们可以看到，在海外华人学者的论述中，在西方现代文学传统的参照坐标下，借由与中国"五四"文学传统的比较，他们对张爱玲的考察不约而同地指向了"现代性"。然而，我们也可以看到他们将张爱玲与之比较的对象的复杂性："五四"文学、新文学、现代文学、左翼文学、写实传统、男性传统、启蒙传统、革命传统……这些概念似乎经常被交错替换使用。在需要对这些概念进行辨别的同时，我们可以看到，海外华人学者几乎是借张爱玲对中国"五四"文学传统进行了全方位的考察。如果说男性、启蒙、写实是"五四"传统的具体体现，左翼、革命是"五四"的片面发展，新文学带有太明显的价值判断而又无实指内容，那么，"现代文学"可能是最为适中而恰当的一种表述。"现代"及"现代性"，是海外华人学者考察"五四"文学传统的出发点和最终归宿，也是海内外学者在张爱玲研究中的最大焦点所在——所有中西、新旧、传统与现代的纠缠，莫不指于此。

二、文学现代性：中西话语的交锋

（一）李欧梵：西方现代性的中国之旅

李欧梵在《漫谈中国现代文学中的"颓废"》一文中，将"五四时代的知识分子把历史道德化，把进步的观念视为不可阻挡的潮流，把现实主义作为改革社会的工具，把个人与集体逐渐合二为一，而最后终于把'人民'笼统地视为革命的动力和图腾"这一系列问题归结为是由"现代性"引发的。而这一系列问题又可归于"五四"传统,可见他把"五四"传统必然地与现代性连接了起来,而且,这些问题正是他所认为的"五四"现代主潮的体现。相反地,他所要讨论的"颓废"问题则是"'五四'现代主潮的反面"。在这个二元对立框架下,李欧梵把张爱玲的小说视为"颓废艺术",因为"张爱玲在她的小说中是把艺术人生和历史对立的","她把文明的发展也从两个对立的角度来看:升华——这当然是靠艺术支撑的境界;浮华——则无疑是中产阶级庸俗的现代性表现"。具体而言,张爱玲的苍凉感——"她对于现代历史洪流的仓猝和破坏的反应"——"基本上是反现代性的",而其"反法""和其他作家不同:她并没有完全把现代和传统对立(这是'五四'的意识形态),而仍然把传统'现代化'"[1]。

在李欧梵的论述中,二元对立的思维是相当明显的:颓废/"五四"现代主潮、艺术人生/历史、艺术支撑的境界/中产阶级庸俗的现代性、反现代性/现代性,对立的两端分别为颓废、艺术、反现代性与"五四"主潮、历史、现代性。李欧梵的这种二元对立实际上来源于其深受影响的美国学者卡利奈斯库(M. Calinescu)。在同一篇文章里,他直接指出其理论来源:"如果我们略加考察西方现代主义的文学作品和理论,就知道19世纪欧洲产生了两种'现代'潮流,卡利奈斯库在他的经典著作《现代性面面观》一书中的第一章就指出:一种是启蒙主义经过工业革命后所造成的'布尔乔亚的现代性'——它偏重科技的发展及对理性进步观念的继续乐观,当然它也带来了中产阶级的庸俗和市侩气;第二种是经过后期浪漫主义而逐渐演变出来的艺术上的现代性,也可称为现代主义,它是因反对前者的庸俗而故意用艺术先锋的手法来吓倒中产阶级,也是求新厌旧的,但它更注重艺术本身的现实的距离,并进一步探究艺术世界内在的真谛。所以现代

---

1 李欧梵:《漫谈中国现代文学中的"颓废"》,收入其所著《现代性的追求:李欧梵文化评论精选集》,第141—173页。

主义的艺术家无法接受俗世的时间进步观念，而想出种种方法打破这种直接前进的时间秩序。"[1]李欧梵在另一篇文章《追求现代性（1895—1927）》中还说："从西方的眼光看，'现代'这个词被说成是与过去相对立的一种当代时间意识，它在19世纪已经获得两种不同的意蕴。"[2]可见，李欧梵所采纳的"现代性"内涵，首先是一种当代时间意识，其次具有两个层面的意义——经济社会层面和艺术层面的，而后者是一种反现代性，是现代性的另一面。从而，我们可以看到李欧梵对中国文学现代性所做的二元对立区分是与卡利奈斯库所谓现代性的两个层面相对应的。可以说，他把西方现代性的经典内涵原封不动地搬到了中国，以此为标准考察中国文学现代性。于是，在他看来，现代性在中国的发展有两个地方不甚符合西方现代性的标准：一是"在中国'五四'时期，这两种现代性立场并没有全然对立，而前者——'布尔乔亚的现代性'——经过'五四'改头换面之后（加上了人道主义、改良或革命思想和民族主义），变成了一种统治性的价值观，文艺必须服膺这种价值观，于是小说叙述模式也逐渐反映了这一种新的现代性历史观"[3]；二是"在中国，'现代性'不仅含有一种对于当代的偏爱之情，而且还有一种向西方寻求'新'、寻求'新奇'这样的前瞻性"[4]，"着眼点不在过去而在未来，从而对未来产生乌托邦式的憧憬"[5]。第一个问题来源

1　李欧梵：《漫谈中国现代文学中的"颓废"》，收入其所著《现代性的追求：李欧梵文化评论精选集》，第148—149页。卡利奈斯库，国内通行译为马泰·卡林内斯库，《现代性面面观》的中译本一译为《现代性的五副面孔：现代主义、先锋派、颓废、媚俗艺术、后现代主义》（顾爱彬、李瑞华译，商务印书馆2002年版）。

2　李欧梵：《追求现代性（1895—1927）》，收入其所著《现代性的追求：李欧梵文化评论精选集》，第234页。

3　李欧梵：《漫谈中国现代文学中的"颓废"》，收入其所著《现代性的追求：李欧梵文化评论精选集》，第149页。

4　李欧梵：《追求现代性（1895—1927）》，收入其所著《现代性的追求：李欧梵文化评论精选集》，第236页。

5　李欧梵：《漫谈中国现代文学中的"颓废"》，收入其所著《现代性的追求：李欧梵文化评论精选集》，第146页。

于西方现代性的两个层面是互相分裂,甚至对立的,从而文艺是一种反现代性,而中国的两种现代性不仅没有截然分开,文艺现代性还常常服膺于经济社会现代性。言下之意,即中国的文艺现代性是不纯粹、不成熟的,这就造成了中国文学现代性的整体发育不良。第二个问题来源于西方经济社会现代观偏重于当代,文艺现代性则反其道而行之,而中国文艺现代性很大部分接受这种时间观,甚至更将其发展为对未来的偏重。这两个问题都是"五四"现代主潮的弊病所在,于是,在中国文学中寻找"真正的"文艺现代性的表现,便成了李欧梵的研究目标之一,张爱玲也由此被列入了卡利奈斯库所谓"现代性的五副面孔"——现代主义、先锋派、颓废、媚俗艺术和后现代主义——之一的"颓废"艺术。

我们再来看李欧梵对张爱玲的"颓废"的分析。他首先确认"颓废"作为一个西洋文学和艺术上的概念的中立性,但是,对应英文decadence,他比较喜欢"颓加荡"的中文译名,因为"它把颓和荡加在一起,颓废之外还加添了放荡、荡妇,甚至淫荡的言外之意,颇配合这个名词在西洋文艺中的含义"[1]。当然,这里的"颓"和"荡"都依然是中性词,不带有褒贬之意。于是,《红楼梦》便以其外在的"废"——"一切皆已败落,而这个败落过程是无法抑止的,是和历史上的盛衰相关",以及内在的"颓"——"一种颓唐的美感,并以对色情的追求来反抗外在世界中时间的进展,而时间的进展过程所带来的却是身不由己的衰废",成了李欧梵眼中"中国文学史上最伟大的'颓废'小说"[2]。可见,李欧梵所谓颓废是末世感与色情的相加,而对色情的追求是用以抵抗末世的来临的,尽管这种来临无法阻挡。但是,这种颓废的定义却没有在张爱玲小说这个对象上贯彻到底。李欧梵取张爱玲小说把艺术人生

---

[1] 李欧梵:《漫谈中国现代文学中的"颓废"》,收入其所著《现代性的追求:李欧梵文化评论精选集》,第141页。

[2] 李欧梵:《漫谈中国现代文学中的"颓废"》,收入其所著《现代性的追求:李欧梵文化评论精选集》,第142—144页。

和历史的对立为其基本论点,也即所谓末世感,却没能说明张爱玲小说中的色情内涵,而仅仅分析了张爱玲表现末世感的手法——把传统现代化以及用"传奇"的艺术手法来反述历史。李欧梵坚持"颓废"的西洋内涵并将之与现代性相联系而企图寻找其在中国的相应表达应该说没有太大异议,以西洋"颓废"来解释《红楼梦》也有一定道理,但是,将张爱玲归入其中却未免有点捉襟见肘。换一个角度来看,或者可以说,这是李欧梵的西洋内涵之"颓废"这套衣裳在中国文学对象身上不得不做的改变——这导致了他对鲁迅和张爱玲的颓废分析取其处理时间的艺术,而对施蛰存、邵洵美等的颓废分析又重于其色情表现,但无论怎样,总还是有点"不合身"的感觉。

从李欧梵的寻找中国文学现代性之旅我们可以看到,用西方现代性来观照中国文学是一条极其艰难的路:首先,以西方现代性标准套用到中国文学身上,这样的一种做法很危险,必然会产生水土不服的症状,于是就难免产生中国是否存在现代性的怀疑;其次,退一步,假设中国仍有可能存在现代性,也只是能够寻找到一些"个别"符合西方现代性含义的例子(例如李欧梵"颓废"含义下的《红楼梦》),但是仍有把一些不那么符合标准的个案"一不小心"拉进西方现代性范围的危险(例如李欧梵"颓废"含义下的张爱玲小说)。于是,这便面临了两难困境:一方面,在西方标准下怀疑中国是否存在现代性却又试图去寻找中国现代性;另一方面,在寻找的过程中遇到一些不那么符合西方标准的个案但又觉得其实际上是现代的,取舍之间便有可能使自己原先所持的西方现代性标准发生变化。于是,我们也就不难理解李欧梵"现代性从未在中国文学史上真正胜利过"[1]的几乎绝望的呼喊以及他"不惜代价"把张爱玲小说拉入"颓废"之列的举动。

作为第一个"将'现代性'概念与中国现代文学的发展联系起

---

1 李欧梵:《追求现代性(1895—1927)》,收入其所著《现代性的追求:李欧梵文化评论精选集》,第240页。

来"[1]的海外华人学者，李欧梵影响了大陆文学界关于现代性的讨论。从他对张爱玲及其现代性的论述中，我们可以窥见中国文学现代性这一话题中中西话语的交锋。

（二）孟悦：中国现代性的困境

孟悦的《中国文学"现代性"与张爱玲》一文关于张爱玲与中国文学现代性的论述可以说是对上述李欧梵相关论述的补充，是从中国角度出发的关于中国现代性的思考。这篇文章的第一段是这样的：

> 中国文学"现代性"近年来成了一个话题，引起了许多争论，这本是一个极有意思的问题，因为，一个尚未完全"现代化"的国家能否产生自己的"现代"文学，是否产生过这样一种文学，这可以说是中国二十世纪文学评判面临的最大困惑之一。但令人遗憾，这些争论至今既没有充分深入到历史的、写作的具体研究层次，又未在反"西方中心"理论体系的过程中形成有特殊意义的理论话语。不久前重读了张爱玲的作品，从她对中国文学的"现代性"问题的看法和写作角度中得到了许多启示。（我是把中国文学的"现代性"看成一个开放的写作领域的。至于西方关于"现代性"的种种界定，我以为不过是一种曾经获得了话语权威的"现代观"。）她的作品使我们有可能把关于中国文学"现代性"的讨论具体化为一种现代文学写作的研究，即如何以"现代"这样一种尚待实现的、抽象的历史时间价值去创造"中国"的空间形象，如何使一段"未完成"的历史中的中国生活体验化作新的、现代的叙事想象力。[2]

1　李欧梵、季进：《现代性的中国面孔》，《文学理论研究》2003年第6期。
2　孟悦：《中国文学"现代性"与张爱玲》，原载《今天》1992年第3期。收入金宏达主编《回望张爱玲·镜像缤纷》，文化艺术出版社2003年版，第131页。

这段话说明了孟悦论述的几个基本立场：首先是对"中国文学现代性"这一话题本身持不确定态度；其次是在"现代性"这一话题上的反"西方中心"立场；第三则是文学写作的具体研究立场。其中尤其值得玩味的是第二点——孟悦的反"西方中心"立场。

在文章的第一部分孟悦首先分析了中国的现代观和时间观。她把中国关于"现代"的看法分为三种，而第一种，即"认为'现代'是一个铁板一块不能拆的东西，中国要现代化只能以一整套全新的'现代体系'取代原有的基础"，在文化和文学领域，"借'五四'新文化运动广泛传播，并在左翼文学中得到了延续，形成了一种对文化和文学实践有相当左右力的话语（discourse）"[1]。这种话语的影响首先就是"把'现代'绝对化成一个不可分的时间单位，从而中国与'现代社会'模式之间的差异就被表述成某种'时代'问题"；在文学实践中的体现则是形成了这样的"现实观"和"表现观"："中国社会与'现代'之间的关系被想象成了某种时间与空间的'错位'，后来甚至形成了一种特定的'现实观'……'现实'几乎就是'黑暗'或'痼疾'的同义词。与此同时，社会生活的正面价值则被放到了'未来'"；"文学的任务是表现同一'现实'的不同场景，而不是同一场景的不同'现实'，或同一事件的不同意义。表现'时代'只是个'写什么'的问题，而不是'怎么写'的问题。正因此，新文学的倡导者和文艺批评家不大注意对形式想象力的辨认和培养"[2]。行文至此，孟悦指出了这一话语的局限在于："它没能从关注全社会的立场上，提出新文学写作面临的一个迫切问题，那就是，如何把当时中国那种新旧间杂、'不新不旧'的生活形态和语言形态转化成一种新的文学想象力"，然而，"这

1　孟悦：《中国文学"现代性"与张爱玲》，收入金宏达主编《回望张爱玲·镜像缤纷》，第132页。

2　孟悦：《中国文学"现代性"与张爱玲》，收入金宏达主编《回望张爱玲·镜像缤纷》，第132—134页。

种'现代观'和写作方式的局限正是张爱玲写作的长处"[1]。正因为这样,她认为张爱玲的写作"与'五四'——左翼的'现代观'及文学观进行了一场更深入的对话"[2]。

从这里我们可以看出,孟悦是注重中国实际的。她对"五四"——左翼"铁板一块"的现代观并不认同,而是在思考这样的一个问题:文学应该如何面对"当时中国那种新旧间杂、'不新不旧'的生活形态和语言形态"。因而,张爱玲"参差的对照"的写法在她眼里显示了这样一种智慧:"知道怎样为并未整体地进入一个'新时代'的中国生活形态创造一种形式感,或反之,怎样以细腻的形式感创造对中国生活和中国人的一种观察、一种体验、一种想象力。"[3]可见,"新旧间杂""不新不旧""并未整体地进入一个'新时代'"就是孟悦所认为的当时中国的现实,而她对当时文学的现代性思考亦是从这里出发。这一点至关重要。

一方面,它体现了孟悦摆脱"西方中心"的努力。如前文所述,西方现代性的两个层面是互相分裂,甚至对立的,但是这种界限分明的状态的前提是:西方经济社会是一个现代化的整体。在这个基础上,才可能有文艺现代性对它的全面鲜明的"反抗",这也可以说是西方文艺现代性产生的基础。而孟悦正是在这里体现了她独特的思考:她的新旧间杂、不新不旧、并未整体地进入一个"新时代"的中国社会现实,很明显,是与西方的整体现代化的社会不同的。那么,沿着这个思路,中国文学是否具有与经济社会截然分开的现代性呢?这正好是对上文所述李欧梵提出的中国现代性问题之———中国的两种现代性没有截然分开,文艺现代性常常服膺于经济社会现代性——的回应。

---

[1] 孟悦:《中国文学"现代性"与张爱玲》,收入金宏达主编《回望张爱玲·镜像缤纷》,第134—135页。
[2] 孟悦:《中国文学"现代性"与张爱玲》,收入金宏达主编《回望张爱玲·镜像缤纷》,第135页。
[3] 孟悦:《中国文学"现代性"与张爱玲》,收入金宏达主编《回望张爱玲·镜像缤纷》,第138页。

但是，孟悦并没有就这个问题深究下去直接做判断，而是避开这个问题，另辟蹊径，提出了另一个问题：中国文学应该怎样表现这样的一个未完成的现代中国？从文学是对社会人生的反映或表现的大范畴来讲，孟悦这个问题的提出直接地面对了文学创作本身的最基本问题，这也就是她的第三个立场：文学写作的具体研究立场。可见，孟悦是在认识到中国经济社会现代性与西方不同的基础上，从中国经济社会实际出发而思考中国文学创作的具体实践。如果说，李欧梵无视中西差异而直接把西方现代性内涵套用到中国身上，那么，孟悦则是正视了中西差异的存在，将目光落到了具体的中国经济社会和文学实践上。

这样的做法，就像她在文章第一段就表明了的——"把中国文学的'现代性'看成一个开放的写作领域的。至于西方关于'现代性'的种种界定，我以为不过是一种曾经获得了话语权威的'现代观'"——在一定程度上跳出了西方现代性经典界定的畛域，而面对中国具体语境，体现了中国大陆学者的本土性思考。与李欧梵相比，孟悦具有了更加自觉的中国视角，这可以说是孟悦对张爱玲研究及中国文学现代性思考的一个贡献。

另一方面，孟悦的面对中国现实还具有一种自我矛盾性。首先，孟悦抛弃西方文艺现代性产生的经济社会基础而进入中国语境，其所依据的仍然是西方现代性的经典二分法内涵，还是经济社会现代性与文艺现代性相对立的总架构。我们来看她在进行关于中国的现代观和时间观讨论之前所说的一段话："'现代'和'中国'摆不摆得到一起，要看人们怎样解释这两个字眼。'现代'若是指一种体系化的社会－经济模式，那么中国恐怕套不进这种先定的标准。但若谈到中国是否不均衡地分布着这种经济基础，答案恐怕又是肯定的。"[1] 可见，孟悦是在肯定中国存在零碎现代性的基础上进行她的论述的。因而，虽然"由

---

1 孟悦：《中国文学"现代性"与张爱玲》，收入金宏达主编《回望张爱玲·镜像缤纷》，第132页。

于种种历史原因,中国社会和经济的深层结构尚未形成一个系统化的'现代'格局",但张爱玲的写作及其对中国生活的表现,"作为一种'启示',依然可以是'现代'的"。[1] 言下之意,即张爱玲的现代性价值只在于启示而不在于其本身就具有确切无疑的现代因素,这就是孟悦对张爱玲文学创作的现代性所做的定位。由此可见,在孟悦的意识深层,确定无疑的文学现代性的产生还是需要有整体性的经济社会现代性基础,因而,其现代性内涵还是经济决定论的,还是西方的。于是,我们也便可以理解孟悦在前文所述"中国文学是否具有与经济社会截然分开的现代性"这一问题上所采取的回避策略,这也是她对"中国文学现代性"这一话题本身持不确定态度的深层原因。其次,她的新旧交杂的中国现实以及她所赞赏的张爱玲对这一中国现实的表现,体现了一种面对"当下"的立场。这回应了李欧梵提出的中国文学现代性的问题之二——中国文学偏重于未来而不是当下。在这一点上,孟悦与李欧梵可以说是站在同一阵线上的。深究下去,我们可以发现,这正是李、孟两人对"作为一种当代时间意识"的现代性的认同,这也即西方现代性的首要内涵。归结这两点,可以说,孟悦的现代性内涵在本质上与李欧梵还是一样的,即现代性之作为一种当代时间意识以及现代性的两个层面框架,即还是"西方中心"的。因此,孟悦虽然在表面上提出了鲜明的反"西方中心"口号,也面对中国实际做出了很大的努力,但是,由于其所依据的现代性内涵仍然在西方框架之内,她实际上还是没有摆脱"西方中心"。

在孟悦的论述中,我们看到了她与李欧梵的遥相呼应,也再次看到了中西话语纠缠的难分难舍,当然,更重要的是所谓中国现代性面临的困境。值得一提的是,孟悦是出身于中国大陆的学者,1990年赴美留学,兼具大陆学者与海外华人学者两种身份。这篇写于1992年的

---

[1] 孟悦:《中国文学"现代性"与张爱玲》,收入金宏达主编《回望张爱玲·镜像缤纷》,第138页。

文章，首先有着非常自觉的中国本土意识，在这个基础上，更能凸显其在中国与西方之间的艰难挣扎。

在这篇文章中，孟悦不止一次表达了她对张爱玲与左翼、"五四"关系的看法：对于"五四"现代观及其局限性，"今天有些人喜欢把这种局限归究在左翼阵营的政治立场，我看未免不着边际"[1]；对于张爱玲的写作，她认为"打开了一个左翼文学实践和一般'大都市作风'作家都不曾深入的写作领域：即一个'没有完成'的'现代'给中国日常生活带来的种种参差的形态，以及在这个时代中延续的中国普通社会"[2]，因而"她的写作却与'五四'-左翼的'现代观'及文学观进行了一场更深入的对话"。可见，左翼与"五四"在孟悦这里有承袭，亦有区别，虽然她并没有对此做过明确的说明。在文章的最后，孟悦还修正了自己早期的一个看法——"把张爱玲对中国生活的独特观察和表述归因于沦陷区那种远离了国家政治和民族主义的特殊意识形态背景"，认为"这种提法有个简单化的出发点，即张爱玲的写作与（当时仍活跃在上海内外的）左翼阵营之间的差别被描述成了某种绝对的二项对立"。由此，孟悦更倾向于在意识形态之外"左翼一定程度上承袭了'五四'"的思路上谈张爱玲，从而认为张爱玲与其进行了一场深入的对话。但是，孟悦最后把这种对话归结于"俗文化的想象力和视点"，从而张氏与"从现代政治素质的角度拟设'大众'特别是'农民大众'的声音的左翼创作"只是"视点上的不同而已"[3]。这多少有点令人不解——俗文化与张爱玲的尚未完成的中国现代性创作有着什么样的联系？孟悦没有说明。这种模糊的联系或许正是她试图淡化政治意

---

1 孟悦：《中国文学"现代性"与张爱玲》，收入金宏达主编《回望张爱玲·镜像缤纷》，第134页。

2 孟悦：《中国文学"现代性"与张爱玲》，收入金宏达主编《回望张爱玲·镜像缤纷》，第151页。

3 孟悦：《中国文学"现代性"与张爱玲》，收入金宏达主编《回望张爱玲·镜像缤纷》，第151—153页。

识形态而让"五四"涵括左翼、沦陷区以及张爱玲的文学创作,从而确定中国现代文学的"五四"之源的努力。这应该说是大陆学者的一番立足于本土的苦心了。后来陈思和从民间文化形态入手研究张爱玲可能是受此启发,但是他表面上做到左翼与沦陷区的平等对待,实际上却仍然无法摆脱沦陷区这一特殊环境的作用(如前文分析),就像孟悦,试图摆脱"西方中心"但实际上仍在其框架之内。

同样,如前文所述李欧梵的西方现代性的中国之旅,海外华人学者以西方现代性标准衡量中国现代文学,在坚持西方标准的同时也面临着适应中国实际做相应调整的困难。

这种"欲罢不能"与"水土不服",正是中国文学现代性及其研究的悖论性困境所在,亦是海内外"张学"在各自的"中""西"立场基础上的对抗、冲突以及相互影响与融合的最集中表现。

三、反思现代性:海内外的相互影响与融合

从上文的分析中,我们可以发现,海内外关于中国现代性的讨论,实质上是围绕"五四"文学传统展开的,更准确地讲,是对"五四"新文化运动及其"现代"实践的反思,也即反思现代性。而从海内外比较的角度来看,这种对现代性的反思,由于"现代"本身蕴含的中西矛盾以及海内外学者各自的中西立场而显得益加扑朔迷离,当然也就更富有张力。实际上,这也正是我们所讨论的海内外"张学"在不同立场基础上的对抗、冲突以及相互影响与融合的集中表现。

回顾前文,应该说,海内外"张学"讨论的每一个话题都饱酿着这种现代性反思话语的对抗、冲突、相互影响与融合的张力。

首先,在意识形态对抗这一问题上,海外华人学者在与研究对象意识形态契合基础上的艺术攻略与大陆学者在艺术承认掩隐下的意识形态松动形成了有趣的对比和互动:表面的意识形态对抗之下是双方交流、对话和融合的深层需要。一方面,大陆学界本身具有突破政治标准、建立文学标准的内部要求;另一方面,海外的文学艺术标准对

大陆造成了强烈的冲击，也是其得以参照、借鉴的一面镜子。这应该说是海内外"张学"相互关系的基点和框架，以此为基点并且在这个框架内，海内外在"张学"各个话题上相互影响的张力才能得以显示。

在双方的意识形态对抗以及文学与政治的表面矛盾中，海外华人学者的探讨最后直指问题的核心：中国现代文学过强的社会功能，由此而触及中国现代文学传统深层的"国民性"情结以及文学与社会的密切关系。应该说，在这一点上，相对于大陆学者，海外华人学者一定程度上显示了深广的学术视野：既深入中国现代文学传统的最里层，又指出了中国文学民族、国家视野的局部狭隘。这种兼具深广度的目光，让他们抓住了中国现代文学的症结所在，也由此揭示了之后双方在文学观念诸多问题上分歧的根本原因：正是中国现代文学与社会的密切关系导致了中国现代文学对意识的重视以及对技巧与形式感的忽视。

因而，在关于意识与技巧的讨论中，我们也就不难理解双方对张爱玲的女性写作讨论的不同侧重点：大陆学者着力于张爱玲的女性"意识"研究，在此给了张爱玲一个合理的位置，其研究成果也对海外华人学者的相关研究产生了影响；而海外华人学者致力于张爱玲的女性写作"技巧"研究，恰好是对大陆研究的一个补缺，并且，正是在此，他们展开了大举颠覆"五四"文学传统的行动——细节对抗整体、宏伟、统一，隔离的美学时空打破日常时空，好莱坞谐闹喜剧反叛高调文学立场，视觉挑战文字，女性叛离男性，琐碎历史瓦解大历史……"五四"文学传统在海外华人学者的"技巧"攻略下，遭到了不仅是技巧，还有意识上的全面质疑。在这里，海外华人学者的批评方法和理论资源优势得以显示：相对于大陆学者偏重于意识的传统社会历史批评路子，海外华人学者意识结合技巧的批评思路实际上是西方文化研究思维模式的体现，既更贴近文本、文学本身，又不乏社会历史的开阔视野。这主要得益于其对西方文学技巧与文学理论的熟悉，但这也正是深深困扰着海外华人学者的一个问题所在。

这个问题在接下来的关于张爱玲中西技巧的讨论中暴露了出来：大

陆学者注重张爱玲对中国古典小说优秀传统的继承，是在对中国现代文学"五四"之源肯定基础上的对"五四"传统的反思，其姿势偏于保守但也相对沉着。海外华人学者倾向于对张爱玲西方技巧的认同，但在对张爱玲的"文化杂种"身份的深入探讨上，却暴露了其与研究对象同样的焦虑：在掌握西方话语权的同时面对中国与世界言说的困难。

于是，这些问题归结到传统与现代话题上，突出表现为海内外学者双方对待"五四"传统的不同态度：大陆学者看到张爱玲相对于"五四"传统更传统的一面，取其民间特点，纳入沦陷区文学创作，在肯定"五四"的基础上尽量扩大"五四"传统内涵，而给予张爱玲一个通俗文学作家的定位；海外华人学者则更加肯定张爱玲现代的一面，在西方现代文学传统的观照下，将其置于与"五四"文学传统相对立的位置而起到了批判"五四"现代性的作用。从而，在直接面对"五四"现代性这一问题时，大陆学者对"五四"文学传统持肯定和反思态度，试图结合中国实际对中国现代性做出合理解释，而欲摆脱"西方中心"。这里面，既有对"西方中心"的欲罢而不能，也有对"五四"传统的反思而不彻底，这是中国大陆学者在反思现代性问题上的两难困境。而海外华人学者对"五四"传统持批判多于肯定的态度，欲运用西方现代性标准去衡量中国文学现代性。因此，有海外华人学者反思中国"五四"现代性的良好用意和努力，但也避不开"西方中心"的嫌疑，同时还有着西方标准与中国实际不能完全吻合的困扰以及根本上的身份与言说焦虑，这又是海外华人学者在反思现代性问题上的尴尬处境。

至此，我们可以看到海外的反思现代性是主动而且具有很大的冲击力的。从对中国现代文学传统深层问题的揭示到对"五四"文学传统展开的全方位批判，既体现了其视野的深广度，又显示了其理论资源优势。当然，这里面还有海外的身份及言说焦虑。相对而言，大陆从一开始的意识形态松动，到文学性标准的确立，再到对"五四"传统的有限反思，其反思现代性的姿势相对海外来说不免有点被动而谨慎。但是，无论如何，海内外"张学"正是在这种对抗、冲突中相互影响，走向了对话和融合。最大的体现莫过于大陆20世纪90年代中后期兴起的有关"反思现代性"的讨论。这可以说是大陆在海外影响下的对"五四"文学传统、现代性问题及反思现代性本身的主动思考。

这场有关"反思现代性"的讨论，以汪晖的《韦伯与中国的现代性问题》将"现代性"当作一整套建构机制考察它在中国历史中展开的复杂过程为重要表征[1]，但是其在文学研究中的表现，则是对80年代确立的单一、同质的文学现代化尺度的重新考量以及对"现代"的追问。钱理群那一段被广为引用的文字，传达了一种普遍的心态："现实生活的无情事实粉碎了80年代关于现代化、关于西方现代化模式的种种神话。与此相联系的是'西方中心论'的破产。这都迫使我们回过头来，正视'现代化'的后果，并从根本上进行'前提的追问'：什么是现代性？"[2] 落实到专业领域，就是如何理解"现代文学"这一概念中的"现代"两个字？从这一点出发，文学之"现代"得以成立的奠基性前提，都纷纷得到检讨，于是"五四"作为"现代"文学得以确立自身的历史支撑点，便成了这场讨论的焦点与中心场域。随着讨论的深入，作为现代性开端的"五四"传统的内在统一性被瓦解，其确立的文学机制中负面效应也得到揭示。从学科史发展的角度看，"反思"的结果动摇了80年代提出、90年代被广泛接受的"20世纪中国文学"研究范型，以"现代性"为核心的文学史观的完整性、同质性也随之破裂。这一变化带来诸多方面的影响，其中的一种表现是，20世纪中国文学的历史可能性，被更多地呈现出来。这包括对鸳鸯蝴蝶派文学、海派小说以及武侠小说等通俗文学类型的重视。另一种表现则是在对现代性本身包含的复杂、悖论、差异因素的发掘上，作家的审美体验、写作实践与"现代"的整体性规划之间的张力，成为研究

---

1 汪晖：《韦伯与中国的现代性问题》，《学人》第六辑（汪晖主编，江苏文艺出版社1991年版）；另见汪晖：《汪晖自选集》，广西师范大学出版社1997年版，第1—35页。

2 钱理群：《矛盾与困惑中的写作》，《文艺理论研究》1999年第3期。

的焦点。从审美角度切入的，对沈从文、张爱玲、萧红等热点作家的研究，也无不聚焦在这一方面。

联系张爱玲研究，在80年代"重写文学史"运动中，张爱玲借文学研究中政治标准松动而文学标准欲立的契机挤进了中国现代文学史，但是80年代"20世纪中国文学""重写文学史"的提出，还只是在新的历史语境中重申了"五四"文学乐观、高调的现代性立场。张爱玲的独特现代性并没有得到充分的挖掘，并且长期处于被大陆"有限"接受的状态中。直至90年代中后期的"反思现代性"讨论中，随着以"现代性"为核心的文学史观的完整性、同质性的破裂，张爱玲的现代性价值才得到了发现和重视。这不得不归功于"反思现代性"讨论中，"现代"作为一个与价值无涉的中性时间概念的不断"扩容"。这种给予张爱玲独特现代性定位的解读，当推刘锋杰的研究。

刘锋杰在其《想象张爱玲：关于张爱玲的阅读研究》一书的第七章"何谓张爱玲的现代性？"中，对孟悦的所谓张爱玲的现代性做出评价并同时提出了自己关于张爱玲的现代性的看法。他首先确定了自己的"现代性"内涵："现代性不是时间性质在价值观上的一种直接反映，它是人类思想价值的一种基本类型，不是存在于人类精神活动的某一时段，而是存在于人类精神活动的所有时段中，它仅仅是在人类活动的某些特定时段中表现得尤其突出而已。""现代性不是决定于特定的时代生活，也不是决定于特定的现实观，而是决定于作家对这种时代生活，对这种现实的某种把握与开掘。"由此，刘锋杰的现代性内涵突破了经济社会决定论及时间限制而成了一种普世性的标准与价值、一种文学表现方式，因而也就无所谓西方经典现代性与中国未完成的现代性之别。于是，在这样的一种"扩容"了的"现代性"中，刘锋杰理顺了中国文学现代性的基本线索，而给予张爱玲一个合理的位置："在20世纪中国文学史上，从鲁迅到左翼文学，再到张爱玲，只形成了两种形态的现代性，即鲁迅的现代性与张爱玲的现代性。"鲁迅代表着启蒙的现代性，是个人理想主义；张爱玲代表着日常的现代性，是个人生活主义；左翼文学不具现代性而只表现了它的革命性。因而，"张爱玲显示了20世纪中国文学的现代性之转型"。另外，刘锋杰还通过张爱玲的日常现代性与卡夫卡的存在现代性的比较，确定了张爱玲相对于西方现代性的意义："她改写了西方现代性的内涵"；再将鲁迅的现代性与西方进行比较，刘锋杰认为鲁迅的现代性更接近于西方。因而，他最后的结论是：是由张爱玲而不是鲁迅来完成了中国文学现代性之独特性的创造[1]。在这里，暂且不论刘锋杰的立论基础——"现代性"的普世价值及文学表现方式内涵——的妥当与否，这至少是大陆学者对张爱玲的一种独特而且相当肯定的解读。

从美国毕业回港任教的大陆学者许子东在《中国现当代文学发展的若干线索》一文中，梳理了中国现当代文学发展的四条线索，也给予了张爱玲一个合理的文学史位置。他认为"'五四'以来中国文学大致有四条发展线索"，第一条主线是陈独秀、鲁迅（《呐喊》）、茅盾、巴金，尤其是丁玲、夏衍、沙汀、艾青等"左联"作家一线的相信文学应该唤醒民众、疗救社会的主流文学；第二条线索是周作人、鲁迅（《野草》）、郁达夫、闻一多、徐志摩、沈从文、老舍、施蛰存、梁实秋、傅雷等一派的坚守艺术本分、坚持文人道德的传统；第三条线索是包天笑、周瘦鹃、秦瘦鸥、张恨水、金庸、李碧华等的办报或主要为报纸写作的一派。如果说前三条线索分别侧重于"救世责任""文人格调"与"大众口味"，那么由张爱玲开始的第四条线索则是将第二（文人立场艺术尊严）和第三（大众品位市民趣味）结合在一起而自然开出的一个新路向：既怀疑"五四"的激烈反传统与过于急切的救世责任，又从张恨水那里获得改良"五四"欧化语言的方法。[2]虽然在这篇文章中许子东并没有直接论及现代性，但是作为对中国现当代文学发展线索的梳理，其现代性意义是不言自明的。他所归纳的四条文学

1　刘锋杰：《想象张爱玲：关于张爱玲的阅读研究》，第411—478页。
2　许子东：《中国现当代文学发展的若干线索》，收入其所著《呐喊与流言》，第1—7页。

发展线索,很明显已经超出了"五四"主流的范围,也很明显地并不完全符合西方现代性的经典内涵,那么他给予张爱玲的文学史位置也可以说是"扩容"了的"现代"内涵下的张爱玲的独特现代性。

于是,我们看到了海内外学者在"张学"中的融合:在一个不仅仅是"五四"的"现代性",也不仅仅是西方经典的"现代性"视野下,张爱玲在20世纪中国文学史上有了一个比较明确的位置——20世纪中国文学现代性的转型,抑或,20世纪中国文学中结合文人立场艺术尊严与大众品位市民趣味而成的第四条发展线索。张爱玲这一文学史地位的确定,既非之前大陆的"女性文学的补充"与"现代都市文学作家",也不是海外的"今日中国最优秀最重要的作家"与"经典偶像",而是在两者之间达成了某种协调与折中,准确地说,也即融合。

这种融合,虽还是有限度的,但却是双方在经历了最初表面的意识形态对抗,以及较长时间以来在文学观念深层的种种冲突之后,在共同的反思"五四"基础上达到融合,是在经历种种对抗、冲突、协调、妥协之后的难能可贵的融合。更重要的是,这种融合,亦是双方之所以会产生对抗与冲突的基础,因为如果没有这种融合的内在需要,就不会有冲突的可能。因而,对海内外"张学"来说,其冲突与融合是一种辩证的关系,或者,两者可以归结为:"对话"。

第五节　边缘姿态:"海外"的离散与回归

把海外"张学"置于海内外比较的视野下进行考察,双方相互对抗、冲突、协调、妥协以及最终走向融合的对话机制是本节的考察重点之一。但是,海外华人学者作为一个群体,何以跟大陆学者形成比较?这是本节立论的基点。就"张学"而言,需要深入探讨海内外"张学"的对抗、冲突中所彰显出来的"海外"不同于"大陆"的入思视角、学术方法、批评立场及深层的原因。于是,作为海外"张学"奠基人的夏志清便成为一个必要的考察对象。

一、夏志清：海外"张学"的文学立场与世界立场

郑树森在《夏公与"张学"》中对夏志清之于"张学"的贡献做了概括性的说明。他认为夏氏《张爱玲的短篇小说》一文的重要性主要有两点："第一是对张爱玲的评鉴定位；第二是分析方法。这两方面都左右了'张学'以后的发展。"[1] 夏志清对"张学"的奠基性意义由此可见，尤其是对海外"张学"而言，此后的批评者无论是论断还是具体分析，都不过是对夏论的补充或发展。

在对张爱玲的评鉴定位方面，夏志清于文章一开始就断言："张爱玲该是今日中国最优秀最重要的作家"，并且认为《金锁记》"是中国自古以来最伟大的中篇小说"。他还认为张爱玲的成就"堪与英美现代女文豪曼殊菲儿（Katherine Mansfield）、泡特（Katherine Anne Porter）、韦尔蒂（Eudora Welty）、麦克勒斯（Carson McCullers）之流相比，有些地方，她恐怕还要高明一筹"。这样，夏志清就在中外文学两个坐标中为张爱玲确定了位置。这是张爱玲经典化的开始，也是学院批评的开始。郑树森还在同一篇文章的注释中补充说明："夏公20世纪50年代的张爱玲论析，无论是当日的华文学界或西方汉学界，恐怕连'逆流而上'都谈不上，只能视为'荒野的呐喊'。"[2] 开创已实属不易，更何况夏志清仅凭一篇文章就奠定了张爱玲的文学史地位，这种勇气和识见为多少"张学"后来者所钦佩！尤其是对当时的大陆学界而言，夏志清对张爱玲的高度评价更是犹如一声惊雷，震开了大陆张爱玲研究冰冻三尺的局面。从这个意义上讲，夏志清之为"张学"奠基人一点也不为过。当然，夏论更重要的是从入思视角和批评方法上为海外"张学"开辟了道路，也与大陆"张学"形成了比较。

---

1. 郑树森：《夏公与"张学"》，收入刘绍铭、梁秉钧、许子东编《再读张爱玲》，第3页。
2. 郑树森：《夏公与"张学"》，收入刘绍铭、梁秉钧、许子东编《再读张爱玲》，第6页。

夏志清开启了"张学"研究的诸多话题。首先是他对张爱玲小说内蕴的准确把握："刮破她滑稽的表面，我们可以看出她的'大悲'——对于人生热情的荒谬与无聊的一种非个人的深刻悲哀……一方面是隽永的讽刺，另一方面是压抑了的悲哀。这两种性质巧妙的融合，使得这些小说都有一种苍凉之感。"这应该说是第一次对张爱玲小说苍凉色彩的准确归纳，此后"苍凉"几乎成了张爱玲的标志，关于张爱玲作品内涵的解读也大多从这里切入而谈张爱玲对普通人生、人性的关怀。[1] 其次是他对张爱玲小说技巧的分析，有两个方面的重要启示：一是张爱玲对色彩、嗅觉、音乐的敏感及由此而形成的小说意象的丰富性和独特性。后来的研究者对张爱玲意象的津津乐道不能说不源于此；更有甚者，他对张爱玲小说意象的闺阁特色的提及埋下了后世性别政治研究的线索（例如林幸谦的女性主义解读），而他所认为的张爱玲小说意象中视觉想象的华丽，则可能对周蕾关于张爱玲的电影技法的研究有所启示。二是对张爱玲心理描写技巧的肯定及指出其受中国旧小说的深刻影响而不同于西洋纯粹的意识流方法的特点，这应该是对张爱玲小说融合中西技巧的研究的直接启发。第三，他对张爱玲的历史意识的强调暗示了张爱玲小说创作的现代性意义："她有强烈的历史意识，她认识过去如何影响着现在——这种看法是近代人的看法"，"他们的背景是当时的社会经济情形，是他们的父母，或者广言之，是一个衰颓中的文化"。[2] 另外，他的论述中对张爱玲身世因素的考虑，对后来的创作心理研究也有一定影响。应该说，夏志清的这篇文章对张爱玲小说做了几乎全面的解读，后来的张爱玲研究，包括大陆"张学"，无不是从夏志清这里生发话题。从夏志清所开启的这些"张学"话题中，我们可以发现他对小说技巧及文学本体的重视，以及结合作品人性内涵解读而显示出来的人文关怀。相对于大陆学者对意

---

1 夏志清：《中国现代小说史》，刘绍铭等译，第257、273页。
2 同上书，第259、260页。

识的重视以及聚焦于"国民性",这显示出夏志清解读张爱玲的两个基本方向,也是其独特的入思视角。

与其入思视角相对应,夏志清的批评方法是"新批评"与李维斯(F.R.Leavis)批评理论的结合。这得追溯到夏志清的求学经历:他在北京时就结交燕卜逊(William Empson),在耶鲁大学读书时上过布鲁克斯(Cleanth Brooks)的课,另与兰逊(John Crowe Ransom)和泰特(Aleen Tate)也有接触。燕卜逊虽与新批评学派全无瓜葛,但其特重文字、肌理之批评手法与后者异曲同工,而后三位都是"新批评"的大将。另外,夏志清出身正统英美文学训练,可谓深受西方道德及美学"大传统",尤其是为19世纪、20世纪西方文学史所建构的李维斯意义上的文学"大传统"的熏陶。因而,20世纪四五十年代欧美文学批评的两大重镇,构成了夏志清的两大理论传承。夏志清受新批评观点的浸润,在《中国现代小说史》初版序言中可见一斑:"本书当然无意成为政治、经济、社会学研究的附庸。文学史家的首要任务是发掘、品评杰作。如果他仅视文学为一个时代文化、政治的反映,他其实已放弃了对文学及其他领域的学者的义务。"[1] 由此可见,新批评对夏志清的首要影响,是将文学之视为"文学",与此相对应的,便是他在具体分析张爱玲小说时对文学技巧的重视以及采取的文本细读方法。这在其对《金锁记》的分析中有着比较集中的表现,尤其是他对季泽向七巧"倾诉爱情"、七巧宴请童世舫的场面以及小说最后一段对七巧手臂的描写技巧的分析,可以说让这几段描写成了中国现代文学史上的经典画面。但是,夏志清同时又强调张爱玲小说中的道德意识及人性关怀。他不止一次地强调《金锁记》所表现的道德恐怖以及张爱玲对普通人错误弱点的包容,并将之与左翼作家简单、教条的道德观区别开来,而凸显张爱玲小说的"对人性的写照"。这正是夏志清对文学形式

---

[1] 转自王德威:《重读夏志清教授〈中国现代小说史〉——英文本第三版导言》,收入夏志清《中国现代小说史》,刘绍铭等译,第33—34页。

内蕴道德意识的批评思路的体现。而这一批评思路，是与新批评主将布鲁克斯的名言——"文学处理特别的道德题材，但文学的目的却不必是传道或说教"[1]——相呼应的，也符合李维斯的批评主张：最动人的文学作品无非来自对生命完整而深切的拥抱，因而作家应既能发挥对生命的好奇，又能将其付诸坚实的文字表征。[2] 可见，夏志清既受新批评影响，注重文本细读及文学本体研究，又能发挥新批评暗含的文学社会学法则及李维斯批评方法的人文关怀传统而挖掘出张爱玲小说中的深刻人性内涵。夏志清的这种以文学本体为主而兼及文学的人性、人生、社会内涵的批评理念及方法，对海外"张学"有着重要的影响。众多的海外华人学者在张爱玲研究中无不是极尽文本分析之能事。如周蕾从《封锁》这一短篇小说中挖掘出张爱玲创作中的电影技法及由此而营造的美学时空，梅家玲从《倾城之恋》挖掘出张爱玲小说的参差对照的美学，等等。同时，海外华人学者也不仅仅是就文学而论文学，而且是由文学研究走向文化研究，这逐渐成为越来越多人的尝试方向，如女性主义、结构主义、解构主义、后殖民主义、媒体研究等，这些理论、方法的大量使用使"张学"逐渐走出文学本体的研究而与社会、历史有了更加密切的联系。"张学"中文化研究方法的使用虽然很大程度上是当下文学批评潮流的体现而不是源于夏志清的直接影响，但是他对新批评方法有所取舍及改进的使用，或许正体现了他对新批评理论缺陷的有所洞察，以及对文学批评必将一定程度上恢复其社会历史维度的预见。从这个意义上来说，夏志清的方法论对海外"张学"仍然具有典范与启示的作用，同时也与大陆传统的社会历史批评路子形成了比较鲜明的对比。

在前文所做的分析中，海外"张学"受夏志清解读入思视角及方

---

[1] 转自王德威：《重读夏志清教授〈中国现代小说史〉——英文本第三版导言》，收入夏志清《中国现代小说史》，刘绍铭等译，第34页。

[2] 转自王德威：《重读夏志清教授〈中国现代小说史〉——英文本第三版导言》，收入夏志清《中国现代小说史》，刘绍铭等译，第35页。

法论的影响是显而易见的——无论是在文学与政治关系中的艺术策略、作品精神内涵中的人性主张，还是在意识与技巧问题上对技巧的注重。实际上，不仅仅是张爱玲研究，夏志清的影响是波及整个中国现代文学研究的整体的，最集中的体现就是他那篇"曾受到广泛的征引及讨论，堪称文学批评界过去三十年来最重要的论述之一"[1]的《现代中国文学感时忧国的精神》。

夏志清曾这样指出："中国文学进入这种现代阶段，其特点在于它的那种感时忧国精神。那种中华民族被精神上的疾病苦苦折磨，因而不能够发愤图强，也不能够改变它自身所具有的种种不人道的社会现实。"[2]正因为现代中国作家对家国的命运如此关切，他们反而不能，或不愿，深思中国人的命运与现代世界中"人"的命运、道德与政治的关联性，从而流于一种"狭隘的爱国主义"。同时，这种感时忧国精神又把目光集中到文学的内容而不是形式上。由夏志清这一中国现代文学"感时忧国精神"出发，可以延伸出中国现代文学发展中的几条重要线索：首先，中国现代文学强大的社会功能、与政治的密切关系，以及在文学表现层次上重意识轻技巧的特点；其次，把中国看作"一个精神上患病的民族"，导致了传统与现代之间的尖锐对立及"五四"现代性的反传统特点；第三，中国作家"狭隘的爱国主义"精神让他们缺少了一种世界视野以及对人类普世价值的关怀。可见，夏志清"现代中国文学感时忧国精神"这一概念的提出，既深入中国文学传统的深层，又站到了世界文学的广大格局上，具有一种高屋建瓴的深广度，其对中国现代文学研究的影响无疑也是深远的。从这里，也可以归纳出夏志清中国文学研究的两个基本立场：文学立场与世界立场。诚然，海外"张学"也处于夏志清的这一研究框架之内：从文学立场

1　转自王德威：《重读夏志清教授〈中国现代小说史〉——英文本第三版导言》，收入夏志清《中国现代小说史》，刘绍铭等译，第33页。

2　转引自李欧梵：《追求现代性（1895—1927）》，收入李欧梵《现代性的追求：李欧梵文化评论精选集》，第177页。

出发,在文学与政治关系中倾向于艺术以及在意识与技巧关系中侧重于技巧;从世界立场出发,在作品精神内涵上舍"国民性"而取"人性"以及在张爱玲现代性问题上的中西徘徊。

总的来说,这也是海外"张学"所坚持的基本立场。并且,对海外华人学者来说,文学立场的坚持有赖于世界立场——正因为站在一个世界立场上,相对于大陆学者的本土立场,他们跳出了中国而站到了边缘,也才得以跳出政治而更加接近文学本体。

二、"海外":徘徊于中西的边缘

海外华人学者的边缘姿态,最大的表现在于他们徘徊于中与西之间。

首先,相对中国大陆而言,他们是边缘的。海外华人学者的西学背景以及他们与境外学术机构的密切接触,使他们研究中国文学的活动,在大陆学者眼里,难逃"西方中心"的窠臼。一方面,海外华人学者的西学经历使他们接受了西方治学方法的规训,地利因素也决定了其对西方文学的近距离接触,而且往往得西方文学批评理论风气之先。因而相对于大陆学者,他们对西方文学及文学批评理论与治学方法有着较为原始而切近的了解。另一方面,长期处于西方环境也使他们与中国环境相对隔离而难以切身体会中国语境。这使得他们在对西方批评理论做近距离移植的同时,面对中国文学问题自觉或不自觉地采取了一种远观姿态。这种近取远观的态度,就是海外华人学者相对于大陆的"边缘"状态的很好注解:亲近西方而疏离中国。

具体表现在批评活动中,结合他们的张爱玲研究,正如前文所论及的,在张爱玲的中西技巧问题上,相对于大陆学者对张爱玲的中国古典小说技巧的重视,海外学者对西方现代技巧表现出更大的兴趣;在有关"五四"文学传统的论述中,相对于大陆学者对"五四"传统的维护基础上的反思,海外学者则是"来势汹汹"的批判性反思;最后,在关于中国文学现代性问题的讨论上,相对于大陆学者欲结合中国实际而谈现代性，海外华人学者却首先用西方现代性经典内涵来观照中国。这种种入思视角及研究立场上的差异，不能不归结于在海外华人学者那里，西方现代文学参照系的介入。

其次，相对西方来说，海外华人学者又并未如大陆学者所想象的那么"西方中心"；相反，他们仍然是边缘的。这得联系他们所从事的20世纪中国文学研究工作在西方学科建制中所处的边缘位置。经过近半个世纪的发展、几代人的努力，目前，中国现代文学研究在西方学院中具有了初步的"合法性"，但这一"合法性"仍时常处于动摇之中。换言之，"中国现代文学"在西方仍是一个"准学科"。这就从根本上决定了海外华人学者在西方从事文学研究的位置。因而，海外学人被扣上的"西方中心"帽子，恐怕很大程度上只是大陆学者的"一面之词"，反映出了中国作为西方之"边缘"的一种抗拒中心的心态。因之中国相对于西方的边缘地位，海外华人学者的中国文学研究不可能，至少短期内不可能是真正的"西方中心"的，因而相对于西方来说，他们亦是边缘的。

这就是海外华人学者这一群体徘徊于中西之间边缘位置的原因。这种边缘，应该说很大程度上还是由他们的游学经历以及客观环境决定的，是由不得他们选择的。香港学者梁秉钧的一段话就传达了这样的一种无奈："边缘性并不是一个时髦的名词，而是一种长远以来被迫接受的状态。它代表了人家对你视而不见、听而不闻，对你所做的事视若无睹。"[1] 这种说法虽然略微夸张，但也反映出了边缘位置一开始对海外华人学者来说，肯定不是一个主动的选择。实际上，在海外华人学者这一群体内部，他们对自身文化身份的认识，经历了一个从不自觉到自觉、从客观的边缘位置到主动的边缘学术姿态的转变过程。

夏志清的张爱玲研究及其《中国现代小说史》之所以能在大陆掀

---

[1] 转引自王光明：《从批评到学术——我的90年代（代序）》，收入其所著《文学批评的两地视野》，北京大学出版社2002年版，第7页。

起轩然大波,很大程度上就在于他反共意识形态立场和不折不扣的西方文学标准。这两者的结合使夏志清的论述表现出了不同于大陆学者的识见——这当然是夏氏对中国现代文学研究的贡献所在。但是,深究下去,这却也反映出他自身文化选择和认同的"鲁莽"。夏氏的反共立场及其对左翼文学和社会主义文化的批评与当时的冷战背景和西方的反共意识形态有很大的关系,而他在进行中国文学研究时采用的西方文学标准,更是其在西方文学环境里浸染、受训多年的结果。这两种立场在《中国现代小说史》里几乎得到淋漓尽致的发挥,而与其说是"鲁莽",不如说是夏氏在自身文化选择和认同中对西方的"不自觉"的选择。而这种"不自觉"选择的深层,隐藏着跨文化影响下西方文化的强势力量。夏志清中国文学研究文章中几乎是随手拈来、比比皆是的西方作家作品,多少印证了萨义德(Edward W.Said)所谓的"理论旅行",但他更多的只是处理了理论在旅行过程中的变形,而多少忽略了强势文化与弱势文化间的不平等关系。

《中国现代小说史》时期的夏志清,不自觉地选择了西方,也选择了中国的边缘。多年以后,夏志清在其《中国现代小说史》中译本序中说:"本书撰写期间,我总觉得'同情''讽刺'兼重的中国现代小说不够伟大;它处理人世道德问题比较粗鲁,也状不出多少人的精神面貌来。但现在想想,拿富有宗教意义的西方名著尺度来衡量现代中国文学是不公平的,也是不必要的。"还说"本书1961年出版后,中国新旧文学读得愈多,我自己也愈向'文学革命'以来的这个中国现代文学传统认同"。[1] 在这里,夏志清对自己当年的选择做了反思,对自己的文化选择和认同有了一份相对自觉的思考——虽然并不是完全的改变,但至少在文学标准的选择上已经不是唯"西方"独尊,对中国现代文学传统也多了一份认同。这是作为海外华人学者第一代人的夏志清对自身文化身份的认同经验。

---

1 夏志清:《中译本序》,收入其所著《中国现代小说史》,刘绍铭等译,第14页。

其实，相对于早期立场鲜明、掷地有声的论断和不自觉的文化身份选择，夏志清自己后期及夏氏之后的海外华人学者，都经历着一种"身份焦虑"体验。这种焦虑，来自一种对自身文化选择和认同的自觉的思考。正如前文所分析，我们看到了海外华人学者对张爱玲的"文化杂种"身份的关注，李欧梵用西方现代性标准解释中国文学时遭遇的"水土不服"，孟悦对西方现代性的"欲罢不能"——这些正是"焦虑"的症状，也是自觉思考的表现。尤其是海外华人学者运用后殖民理论对张爱玲创作中的中西技巧进行解读而得出张爱玲"文化杂种"身份的结论，可以说反过来印证了他们自己正是后殖民时代的产物。实际上，他们亦常常把自己作为后殖民解读的对象，而达到反思自身的目的。如李欧梵，他就通过后殖民理论来审理自我身份和文化渊源。他将自我身份定位为"自居于边缘"，并进而讨论后殖民"离散"一词的内在含义，认为这个词是自犹太人那里借来的，"在离散的过程中，流亡的意义最悲惨，每个人都不愿意流亡，但是在中国历史上，很多时候，中国人必须流亡。……被放逐的知识分子无疑与祖国有紧密的心灵联系，中国知识分子自我流散在外，虽然面临精神的困境，但是到第一、第二代会有很大的改变，他们的流散也扩展了中国文化的空间，使中国文化的群落散布得越来越广。中华民族的文化是在离散中得到凝聚的"[1]。在这里，李欧梵通过运用后殖民理论对自身文化身份进行审视，自觉选择了"边缘"，并厘清了这种"边缘"的来源——离散，与最终走向——中华文化的凝聚。李欧梵的选择在海外华人学者中具有很大代表性。周蕾也是"站在边缘的、diaspora的立场来重新批判美国的，甚至于在中国的所有高调的中心主义立场的人"[2]。这样，"边缘"就从一开始不自觉的客观位置成了海外华人学者的一种自觉的学术姿态，成了他们面对中国和世界言说的特殊方式和策略。

1 　转引自王岳川：《海外汉学界的后现代后殖民反思》，《东方丛刊》2001年第2期。
2 　李欧梵、季进：《文化的转向》，《当代作家评论》2004年第2期。

之所以说这种边缘学术姿态之于海外华人学者是一种言说方式和策略，是因为它给海外学人带来了一种开阔的国际视野。一方面，相对大陆的中国文学研究，他们自觉运用、发挥丰富的西方学术资源优势，引进西方文学参照系，利用西方治学方法和文学理论来对中国文学进行解读，为中国提供了进入历史问题的新的可能性，在入思视角、批评方法上对本土解读具有很大的借鉴、参考作用，从而为中国文学研究带来了一种世界维度。事实上，自20世纪80年代以来，随着大陆的对外开放，海内外交流的日益广泛深入，海外学者的研究对大陆20世纪文学研究的影响不言而喻。一批曾被忽视的作家作品被挖掘出土（例如张爱玲），也颠覆了大陆的某些传统结论（例如关于鲁迅），从而在一定意义上改变了大陆现代文学研究的整体格局，促进了中国20世纪文学多元化面貌的形成。另一方面，相对西方的中国文学研究而言，海外华人学者的特殊身份及其旧学根基使他们一定程度上成了"自己国家的代言人"，他们的研究也就一定程度上代表了中国的研究思路，从而为西方的中国文学研究带来了一种中国维度。因此，海外华人学者的研究实际上融合了两种研究思路和研究视野，也就是一种"跨越中西文明为典范的诠释模式"[1]，一种国际视野。

正是借由这种边缘立场所带来的国际视野，海外华人学者的中国文学研究分别从西方和大陆两个方向为中国20世纪文学研究增添了世界维度与中国维度，促进了中国20世纪文学研究与文学面貌的多元化。从这个意义上来说，海外华人学者实质上是借助边缘而回归了中国。同时，也借由这种边缘学术姿态，相对于大陆学者，海外华人学者重返了文学，重返了知识分子本身立场。因此，海外华人学者之边缘，只是一种表面姿态，实际上，他们是以边缘而回归中国、文学及知识分子自身。

---

[1] 王润华：《重新解读中国现代文学：本土多元文化的思考》，收入《华文后殖民文学：中国、东南亚的个案研究》，学林出版社2001年版，第2页。

因而，对海外华人学者来说，"边缘"源于他们的离散经历，导致了他们于中西之间的徘徊以及在文学研究中表现出来的与大陆学者不同的入思视角、学术方法、批评立场，最终又成了他们面对中国和世界言说的一种方式和策略，并且借此，他们回归中国、文学及知识分子本身。

王德威评价夏志清的《中国现代小说史》的一段话颇能概括说明海外华人学者的这种源于离散而又走向回归的"边缘"姿态：

> 这本书代表了五十年代一位年轻的、专治西学的中国学者，如何因为战乱羁留海外，转而关注自己的文学传统，并思考文学、历史与国家间的关系。这本书也述说了一名浸润在西方理论——包括当时最前卫的"大传统""新批评"等理论——的批评家，如何亟思将一己所学，验证于一极不同的文脉上。这本书更象征了世变之下，一个知识分子所作的现实决定：既然离家去国，他在异乡反而成为自己国家文化的代言人，并为母国文化添加了一层世界向度。最后，《小说史》的写成见证了离散及漂流的年代里，知识分子与作家共同的命运；历史的残暴不可避免地改变了文学以及文学批评的经验。[1]

海外华人学者的这种自觉的边缘学术姿态的选择，相对大陆学者来说，尤其具有借鉴与启示的意义。如前文所言，中国现代文学的感时忧国精神使其具有了强大的社会功能，这一论断推及中国现代知识分子，则是他们强烈的社会参与意识以及自觉的政治文化中心心态。这种意识和心态自然影响了他们的文学研究活动，从而使中国的文学研究显示出并不那么纯粹的学术素质。直至90年代，中国大陆学术环境发生了变化，社会经济的发展和社会的不断现代化，导致了中国

---

1 王德威：《重读夏志清教授〈中国现代小说史〉——英文本第三版导言》，收入夏志清：《中国现代小说史》，刘绍铭等译，第32—33页。

知识分子从政治文化的中心地带不断向边缘滑落。对于长期有着幽灵一般的"中心情结"的大陆人文知识分子来说，边缘化就是一种"危机"，要适应这种变化无疑是要经历阵痛的。正如王光明所说："问题的关键是知识分子自身能否在不断失去的内心焦虑和精神失调中，在危机与挑战面前做出积极主动的反应，认清自己的边缘处境，在边缘寻求立足之地和开拓自己的存在空间。"于是，王光明在经过一番痛苦挣扎之后，最终认同了边缘："真的，边缘是必要的观察距离和高度。"[1] 作为出身于大陆，又曾经到香港访学的学者，王光明的这种认同应该说既有着大陆学者的切身体验，又有着海外学术环境的熏陶，从海内外比较的角度来说，非常具有代表性。

由此，我们看到了海内外学者在学术姿态上的逐渐趋向一致。这应该说是海内外学者在对抗、冲突之后最大、最可喜的融合。

三、张爱玲："海外"离散与回归的道具

张爱玲在中国 20 世纪文学史中命运的变化——40 年代红遍上海，50 年代开始销声匿迹，80 年代以后又开始浮出水面，从缺席到出现，从负面评述到正面挖掘，从思想内容到艺术技巧探讨，这里面，是中国 20 世纪文学史内在及历史机制产生的作用。对中国 20 世纪文学史来说，张爱玲只是一个个案。但是从海内外文学批评对比的角度，对海外华人学者来说，张爱玲却不仅仅是张爱玲。

台湾学者廖咸浩曾经援引拉康（Lacan）精神分析法，指陈张爱玲不妨成为 20 世纪中国文学、文化机制中的"小物件"。在他所援引的拉康理论中，主体性的建构是一个"经过'召唤'（interpellation）而来的'论述位置'（discoursive position）"，但是，这种呼唤并不可能完全成功，因为总有"一个令人伤痛的、由非理性与无意义所形成

---

[1] 王光明：《从批评到学术——我的 90 年代（代序）》，收入其所著《文学批评的两地视野》，第 2—3 页。

的污点"。这个污点、小物件正是"我们欲望的真实（the real of our desire）"，又因为"'真实'会带来太狂暴、太惊人的冲击（terrifying impact）"，于是，对这一"多余部分的焦虑，让我们对'律法'更充满期待"。[1] 言下之意，张爱玲是20世纪中国文学的真实欲望所在，但是这个欲望让我们不敢逼视。

王德威也用德里达（Derrida）晚近对马克思主义的存亡论述来将张爱玲喻为中国文学现代性的鬼魂，认为张爱玲"成了我们回溯中国现代文明的梦魇，无从捉摸，却又驱之不去"。[2]

两位学者论述的共同点是把张爱玲视为20世纪中国文学中的某个关键的节点或象征，而对她的研究本身则能说明中国20世纪文学研究中的某些内在机制，于是张爱玲对中国20世纪文学研究的重要性不言而喻。其实，从海内外文学研究对比的角度来看，对海外华人学者来说，张爱玲亦是这样的一个重要节点或象征，是海外华人学者离散与回归双重意识的一个极好寄托。

张爱玲自身的经历与海外华人学者有着很大程度上的相似。她大学三年在香港度过，受的是教会学校教育；1952年离开大陆到香港，1955年赴美，1965年取得美国国籍，1995年在美逝世。这种去国怀乡的经历无疑是张爱玲与海外学人最大的相似点。从张爱玲去世之后她在海外华人世界引起的强烈反响以及海外华人学者的一些怀念、记忆文章与来往书信中对张爱玲的深切怀念及关爱来看，海外华人学者与张爱玲之间无疑有着非常深厚的感情基础。这种由共同的去国怀乡经历产生的感情上的亲近，不能不说是海外华人学者发现张爱玲、热切地喜爱并且不遗余力地推介张爱玲的出发点和基础。

由这种去国怀乡的经历所决定，张爱玲亦具有双重身份，亦徘徊于中西的边缘，其创作也具有广阔的国际视野。在众多对她的批评

---

1 廖咸浩：《迷蝶——张爱玲传奇在台湾》，收入杨泽编《阅读张爱玲》，第362页。
2 王德威：《张爱玲再生缘——重复、回旋与衍生的叙事学》，收入刘绍铭、梁秉钧、许子东编《再读张爱玲》，第14页。

怀念文章中，我们不难发现类似这样的说法："以世界人自居""一个文化意义上的西方人""用一个西洋旅客的眼光观赏这个古旧的中国""早年英文创作就致力于中西交流，视界超越中国""中英文有着同样的功力"……在这些评论中，人们似乎倾向于肯定张爱玲的西方文化身份，而关于张爱玲的中国文化身份，却存在着一个几乎是常识性的定位：张爱玲及其创作与中国20世纪文学主流的分道扬镳。于是，"反叛""背离""对抗""逆反"等词语就成了对张爱玲相对于中国20世纪文学主流的边缘姿态的描述。在这里，我们可以看到人们对张爱玲的西方文化身份以及其相对于中国的边缘姿态的肯定。但是，实际上，张爱玲并不那么"西方"，也不那么"非中国"。

首先，张爱玲在美国的发展并没有如她在上海那般顺利，其创作和出版屡遭挫折。刚到美国的前几年，她几乎是靠资助艺术家的基金会提供的食宿生活，《秧歌》销路不佳，《赤地之恋》找不到愿意出版的出版社，改编自《金锁记》的英文小说《粉泪》一开始也不被接受。应该说，在美的头十年，张爱玲在英文创作上的努力几乎是一场空。从中我们看到一个中国作家要打入美国出版界可以说不是一般的艰难，张爱玲实际上一直没有进入美国文坛，一直处于西方的边缘。

其次，从1965年开始，张爱玲的写作重点在考证《红楼梦》和《海上花》两部小说上，此后在台湾陆续发表作品，早期的一些作品也不断再版，一些研究张爱玲的著作也开始问世，这无疑标志着张爱玲向中文世界的回归。周芬伶曾说："张爱玲是属于中国的作家，她的舞台与影响皆在中国，她在美国四十年的奋斗，处在比母国更边缘的地带，面临西方/东方、男人/女人、第一世界/第三世界、中心/边缘、左/右的对峙关系，尤其在冷战时代，她一直无法打入美国出版界。她在美国的挫败，使她更追溯自身传统与人民记忆。"[1] 因而，她认为，张爱玲20世纪70年代至90年代的活动，包括《浮花浪蕊》《相见欢》

1　周芬伶：《艳异：张爱玲与中国文学》，第131页。

《五四遗事》《色，戒》的创作与《红楼梦》《海上花》的研究工作，都是回归与抵抗的动作。跟张爱玲相交甚深的刘绍铭也把在美国的张爱玲喻为"落难才女"，并说"我用'落难'二字，因在感情上有先入为主的偏袒。为什么偏袒？因为我认识的，是张爱玲，'是今日中国最优秀最重要的作家'。我认识的，不是 Eileen Chang"。[1] 有论者称张爱玲为"灵魂根植于中国的作家"，也是一点也不为过的。

因而，张爱玲徘徊于中西之间，看似很西方化，但实际上只是处于西方的边缘；看似与中国文学主流相悖，但其后期又重返中文世界并受到热烈欢迎而成"张热"。如果说她的处于西方边缘是一种努力而不得的结果，那么她的处于中国主流文学之外的边缘，则是一种自觉的选择，就像她个人生活的选择离群索居。但是同时，她的创作在中文世界掀起的一阵高过一阵的热潮，却又说明了她以自己的创作及作品为媒介与中国文学的特殊交流，从这点上来说，她注定不是边缘的。与海外华人学者相似，张爱玲也是以一种边缘的姿态回归中国文学、中国及其自身。

所以说，无论是从个人经历、双重身份，还是中西徘徊的边缘姿态上来看，张爱玲与海外华人学者都有着惊人的相似。但是在张爱玲向中文世界回归的过程中，我们不可忽视其中海外华人学者的热情推介作用。与被海外华人学者挖掘的其他大陆作家相比，张爱玲似乎更能说明海外学者离散与回归的双重意识。甚至可以说，在张爱玲本身的文学魅力之外，海外华人学者由其与张爱玲去国怀乡的共同感情出发，借其对张爱玲的推介和研究，使张爱玲回归中国 20 世纪文学，也使自己回归中国、中国文学与文化。因此，从这个意义上来说，张爱玲的文学个案，是海外华人学者离散与回归双重意识的特殊投射，也可以说是海外离散与回归的道具。对海外华人学者来说，张爱玲就是

---

1 刘绍铭：《落难才女张爱玲》，收入陈子善编《记忆张爱玲》，山东画报出版社 2006 年版，第 53 页。

这么一个重要的"小物件",一个节点与象征。由此,我们也可以看出海外华人学者选择张爱玲为对象做翻案文章,也是有着一番深意的。

第六节 美在"参差的对照"

本章以海外"张学"为对象,用比较的方法,从意识形态、文学观念、中国文学现代性几个方面对海外"张学"和大陆"张学"进行了比较,试图揭示两者在张爱玲文学研究中的批评话语机制及海外华人学者这一群体相对于大陆学者的特殊性所在,以期从海内外对比的角度为20世纪中国文学研究及当下中西跨文化交流提供一扇独特的审视窗口。

这里,我们可以归纳出海内外"张学"的话语交锋机制:在对抗、冲突的相互影响中走向融合。对抗与冲突源于双方在意识形态、文学观念、现代性标准上的认识和立场差异,融合却是双方在共同的对文学性的认同以及对抗冲突中的相互影响基础上产生的;对抗与冲突是表面的,融合却是深层的内在需要,两者互为基础,是一种辩证的关系,可以归结为:"对话"。

正是在这种对话机制中,海外华人学者显示了其不同于大陆学者的入思视角、学术方法和批评立场。他们对张爱玲的研究抓住其文学技巧的独特性和人性关怀的深刻性,运用文本细读与社会历史、道德内涵分析及文化研究相结合的方法,凸显了他们的文学立场与世界立场。相对大陆学者而言,海外华人学者一定程度上跳出了政治与地缘的限制而显示了一种较为纯粹的学术素质与相对广阔的国际视野。于是,就在这些海内外的差异中,海外华人学者给我们提供了一个反思大陆20世纪中国文学研究的独特窗口:文学传统中的感时忧国精神、长期以来政治标准独步天下而形成的文学史格局、重意识而轻技巧的文学研究观念、在中西之间欲罢不能的现代观、知识分子的政治文化中心心态……由此,我们得以考察"重写文学史""反思现代性""20世纪90年代中国学术转型"这些20世纪中国文学研究史上的重要思潮发生的必然性、重要性及其内外动因。从而,借由海内外学者在共同面对20世纪中国文学这一对象时的交流、碰撞与整合,以及海外华人学者文学研究的独特性,我们得以反思20世纪中国文学研究崭新格局的诞生。

另外,由海外华人学者的双重文化身份、于中西之间徘徊的特性及其最终自觉选择边缘姿态而向中国、文学及知识分子自身回归,我们得以思考在学术全球化时代,在跨文化交流日益加强的今天,中国文学研究面对相对强势的西方文化,如何保持自身的独立性及独特位置,保持向世界言说的独立姿态和有效性。

这便是本章的研究意义所在:由海内外"张学"的"对话"机制探讨20世纪中国文学研究中海内外学者的交流、碰撞、整合与新的文学研究格局的诞生,以及为学术全球化时代跨文化交流中中国文化的应有姿态和应对策略提供一种思考。这就是本节所谓的"参差的对照"之"美"。

最后,本章以比较为方法,以海外"张学"与大陆"张学"为比较之两端,看到不仅研究对象(海内外"张学")本身有着诸多的二元对立之处,例如意识形态对抗中的文学/政治、文学/社会,文学观念中的意识/技巧,现代性问题上的传统/现代、中国/西方,海外华人学者的离散/回归,似乎就连本章的研究方法本身也带有一点二元对立的意味。但是,就像张爱玲的回归使20世纪中国文学研究史展现出较之以前更为多元的面貌,海内外"张学"由对抗、冲突走向融合,本章的研究目的也就是,在海外华人学者的由边缘回归中国、文学及其知识分子自身,海内外学者的由对抗、冲突走向融合的过程中,展现20世纪中国文学研究及跨文化交流的多元的一面。从这个意义上来说,本章的研究方法与研究对象达成了一致,都从二元对立出发而超越二元对立,走向多元。因而,"比较"作为一种研究方法,在此也可以说是一种"对话"的策略,其所致力于达成的"多元"结果,也算是本节所谓"参差的对照"之另外一种"美"。

第四章

十七年文学：解读"再解读"

"十七年文学"是指从中华人民共和国成立（1949年）到"文革"开始（1966年）这一阶段的20世纪中国文学。自"十七年文学"诞生以来，不同历史时期都有关于它的"谈说"、关于它的"重构"，"十七年文学"或隐或显地成为时代的"晴雨表"。就学科建设而言，"十七年文学"是20世纪中国文学史无法绕开的一个特殊存在，也是学科建构的重要组成部分。对这一阶段的文学研究做系统的梳理辨析，对20世纪中国文学研究来说意义重大。

综观20世纪中国文学史，"十七年文学"的历史地位大起大落，值得我们深思。1949—1966年"十七年文学"受到主流意识形态的高度赞赏；"文革"期间"十七年文学"被视为"毒草"而遭到否定；80年代初在"美学热"思潮下，"十七年文学"因其强烈的政治意识形态倾向再次被研究者抛弃；80年代末以后，"十七年文学"的文本和历史复杂性被研究者发掘、拓展，"十七年文学"、"左翼文学"甚至是"'文革'文学"等"革命叙事"不同程度地成了20世纪中国文学研究的热点。在"十七年文学"研究中，存在两种不同的话语场域：海外华人学者与大陆学者的"十七年文学"研究。海外华人学者自觉运用西方批评理论，对"十七年文学"予以关注和发现，挖掘其复杂性和历史多元性，彰显出"十七年文学"研究的海外视野，有效地拓展了"十七年文学"的研究空间。本章研究聚焦于海外华人学者"再解读"的问题意识和研究方法,通过海内外的互动对话与比较研究,探察"再解读"在"十七年文学"以及20世纪中国文学研究中的启示意义。

第一节 "十七年文学"研究的历史与现状

"十七年文学"因其与新中国的政治意识形态的密切关系,而呈现出"文学的一体化"的重要特征。"所谓文学的一体化指文学依照政治意识形态的需要所做的规范化。"[1]因此,回顾"十七年文学"研究的历程,我们也不难发现其中的曲折道路。从海内外比较的角度,"十七年文学"的研究历史大致上可以分为三个阶段。

一、1949年至1980年代中期"文学一体化"的凸显

由于特殊的社会历史原因,这一阶段的"十七年文学"研究主要集中于中国大陆。整体看来,其研究视角相对单一,主要是社会历史批评,从政治意识形态立场对"十七年文学"进行简单的肯定或否定。这一阶段的研究又可以细分为三个小阶段:

第一阶段:1949—1966年。这是"十七年文学"的形成时期,也是批评研究的起步时期。研究者以周扬、冯雪峰为代表,多数身居文艺界要职,是当时文艺政策的主要制定者和执行者,也是党在文艺界的重要代言人。周扬的《十年来的新中国文学》曾从四个方面论述了"当代文学""第一个十年"的骄人成绩:"首先,新中国的文学具有我国过去的文学史上从未有过的新的精神和新的内容",它集中体现为"英雄人物的塑造";其次,"我国文学的风格和形式,有了符合劳动人民要求的重要的发展,这就是进一步的民族化和群众化";再次,"我国已有了一支以工人阶级为骨干的作家队伍";最后,"文学作品的读

---

1 张钟等:《中国当代文学概观》(第三版),北京大学出版社2014年版,第1页。

者对象,文学在社会生活中的地位、作用和影响,也发生了有利于劳动人民的重大的新的变化"。[1]更重要的是,该书在论述中将"新中国文学"视为"中国文学史"发展的最高阶段,比如在讨论小说时,该书指出:"我国古典文学,小说遗产丰富,现代新文学中,也有像鲁迅那样的大师。但现代形式的新小说,虽然对我们来说已有了数十年的历史,却从来没有像这十年中这样蓬勃发展。"[2]在这样的叙述中,我们得以再度感受到"进化的文学史观"的在场。研究者对"十七年文学"的评论,目的是为新中国"社会主义文学"的建构寻找理论根据。他们的文学批评目的并不在于文学审美活动,而在于图解政治方针政策,具有政治规训意味:一方面,它用来支持、赞扬那些符合文学"规范"的作家作品;另一方面,则对那些不符合规范的作家作品(如《武训传》《关连长》等)开展批判。总之,此期的"十七年文学"研究具有强烈的政治意识形态倾向。

第二阶段:1966—1976年。1966年,"文化大革命"开始,"四人帮"登上历史舞台,文艺界的形势从此大变。"文革"期间,对"社会主义文学"进行了重新批判。在1967年发表的《林彪同志委托江青同志召开的部队文艺工作座谈会纪要》中,"十七年文学"被扣上了"理论黑""作品黑""队伍黑"的帽子,这一《纪要》几乎否定了1949年以来比较有影响的"十七年文学"。洪子诚曾指出:"60年代后期,一部流传很广、反映了江青等人观点的《60部小说毒在哪里?》的小册子中,列入了包括《保卫延安》《三里湾》《山乡巨变》《红日》《青春之歌》《苦斗》等'十七年'间几乎全部的有影响的小说。"[3]江青等人称"这十几年来,真正歌颂工农兵的英雄人物,为工农兵服务的好的

---

[1] 中国社会科学院文学研究所《十年来的新中国文学》编写组:《十年来的新中国文学》,作家出版社1963年版,第21—24页。

[2] 中国社会科学院文学研究所《十年来的新中国文学》编写组:《十年来的新中国文学》,第21—24页。

[3] 洪子诚:《关于五十至七十年代的中国文学》,《文学评论》1996年第2期。

或者基本上好的作品也有，但是不多；不少是中间状态的作品；还有一批是反党反社会主义的毒草"；江青等人强调"在文艺批评中，要加强战斗性"，"文艺评论要直接参与政治斗争"。[1] 在这种观念下，"十七年文学"被简单粗暴地予以否定也就不难理解了。

第三阶段：1976年至1980年代初期。粉碎"四人帮"后，文学研究一方面是同步于对"文革"的批判，另一方面在当时无序的情况下，文艺界试图通过"回归'十七年'"来恢复"文革"前的文学传统。"拨乱反正"成了这个时期"十七年文学"研究的中心，亦即把在"文革"中受到批判的"十七年文学"恢复过来。正如宋炳辉在《"柳青现象"的启示——重评长篇小说〈创业史〉》一文中所说的："新时期文学从无到有的第一步，是从'回归十七年'这个起点上跨出的。面对十年动乱后的满目疮痍，'十七年文学'被蒙上了一层淡金色，滤去了许多不尽如人意之处，变得格外令人赞叹怀恋起来"，"肯定十七年，歌颂十七年""体现了'重评十七年的价值取向'"。[2] 80年代初期与中期对"十七年文学"批评的滞后，又与当时的文学环境仍然较为封闭有关，研究者只是站在意识形态的立场选择某个具体作家作品加以分析阐释，很少从整体上把握"十七年文学"。这种研究也只是停留在作品构思、人物形象、政治教化功能等浅层次的研究上，且多以正面评论为主。80年代初，有关"十七年文学"的研究，仍然没有摆脱庸俗社会学的视角。

> 现代文学……其基本内容……是人民大众的、反帝反封建的文学，属于新民主主义范畴。中华人民共和国成立以后，随着社会制度的根本变化，中国当代文学具有了鲜明的社会主义性质，

---

1 《林彪同志委托江青同志召开的部队文艺工作座谈会纪要》，收入谢冕、洪子诚主编《中国当代文学史料选1948—1995》，北京大学出版社1995年版，第62页。
2 宋炳辉：《"柳青现象"的启示——重评长篇小说〈创业史〉》，《上海文论》1988年第4期。

它是以共产主义思想为核心的社会主义文学,是社会主义精神文明建设的一条重要战线。[1]

值得一提的是,在这一时期,夏志清对"十七年文学"也有论及。他在美国1961年出版的《中国现代小说史》中声称:"一部文学史,如果要写得有价值,得有其独到之处,不能因政治或宗教的立场而有任何偏差。"[2]他自己表示所要关注的是小说中的技巧,他说:"中共的小说,既然都是千篇一律,对于个别作者的讨论因此也是多余的。情节与人物都依照着一定的模型,宣传色彩极浓。共产主义艺术必须是乐观的,必须颂扬共产党过去及现在的光荣,以及向往一个更好的将来。又因个人不能有他自己对真理的看法,所以悲观自然是不可能的。"[3]在对"十七年文学"的评价中,夏志清流露出了一种强烈的意识形态倾向,更多是从政治视角对"十七年文学"进行否定、批判。

综观这一历史阶段,由于政治意识形态的影响,"十七年文学"研究也带上浓厚的政治色彩,与"文学的一体化"几乎同步。

二、80年代中期到90年代中期海内外研究的多重话语空间

1978年以来,中国进入新时期,思想解放、改革开放发展经济逐渐成为社会发展的方向。在文学艺术方面,西方各种文艺思潮得到大量译介,文学向内转成为大势所趋,同时国内各种文学流派此起彼伏,异常热闹。这一阶段的"十七年文学"研究,也随之形成了一个海内外研究的多重话语空间。

80年代中期到90年代中期,知识分子出于启蒙精神和审美立场,展开了对"十七年文学"的批判。进入80年代中期,随着思想启蒙运动的

---

1 王庆生主编:《中国当代文学》,上海文艺出版社1983年版,第1—2页。
2 夏志清:《中国现代小说史》,刘绍铭等译,第317页。
3 同上书,第405页。

进一步展开和对50—70年代政治生活的深入反思，以及外来文学、文化思潮的影响和现有文学观念的变革，一些学者开始反思和重审"十七年文学"，质疑既有的价值尺度与研究方法。"文革"结束后，当人们从不同的角度认识到文学批评必须走出病态政治学、庸俗社会学的泥淖之后，怎样使文学批评正常而健康地发展的问题就自然显露出来了。因此，面对这样的问题，出于对以往政治运动过度左右文学的反感，研究者几乎一致地将"审美"或文学性作为评判文学价值主要的甚至是唯一的标准。

在80年代中期，王晓明、陈思和在《上海文论》发起了"重写文学史"的讨论。他们对整个20世纪文学史做了回顾，并对文学史编写中的观念或标准做了批判反思。他们指出，既有的文学史叙述"仅仅以庸俗社会学和狭隘的而非广义的政治标准来衡量一切文学现象，并以此来代替或排斥艺术审美评价的史论观"[1]，他们提倡新的文学史研究方法："它的出发点不再是特定的政治理论，而更是文学史家对作家作品的艺术感受，它的分析方法也自然不再是那种单纯的政治和阶级分析的方法，而是要深入运用各种不同的方法，尤其是审美的分析方法"[2]。事实上，"重写文学史"首先要做的也只是一种"颠覆经典"的工作，其批评对象从早期左翼文学经典《女神》《子夜》到50—60年代的社会主义现实主义经典《青春之歌》《创业史》，从丁玲的"转向"、"何其芳文学道路"到"赵树理方向"以及"文革"期间的姚文元"文艺批评"道路等，包括20年代的革命文学、30年代的左联文学、40年代的延安文学和50—70年代的当代文学。"重写文学史"内在地隐含着某种否定性批判和颠覆。吊诡的是，他们开展批判的依据并非"深入运用各种不同的方法，尤其是审美的分析方法"；相反，几乎都是和当时的政治主题有着密切关系的文学外部标准。

新时期以来，随着启蒙主义思潮的不断深入，以及对文学作品审

1　陈思和：《主持人的话》，《上海文论》1989年第5期。
2　王晓明：《主持人的话》，《上海文论》1989年第6期。

美性的强调,"文学一体化"时代的文学作品在学界受到普遍质疑。文学独立品性的缺失与作品思想内涵被主流意识形态所征用,是"十七年文学"在80年代受到学界冷落的主要原因。80年代,人们拒绝包括"50—70年代中国文学"在内的左翼文学的理由常常是这些文学是"政治"传声筒而不是"文学"本身,于是便有了"断裂论"与"空白论"。

同时,海外华人学者如唐小兵、孟悦、刘禾、黄子平等与大陆学者李杨、戴锦华、贺桂梅等都对"十七年文学"采取了"再解读"的研究思路,迅速形成海内外的遥相呼应,拓展了"十七年文学"的研究空间。恰恰是这段被称为"文学的空白"的文学在研究上的冷遇和滞后,成为学者们特别是有着西学背景的海外华人学者进入20世纪中国文学研究的一个重要的切入点。进入90年代后,随着西方文学理论大量被引介进国内,国内的一些年轻学者,以及一批在海外接受学术训练的华人学者,都不由自主地运用西方最新的文学批评方法研究"十七年文学",涌现了一大批有影响的论著。这种从文化研究的视角对经典作品展开重读的文学批评实践被宽泛地称为"再解读"的研究思路。这种研究思路最先是由海外华人学者如唐小兵、黄子平、孟悦等人践行的,后来逐渐引起中国现当代文学研究领域的广泛注意。这种研究把西方20世纪60年代之后的各种文化理论——包括结构主义、精神分析、后殖民理论、后现代主义、女性主义、西方马克思主义等——引入当代文学研究实践中。他们自觉借助理论"对语言或哲学再现性本质的越来越深、越来越系统化的怀疑",侧重探讨文学文本的结构方式、修辞特性和意识形态运作的轨迹,对于突破社会—历史—美学批评和"新批评"等80年代"主流"的批评模式,把文学研究推向更具体深入的层面,产生了较大影响。这种思路的代表作包括:唐小兵编的《再解读——大众文艺与意识形态》(牛津大学出版社1993年版)[1]和黄子平的《革命·历史·小说》(牛津大学出版社1996

---

[1] 该书大陆简体字增订版2007年由北京大学出版社出版。

年版)[1]。相关的研究成果也体现在李杨的《抗争宿命之路——"社会主义现实主义"(1942—1976)研究》(时代文艺出版社1993年版),王晓明主编的《批评空间的开创:二十世纪中国文学研究》(东方出版中心1998年版)以及李陀的论文《丁玲不简单——毛体制下知识分子在话语生产中的复杂角色》等。这些论著为"十七年文学"研究提供了新的研究视野。[2]

"再解读"对文本的解读思路,在于把文本重新放置到产生文本的历史语境之中,通过一种边缘阅读的方式,关注话语之间的裂缝,通过呈现文本中"不可见"的因素,把"在场"/"缺席"并置,探询文本如何通过压抑"差异"因素而完成主流意识形态话语的全面覆盖。这种研究思路能够呈现被视为"一体化"时期的各种文学力量和文学形态之间的关系,能够呈现这一时期文学(文化)的多层次内容,以及这些有差异的文学内容或冲突或融合的编码过程,从而暴露看起来很"光滑"的、"铁板一块"的文本中蕴含的缝隙和矛盾,以瓦解40—70年代的"体制化"叙述。正如贺桂梅所言:"重读的对象都不被视为封闭的文艺作品,而被视为意识形态动作的'场域',也就是交织着多种文化力量的冲突场域。"[3]也就是说,"再解读"的目的并不在于对这些作品的思想内涵进行重新解读,或是对作品的艺术价值进行重新估定,而是把这些文本看作时代意识形态符号的编码。"再解读"是对产生文本的历史时期的意识形态运作的一种分析与观察。[4]

---

1 该书大陆简体字版进行了增补,并易名为《"灰阑"中的叙述》,2001年由上海文艺出版社出版;2020年北京大学出版社推出增订版。
2 贺桂梅:《"再解读"——文本分析和历史解构》,收入唐小兵编《再解读:大众文艺与意识形态》(增订版),第270页。
3 贺桂梅:《"再解读"——文本分析和历史解构》,收入唐小兵编《再解读:大众文艺与意识形态》(增订版),第271页。
4 贺桂梅:《"再解读"——文本分析和历史解构》,收入唐小兵编《再解读:大众文艺与意识形态》(增订版),第270—274页。

同时,"再解读"的研究思路流露出研究者对"十七年文学"现代性的自觉反思。唐小兵在《我们怎样想象历史(代导言)》中就曾指出:"延安文艺的复杂性正在于它是一场反现代的现代先锋派文化运动。"[1] 刘禾在《文本、批评与民族国家文学》一文也指明了"五四"以降的文学现代性意味:"'五四'以来被称为'现代文学'的东西其实是一种民族国家文学。"[2] 这种文学研究理路,不仅打开了中国现代文学研究的新空间,而且也给带有强烈革命、民族国家色彩的"十七年文学"研究诸多启发。长期居住在海外的李陀也在《丁玲不简单——毛体制下知识分子在话语生产中的复杂角色》一文中指出"十七年文学"具有"反现代的现代性"特质。大陆学者李杨在《抗争宿命之路——"社会主义现实主义"(1942—1976)研究》(1993)一书中,不仅认同刘禾的观点,即"十七年文学"具有民族国家建构的"现代性"特征,并指出:"'我们要建立一个新中国',新民主主义的理论是一种'创造理论',也就是一个建立一个现代民族国家和发展一个现代民族国家的理论。"[3] 他也同时指出"十七年文学"的"反现代的现代性"特征:同时,在李杨看来,"十七年文学""非西方天生地具有对'现代'的反抗性"[4],这种"反现代的现代性"恰恰是对"现代性"叙事的一种继承和发展,是20世纪中国文学在特定历史情境下集中表征现代民族与国家主体性的文学样式。

可见,这一历史时期由于思想启蒙运动、外来文论的大量译介、海内外学术的初步交流互动等因素的影响,文学观念得以更新,研究

---

[1] 唐小兵:《我们怎样想象历史(代导言)》,收入唐小兵编《再解读:大众文艺与意识形态》(增订版),第6页。

[2] 刘禾:《文本、批评与民族国家文学——〈生死场〉的启示》,收入唐小兵编《再解读:大众文艺与意识形态》(增订版),第1页。

[3] 李杨:《抗争宿命之路——"社会主义现实主义"(1942—1976)研究》,时代文艺出版社1993年版,第40页。

[4] 李杨:《抗争宿命之路——"社会主义现实主义"(1942—1976)研究》,第316页。

方法开始多样化，海内外学界对"十七年文学"的研究在方法和观点上都表现出某些相似之处。

三、90年代中后期以来"十七年文学"研究的拓展

20世纪90年代中期以来，国内市场经济不断发展，全球化浪潮逐渐加剧，受西方后现代文学理论特别是文化研究兴盛等的影响，文学研究开始走向多元化，在研究对象内容和研究视角方法上都有了前所未有的拓展与深化。对"十七年文学"研究而言，归纳起来主要有以下几种思路：

（一）洪子诚的"一体化"研究与"知识考古"立场

洪子诚的《中国当代文学史》主要贯彻"一体化"研究思路，试图通过对"一体化"文学形成过程的研究，梳理政治意识形态化的当代文学规范与现代文学传统错综复杂的纠缠，从而深入揭示政治权力在当代文学中的运作状态。洪子诚对当代文学现象多元共生的文化结构也保持了足够的自觉。循此思路，他努力发掘"一体化"时期偏离或悖逆主流文学规范的思想和创作，这些思想和创作一度曾被认为是非主流、另类、异端、被压抑、隐失的文学现象，比如洪著中写到的隐失的诗人和流派、另一类记忆、另一类小说、分裂的文学世界等。

此外，洪子诚还强调了包括"十七年文学"在内的当代文学研究的价值立场。他在《中国当代文学史》"前言"中声明：

> 本书的着重点不是对这些现象的评判，即不是将创作和文学问题从特定的历史情境中抽取出来，按照编写者所信奉的价值尺度（政治的、伦理的、审美的）做出臧否，而是努力将问题"放回"到"历史情境"中去审察。也就是说，一方面，会更注意对某一作品，某一体裁、样式，某一概念的形态特征的描述，包括这些特征的演化的情形；另一方面，则会关注这些类型的文学形

态产生、演化的情景和条件,并提供显现这些情景和条件的材料,以增加我们"靠近""历史"的可能性。[1]

洪子诚曾表示:"确实试图运用韦伯的那种'价值中立'的'知识学'来处理当代文学现象,在这本文学史中也有一定程度的反映。"[2] 洪子诚希望通过搁置价值评价,以一种"冷静"与"公正"的态度进入文学史研究。而这种以深入历史情境的"知识考古"的立场来开展"十七年文学"研究的理路,与海外华人学者黄子平等人提倡的"回到历史深处"的研究方法可谓异曲同工。

(二)陈思和的"多层面""潜在写作"和"民间立场"等研究

陈思和对于抗战以来的文学史研究,最为显著的成果是他提出了"民间""战争文化"的研究思路。在"十七年文学"研究中,陈思和在对以反映农村生活、军事斗争等为主要内容的主流作品进行重新解读的过程中,在"民间文化立场""潜在写作"观念的观照下,挖掘出战争文化心理规范下某些作品的"非主流"声音和作家的艺术个性,发掘了许多曾被压抑、掩埋的文本,并通过文本之间的历史裂缝,充分敞开"一体化"时期仍存在的多种文化结构。由他主编的《中国当代文学史教程》突出地标明"民间"的立场,并以"潜在写作"作为中心概念来重新架构当代文学史的叙事,因此成为一部非常"异类"的中国当代文学史。陈思和破天荒地提出"潜在写作"这个概念,借以聚集起"在当时客观环境下不能公开发表的文学作品",给学界打开了一个广阔的文学研究视野,发掘了一片崭新的文学天地,给人耳目一新之感:原来在那些当代权力和制度的严密规划、监视、压抑和控制之外,还存在那么富有生命力的文学现象。陈思和选择了大量处于当代"民间"位置的

---

1 洪子诚:《中国当代文学史》,北京大学出版社 1999 年版,"前言",第 v 页。
2 李杨、洪子诚:《当代文学史写作及相关问题的通信》,《文学评论》2002 年第 3 期。

"潜在写作"等一系列名不见经传的作家作品写入文学史。显而易见，陈思和自觉通过这些具有个人性、独创性和艺术性的作品的审美分析和观照，反衬政治意识形态对当代文学创作的粗暴干涉，力图引导读者以独立的眼光去探求文学史的真相，颠覆文学成规，以达到真正意义上的文学史的重写。即使在一些为当时政治意识形态承认的作品中，编著者也以"民间"的立场加以重新观照，剥离它们文本中的政治宣传色彩，发扬其与时代共名不相和谐的含有民间生命力的艺术因素，从而更新了对它的历史定位。正如陈思和在"前言"中强调的那样："中国当代文学作品的艺术生命力不在于陈词滥调地宣传和维护那些过时的政策和政治口号，也不是反过来仅仅从意识形态的角度加以简单的否定，而是看它是否经得起用今天的艺术标准来重新阐释。"[1]

（三）反思"十七年文学"现代性的研究思路

对"十七年文学"现代性的探讨，最早由海外华人学者刘禾、唐小兵等人践行，并迅速影响国内的"十七年文学"研究。90年代中期以后，汪晖首先从思想史角度切入中国近现代的思想研究。在《韦伯与中国的现代性问题》（1991）一文中，汪晖对作为80年代思想根基的"启蒙与救亡"的双重变奏说发起了挑战。他认为在建立现代民族国家的过程中，并不存在"启蒙压倒救亡"或者"救亡压倒启蒙"的情形，事实上，二者始终是统一于建立现代民族国家的历史目的之中的。而后在《当代中国的思想状况与现代性问题》[2]中，他又提出了中国本土的"反资本主义现代化的现代性"（社会主义现代性），着力挖掘、论证"中国现代性方案"的合法性和优越性，重新肯定左翼文学作为一种新的"现代性"的审美形态在建构中国现代民族国家中的关键性作用。这一观点在韩毓海、李杨等学者的论著中也有论及。在

1　陈思和主编：《中国当代文学史教程》，复旦大学出版社2005年版，第10页。
2　汪晖：《当代中国的思想状况与现代性问题》，《天涯》1997年第5期。

《50—70年代中国文学经典再解读》[1]一书中,李杨从本尼迪克特·安德森"想象的共同体"的理论出发,探讨了小说叙事中的现代民族与国家认同。他力图揭示隐含在小说叙事成规中的历史过程、政治寓言及文化生产方式,并进一步探讨现代性的"革命"与"传统"之间隐秘的互动和缠绕。白烨在《压力下的生长——十七年文学的坎坷行进》[2]一文中则认为"十七年文学"不是不存在现代性,而是被压抑了。而蔡世连在《关于建国后27年文学现代性的思考》[3]一文中则指出:"文学现代性应是一个综合指标,它以具有内在联系的多种形态存在于27年文学之中。个性主义作为一种被压抑的现代性在中国现代文化语境的压力下也顽强地存在于一些政治化文本的潜在层面,留下了难以擦抹的痕迹。"刘保昌在《"十七年文学"的现代性问题》一文则对近年来"十七年文学"的现代性研究进行了反思,他借用西方的两种现代性理论(即"审美现代性"与"世俗现代性")来观照"十七年文学",认为"'十七年文学'具备着顺应国家民族现代化大潮的世俗现代性,而其审美现代性则明显不足"[4]。蓝爱国则通过对十七年经典文本的重读,从"现代性""日常生活""物质生活"三个理论试点,来对文本做文学史的观照。杨厚均的博士论文《革命历史图景与民族国家想象》从民族国家想象的现代性视角入手,对新中国"十七年文学"进行了"再解读",试图揭示它们之间现代性的特征。丁帆、王世城的《十七年文学:"人"与"自我"的失落》(1999)、陈晓明的《现代性与当代中国文学转型》(2003)、程光炜的《文学想象与文学国家——中国当代文学研究(1949—1976)》(2005)、王本朝的《中国当代文学制度研究:1949—1976》(2007)、郭冰茹的《十七年(1949—1966)小说的

---

1 李杨:《50—70年代中国文学经典再解读》,山东教育出版社2006年版。
2 白烨:《压力下的生长——十七年文学的坎坷行进》,《解放军艺术学院学报》2002年第1期。
3 蔡世连:《关于建国后27年文学现代性的思考》,《齐鲁学刊》2003年第6期。
4 刘保昌:《"十七年文学"的现代性问题》,《江汉论坛》2002年第3期。

叙事张力》(2007)、张均的《中国当代文学制度研究(1949—1976)》(2011)、李蓉的《"十七年文学"的身体阐释》(2014)等论著纷纷加入论争。值得一提的是,贺桂梅编的《"50—70年代文学"研究读本》(上海书店出版社2018年版),编选了20世纪90年代以来有关"50—70年代"文学研究的代表性成果,较为全面地呈现了90年代以来不同侧面、思路上展开的较新研究进展,成为学界了解此领域较好的研究读本。有关当代文学或"十七年文学"的现代性的讨论至今仍是20世纪中国文学研究的热点。

"再解读"作为方法,曾经深远地影响了中国现当代文学的研究。然而,目前学界对"再解读"还没有一个系统的历史梳理和总结。当前对"再解读"研究思潮进行批评研究的文章中较具代表性的有:朴贞姬的《"再解读"与"解构"进入文学史写作——中国当代文学史研究现象之一》(《天津社会科学》1997年第6期),贺桂梅的《"再解读"——文本分析和历史解构》(《海南师范学院学报》2004年第1期),程光炜的《"再解读"思潮与历史转型——以唐小兵编〈再解读:大众文艺与意识形态〉》等一批著作为话题》(《上海文学》2009年第6期),李凤亮的《"再解读"的再解读——唐小兵教授访谈录》(《小说评论》2010年第4期),曾令存、李杨的《"再解读"与"反现代的现代性"——当代文学学科史访谈录》(《中国现代文学研究丛刊》2011年第12期),王彬彬的《〈再解读:大众文艺与意识形态〉初解读——以唐小兵文章为例》(《文艺研究》2014年第6期)和《〈再解读:大众文艺与意识形态〉再解读——以黄子平、贺桂梅、戴锦华、孟悦为例》(《扬子江评论》2014年第2期),郑焕钊、李石的《作为文化研究本土化实践的"再解读"思潮》(《江苏社会科学》2018年第1期),刘诗宇的《论中国当代文学研究中的"再解读"思潮》(《文艺研究》2019年第6期),等等。以上成果对"再解读"思潮的历史语境、批评方法、价值立场、文化研究策略,及其重写文学史、现代性议题等多有讨论,为我们的研究提供了基础。因此,通过深入研究"再解读"

批评策略的特点，比较分析海外华人学者与大陆学术界的趋同与差异，对"再解读"这一具有学术史意义的研究思路进行整体性的学理梳理和学术史反思，是我们要解决的问题。

为了行文方便，在此有必要先厘清几个重要概念。

（一）革命历史小说

主要指的是中国大陆 1950—1970 年代生产的一大批小说作品，有时因论述的需要，也会把延安时期的小说也纳入考察的范围。按照黄子平的理解，"这些作品在既定意识形态的规限内讲述既定的历史题材，以达成既定的意识形态目的：它们承担了将刚刚过去的'革命历史'经典化的功能，讲述革命的起源神话、英雄传奇和终极承诺，以此维系当代国人的大希望与大恐惧，证明当代现实的合理性，通过全国范围内的讲述与阅读实践，建构国人在这革命所建立的新秩序中的主体意识"[1]。从文本上来看，1949—1966 年出版的具有代表性的革命历史小说主要有：马烽、西戎的《吕梁英雄传》（1949），孔厥、袁静的《新儿女英雄传》（1949），徐光耀的《平原烈火》（1950），柳青的《铜墙铁壁》（1951），杜鹏程的《保卫延安》（1954），知侠的《铁道游击队》（1954），高云览的《小城春秋》（1956），吴强的《红日》（1957），曲波的《林海雪原》（1957），梁斌的《红旗谱》（1957），杨沫的《青春之歌》（1958），雪克的《战斗的青春》（1958），冯志的《敌后武工队》（1958），冯德英的《苦菜花》（1958），欧阳山的《三家巷》（1959），李晓明、韩安庆的《平原枪声》（1959），罗广斌、杨益言的《红岩》（1961），孙犁的《风云初记》（1963），等等。

（二）20 世纪左翼文学

左翼文学，狭义上指的是共产党领导的革命文学。洪子诚曾总结

---

[1] 黄子平：《"灰阑"中的叙述》，上海文艺出版社 2001 年版，第 2 页。

出两种左翼文学概念的使用方法，其中一种是"笼统用法"，指的是"按照政治倾向和与政治紧密关联的文学观念的分野，区分20世纪中国文学，来指认其中的一种文学潮流、文学派别。在这种情况下，'革命文学''左翼文学'等概念可以相互替代，它指的是从20年代末的革命文学运动，到'左联'文学运动和作家创作，到50年代以后的'社会主义文学'等"。[1]本文基本沿用洪子诚的这一提法。因此，20世纪左翼文学指的是从20世纪二三十年代的左翼文学开始，发展到40年代的延安文学，一直延续到50—70年代的社会主义现实主义的经典文学作品。它不仅包括50—70年代的文学如"革命历史小说""'文革'文学"等，还包括20—40年代的左翼文学。[2]

（三）"十七年文学"

主要指的是1949—1966年的文学，包括各种体裁形式。事实上，"再解读"所关注的文体更多的是小说，所以本章所论述的"十七年文学"大致上可以认为是十七年小说。十七年文学的时间上限虽然是1949年，但是其所遵循文学观念和文学态度早在1942年就已经明确而且逐渐定型了。因此像《暴风骤雨》这样的文本，虽然成书于1947—1948年，但它对"十七年文学"的影响起到了范式的作用，也在"再解读"的研究中常常被论述。

"革命历史小说""十七年文学""20世纪左翼文学"这几个概念在"再解读"研究思路中外延会有所交叉叠合，但在解构这些带有强烈意识形态的文学现象时，它们的内涵又都是相通的。

---

[1] 洪子诚:《左翼文学与"现代派"》，收入《现代中国》第1辑，湖北教育出版社2001年版，第115页。
[2] 对革命小说、左翼文学等的系统研究及深入辨析，其代表性成果，可以参见熊权:《"革命加恋爱"现象与左翼文学思潮研究》(人民出版社2013年版)、《想象革命的方法：中国现代作家作品八讲》(人民出版社2016年版)等。

第二节 "再解读"出场的当代学术语境

"再解读"策略用于研究中国 20 世纪左翼文学，并不是偶然的现象。它是"重写文学史"运动、新启蒙主义思潮与西方文学理论方法对国内批评界的投射共同作用的结果。其中，新启蒙主义对 50—70 年代文学的批判与否定也为"重写文学史"运动提供了理论资源。

一、"重写文学史"的呼唤

从学术研究的背景来看，80 年代中后期学术界出现的"重写文学史"的思想诉求，是引发"重读" 20 世纪中国文学作品的直接原因。"重写文学史"，必然涉及重新评估、重新阐释 20 世纪中国文学史上作家作品、文学现象的问题。而"再解读"策略的批评实践与"重写文学史"颠覆过往经典思路构成了一种对话互动。

"文革"结束后，当人们从不同的角度认识到文学批评必须走出病态政治学、庸俗社会学的泥淖之后，怎样使文学批评正常而健康地发展的问题就自然显露出来。面对这样的问题，出于对以往政治运动伤害文学的反感，对于带有强烈意识形态倾向的"十七年文学"，大多数人并不抱有好感。1979 年《上海文学》第 4 期发表了评论员文章《为文艺正名》，它是针对当时文艺创作依然盛行公式化、概念化而发的，认为造成这一现象的主要原因"就是创作者忽视了文学艺术自身的特征，而仅仅把文艺看作阶级斗争的一个简单工具"。"拨乱反正"后，随着思想解放运动的深入，人们对于在过去十多年间的政治斗争心存反感，而文学作为干预生活和社会的政治功能自然遭到抛弃。在 80 年代中期的"美学热"思潮影响下，人们几乎毫不犹豫地将"审美"作为评价文学价值的主要甚至是唯一标准。

这一思潮最先体现在刘再复的《论文艺批评的美学标准》一文中。他在文中指出："文艺批评是一种审美判断，只能在美学范围内进行。科学的文艺批评，就是从社会生活实际和艺术实际出发，准确地估量艺术作品客观存在的价值，准确地、全面地反映艺术的本质规律。"[1] 钱谷融的《谈文艺批评问题》一文也表达了相似的看法："就艺术作品作为艺术作品来看，真实性、倾向性不能离开艺术性而存在，而艺术性本身也就是真实性与倾向性的和谐的富有魅力的'形象显现'。"[2]

"重写文学史"是以"淡化意识形态"、凸显"审美"和"文学性"为价值尺度的。虽然"重写文学史"并不仅仅针对"十七年文学"，但是在《上海文论》发表的22篇围绕"重写"主题的文章[3]，有12篇都是关于"十七年文学"的，这些研究文章涉及"十七年"时期的作家作品与文学现象。这一阶段的研究表现出鲜明的社会批判和文化批判立场，是思想解放运动深入的表现，也与反思"五四"以来的左翼——革命文学传统有关。如陈思和就将"重写文学史"定位为，在文学史整体观念提出之后的一个必然发展阶段。这显示出"重写文学史"是一种"去政治化"意义上的重写，对"种种非文学观点"，也就是政治化观点的消解和"拨乱反正"。宋炳辉的《"柳青现象"的启示——重评长篇小说〈创业史〉》是较早开始重评的文章。文章指出《创业史》存在较多的矛盾："作品被夸大了的理论体系笼罩着全篇……'合理地'完成主题的实现……这种理论体系的自我封闭性又钳制了生活的真正丰富多样性。……妨碍作家对现实生活本质的不断追求和艺术表现。"[4] 这种批评话语，集中了80年代的新启蒙思想资源与审美主义的艺术资源，实现了对狭隘政治视角以及庸俗社会学评论的颠覆。正如主持"专栏"的陈思和所言："重写"的目标之一便是"要把文学史的评价标准逐渐移向文学审美领域"，"原则上是以审美标

1　刘再复：《论文艺批评的美学标准》，《中国社会科学》1980年第6期。
2　钱谷融：《谈文艺批评问题》，《文艺理论研究》1981年第4期。
3　关于80年代"重写文学史"思潮的整体研究，可参见杨庆祥：《"重写"的限度："重写文学史"的想象和实践》，北京大学出版社2011年版。
4　宋炳辉：《"柳青现象"的启示——重评长篇小说〈创业史〉》，《上海文论》1988年第4期。

准来重新评价过去的名家名作以及各种文学现象","使之从从属于整个革命史传统教育的状态下摆脱出来,成为一门独立的审美的文学史学科"。[1]

80年代,在重写文学史的召唤下,颠覆经典的文学研究成果时有涌现。如对柳青的评论,由于作家的创作"是建立在封闭狭隘的理智基础之上的,因此,即使像柳青这样长期扎根于农村生活,力图忠实于生活的作家,也只能在'先验'的理论框架的规范中面对生活,生活经过这套框架的筛选,丧失了它的原生态丰富性、复杂性,主体不可能以开放的姿态去容受它们,通过它们的体验和领悟而补充、修正或者改变这套理论框架"。[2] 再如对赵树理的批判:"他的艺术见解常常等同于政治见解;他不认为文学是人学,不认为文学的崇高使命是研究人、表现人,从审美的角度通过艺术形象去陶冶读者的心灵,而是把文学当作一种为农村现实服务的特殊工具……所以新中国成立以来,大批文学作品旋生旋灭,震惊文坛之作始终如凤毛麟角,更不曾产生世界性影响的伟大作家和作品,看来绝不是偶然的现象。"[3]

洪子诚也透露过"曾准备以《文学的空白》为题,试图用很猛烈的火力来批判这段文学"[4],但是他后来放弃了。从洪子诚的这一心迹,我们可以窥见20世纪80年代文学研究者对"十七年文学"的普遍心态。学者对"十七年文学"进行人性缺失的指责也罢,或者对"十七年文学"作品研究的冷落也好,都表现出学界对"十七年文学"的否定与批判。

刘再复在世纪之交批评张爱玲的创作和夏志清的《中国现代小说史》的论文中写道:

1　陈思和:《主持人的话》,《上海文论》1989年第5期。
2　宋炳辉:《"柳青现象"的启示——重评长篇小说〈创业史〉》,《上海文论》1988年第4期。
3　戴光中:《关于"赵树理方向"的再认识》,《上海文论》1988年第4期。
4　转引自栾梅健:《中国当代文学史研究(1949—1976)学术研讨会综述》,《文学评论》2002年第2期。

80年代，大陆一群思想者与文人从"文化大革命"的巨大历史教训中得到教育，知道放下政治斗争留下的包袱与敌意是何等重要，换句话说，批评应当扬弃任何敌意，而怀着敬意与爱意。对任何作家，不管他过去选择何种政治斗争，都可以批评，但这种批评应当是同情的、理解的、审美的。80年代的这种思路，到了90年代，似乎又中断了。大陆有些作家学人，刻意贬低鲁迅，把左翼文学和工农兵文学说得一钱不值，与此同时，又刻意制造另一些非左翼作家的神话，这在思维方式上又回到两极摆动的简单化评论。现在真需要对90年代大陆的文学批评与文学史写作个批判性的回顾。[1]

作为20世纪80年代中国文学的弄潮儿，刘再复的这一反思具有重要的意义。从这一段话我们也可以看出刘再复仍然怀有80年代"审美主义"和"纯文学"的观念，如同陈思和、王晓明一样，他们在"重写文学史"的讨论中都提倡"审美评价"，凸显"文学性"。用"审美评价"的标准自然形成对20世纪左翼文学的排斥，中华人民共和国成立后，"随着当代政治实践的激进化，中国现代文学史，成了一部左翼文学史"；而在80年代以来所建立的"'文学性'的文学史秩序"中，"左翼文学就逐渐被排除在'文学'之外。"[2]

辩证地看，"纯文学/文学性"的形成与80年代对50—70年代"政治第一，艺术第二"等一系列建立在经典马克思主义以及《在延安文艺座谈会上的讲话》基础上的社会主义文艺实践的"拒绝"密切相关。在这种"拒绝"的背景下，文学的审美维度获得了高扬，文学干预生活和社会的政治功能被抛弃，这为"纯文学"的观念与文学自

---

1 刘再复：《再评张爱玲的小说与夏志清的〈中国现代小说史〉》，收入李陀、陈燕谷主编《视界》，第7辑，河北教育出版社2002年版，第5页。
2 旷新年：《犹豫不决的文学史》，《文学评论》1999年第1期。

主性的意识形态建构提供了合法性基础。80年代"纯文学"的反抗对象是以社会主义现实主义为主导的社会主义建设时期的主流意识形态，其反抗策略是"去政治化/去革命化"。而这种"去政治化"的效果却使"文学"与"政治"分道扬镳，因此也遮蔽了"文学/政治"纠结在一起的历史合理性与复杂性。学界在对"纯文学"的反思中，虽然凸显了"文学自主性"的意识形态性以及文学文本自身的政治性，但这并不能给我们思考文学/政治的关系带来更多的帮助。

对此，李杨曾这样指出：

> 一方面，重写文学史以"纯文学"作为旗帜；然而，另一方面，最终却同样以政治正确性作为单纯的评价标准，以对"政治"距离的测量来确定文学史地位的高低，并且同样以政治性的评价来取代文学性的评价。"自由主义作家"由于"远离政治"而得到高度评价，左翼作家因为另类的政治而被取消了"艺术价值"。"自由主义文学"逐渐凸显成为文学史的"中心"和"主流"，而左翼文学则不断受到贬低和排斥，并且大有放逐于现代文学史之外之势。"重写文学史"的"洞见"最终变成了文学史的"盲视"。[1]

后来李陀也这样回忆道：

> "纯文学"这种说法在中国出现并且存活下来，这有一个70、80年代之交的特殊历史环境，那就是："文革"刚刚结束，非常僵化的文学教条还严重地束缚着文学——比如"文艺从属于政治"，文学一定要写"典型环境中的典型人物"，以及从样板戏里总结出来的"高大全"等，这些"艺术原则"都成为不能违背

---

[1] 李杨：《当代文学史写作：原则、方法与可能性——从陈思和主编的〈中国当代文学史教程〉谈起》，《文学评论》2000年第3期。

的教条，成为文学"解放"的严重障碍。在那种情况下，作家只有冲决、抵制、批判这些文学教条，写作才能解放，才可能发展一种新的写作。[1]

客观地看，在当时文化语境下，"纯文学"强调的"非意识形态化"显然有着相当积极的意义。它借此拒绝了极左的政治——意识形态对文学的控制，从而使文学得以独立地表达当时时代的声音。

其实，在"重写文学史"运动中，80年代重提"回到文学本身"，实际上意味着文学完全独立于国家、社会、政治、意识形态等公共领域，完全是一个私人的、纯粹的、自足的审美空间。这种观点依然内在地被文学/政治的二元对立框架所支撑，政治作为文学的对立面而被抛弃，而带有强烈意识形态倾向的"十七年文学"也未能幸免。正因为如此，"重写文学史"专栏的主要贡献也仅在于"冲破原有那些'公论'的束缚"[2]，而没能做到预期的那样"探讨文学史研究多元的可能性"[3]。在80年代，就"文学性/纯文学"问题而言，80年代前期，关于"文学"独立内涵的建构始终处在文学/政治的二元对立的结构之中，"纯文学/文学性"通过把80年代的主流文艺体制判定为"政治的"而发挥了自己的批评功效。"纯文学"始终是以"反政治"或"非政治性"作为其内涵的。文学的内涵由其所抗衡的政治主题的反面而决定。在80年代的历史语境中，"让文学回到自身"这种表述方式有着强烈的政治批判意蕴。其所反抗的，是那种"阶级斗争工具论"的文学规范，使文学从特定的政治主题的束缚中解放出来。也就是说，离开政治，文学无法说明自身所具有的"文学性"。文学/政治这种二元对立的表述方式，完成的却是敌对双方充满意识形态意味的价值判

---

[1] 李陀、李静：《漫说"纯文学"——李陀访谈录》，《上海文学》2001年第3期。
[2] 陈思和、王晓明：《主持人的话》，《上海文论》1988年第5期。
[3] 陈思和、王晓明：《主持人的话》，《上海文论》1988年第4期。

断,而非有效的文学批判。

由此可见,"重写文学史"对过往经典的颠覆和反思怀疑精神,推动了学界对过往经典的反思和重构工作。而"再解读"的研究思路也是对经典的重新解读,甚至是对过往批评的重新批评解读,也是一种重读和颠覆经典的批评实践。

综观80年代的文学研究,无论是单纯的政治视角,还是"纯审美"的视角,这种简单的批判立场都难以解决"十七年文学"的复杂性(包括其文本本身的复杂性和生产机制的历史复杂性)。而对于复杂的文化现象和文学学术问题一旦采取情绪化或简单化的处理方式,就很难把研究深入下去,而总是在"矫枉必须过正"的所谓"纠偏"中徘徊。实际上,在这种二元对立基础上产生的批评,不论来自哪一方面,都是以忽略一些重要的历史事实为前提的。研究者首先要努力清理的问题是:"历史是什么样子"和"历史为什么会这个样子"。

众所周知,作为中国当代文学史的一个重要文学现象,"十七年文学"或50—70年代文学是任何一个文学史家修治当代文学史所不能忽略的一个特殊存在。然而在整个80年代里,"十七年文学"的研究滞后,学界对它异常冷漠。创作总体"审美水准"的不足,或许是难以吸引更多注意力的重要原因。但是,从另一角度看,这一曲折的文学研究进程,又蕴含着一些关于中国现代文学的重要问题和矛盾,这涉及现代文学传统、作家精神结构、现代文学艺术形态,以及文类、样式的特征等问题。中国当代文学为什么会呈现这样的形态,以及这一形态是在怎样的历史背景下产生的,这并非一个没有价值的探索领域。而这一时期对"十七年文学"研究的滞后,却给后来的研究者留下了较大的研究空间。而"再解读"的研究思路恰恰对此研究的滞后进行了补足,着力从生产机制的角度去揭示文本中复杂的历史多元性,颠覆了文学史的书写成规。正如海外华人学者唐小兵所言:

> 一旦阅读不再是单纯地解释现象或满足于发生学似的叙述,

也不再是归纳意义或总结特征,而是要揭示出历史文本背后的运作机制和意义结构,我们便可以把这一重新编码的过程称作"解读"。解读的过程便是暴露出现存文本中被遗忘、被压抑或被粉饰的异质、混乱、憧憬和暴力。因此解读的出发点与归宿必然是意识形态批判,也是拯救历史复杂多元性、辨认其中乌托邦想象的努力。[1]

唐小兵在回首编写《再解读》一书时曾指出:"90年代初写和编《再解读》的时候,好像也没有说要有意回避这样一个80年代的核心价值(文学的审美性),但是有一个很重要的意念,就是要把文学的审美性也放到一个意识形态的生产机制相关的脉络里面去讨论。"[2] 在唐小兵看来,"十七年文学"既是高度一体化的,又是充满异质性的,是一体与异质之间的复杂缠结。这较之于以政治性取代具体艺术分析,甚至是"纯审美"评价,对"十七年文学"采取一概否定的简单化做法,无疑是一大进步,它表征了学术界一次重要的理性回归。必须要跳出文本,将之放回到特定的"历史情境"中去审察,关注这些形象、情感、审美及其文体、样式的产生演化的情境和条件,并提供显现这些情境和条件的史料,或做文献史料学意义上的辨析。"十七年文学"在不同的题材、文本背后都掺杂着国家意识形态的控制,个性、个体、个人等私人性因素被冷落,被排斥。而作家的创作,也因无法抗拒国家意识形态的强势而开始面临着被压抑和被遗忘的处境。

事实上,大陆学界由陈思和等人所推动的"重写文学史"思潮与海外华人学者所推动的"再解读"研究思路,虽然都借由对经典的重读挑战文学史秩序并达到某种颠覆,但其内在上也有差异性。"'重写

---

1 唐小兵:《我们怎样想象历史(代导言)》,收入唐小兵编《再解读:大众文艺与意识形态》(修订版),第15页。
2 唐小兵、黄子平、李杨、贺桂梅:《文化理论与经典重读》,《文艺争鸣》2007年第8期。

文学史'的目的在于从'文学性'的层面批判'十七年'与'文革'时期的文学，进而重塑当代文学史的序列与面貌；'再解读'虽然也不满于既有的文学史，但其所采用的话语资源、理论方法都与'重写文学史'大相径庭，不仅超出了'文学性'的层面，甚至在研究立场上与'重写文学史'发生冲突。"[1]但是不管二者的关系是延续还是反叛，它们共同促进了"十七年文学"研究的发展与深化，对中国现当代文学研究的转型产生了重要影响[2]，这是毋庸置疑的。

二、新启蒙主义对革命文学的批判

事实上，"重写文学史"的出场与新时期涌现的思想解放运动、新启蒙主义运动有着隐秘的联系。在80年代的主流文学史叙述里，左翼文学/革命文学往往作为"五四文学"的对立面被放置在一个二元对立框架里进行论述。这恰恰是新启蒙主义对革命文学的批判带来的影响。

不可否认的是，80年代前期思想界兴起的新启蒙主义运动与思想家、美学家李泽厚有密切关系。在《启蒙与救亡的双重变奏》中，李泽厚以"救亡"与"启蒙"两大"性质不相同"的思想史主题来总结中国现代史，使之成为"80年代思想史的必读文本"[3]。在李泽厚看来，在中国现代史的发展过程中，"反封建"的文化启蒙运动被"救亡"主题"中断"，革命和救亡运动不仅没有继续推进文化启蒙工作，而且被"传统的旧意识形态""改头换面地悄悄渗入"，最终造成了"文革""把中国意识推到封建传统全面复活的绝境"[4]。"启蒙"与"救亡"

---

1 刘诗宇：《论中国当代文学研究中的"再解读"思潮》，《文艺研究》2019年第6期。
2 旷新年：《"重写文学史"的终结与中国现代文学研究转型》，《南方文坛》2003年第1期；曾令存：《"十七年文学"研究与"历史叙述"的重构》，《海南师范学院学报》（社会科学版）2003年第2期。
3 夏中义：《思想家的凸显与淡出——略论李泽厚新时期美学历程》，《学术月刊》2004年第10期。
4 李泽厚：《中国现代思想史论》，东方出版社1987年版，第7页。

的对立背后隐含的是"现代"与"传统"的对立。李泽厚指出，指认历史和评判历史的方式所存在的问题，不在于是否应该反省革命历史（尤其是50—70年代历史），而在于其反省历史的方式；不在于"启蒙"（现代）、"救亡"（革命，传统）何者更为重要，而在于将其指认为一组非此即彼的二元对立式关系；不在于追求"启蒙"的现代性是否更为正当，而在于以现代/传统之间的对立来描述革命历史/非革命历史。更关键的问题在于"启蒙"所包含的"现代性"的具体内涵，也就是把西方"启蒙"理性作为"现代性"的唯一内涵，并作为评判历史的绝对伦理标准。李泽厚在发表于1987年的《二十世纪中国（大陆）文艺一瞥》中，挖掘知识分子的历史选择和心态史，展示了六代知识分子的"现代化历程"，这种论述跳出了"革命政治史"的叙述。李泽厚后来在为自己的文集《走我自己的路》的增订本所作的序言中也重申，20世纪中国现代史的走向是"救亡压倒启蒙，农民革命压倒了现代化"。[1] 因此，李泽厚对"革命政治史"的梳理、对历史的解释和现代化历程的构想，无疑为现代文学研究试图从党史的革命叙事中摆脱出来的目标，提供了一条可供操作的历史路径。

可以说，启蒙现代性在80年代是被当作一种普泛的价值标准来使用的，它不仅统摄西方/中国，而且也"应该"统摄革命历史，应该被当作一种比革命（被转换为"救亡"）更重要的历史目标。在此意义上，80年代知识界的主流思想充满着一种乌托邦式的现代想象。也正是在这样的评判基础上，"革命"（乃至整个马克思主义思想脉络上的左翼理论和左翼历史），被视作低一等的（如果没有明确地表示为"前现代"的）"错误"的历史歧路，而遭到忽视、否定和简化。可见，"重写文学史"接续了80年代中期所谓"文学的自觉"的观念，即要求文学挣脱以往的政治意识形态的束缚。一方面，"重写文学史"要求重新回到被

---

[1] 李泽厚：《李泽厚十年集·走我自己的路》（增订本），安徽文艺出版社1994年版，第10页。

"救亡"所中断了的五四"启蒙文学"传统,重新以"审美性""文学性"标准对中国现代文学作品和现象进行重新解读和评价;另一方面,这种文学审美原则明确地将"红色经典"视为国家政治意识形态的宣传工具。因此,在"重写文学史"思潮背后,是"五四"时期的"启蒙文学""新时期文学"主体地位的确立以及"红色经典"的边缘化。

因此,"重写文学史"及其接续"再解读"思潮,它们所内含的政治意识形态颠覆性受到新启蒙主义对革命文学思想批判的内在影响已经昭然若揭。正是在此意义上,李泽厚的"救亡压倒启蒙"被认为是"重写文学史"的"纲领性文献"。"重写的思潮不仅局限在文学的领域,'重写文学史'不是简单地'把文学史还给文学',事实上,'重写文学史'反而是政治、思想、文化诸变化的结构。从根本上说,文学史的重写是由于外部的力量所引起的。李泽厚发表于1986年的《启蒙与革命的双重变奏》,构成了1980年代重写实践的纲领性文献。""李泽厚在将中国现代历史主题进行这种二元对立的划分的同时,也将'启蒙'和'救亡'(革命)重新进行了等级区分,即'现代'和'传统'的对立。他认为只有完成启蒙,才能在真正意义上实现'现代化'。因而,现代中国的历史图景,与1950年代的主流历史观点相比较,发生了根本的变化。同时,'文化大革命'结束后,'拨乱反正'和'学科的重建'并非简单地延续'文化大革命'前的模式,而是以'启蒙/救亡'的论述方式,对文学史进行了新一轮的改写。这也正是'重写文学史'的含义。"[1]

三、西方理论话语的投射

"再解读"的兴起还有着深刻的学术思想背景。在"再解读"的研究中,我们可以看到各种西方文学、文化理论的糅合,包括结构主义、

---

[1] 旷新年:《寻找"当代文学"》,《文学评论》2004年第6期。关于李泽厚与80年代重写文学史关系的集中论述,可详见张伟栋:《李泽厚与现代文学史的重写》,江西人民出版社2012年版。

后结构主义、精神分析、后殖民理论、后现代主义、女性主义、西方马克思主义、新历史主义等。改革开放以来，西方批评理论的不断引介，为国内学者们提供了一个重新审视20世纪中国文学的视角。其中如詹姆逊的"内层精读"与"外层重构"的后现代主义理论、"政治无意识"，海登·怀特的新历史主义，福柯的"知识考古学"，德里达的解构主义思想，等等，给中国学者"重读"20世纪中国文学经典带来了极大的启发。

值得一提的是，詹姆逊在80年代中曾到北京大学讲学，反响很大。詹姆逊的很多著作从那时候起源源不断被介绍进中国大陆，对大陆的新历史主义、现代主义和后现代主义研究思路产生了很大的影响。当时在北大读书的唐小兵担任詹姆逊在北大讲学时的翻译，译稿经过整理以《后现代主义与文化理论》为题出版。唐小兵随后赴美跟随詹姆逊教授求学多年，受到詹姆逊研究思路的深刻影响。唐小兵在《英雄与凡人的时代：解读20世纪》一书中这样指出："尽管没有一个一成不变的解读法，但这些论文的立论和写作大致都包含了两个层面：一是细致的内层精读，一是广泛的外层重构。"[1] 在此书的序言中，唐小兵还摘抄了詹姆逊《后现代主义与文化理论》中的一段话来阐述自己的方法论：

> 任何文本的解读，不仅要探求文本内容所表现的形式，即了解意义形成的条件，研究内容本身在一定环境里继承的连续性和带来促发的断裂、非连续性；同时也要追寻文本形式中的内容，即揭示隐含在形式之中的历史过程、政治寓言及文化生产方式。内容是直接、具体的经验，是不可压抑的历史性实体，记录的是作为主体的人，对历史的把握和意识。形式同样是不可缩略的历史产物，往往结果于政治、经济、文化和性别诸种力量的对峙与

---

[1] 唐小兵：《英雄与凡人的时代：解读20世纪》，第6页。

冲突，展示出文化生产的演化推进，是文本的无意识层面。因此文本的双层解读，或内容和形式的辩证批评，最终是要超越内/外、内容/形式这种传统的二元对立模式……[1]

唐小兵在回忆如何编写《再解读》一书时也提及了西方文艺思潮的影响："我当时深受其影响的结构主义理论，后结构主义的批评方法，以及当时受到詹姆逊的启发，带有西马色彩的对文本象征意义，或者说文本的'政治无意识'的关注等，这些训练使得我在《暴风骤雨》中发现了一些实际上是文本之外的问题，也就是看到了小说文本想解决或者回答的潜在的问题。"[2] 可以看到，海外华人学者身处西方批评理论话语场域的中心，在从事中国现当代文学研究的过程中，这些西方批评理论发生影响是显而易见的。因此，"再解读"研究思路不应该仅仅被当成中国现当代文学研究转型视域中的一种重要现象，同时，它更应该被看作西方文化研究进入中国的一种理论实践。"尽管这种实践对于'再解读'作者而言在当时并未成为一种十分清晰的自觉行为"，但是"这种实践，实际上是海华华人学者自觉地结合当时在西方学术界占据主流的文化语境话语，试图在分析和批判'红色经典'的过程中建立一种'对话关系'。而且，这种对话关系尝试确实对中国现当代文学研究的话语造成了较大的刺激，从而促使其完成知识话语上的更新。"[3] 在此意义上，"再解读"研究思路的价值意义，不仅在于其对中国现当代文学研究的重要推动作用而得到阐明，而且更在于其作为西方批评理论话语，尤其是文化研究在中国本土的整体接受过程之中彰显出来的中介或个案的重大影响。

1　唐小兵：《英雄与凡人的时代：解读20世纪》，第7—8页。
2　唐小兵、黄子平、李杨、贺桂梅：《文化理论与经典重读》，《文艺争鸣》2007年第8期。
3　郑焕钊、李石：《作为文化研究本土化实践的"再解读"思潮》，《江苏社会科学》2018年第1期。

第三节 "再解读"的文本解读方式

"再解读"的文本解读多借用西方文艺批评理论来进行,注重文本内部结构的研究,通过"历史的文本化"完成对文本中所展现的历史的想象,并揭示文本叙述历史过程中的话语权力运作关系。"再解读"还试图通过边缘阅读,揭示出看似铁板一块的20世纪中国左翼文学的多元异质性和复杂性。

一、"历史的文本化":想象历史的方法

"再解读"体现出一种颠倒传统批评方式的研究思路。在研究20世纪左翼文学中的历史叙事时,他们采用了西方新历史主义的"历史文本化"的研究方法,并不着力于研究"历史"中的"文本",关注的不是"历史"生产"文本"的过程,而是研究"文本"中的"历史",关注"文本"如何生产"历史"和"意识形态"的过程。

唐小兵在《我们如何想象历史(代导言)》一文中指出:

> 解读,或者说历史的文本化的最深刻的冲动来自对历史元叙述的挑战,对奠基性话语(关于起源的神话或历史目的论)的超越。所谓奠基性话语所建立的终极意义从来就是绝对的所指,是信奉的宗旨而不是解读的对象,而反奠基性的运作逻辑则决定了解读的解构策略和颠覆性。[1]

在唐小兵看来,这种"奠基性话语"在很长时间内一直被视为某种终极意义以及人们信奉的宗旨,而不是"解读"的对象,因此,"再解读"就是借由"历史的文本化",造成对这种"历史元叙述"的颠覆

---

1 唐小兵:《我们怎样想象历史(代导言)》,收入唐小兵编《再解读:大众文艺与意识形态》(增订版),第15页。

与挑战。戴锦华也采用同样的研究思路,在对《青春之歌》的电影剧本分析时,戴锦华指出:"其基本的叙事范型为:战斗/挫折/牺牲/胜利。它在历史的文本化的过程中,将缺席的历史指认为在场;在一幅幅表象化的历史图景中,承担着唯物史观历史教科书的使命。二为英雄的故事,或曰英雄的神话。它是对另一组权威话语——'人民,只有人民,才是创造世界历史的动力','从来就没有什么救世主,也不靠神仙皇帝'——的电影负荷与呈现。"[1]

我们知道,"历史的文本化"这一观点最先是由斯蒂芬·格林布拉特提出。在《通向一种文化诗学》一文中,格林布拉特提出了"历史的文本性"的观点。他认为,"历史"不是非再现性的、纯背景的、客观自明的,而是各种以文本形态呈现的历史叙事。人们只有通过语言才能接触历史,任何一种叙述和阐释都不会是中性的,无论是历史材料的取舍,还是历史意义的表述,都离不开史家的表述和阐释,因而历史都是文本化的。历史充满着各种异质和断裂,是多元的。在格林布拉特等人看来,批评家的任务,不是真正回到过去,而是重设文学文本产生的那个历史"语境",营造当时的文化氛围,以便今天的研究者与研究对象在各自的"历史语境"和"历史表述"中展开对话。历史和文学都是"文本性"的,都带有某种开放性。历史的虚构成分和叙事方式同文学所使用的方法十分相似。

格林布拉特认为,历史的文学性是指批评主体根本不可能接触到一个所谓全面而真实的历史,或在生活中体验到历史的连贯性。如果没有社会历史流传下来的文本作为解读媒介的话,我们根本没有进入历史奥秘的可能性。历史不是铁板一块,而是充满需要阐释的空白点,那些文本的裂痕之所以存在,实际上是人们有意识选择与抹去的结果,可以说历史中仍然有虚构的元话语,其社会连续性的阐释过程复杂而微妙。通

---

[1] 戴锦华:《〈青春之歌〉——历史视域中的重读》,收入唐小兵编《再解读:大众文艺与意识形态》(增订版),第192—193页。

过历史的文本化研究，研究作为文本存在的历史，来体现权力运作和意识形态的轨迹。詹姆逊融合了新历史主义的观点，认为人们总是愿意关注历史本身而忽略历史的叙述过程。对于这一难以动摇的历史信仰，詹姆逊在《马克思主义与历史主义》一文中曾指出："历史本身在任何意义上不是一个本文，也不是主导文本或主导叙事，但我们只能了解以本文形式或叙事模式体现出来的历史，换句话说，我们只能通过预先的本文或叙事建构才能接触历史。"[1] 在这里，詹姆逊虽然说历史不是文本，不是叙事，但他已明确指出作为本体的历史永远处于缺席的状态，它只能以文本化的方式被我们所感知。也就是说，我们只能通过叙事来理解历史。

而"历史的文本化"的"知识考古学"研究思路在90年代被海外华人学者王德威所采用，并为20世纪中国小说的研究打开了一个很好的思路。王德威是福柯的名著《知识考古学》的第一位中文译者（他翻译成《知识的考掘》，台北麦田出版社1993年版）。他在研究现代中国小说时曾语出惊人："一反以往中国小说的主从关系，我因此要说小说中国是我们未来思考文学与国家、神话与史话互动的起点之一。"[2] 他甚至认为，"比起历史政治论述中的中国，小说所反映的中国或许更真切实在些"。[3] 王德威在强调由"小说看中国"时甚至说："我更是借此书强调小说之类的虚构模式，往往是我们想象、叙述'中国'的开端。国家的建立与成长，少不了兵戎或常态的政治律动。但谈到国魂的召唤、国体的凝聚、国格的塑造，乃至国史的编纂，我们不能不说叙述之必要，想象之必要，小说（虚构！）之必要。"[4]

1　詹姆逊：《马克思主义与历史主义》，收入张京媛主编《新历史主义与文学批评》，北京大学出版社1993年版，第19页。

2　王德威：《序：小说中国》，收入王德威《想像中国的方法：历史·小说·叙事》，第2页。

3　王德威：《序：小说中国》，收入王德威《想像中国的方法：历史·小说·叙事》，第1页。

4　王德威：《序：小说中国》，收入王德威《想像中国的方法：历史·小说·叙事》，第1页。

与王德威稍有不同，黄子平对小说的功能有着特殊的理解，他认为，"小说"可以质询历史之"大说"，通过文学的"边缘""个人性""感性"等特质，对历史"大说"进行"补遗""暴露""抵抗"：

> 首先，"历史"一经记载和叙述，即有所拣选、删略、剪辑、补充，叙述者的背景、经历、主观情致必不可免地渗入其中，想象与虚构亦乘虚而入，构成"历史叙述"必不可少的组成部分。……其次，"历史"并不仅仅是政治史和战争史，……不过是那个更深厚宽广的"历史"（包括社会、经济、文化、民俗、日常生活等等）的最表面部分。这后者，通常，都被所谓"大历史"叙述（我称之为"大说"）删略不计按下不表。而"小说"，则不单具有古人所谓"补正史之遗"的功能，更在积极的意义上，小说屹立在话语结构的边缘，暴露"大说"们的"选择性遗忘"，抵抗着对灾难的健忘症和历史的失语症，通过更具个性和感性的"小历史"叙述，把人们跟那个"更深厚宽广的历史"，重新联结起来。[1]

海外华人学者自觉借鉴西方批评理论对50—70年代的中国当代文学研究的成规进行颠覆，与此同时，在大陆学者如李杨等人的文学分析中也可以看到这种研究思路的运用。李杨在《50—70年代中国文学经典再解读》一书的撰写中，也自觉地运用了这种研究思路：

> 选择从"文学自身"进入"历史"，而不是在"历史"或"政治"的环境中讨论"文学"，并不是要从文学的"外部研究"回到以"文学性"为目标、进行形式和结构上的技术分析的"内部研

---

[1] 黄子平：《〈中国小说一九九〇〉序》，收入《边缘阅读》，（香港）牛津大学出版社1997年版，第167—168页。另见黄子平《边缘阅读》，辽宁教育出版社2000年版，第61—62页。

究",而是一种仿佛是颠倒了"由外及内"的社会历史批评的"由内及外"的方式——不是研究"历史"中的"文本",而是研究"文本"中的"历史",或者说,关注的不是"历史"如何控制和生产"文本"的过程,而是"文本"如何"生产""历史"和"意识形态"的过程。用王德威的话来说,是看小说如何提供了特定时代的人们想象"中国"和"自我"的方式。[1]

在他们看来,研究小说中的叙述方式意义重大。小说产生的历史语境与小说对于历史直接或间接的反映,两相对照,使小说研究同时负载着文化研究与历史研究的双重意义,是我们想象历史与返回现场的方法。

"历史的文本化"理论体现出来的最重要的一点就是历史与叙事的互相纠缠。"十七年文学"这一集体性的革命历史叙事活动显然为我们呈现出了一种特有的历史面貌。这一时期的革命历史题材的作品,它们在讲述革命历史时无疑对故事类型进行了精心的选择,而且有着比较明显的一致性。这些作品都以爱国主义、英雄主义、集体主义作为叙事的意义旨归,强调通过对革命历史的讲述达到教育人民和鼓舞人民的目的;具有坚定的革命信念与坚强的革命意志的英雄形象是这些作品着力刻画的中心人物,而革命浪漫主义与革命乐观主义则是这些作品共有的叙事基调与精神风貌。

种种迹象表明,"十七年文学"的历史叙事在新中国政权与历史生活之间建立了密切的联系。"十七年文学"讲述的大多是中国共产党领导下的革命斗争历史,其目的在于将这一历史进程进行具象化的呈现,这便使得"十七年文学"必然地具有一种意识形态功能。众多的"十七年文学"叙述与革命历史的一个重要的思想诉求便是向民众传递"没有共产党的领导,就没有中国革命的胜利;没有共产党,就没有新中国"的历史认知理念,其内在的叙事动机便是以历史来论证现实,

---

[1] 李杨:《50—70年代中国文学经典再解读》,"后记",第367页。

为共产党领导社会主义建设提供充足的历史依据。"胜利者在回顾或重拾自己已经被证实了的历史,对它的重新叙事不仅进一步激起了历史书写者的自信心和光荣心,重要的是,它更隐含着过去/现实一脉相承的历史联系。民众通过历史进一步理解共产党的社会主义革命,并把历史/现实理解为一种必然的关系。"[1]因此,考察"十七年文学"中的革命历史叙事的状貌、特征及成因,就不仅仅意味着是一次对文学创作现象的分析,同时也是对特定历史时期的意识形态生产的一种观察。正如洪子诚所言:"十七年文学""以对历史'本质'的规范化叙述,为新的社会的真理性作出证明,以具象的形式,推动对历史的既定叙述的合法化,也为处于社会转折期中的民众,提供生活准则和思想依据。"[2]也就是说,对于刚刚成立的新中国而言,"十七年文学"的文学性叙事很自然地就成为提供给大众理解过去、证明当代合理性和想象未来的政治意识形态行为。历史提供给人们的是客观的、规则化的历史运动过程和历史规律,从中凸显无产阶级的鲜明意识形态,但作为意识形态效果,它提供的仅仅是认识中国革命历史的观念、方法和结论,却没有营造出一个可感的、形象化的历史图景。因此,为无产阶级营造形象化历史图景的重任,自然落到了"十七年文学"特别是"革命历史小说"的身上。黄子平就认为"革命历史小说"具有重大的历史功能:"这种叙事形式相信自身有机地'再现'世界的能力,现实中孤立分散的事件被作家以造物主般的天才之手彼此协调地组织起来,在一个自足的作品世界中获得一种整体性意义、普遍联系和等级秩序,历史借此被赋予了虚假的但却似真的时间向度和目的性,作家对历史的理解转换为一种普遍意义,经由这种叙事形式合法地强加给读者和世界。"[3]黄子平甚至认为:"所有的'革命历史小说',最后都

1　孟繁华:《传媒与文化领导权》,山东教育出版社2003年版,第40页。
2　洪子诚:《中国当代文学史》,第107页。
3　黄子平:《"灰阑"中的叙述》,第11页。

在讲述同一个无法论证却只须相信的、抽象的'历史神话'。"[1]

其实，文学与历史作为具有差异性却又密切相关的两种话语，它们之间的复杂纠葛由来已久。福柯认为，在漫漫历史中，话语总是以各种各样的方式被控制、被禁止、被分配、被排斥、被抽空、被无休止地制度化。"知识考古学"的工作目标就是要揭示话语和权力之间的隐蔽关系。在福柯知识考古学视野中，历史是一种在权力支配下产生的话语系统，是潜藏着权力、斗争和意识形态的话语政治，历史作为话语或语言陈述形式，受到统一的知识范式的支配和文化力量、意识形态的影响。福柯的知识考古学挖掘并悬置知识的科学性，而对目标进行"历史化的语言分析"，通过对话语实践如何产生了知识进行考察，揭示知识背后话语的隐蔽活动。福柯一再强调："重要的不是话语讲述的年代，而是讲述话语的年代。"同一历史事件可以变成不同的故事，这取决于叙述者看待这一历史事件的角度。意义的生成与叙述行为直接相关，对于某一历史事件而言，其意义不是唯一的、固定的，它有着多种呈现与阐释的可能，正因为如此，叙述行为本身至关重要。

在研究第三世界国家的文学文本时，詹姆逊也指出："第三世界的本文，甚至那些看起来好像是关于个人和利比多趋力的本文，总是以民族寓言的形式来投射一种政治：关于个人命运的故事包含着第三世界的大众文化和社会受到冲击的寓言。"[2] 这一观点后来被研究 20 世纪中国文学特别是革命文学的学者反复引用。在"再解读"学者的眼中，"十七年文学"中许多经典文本所讲述的历史，就是一种寓言或神话，被赋予浓厚的意识形态功能。

孟悦在《叙事与历史（上）——孟悦的小说学研究》一文中认为："我接受这样的理论，即作为文类的'历史'并不等同于事件的历史，

---

1 黄子平：《"灰阑"中的叙述》，第 105 页。
2 詹姆逊：《处于跨国资本主义时代中的第三世界文学》（张京媛译），收入张京媛主编《新历史主义与文学批评》，第 235 页。

而是话语的历史。事件的历史曾经存在，但并不应声而至，留下的乃是话语——对事件的叙述、记述或记述的记述。"[1] 也就是说，叙述是一种话语活动，而话语总是与权力相关联。既然历史只能以叙述的方式存在，同样的历史事件可以有不同的叙述方式，历史文本是在多种叙述模式中选择的结果，而这种选择又与时代的意识形态诉求紧密联系，那么我们去追问某个时期对某一历史为何要"如此讲述"便显得十分必要。

戴锦华在研究《青春之歌》的电影剧本时，也指出了文本的复杂性和其作为一种叙事话语的意识形态寓言色彩：

> 《青春之歌》由是而成为十七年艺术作品序列中一部十分重要的寓言式文本，它呈现了一个个人主义、民主主义、自由主义的知识分子改造成长为一个共产主义者的过程，它负荷着特定的权威话语：资产阶级、小资产阶级知识分子（女性）只有在共产党的领导下，历经追求、痛苦、改造和考验，投身于党、献身于人民，才有真正的生存与出路（真正的解放）。这并非一种政治潜意识的流露，而是极端自觉的意识形态实践。一如影片导演崔嵬所言，《青春之歌》"通过林道静的典型形象，通过她的经历，指出了知识分子应走的道路，指出了小资产阶级知识分子只有在党的领导下，把个人命运和大众命运联结起来才有出路"。事实上，在十七年主流艺术的诸多"历史教科书"中，《青春之歌》充当着一种特殊的读本：一部知识分子的思想改造手册。[2]

从上面的观点我们可以看出"再解读"的学者对文本中意识形态的警惕与揭示。他们继承了福柯的"知识考古/谱系学"研究方法，

---

1 孟悦：《叙事与历史（上）——孟悦的小说学研究》，《文艺争鸣》1990年第5期。引文另见孟悦：《历史与叙述》"引言"，陕西人民教育出版社1998年版，第2页。

2 戴锦华：《〈青春之歌〉——历史视域中的重读》，收入唐小兵编《再解读：大众文艺与意识形态》（增订版），第195—196页。

"知识考学/谱系学"视域中的文学批评问题关注的不是文学中讲述的"历史本身",而是构造"历史本身"的解释、工具和方法。"按照福柯的理论,任何貌似独立的话语都与权力有关,按照这一逻辑,任何文学形式的出现都不是偶然的,都与权力形式——意识形态密切相关。因此,人文学科的意义不在于给某一话语类型确定性质,而在于通过细致的考察,指出它的权力基础,即指出它在特定的历史情境中发生发展的原因。"[1] 借助知识考古学,"再解读"学者并不执着于文本叙述中历史的所谓"真相""本质"等真理性的终极话语,而是将讲述的历史看作一种话语,是权力合法化的历史建构,是制度和秩序生成、确立和转换为文学话语的结果。

需要指出的是,小说与历史的关系,并不仅仅是单向的,而且是双向发生作用的。黄子平在他的研究中就清醒地注意到了这一点。他认为:一方面是小说如何讲述革命,另一方面是革命如何制约、改变我们想象、虚构讲述革命历史的方式。在分析小说如何讲述历史/革命时,他指出:

> "写什么"是当代作品进出"正典"的随身证件之一,国家意识形态在其上加盖的图戳亦至为鲜明夺目。……论到"怎么写"的问题,意识形态与文学传统、阅读群体等之间的纠缠互动就更为错综复杂了。
>
> "革命加恋爱"本是"五四"新文艺的偏爱和情结,当代文学史则用"借儿女风情写时代风云"这种狡黠的说法为当代作品张目。但是,"革命"与"恋爱"所共有的浪漫特质,置于担当了将"革命"经典化功能的"革命历史小说"中时,就颇显奇兀,亦引发读者群体众多既爱看又困惑的多重反应。[2]

---

[1] 李杨:《抗争宿命之路——"社会主义现实主义"(1942—1976)研究》,第64页。
[2] 黄子平:《"灰阑"中的叙述》,第9、12页。

黄子平探讨"革命历史小说"在承担刚刚过去的"革命历史"正典化的过程中,如何通过对题材等级的排定,对叙事形式的选择与改造,在用现代性的线性时间观取代"循环史观"的基础上,总结出了"从失败走向胜利,从胜利走向更大胜利"的情节结构模式。

事实上,"革命历史小说"的文本秩序和权力的控制是相互作用、相互制约的,在黄子平看来,"'题材'的规范以否定性和排他性为其特征,与其说它硬性规定了'应该写什么',毋宁说它在暗示的是'什么不可以写',即通常所说的'题材禁区'是也。"[1]黄子平认为,我们在过去评论"革命历史小说"时,往往认为权力压抑真相,创造弥天大谎,实际上不完全是这样,事情可能要复杂得多。"权力"并不害怕、回避"真实",而是非常需要"真实"这种东西;它收集、控制"全部真实",然后加以分配、流通、消费和"再生产"。当代叙述的秘密不在于凭借"弥天大谎",而在于界定"真实"的标准,对"真实"的组织编排,以及分配享受"真实"的等级差序。[2]可见,黄子平自觉把"在场/缺席""差异/同质""虚构/纪实""中心/边缘"并置,通过暴露文本和主导话语如何抹平、掩盖"差异",呈现出历史讲述中话语运作过程的权力关系。黄子平通过以小说质询历史,阐明了"历史"转换为话语的权力关系。这种处理小说与历史关系的做法,也是"再解读"研究思路的其他学者的普遍做法。

总的来说,"再解读"学者通过对文本中讲述的历史的考察,追问文本中的历史讲述是在哪些潜在框架之内展开的。具体而言,就是着力研究这些文本在生成过程中为何要以这样的方式去叙述历史以及它是如何把历史讲述出来的,它与这一时期的政治权力话语构成怎样的关系,文学在这个历史时刻运用了想象(虚构)来讲述历史,为什

---

[1] 黄子平:《"灰阑"中的叙述》,第6页。
[2] 黄子平:《革命·历史·小说》,(香港)牛津大学出版社1996年版,第10—11、4—5页。

么在这种历史时刻运用了这样的想象（或虚构）。"重要的不是它讲述什么，而是它如何讲述，以及它巧妙的有意识的省略。"[1]这样的研究思路，揭示了文本中的历史叙述与权力运作的关系，展示了文本在叙述历史时是如何抹平差异与异质、生产出主流意识形态的。

二、"边缘阅读"：文本解读的策略

"再解读"的研究者借助"历史的文本化"，通过文本去解构历史，那么，他们是如何进入文本解读的呢？在唐小兵等人的"再解读"策略中，最为明显的就是"边缘阅读"的解构策略。

"边缘阅读"是雅克·德里达重要的理论之一。在传统的阅读中，为了主题的统一，常常会压抑一些成分或含义，把它们排斥到次要的位置，这些边缘成分既是被排斥的对象，又是等级形成的基础。乔纳森·卡勒将德里达的解构之道归纳为五点：第一，颠覆不对称的二元对立概念，但并非简单地以压抑的后者来替代前者的本原地位，而是阐明后者为前者的可能条件；第二，搜索凝聚多种反差义的关键词，以此作为突破的契机；第三，留意文本的自相矛盾处，不仅包括文本自身内部的矛盾，也包括文本与其阐释，特别是与权威阐释之间的矛盾，以其人之道还治其人之身；第四，以文本内部的冲突和戏剧性场面，反证该文本不同阅读模式之间的分歧；第五，注重"边缘"，抓住以往批评家视而不见或照顾不周的细节发难，推倒文本的既定结构。[2]也就是说，"边缘阅读"，集中抓住文本中似乎居于"边缘地带"的片段进行探微，通过对这些边缘成分的阅读去颠覆文本的显在中心，坚持对中心话语（意识形态）的疏离和挑战，以消解显在的意识形态这一中心话语对文本的控制收编，进而不断地返回个体经验的特殊语境

---

1 戴锦华：《〈红旗谱〉——一座意识形态的浮桥》，收入唐小兵编《再解读：大众文艺与意识形态》（增订版），第209页。
2 乔纳森·卡勒：《论解构》，陆扬译，中国社会科学出版社1998年版，第192—194页。

中,展示其自我言说与被权力话语压抑的命运。

由文学管理与组织的体系所构成的中国当代文学运作的体制化,使中国当代文学在不同时期不同程度地呈现为一种计划性、统一性的创作模式,也即洪子诚先生所称的"一体化"。其文学活动的体制性,首先表现为通过政治学习、领导号召、理论引导等方式,力图达到文学思想的相对统一和文学观念的相对净化,形成一种主流化的(所谓社会主义的)文学要求和创作取向,以此主导整个文学的创作;其次,以具体的创作规划、刊物的用稿取向、文学批评与文学批判运动的规范与引导机制,使包括专业与非专业在内的主流作家,按照党的思想路线和国家的权力意志的需要进行创作,并以此带动和引导其他作家的文学创作,从而使毛泽东文艺思想式的社会主义文学的性质得以充分体现。

作为一种有着强烈"一体化"倾向的文学,它们是否就是铁板一块而没有质的差别呢?答案是否定的。"再解读"研究思路,就是要在看似铁板一块的一体化文学模式中发现异质性、断裂性、冲突性和矛盾性的话语缝隙,从而颠覆传统文学史书写既定的叙事成规。贺桂梅曾归纳"再解读"在具体的文本分析解读上的特点:第一,考察同一个文本在不同历史阶段的结构方式和文类特点上的变化,辨析不同文化力量在文本内的冲突或"磨合"关系;第二,讨论作品的具体修辞层面与其深层意识形态功能之间的关联;第三,试图把文本重新放置到产生文本的历史语境之中,通过呈现文本中的"不可见"的因素,把"在场"/"缺席"并置,探寻文本如何通过压抑"差异"而完成主流意识形态话语的全覆盖。[1] 这样的归纳为我们理解把握"再解读"思潮提供了有益的启发。但考虑到"再解读"研究思路中海外华人学者的主体性作用、边缘性地位和对西方解构主义理论的借鉴,我们把这种文本解读的策略称为"边缘阅读"。

---

1 贺桂梅:《"再解读"——文本分析和历史解构》,收入唐小兵编《再解读:大众文艺与意识形态》(增订版),第272—274页。

首先,"边缘阅读"着力揭示文本内部的叙事系统与意义系统所存在的裂缝与冲突。"十七年文学"大多都有着明确的意义指向,其内涵大都与一个宏大的、切合主流意识形态要求的宏大主题相联系。作家在情节组织、人物刻画等方面也都围绕这一主题展开,所以"十七年文学"常常被看作一个个单纯、透明的叙事文本。但是,就在这些看似同一、统一的叙事文本中,却常常存在多个"声部",有着多种的叙事走向。"再解读"就是将这种貌似一体化、铁板一块的叙事文本进行解构和分解,从而呈现文本内部的复杂性。这种研究思路集中揭示文本中所存在的不同的意识形态修辞模式,并分析它们之间的矛盾冲突,并通过同一文本中不同的叙事系统的对照,展现文本如何依从主流意识形态的规范展开叙事,揭示出文本中所存在的与主导意识形态话语并不趋同的叙事走向,及后者如何通过策略性的"伪装"进入文本。

文本是一种感性和个人的想象,其本身充满着裂缝、矛盾和悖论。作为一种个人叙事的小说,与历史大叙述必然会存在难以缝合的裂缝。因此,小说的想象与虚构能发掘出历史大叙述表象下的世道人心,为文化、历史学者提供鲜活的研究资源。正如王德威所言:"小说夹处各种历史大叙述的缝隙,铭刻历史不该遗忘的与原该记得的,琐屑的与尘俗的。"[1]

乐黛云在评价小说功能的时候也指出,在政治化或个人化的历史叙事背后,总是有一些"东西"被压抑或遮蔽了。而小说"所关注的首先不是历史,而是在某种可变的历史环境中的人的'具体存在',人的'生命世界',也就是那些对个人生命来说有决定意义,而对于构成历史的现实来说却全然不值一顾的,不断在遗忘中湮灭的大量细节"[2]。

其次,"边缘阅读"注意分析文本中的边缘话语,以"边缘"质询

---

[1] 王德威:《序:小说中国》,收入王德威《想像中国的方法:历史·小说·叙事》,第2页。

[2] 乐黛云:《〈小说的智慧——认识米兰·昆德拉〉序》,收入艾晓明编译《小说的智慧——认识米兰·昆德拉》,时代文艺出版社1992年版,第3页。

"中心",释放出被主流话语压抑的声音。新历史主义的代表海登·怀特认为:"对于历史学家来说,历史事件只是故事的因素。事件通过压制和贬低一些因素,以及抬高和重视别的因素,通过个性塑造、主题的重复、声音和观点的变化、可供选择的描写策略,等等——才变成了故事。"[1]用他的话来说,历史事件就是"编织情节"。作为一种解构策略,"再解读"的学者秉持了解构的研究思路,关注作者如何叙述、如何"编织情节",从而达到表达主流意识形态的目的。"再解读"的学者在解读文本时,通过暴露文本间和文本内部的异质性,展现这些有差异的文学内容或冲突融合的编码过程。也即是说,他们在解读文本时,更关注的是文本中的裂缝,以揭示文本中的权力话语和解释机制是如何抹平和掩盖这些异质和差异,从而达成文本中的"一体化"的主流话语的。在对"十七年文学"的批评解读中,与革命文学作品之间的相同点,比如革命、农村题材、英雄典型等相比,作为一种解构策略,他们更关注的是某一作品区别于其他作品的异质,比如"性""男女""欲望""私人""言情",以边缘叙事质询主题叙事,解构和颠覆作为中心的主流意识形态权力对文本的压抑以展示文本的多元历史复杂性和多层次性。

唐小兵这样理解"(再)解读":"一旦阅读不再是单纯地解释现象或满足于发生学似的叙述,也不再是归纳意义或总结特征,而是要揭示出历史文本背后的运作机制和意义结构,我们便可以把这一重新解码的过程称作'解读'。解读的过程便是暴露出现存文本中被遗忘、被压抑或粉饰的异质、混乱、憧憬和暴力。"[2]黄子平对此也有相似的理解:"解读意味着不再把这些文本视为单纯信奉的'经典',而是回到历史深处去揭示它们的生产机制和意义结构,去暴露现存文本中被遗

---

[1] 海登·怀特:《作为文学虚构的历史本文》,收入张京媛主编《新历史主义与文学批评》,第163页。

[2] 唐小兵:《我们怎样想象历史(代导言)》,收入唐小兵编《再解读:大众文艺与意识形态》(增订版),第15页。

忘、被遮蔽、被涂饰的历史多元复杂性。"[1]

最后,"边缘阅读"的文本分析策略不在于揭示文本之间的相似性,而在于暴露各个文本之间的异质性。这种研究思路能够呈现被视为"一体化"时期的各种文学力量和文学形态之间的关系,能够呈现这一时期文学(文化)的多层次内容,以及这些有差异的文学内容或冲突或融合的编码过程,从而暴露看起来很"光滑""铁板一块"的文本中蕴含的缝隙和矛盾。黄子平指出:"叙述'革命',以'革命'的名义来叙述,都创造了、改变了当代中国的日常生活,改变了经由叙述而得以呈现的当代现实。但叙述不可能'固若金汤',铁板一块,不可能由一种具备绝对权威的语码雄霸永恒的历史时空。必定有裂缝,有裂痕,有语言的洪水在叙述的低洼地里冲撞激荡。"[2]

面对40—70年代左翼文学的"体制化"叙述,"再解读"思潮着意瓦解文本中的权力关系,暴露文本叙事中的差异、矛盾和冲突。在《暴力的辩证法——重读〈暴风骤雨〉》一文中,唐小兵通过分析国家话语对农民个人话语的渗透,指出"使作为个体的农民话语成为装饰性的符号";在《〈白毛女〉演变的启示——兼论延安文艺的历史多质性》中,孟悦通过分析《白毛女》经过几次加工修改,从乡民之口,经文人之手,向政治文化中心移转时的演变,展现了其中运作的历史复杂性。她指出:"《白毛女》所代表的政治文化并不是一个绝缘体,它和整个'五四'以来新文化的历史上下文有着千丝万缕、曲曲折折的关系。"[3] 李杨则通过分析《青春之歌》中"性"与"政治"的联姻,表达了政治生活对私人生活的最后占领。

"边缘阅读"揭示个人与历史的矛盾,揭示文本中活生生的感性生活内容与作者抽象化了的意识形态理性框架的矛盾,借助被挤到文本

---

1 黄子平:《"灰阑"中的叙述》,第2—3页。
2 黄子平:《"灰阑"中的叙述》,第6页。
3 孟悦:《〈白毛女〉演变的启示——兼论延安文艺的历史多质性》,收入唐小兵编《再解读:大众文艺与意识形态》(增订版),第48页。

边缘的文学现象质询文本中意识形态对文本边缘叙事的压抑，呈现作为边缘的自由的"个人叙事"与历史大叙述之间的矛盾关系，和文学中的个人感性、想象所产生的"异质"和多重形象的矛盾，指出其对立"污染"了权力结构和道德秩序的一体化，从而完成对主题叙事中权力/主流意识形态的解构，进而解构被奉为经典的"十七年文学"，为当代文学的历史化提供基础。

三、"再解读"文本中心解读策略的缺陷

80年代以来，"再解读"的学者们所接受的西方文学理论的影响和学术训练，为当代文学史研究打开了新的视野。他们在解读文本时常以西方新兴的新历史主义和福柯的"知识考古学"为核心研究方法，这对于解读中国这一段有着深刻意识形态/权力控制的文学史，产生了另辟蹊径的效果。换句话说，这种理论在解读它的对象——这种有着强烈意识形态倾向的文本时是有一定适用性的。但是，用新历史主义、"知识考古学"等理论去解读研究中国20世纪40—70年代的左翼文学，往往也给人造成"误读"或"过度阐释"之感。方法论的自觉是他们研究"革命历史小说"有效的重要原因，而这种理论、主题先行，脱离、割裂文本，呈现出解构主义的去中心化的研究策略，以及政治立场的暧昧，也是"再解读"思潮的问题所在。

正如贺桂梅所谈到的那样："再解读"的方法缺陷也是比较明显的，他们的研究出发点和研究工具是一种宏大的西方文学理论，是从理论到文本的分析方法，也就是"从理论走向特殊的个案"，"以证明某种理论的地位并将其作为中心任务来完成"。[1] 理论先行是他们研究上的一个弊端。同时，他们都是以个案出发，小题大做，从这些文本的研究中引申出一些带有学术价值的问题，希望能"以点带面"。但

---

[1] 贺桂梅：《"再解读"——文本分析和历史解构》，收入唐小兵编《再解读：大众文艺与意识形态》（增订版），第276页。

是，这样给人的感觉是没有形成完整的研究思路和研究体系，显得零散琐碎。此外，研究者采用的大多是"文本中心论"的文本解读方式，忽略了作品之外的具体语境。他们注重"文本的历史化"研究，但是对文本之外的复杂的历史语境并没有深入的研究，割裂了文本与外部世界的联系。对于这些弊端，温儒敏也提出了批评：

> 不过有时因为寻找"权力关系"的意图过于迫切，难免先入为主，理论早就摆在那里，要做的工作不过是找到一些能够证明这些"权力关系"的文本材料。有的文章为了说明诸如性别、政治、"民族国家想象"之类很大的命题，又顾不上梳理四五十年代"转型"过程中极为复杂的文学现象，就大而化之，用观点加例子的办法，重点分析从《白毛女》到《青春之歌》几个文本，然后就得出很大的结论。这类"借喻式解读"，通过所谓文本的内层精读达至外层重构，或借结构主义和叙事学理论拆解作品，发现"修辞策略"中隐藏的深层文化逻辑，其好处是简洁，有批判性，的确也带来某些新的视角，会格外注意文本背后的产生机制，看到以往可能被遮蔽被遗忘的方面。但其缺失也往往在于先入为主，不是从材料里面重现历史，不考虑使用文本例子的历史语境与特殊内涵，不愿在历史资料以及文学分析上面下功夫，容易把历史抽象化。[1]

由于运用"再解读"研究思路的海外华人学者对文本之外的历史没有深入地研究，在一定程度上遮蔽了作品与作家的创作以及读者阅读接受方面的联系，从而无法更为深刻地把握"十七年文学"成为经典的历史复杂性，也无法展现多层次、立体的文学史图景。

诚然，当我们考察"十七年文学"时，重点关注了权力对文学

---

[1] 温儒敏：《文学研究中的"汉学心态"》，《文艺争鸣》2007年第7期。

的控制，但这些文学本身有没有自足性或者审美特性呢？"十七年文学"这样一种带有强烈意识形态倾向的文学，作为一种被认为有着严重公式化、概念化问题的文学，当时却深受大众喜爱，直到今日仍有为数不少的爱好者，其受欢迎和被广泛传阅的原因是什么？我们认为，"十七年文学"在特定时期的流行，与作家的身份背景、创作策略、读者的阅读接受和当时的社会思潮等都有千丝万缕的联系。

故此，面对"再解读"文本分析暴露出来的缺陷，对"十七年文学"甚至当代文学的历史化主要可以从以下两个方面来把握。

第一，传奇性的传统叙事与革命叙事的紧密结合。中国古代叙事文学中的小说、戏剧，通称为"传奇"。而中国的传奇历来以情节丰富新奇、故事跌宕起伏而引人入胜。这是传奇性的传统叙事的魅力所在。传奇手法意味着摒弃日常平凡的生活素材，选取那些戏剧化的生活内容，并以偶然和巧合的形态去呈现。传奇性的革命叙事，吸收了古代英雄传奇的创作手法。在古代经典的侠义小说中，情节常常是正邪不两立，快意恩仇，艺高人胆大。在古代的传奇中，故事常常是从血仇作为叙事的起点的——幸存的主人公为了报血海深仇，走上了漫漫的复仇之路。在传奇性革命叙事里面，则是把家族史上升为阶级仇恨，给革命叙事穿上了传统的英雄传奇的外衣。这类文本在充满阶级压迫或民族仇恨的既定背景里面添加了孤军奋战、以弱制强的情节，在离奇的情节故事发展过程里面，主人公总会取得最后的胜利，打败敌人。另外，在一些文本中，还会有儿女私情的描写，延续"革命加恋爱"的叙事模式。虽然这种"革命加恋爱"并不浪漫，是"借儿女风情写时代风云"，爱情成为政治的点缀，但是这种"爱情纠缠"，把爱情作为革命的一种很好的补充，仍然有难以抵挡的魅力，这也是"十七年文学"吸引读者大众眼球的重要原因。

第二，对民族形式的学习和利用。侯金镜曾指出：不能忽视也不可抹杀的事实，便是在描写新英雄人物的作品当中，有一部分"因为它们具有民族风格的某些特点，故事性强并且有吸引力，语言通俗、群众化，极少有知识分子或翻译作品式的洋腔调，又能生动准确地描述出人民斗争生活的风貌，它们的普及性也很大，读者面更广，能够深入到许多文学作品不能深入到的读者层去"。[1]事实上，这些作品如何让那些普通民众喜闻乐见，如何让这些作品深入民心，达到教育群众、宣传革命现实的目的，一直是这些投身于中国革命的作家所关注的问题。

除了"十七年文学"自身的张力，作家的创作心态是怎样的呢？对这批在十七年期间创造了大量"经典"的作家稍加分析我们便会发现，他们当中大多数有在战争年代担任宣传干事、随军记者的经历，如杨沫、杜鹏程、刘知侠、吴强、曲波、梁斌、欧阳山、孙犁等。战争时期写作的通讯报道、报告文学、宣传稿件是他们后来的文学创作的起点与储备。刘知侠最初以记者的身份到山东枣庄一带采访当年铁道游击队队员的战斗生活，在报刊上发表过一些有关的文艺报道，后来在此基础上创作了小说《铁道游击队》。小说《红岩》是罗广斌、杨益言在多次有关白公馆、渣滓洞狱中斗争生活所作的报告以及报告文学《在烈火中永生》的基础上完成的。杜鹏程在谈到自己写作《保卫延安》的时候说："所依靠的是一本油印的毛主席的《中国革命战争的战略问题》；部队的油印小报，历次战役和战斗的总结；新华社在各个时期关于战争形势所发表的述评及社论；再就是我在战争中所写的新闻、通讯、散文特写、报告文学和剧本等。还有在战争中所写的日记，近二百万字。"[2]通讯报道、报告文学所具有的宣传性、教育性、鼓动性等功利化的书写特征以及作为战时宣传员形成的写作惯性，对他们后来的小说创作有着直接的影响。他们大多是在抗日根据地和解放区接受革命文化教育的，这使他们从文学创作活动起便自

---

[1] 侯金镜：《一部引人入胜的长篇小说》，收入《侯金镜文艺评论选集》，人民文学出版社1979年版，第106页。

[2] 杜鹏程：《保卫延安·重印后记》，收入其所著《保卫延安》，人民文学出版社1956年版，第431—432页。

觉地以无产阶级革命文学理论为指导，对文学与生活的关系以及文学的使命、创作方法和作品风格都有着符合革命意识形态要求的理解与把握。

革命的成功、新中国的成立使这些革命斗争的亲历者可以踌躇满志地讲述革命历史起源的神话，用自己所经历的斗争生活来教育青年一代，用文学艺术手段来塑造党领导下的中国革命历程，这不仅是党对新中国文艺事业的期待，同时也使他们真正体会到了主人翁的感觉。这些作家将战时宣传员的身份，延续到后来的小说创作中，也正符合主流意识形态对叙述革命历史者的资格认定。缅怀革命历史、激发继续革命的热情，以英雄主义来教育和鼓舞人民的新文学使命，理所当然应该由这批自觉担当"文艺宣传员"的作家承担起来。

与"五四"时期的作家不同，"十七年文学"的作家大多是在抗日根据地和解放区接受革命文化教育的，基本上没有西学背景。在他们的知识结构中，除了后来接受的革命文化教育，便是从小耳濡目染的民间文化，可以说，就文学启蒙而言，古典文学与民间文学形式对他们的影响是最主要的。因此，他们在创作时，常会从古典的民间形式中汲取营养。在"十七年文学"中，有很多作品在叙述方法及结构安排上走的是传统小说的路子，尤其是一批被称为"革命英雄传奇"的作品，如孔厥、袁静的《新儿女英雄传》，马烽、西戎的《吕梁英雄传》，曲波的《林海雪原》，刘流的《烈火金刚》，知侠的《铁道游击队》，等等。这些小说都采用了章回体或者类章回体的结构模式，在人物描写及语言风格上也多向古典小说和民间文学汲取营养。刘流的《烈火金刚》更是一部以评书的形式来讲述冀中军民抗日斗争故事的作品。对于"十七年文学"的作家来说，选择这样的文学形式既能够扬长避短，又合乎时代对文学的要求，同时为广大群众所接受。正如曲波所言："我读过《钢铁是怎样炼成的》等文学名著，其中人物高尚的共产主义道德品质和革命英雄主义的气概曾深深地教育了我，它们使我陶醉在伟大的英雄气魄里。但叫我讲给别人听，我只能讲个大概，讲个精神，或是只能意会而不能言传；可是叫我讲《三国演义》《水浒》《说岳全传》，我可以像说评书一样地讲出来，甚至最好的章节我还可以背诵。这些作品，在一些不识字的群众间也能口传。因此看起来工农兵还是习惯于这种民族风格的。"1

综上所述，"再解读"思潮尽管在文学分析解读中存在缺陷，但瑕不掩瑜，特别是其中的"现代性研究"促使人们反思一度被认为"过时"的现实主义文学传统。虽然"十七年文学"的创作者并不具备后来"寻根""先锋"作家开放、自由的视野，在形而上追求以及对小说形式的把控能力上也有明显不足，但就反映一个时代的社会组织模式、日常生活状态、经济生产形式等相关内容而言却意愿明确，这些正是现实主义的追求，也是文学取信于时代的重要条件。2 当然，"再解读"思潮由于体量大、时间跨度长，其内部也存在着多元的声音，这也导致目前学界对"再解读"思潮的评价存在争议，但无论肯定或否定，显然都还没有穷尽这一思潮的复杂性，更全面的评价或还需要时间。

第四节　海内外互动中的"再解读"

"再解读"的研究思路在 80 年代末 90 年代初兴起，主要是由海外华人学者发起。1991 年，李陀在《今天》杂志上提出"革命通俗文艺"的概念，并以之作为把握中国现代史、意识形态生产和当代文学发展全貌的一个重要环节。随后，在《今天》杂志开辟了"重写文学史"专栏，还陆续发表了赵毅衡的《村里的郭沫若》（1992 年第 2 期）、黄子平的《文学住院记》（1992 年 4 月，该文后来被唐小兵提议改为《病的隐喻与文学生产——丁玲在〈在医院中〉及其他》）、孟

1　参见曲波的《关于"林海雪原"》（原载《北京日报》1957 年 11 月 9 日）一文。此处转引自李杨：《〈林海雪原〉——革命通俗小说的经典》，收入唐小兵编《再解读：大众文艺与意识形态》（增订版），第 132 页。

2　刘诗宇：《论中国当代文学研究中的"再解读"思潮》，《文艺研究》2019 年第 6 期。

悦的《〈白毛女〉与延安文艺的历史复杂性》（1993年第1期）、李陀的《丁玲不简单》（1993年第3期）等文章。其中的部分论文曾发表于香港的《二十一世纪》和美国的《今天》两份刊物上，这两份刊物也是海内外学人发表有关"重读"中国现当代文学作品文章的主要阵地。后来唐小兵又邀请学者们参与撰写相关的文本细读的文章，并把各种相关论文集中编为《再解读：大众文艺与意识形态》，于1993年由（香港）牛津大学出版社出版。这样的研究思路后来在国内学界产生了深远的影响。

一、"再解读"研究在国内的发展

自90年代末以来，国内学界涌现出了运用"再解读"研究方法的论著，并取得了显著的成绩。如蓝爱国的《解构十七年》（华东师范大学出版社2003年版）、李杨的《50—70年代中国文学经典再解读》（山东教育出版社2006年版）、贺桂梅的《转折的时代——40—50年代作家研究》（山东教育出版社2003年版）、余岱宗的《被规训的激情——论1950、1960年代的红色小说》（上海三联书店2004年版）、董之林的《旧梦新知："十七年"小说论稿》（广西师范大学出版社2004年版）[1]等。蓝爱国的《解构十七年》一书也是以小见大，通过重读几部有代表性的"十七年文学"经典作品如《太阳照在桑乾河上》《暴风骤雨》《红旗谱》《艳阳天》《山乡巨变》《林海雪原》《青春之歌》等，展现"十七年文学"的张力与复杂内涵。蓝爱国指出"解构主义"阅读

---

[1] 此后，类似的研究论著很多，代表性的有：郭冰茹：《十七年（1949—1966）小说的叙事张力》，岳麓书社2007年版；罗兴萍：《民间英雄叙事与"十七年"英雄叙事小说》，广西师范大学出版社2012年版；曹金合《十七年合作化小说的叙事伦理研究》，中国社会科学出版社2014年版；林霆：《被规训的叙事：十七年农业合作化题材小说研究》，北岳文艺出版社2014年版；刘成才：《知识考古学与十七年小说研究》，中央编译出版社2016年版；张文红、刘銮娇：《十七年时期长篇小说出版研究》，清华大学出版社2016年版；刘志华：《阐释与构建："十七年文学批评"研究》，厦门大学出版社2018年版；等等。

策略在"十七年文学"中"具有特别重要的意义和价值":第一,重回"十七年文学"发生场景的过程;第二,发现文本的内部张力;第三,正视"破碎性文本"的存在;第四,确立"开放性文本"的观念。[1]

如果说黄子平对"革命历史小说"的重新解读,目的在于观察与解析存在于这些文本中的革命语义系统,分析这些革命文学运作的编码过程及其裂缝,追问它们又是如何支配、影响了阅读者有关历史与现实的想象的话,那么余岱宗的《被规训的激情——论1950、1960年代的红色小说》一书则是对黄子平这一方面研究的推进与深化,正如他在该书的总论部分所言:"本书论述进入的角度,侧重于20世纪50、60年代的主流意识形态对红色的感性叙述如何'规范'、'规范'如何渗透到文本内部的辨析,并考察意识形态对文学作品的叙述语言、叙事视角、故事结构、人物关系等看似'中性'的叙事机制如何进行隐蔽的'编码',研究红色文学感性的叙述层面是如何支持主题层面的实现。"[2]

李杨的《50—70年代中国文学经典再解读》则集中对《林海雪原》《红旗谱》《青春之歌》《创业史》《红岩》《红灯记》《白毛女》《第二次握手》等具有代表性的"十七年文学"经典进行了解读,其分析重在揭示文本内部的冲突以及文本中多重叙事模式的存在。如在对小说《林海雪原》的解读中,李杨重点分析小说对"英雄""儿女""鬼神"这三类中国传统小说母题的借用和改造,以不可替代的方式凸显出"革命"与"传统"之间错综复杂的关系。在对《青春之歌》的解读中,李杨重点考察"性"与"政治"在这个文本的叙事中的双重变奏,分析一个在既定的规范内有关知识分子"成长"的政治叙事与一个有关一位年轻女性的情爱叙事如何在文本中交织在一起,从而展现革命叙事的复杂性。从整体上来看,这种文本解读方法,重在观察文

---

1 蓝爱国:《解构十七年》,华东师范大学出版社2003年版,第2—3页。
2 余岱宗:《被规训的激情——论1950、1960年代的红色小说》,上海三联书店2004年版,第5页。

本自身内部的叙事逻辑。通过对文本中存在的不同叙事系统的揭示，探寻解读文本的多种可能性，在丰富文本意义内涵的同时，对先前单一的主流意识形态视角的意义阐释进行解构。

这种"再解读"思路在贺桂梅的《转折的时代——40—50年代作家研究》(2003)、董之林的《旧梦新知："十七年"小说论稿》(2004)等论著中也得到很好的体现。

近年来涌现的这些"再解读"的著作，都是从小处着眼，通过对某些有代表性的"十七年文学"作品的分析，以个案带问题入手，展现"十七年文学"的文本复杂性与文本张力。这样"深入历史"的研究，摒弃了简单的政治视角和美学评价，拓宽了"十七年文学"研究的空间。

然而需要指出的是，有些学者在运用"再解读"的边缘阅读策略进入"十七年文学"研究时，却走入了误区。如董之林《追忆燃情岁月——五十年代小说艺术类型论》一书对50年代的小说艺术类型做了充分的肯定："对它们表现出的'青春'、'乡土情结'、'诗化'、'革命英雄传奇'和'史诗'几大类型的研究和分析中，可以确定它们在小说史上独特的贡献。"[1] 然而书中所谓的"青春""乡土情结""诗化"并不构成"十七年文学"的特质或者说区别于其他文学样式的最主要特征。陶丽萍《革命与女性的自赎——十七年女性文学叙事的话语裂缝》一文则认为，"出于对'个人生活命运的关心'，女性文本在自觉认同和完成革命叙事的同时，女性被压抑的性别意识与独特的审美体验在一定层面上仍以一种潜叙事方式被构建出来，对革命'正史'与男性话语霸权进行了某种意义上的解构或消解，从而获得某种超越时代的价值意义。"[2] 傅书华的博士论文《蓦然回首——从"个体生

1　董之林：《追忆燃情岁月——五十年代小说艺术类型论》，河南人民出版社2001年版，第259页。

2　陶丽萍：《革命与女性的自赎——十七年女性文学叙事的话语裂缝》，《青海社会科学》2007年第4期。

命"视角重读"十七年小说"》[1]则从个体生命视角出发重读"十七年小说",揭示在主流的宏大主题下个体生命的日常生活和精神状态。

这些研究者致力于发掘主流作品中被政治压抑的文学元素,包括男女、情爱、民俗、风景、日常生活等。在他们眼中,左翼文学的价值并不是这些作品所表述的"政治",而是被政治压抑的边缘话语如男女情爱、民俗、风景、日常生活、个体生命等。在20世纪左翼文学中寻求他们眼中的"文学性",容易给人一种张冠李戴之感。因为这些被压抑的文学元素,在"五四"时期或者新文学时期表现得更为明显,它们并不构成"十七年文学"的特质,"十七年文学"的特质或者它们的显在元素在于它们强烈的意识形态倾向。这种舍本求末的研究在很大程度上是远离作品内核的。

二、批评判断立场之争:知识考古抑或审美?

在面对"十七年文学"或者是20世纪中国文学时,研究者应具有怎样一种姿态和立场?对文学批评应该采取怎样的价值标准?在这个问题上,海内外学者有着激烈的冲突。90年代初的"再解读"学者对"十七年文学"(甚至是20世纪中国文学)采用的是一种"回到历史深处"的"知识考古学"的批评立场。在这方面,"再解读"研究思路中的黄子平、唐小兵、刘禾等人的论述较有代表性。他们试图通过一种冷静的眼光和相对中立的价值立场进入"十七年文学"的研究中,对"十七年文学"有着一种理解与同情。有论者这样评价黄子平的"革命历史小说"的批评立场:"他力图抛开简单粗陋的政治、美学评价,把对象放到'历史深处',揭示这些文本的'生产机制'和'意义结构'。"[2]他曾表示:"确实试图运用韦伯的那种'价值中立'的'知

---

1 傅书华此博士论文经过整理公开出版:《个体生命视角下的"十七年"小说》,中国社会科学出版社2016年版。
2 洪子诚:《"文本缝隙"与"历史深处"》,《中华读书报》2000年6月14日。

识学'来处理当代文学现象,在这本文学史中也有一定程度的反映。"[1]希望通过搁置价值评价,保持一种"冷静"与"公正"的态度进入文学史研究,这也是"再解读"研究思路其他学者的研究倾向。"知识考古学"之所以回避文学研究中的价值评判,是因为"知识考古学"不相信存在一个外在于历史的客观标准。因为标准不一致,价值判断常常会变成立场与信仰的选择。在"知识考古学"的学者眼中,所要做的工作并不是评判这些经典的优劣,而是弄清楚人们是根据何种观念、何种标准来选择这些经典,是什么机构做出的选择,这些选择有着怎样的意识形态目标。

这样的研究思路,跟以陈思和为代表的文学批评立场有着较大的分歧。在《中国当代文学史教程》的"前言"中,陈思和阐述了他对20世纪中国文学史的理解:"首先,它是以现代汉语来表达现代中国人的感情及其审美精神的文学……因此中国现当代文学作品不但深刻包容了中华民族由古典向现代化转型过程中的真切的心理折射,而且也体现出现代中国人所能达到的审美能力和情操。""其次,中国20世纪文学史深刻反映了中国知识分子感应着时代变迁而激起的追求、奋斗和反思等精神需求,整个文学史的演变过程,除了美好的文学作品以外,还是一部可歌可泣的知识分子的梦想史、奋斗史和血泪史。""最后,中国20世纪文学史在本世纪所产生的历史意义不是孤立的,它是在中国由古典向现代转型的宏大社会历史背景下发生的,它与其他现代人文学科一起承担了知识分子人文传统重铸的责任和使命。"[2]实际上,陈思和的这种理解构筑了《中国当代文学史教程》的两个史学支点:审美和知识分子人文传统。这两个支点在其文学史构想中是相互支援和互为逻辑结果的。它回避了政治意识形态的干涉,具有反政治意识形态的意识形态价值倾向。这使"审美"在文学史写作

---

1 李杨、洪子诚:《当代文学史写作及相关问题的通信》,《文学评论》2002年第3期。
2 陈思和主编:《中国当代文学史教程》,第2—3页。

中成为可操作性的范畴。显然,"审美"是文学观念层面的选择,而"知识分子"则是一个支撑文学观念的价值取向范畴,这为中国现代文学研究开拓新的阐释系统奠定了价值支柱与理论基石。

陈思和在《关于现代文学研究的一封信》中这样谈道:

> 我自己也常常想,我的专业是中国20世纪文学史研究,但我为什么会如此执迷不悟地投身到它的深层漩涡里去?为什么会轻易地把自己赖以安身立命的精神传统与这门专业紧密联系在一起?我究竟是在寻求那些被时间或者其他原因所淹没的文学史真相,还是为了自己的文化斗争需要在文学史里寻求某种精神资源?……也许只有中国现代文学这门学科才会富有这样鲜活的生命力,我徜徉在其中十多年,深知唯一有价值的动作就是帮助这门学科激发出这股生命力。严格地说,这门学科没有太丰厚的遗产,前人每走一步,都是伴随着权力意识形态的进一步渗透,就像是一株从田野里移植过来的幼枝,被层层绳索与铁丝结扎成一个盆景,现在最需要的工作就是将那些绳索与铁丝剪除掉,让它自由生长为一棵参天大树。[1]

《中国当代文学史教程》的编写延续了陈思和的这种思路。他将一系列处于当代"民间"位置的"潜在写作"等过去名不见经传的作家作品写入文学史。意图显而易见,就是通过对这些具有个人性、独创性和艺术性作品的审美分析和观照,反衬政治意识形态对当代文学创作的粗暴干涉,力图引导读者以独立的眼光去探求文学史的真相。陈思和着力发掘被主流题材压抑的"边缘"文学,撇开在当时占据中心位置的主流作家作品而将处于边缘的"潜在写作"写入文学史的研究方法,也是一种解构的思路。

1　陈思和:《关于现代文学研究的一封信》,《文艺争鸣》1997年第3期。

即使是一些被当时政治意识形态承认的作品,陈思和等编著者也以"民间"的立场加以重新观照,剥离它们文本中的政治宣传色彩,发扬其与时代共名不相和谐的含有民间生命力的艺术因素,其中以对电影《李双双》的解读最具代表性。正如陈思和在"前言"中强调的"中国当代文学作品的艺术生命力不在于陈词滥调地宣传和维护那些过时的政策和政治口号,也不是反过来仅仅从意识形态的角度加以简单的否定,而是看它是否经得起用今天的艺术标准来重新阐释"[1],在这里,"审美"的艺术标准就成为体现知识分子精神创造的文学史编撰手段。事实上,对审美特质的理解本身就是一种历史的过程和产物。审美的判断标准是一种受历史条件制约的艺术观,只有在历史这面镜子中,一种审美现象才能获得其价值。

对陈思和来说,"对于'十七年文学',解读作品最主要的是一个审美问题。至于它是不是代表了那个时代的真实,他认为并不重要,不应该作为我们今天的一个标准。如果认为它代表了那个时代的真实,我们就肯定它,这是不对的。因为五十年代与八九十年代走的是完全相反的历史,我们如果把两个时期的文学作品放在一起的话,肯定有一个时期的作品是不对的。他认为还有另一个问题,就是我们如何重读那个时期的作品?重读文学作品实际上是重新用一个新的审美方式来解读它,它是不是美的,是不是还能感动人,这是很重要的。感动人也是相对而言,因为历史场景过了,在人们的头脑中,这种时代背景很可能已经完全消失了,这时能不能唤起人们心中的一种美感,这也是很难说的。作为今天研究当代文学的专家,我们所要做的工作是站在今天的审美立场上,或者站在今天这样一个理解世界的立场上,去重新解读那个时代的作品"。[2]

当然,陈思和以"民间立场""潜在写作"等具有反意识形态的立

---

1 陈思和主编:《中国当代文学史教程》,第10页。
2 栾梅健:《中国当代文学史研究(1949—1976)学术研讨会综述》,《文学评论》2002年第2期。

场去结构中国当代文学史的做法,也不是完美无缺的。李杨就对陈思和主编的《中国当代文学史教程》从"潜在写作"与"民间意识"两种框架的"审美文学史"写作表示过质疑。李杨认为站在"审美"立场去挖掘"潜在写作"这种所谓带有较高"艺术性"的文学作品,却不能解决研究"十七年文学"、20世纪左翼文学等带有强烈政治意识形态的革命文学命题。他认为,以"审美"立场去重写文学史,是对以上文学现象的盲视。"《教程》的确使我们看到了许多被从前的文学史边缘化的东西,然而在这些历史的盲点浮出水面的同时,许多我们曾经熟知的文学史现象竟然又在不知不觉间沦入历史苍凉的雾霭之中,成为文学史上新的'失踪者',我们因之失去了'把特定时代里社会影响最大的作品作为这个时代的主要精神现象来讨论'的可能性。"[1]

为此,李杨提出了自己的文学判断标准:

> 尝试以"知识考古学"作为当代文学史的一种写作方式,意味着我们将拆解那个已经进入我们潜意识的、其实完全受控于我们当下价值标准的文学/非文学的二元对立认知方式,我们的研究对象将不再是那些以今天的观点看来是"真实"的文学作品,而是那些在当时被称为"文学"与"经典"的文学作品。对文学史的研究者来说,这些作品的价值不在于它是否符合今天的"真实",也不在于它是否具有我们今天理解的"艺术性",而在于这些作品在某时某地的出现意味着什么,生活在某时某地的中国人为什么要如此想象世界和自身,这种方法将致力于还原历史情境,通过"文本的语境化"与"语境的文本化"使文学史的研究转变为一个时代与另一时代的平等对话,这不是荒诞地力图否定相对确定的真理、意义、文学性、同一性、意向和历史连续性,而是

---

[1] 李杨:《当代文学史写作:原则、方法与可能性——从陈思和主编的〈中国当代文学史教程〉谈起》,《文学评论》2000年第3期。

力图把这些元素视为一个更加深广的历史——语言、潜意识、社会制度和习俗的历史的结果——而不是原因。这种方法不仅可以成为我们讨论"十七年文学"与"文革文学"的方法,同时还将同时适用于对"新时期文学"与"后新时期文学"的研究,它意味着"80年代文学"将被放置在"80年代语境"中进行讨论,同样,"90年代文学"也将在"90年代语境"里进行把握——而不是采用我们通常运用的方法,以建立在"五四文学"基础上的一种被非历史化与高度抽象化的意识形态标准或文学立场研究和把握任何一个时代的文学。或许只有这样,我们期待了很长时间的"二十世纪中国文学史"的写作才可能真正由理论变为现实。[1]

面对李杨的质疑,王光东、刘志荣做出了较有代表性的回应。他们在《当代文学史写作的新思路及其可行性——对于两个理论问题的再思考》一文中指出,李杨搁置价值判断的知识考古学是不可行的。他们认为,文学史的研究实际上是作为对一种特殊的审美艺术的研究,任何研究者都避免不了主观价值判断的介入:"在文学史中,简直就没有完全属于中性'事实'的材料。""文学史的写作总会有价值判断在里面,一旦有写作者的价值判断,就无法绝对客观,或者说,就无法完全还原历史情境,无法完全将'80年代的文学'放置在'80年代语境'中进行讨论,也无法完全将'十七年文学'与'"文革"文学'放在它们'各自'的语境中来讨论。"[2]

由此可见,双方论争的焦点集中在文学史书写所秉持的批评标准问题上。以唐小兵、黄子平、李杨、洪子诚为代表的"回到历史深处"的知识考古学立场与以陈思和为代表的文学审美主义立场之争,其焦点

---

[1] 李杨:《当代文学史写作:原则、方法与可能性——从陈思和主编的〈中国当代文学史教程〉谈起》,《文学评论》2000年第3期。

[2] 王光东、刘志荣:《当代文学史写作的新思路及其可行性——对于两个理论问题的再思考》,《文学评论》2000年第4期。

归根结底在双方对于经典（纯文学）或者说文学性问题看法的差异上。

陈思和等学者提倡把文学作品从特定的语境中抽离出来，站在当下人的立场做出属于当下人的审美评价。他们潜在地认为"艺术审美标准"能够"超越"不同历史时期的评价，并且相信艺术审美标准可以是"不变"的、"超越时代"的。这一观点，也正是文学界倡导的"文学自觉""回到文学自身"等文学本体论观念在文学史研究中的反应。相反，黄子平、唐小兵、李杨等人则是站在解构经典的"知识考古学"立场，否定"纯文学／文学性"。黄子平曾表示："其实我是最不尊重经典、也不崇拜经典、也不把经典当回事的人，我关心的是它怎么样成为经典。所以，我比较喜欢使用'经典化'这个动词。"[1] 李杨也表达了类似的看法，"我理解的'再解读'……是对经典的'解构'，是一种反思的工作。……经典文学实际上代表了我们对文学的理解，是一种文学观念。……'再解读'就是要与这些经典背后的文学观念对话。……我们关注的是经典的形成……不是为了向经典致敬，而是为了解构经典，挖掘作品被经典化的过程中被压抑的声音和视角。"[2]

其实，在文学失去轰动效应的历史语境下，重新以"纯文学／文学性"作为结构中国当代文学史书写的价值标准，或许容易被人们理解为是坚守人文精神的知识分子的一腔热情。顺便指出，《上海文学》2001年第3期刊登了李陀的《漫说"纯文学"——李陀访谈录》一文，指出了大众文化时代"纯文学"的破产。一石激起千层浪，引发了大规模的讨论，南帆、韩少功、罗岗以及海外华人学者王斑等人都参与了讨论。

文学研究从来就没有一成不变的评价标准，特雷·伊格尔顿在《二十世纪西方文学理论》中的一段话或可帮助我们理解他们的论争：

> 莎士比亚的作品并非轻而易举就成了伟大文学；这是文学机

---

1 唐小兵、黄子平、李杨、贺桂梅：《文化理论与经典重读》，《文艺争鸣》2007年第8期。
2 同上。

构当时的幸福发现：他的作品之所以成为伟大文学是因为文学机构这样任命他的，这并非意味着他的作品不是"真正的"伟大文学——即所谓伟大文学只不过是人们对他的看法——因为根本无所谓"真正"伟大或"真正"如何的文学，独立于它在特定的社会和生活形态中受到的对待方式。……文学批评根据某些制度化了的"文学"标准精选、加工、修正和改写本文，但是这些标准在任何时候都是可争辩的，而且始终是历史地变化着的。因为，虽然我说批评话语没有确定的所指，但还是有相当多的谈论文学的方法被它所排斥，相当多的话语步骤和方略被它作为无效的、非法的、非批评的或无意义的而取消了资格。它在所指层次上的表面的宽宏大量恰与它在能指层次上的偏狭不容相辅相成。[1]

历史地看，"十七年文学"在当代文学中地位的起起落落，与国家话语的调整、主流意识形态的内部调整、当时的文学批评标准等有着密切关系，而这些都必然会涉及对"十七年文学"是否是文学经典的重新阐释。从解放初到70年代的中国文学史，"文艺为政治服务，为工农兵服务"的方向使得一大批带有强烈主流意识形态的作品如"十七年文学"被经典化，同时使张爱玲、钱锺书等一批作家受到冷遇。从80年代初开始，由于政治环境的变化，文学经典的标准也随之改变。80年代的"重写文学史"事件，虽然具体体现为对一些作家作品的重新评价，但其核心是对文学经典标准的修改。"重写"的重点是重新评价那些原先因为"政治"而被抬得很高的作家，以及那些因为"政治"而被边缘化的作家。"重写文学史"是在"突出审美标准"的口号下提出的，但是实际上，并不存在绝对的"审美"标准，强调"审美性/文学性"，只是因为那个时代知识分子的启蒙话语占据了文学的话语权。

---

[1] 特雷·伊格尔顿：《二十世纪西方文学理论》，第222页。

"再解读"的学者在90年代初介绍和运用了福柯的"知识考古学"的文化研究的方法,对经典采取了质疑和颠覆态度,追问"如何成为经典""谁之经典"这样一种解构思路,深化了我们对文学"经典"的理解。黄子平等人的研究思路是不评判这些经典的优劣,而弄清楚当时的人们是根据何种观念、何种标准来确认这些经典,是什么机构做出选择、提出价值标准,这些选择的背后隐含着怎样的意识形态运作方式。文学史最基本的功能就是确立经典。那么何为经典?经典的标准如何确立?我们知道,八九十年代以来,受到西方批评理论中解构主义、后殖民主义、文化研究等思潮的影响,国内外学界对"经典"的讨论变得热烈起来。理论家佛克马曾谈到对经典的看法,或许对我们理解"经典"有一定的启示。他指出:

> 我们到目前为止一直在谈论文学经典,认为它们是精选出来的一些著名作品,很有价值,用于教育,而且起到了为文学批评提供参照系的作用。这个定义有一个缺陷,即它是被动地被建构起来的,对于是什么机构做出的选择和价值判断,或者是谁指定作为学校读物的作品则只字未提。这种定义遗留下了"谁的经典"这个未被回答的问题。或许这种开放式结局是不可避免的,因为谁维护着何种经典的问题是必须要在具体情况下进行研究的。[1]

可见,在传统的文学研究中,文学经典及作品常常被非权力化或去权力化,即认为经典是人类普遍而超越(非功利)的审美价值与道德价值的体现,具有超越历史、地域以及民族等特殊因素的普遍性与永恒性。比如在80年代"重写文学史"运动中,学者们提倡"纯审美""文学性"作为衡量文学经典的尺度。

---

[1] 佛克马、蚁布斯:《文学研究与文化参与》,俞国强译,北京大学出版社1996年版,第50页。

相反,黄子平、李杨等人并不把经典视为想当然的现成物,也不认为它们是普遍的、不带偏见的审美标准的体现。他们甚至根本否定文学作品存在所谓的"固有的"美学价值与文学价值,并且要质疑经典的这种所谓普遍性、永恒性、纯审美性或纯文学性,而以"去经典化"作为文学研究的鲜明特征。他们质询经典化过程背后的权力关系,包括所谓普遍的"审美价值""文学价值"的非普遍性、历史性、地方性。他们感兴趣的问题不是"到底什么是真正的经典",而是"谁之(经典)标准"等带有解构意味的问题。在他们看来,文学经典,必然会与文化权力乃至其他权力形式相关,同时也与权力斗争及其背后的各种特定的利益相牵连。可以说,经典是各种权力聚集、争夺的力场,考察不同时代、不同民族的文学作品的经典化过程与解经典化过程,以及不同时代、不同民族的人对文学经典的接受方式与阅读态度,不仅具有文学史意义,而且也是想象特定历史的方法。

然而,让"知识考古学"的学者们困惑的是,如何才能保持一种较为冷静的中立价值立场?悬置价值判断是否会陷入相对主义或者虚无主义?对此,程光炜在《更复杂地回到当代文学史中去》一文中曾谈到,不少"当代文学"的治学者在研究中长期难以回避的一种"矛盾与困惑":

> 我们一方面试图把文学史的写作变成一种冷却抒情的"叙述",并在这一过程中尽量取客观与超然的学术态度,同时又发现,当我们自己也变成被叙述的对象的时候,绝对的"冷静"和"客观"事实上是无法做到的。由此看来,并不是"当代人"不能写"当代文学史",而是当代人"如何"写曾经"亲历过"的文学史。它更为深刻地意味着,我们如何在这一过程中"重建"当代人的历史观和世界观。[1]

---

[1] 程光炜:《更复杂地回到当代文学史中去》,《文学评论》2000年第1期。

当然，作为一种理想与目标的"价值中立"，并不排除其成为一种"策略"的可能性，它显然暗含着一种意欲矫正我们多年来在"十七年文学"研究中出现"偏差"的企图，提醒我们面对这处于"复杂多样"的"具体历史语境"的"十七年文学"时，要"冷静"些，"客观些"，"公正些"，努力通过"事实"与"事实叙述"的"清理"来表明我们的态度。[1]

辩证地看，"知识考古学"的解构立场，也在一定程度上忽视了文学的审美特性。温儒敏曾对这种现象提出了批评："……不是从材料里面重现历史，不考虑使用文本例子的历史语境与特殊内涵，不愿在历史资料以及文学分析上面下功夫，把历史抽象化，瓦解了文学审美的自足性。"[2]

在面对"十七年文学"如何历史化的研究中，海内外学者各自站在不同的价值立场进行了探索，或侧重知识的考古，或重提文学性/审美性，尽管没有达成一致的看法，但这种互动对话式的论争也给我们带来了诸多启示。诚然，在文学批评中重视作品内部的审美还是非常有必要的。通过文本的细读去发掘文学作品的审美特征，发现和挖掘美，是文学批评的一个重要任务；同时，也需要保持一种冷静与客观的看法，在加强文学细读的同时，也要注意文学作品与它外部的联系，将文学文本放置到它所产生的历史语境中去考察，与那个深远的历史联系起来，这样我们的研究工作才能更为有效而客观。

第五节 "再解读"与"20世纪中国文学"的重构

"再解读"的研究思路是从个案入手，通过个案/文本细读带出相关的研究问题。其中有一个问题尤其值得注意：那就是"十七年文学"

1　参见曾令存：《"十七年文学"研究与"历史叙述"的重构》，《海南师范学院学报》（社会科学版）2003年第2期。
2　温儒敏：《谈谈困扰现代文学研究的几个问题》，《文学评论》2007年第2期。

的现代性问题。而如何看待"十七年文学"的现代性问题，则勾连到20世纪中国文学史的重构问题。在此意义上，面向"十七年"的"再解读"，实际上是对重新调整20世纪中国文学整体研究格局的一种巧妙呼唤。

一、"20世纪中国文学"概念的提出

在50年代中期以前，不仅没有"当代文学"的概念，而且没有"现代文学"。"现代文学"即便被提及，也是作为"现时代"的时间概念来使用的。有关"五四"以来新文学的文学史论著和作品选，大多使用"新文学"这一名称。使用"新文学"概念的情况，一直延续到50年代中期。但是，从50年代后期开始，"新文学"的概念迅速被"现代文学"所取代，以"现代文学史"命名的著作，纷纷出现。1960年第三次文代会上，周扬做了题为《我国社会主义文学艺术的道路》的报告，在正式文件上确立了"当代文学"的概念和性质。

从政治角度去设立"当代文学"的概念，是对新中国成立后文学的预设。"当代文学"这个概念，确立了一个文学评价的体系，即从意识形态和政治观念上来评估文学作品。[1]

50年代从政治角度对文学的预设，将"现代文学"和"当代文学"分成了两个时期。80年代后，学界开始对现当代文学史的分期有了反思和讨论。研究者对分期的时间有着较大的分歧，如将二者分期界限的时间定为1942年、1949年，甚至是1950年，观点各有不同。其中比较有代表性的是朱寨的观点。

朱寨主编的《中国当代文学思潮史》将1949年中华人民共和国成立到1978年中国共产党十一届三中全会召开这一历史阶段称为"当

---

[1] 关于"当代文学"及其学科建制，可以参见洪子诚：《当代文学概说》，广西教育出版社2000年版；《问题与方法：中国当代文学史研究讲稿》，生活·读书·新知三联书店2002年版。

代"。"中国当代文学思潮史的上限,是中华人民共和国的成立这一历史的新纪元。它的渊源,可以追溯到1919年的'五四'新文学运动的兴起。当代文学思潮始终与'五四'新文学的革命思潮保持着血缘的联系。它的直接源头,则是1942年的延安文艺座谈会。……毛泽东同志的《在延安文艺座谈会上的讲话》的主要精神就是要求新文学运动自觉地与新的时代、新的群众相结合,从而提出首先为工农兵服务的文艺方向。"[1] 在此,朱寨强调"当代"不是"当前"的意思,而是一个特定的历史时期。

如何对文学史进行断代和历史分期,是文学史研究中无法回避的核心问题,它隐含着研究者各具差异的文学观念、历史观念、美学标准和意识形态价值立场等问题。要对文学的历史发展做出清晰的描述与评断,就必须对具体的文学状态进行截止定位和历史透视。"从上世纪80年代中期以来,'重写文学史'潮流风起云涌,文学史家们以不同的价值诉求和研究方法,力求拓展文学史的空间,以创新意识为先导,试图摆脱文学史分期的思维惯性,通过突破封闭的学科壁垒和陈旧观念的枷锁,反思并重构文学史的版图。"[2] 1985年,复旦大学的陈思和发表了《新文学史研究中的整体观》一文,他指出:"'五四'以来,中国政治生活屡生巨变。人们习惯于以政治标准对待文学,把新文学拦腰截断,形成了'现代文学'与'当代文学'的学科概念。这是一种人为的划分,它使两个阶段的文学都不能形成各自完整的整体,妨碍了人们对新文学史的深入研究。"[3] 他提出,"应该把本世纪第一个十年为开端的新文学看作一个开放型的整体,从宏观角度上把握其内在的精神和发展规律"。[4] 陈思和80年代提出并践行的"新文学的整体

---

1 朱寨主编:《中国当代文学思潮史》,人民文学出版社1987年版,第3页。
2 黄发有:《文学会议与中国现当代文学史的分期问题》,《中国现代文学研究丛刊》2013年第8期。
3 陈思和:《新文学史研究中的整体观》,《复旦大学学报》(社会科学版)1985年第3期。
4 同上。

观""重写文学史"观念等可谓石破天惊,引起了广泛的争论。

与此同时,北京大学的黄子平、陈平原、钱理群三人联袂在《文学评论》发表了长篇论文《论"二十世纪中国文学"》。他们提倡"把二十世纪中国文学作为一个不可分割的有机整体来把握",强调"二十世纪中国文学"是一个典型的"总体性"概念:

> 所谓"二十世纪中国文学",就是由上世纪末本世纪初开始的至今仍在继续的一个文学进程,一个由古代中国文学向现代中国文学转变、过渡并最终完成的进程,一个中国文学史走向并汇入"世界文学"总体格局的进程,一个在东西文化的大撞击、大交流中从文学方面(与政治、道德等诸多方面一道)形成现代民族意识(包括审美意识)的进程,一个通过语言的艺术来折射并表现古老的中华民族及其灵魂在新旧嬗替的大时代中获得新生并崛起的进程。[1]

他们设想该有机整体靠五大要素来糅合:"走向'世界文学'的中国文学;以'改造民族灵魂'为总主题的文学;以'悲凉'为总体核心的现代美感特征;由文学语言结构表现出来的艺术思维的现代化进程;最后,由这一概念涉及的文学史研究的方法论问题。"他们强调要从文学内部来把握20世纪中国文学史的"现代"进程。在"焦灼"与"悲凉"的辩证中,将"悲凉"视为"20世纪中国文学所具有的有着丰富社会历史蕴含的美感特征",属于中国现代作家美感意识的"核心"与"深层结构";同时认为现代作家的"焦灼"使现代文学"从内容到语言结构,都具有与本世纪世界文学共通的美感特征"。[2]但遗憾的是,他们把50—70年代的文学排除出了他们研究的范畴。在"20

---

[1] 黄子平、陈平原、钱理群:《论"二十世纪中国文学"》,《文学评论》1985年第5期。
[2] 同上。

世纪中国文学"这一论述脉络里面找不到包括50—70年代文学、延安文学等在内的左翼文学的位置。对此，洪子诚就曾委婉地指出："文章本身也写得很机警，一些难讲的问题都避开了。""舍弃了一些不该舍弃的东西，比如30年代左翼文学就没很好地概括进去。"[1]而东京大学教授丸山升则认为："20世纪中国文学"的界定对"社会主义文学"关注不够。而20世纪中国文学的最大问题之一是社会主义，是应当引起重视的。[2]

批评争鸣的声音不仅来自同辈学者，也来自本学科的前辈权威学者，如王瑶。王瑶先生对"20世纪中国文学"提出了批评："你们讲20世纪为什么不讲殖民帝国的瓦解、第三世界的兴起，不讲（或少讲，或只从消极方面讲）马克思主义、共产主义运动、俄国与俄国文学的影响。"[3]

事实上，"20世纪中国文学"是启蒙主义和现代化的话语，"现代化"由此成为文学史新的评价标准。严家炎、樊骏、王瑶等人在20世纪80年代的现代文学史研究中逐渐采用了"现代化"的标准。1981年，在《鲁迅小说的历史地位——论〈呐喊〉〈彷徨〉对中国文学现代化的贡献》中，严家炎最早提出了"现代化"的文学史评价标准。钱理群说："他用了'现代化'这样一个标准，打开了思路。"[4]

在80年代主流的文学史叙述或文学研究中，"十七年文学""'文革'文学"都是被当作"现代化"的断裂来看待的。人们普遍认为它们背离了"五四"新文学的启蒙精神，是一种历史的空白和文学的断裂。在新

1　孙玉石、严家炎：《关于"二十世纪中国文学"的两次座谈》，《当代文学评论》1989年第5期。
2　参见《有关"二十世纪中国文学"种种反响的综述》，收入黄子平、陈平原、钱理群《二十世纪中国文学三人谈》，人民文学出版社1988年版，第126页。
3　钱理群：《矛盾与困惑中的写作》，《文艺理论研究》1999年第3期。
4　陈平原、钱理群、黄子平：《"二十世纪中国文学"三人谈·缘起》，《读书》1985年第10期。

启蒙主义的视野里,"新时期文学"被看作对从"五四"开始的、被"文化大革命"中断的、未完成的启蒙任务的接续。同时,20世纪中国文学也被描述为从"五四"的高峰不断下降、倒退的过程,至"文革"而达于极点的过程。"文革"结束后,"启蒙"由"新时期文学"得以复兴。正因为这样,才有了文学史上的"历史空白"论和"断裂"论。

回望关于"断裂论"的争议,不难发现它的焦点在于:我们怎样看待30年代的左翼文学、40年代的延安文学,直到50—70年代的革命文学绵延半个世纪的总体形态,能否为从左翼文学到革命文学这半个世纪的历程界定其内在的具有统一性的总体倾向和特征?怎样看待延安文学以及50—70年代的革命文学与左翼文学的关系?与30年代的左翼文学比较,延安文学、50—70年代的革命文学是质的不同的彼此替代的文学形态,还是共同起源于左翼文学的一贯形态?它们之间有没有内在的联系?

在李泽厚的新启蒙主义视野中,50—70年代的文学是一种"现代性的断裂",是对"五四"开启的新文学传统的背离。唐小兵等"再解读"的学者则认为,"十七年文学"蕴含着"现代性"的因素,它并不是对"五四"新文学或30—40年代的左翼文学的断裂,而是与它们有着一种内在的联系。而这种内在的精神联系就是复杂而多元的"现代性"。如果说王德威等海外华人学者希望通过对"晚清文学"的"现代性"的挖掘,打通近代文学与"五四"以来的现代文学之间的界限,那么在90年代的"再解读"思路中,海外华人学者唐小兵、刘禾、黄子平、李陀以及国内学者李杨等则致力于对20世纪左翼文学特别是"十七年文学"的现代性的发掘,希望借现代性的引入和对它的探讨,打通现代文学与当代文学分期的壁垒,并以此为线索,重构作为一个整体的20世纪中国文学研究的新格局。

正如唐小兵所言:

> 50年代抗美援朝战争,其实是和抗日战争、解放战争联系在

一起的，它对整个文化心态的影响是很深刻的。从"十七年文学"往后看，它和"文革"的关系也不是截然开的，五六十年代的文学形式、运作方式、表述语言都为后来"文革"的出现做了准备。所以我觉得在文学史研究中，"十七年文学"应该向两头打开。[1]

他们希望用现代性这个观念把20世纪中国文学联系起来，作一个整体来审视，从而重构20世纪中国文学史。这一整体性建构是当下很多学者努力的方向，他们试图通过深入研究，找出20世纪中国文学的若干内在线索来整合20世纪中国文学。

由朱栋霖、朱晓进、龙泉明主编的《中国现代文学史（1917—2000）》作为高等学校文科规划教材，它的文学史观念就很具有代表性。这部文学史也将20世纪中国文学当作一个整体来研究，他们在写作过程中提出了"人的现代化"标准。他们认为，"五四"时期的文学就是"人的文学"，现代文学的进程是人的现代化进程。因此，他们指出，中国现代文学史就是由文学如何实践与表现这一不断演变着的"人"的观念的。他们的文学史写作标准是以"人"的观念嬗演中国现代文学史的进程。[2]

这种观点体现出研究者希望通过"人的文学"来建构20世纪中国文学的新格局的努力。然而，我们认为"人"的标准的提出并不能解决和克服研究"十七年文学""'文革'文学"等20世纪中国左翼文学的特殊性与复杂性。单纯从"人"的标准去考察文学史，回避了文学与政治的复杂关系。在该书的写作中，文学与政治是互相排斥、对立的两极。事实上，"人的文学"只是审视文学的一种标准和角度，它根本不足以涵盖20世纪中国文学的全部。即使是被称为"人的文学"的"五四"文

---

1 李凤亮、唐小兵：《"再解读"的再解读——唐小兵教授访谈录》，《小说评论》2010年第4期。
2 朱栋霖、朱晓进、龙泉明主编：《中国现代文学史（1917—2000）》（上），北京大学出版社2007年版，第1页。

学,除"人的文学"以外,还有革命文学、政治文学等多种文学形态。

从"中国新文学的整体观""重写文学史"再到"20世纪中国文学"等概念的提出,不仅体现了新的文学观念、历史观念、美学标准、研究方法和价值立场的更新,而且昭示了文学/文学史研究的新的范式的确立,这带来了非凡的文学意义。以新的文学范式去颠覆旧的思维定式,在文学研究领域中突出地表现为颠覆经典、去中心化、重新估衡、突出边缘等方法、策略。这也成为80年代以来,众多的文学史教材、论著得以不断出版发行的"合法性"依据。

二、"现代"中国文学:隐匿而复杂的现代性

在20世纪中国文学的研究中,关于现代性问题的争论是最为激烈的。现代性一词频繁出现在人文科学话语当中,其语义驳杂繁芜,甚至陷于矛盾的困境,难以定于一尊。现代性的理论话语具有浓厚的意识形态色彩,成为重新规划和形塑文学理论、文学史、文学批评和文学创作实践的某种框架和图式。

历史地看,现代性是一个极为复杂的概念。伊夫·瓦岱在题为"文学与现代性"的演讲中意味深长地说道:"含义最丰富的概念往往也是最不容易定义的概念。这些概念的使用范围涉及不同的领域,它们在不同情境中所表达的意思是不同的,有时甚至是互相矛盾的。……如果说现代性的定义问题不是一个完全不可能解决的问题,那么,它现在至少还是个没有定局的问题,因为,它牵涉到关于现代性的总体观念。该观念一方面涉及许多不同的领域,而另一方面又缺乏完整的界定性:没有人能够给一系列发展运动的进程确定一个无可争议的终点或停顿点。"[1]这种难以界定的原因,导致了多种解释的可能。吉登斯强调:"现代性指社会生活或组织模式,大约17世纪出现在欧洲,并

---

1 伊夫·瓦岱:《文学与现代性》,田庆生译,北京大学出版社2001年版,第1页。

且在后来的岁月里，程度不同地在世界范围内产生着影响。"[1]自西方文艺复兴和启蒙运动以来，关于现代性的理论话语都推崇理性，把它视为知识与社会进步的源泉，视为真理之所在和系统性知识之基础。人们深信理性有能力发现适当的理论与实践规范，根据这些理论和规范，思想体系和行动体系就会建立，社会就会得到重建。因此，理性是现代性生产一整套规戒性制度、实践和话语，并使它的统治和控制模式合法化的理论基石。理性成为现代性得以建构的坐标原点，同时也成为文明的核心和象征。正是在理性这一具有先验色彩的思想坐标的指引下，现代性生产出了科学、民主、自由、平等等一系列衡量社会与文明与否的价值指标。它们随着工业革命和资本主义体系向全球的扩张，成为一种具有普遍主义性质的权力话语。由于知识归纳和逻辑分类的差异，人们对现代性的言说往往依照不同的层面和思路展开，从而形成了对现代性不同的理解系统和阐释视野。

对于20世纪中国文学研究，现代性问题所导致的意义和功能，或许正如保罗·德曼所宣称的那样："我所关注的，与其说是对自己现代性的描述，毋宁说是对于方法或者这一概念所蕴含的文学史的可能性提出的那种挑战。"[2]

国内学者刘小枫与汪晖对现代性问题的梳理较具代表性。刘小枫曾从现代学的角度对这一问题进行了梳理："从形态面观之，现代现象是人类有'史'以来在社会的政治－经济制度、知识概念体系和个体－群体心态结构及其相应的文化制度方面发生的全方位秩序转型。它体现为一个极富偶在性的历史过程，迄今还不能说已经终止。从现代现象的结构层面看，现代事件发生于上述三个相互关联、又有所区别的结构性位置。我用三个不同的述语来指称它们：现代化题域——

---

1 安东尼·吉登斯：《现代性的后果》，田禾译，译林出版社2000年版，第16页。
2 保罗·德曼：《文学史与文学现代性》，收入保罗·德曼《解构之图》，李自修等译，中国社会科学出版社1998年版，第167页。

政治经济制度的转型;现代主义题域——知识和感受之理念体系的变调和重构;现代性题域——个体-群体心性结构及其文化制度之质态和形态变化。"[1] 这种分类是从知识学的视野对现代性事实及话语进行理论观照的结果,为我们理解现代性问题及其涉及的方方面面厘清了学术逻辑思路。同时,这也启发我们从理论层面对现代性问题进行一种常规性的区分:作为历史事实的现代性,这是我们的研究内容和对象;作为话语言说的现代性,这是人们针对现代现象和内容所做的描述、分析、评判与阐释;作为现代学之研讨中心的现代性,这是对上述对象和上述话语之间可能关系的研究。

汪晖在《我们如何成为"现代的"?》一文中,归纳了"现代性"的总体特点:

> 现代性(modernity)是一个内含繁复的西方概念。它首先是指一种时间观念,一种直线向前、不可重复的历史时间意识。……许多西方学者在讨论现代性问题时都指出,现代性不是一个统一的概念,其中充满了矛盾。因此,在不同的领域和不同的时期,被指为现代性的质素是极为不同以至矛盾的。对于18世纪的启蒙主义而言,现代性如同哈贝马斯说的那样,是一个"方案"(project),这个方案包括"发展客观的科学,普遍的道德和法律,追随其内在逻辑的自主性的艺术"等方面,而最重要的特征是"主体的自由"。在社会领域,这种"主体的自由"的实现就是由民法保障的追求自己利益的合理性空间;在国家领域,它在原理上表现为参与政治意志形成过程的平等权利;在私人领域,它是伦理的自主和自我实现;在与私人领域相关的公共领域,则是通过公共意见和公共文化的形成,促使社会的和政治的权力的民主化;在国际领域,则是现

---

[1] 刘小枫:《现代性社会理论绪论:现代性与现代中国》,上海三联书店1998年版,第3页。

代民族国家的主权建立；在艺术领域，则是艺术的自主性的实现；等等。在这些以"主体的自由"为特征的现代方案内部，充满了紧张和矛盾，这种矛盾尤其体现在资本主义经济的世俗化过程与文学艺术对这个过程的尖锐批判之间。如果说前者体现为对于进步的时间观念的信仰、对于科学技术的信心、对于市场和行政体制的信任、对于理性力量和主体的自由的崇拜等，那么，现代主义的美学现代性则具有激烈的反资本主义世俗化的倾向。[1]

刘小枫、汪晖等人从物质、制度、社会、经济、文化、艺术、思想等方面对现代性进行了梳理，展现了现代性的多元面貌，对文学研究具有一定的启示。而在文学研究领域，葛红兵、王一川等学者关于现代性的探讨较为集中。葛红兵认为，现代性体现在文化价值选择方面的核心内涵是以"立人"为标志的启蒙主义。[2]也就是说，现代性的目的表现在人的个性解放和人的觉醒。而王一川则认为中国文学的新传统是现代性文学。他运用西方的"审美现代性"理论，来发掘中国现代文学的现代性因素。"审美现代性是看来非实用或非功利的方面，但这种非实用性属于'无用之用'，恰恰指向了现代性的核心——现代中国人对世界与自身的感性体验及其艺术表现。……正是审美现代性能直接披露作为现代人的中国人的生存体验状况、整体素质和能力，从而成为中国现代性的一个极为重要的方面。"[3]从他们的论著可知，大陆学者对现代性的探讨，所依据的西方思想家的理论资源较为驳杂，有马克斯·韦伯、格奥尔格·西美尔、哈贝马斯、安东尼·吉登斯、齐格蒙·鲍曼、马歇尔·伯曼、马泰·卡林内斯库、安托瓦纳·贡巴

---

1 汪晖：《我们如何成为"现代的"？》，《中国现代文学研究丛刊》1996年第1期。
2 葛红兵：《人本主义文学史观质疑——与朱德发先生商兑》，《中国现代文学研究丛刊》1996年第1期。
3 王一川：《现代性文学：中国文学的新传统——兼谈中国现代文学与文学传统》，《文学评论》1998年第2期。

尼翁、查尔斯·泰勒、戴维·哈维、乌尔里希·贝克、斯科特·拉什等[1]。从这驳杂的理论来源来看，国内学者对现代性的讨论也可谓言人人殊。

在海外华人学者中，李欧梵与王德威关于现代性的论述最具代表性。李欧梵最早有意识地将现代性理论应用于中国现代文学研究。他在70年代末参与编写《剑桥中华民国史》时便将1895—1927年的中国文学潮流定性为"追求现代性"。李欧梵在《追求现代性（1895—1927）》中说："从西方的眼光看，'现代'这个词被说成是与过去相对立的一种当代时间意识，它在19世纪已经获得两种不同的意蕴。"[2]可见，李欧梵所采纳的现代性内涵，首先是一种当代时间意识，其次具有两个层面的意义：经济社会层面和艺术层面的，而后者是一种反现代性，是现代性的另一面。在此，我们可以看到李欧梵对中国文学现代性所做的二元对立区分是与卡利奈斯库所谓现代性的两个层面相对应的。可以说，他把西方现代性的经典内涵原封不动地搬到了中国，以此为标准考察中国文学的现代性。在他看来，现代性在中国的发展有两个地方不甚符合西方现代性的标准：一是"在中国'五四'时期，这两种现代性立场并没有全然对立，而前者——'布尔乔亚的现代性'——经过'五四'改头换面之后（加上了人道主义、改良或革命思想和民族主义），变成了一种统治性的价值观，文艺必须服膺这种价值观，于是小说叙述模式也逐渐反映了这一种新的现代性历史观"[3]；二是"在中国，'现代性'不仅含有一种对于当代的偏爱之情，而且还

1　参见周宪：《审美现代性批判》（商务印书馆2005年版），收入周宪编《文化现代性精粹读本》（中国人民大学出版社2006年版），汪民安、陈永国主编：《后现代性的哲学话语：从福柯到赛义德》（浙江大学出版社2001年版），汪民安、陈永国、张云鹏主编：《现代性基本读本》（河南大学出版社2005年版），等等。

2　李欧梵：《追求现代性（1895—1927）》，收入《现代性的追求：李欧梵文化评论精选集》，第234页。

3　李欧梵：《漫谈中国现代文学中的"颓废"》，收入《现代性的追求：李欧梵文化评论精选集》，第149页。

有一种向西方寻求'新'、寻求'新奇'这样的前瞻性"[1],"着眼点不在过去而在未来,从而对未来产生乌托邦式的憧憬"[2]。

而王德威则是着力于挖掘晚清文学的现代性:"'现代'一义,众说纷纭。如果我们追根究底,以现代为一种自觉的求新求变意识,一种贵今薄古的创造策略,则晚清小说家的种种试验,已经可以当之。"[3]王德威把"求新求变"视作现代性的内涵。在"没有晚清,何来'五四'"的呼唤中,重新释放"被压抑的现代性"话语。当然,王德威关于现代性的观点也引起了很多的质疑与争论。肯定的观点认为,王德威重塑了现代性的源头,重新释放了晚清文学研究的能量,向前拓展了20世纪中国文学史的研究内容等;批评的观点则指出,王德威的"被压抑的现代性"令人狐疑,暧昧朦胧,是狭而空洞的现代性,提供了一个错位、悖论的晚清现代性想象的盲区,等等,不一而足。

尽管海内外学界对现代性的认识各不相同,但追求现代性的总体趋势,却是20世纪中国文学及研究的一个重要历史目标。所以,谈论20世纪中国文学的现代性问题,并不在于鉴定它是否属于文学的本质和标准,而是在于它作为理论导向和方法论导向的工具,能在一定程度和范围阐明20世纪中国文学的基本风貌,并指导我们的文学研究。"再解读"学者对20世纪中国左翼文学现代性探寻,其意义也正在此:以现代性理论研究20世纪中国文学,使我们的文学研究获得了较为开阔的宏观视野与理论思辨力,为理解20世纪中国文学找到了一个更具整合力的理论平台,发现了各个时期文学发展进程之间的内在逻辑联系,为我们整体上把握20世纪中国文学提供了一种新视野。

---

1 李欧梵:《追求现代性(1895—1927)》,收入《现代性的追求:李欧梵文化评论精选集》,第236页。

2 李欧梵:《漫谈中国现代文学中的"颓废"》,收入《现代性的追求:李欧梵文化评论精选集》,第146页。

3 王德威:《被压抑的现代性——晚清小说新论》,宋伟杰译,第5页。

三、"十七年文学":反现代的"现代性"呈现

我们应该如何看待"十七年文学"?它是"五四"文学的延续,还是一种历史的断裂与空白、一个文学史的怪胎呢?在如何看待 20 世纪中国左翼文学与现代性的关系问题上,80 年代末 90 年代初,海外学者如唐小兵、刘禾、孟悦、黄子平和国内学者李杨、汪晖、李陀等就发表了一批论文和论著,至今还有着深刻的影响。李杨在《为什么关注文学史——从〈问题与方法〉谈当代"文学史转向"》中指出"20 世纪中国文学"是通过文学/政治、个人/阶级、启蒙文学/左翼文学、现代/传统、50—70 年代文学/新时期文学等一系列二元对立建构的。"20 世纪中国文学"这一概念基本上以"五四"启蒙文学为主线,忽视了通俗文学、左翼文学等文学形态,"这一思维模式最大的问题在于以不可调和的对立掩盖了差异的多样性"。[1]

因此,如何看待"十七年文学"的现代性问题,则关系到 20 世纪中国文学史的重构。而"再解读"的研究者通过对"十七年文学"现代性的研究,揭示出 20 世纪中国文学现代性这一内在的精神联系,企图以现代性为脉络,将 20 世纪中国文学作为一个整体来把握与重构。

从现代性的角度对左翼文学、"十七年文学"和"'文革'文学"重新进行价值评判和文学史叙述,可以说为以现代性为视角重写文学史提供了可能。左翼文学、"十七年文学"、"'文革'文学"是否具有现代性意味?如果有,又是一种怎样的现代性?它们到底是现代性的延续还是现代性的中断?这些争论背后牵涉人们对现代性概念的不同理解以及价值评判问题。

"再解读"的学者认为,20 世纪中国左翼文学,尤其是 40—70 年代文学蕴含着丰富的现代性意味。唐小兵在分析 60 年代的话剧《千万

---

[1] 李杨:《为什么关注文学史——从〈问题与方法〉谈当代"文学史转向"》,《南方文坛》2003 年第 6 期。

不要忘记》时,就指出该文所蕴含的世俗现代性(日常生活现代性)意味:"《千万不要忘记》表达的正是一个克服工作和休息、工厂和家庭、公共时空和私人时空之间的界限的欲望。正是在这个层面上,剧本完整地捕捉到了一整个时代对'现代工业文明'或者说'现代性'充满矛盾的想象关系,既宣泄出一层深深的欲望,又透露了同样强烈的抵制和拒绝。原剧名'祝你健康'实际上更准确地把握了这样一种时代的焦虑,因为正是现代工业化所带来的个人日常生活和经验层次上的片段化和零散化的日益明显……使得剧作家大声呼唤新的健康的工人。"[1]

与国内学者强调延安文艺的政治性、革命性不同,"再解读"的学者则指出延安文艺具有"反现代的现代性"的双重性,唐小兵又称之为"一场反现代的现代先锋派文化运动"[2]。唐小兵认为,延安文艺不仅使"大众"作为政治力量和历史主体得以浮现,而且因为"这场运动隐喻地反衬出对以现代城市为具体象征的市场经济方式的一种集体性抵抗意识,尤其是对资本主义生产方式所带来的'感性分离'、价值与意义的分割所催发的无机生存的下意识恐慌和否定"[3]。在他的论述中,延安文艺所反对的现代化形态是一种资本主义式的"社会分层以及市场的交换——消费原则"[4]。对此,在《丁玲不简单——毛体制下知识分子在话语生产中的复杂角色》一文中,李陀深入分析了以丁玲为代表的延安知识分子为何心甘情愿地接受了《在延安文艺座谈会上的讲话》所确立的"毛话语"时,引入了关于现代性问题的讨论,认为"毛文体较之于其他话语有一个特别重要的优势是研究者绝不能忽视的,这

---

1 唐小兵:《〈千万不能忘记〉恶历史意义——关于日常生活的焦虑及其现代性》,收入唐小兵编《再解读:大众文艺与意识形态》(修订版),第229页。
2 唐小兵:《我们怎样想象历史(代导言)》,收入唐小兵编《再解读:大众文艺与意识形态》(修订版),第6页。
3 唐小兵:《我们怎样想象历史(代导言)》,收入唐小兵编《再解读:大众文艺与意识形态》(修订版),第6页。
4 唐小兵:《我们怎样想象历史(代导言)》,收入唐小兵编《再解读:大众文艺与意识形态》(修订版),第9页。

一优势是：毛文体或毛话语从根本上是一种现代性话语，一种和西方现代话语有着密切关联，却被深刻地中国化了的中国现代性话语"。[1]在分析丁玲后期的创作现象时，他指出："作为一篇抒情散文来看，这些文字自然都是陈词滥调，且文笔拙劣。但是，我们能感到其中的真情。正是这片深情，透露出丁玲是怎样强烈地感受到毛文体作为一种中国式的现代性话语的魔力的召唤。"[2]在此，李陀同样将李泽厚的"启蒙/救亡"作为辨析的前提，认为这种论述模式总是在"隐喻层面"上把"启蒙"作为种种"正面的文化价值"的代表，忽视了"启蒙主义/现代性在向全世界进行政治、经济和文化的扩散中，发生于帝国主义和殖民地之间……的种种相互渗透、相互制约的复杂情况"。李陀认为"毛话语"则是在充分意识到启蒙主义在西方帝国主义扩张过程中同步产生的，因而这一现代性话语的暧昧正在于它具有双重性："一方面，反对帝国主义和殖民主义，反对以自由主义、个人主义为标志的种种资产阶级的文化价值，反对以工具理性做支撑的现代资本主义经济组织以及与这体制密切相关的现代政治、法律制度，反对在科学技术和市场经济高度发达的前提下形成的种种对人的支配形式；另一方面，主张民族独立以建设一个现代化的民族国家，主张在传统和现代的二分前提下实现传统社会向现代社会的转化，主张大规模的城市化以消灭'城乡区别'，主张'大跃进'的、'超英赶美'的高度工业化并且赞美机械化、自动化的物质技术，主张建立以'民主集中制'为基础的高度集中、有效的国家机器以实现社会的组织化等。"[3]李陀认为，这是毛泽东时代民族国家现代性的双重性的具体表现形态。

---

1 李陀：《丁玲不简单——毛体制下知识分子在话语生产中的复杂角色》，收入李陀编选《昨天的故事：关于重写文学史》，生活·读书·新知三联书店2011年版，第153页。
2 李陀：《丁玲不简单——毛体制下知识分子在话语生产中的复杂角色》，同上书，第157页。
3 李陀：《丁玲不简单——毛体制下知识分子在话语生产中的复杂角色》，同上书，第154—156页。

同时，国内学者李杨在《抗争宿命之路——"社会主义现实主义"（1942—1976）研究》一书也指认"社会主义现实主义具有'反现代'的'现代'意义"，认为"'反现代性'是'现代性'的一个部分"。[1]李杨接着说道：

> "社会主义现实主义"的理论基础是马克思主义。……马克思曾从人本主义的立场空前激烈地批判了现代性的政治形式——资本主义社会，认为资本主义社会的矛盾是生产力和资本主义生产关系的矛盾，因此，要克服资本主义社会中的不平等和人的异化状态，要使人的本质力量得到全部实现，就必须彻底改变资本主义的生产关系，建立一个新的社会。马克思对现代性的这种反抗最终在非西方得以实现，原因在于非西方几乎是被强行拉入"现代"的，因此，非西方天生地具有对"现代"的反抗性。[2]

在李杨看来，中国的现代性是一种"反西方"的"现代性"，而这种"反现代"的"现代性"体现于对建立"现代民族国家"的追求中，社会主义现实主义"中国的叙事"本质上是为了建立"一个现代民族国家"。[3]

其实，早在1992年，通过对萧红《生死场》文本的解读，刘禾就已指出："'五四'以来被称为'现代文学'的东西其实是一种民族国家文学。"[4] "民族国家文学"这一现代性研究思路，实际上借用了本尼迪克特·安德森的民族主义和吉登斯的现代性理论。本尼迪克特·安德森在论述现代民族的概念时指出："它是一种想象的政治共同体——并且，它是被想象为本质上是有限的，同时也享有主权的共同体。"[5] 安德森认为：

---

1 李杨：《抗争宿命之路——"社会主义现实主义"（1942—1976）研究》，第40页。
2 李杨：《抗争宿命之路——"社会主义现实主义"（1942—1976）研究》，第315页。
3 李杨：《抗争宿命之路——"社会主义现实主义"（1942—1976）研究》，第27页。
4 刘禾：《文本、批评与民族国家文学——〈生死场〉的启示》，《今天》1992年第1期。
5 本尼迪克特·安德森：《想象的共同体——民族主义的起源与散布》，吴叡人译，第9—10页。

"民族本质上是一种现代的想象形式——它源于人类意识在步入现代性过程当中的一次深刻变化。促成这一变化的重要推动力之一就是,作为现代传媒的报纸和表达民族情感的小说,为重现民族这种现象共同体提供了技术的手段。"[1] 安东尼·吉登斯也指出:"现代性产生了明显不同的社会形式,其中最为显著的就是民族—国家。"[2] 而唐小兵也认同这一观点,在回顾《再解读》一书的编写过程时,他指出:"其实当时想表达乃至现在仍感兴趣的,就是现代中国人的历史经验里面包含着对国家、民族主体的构造,以及个人怎样参加到国家、民族的构造这样一个过程里。"[3] 海外华人学者刘禾、唐小兵自觉地借用西方理论来思考现代性与"民族国家文学"关系,显示了他们的理论优势。然而以西方的理论观点去处理非西方的中国问题的时候,是否就自然而然,可以一劳永逸了?

李杨通过对"救亡压倒启蒙"话语的质疑,同时补充了刘禾这一观点:"20世纪中国历史中出现的救亡,不但不是'启蒙'的对立面,反而是'启蒙'这一现代性生长的一个不可替代的环节;不但没有'中断'中国的现代进程,反而是一种以'反现代'的方式表达的现代性。……要拆解这一二元对立,必须首先揭示'救亡'的现代性。这一现代性表现为:近代中国一再出现的'救亡',并非是以拯救一个已经存在的中国为目标,而是一个具有现代'民族国家'意义的全新的中国的创造过程。"[4] 李杨指出:"遗憾的是,20世纪80年代的中国知识分子在讨论中国现代的启蒙运动时,常常只是从个人主义或者个人本位意识的角度理解启蒙,而对于启蒙运动的另一个重要范畴——民族

---

1 本尼迪克特·安德森:《想象的共同体——民族主义的起源与散布》,吴叡人译,第9—10页。
2 安东尼·吉登斯:《现代性与自我认同:现代晚期的自我与社会》,第16页。
3 李凤亮:《20世纪中国文艺运动的历史阐释——唐小兵教授访谈录》,《文艺争鸣》2010年第9期;另见李凤亮编著《彼岸的现代性:美国华人批评家访谈录》,第236页。
4 李杨:《"救亡"压倒"启蒙"?——对八十年代一种历史"元叙事"的解构分析》,《书屋》2002年第5期。

国家意识以及作为其变体存在的'民族主义'或'爱国主义'却往往视而不见。"[1]李杨基于共产主义与民族国家宏大叙事的建构角度,充分肯定了毛泽东思想与1942—1976年文学的现代性特征。

此后,汪晖和旷新年等人都发展了刘禾的观点。汪晖指出:"现代文学的语言实践是民族国家自主性的体现,或者反过来说,现代文学的语言实践,是建立现代民族国家的组成部分。"[2]旷新年也认为:"在中国现代历史发展中,救亡和启蒙、民族主义和个人主义是一个不可分割的整体。狭义的'救亡'就是民族的解放和建立现代民族国家;而狭义的'启蒙'就是个人的解放和现代个人的确立。实际上,所谓现代性从根本上来说不外是现代民族国家和现代个人主体的双重建构。"[3]

由此看到,刘禾、李杨等人从"文学史"的"外部"来观察20世纪中国文学,把20世纪左翼文学放到现代民族国家建制的广义"政治"背景中来审视,发掘传统文学史叙事背后所隐蔽的"民族国家"叙事,揭示文学发展的另一种风貌。在他们眼中,中国的现代进程,具有独特的中国现代性品格。20世纪中国文学的重要命题,就是对现代民族共同体和未来中国的独立强大的热烈想象,以及热切认同与赞颂的文学叙述。从20—30年代的左翼文学到"十七年文学"甚至是"'文革'文学",都是围绕这一主题而进行的。把这些阶段的文学放到整个20世纪中国文学中来考察,从现代文学(国民文学)与民族国家制度建构的关系来观察文学史,会发现现代文学一开始便与民族国家建制构成了不可或缺的共谋关系,这就是构筑国民的民族国家想象。

中国的现代性我认为是从20世纪初期开始的,是一种知识

---

[1] 李杨:《"救亡"压倒"启蒙"?——对八十年代一种历史"元叙事"的解构分析》,《书屋》2002年第5期。
[2] 汪晖:《我们如何成为现代的?》,《中国现代文学研究丛刊》1996年第1期。
[3] 旷新年:《民族国家想象与中国现代文学》,《文学评论》2003年第1期。

性的理论附加于在其影响之下产生的对于民族国家的想象，然后变成都市文化和对于现代生活的想象。然而事实上这种现代性的建构并未完成，这是大家的共识。没有完成的原因在于革命和战乱，而革命是否可以当作现代性的延伸呢？是否可以当作中国民族国家建构的一种延伸呢？一般的学者，包括中国的学者都持赞成态度。这意味着中国从20世纪初，到中国革命成功，甚至直到四个现代化，基本上所走的都是所谓"现代性的延伸"的历程。其中必然有与西方不同的成分，但是在广义上还是一种现代性的计划。[1]

李欧梵的观点颇具代表性。在"五四"新文学时期，建立一个现代的民族国家以抵抗西方帝国主义的殖民侵略成为中国现代最根本的问题，有关现代民族国家的叙事成了现代文学一个重要的主题。中国现代文学所隐含的一个最基本的想象，就是对于民族国家的想象，以及对于中华民族未来历史——建立一个富强的、现代化的新中国的梦想。"十七年文学"继续了晚清以来有关民族国家想象的传统，并与新的民族国家关于现代性重构的诉求嫁接起来，构筑了一套新的认知评价和审美体系。它的最初形成可以追溯到国家话语对历史阐述的要求。"十七年文学"被认为是国家政权对社会历史发展过程所做出的某种"规律性""必然性"的"合法"解释。特别是新中国成立之初，国家需要有效地让民众对新生国家及其政权建立一种认同，而文学恰好承担着民族国家想象的功能。

往深层次挖掘，其实无论是李陀、刘禾还是李杨等，对"十七年文学"民族国家想象的探讨，指认"十七年文学""反现代的现代性"特质，其矛头最终是要对准李泽厚的新启蒙主义的"救亡压倒启蒙"之说，并反思中国启蒙思想的源头——"五四"。

---

[1] 李欧梵：《当代中国文化的现代性和后现代性》，《文学评论》1999年第5期。

历史地看，经历 80—90 年代的转折，由于中国社会本身的变化以及全球化进程加快而呈现的历史/现实视野，80 年代启蒙现代性内涵的"特定性""特殊性"逐渐被人们意识到。钱理群写道："现实生活的无情事实粉碎了 80 年代关于现代化、关于西方现代化模式的种种神话。与此相联系的是'西方中心论'的破产。这都迫使我们回过头来，正视'现代化'的后果，并从根本上进行'前提的追问'：什么是现代性？"[1]

特别是 90 年代中后期，中国人文学界兴起了"反思现代性"的讨论。国内的学者们开始重新思考"五四"现代性的多重内涵。如洪子诚认为："对'五四'的许多作家而言，新文学不是意味着包含多种可能性的开放格局，而是意味着对多种可能性中偏离或悖逆理想形态的部分的挤压、剥夺，最终达到对最具价值的文学形态的确立。……正是在这一意义上，50—70 年代的'当代文学'并不是'五四'新文学的背离和变异，而是它的发展的合乎逻辑的结果。"[2] 王晓明在《一份杂志和一个"社团"——重识"五·四"文学传统》中指出，"五四"文学并不仅仅表现为"崇尚个性"，"那种轻视文学自身特点和价值的观念，那种文学应该有主流和中心的观念，那种文学进程是可以设计和制造的观念……"[3]，也组成了"五四"的一部分，并且在 40—70 年代的文学中发挥到极致。这些代表性的论述对"五四"传统在 20 世纪中国文学中的地位做出了不同于 80 年代的重新考虑，改变了 80 年代对于"五四"文学和"抗战-'文革'"文学之间的关系的判断。也就是说，40—70 年代的政治文学并不简单地是对"五四"文学和"五四"精神的中断，而是从"五四"的内在思路中孕育出来的。"五四"为 20 世纪中国文学提供了充满活力的现代资源，但它本身并不是单质

1　钱理群：《矛盾与困惑中的写作》，《文艺理论研究》1999 年第 3 期。
2　洪子诚：《关于五十至七十年代的中国文学》，《文学评论》1996 年第 2 期。
3　王晓明：《一份杂志和一个"社团"——重识"五·四"文学传统》，《上海文学》1993 年第 4 期。

的，而是包含了复杂冲突和悖论的现代性矛盾统一体。正视"五四"现代性的多重内涵，进而探讨不同脉络的现代想象在"五四"之后的展开过程，是重新研究20世纪中国历史和新文学的重要环节。

我们注意到，1994年，汪晖发表了《韦伯与中国的现代性问题》一文，就率先对作为80年代思想根基的"启蒙与救亡"的双重变奏说发起了挑战，并把最终反思的视角聚焦于被认为现代性诞生的"五四"。在这篇长文中，汪晖借用西方诸多知识资源，仔细梳理了有关现代性的理论表述，提出了中国现代性的特殊问题。虽然汪晖看待韦伯和中国的现代性采取了双重的标准，但是韦伯的现代化理论事实上成为诊断中国的现代性的一个理论标准。韦伯认为社会的理性化是一个"目的－工具合理性"日益增长的霸权过程。这一理性的设计将导致非理性的经济力量和官僚化的社会组织对个人的控制。这样看来，依据"目的－工具合理性"的现代化理论，被"新启蒙主义"叙事命名为封建主义或半封建主义的50—70年代的中国社会，就是一个"反资本主义现代性的现代性方案"。相应地，20世纪的左翼传统和左翼文学，包括"十七年文学"和"'文革'文学"，就具有了比资本主义更具"现代性"的选择，在建立中国的现代民族国家过程中彰显出关键性的作用和意义。在此，汪晖以"反现代的现代性"来概括新中国成立以来的社会主义实践，将左翼文学、"十七年文学""'文革'文学"纳入了现代性叙事的范畴。虽然这种研究已经跳出了文学研究的领域，但在某种意义上，可以看成是90年代文学研究范式转移的预告。

这种思路为重新解读中国现代历史乃至重新描绘中国历史图景提供了某种可能，它很快波及文学研究领域。1996年《中国现代文学研究丛刊》第1期发表汪晖、吴晓东、旷新年关于现代性的笔谈，表明了研究界对这一思路的自觉推进。1997年，汪晖发表了《当代中国的思想状况与现代性问题》，再次深入展开他对于当代中国思想状况的现代性认识。他指出："毛泽东的社会主义一方面是一种现代化的意识形态，另一方面是对欧洲和美国的资本主义现代化的批判；但是，这个批判不是对现代化本身的批判,恰恰相反,它是基于革命的意识形态和民族主义的立场而产生的对于现代化的资本主义形式或阶段的批判。因此,从价值观和历史观的层面说,毛泽东的社会主义思想是一种反资本主义现代性的现代性理论。……'反现代性的现代性理论'并不仅仅是毛泽东思想的特征,而且也是晚清以降中国思想的主要特征之一。"[1]在此汪晖对当代中国的思想状况与现代性问题展开了较为深入的反思,厘清了"反资本主义现代性的现代性"的理论资源及其与革命意识形态、民族国家的关系。"对80年代现代化神话和现代性的意识形态内涵的追问,必然引起对50—70年代历史的重新评价。这些评价体现在洪子诚的《中国当代文学概说》(香港青文书屋1997年版;广西教育出版社2000年版)和《中国当代文学史》(北京大学出版社1999年版)中,也体现在以黄子平、唐小兵、孟悦、戴锦华等被称为'再解读'思路的重读文章和著述中,甚至更曲折地体现在90年代后期思想界所谓'新左派'/'自由派'的论争当中。"[2]

刘禾、李杨、李陀等"再解读"学者和汪晖等人关于20世纪左翼文学这一民族国家想象的现代性探讨,为我们打开了20世纪左翼文学的研究思路,寻找到了一条贯穿整个20世纪左翼文学的现代性线索,对重构20世纪中国文学整体格局也提供了有益的借鉴与思考。如贺桂梅在《转折的时代——40—50年代作家研究》一书中这样谈道:

> 考虑毛泽东思想(也包括50—70年代的当代文学)现代性的"双重性",一个必要的前提,是把现代中国的历史放置到中国作为一个后发现代化国家/"落后国家"/第三世界国家展开"现代化"进程的复杂历史情境之中。一方面,中国必须完成现代化,建立

---

[1] 汪晖:《当代中国的思想状况与现代性问题》,《天涯》1997年第5期。
[2] 贺桂梅:《转折的时代——40—50年代作家研究》,山东教育出版社2003年版,第350页。

独立的现代民族国家,如毛泽东所说"在政治上、经济上、文化上完成新民主主义的改革,实现国家的统一和独立,由农业国变成工业国";而另一方面,以"现代性"做轴心的世界范围的"现代化"过程也是与西方资产阶级在世界范围内建立其文化霸权的进程同步的,也就是说,"落后国家"/(半)殖民地/中国/第三世界据以实现现代化的思想前提,来自帝国/殖民者/西方/第一世界,因而也就必然存在一种反抗西方现代性/启蒙主义的驱动和要求。毛泽东将"反帝"和"反封建"并列,提出新民主主义文化就是"民族的科学的大众的文化",也就具有现代性的双重内涵。当 80 年代的知识界以"启蒙和救亡(革命)"作为现代中国历史的对立性主题,由此认为 40—70 年代是"革命(救亡)"压倒了"启蒙",并将"启蒙"作为 80 年代"现代化"的唯一主题时,如李陀所说,忽略了一个基本事实,即中国/西方、帝国主义/(半)殖民地、第一世界/第三世界之间的等级关系。[1]

在研究中,贺桂梅将对左翼文学的历史研究从文本延伸到作家身上,从而隐秘而强烈地将文学研究与社会史、革命史、精神史的研究连接在了一起。洪子诚也对"十七年文学"的所蕴含的"现代性"表示了认同,展现出"历史性研究"的倾向。他认为,"十七年文学"与"五四"新文学"有一种深层的延续性":

> (50—70 年代的文学——引者加)从总体性质上看,仍属"新文学"的范畴。它是发生于本世纪初的推动中国文学"现代化"的运动的产物,是以现代白话文取代文言文作为运载工具,来表达 20 世纪中国人在社会变革进程中的矛盾、焦虑和希翼的文学。50—70 年代的文学,是"五四"诞生和孕育的充满浪漫情怀

---

[1] 贺桂梅:《转折的时代——40—50 年代作家研究》,第 14—15 页。

的知识者所做出的选择,它与"五四"新文学的精神,应该说具有一种深层的延续性。[1]

其实,在唐小兵、刘禾、李杨、汪晖、洪子诚等人对"十七年文学"现代性的探讨中,我们可以发现,他们并不满意当下的现当代文学的分期和李泽厚的"现代性"在50—70年代的断裂的说法,并认为无论是延安文学、"十七年文学"还是"'文革'文学",并不是一种封建专制主义的产物,而是一种非常"现代"的文化形态。他们试图通过对"20世纪左翼文学"或"十七年文学"现代性的探讨,打通现当代文学之间的分期的壁垒,从而达成对20世纪中国文学一种整体的把握和研究。他们并没有将20世纪中国的任何一段历史视为"空白地带",不是将它们视为20世纪的现代文学的断裂或者怪胎,而是将政治文化纳入整个20世纪的现代化进程,整体地理解这种文化产生的根本原因,它们的话语建构的具体思路以及与特定的历史语境的复杂关系等。对"十七年文学"现代性的定位,显示了李杨、汪晖等国内学人和海外华人学者宽阔的文化视野与建构整体文化、文学史观的积极努力。

在对"十七年文学"现代性的探寻中,他们希望通过现代性的内在精神脉络,重构作为一个整体存在的20世纪中国文学的百年历程。现代性既构成了现代中国文学的重要历史内涵,又成为我们观测、考察其历史的视野与方法。正如蔡翔《当代文学研究的当代特征》一文总结的那样:

> "十七年"以及"文革"文学在当代文学史上的重要性,正在受到研究者的重新重视,这方面意见可以见之于洪子诚、王尧、李杨、董之林等学者的一系列的论著。其中原因相当复杂,各人

---

[1] 洪子诚:《关于五十至七十年代的中国文学》,《文学评论》1996年第2期。

的研究目的也不尽一致。但有一点也许是共同的：随着"现代性"的引入，研究者开始从上世纪80年代的知识分子的主流话语中游离出来，也就是说，不再简单地把1949—1976年的历史视为"封建主义"的"专制"时期，而是将其移放在更为开阔的历史语境中进行重新的审视和讨论，尤其努力揭示的是中国"现代性"的复杂构成，包括前现代/现代的话语纠缠和并置。正是在这一系列的讨论中，当代文学的研究空间被逐一打开。[1]

必须指出的是，随着这一批学者对"十七年文学"现代性的论述，90年代末以后，对"十七年文学"的现代性阐释渐渐成为学界讨论的热点话题，也陆续出现了诸多不同的声音，可看到其与"再解读"等学者的相关对话、争鸣与交锋。较具代表性的论著、论文有：於可训的《中国当代文学的现代性问题论纲》[《福建论坛》（人文社会科学版）2000年第6期]、刘保昌的《"十七年文学"的现代性问题》（《江汉论坛》2002年第3期）、陈晓明主编的《现代性与中国当代文学转型》（云南人民出版社2003年版）、贺桂梅的《转折的时代：40—50年代作家研究》（山东教育出版社2003年版）、程光炜的《文学想象与文学国家：中国当代文学研究（1949—1976）》（河南大学出版社2005年版）、李杨的《50—70年代中国文学经典再解读》（山东教育出版社2006年版）和《文学史写作中的现代性问题》（山西教育出版社2006年版）、张志忠的《现代民族共同体的想象与认同——论"十七年文学"的现代性品格》（《文史哲》2006年第1期）、黄健的《"十七年文学"与现代性的重构》（《学术月刊》2007年第6期）、王本朝的《中国当代文学制度研究》（新星出版社2007年版）、吴俊与郭战涛的《国家文学的想象和实践：以〈人民文学〉为中心的考察》（上海古籍出版社2007年版）、蔡翔的《革命/叙述：中国社会主义文学—文化想象

---

1 蔡翔：《当代文学研究的当代特征》，《苏州大学学报》2004年第1期。

(1949—1966)》》(北京大学出版社2010年版)、张均的《中国当代文学制度研究》(北京大学出版社2011年版)、钱振文的《〈红岩〉是怎样炼成的：国家文学的生产和消费》(北京大学出版社2011年版)、姚丹的《"革命中国"的通俗表征与主体建构：〈林海雪原〉及其衍生文本考》(北京大学出版社2011年版)、张清华的《"传统潜结构"与红色叙事的文学性问题》(《文学评论》2014年第2期)等。其中，张志忠在《现代民族共同体的想象与认同》一文中认为，20世纪30年代的左翼文学与"十七年"红色经典文学，也应纳入具有现代性品格的作品之列。因为所谓"启蒙现代性"等并不是现代性意义的全部。现代民族国家的建立，和文学所担当的对现代民族共同体的想象和认同，是左翼文学到"十七年文学"的现代性价值之所在。"在清末以来风雨飘零中的中国，现代民族国家的建立，正是追求现代性的第一要义。"[1] 陈晓明在《现代性与中国当代文学转型》一书的序言中，对白烨执笔的第三章《压力下的生长》进行评价时也指出：

  白烨执笔的第三章《压力下的生长》，探讨了十七年的文学与政治构成的复杂关系。一方面，政治使十七年的文学越来越趋向于成为无产阶级革命事业的一部分；另一方面，文学却始终以它自身的方式继承文学的传统。白烨试图表明："十七年文学"所具有的强烈的政治色彩，与中国现代性的文学传统是一脉相承的，它并不在中国现代性历史之外，也不是它的例外表现，它就是一种典型的或者说过激的现代性……尽管说，"五四"以后的中国文学，沿着文学革命的道路一步步走向革命文学，文学成为民族-国家解放的伟大寓言。文学带有如此强的政治色彩，正是文学的现代性标志，也只有中国这样急切完成现代性转型的民族-国家，

---

[1] 张志忠：《现代民族共同体的想象与认同——论"十七年文学"的现代性品格》，《文史哲》2006年第1期。

才会如此迫切地调动一切思想文化资源,为进入现代性的历史做加速运动。[1]

朱德发、贾振勇在《现代的民族性与民族的现代性——论中国现代文学的价值规范》一文中则延续了李杨、刘禾等"再解读"学者的观点,他们指出:"无论是启蒙话语、救亡话语还是阶级解放话语,尽管它们自身具有内在的独立的价值取向,但都程度不同地隐含着国家民族主义的权利话语欲望,构成了它在社会结构层面所具有的现代性独异面目。这使它在'古今中外'张力语境中,造成了自身现代民族主义建构的矛盾性与复杂性。"[2]

其实,往深层次看,学者们对"十七年文学"中展现的民族国家想象的社会现代性的论争焦点主要还是落在"十七年文学"的审美现代性上。陈美兰在《新古典主义的成熟与现代性的遗忘》一文中认为:"十七年文学"是有别于"五四"文学的新古典主义文学,但"成熟于'十七年文学'中的新古典主义文学的美学原则,并没有因为'十七年'已经过去就从此消失息尽,作为一种曾经为中国文学发展提供过独特审美价值的文学——仍然会在我们新的文学环境中得以生存,作为多元的一元,占有它的生存空间"。[3] 李杨在《没有"十七年文学"与"'文革'文学",何来"新时期文学"?》一文中则进一步指出:"中国现代文学中的'个人'就始终是民族国家中的'个人',或者是作为民族国家变体的另一个'想象的共同体'——'阶级'中的'个人'。正是在这个意义上,我们有充分的理由将'左翼文学'、'延安文学'、'十七年文学'乃至'"文革"文学'视为'20世纪中国文学'

1　陈晓明主编:《现代性与中国当代文学转型》,云南人民出版社2003年版,第18页。
2　朱德发、贾振勇:《现代的民族性与民族的现代性——论中国现代文学的价值规范》,《福建论坛》(文史哲版)2000年第4期。
3　陈美兰:《新古典主义的成熟与现代性的遗忘——对中国20世纪文学中"十七年文学"的一种阐释》,《学术研究》2002年第5期。

这一现代性范畴不可或缺的组成部分。就'当代文学'而言,'十七年文学'与'"文革"文学'并没有割裂'新时期文学'与'五四文学'的关联。"[1] 刘康也在《在全球化时代"再造红色经典"》一文里肯定了"红色经典"对启蒙现代性的中国化或民族化的改造,认为"红色经典"中蕴含着对美好生活的向往、对理想的坚守,其信念的执着以及英雄主义的悲壮和崇高也是人类和文学的基本诉求,在此意义上,只要文学活着,"红色经典"就不会被人遗忘。同时,他提出了如何再造"红色经典"的问题。[2]

与此相反,董健、丁帆和王彬彬等学者对陈美兰、李杨等人肯定"十七年文学""审美现代性"提出了质疑和不满。董健认为,"十七年文学"或"'文革'文学"根本不具有现代性的特征。董健指出:"文学的自觉是五四新文学的重要特征,也是文学现代化的根本要求之一。但从左翼文学到延安文学,文学的自觉逐渐被文学的工具化消解并取而代之,文学完全成为为政治服务的工具。……'五四'文学所体现的现代化追求,其中重要内容就是作家独立人格的建立与作家创作主体的发挥。工具论与政治化显然与这一要求是背道而驰的。……当代文学的后20年,不论是作家的精神状态还是大众的精神生活,都有了改变。作家从痛切的历史教训中觉醒,以坚强的独立人格站了起来。这种觉醒,不仅表现在与长期统治的文坛的极左思潮彻底决裂,而且表现在以更清醒的头脑坚持'五四'启蒙主义传统,坚持文学的现代化方向。"[3] 董健、丁帆、王彬彬在《我们应该怎样重写中国当代文学史》一文中指出:"我们认为,一些学者,尤其是一批青年学者,他们在远离了'十七年文学'和'"文革"文学'的历史文化语境后,单凭自己的主观臆想并借

---

1 李杨:《没有"十七年文学"与"'文革'文学",何来"新时期文学"?》,《文学评论》2001年第2期。
2 刘康:《在全球化时代"再造红色经典"》,《中国比较文学》2003年第1期。
3 董健:《关于中国当代文学史的几个问题》,《南京大学学报》(哲学·人文科学·社会科学版)2002年第3期。

助某些外来理论来还原历史文化和文学语境,而这种'陌生感'给他们带来的所谓审美的新鲜和刺激,使他们在重新为中国当代文学史定位时,采用的是'否定之否定'的简单的逻辑推理……一方面,在中国当代文学史的教学和科研领域里,'十七年文学'和'"文革"文学'中的极左思潮还没有得到真正学理上的清算……;另一方面,更新一代的学者和一些当代文学史的治史者却又以令人惊愕的姿态,从'新左派'和'后现代'的视角来礼赞'"文革"文学'和'十七年文学'的'红色经典'了。"[1]他们将这种礼赞称为治史中的"混合主义"而予以批判。

面对董健等人的批评,李杨也予以了反驳,并认为董健等人混淆了"现代化"与"现代性"的概念。他指出:

> "现代性"其实是对"现代化"的反思。正如我们前面一再分析的,"现代化"是在"现代"与"传统"的二元对立框架中确立起来的一个概念,现代化理论倾向于把现代社会的成长——也就是从"传统"到"现代"视为一个"自然"的过程。而"现代性"则把这一过程和关于这一过程的话语,当成一种意识形态和权力结构加以反思。……这两个概念使用起来差别是非常大的,在"现代化"的视域中,如果你评价一个对象——比如文学或小说诗歌是"现代"的,或者你说一个国家和一种文化是"现代"的,常常意味着你对你的评价对象的肯定,因为是"现代"的就肯定不是"传统"的——在20世纪受进化论支配的中国知识语境中,"现代"与"传统"的对立常常被转化为"文明"与"愚昧"的对立。不过,如果你使用"现代性"这个概念,比如说,你讨论中国文学的现代性问题、中国社会的现代性问题,则绝对不意味着你对你的研究对象的肯定,而是表达你对这个对象的怀疑。在现

---

[1] 董健、丁帆、王彬彬:《我们应该怎样重写中国当代文学史》,《江苏行政学院学报》2003年第1期。

代性的视域中,"现代化"既是一个实际的社会过程,同时亦是一项从历史社会学上来建构的理论性"事实"。[1]

论争双方站在不同的立场展开辩驳,尽管对"十七年文学"的现代性,甚至其审美现代性都没有达成一致的观点,但不可否认,在论争中,关于现代性、审美性/文学性、历史性等"十七年文学"所关切的核心问题得到了较为深入的讨论,为后来的研究者提供了某种辩证的起点。在此意义上,海内外学者通过集中对"十七年文学"的现代性反思,深入揭示了"十七年文学"与"五四"文学、左翼文学甚至新时期文学之间的联系,重构了作为一个整体研究的20世纪中国文学的整体格局。这正是唐小兵、李杨等海内外学人包括后来的学人对"十七年文学""现代性"反思的意义价值之所在。

四、"再解读"的现代性话语质疑

应该说,"再解读"的学者推动了"十七年文学"甚至是20世纪左翼文学的批评空间的开拓,这是其积极的一面。然而,他们发掘"十七年文学"甚至是20世纪左翼文学的"现代性"以重构20世纪中国文学的立场却遭到了国内不少学者的质疑。

现代性作为一种"普遍的知识体系"统摄20世纪中国文学的内在理念,其缺陷在于把文学现代性与社会现代化的对应关系夸大,过多着重于理论层面的阐发或现代性与现代文学外部关系的探讨,而没有更多地联系文学史现象和文本进行阐释,现代文学研究只剩下了"现代"两字,文学性却被放逐了。吴炫在《一个非文学性命题——"20世纪中国文学"观局限分析》(《中国社会科学》2000年第5期)中认为,这是文化对文学研究的束缚。这种文学社会学、文化研究思路的局限也体现在对"20世纪中国文学"的研究当中——过多地从思想

---

[1] 李杨:《文学史写作中的现代性问题》,第183页。

史、文化史、学术史去论说"现代性"而脱离了20世纪中国文学的现状、创作主体和文本,结果是文学研究成为一个宏观叙事的附件,"文学现代性"依然处于盲视或被遮蔽的状态。

刘保昌在《"十七年文学"的现代性问题》一文中也指出:"重写十七年、'文革'文学的现代性思潮,是借用了西方现代性理论而力图解决中国文学问题的操作式实验。这种借用是否适合?这种理论对具体中国文学问题的解决是否是一种'东方主义'的误读?这一点令人生疑。……李杨、黄子平、唐小兵、洪子诚等人关于'十七年文学'现代性的论断之所以备受瞩目,乃至引发争论的关键也还是由于概念所引起的分歧。我个人认为,上述学者的结论在于肯定了'十七年文学'的现代性,即哈贝马斯所论的'世俗现代性';而来自批评方面的意见则在于对'十七年文学'的现代性的追问不休。文学的本质就是审美,因此,审美性的有无与强弱理应是评价文学现代性的重要尺度。借用詹姆逊的两种现代性理论来观照'十七年文学',我们可以说'十七年文学'具备着顺应国家、民族现代化大潮的世俗现代性,而其审美现代性则明显不足。问题就在这里,即我们究竟应该采用哪一种文学史评价标准?"[1]

这些质疑给我们的启发是:在研究20世纪中国文学的现代性时,我们必须警醒的是,中国文学的现代性和文学性并不等同于西方的现代性。我们在应用这一思路的时候必须要注意中西方语境的重大差异。考察20世纪中国文学发展的性质,一方面只能以西方话语系统中作为形态的现代化和作为质态的现代性的共通性标准为前提,另一方面必须将之放置于现代中国独特的历史语境中考察它的有效性及其衰减和增殖现象。因为并没有与西方的现代性截然不同的中国的现代性,中国的现代性也自有它具体的历史规定性。现代中国文学既有世界文学范围的现代性的同质性,更有特定民族、特定时空的异质性。用现代

---

[1] 刘保昌:《"十七年文学"的现代性问题》,《江汉论坛》2002年第3期。

性理论研究中国当代文学，使我们的文学研究获得了较为开阔的宏观视野与理论思辨力，为理解20世纪中国文学找到一个更具整合力的理论平台。但与此同时却带来了僵化套用现代性理论，以现代性理论遮蔽鲜活、感性的文学现实的问题。

尽管"再解读"的学者希望借"十七年文学"或20世纪中国左翼文学的现代性脉络来重构20世纪中国文学，但在这一现代性建构的过程中，却容易表现出一种本质主义倾向，即把同质性、整一性的现代性看作20世纪中国文学史的内在景观，总想为20世纪中国文学史寻找一种一元化的现代性解释框架，来整合20世纪中国文学史。

比如对民族国家这一现代性线索的探讨，应当要承认，它对于我们整合与重构20世纪中国文学提供了有益的借鉴。然而，民族国家这一现代性线索能否概括20世纪中国文学的全貌？若认为果真如此，难免就会忽视20世纪中国文学的文学性、历史性，以及背后的复杂性与多元性的问题。

此外，"再解读"的学者在研究20世纪左翼文学时，还涉及了"十七年文学"现代性的多个方面，比如日常生活、延安文艺的反现代的先锋主义色彩等。如果要用现代性来整合20世纪中国文学，而现代性本身就是一个多元复杂的内涵，那么我们应该用哪些（种）现代性来整合？如何整合？文学的现代性与社会的现代性是同步的吗？研究社会的现代性是否就能解决文学的现代性问题？文学史的写作能否等同于现代性的写作？这些都是我们必须思考的问题。

文本和文学史是多元复杂的，充满矛盾、悖论和差异，而任何概念或理念，无论它自身具有多大的包容性和涵盖力，总是无法支撑感性、丰富、鲜活的文学世界与审美领域的。整一的、本质的、一元的价值体系难以掩盖复杂的文学史图景，而试图以单一的概念来概括文学的发展特征，势必会以理论话语的纠缠掩盖问题意识本身。缺乏对文学文本细致的审美分析，沉迷于从理论到理论的纯粹理论游戏，倾向于从思想史、学术史的角度或理论本体出发去言说现代性，忽视自己的审美感受,将导致研究上的理论泡沫。

李怡指出:"今天为我们在'现代性'认识框架中加以运用的诸多原则(如'两种现代性'的分野等),其实都还未曾摆脱勉强取法西方理论的僵硬痕迹,20世纪之末被介绍进来的海外汉学家们的成果尤其如此。"李怡还指出:"这些汉学家包括李欧梵、刘禾、王德威、孟悦等,王晓明主编的《批评空间的开创》集中收入了他们的代表性作品。"[1] 在李怡看来,用西方两种"现代性"思路研究20世纪中国文学无法统摄这一整体的文学实际:

> 在中国,基本上找不到"两种现代性"的区别,大多数中国作家"确实将艺术不仅看作目的本身,而且经常同时(或主要)将它看作一种将中国(中国文化、中国文学、中国诗歌)从黑暗的过去导致光明的未来的集体工程的一部分"。这样的见解开始将中国现代文化与文学的追求与现代西方区别开来,"既然事实表明,用西方的两种现代性概念已经无法统摄中国文学的实际,那么我们为什么不干脆放弃这样的概念?为什么我们就不可以在细致体味中国文化现实的基础上提炼我们自己的概念?"[2]

李怡由此提出了自己的20世纪中国文学研究的立场:

> 1. 中国现代文学的"现代性"是中国现代作家为了表达自身人生体验而形成的一种文学个性,作为人类社会共同面对的一些人生问题,它可能与西方文化的"现代性"有某些相通之处,我们也的确发现了西方文学现代经验直接启发中国作家思维的事实,

---

[1] 李怡:《现代性:批判的批判——中国现代文学研究的核心问题》,人民文学出版社2006年版,第19、36页。

[2] 同上书,第36页。

然而所有这一切都不足以证明中国现代文学只能通过"移植"而不是"创造"获取自己"现代性"的结论。

2. 中国现代文学的"现代性"自然是"文学创作"中所呈现的一种品格，它与一般思想史的概括是并不等同的，中国文学的品格只能在"文学"中去寻找，作家的理性状态的"思想"表述也不能替代我们对于文学作品的心灵感悟。

3. 在中国现代文学形成自己的"现代性"的过程中，起着关键性作用的还是中国作家自身的创造性，因此，所有关于中国文学"现代性"的研究，其重心都应该是对中国作家独立作用的研究，而不是单纯追踪这些品格的外部"来源"，衡量这些中国作家创造力的标准就是一个：他在多大的程度上创造了先前中国文学所不曾有过的东西。[1]

鉴于此，我们认为，现代性研究应该对文学文本作细致的分析，必须将之放置于现代中国独特的历史语境中考察它的有效性。现代性视角只是我们研究20世纪中国文学的一种切入方法，它为我们提供了一个理解把握20世纪百年中国文学进程的"认识装置"，但并不是唯一和本质的方法。现代性研究必须要与中国文学语境的具体实际和具体文本的研究相适应。20世纪中国文学研究，必须回到文学史和文学文本自身，回到文学史变革的具体环节，回到文学的内部结构中去，从文学史和文学文本的具体关联来理解现代性。

第六节 余波未了的"再解读"

本章试图揭示海外华人学者这一群体在"再解读"这一学术领域

---

[1] 李怡：《"现代性"与中国现代文学研究——在韩国外国语大学的演讲》，《重庆职业技术学院学报》2004年第3期。

与大陆学者的互动及其对国内"十七年文学"研究所产生的深远影响，以期从海内外比较的角度为20世纪中国文学研究及当下中西跨文化交流提供一扇独特的审视窗口。

总结海内外的"再解读"研究思路，其批评方法的独特性表现在如下几个方面：

首先，强烈的问题意识。"再解读"的研究思路一般都是从文本细读入手，以个案带出相关的富有学术价值的问题。这种问题意识，对激活20世纪中国文学批评无疑极富借鉴意义。

其次，文本细读的内部研究方法。"再解读"研究思路对文本内部结构的深入研究，其文本细读的技法之精湛，为文学的内部批评提供了一个很好的典范。

最后，批评理论与批评对象选取的适用性。在研究20世纪左翼文学的过程中，"再解读"研究者能选取非常合适的批评理论应用到所研究的文本中，使之解读起来较为到位，这种批评方法与研究对象的合理选取是值得我们借鉴的。

从"再解读"出场的学术语境来看，这种新的研究方法是建立在对"重写文学史"这种当下批评价值体系的批判上的，是一种"批评的批评"。只有对当下的文学史格局体系下经典构建的价值标准、批评方法进行反思、重估、解构与颠覆，更新研究方法，才能推动"重写文学史"真正落到实处，从而促成"文学史"新格局的构建。因此，从这个意义上来说，"再解读"的反思、重估工作是解构，同时也是建构。

当新的文学史格局形成以后，又会有新的批评理论方法不断兴起，并对现有的文学史格局秩序产生冲击。新的理论方法对当前的经典构建的价值标准进行重估和批评反思，并颠覆当下经典评价的价值体系，颠覆当下文学"经典"而建构新的文学"经典"，从而又促成新的"文学史"格局的重构。这种"批评的批评"循环往复，促成文学"经典"不断被颠覆与重建，而文学史的格局也会不断重构与更新。

从"再解读"的学者群体来考察,"再解读"最初主要由海外华人学者发起,通过海内外的互动,渐渐地影响了国内的20世纪中国左翼文学研究。正是在这种对话互动中,海外华人学者显示了不同于大陆多数学者的研究视角、学术方法与批判立场。他们既拥有各种西方文学理论批评技巧的独特性,又显示了较为广阔的研究视野与思路。在这种批评立场与方法的差异中,海外华人学者给我们提供了反思国内20世纪中国文学研究的独特窗口和重构20世纪中国文学整体格局的方法。

海外华人学者大都是在海外大学里从事有关中国文学与文化的研究,这些研究在海外基本属于"边缘学科"。然而,与西方文学批评方法的近距离接触,往往使得他们得西方文学批评理论风气之先,他们自觉运用、发挥丰富的西方学术资源优势,引进西方批评方法解读中国文学,他们开放的视野、新鲜的角度和扎实的功底给我们吹来了一股学术的新风,让国内学人开阔了视野。尽管我们指出了他们某些方面的不足,但其研究视角、批评方法对国内的文学研究有很大的借鉴、参考意义,对国内学界的研究带来了冲击、质疑甚至颠覆。同时,他们的批评文字在国内学术界又称为一种"边缘的声音",而正是借助这种边缘姿态,他们进入了20世纪中国文学研究的中心。借助这种边缘立场所带来的国际视野,海外华人学者的文学批评为20世纪中国文学研究增添了世界维度,促进了20世纪中国文学研究与文学面貌的多元化。而他们方法论上的不足,则可以成为国内学界反思、借鉴和警醒的一面镜子。

此外,海外华人学者促进了20世纪中国文学批评格局的扩展。海外华人学者相异于国内的入思视角、方法和结论引起了国内学界的重视与反思。"再解读""现代性""文学性""历史性"等20世纪中国文学批评问题的引入,在海内外引起了多层次、多角度的对话与互动,而这些海外新近的批评方法、研究视角和话语方式给国内批评以冲击、启发,从结构层面上推动了20世纪中国文学批评空间的扩充。最后还需要指出的是,"再解读"思潮从20世纪90年代至今的发展已近30年,其内部结构也不是铁板一块,学者的学术背景、理论资源、研究视角、批评方法、价值立场等都存在差异。因此,既要整体性地对他们进行集中观照,又要能够辩证地梳理他们各自的差异性、多元性,这本身会带来评价的难度。但这恰恰昭示着"再解读"思潮发展的阶段性与复杂性,以及解读"再解读"的多样性、差异性与对话性特征。在此意义上,解读"再解读"还处于未完成的敞开的道路上。

第五章

文学·都市·现代性：彼岸的"上海想象"

"文学是时代的风雨表，城市文学更是现代化的敏感神经。"[1]在中国都市化狂潮席卷华夏之后，都市文学慢慢浮出水面，并凭借其极为强烈的声光化电，为现代都市涂抹出一道耀眼的风景线。文学作为都市文化的一部分，彰显着都市的魅力。

上海具有20世纪中国现代都市的典型形态，她在轰轰烈烈的撰述中幻化成为一个标志性的城市，并以她的光怪陆离吸引着海内外众多学者的目光。在"上海学"的研究潮流中，有一股特殊的研究力量日益引起学术界的关注，这就是海外华人学者的上海研究。海外华人学者有特殊的双重文化身份，较之于非华人的外国学者，他们对于上海的研究无疑更具有情感因素；而相比于大陆学者，无疑又具有"彼岸"的视野。海外华人学者笔下的上海是一个有着脉搏的活都市，这个都市不但有繁华的过去，还有活跃的现在以及璀璨的未来。海外华人学者借助自己的双重文化身份，发掘上海文化与文学的现代性。在他们看来，中国现代性开始的时间远不是"五四"，而是晚清，甚至晚清之前，而上海，恰好成为他们表述现代性的一个重要场域，成为

---

[1] 蒋述卓等：《城市的想象与呈现：城市文学的文化审视》，中国社会科学出版社2003年版，第229页。

他们观察和描述20世纪中国文学和文化的重要入口。"上海研究"也由此成为海外华人学者批评理论中一个跨界多元、斑驳陆离的学术空间。

第一节 海外华人学者的"上海情结"

海外学术界对上海的关注由来已久。海外"上海学"的发展，如果自麦克莱伦的《上海史话》算起，至今已有一百多年的历史。关于上海的钟情表述充斥在一系列作品中，英国学者兰宁（George Lanning）和库寿龄（Samuel Couling）曾经共同推出两大卷《上海史》，裴昔司（C. A. Montalto de Jesus）著有《历史上的上海》，卜舫济（Francis Lister Hawks Pott）写过《上海简史》，密勒（G.E.Miller）推出过《上海：冒险家的乐园》，柯文推出过《在传统与现代性之间——王韬与晚清改革》，霍塞（Ernest O.Hauser）推出过《出卖上海滩》，英格兰人戴义思（Dyee）著有《上海模范租界居住三十年生活忆旧》等。海外学者的上海研究硕果累累，专著和论文无法一一罗列。透过这些研究成果，不难发现研究上海的潜流一直都在涌动，而且日益澎湃。随着上海经济的发展，海外学者的上海研究热情更加高涨，海外"上海学"更趋繁荣。美国从西部的伯克利、洛杉矶、俄勒冈到东部的康奈尔、哈佛，北部的密歇根，都有一些学者在开展与上海相关的研究。此外，日、德、法、英等国家亦有一些学者从事上海研究。随着国内外学术交流活动的日益频繁，国外不少关于上海的研究成果纷纷被译介入国内，尤其是近年来，随着中国经济的发展和城市化进程的加快、学术界文化研究的升温，加之受海外学者上海研究的影响，国内学者对上海文化的研究也逐步形成热点，众多学者从不同的维度解读这个都市的秘密，著作和作品纷纷问世，成果琳琅满目。如陆其国的《畸形的繁荣：租界时期的上海》、唐继无和于醒民的《飞地》、熊月之等合编的《上海的外国人（1842—1949）》、熊月之和周武合编的《海外上海学》、苏智民主编的《上海：近代新文明的形态》等。

"30年代的上海是一个繁华的城市，一个五光十色、沓杂缤纷的国际大都会。它号称东方的巴黎，在亚洲是首屈一指的，远非东京、香港或新加坡可以比拟。"[1] 这是李欧梵在其论文中对上海的一句感叹。像这样的感叹，我们可以在海外华人学者的诸多论著中读到。海外华人学者虽然建树各异，学术理路也迥然有别，但在思考中国文学的现代性和中国都市现代性时，不约而同地对上海这一"飞地"产生了兴趣。由于他们对上海有别样的情愫，李欧梵、王德威、张英进等一批海外华人学者纷纷撰著涉及上海文化评论的作品，较有代表性的有：《上海摩登——一种新都市文化在中国1930—1945》（李欧梵）、《都市漫游者：文化观察》（李欧梵）、《徘徊在现代和后现代之间》（李欧梵）、《纽约书简》（张旭东）、《如此繁华》（王德威）、《审视中国》（张英进）、《中国现代文学与电影中的城市：空间、时间与性别构形》（张英进）、《现代的诱惑：书写半殖民地中国的现代主义（1917—1937）》（史书美）等。除此之外，还有不少关于上海文学与文化的论文发表在国内外的期刊上，如"Shanghai Image: Critical Iconography, Minor Literature, and the Un-Making of a Modern Chinese Mythology"[2]（张旭东），"On Some Motifs in the Chinese 'Cultural Fever' of the Late 1980s: Social Change, Ideology, and Theory"[3]（张旭东），"Melancholy against

---

1 李欧梵：《中国现代小说的先驱者——施蛰存、穆时英、刘呐鸥》，收入李欧梵《现代性的追求：李欧梵文化评论精选集》，第111页。

2 Xudong Zhang. "Shanghai Image: Critical Iconography, Minor Literature, and the Un-Making of a Modern Chinese Mythology", *New Literary History*, Vol. 33, No. 1, Reconsiderations of Literary Theory, Literary History, and Cultural Authority. (Winter, 2002), pp. 137-167.

3 Xudong Zhang. "On Some Motifs in the Chinese 'Cultural Fever' of the Late 1980s: Social Change, Ideology, and Theory", *Social Text*, No. 39. (Summer, 1994), pp. 129-156.

the Grain: Approaching Postmodernity in Wang Anyi's Tales of Sorrow"[1]（唐小兵），"Is There an Alternative to（Capitalist）Globalization？The Debate about Modernity in China"[2]（刘康），"Impersonating China"[3]（王德威），等等。关于上海的叙述通过这些海外华人学者的笔尖，纷呈于学术界。这些别有洞见、视角新颖、理论独特、影响不小的上海文学与文化研究，为上海的神话又增添了一种别样的色彩。

张英进在思考中国文学与电影中的城市构形时指出，城市存在于其"文本"中，"城市催生了大量新的构形"[4]。都市文学作为一种文化呈现，与都市发展存在着紧密的关系。这一观点早先在美国学者艾布拉姆斯（M. H. Abrams）"文学四要素"的提法中就有所陈述。艾布拉姆斯在《镜与灯——浪漫主义文论及批评传统》中讲到，作品、作家、世界、读者这四个要素构成文学活动的完整过程，一切文学作品都来自生活，而生活即"世界"；生活经由作家提取改造，创造出"作品"，作品跟读者见面，完整的文学活动才得以实现。在这一理论里面，都市所构成的"世界"，就是都市文学的来源。根据艾布拉姆斯的观点，当文学遭遇都市的场域，都市就成为文学创作的来源，都市的生活图景成为文学作品的表述内容；都市的精神被揉碎到文学中，成为文学的灵魂；同时，生活在都市中的作家，也成为都市文化的观察者、创造者。总之，文学与都市有着紧密的关系，每一个城市都在努力创造一个属于自己的文学世界，而每一个城市的文学都潜在地完成了自己

---

1 Xiaobing Tang. "Melancholy against the Grain: Approaching Postmodernity in Wang Anyi's *Tales of Sorrow*", *Boundary 2*, Vol. 24, No. 3, Postmodernism and China. (Autumn, 1997), pp. 177-199.

2 Liu Kang. "Is There an Alternative to (Capitalist) Globalization? The Debate about Modernity in China", *Boundary 2*, Vol. 23, No. 3. (Autumn, 1996), pp. 193-218.

3 David Der-wei Wang. "Impersonating China", *Chinese Literature: Essays, Articles, Reviews(CLEAR)*, Vol. 25. (Dec., 2003), pp. 133-163.

4 张英进：《中国现代文学与电影中的城市：空间、时间与性别构形》，秦立彦译，江苏人民出版社2007年版，第2页。

构造城市的机能。[1]

芒福德（Lewis Mumford）说："城市是文化的容器。"作为重要文化形态之一的文学，与都市有着千丝万缕的联系。典型的城市形态孕育下的文学，更成为进入城市观察和文化症候分析的重要途径。上海文学与上海都市，正是海外华人学者开展中国现代文学与文化研究的重要着眼点。李欧梵在《书的文化》一文中自述自己上海文化研究的情况。他说："多年来我的研究工作一直围绕着同一个主题：30年代上海都市文化的'现代性'。我从文学作品开始，逐渐牵连到上海的都市文明，诸如建筑、电影娱乐，甚至当时的舞厅和百货公司都在我研究之列。"[2] 如果我们把这一批海外华人学者的"上海想象"进行一番比较，便会发现李欧梵这种从文学入手、进入文化领域中思考上海都市文化"现代性"的研究路线和思考方法在海外华人学者的研究中普遍存在。文学与都市是海外华人学者发现"现代性"的两个窗口。在这些海外华人学者的文学批评中，上海这座中国现代都市被他们选择，这个象征中国现代性的都市以及由这个都市孕育出来的文学是他们的兴趣所在。他们试图通过收集、整理这座最早与世界接轨的现代都市的文学和生活场景，来发现上海一直以来被忽视或被误读的中国现代性。在一定意义上，正像时间概念上的"晚清"和"十七年"一样，空间概念上的"上海"被海外华人学者作为探索和表达20世纪中国现代性的学术入口，成为他们阐释中国现代化、现代性、现代主义的主要场域。在这个全新的学术空间，海外华人学者对20世纪中国文学和文化做出了异于国内学界的解释。

海外华人学者有关上海文化的研究引起了国内学界的关注，对海外华人学者有关上海文学、文化批评的译介与研究也随即展开，产生

---

1. 理查德·利罕：《文学中的城市：知识与文化的历史》，吴子枫译，上海人民出版社2009年版。
2. 李欧梵：《书的文化》，收入李欧梵《狐狸洞呓语》，辽宁教育出版社2000年版，第133页。

的成果如：李凤亮的《浪漫·颓废：都市文化的摩登漫游——李欧梵的都市现代性批判》，朱崇科的《重构与想象：上海的现代性——评李欧梵〈上海摩登——一种都市文化在中国1930—1945〉》，夏菁、王烨的《摩登批评与浪漫啸声——读李欧梵〈上海摩登——一种新都市文化在中国〉》，薛羽的《"现代性"的上海悖论——读〈上海摩登——一种新的都市文化在上海1930—1945〉》[1]等。总体上讲，学界对于海外华人学者的上海论述的关注还有待加强，而对于海外华人学者的"上海想象"，从整体观入手展开系统的自觉比较研究还有很大的学术空间值得开拓。

第二节　文学上海：破碎迷城

都市的形成和发展，为文学的书写提供了新经验。文学遭遇上海，开始于19世纪末20世纪初。当时的上海，凭借其特殊的地理位置和开埠机缘，在西方经济、文化的直接刺激之下，奇迹般地繁荣起来。随着霓虹灯的闪烁、高楼的耸起、城市的膨胀，上海迅速捕捉了文人的目光，文学开始被这座快速繁荣的迷城所吸引，关于上海的故事被绵绵不断地书写。在思考这段历史与文学时，王德威曾感叹，"1931年的上海人口超过三百三十万，早已跻身为亚洲第一大都会"，"上海这十里洋场既是革命作家的发祥地，又是旧派文人的大本营。国家前途未卜，上海文坛却初放异彩"。[2]作为一个现代都市，上海无疑丰富了文学创作的对象和手法，一批城市书写者开始通过新的视角观察这

---

[1] 李凤亮：《浪漫·颓废：都市文化的摩登漫游——李欧梵的都市现代性批判》，《宁夏社会科学》2006年第6期；朱崇科：《重构与想象：上海的现代性——评李欧梵〈上海摩登——一种新都市文化在中国1930—1945〉》，《浙江学刊》2003年第1期；夏菁、王烨：《摩登批评与浪漫啸声——读李欧梵〈上海摩登——一种新都市文化在中国〉》，《淮北煤炭师范学院学报》（哲学社会科学版）2003年第5期；薛羽：《"现代性"的上海悖论——读〈上海摩登——一种新的都市文化在上海1930—1945〉》，《博览群书》2004年3期。

[2] 王德威：《文学的上海，1931》，收入王德威《如此繁华》，第63页。

个魔幻的城市。它消解岁月形成的隔膜，若画面般凝滞下来，生命中的悸动和焦虑、萎靡和飞扬、压抑和偾张，统统凝滞在文字之间。19世纪末20世纪初的上海即凭借这些上海的故事存活下来，若要了解彼时的上海，则需要了解彼时的上海文学。上海文学展示了都市上海的具象，海外学者对上海的关注，亦由探索上海文学开始。

李欧梵在开展文化考察与文学研究时，发现中国现代文学研究中存在城市文学研究的缺失。他认为这种缺失源于一种文学价值判断的偏斜，即：中国现代文学研究一直以来更多地关注乡土文学，而忽视城市文学，即使学者们不是忽视城市文学，也在一定的程度上误读了城市文学。为此，生活于彼岸的李欧梵，开始探寻不同的路来追寻中国现代文学的足迹。上海文学是其开采的主要矿藏。李欧梵认为："中国现代文学作品中的城市，几乎都是以上海为蓝图的。"[1] 李欧梵在研究20世纪以来的上海文学时，关注到20世纪30年代不少"乡土"作家都住在上海，文学杂志和出版业的中心在上海，左翼文学活动主要在上海开展，甚至许多影响重大的文艺论战也在上海发生，而施蛰存、穆时英和刘呐鸥等作家，作为典型的上海城市中人，"他们的作品也极为'城市化'——以上海为出发点和依归"[2]；上海在这些作家的笔下，带着一身的奢豪、一脸的诡秘、一味的现代走进中国文学史。在李欧梵笔下，上海的文学化身为一个时代的掌舵者，兢兢业业地担负自己的重责，饱含激情地通过文学来捍卫城市、呈现城市、抒写城市。李欧梵在上海文学或者说在关于上海的文学中，看见了文学对上海的形构力量。

也许是出于师承关系，无独有偶，史书美在研究新感觉派时，也提到文学上海是对上海现代的炫耀。她引述邵洵美的诗歌作为解读上海现代主义的一个窗口：

---

[1] 李欧梵：《中国现代小说的先驱者——施蛰存、穆时英、刘呐鸥》，收入李欧梵《现代性的追求：李欧梵文化评论精选集》，第111页。

[2] 李欧梵：《中国现代小说的先驱者——施蛰存、穆时英、刘呐鸥》，收入李欧梵《现代性的追求：李欧梵文化评论精选集》，第112页。

啊，我站在这七层的楼顶，
上面是不可攀登的天庭；
下面是汽车，电线，跑马厅。

舞台的前门，娼妓的后形；
啊，这些便是都会的精神：
啊，这些便是上海的灵魂。[1]

在解读该诗节时史书美提到，诗篇"向我们展示了充斥着都市独有景观和特性的都市全景"[2]。透过这些诗篇，史书美看见了现代化城市的空中景观。文学上海在大半个世纪之后的今天，通过作品，给予海外华人学者莫大的惊奇与启发。刘呐鸥、穆时英、施蛰存、张爱玲、邵洵美……海派、新感觉派、现代主义、后殖民主义、城市构形、性别构形……个案或专题，迅速成为海外华人学者切入上海文学与文化的着眼点，他们从各自独特的视角考察文学呈现的都市现代性。海外华人学者对上海文学的研究，尽管总体倾向不同，但他们都根据自己的专长和需要，把上海的都市文学看成一个共时性的存在，并且以一种半是欣赏半是探究的心态，细细地考察作品中关于上海都市的图景，透过这些现代都市的零散记忆，探究关于上海的过去、现在以及未来。他们努力探究隐含在文学上海背后的"现代气质"，而文学内容、叙事手法和创作主体则是其开展上海都市文学研究的途径。

一、摩登写照：且繁荣，且颓废

德国地理学家克里斯塔勒（Walter Christaller）曾经发表关于城市在经济空间结构中功能的论述，他认为城市是人类社会经济活动在空

1　史书美：《现代的诱惑：书写半殖民地中国的现代主义（1917—1937）》，何恬译，江苏人民出版社2007年版，第296页。
2　同上书，第296页。

间的投影。克里斯塔勒强调的是他对城市本质的认识,他认为经济构成城市存在的理由和凭借,城市性表征之一就在于其商业性。回溯城市发展史,就本质而言,经济是城市出现和发展的生命力,商业活动的形成与发展,促进了城市的繁荣与进步。物质的高度发达是都市生长的基本特征,物质性是都市的本质属性。透过克里斯塔勒对城市商业性本质的强调,我们清晰地看见都市空间的支撑部件——物质文明。

(一)都市物语

在海外华人学者看来,文学书写炫耀上海都市的身份恰恰表现在它对上海繁荣物质的独特呈现。文学上海状写了一出出让人眼花缭乱、意象纷繁的都市物语。

在评论新感觉派作家时,海外华人学者着迷于他们笔下的都市繁华。王德威注意到新感觉派作家对现代消费符号的敏锐感受,他略带称赞地谈论新感觉派作家的描写,"从汽车到好莱坞电影,从香水到巴黎春装,在在令人拍案惊奇"。[1]

李欧梵在评论穆时英的作品时也很有感触:"穆时英的作品,是上海这个都市文明的产物,没有30年代的上海,绝不会产生《上海的狐步舞》这类小说。"[2]对新感觉派作家刘呐鸥的都市小说特别看重物质文化的描写这一点,李欧梵表现出格外的兴趣,他以细读的方式解读作品中的物质符号。他认为刘呐鸥最津津乐道的除烟酒以外就是汽车,他强调刘呐鸥《两个时间的不感症者》中对汽车描写的重视,认为刘呐鸥毫不厌烦地细述汽车的厂商及牌号,"'飞扑',六汽缸的,义国制的1928年式的野游车","Fontegnac 1929",其立意并不在写实,只是代表一种意象和符号。这些物质符号是都市文化不可或缺的指标,象

---

[1] 王德威:《半生缘,一世情——张爱玲与海派小说传统》,收入王德威《落地的麦子不死:张爱玲与"张派"传人》,第37页。
[2] 李欧梵:《中国现代小说的先驱者——施蛰存、穆时英、刘呐鸥》,收入李欧梵《现代性的追求:李欧梵文化评论精选集》,第123页。

征着速度、财富和刺激。都市繁荣的物质，纷繁复杂的城市景观，这些由物质构成的都市空间刺激了刘呐鸥的创作和想象。除了新感觉派作家对上海繁荣的写照，另一位上海观察者也进入了李欧梵的视野，这个人就是茅盾。

> 太阳刚刚下了地平线。软风一阵一阵地吹上人面，怪痒痒的。暮霭挟着薄雾笼罩了外白渡桥的高耸的钢架，电车驶过时，这钢架下横空架挂的电车线时时爆发出几朵碧绿的火花。从桥上往东望，可以看见浦东的浅栈像巨大的怪兽，蹲在暝色中，闪着千百只小眼睛似的灯火向西望。叫人猛一惊的，是高高地装在一所洋房顶上而且异常庞大的 NEON 电管广告，射出火一样的赤光和青磷似的绿焰：LIGHT，HEAT，POWER！[1]

这是茅盾小说《子夜》开篇对上海进行的"全景"描摹。茅盾与上海有着不浅的交情，20 世纪 20 年代初，茅盾已是上海文坛中的名人。在上海，他的事业迎来了高峰，工作充实而繁忙，凭借其丰富的都市生活体验，他准确地把握住了上海都市的生动特点：这是一个繁荣的摩登都市，这是中国的东方巴黎，这个上海有着璀璨而炫目的声光与闪电。这个属于茅盾的上海空间由工厂和租界组成，展现出一幅充满现代工商业气息的都市图景。想象文学作品中所描述的繁荣城市令学者惊奇，声光闪电的上海犹如一个巨大的魔窟，辐射出强大的现代魔力。受茅盾描写的上海繁荣图景所启发，李欧梵在《上海摩登》一书中，别具匠心地安排这段内容作为全书的开篇。[2] 李欧梵通过解读现代上海的都市文学，考察这个都市拥有的"现代性"表征。茅盾小说中的汽车、电灯、电扇、收音机、广告等，这些由现代工业打造出

1　茅盾：《子夜》，《茅盾选集》第 1 卷，四川文艺出版社 1982 年版，第 3 页。
2　李欧梵：《上海摩登——一种新都市文化在中国 1930—1945》，毛尖译，第 3 页。

来的物欲牢笼，很好地展现了一个现代摩登之城。

张英进试图透过时间化的空间来"阅读无法阅读的上海大都市"[1]。通过分析1937年张石川导演、夏衍编剧的电影《压岁钱》，张英进指出了都市化的上海与古都北京存在明显的区别：上海是由流动易变的时间构形，而北京仍由传统的稳定的空间来完成构形。而"从20年代开始，空间开始时间化"的主要原因在于，"传统的空间界限的稳定性已经不再是必然的。城市叙述中各个空间的频繁变换（瓦解、重叠、彼此聚合），说明人们对现代性的意识越来越强"。[2] 张英进强调上海图景的时间化，立意在于强调上海现代性给人们造成的审美张力。都市景观的物质化使眼花缭乱成为人们观察的最大感触。上海映像不可能像北京映像一样，以唯一的背景呈现，五彩斑斓的繁荣物质才是文学上海的图景。在其《都市的线条：三十年代中国现代派笔下的上海》一文中，张英进同样把研究重点放在20世纪30年代上海的现代派作家所描写的都市之上。他专注于研究如何通过现代派对城市想象性的描写和叙述，来表现和构建一个完整的现代性符号体系。

实际上，海外华人学者对文学上海彰显都市繁荣物质的强调，立意并不在于进行所谓的"考古"或"求证历史"。就都市物质而言，他们并无意于都市"物体系"（鲍德里亚语）的全景描述，他们所关注的文学中的上海物质，仅仅是其中带有世界资本象征的物质，或者说代表着都市现代性的物质。陈立旭在研究城市物质文化时，认为物质现象之所以被纳入城市文化的范围，"不仅是由于他们典型地体现了'人化自然'（广义文化概念）的特征，而且也因为它们都是一个城市文化风貌最生动、最直观、最形象的呈现。可以说，城市的各类基础设施

1　张英进：《中国现代文学与电影中的城市：空间、时间与性别构形》，秦立彦译，第127页。
2　同上书，第138页。

所展示的东西要远远地超过人们肉眼所见的呈现"。[1] 任何一座城市都是由具体可感、有形有色的物质构成,包括城市建筑、城市布局、城市道路、城市绿化等,物质构成都市精神的外壳,成为都市文化的一种体现。在海外华人学者的笔下,汽车、电灯、电扇、收音机、洋房、沙发、枪、雪茄、香水、高跟鞋、美容厅、回力球馆、Grafton 轻绡、法兰绒套装、巴黎夏装、瑞士表、啤酒、苏打水……甚至舞女,这些由现代工业制造出来的、在文学上海中呈现的物质,是仅作为一串有意味的符号为城市现代性构形而昭示其文化意义。

(二)颓废写照

在海外华人学者那里,文学炫耀上海都市身份的另一表征是对享乐主义的张扬。文学上海刻画了一幅幅让人产生震惊体验的颓废景象。

工业革命之后,资本主义生产关系日益巩固,随着物质文明和科学技术文明的长足发展,人与物的矛盾代替了人与神的冲突。在新的矛盾体系中,人们在对自由进行终极追求的同时,贪婪的物欲之心日益膨胀。"人们的相互关系失去了道德义务感和情感特征,从而变得靠单一的经济利益来维持。所有的人际关系都基于物质利益。"[2] 资本主义发展带来物质繁荣的同时,亦带来了沉重的精神困境。19世纪30年代后兴起的批判现实主义已经向我们呈现了物质追求引发的"拜金主义"的罪恶,1857年波德莱尔的诗集《恶之花》亦通过一个新的认知角度去表达他作为一个思想的诗人的个人城市体验。前者虽然痛骂了人类整体的沉沦,但并没有为误入歧途的"拜金主义"指清航向;而后者则呈现了这一歧途的延续,觉醒者找不到出路,只能匍匐在物欲的淫威之下,让堕落继续延续下去。波德莱尔的诗歌表现了都市知识分

---

1 陈立旭:《都市文化与都市精神:中外城市文化比较》,东南大学出版社2002年版,第26页。
2 《马克思恩格斯选集》第3卷,人民出版社1995年版,第667页。

子的没落感和精神危机,它告诉我们物质主义催生的"拜金"与"享乐"的背后,隐藏的是颓废的种子。作为一个影响较大的思潮,"颓废主义"曾是19世纪下半叶,欧洲的资产阶级知识分子对资本主义社会表示不满,而又无力反抗所产生的苦闷彷徨情绪在文艺领域中的反映。采取颓废姿态的文学认为,文学艺术不应受生活目的和道德的约束,它宣扬悲观、颓废的情绪,因此又被称为世纪末文艺。[1]

海外华人学者注意到,文学上海不仅是一个声光化电的摩登都市,还是一个有着万种风情、千分迷惘的颓废之城。张英进在深入分析城市文学时,认为在城市的文本创作中,"中国的新感觉派作品,尤其是穆时英的作品,常常描述都市的魅力、梦幻、色情、颓废及错综复杂"。[2] 新感觉派为中国文坛带来了全新的城市观察视角——物质主义和享乐主义是上海"现代性"的都市灵魂,是上海进入世界资本主义体系的两张名片。

王德威在考究上海文学时,提到海派的传统是提倡一种张致作态的生活方式。在这种生活方式影响之下,纯粹的都市书写显得喧哗而又疲惫,体现出一片末世繁华:

> 张爱玲是一个强烈意识到"现代性"的作家,时间快速的劫毁,人事播迁的无常,是她念兹在兹的主题。她大半辈子处于历史的夹缝间,如她所说的,"时代已在破坏中,但还有更大的破坏要来"。这一"惘惘的威胁"使她从40年代开始,就在繁华喧嚣中散播"世纪末"的福音;以今视昔,她的敏锐、先知令人惊讶。

---

[1] 详细可参见薛雯《颓废主义文学研究》(上海人民出版社2012年版)和《颓废之美——颓废主义文学的发生、流变及特征研究》(黑龙江人民出版社2013年版)等。另外,关于颓废主义在中国现代文学的回响,可以参考解志熙《美的偏至:中国现代唯美—颓废主义文学思潮研究》(上海文艺出版社1997年版)等。

[2] 张英进:《都市的线条:三十年代中国现代派笔下的上海》,收入张英进《审视中国——从学科史的角度观察中国电影与文学研究》,第215页。

张爱玲把握了一份对流动时间的特殊感受,而城市是她最重要的写作背景。在她的作品里,妖娆多姿的40年代上海仿佛是一座"地狱里的天堂",在永远堕落前,展现最璀璨的光华。[1]

提及颓废上海,我们认为张爱玲应当是进行颓废图景呈现的最大着力者之一。都市文明的物欲牢笼及20世纪30年代的那一场场战争,给了张爱玲书写刻画颓废上海的天时地利。陨落的大家庭,紧张的国家局势,战争强大的破坏力,把张爱玲眼中的繁华于顷刻间摧毁。就像宋明炜[2]所说,也许是因为经历过香港那一段让人惊惶的战争,张爱玲把她笔下的上海写成了一个文明就要毁灭的城市,像她笔下的香港一样,成了一座就要"沉下去"的城市,"在张爱玲的世界里,它不是在成长,而是已经在走向沉沦了"[3]。上海,一面是"沉沦"下去,一面是"颓废"升起。王德威在评论张爱玲时,曾这样赞叹:"她对文化'现代性'的掌握,其实颇有神来之举。"[4]"颓废中的超拔",就是

---

1 王德威:《"世纪末"的福音——张爱玲与现代性》,收入王德威《落地的麦子不死:张爱玲与"张派"传人》,第63页。
2 宋明炜,山东大学学士,复旦大学硕士,2005年获得美国哥伦比亚大学东亚系博士学位。2007年7月起执教于美国卫斯理学院东亚语言文化系,兼任哈佛大学费正清中心研究员。学术领域涉及中国现当代文学、比较文学、中国当代科幻小说等。主要著作有:*Young China: National Rejuvenation and the Bildungsroman, 1900—1959*(2015);*The Reincarnated Giant: An Anthology of Twenty-First-Century Chinese Science Fiction*(co—eds with Huters Theodore, 2018);传记《浮世的悲哀·张爱玲传》(1996;1998);随笔集《德尔莫的礼物》(2007)、《普利茅斯的冬日花朵:新英格兰记》(2012);论文集《批评与想象》(2013)等。编辑有《新世纪小说大系(2001—2010)·科幻卷》(与严锋合编,2014)、《给孩子的科幻故事》(2018)、《五四@100:文化,思想,历史》(与王德威合编,2019)等。翻译有《什么是世界文学?》(与宋炳辉等人合译,2015)等。
3 刘志荣主持、陈思和等讲谈:《百年文学十二谈》,复旦大学出版社2004年版,第71页。
4 王德威:《张爱玲现象——现代性、女性主义、世纪末视野的传奇》,收入王德威《落地的麦子不死:张爱玲与"张派"传人》,第61页。

王德威在研究张爱玲文学现象时用的一句话。他感叹于张爱玲笔下的上海印记:"我们可以想象离开上海——她创作灵感的源泉——多年后,张也许是想借不断书写老上海,来救赎她日益模糊的记忆。上海的街头巷尾,亭子间石库门、中西夹杂的风情、日夜喧嚷的市声、节庆仪式、青楼文化,混合麻油味儿、药草味儿,及鸦片烟香的没落家族……"[1]王德威通过嚼读张爱玲笔下的那一片上海,看见了这个城市的不尽兴衰,读出了上海的没落繁华。王德威认为张爱玲现象的背后有着现代性、女性主义和世纪末的视野。

与此相似,李欧梵也是在末世的视野下大谈特谈文学中的"颓废"。在《漫谈中国现代文学中的"颓废"》一文中,李欧梵拨开历史的杂陈旧论,跨过前人和同行的研究总结,重新对中国现代文学史上的颓废文学进行考察。他将目光聚焦于鲁迅开始提出的"颓废"这个关键词。李欧梵认为由于时间观念的冲击,鲁迅对于时间的问题充满了矛盾,既憧憬未来,要为现代性摇旗呐喊,又因为怀疑而彷徨,致使鲁迅对作品进行了相关的艺术处理。李欧梵认为:"这是一个现代主义的艺术家反'现代性'的做法。"[2]李欧梵不满"大陆一般鲁迅学者都把鲁迅小说中表现的颓废情绪故作乐观解释,看作'大革命'前的彷徨,而没有正视这些作品中的内在意涵"[3]。他认为造成这样误读的原因除了道德因素,主要还因为"在中国的现代文学理论中并没有把颓废看成'现代性'的另一面"。[4]在评论中,李欧梵还对老舍和沈从文这

---

1 王德威:《此怨绵绵无绝期——爱玲,怨女,金锁记》,收入王德威:《现代中国小说十讲》,复旦大学出版社2003年版,第189页。另题为《此怨绵绵无绝期——从〈金锁记〉到〈怨女〉》,收入王德威《落地的麦子不死:张爱玲与"张派"传人》,第5页。
2 李欧梵:《漫谈中国现代文学中的"颓废"》,收入李欧梵《现代性的追求:李欧梵文化评论精选集》,第148页。
3 李欧梵:《漫谈中国现代文学中的"颓废"》,收入李欧梵《现代性的追求:李欧梵文化评论精选集》,第147页。
4 李欧梵:《漫谈中国现代文学中的"颓废"》,收入李欧梵《现代性的追求:李欧梵文化评论精选集》,第149页。

两位中国乡土作家展开了分析。他认为,因为老舍与沈从文生活在北京城中,他们没有像波德莱尔一样在现代城市文化中感受到颓废,也没有像19世纪末法国和英国的几位作家一样把颓废演变成个人生活的一种艺术创作形式,所以生活在北京的老舍和沈从文是没法感受颓废的。李欧梵提到生活在北京和上海的不同作家在生活感受和书写方式上的差异。通过对两个城市的文学进行比较,李欧梵注意到不同城市对文学产生的不同影响。在北京与上海之间,只有上海可以产生颓废色彩的作品。李欧梵发现了都市文学的差异性,这种双城对照的文学研究,对都市文学研究有一定的启发意义。

海外华人学者常提及的另一个有关颓废的话题主角是邵洵美。史书美在探究上海的都会精神时,运用后殖民主义理论来分析上海。她认为上海"是一座被整合进入全球经济的半殖民的城市","是一个充满罪恶、愉悦和色情的城市,到处充斥着都市消费和商品化的幻影","在完完全全的都市魅惑中,上海变成了追求商品化和娱乐欲望的游乐城"。[1]对于自命为世纪末作家的邵洵美,史书美指出,"邵洵美和他的朋友们,这群以叶灵凤为首的围绕在《幻洲》和《现代小说》周围的作家,重拾起了'五四'颓废主义者的事业","他们的公开目标即是通过宣扬颓废和色情来颠覆社会的习俗"[2]。"世纪末"风格(fin-de-siecle)的颓废画作杂志的封面,形象地高扬唯美主义和享乐主义的旗帜。

在西方,颓废主义指涉的是对进步观念的反动,"它以艺术的方式探讨在持续的时间内无法捕捉的感觉,并深入人的内心,试图表现另一种——与外在的日常现实相对的——真实"[3]。在对颓废的现代性意义

---

1 史书美:《现代的诱惑:书写半殖民地中国的现代主义(1917—1937)》,何恬译,第263页。
2 同上书,第285页。
3 李欧梵:《漫谈中国现代文学中的"颓废"》,收入李欧梵《现代性的追求:李欧梵文化评论精选集》,第149页。

的发掘上，李欧梵的观点与周宪似有相通之处。周宪在研究现代性张力时曾提出，"反现代性"或者说"后现代性"也是一种现代性。在这里提及上文两点关于颓废主义的解释，目的在于强调颓废主义的原初意和变动性，为海外华人学者对文学上海的"颓废"观照，作一个参照注脚。更多时候，李欧梵、王德威等人所引用的颓废，强调的是一种颓废的姿势和颓废的情绪；而这种情绪，就是遗憾，一种对时移事往的感伤，一种了无疆界的遗憾。而史书美在探究中国的现代主义时，延续了李欧梵对颓废主义的发掘，她认为颓废主义表达的是都市敏感的现代人对感官刺激的追求，其中潜藏着巨大的悲伤和失望。史书美赞同"颓废主义"关于不满和苦闷情绪的解释，也认为采取颓废姿势的文学是不受道德约束的文学，但在具体分析文学折射的上海现实时，她获得了对"颓废"的新的认识：文学上海呈现的上海颓废，不是一种消极的颓废，而是一种积极的颓废。

海外华人学者在研究中国现代文学时，对文学上海做了一番不同于以往的考察。他们突破乡土文学的成规，在20世纪初那动荡不安的文坛中，找到了美艳的"都市描写之花"。文学上海，不仅是以往学者们所解释的乡土的延伸，它还是一次次的都市发现。上海的颓废是法国颓废在中国的发展，它继续了法国式的颓废灵魂，但却拒绝了法国式颓废的消极做法。上海的颓废，在追求享受、张扬色情的背后，表达的是对传统价值的颠覆，对现实社会的反叛。

二、叙事革命：且先锋，且现代

随着工业文明的不断发展，科学技术这把双刃剑给人的心灵带来了两难的处境。人们开始对自身的未来充满焦虑、悲观与忧伤，对人类的本性产生怀疑，现代社会变得不那么值得信赖。因为没有原则可以遵循，世界到处都充满混乱，现代主义在此情形下应运而生。作为由多种流派组成的文学思潮，现代主义文学的产生是各种因素相互作用的结果，不但与社会政治和经济有关，还与科学技术及哲学思潮的发展有关。随着观念的演变和价值取向的复杂化,"现代主义文学以反传统意识、非理性意识为主要标志,同时还包括危机意识和变革意识,是现代世界文学的主要文学现象"[1]。由于没有经历过资本主义工业文明的发展阶段,中国并没有欧美式的现代主义产生的现实土壤。但现代主义作为一种舶来的文学思潮,同样伴随着现实主义与浪漫主义文学在中国的推进而慢慢浮出水面。邱明正在研究上海文学时曾说:"在现实主义与浪漫主义之外,中国现代文学从一开始便涌动着另外一股可被概称为现代主义的文学思潮。现代主义是伴随着现代都市文明产生和发展起来的,在中国,其最适宜的文化土壤便是在上海。"[2]中国现代主义文学的产生与发展与上海息息有关。

在上海生活多年、现居香港的学者许子东在谈论上海文学时,也肯定上海对文学发展的重要意义。在许子东看来,"大半部中国现代文学史都发生在上海"[3]。作为处在中西文化双重边缘的学人,海外华人学者的批评视野相对开阔多元。他们不但注意到了上海文学描写内容的现代性,更注意到了文学上海——这一块如上海般极速繁荣的园地在叙事手法和叙事方式上的现代性。"审美的现代性"因而成为其研究现代上海文学与文化的一个重要视点。这种"审美的现代性"也表现在文学叙事方式的革命上,呈现出强烈的先锋姿态和浓郁的现代气质。

首先,"先锋性"是海外华人学者对上海文学叙事属性的普遍认识之一。他们认为文学呈现上海的过程就是都市作家在先锋意识的影响之下尝试先锋艺术的实验过程。

历史地看,"五四"前后,文学革命如火如荼地展开,"白话文运动""小说界革命""诗界革命"……革命是当时中国文学界的主调。

1　高伟光:《"前"现代主义、现代主义与后现代主义文学》,中国社会科学出版社2006年版,第42页。
2　邱明正主编:《上海文学通史》(下册),复旦大学出版社2005年版,第670页。
3　许子东:《"上海文学"与香港文学——兼谈"三城记小说系列"的缘起》,收入许子东《呐喊与流言》,第208页。

中国现代文学登上舞台的姿势即先锋的姿势,上海文学叙事的形式和方式是现代的,这个现代与"先锋"有着千丝万缕的联系,它是中国现代文学先锋性的延续,对此,海外华人学者各有不同的论述。

在考察现代出版文化时,史书美提及第一本有意识提升法国和日本模式的现代主义文学的杂志——《无轨列车》,认为刘呐鸥的语言、技巧和形式都是独特的。她认真分析了1928年9月在这本杂志第一期上发表的小说《游戏》,指出"这篇小说通过重复、心理独白、电影蒙太奇和对都市客体进行人格化处理等的写作技巧,第一次实验性地创造了一种与都市生活感觉相互连接在一起的新语言"。[1] 同时,史书美注意到上海存在着一群现代主义者,他们在日本都市文化因素的影响下,在上海都市语境的刺激下,改变了观察世界的方式,而电影艺术技巧是其擅长使用的叙事技巧。这一批现代主义作家中对视觉性的偏好,为文学的叙事革命提供了新的可能。

从媒介传播发展的角度看待电影技术,20世纪初期的电影绝对可以说是摩登艺术的代表。且不说1895年卢米埃尔兄弟向大众展现火车进站的画面时,西方观众被几乎是活生生的影像吓得惊惶四散,在新中国成立以后的好长一段时间里,看电影对于中国人而言也都是一种具有都市意味的摩登的娱乐方式。而文学对电影技术的化用,成为文学叙事先锋性的最强烈印记。这一叙事上的先锋手法,灵感来源于电影,但其真正产生却与城市有关。文学和电影在对城市进行构形时存在紧密的联系。对此,张英进在解读现代文学和电影时,通过比较"文学北京"和"文学上海"获得了自己独特的认识。"考虑到现代都市中不停息的流动与循环,空间就越来越被时间所渗透。其结果是,在时间上重新确定方向,对现代都市人来说就变得更重要了。"[2] "在摩

1　史书美:《现代的诱惑:书写半殖民地中国的现代主义(1917—1937)》,何恬译,第275页。
2　张英进:《中国现代文学与电影中的城市:空间、时间与性别构形》,秦立彦译,第165页。

登时代里，扑朔迷离的女人就像流动的时间一样"，"女人是城市的代表人物；城市是一个话语创造物，用以捕捉（也就是理解）女人"[1]。张英进认为对中国城市的考察应依据城市的构形分别采用不同的考察方法：勾画古都北京，以空间构形为视角，但阅读无法阅读的大都市，最恰当的视角则是时间构形与性别构形。张英进关心作家书写上海的叙事策略，在研究新感觉派"如何从中国文学中的崭新角度来表现现代性体验"时提出了他个人的看法：新感觉派描写上海的视角就是时间、欲望和女性。

除了从宏观方面研究上海叙事视角的现代性，张英进还通过细读法，考察上海文学在手法技巧上的叙事革命。他不仅对新感觉派进行重新解读，而且还把研究的目光继续向后推移，对深受新感觉派吸引的小说家黑婴进行了深入的挖掘。他对黑婴的《当春天来到的时候》（1934）这一图文并茂的短篇小说产生了兴趣。通过细读分析，他认为，黑婴的叙事中存在着两种新的范式：一是漫步街头，一是图文并茂。张英进指出，城市被不知名的叙述者带入读者视野，而不知名的叙述者其实就是无目的、从容漫步的漫游者；他不受尘世纷扰，因此能够以审美欣赏的方式，选择一系列能够产生现代都市体验的新人物和意象，呈现在读者面前，去完善读者的城市体验。张英进认为，"'文本交织结构'作为一种美学形式在城市文本中组成了感觉和感情的一种结构"，"唤起城市读者一定的情感和感情"，"成功地编织了一幅现代都市的色彩异常浓郁的画面"。[2] 张英进意识到"文本交织结构"的独特性对于呈现五光十色的现代都市是有极大的优势的。图片丰富的内容含量和强大的表达功能，能够把文字无法描摹的都市景观印记在作品中。在这里，张英进对都市文学中的叙事说法别有洞见，叙事

1　张英进：《中国现代文学与电影中的城市：空间、时间与性别构形》，秦立彦译，第194页。
2　张英进：《都市的线条：三十年代中国现代派笔下的上海》，收入张英进《审视中国——从学科史的角度观察中国电影与文学研究》，第221页。

革命与现代都市密切相关。

李欧梵也曾专门撰文《中国现代小说的先驱者——施蛰存、穆时英、刘呐鸥》，对这三位新感觉派作家的创作进行过分析。在这篇论文中，李欧梵尊称这三个人是中国现代小说的先驱。他细细研读新感觉派的作品，考究其中新的叙事手法，揣摩作品中的都市心态，透视其中人物的生存境遇和心灵感受；同时，通过考察新感觉派作品中表现出来的一种对现代都市社会生活的焦虑体验和小说人物的深层心理现象，他推出现代小说的定义。他认为虽然施蛰存早期作品的基调属于写实，但是《妮娘》这一篇已经显露出明显的模仿与借鉴的端倪，已经开始有了现代小说的味道。20世纪30年代之后，施蛰存作品的现代风格明显地张扬起来，具体表现在两个方面：一是幻想小说，它虽以古代人物为题材，但这些故事背后孕育着浓厚的现代心理知识；一是心理小说，它在都市生活的基础上制造出一种"歌德式（Gothic）的魔幻意境"和"色欲、外界的感观刺激，以及内心压抑问题"。[1]李欧梵认为这是一种潜意识的叙事尝试，一种变态的、怪异的超现实试验。而这种意识流的写法在穆时英的《白金的女体塑像》中也得到了充分的体现。在该作品中，穆时英除内心独白式的叙述以外，还初步尝试"意识流"的写作方法。至于刘呐鸥的写作，李欧梵通过研读其《两个时间的不感症者》，读出了意象与符号的意味。

李欧梵在分析穆时英的一篇深具象征意义的美文《骆驼、尼采主义者与女人》时认为，"穆时英把上海都市文化的所有'物质'都罗列尽致"，甚至是文中的女人，也变成了物化意味极浓的标志，拥有了一个非常物欲的称呼——"尤物"。"尤物"本身又加重了新感觉派的颓废幻想。李欧梵接着说道："在西方颓废派的艺术中，尤物的形象经常出现，她代表一种'色欲'的魔力，而这种色欲或是情欲，

---

1 李欧梵：《中国现代小说的先驱者——施蛰存、穆时英、刘呐鸥》，收入李欧梵《现代性的追求：李欧梵文化评论精选集》，第113页。

我基本上是采用弗洛伊德的观点,把它看作人的下意识力量(id或libido)向上意识或超自我(也就是文化俗成的约束力量)的挑战。"[1]在此,李欧梵注意到了新感觉派作品在叙事上的革命,革命即为先锋的意义所在。

其次,"现代性"是海外华人学者对上海叙事属性的另一界定。

作为中国现代文学史上重要的一个现代主义文学流派,新感觉派的作家是真正意义上的上海城市人。他们生活在这个城市中,深切感受到这个都市的每一次脉动。在写作时,他们刻意地表现都市的现代感,以先锋之笔涂抹上海的光鲜亮丽。虽然他们的创作思想和艺术风格各异,但是在运用新的叙事技巧这一点上他们是相通的,那就是:改变旧的叙事模式,寻找一个最恰当的城市观察视角,创造一种最合适描摹城市的手法。海外华人学者曾指出他们所具有的"先锋观点",但与强调叙事革命的提法有所不同,海外华人学者除了强调这一叙事革命与单纯的技巧创新有关,还着重申明这与指导写作的精神有关。他们认为文学上海呈现的先锋性,不仅具有高度的热情,而且还具有多种呈现,甚至具有世界的视野,能够自觉紧追世界文学的步伐,注意与世界文学接轨。

史书美也指出,在20世纪30年代,施蛰存是一位清醒而前卫的作家,他不但引进了现代主义思潮,特别推崇现代意识的文学创作,还积极地创办《现代》杂志。施蛰存曾评价自己的小说,说是把心理分析、意识流、蒙太奇等各种新兴的创作方法,纳入了现实主义的创作轨道,这正是新感觉派的特点。在创作上,新感觉派以感性认识论为出发点,推崇日本新感觉和欧美心理分析、意识流小说。

海外华人学者在梳理20世纪初的中国文学时,普遍都注意到世界文学对中国文学的影响,尤其是现代主义思潮的影响。它们对施蛰

---

[1] 李欧梵:《中国现代小说的先驱者——施蛰存、穆时英、刘呐鸥》,收入李欧梵《现代性的追求:李欧梵文化评论精选集》,第122页。

存、刘呐鸥、穆时英等新感觉派作家的影响自不待言,在其他作家的文学作品中,也有现代主义文学思潮的火花。许子东认为张爱玲的创作带有不自觉的女性主义和现代主义味道。而周蕾则指出,"张爱玲处理现代性的方法的特点,也就在于这个整体的概念。张爱玲这个'整体'的理论,跟那些如'人'、'自我'和'中国'等整体的理论不一样。在她的小说中,这种不依规范,把现代性同时视作整体和细节的处理方法,可以从她建构人物角色这个叙事体中最传统的一个环节上找到"。[1] 海外华人学者通过对上海文学书写中"审美的现代性"的辨析,发现上海文学的叙事革命。

在这场叙事革命中,作家自觉摆出先锋的姿态,使用现代的写法,呈现出现代个性独具的都市体验。通过海外华人学者对上海文学叙事革命的研究,可以发现上海现代性与文学现代性之间的另一层互动关系,那就是作为"现代都市表率"的上海与作为"现代文学重镇"的上海之间的某种叠合与互动。一方面,当上海的现代发展促使这个城市发生变化的同时,以往的文学叙事方式再也无法承担起反映都市景象的任务,于是,都市文学的叙事法则必然要求进行自我革命更新,努力寻求新的表达方式来承担描写任务。都市生活发生改变的同时,表现都市生活的手法也随之发生改变,这就是都市现代性对文学叙事革命产生的直接影响。另一方面,都市文学叙事法则的不断开拓与创新,丰富了都市抒写的手法,使更完整地再现现代都市、更生动地表述现代都市体验成为可能。这就是都市文学叙事革命对都市现代性的反作用。张英进之所以对"文本交织结构"如此感兴趣,就是归功于这种新的叙事方式的强大表达能力。

综观海外华人学者的学术研究情况,李欧梵是其中拓展中国现代文学与现代性关系研究空间的突出贡献者之一。他对上海的作家进行了对比研究,在思考文学展现现代上海这个问题时,他选择了最具

---

[1] 周蕾:《妇女与中国现代性:东西方之间阅读笔记》,第219页。

现代意识、最具先锋个性的作家作品。而在挖掘中国现代文学的叙事革命因子时，新感觉派同样是他一个惊喜的发现。所不同的是，他辩证地意识到中国现代主义文学对西方现代主义的借鉴，同时，也注意到中国现代主义文学先天发育不良及后天营养欠缺。文学上海试图通过性别，尤其是女性来表征城市，这一点有一定的合理性，但过于畸形的爱情——不是乱伦就是乱爱——呈现的都市人生，并不是都市该有的人生。如张英进强调刘呐鸥试图以时间来界定城市关系的紧迫，提及刘呐鸥《都市风景线》中的《两个时间的不感症者》的近代型sportive女性的话："真是孩子。谁叫你这样手足鲁钝。什么吃冰淇淋啦，散步啦，一大堆唠苏。你知道Love-making是应该在汽车上风里干的吗？……我还未曾跟一gentleman一块儿过过三个钟头以上呢。这是破例呵。"张英进肯定了刘呐鸥对都市的独特描写，但是我们知道，这应该只是基于先锋写作姿势的认可，展现了叙事的现代主义追求，然而这并不完全适合于解读真实的上海。文学上海虽然试图通过自身的叙事革命，借鉴西方的手法，以先锋的姿态涂抹现代的都市生活，但都市现代发展的畸形，也导致了文学呈现的某些畸形。对此，借用王德威"被压抑的现代性"的提法来形容文学都市的叙事革命或许是最合理的：因为压抑，所以畸形。

海外华人学者对上海文学的现代性因素进行发掘，对现代性理论的理解是不尽相同的。张英进在思考"现代性与城市"这个问题时，曾提到"现代性"在西方文明史中存在两种区别，"第一种是'资产阶级的现代性'，一种'科技进步、工业革命以及由资本主义带来的经济'社会迅速发展的产物'。另一种是'艺术的现代性'或'文化的现代性'，它'从其浪漫派的开端起就倾向于激进的反资产阶级的态度'"[1]。在卡林内斯库的《现代性的五副面孔》一书中，第二种"艺术的现

1　张英进：《都市的线条：三十年代中国现代派笔下的上海》，收入张英进《审视中国——从学科史的角度观察中国电影与文学研究》，第221页。

性"或"文化的现代性"则被他称为"审美的现代性",亦即现代主义文化和艺术。而海外华人学者较为注重文学上海的现代城市经验,容易把"资产阶级的现代性"与"审美的现代性"杂糅起来,共同对上海文学进行探究。

三、个人书写:且孤苦,且烂漫

海外华人学者透视上海文学的视角,除了上文论及的文学内容与文学技巧,第三个重要的视角就是上海的作家——那群通过文学来勾勒上海的人,尤其是那个生活于20世纪上半叶的上海写作群体。在此称之为写作群体,并非界定这些作家的属性,只是强调这些作家的某些相似性。海外华人学者在探察文学上海时,同样会关注书写上海的作家群体,他们捕捉到了这一群体的某种相似性:对"个人"的强调、对"自我"的张扬。

众所周知,"个人主义"是19世纪西方理论的一个术语,它包含对人的尊严、自主和隐私的尊重,是一个抽象的概念,强调自我的发展,它首先想阐述的是哲学、社会学上的问题,而不是文学上的问题。德国著名社会学家卡尔·曼海姆曾经说过:"我们应当首先看到这一事实:同一个术语或同一个概念,在大多数情况下,由不同情境中的人来使用时,所表达的往往是完全不同的东西。"[1]作为术语,"个人主义"经过了一百多年的演变已经在不同领域中产生了各异的解释,有政治个人主义、经济个人主义、宗教个人主义、伦理个人主义、认识个人主义等。"个人主义"于20世纪初被译介入中国,"在我国开始'堂堂正正地'提倡个人主义是从新文化运动伊始"[2]。"个人主义"自译介以来从未有过稳定的意义。1908年鲁迅在《文化偏至论》中对西方"个人主义"的产生和发展进行介绍,把它与"害人利己主义"区分开来。

1　史蒂文·卢克斯:《个人主义》,阎克文译,江苏人民出版社2001年版,第1页。
2　李今:《个人主义与五四新文学》,北方文艺出版社1992年版,第13页。

汪晖在思考中国个人观念的起源与现代认同的时候提到个人认同是一个现代事件,他感慨地提到:

> 尽管中国的个人和自我的观念深受西方思想的启发,并且也是中国现代认同至关重要的理念,但在中国现代的特定历史语境中,这种个人和自我的观念与欧洲的自我观念不仅在内容上的差异极为重要,而且他们本身也只是依据情境的变迁而改变的,"个人的解放"不应仅仅当作一个思想的和道德的本质命题,而且还应是一个内涵不断变化的政治的、经济的和文化的命题。……在这个意义上,所谓现代认同也是在社会政治、经济和文化语境中不断发生变化和调整的概念。[1]

海外华人学者对作家的孤苦而又烂漫的诠释把作家还原到都市中,按照城市中的文人形象,还原了生活在上海摩登都市中的作家形象。生活在畸形魔都的上海作家,作为城市中的一支重要的知识分子力量,他们的形象和波德莱尔的形象虽不一样,但又有相似之处。他们都与现代都市有关,城市加强了作家作为个人的感受。正如张英进所揣摩的:"现代城市的文本创作其实也许是20世纪初中国城市现代性的一种特殊的经验,也就是现代城市的感觉和认识的创新。"[2] 由于身处彼岸,海外华人学者在批评上更能直接地借鉴西方理论成果,在对"个人主义"的阐发上,他们拥有自己的独特认识。

基于不同的理论背景和研究习惯,海外华人学者在具体作家选择上,在对不同作家的分析上以及分析所强调的侧重点上,又往往各具差异。但在具体论述上海文学的风貌时,海外华人学者的评论视角往

---

[1] 汪晖:《个人观念的起源与中国的现代认同》,收入汪晖《汪晖自选集》,第38页。
[2] 张英进:《都市的线条:三十年代中国现代派笔下的上海》,收入张英进《审视中国——从学科史的角度观察中国电影与文学研究》,第213页。

往与"民族"有关,与"政治"有关,与"现代"有关,而民族、政治与现代这一组词语在20世纪初的中国,彼此间是互为关联、互为影响的。海外华人学者在论述中将上海创作群体分成两类:第一类是激进的、革命的一类,即"政治"意识偏左的,常常通过描写大社会来书写民族命运的左翼作家;第二类是缓和的、保守的乃至颓废的,即"政治"意识偏右的,常常关注个人追求和个人生活书写的,乃至逃避现实的作家。从海外华人学者上海研究的字里行间,我们可以看到,上海文学的创作者无论是具有"政治"目的的左翼作家,还是"非政治"目的的新感觉派、鸳鸯蝴蝶派等作家,在具体的文学创作上都透露出明显的个人主义。

首先,通过描写大社会来书写民族命运的作家在个人主义与国家主义(集体主义)的矛盾中孤苦地挣扎。

鲁迅是海外华人学者在反思上海文学和个人主义时普遍提到的具有强烈爱国情感的作家。以往国内的评论在提及鲁迅时往往强调他的超越时代性和忘我性,因其"弃医从文",因其"呐喊",因其作品中对旧时代无情的抨击与鞭笞,叙述中把鲁迅塑造成大公无私、勇猛前行的"斗士"形象;鲁迅是集体的,是国家的,而非个人的。但海外华人学者对此却提出了不同的看法。他们认为个人主义是现代上海孕育的主要都会精神,生活在都市中的人(包括作家),无论具体政治抱负为何,政治觉悟多高,皆怀有个人主义的思想的种子,唯其不同之处在于个人主义的呈现方式不同,而怀有政治理想的作家往往在个人主义与国家主义(集体主义)的矛盾中孤苦地挣扎。

王德威在研究鲁迅时提到,居住上海的"鲁迅此时50岁了,健康、心情都无起色,他对上海素乏好感"。[1] 他认为鲁迅并不喜欢上海,但无论鲁迅对上海的感情如何,鲁迅一直都居住在上海,1936年10月19日逝世时他即居住在上海大陆新村寓所。王德威认为,鲁迅在上

---

[1] 王德威:《文学的上海,1931》,收入王德威《如此繁华》,第66页。

海作为个人是孤独的，在忧患祖国前途的同时，担忧着国民党当局的迫害，同时，还要应付当时上海文坛上阴郁尖诮的攻击。即便是他参与了"左联"工作，他仍是疑惑的，这种疑惑，鲁迅无处言说。在王德威的评论中，鲁迅呈现出一种"英雄式"的孤独；这种孤独，因其身处大都市中，背负着沉重的民族使命，显得格外悲怆。

李欧梵也对鲁迅"一个人的战斗"进行了一番探究。在他看来，鲁迅是一个虽然矛盾但却激昂的个人主义者。虽然大部分的中国鲁迅学者也强调了鲁迅的国家主义情感，但仍忽略了鲁迅所塑造的形象的悲剧性含义。李欧梵认为，在1918年到1925年的鲁迅作品中，"最普遍的意象便是一个人与世界之间的疏离与冲突"[1]，鲁迅完全不能肯定自己能否唤醒被关在铁屋中沉睡的人民，但是他依旧担当起孤独的精神斗士的角色，他笔下的孤独者都生活在一座冷漠麻木的城市。在李欧梵看来，鲁迅的个人主义充满了悲剧性的色彩，虽然最后鲁迅的"个人主义"投入了"民族主义"的怀抱中，但是，这二者从来没有很好地融合。海外华人学者注意到：上海，这个激情浪漫岁月中的城池与这个时间段里居住在上海的人，有着太多的互相影响；同时，不少作家在各种文学口号的影响之下，社会责任感强大起来，他们的文学活动更多地与自我无关，与个人无关，甚至与文学无关。这对于极为强调创作个性的作家，是颇为痛苦的。

郁达夫是海外华人学者评论上海文学表现"个人主义"时谈论的另外一个重要作家。法国唯心主义哲学家伯格森曾说过，我们通过深刻的反省达到自我。而"自我"借鉴后的"自我的再（呈）现"则是"个人主义"的另一面。郁达夫就是李欧梵论及的创作方式"诚实"的"自我的再（呈）现"式作家。李欧梵研究20世纪20年代初期到30年代中叶郁达夫描写上海的几篇小说，认为这些作品中，无论是人

---

[1] 李欧梵：《现代中国文学中浪漫个人主义》，收入李欧梵《现代性的追求：李欧梵文化评论精选集》，第54—55页。

物,还是格调,或是色彩,分别有着不同的呈现,除了那些在左翼文学思潮影响下的作品,其他的主要作品写的都是零余者、漂泊者的形象。李欧梵认为郁达夫将个人的故事转化成寓言故事,在他一生创作的四五十部小说中,主人公大部分是"我",到后来郁达夫甚至给自己的小说人物取了一个很接近自己的名字——于质夫,"主角们通常自他们的客观环境中被疏离出来,然后被前置在他自己的主观意识上"[1]。李欧梵指出郁达夫通过塑造这样的形象,呈现了他个人对中国的看法。李欧梵站在自己矛盾的边缘化角度,解读了郁达夫同样矛盾的边缘化文学呈现。郁达夫在《忏余独白》里曾坦言,他的主人公"没有一点不是失望、没有一处不是忧伤,同初丧了夫主的少妇一般,毫无生气,毫无勇毅,哀哀切切"。对此,刘志荣也曾发表类似的看法。刘志荣认为"零余者"是一个新的观察社会的角度:"郁达夫实际上为此后的中国文学提供了一个边缘者的形象和由此出发的观察、表现角度。"[2]

　　海外华人学者的思考,给"个人主义"带上了他们所特有的情感印记。刘禾在《语际书写:现代思想史写作批判纲要》中认为,"五四"时期"中国与西方的暴烈撞击将民族观嵌进了自我观,自我观嵌进了民族意识"[3]。随着"个人主义"在中国的介绍,"个人主义"复杂化了,既是个人的,又是家国的,"个人主义"在中国与民族主义产生了反应与交融。刘禾对"个人主义"的阐述,从词语的跨语际传播角度介入现代思想史的思考。刘禾曾断言:"'五四'以来被称为'现代文学'的东西其实是一种民族国家文学。"[4]刘禾在这里所说的现代文学,包括"个人主义"的文学。但在刘禾看来,"五四"以来的"个人

1　李欧梵:《现代中国文学中的浪漫个人主义》,收入李欧梵《现代性的追求:李欧梵文化评论精选集》,第59页。
2　刘志荣主持、陈思和等讲谈:《百年文学十二谈》,第49页。
3　刘禾:《个人主义话语》,收入刘禾《语际书写:现代思想史写作批判纲要》,第40页。
4　刘禾:《文本、批评与民族国家文学》,收入王晓明主编《批评空间的开创:二十世纪中国文学研究》,东方出版中心1998年版,295页。

主义"文学，又不可避免地承载了民族企盼。而其他一些海外华人学者，更多的是从文学的现象去解读"个人主义"。作家作为个人，无法撇去写作姿态的独立，他们往往在无意中展现出一个特立独行的"自我"。海外华人学者赞同"个人主义"与作家的写作姿态有关，在他们看来，一个"个人主义"的作家，首先是"自我"的作家。而"自我"的作家会出现不同的表现，有的走向悲剧的凄厉[1]，有的走向独自的颓唐，而有的则走向个人的幻想。不同的"个人主义"书写风格，与作家个人的不同追求有关，而当国家的生死存亡成为民族的首要问题时，政治倾向自然而然地成了左右个人精神的风向标。

海外华人学者的论述，使我们看到带有政治色彩的作家不仅具有国家主义（集体主义），还有个人主义思想。而国家主义（集体主义）与个人主义的冲突，注定了作家个人的悲怆。这是一种隐藏而又奋起的个人灵魂，这种个人主义既是对自我的张扬，又是对自我的否认。海外华人学者对国家主义（集体主义）背后的个人主义的挖掘，丰富了我们对特定时期的国家主义（集体主义）的认识。这再次提醒我们，以单一的模式、偏执的态度去看待文学现象和文学问题是无法获得全面认识的。

其次，关注个人世界的作家常常会掩饰其个人主义背后的颓废与无奈。

除了鲁迅和郁达夫成为海外华人学者研究的对象，频繁出现在他们文学评论中且与上海文学有关的作家还有张爱玲、邵洵美、新感觉派和鸳鸯蝴蝶派作家等。与前者不同的是，后者不再花笔墨于大社会，书写民族前途和命运，而是回归到个人的小世界中，通过涂抹烂漫来掩饰其个人主义背后的颓废与无奈。其中，张爱玲是海外华人学者评论文学如何表现"个人主义"时谈论的一个重要话题。

---

[1] 胡兰成认为鲁迅的个人主义是凄厉的，参阅金宏达：《回望张爱玲》，文化艺术出版社2003年版，第29页。

张英进在张爱玲的相关研究中注意到张爱玲"出名的欲望（个人传奇）/凡人的生活（时代的总量）"这二元的困惑。在这矛盾的二元中，张英进认为张爱玲20世纪40年代初"出名要趁早呀！"的宣言，表现了张爱玲强烈的自恋倾向。作为个人，她精心经营个人的传奇。张英进虽不是发现张爱玲"个人主义"的第一人[1]，但是他强调了"凡人的生活"对于成就张爱玲"个人传奇"的重要性，正是因为张爱玲选择了负载时代总量的凡人作为自己作品描述的对象，她才有可能凭借自己的作品成就自己的"个人传奇"。在这里，张英进注意到作为作家个人，张爱玲有着自己自由的创作选择性。王德威也曾自问："张爱玲到底有什么可怕？是她清贞决绝的写作及生活姿态，还是她凌厉细腻的笔下功夫？"[2]话外之音，张爱玲是一个绝对"自我"的作家，无论是写作的姿态，还是内容。这就是作家对个人的张扬，对自我的强调。王德威曾认为张爱玲的魅力，就在于这种书写的姿势，她慢慢地、优雅地编织她的陈年老梦，抒写她的个体追求和感受。张爱玲在文学中追求的世情个性和表现的主体自我，成为海外华人学者关注的焦点。

张英进和王德威都注意到张爱玲与上海这座城市已融为一体，但是，他们没有对张爱玲的个人书写作更为深入的研究。他们提出了张爱玲与众不同的写作"表情"，但是，却仅仅认为这是张爱玲气质决定的书写姿势，没有认真探究这看似不经意的写作背后的真正历史意义。张爱玲的文学世界确实逃离了风起云涌的社会大环境，远离了当时喧嚣的政治神殿，回归到个人生活中。但唯其如此，才能流露出城市的

1　胡兰成在《评张爱玲》一文中，提到有一次张爱玲说她自己是一个自私的人，虽然在小处不自私，但是在大处是非常的自私，而对于写文章，她自己却是非常的负责。胡兰成当时不是很明白张爱玲的意思，后来才得到启发，于是再遇到张爱玲时，他对她说，"你也不过是个人主义者罢了"。胡兰成与张爱玲是心有灵犀的，在这点上，他读懂了她的冷淡与叛逆，读懂了张爱玲体现出来的个人主义。可参看金宏达：《回望张爱玲》，第25页。

2　王德威：《从"海派"到"张派"——张爱玲小说的渊源与传承》，收入王德威：《如此繁华》，第79页。

真实。或许这个真实不是城市的全部,但却是城市里实实在在的一部分。张爱玲通过个人自我世界的挖掘,发现人,发现物,发现一切随性、自由、琐屑与亲切。白流苏、葛薇龙、王娇蕊、佟振保、乔其乔、范柳原等,这些被囚禁在自己小圈子中的个人,正通过一种卑微与渺小,来震撼我们的心;每一个人都是时代灵魂的真切记忆。张爱玲写尽了弄堂中的上海,这是大难氛围里的上海,她在荒凉里的喧哗中,在烽火杀戮中,散发出无比艳异绮丽的光。这是张爱玲的上海,她把自我烂漫地缠结在这个城市里。张爱玲凭借颓废来抹饰无奈,这是冷酷的书写,也是她对社会感知的重现,体现出了她向内追求个人书写的魅力。

此外,邵洵美也是海外华人学者所津津乐道的另一饶有趣味的话题。巴宇特曾说:"项美丽和邵洵美的爱情在实际上也是一种'倾城之恋'。"[1] 由于特殊的家庭背景以及个人经历,邵洵美以一个末世贵族的身份出现在文学史上,他虽仅占据方寸之地,但却不可忽视。在20世纪那个社会局势风起云涌的时代里,他借助他个人特殊的出身,不但凭借书写呈现了上海文坛的一番末世图景,还以其特殊的生活方式,给上海文坛带来别样的触动。一个关于他,还有他的夫人以及情人项美丽的故事,就是"上海颓废"的真人版。海外华人学者关注邵洵美这个话题,其价值不仅仅局限在文学上,更在于其所折射的人生价值、爱情价值,甚至个人主义的探讨。

邵洵美自命为世纪末作家,史书美据此认为邵洵美是标榜自我的作家。史书美肯定邵洵美的颓废派身份,并通过《赌》和《赌钱人离了赌场》来评价邵洵美作品的特点,认为这两部作品是邵洵美通过个人"在这个接近末日的世界上'欢梦',去梦见毁灭和死亡的美丽"[2]。

---

1 巴宇特:《迷失上海》,上海书店出版社2005年版,第52页。
2 史书美:《现代的诱惑:书写半殖民地中国的现代主义(1917—1937)》,何恬译,第286页。

在史书美看来，邵洵美将赌博带来的娱乐作为一种艺术，为常玉的色情艺术作辩护，以及为国内读者介绍19世纪英国主要的颓废派画家比亚兹莱（Aubrey Beardsley, 1872—1898）的诗画集等具有颓废气息的行为，对作家个人的书写精神具有潜在意义。对于邵洵美文学的颓废涂抹，我们不但看到其文学活动的自觉与独立，更应该通过这种自觉与独立，解读当时上海文学存在的另一种个人主义，这种个人主义即上文讨论张爱玲时所提及的个人主义，是包含颓废和无奈的个人挣扎，它虽不以英雄的姿势呈现，但的确实实在在地呈现了个人的不懈追求与决绝抗争。

显然，身处彼岸的海外华人学者在评论文学上海时所持用的"个人主义"，大多深受西方的"个人主义"的影响。他们的"个人主义"一改以往国内对"个人主义"的贬低，强调自由与自我，在使"个人主义"成为一个褒扬的词语同时，赋予了"个人主义"更为丰富的内涵。其中，"个人主义"不但与"现代性"有关，同时又与"后现代性"相勾连。这一内涵丰富的"个人主义"在现代思潮的推波助澜之下，映射在社会每一份子中，呈现在书写上海的作家身上，无论是宣扬左翼，还是叫嚣右翼，或有意或无意，都以自身的行动及文学，扬起了"个人主义"的旗帜。在此认识之下，海外华人学者对此岸的上海文学进行挖掘。对鲁迅、张爱玲、郁达夫等作家的"个人主义"的发现，把一个个立体的作家推上了舞台。

反思海外华人学者对上海文学创作主体"个人主义"思想的挖掘，我们发现，无论是对鲁迅英雄式"个人主义"的挖掘，还是对郁达夫"孤苦"的诠释，或是对张爱玲"自我"的彰显，海外华人学者都试图站在一个新的视角上对创作主体进行新的阐释。这种新的尝试，在一定程度上开发了理论的荒地，发现了一直以来被学术界忽视的研究盲点。但是，由于理论先行，海外华人学者在对创作主体进行"个人主义"诠释时，在分析上有些地方也不可避免地显得有些牵强。

综上所述，上海的城市发展，为中国都市文学的发展提供了千年不遇的生长场域。上海城市的繁荣，经济的发展，都市空间的开拓……所有的摩登一切，成就了都市文学的一代风华。海外华人学者在研究上海文学时，透过文学内容、叙事手法和创作主体来挖掘文学凸现的都市具象，并据此探究文学背后蕴含的"现代性"意义。不少学者认为20世纪以来生活在上海的作家有意高扬或是无意呈现的上海摩登、颓废、现代主义、先锋、个人主义等都是上海都市文学现代性的不同表情，这些碎片一般的表情，拼贴出上海的现代都市图景。海外华人学者对上海文学的解读，为文学上海增添了新的诠释，让人看到现代之花在上海文学中妩媚绽放。

第三节　都市上海：摩登幻城

岁月倒转一百年，回到19世纪末20世纪初的上海，或时间再稍稍往后推移几十年，掀开历史的帷幕，上海有轨电车在"叮当……叮当"声中，从容地行驶过来，带出一路的繁华。这是一座摩登之城，据说modern一词首次在上海有它的第一个音译。[1]上海的确不负众望，她通过自己的繁华向中国人完整地呈现了"摩登"的意义和内涵。但摩登上海的现代是如何呈现的？舶来的文明是否能够在这个半殖民地落地生根，开花结果？绚烂的霓虹灯照耀下的租界，能够代表多少上海摩登的意义？而在繁盛的物质现代之上，是否已经同时发展了摩登的灵魂？摩登上海是现实之城还是虚幻之城，舶来的摩登能否构建起国人依旧向往的文明中华？

随着对上海问题思考的深入，海外华人学者在探讨上海的现代性品格时，把触角伸长，越过文学作品中的破碎迷城，回到都市本身。如果说文学真像柏拉图所说的与真理隔了两层，那么海外华人学者就是要跨进离真实更贴近的一层，直面都市，直面都市的现代，通过触

---

[1] 李欧梵：《上海摩登——一种新都市文化在中国1930—1945》，毛尖译，第5页。

摸具体的城市来感受这座都市的繁荣。

海外华人学者对上海都市的关注程度差别较大,他们的关注有的相对集中,有的则较为零散;既有述著成部,也有落笔成篇。李欧梵是其中对上海城市文化研究较为深入的学者,其《上海摩登——一种新都市文化在中国1930—1945》就是一部全面探究上海都市文化的著作。其他学者虽亦有论述,但相对李欧梵的研究成果而言,显得较为零散。由于是文学科班出身,文学才是他们的当行,因此,海外华人学者对上海都市探讨的广度远远不及对上海都市文学的探讨广度。但是都市文学与都市本身的密切关系,决定了他们在研究文学的同时不可避免地要关注这个都市。

上海的文学与文学的上海,两者互为辩证关系,这也成为海外华人学者的上海研究寻求自我突破的有效言说理路。这种言说理路的转变,与文学批评理论的危机密切相关。蓝爱国曾说:"当代文学批评的文化身份问题是一个多种文化、多种话语和多种立场复杂交错的研究对象。"[1] 文学批评的文化身份是复杂的,它不仅是文学批评自身的自我突破,也是文学发展随之牵引出的一个结果。当文学开始从纯文学滑入泛文学,文学批评也对自身出现的困境自觉展开了一种新的尝试和努力。为了摆脱这种批评危机带来的阐释焦虑,文学批评注意自身调节,重新自我定位,甚至突进文化研究的阵地。海外华人学者从上海文学转向上海城市文明研究就是这样一个跨越文学本文进行的文化选择。

"城市文明"是一个综合概念,如果细致划分"城市文明"可包括物质文明、制度文明、精神文明、生态文明等;而从广义上划分,"城市文明"则大体包括物质文明和精神文明。在思考都市现代性问题时,我们不免把目光引向对"城市文明"与"城市精神"的观察。事实上,无论是波德莱尔,还是兰波,或者是卡林内斯库,他们对"现代性"

---

[1] 蓝爱国:《游牧与栖居:当代文学批评的文化身份》,中国社会科学出版社2005年版,第9页。

理论的阐述都源于并指向对一种城市文明的反思。不论是"资产阶级的现代性",还是"艺术的现代性"或"审美的现代性",都是对城市文明的一种评判。据此看来,都市现代性的表现除了彰显的物质文明,还有现代的都市精神。从整体上看,海外华人学者主要从三个方面研究上海都市,分别是上海的公共空间建构、都市精神和体现都市文明程度的重要指标——生活在上海的人。

一、都市空间

在1843年开埠以前,上海只是一个小小的渔村,占据方寸之地。借助特殊的租界身份,在欧风美雨的交相灌注之下,上海畸形地成长开来,弹丸之地遍地花开。是什么构成了现代上海?是繁华的南京路、中国银行大楼、和平饭店、海关大楼、汇丰银行大楼,或是带有巴洛克式造型的亚细亚大楼,抑或是效法美国古典主义的东风饭店?都市有了现代的风景,但这些现代风景是否酝酿着现代性精神?这是不是一座现代都市?

若只停留在单纯的城市表象去思考都市现代与否,是无法对上海都市现代性进行全面而深入的诠释的。上海现代的"指标"不仅仅是那些挺拔的楼宇和大型的游乐场所,更包含了都市"公共空间"的内在文化精神。哈贝马斯曾对"公民社会"(civil society)和"公共空间"(public sphere)进行论述,这是一对启发性很强的理论范畴,一直以来皆备受关注。[1]相对而言,"公民社会"这一范畴受到理论家的关注会更多一些。海外华人学者关注城市文化研究,则把更多的关注目光投注在"公共空间"上。

李欧梵赞同哈贝马斯认为公共空间包括报纸、杂志、咖啡店等一切公共场所的观点。他通过哈贝马斯的理论资源来思考包括上海、香港在内的现代都市"公共空间"问题。他认为,每一个现代都市都需

---

[1] 参见哈贝马斯:《公共领域的结构转型》,曹卫东等译,学林出版社1999年版。

要有一定的公共空间，没有公共空间的城市是不具备"现代性"品格的都市。虽然中国也有刊物、咖啡店、茶馆等公共空间，但"这只能说这些空间并没有直接变成公民社会的基础而已。可是，他们制造的这些制度上的或者寻找出来的公共性的文化建设，你不能一笔抹杀"[1]。在肯定上海存在公共性的文化建设的同时，理智地评价这些公共性文化的意义，告诉读者上海存在"公共空间"的雏形，这是李欧梵一种发现之后的惊喜。

在哈贝马斯理论的激发之下，海外华人学者对上海的"公共空间"进行了盘点。这些辩证式的体会和认识，无疑丰富了我们对"公共空间"的认识，扩大了我们对上海都市现代化的理解。

（一）重绘上海地平线

这是一座繁荣的城市，有石库门，还有十里洋场。《飞地》一书作者曾言上海是名副其实的世界之窗，国人通过上海看到了世界。"事实上，现代都市生活的绝大多数设施在19世纪中叶就开始传入租界了：银行于1848年传入，西式街道1856年，煤气灯1865年，电1882年，电话1881年，自来水1884年，汽车1901年和1908年的电车。"[2] 李欧梵认为上海在20世纪30年代已和世界最先进的都市同步。他饶有趣味地描述一些他认为重要的公共构造和空间，有外滩建筑、百货大楼、咖啡馆、舞厅、公园和跑马场。

在上海，外滩的天空线点缀着英国建筑，"英领馆（最早的大楼，1852年，1873年重建）、汇中饭店、英国上海总会（有世界最长的吧台）、沙逊大厦（和华懋公寓）、海关大楼（1927）以及汇丰银行（1923）"，"汇丰公司的宏伟大厦是当时世界上的第二银行大楼"[3]。李欧

---

1 李欧梵：《徘徊在现代和后现代之间》，第158页。
2 李欧梵：《上海摩登———一种新都市文化在中国1930—1945》，毛尖译，第6—7页。
3 同上书，第10页。

梵注意到20世纪20年代晚期上海外滩已出现了更多更高的多层大楼，这些都是美国现代建筑材料和技术的产物，其中包括银行大楼、饭店、公寓、百货公司和国际饭店（24层高）、四行储蓄会（22层高）、慕尔礼拜堂、花旗总会、怡和啤酒厂等。看到这些纽约风格的摩登高楼，没有谁会否认上海的现代，因为这些摩登高楼构成的外滩建筑只与城市的现代性有关。但是，这些现代技术糅合出来的现代建筑在多大程度上能够代表上海这座城市？在李欧梵看来，"对普通的中国人来说，所有这些高楼，直接地或想象地，都不是他们的家园"。[1] 摩登是属于租界的，而租界是属于殖民者的，现代与20世纪初期的上海有关，这恰恰与20世纪初期上海的普通大众无关。

李欧梵的上海都市文化研究关注上海的百货大楼，也详细介绍了具有现代特色的"四大公司"——先施、永安、新新和大新。他描述道，"里面的电梯会把顾客送往各个楼层，包括舞厅、顶楼酒吧、咖啡馆、饭馆、旅馆及有各种表演的游乐场"[2]，永安"于1932年建了一幢十九层高的三角形摩天大楼，其中配备了所有的最新设备：高速电梯、暖气和空调"[3]，出售来自天南海北的现代商品。除了拥有现代设备，这些现代百货公司还拥有一整套现代的管理理念，譬如雇用推销小姐、设置广告噱头等。

而在一份上海现代城市家庭的日常开销和享受清单中，李欧梵发现了现代上海的消费文化逻辑。"各类食物（桂格燕麦、宝华干牛奶）、洗衣粉（Fab）、保健药品（韦廉士大医师粉红药丸）、电锅和自动汽炉（广告标明'近代多数中国人将煤炉换成自动汽锅，该产品特别适合中国家庭冬季之用，以确保全家健康'）、药、香水、香烟、相机、留声机和录音机（Pathe, RCA）及其他。"[4] 李欧梵认为，如果说外滩的摩登

---

1 李欧梵：《上海摩登——一种新都市文化在中国1930—1945》，毛尖译，第16页。
2 同上书，第16页。
3 同上书，第20页。
4 同上书，第21页。

建筑是为外国人准备的,那么大百货则为上海市民服务。在这个眼花缭乱的消费场合,人们不但消费,还娱乐,百货大楼构成了上海的公共消费娱乐空间,逐渐成为广大民众从日常世俗向魔幻摩登超越的精神依托场所。虽然李欧梵没有断然把咖啡馆、舞厅、公园和跑马场这些场所提升到"公共空间"的地位,但指认这些场所毋庸置疑地是一定人群的聚集地和活动的空间。

在思考"公共空间"问题上,张旭东与李欧梵的关注点是不尽相同的。相对而言李欧梵探讨的是"旧上海",而张旭东讨论的是"当下上海"。张旭东关注上海社会领域和上海的文化生活。在他关注的背后包含了他对上海"公共空间"缺失的担忧和对上海都市进程的期盼。通过考察,张旭东认为当前上海的公共文化空间还尚不完备。他举例评论上海的人民广场,认为人民公园更像是花园和旅游景点,而不是城市人群的文化活动空间。这里的空间,与繁荣文化无关。对此张旭东万分感慨:"在上海能找到时尚、消费、旅游的空间,但公共文化空间并不如人意,可能在大学里还有,但社会上没有。"[1]

海外华人学者探讨城市的"公共空间",对于国内城市的文化建设是有指导意义的。当前,国内城市建设存在过于强调城市硬件设施建设的误区,海外华人学者"公共空间"问题的提出,可以说是问题提得恰当其时。相对于部分国内学者对中国国内城市发展沾沾自喜的心理,海外华人学者则表现出一种更为广阔、长远的观照与忧思。海外华人学者拨开"房子、车子、票子"的数据指标,在城市人的生活夹缝中寻找真正的都市空间。他们对上海"公共空间"普遍关注的背后,包含了他们对上海都市"现代性"问题更深入的思考。他们跳过历史的种种杂陈具象,透过百货大楼、咖啡馆、舞厅、公园和跑马场等,思考上海作为一个都市存在的"公共空间"之文化意义。海外华人学者对于上海都市的挖掘还原了一个现代都市上海的历史面貌。海外华

---

[1] 张旭东:《纽约书简:随笔、评论与访谈》,上海书店出版社2006年版,第33页。

人学者关于上海"公共空间"的批评思考,自觉借用西方理论的资源,开启了一扇研究上海都市"现代性"的门。当然我们也要看到,在对上海"公共空间"的阐述上,海外华人学者不同个体之间也是存在差异的,而这不同的声音恰恰是研究上海都市"公共空间"的一股重要推力。然而,西方学者关于"公共空间"的理论阐发,到底在多大程度上能够敞开而不是遮蔽上海都市文化研究,还有待上海研究/上海学的学者加以辩证分析。这也是我们在看到海外华人学者的上海研究成果带来的新鲜刺激的同时也需要认真对待的学术问题。

(二)另寻上海印刷文化

上海的印刷文化是另一个吸引海外华人学者注意力的上海"公共空间"。李欧梵援用安德森"想象的共同体"理论,认为"空间"一词是可生发的多数,公共空间"指涉的是构成公民社会的种种制度上的先决条件,而这些制度的演变可以作个别的探讨"。[1] 在上海,除了上面提及的百货大楼、公园、咖啡馆等对上海"公共空间"的形成有至关重要的作用,上海的印刷文化、出版文化也是构成上海"公共空间"的一个重要部分。

李欧梵指出,"《东方杂志》可以被视为一份在商务支持下面向都市读者的'中层'刊物,创办于1904年,月刊,后改为半月刊,一直发行到1948年,每期销量曾高达一万五千"[2]。除此之外,商务麾下还有《教育杂志》《学生杂志》《少年杂志》《妇女杂志》《英文杂志》《英语周刊》《小说月报》和《农学杂志》;商务、文明、广智三个印书馆和中华书局还出版了教科书;另商务出版了两套著名"文库":"东方文库"(1923—1924)和"万有文库"(1929—1934)。李欧梵对彼时的

---

[1] 李欧梵:《"批评空间"的开创——从〈申报〉"自由谈"谈起》,收入李欧梵《现代性的追求:李欧梵文化评论精选集》,第3—4页。

[2] 李欧梵:《上海摩登——一种新都市文化在中国1930—1945》,毛尖译,第57页。

上海印刷文化做了大量的翻阅和索引研究，他发现这些印刷刊物包罗万象，犹如巨大的万花筒，譬如《东方杂志》内容就包括新闻、政论、文化批评、翻译以及专论。商务印书馆编辑出版的两套文库也涵盖了人文社会科学和自然科学的方方面面。李欧梵认为"东方文库"和"万有文库"都是基于现代城市而设计的，它们都是为城市读者了解与掌握现代知识服务的。在此基础之上，它们为都市读者提供了一个中国现代性想象的主要知识基础。这一系列刊物具有重要历史使命：通过温和的立场传递西方文明的信息，或者用李欧梵自己的词语来说就是"启蒙"。

在李欧梵看来，如果说上面提及的印刷刊物是告诉读者现代文明是什么，那么《良友》画报则是告诉读者应该拥有什么样的现代文明。李欧梵感受到了《良友》画报所散发出来的都市生活的"摩登"口味，认为它的编辑应该是敏感地觉察到了大众在日常生活层面上，可能需求一种新的都会生活方式的指导，于是才有了这份画报，并通过图片呈现出了具体的都会现代性"想象"。都市的现代性终于由苍白的文字变成多彩的图谱，由抽象的理论变成具体的景观。由此，李欧梵称赞《良友》画报，说它有意识地为现代性做了广告，帮助上海构建都会文化。

此外，上海重要的刊物《申报》也是李欧梵重点考察的对象。《申报》是中国第一份现代意义的报纸，由英国商人美查兄弟于1872年在上海创办，一直以现代的经营理念管理，以商业性报纸的面貌出现。李欧梵细心地研究《申报》的"自由谈"版，认为这是"批评空间"的开创，并指出这是晚清以降的中国知识分子开创出来的新的文化和政治批评的"公共空间"。在查阅了无数份《申报》、浏览了众多"自由谈"版的文章之后，他表明了对"自由谈"中的"游戏文章"的赞赏，认为"游戏"的论述方式事实上已经在开创一种新的社会的空间。

最后，在扫描上海印刷文化时，李欧梵把目光落在月份牌上。他认为当时的月份牌无论从呈现的内容上看，还是从绘制的手法上看，或是从作用上看，都充满现代意味。至于月份牌中的女子形象所传递出来的意义以及日历本身体现的时间观念的根本变更，则带有更为浓厚的现代色彩。李欧梵想起了安德森的命题——"民族的'想象的社区'起源于'同构的、架空的时间观念，其同时性如其所显示的，即为横亘的交叉的时间，这时间不是由预计和满足，而是由时间的巧合来标记的，以钟表和日历来计算'"。[1] 在李欧梵看来，月份牌在此不但实现了对"公共空间"的开拓，还实现了表现"现代性"的急迫需求。这是李欧梵上海都市文化研究的独特发现。

张英进对上海都市文化建构的"公共空间"也进行了解读。与李欧梵稍有不同，在思考晚清、民国时期的上海时，张英进把目光投注在画报、小说、电影上。他强调，通过画报、小说、电影，上海大众的视觉欲望得以迅速扩张，并指出正是大众视觉欲望的迅速扩张带来了上海"图解"文化的兴起。他注意到以图解"时事"和"新知"为主的上海《点石斋画报》[2]，强调其凸显了视觉消费的各个因素。作为一个对"图文交织"有独到见解的批评家，张英进极为肯定图片的表达功能。他认为较之于文字，图画更"及时地提供了一种男女老少所喜闻乐见的动感摹拟凝视模式"[3]，更能介绍与传达一种新的都市体验。张英进认为"图画"对于上海都市"公共空间"的形成，所起的作用不可小觑。张英进对画报、小说、电影等视觉欲望的特性的发现，与李欧梵对印刷文化所构成的"想象的共同体"形成了重要的互补，共同丰富了人们对于上海都市文化公共空间的认识。

海外华人学者通过上海都市的硬件建设和软件建设来评价上海都

1　李欧梵：《上海摩登——一种新都市文化在中国 1930—1945》，毛尖译，第 95 页。
2　关于《点石斋画报》的图文研究，可以参见陈平原的相关论著，如《点石斋画报选》（贵州教育出版社 2000 年版）《点石斋画报：图像晚清》（百花文艺出版社 2001 年版）、《图像晚清：〈点石斋画报〉之外》（东方出版社 2014 年版）、《左图右史与西学东渐：晚清画报研究》（生活·读书·新知三联书店 2018 年版）等。
3　张英进：《动感摹拟凝视：都市消费与视觉文化》，收入张英进《审视中国——从学科史的角度观察中国电影与文学研究》，第 239 页。

市的"公共空间"。借鉴哈贝马斯的公共领域理论，海外华人学者以一个世界人的身份思考现代意识之于城市的真正意义。他们认为一个城市不但要有现代物质文明的场景，还要有现代文明的灵魂。只有一个真正拥有完善的"公共空间"的城市，才可以说是一个现代城市，只有一个生活在拥有完善"公共空间"的城市中的人，才是一个现代都市人。不过，就上海的城市发展情况来看，虽然自晚清始上海就慢慢完善自己的都市硬件建设和软件建设，但是在上海摩登高楼和上海出版业的背后，"公共空间"并没有完全形成。

二、都市精神

杨建军在思考苏州文化时曾说道："每一个城市都有自己特定的'场所精神'，它是一个地方的自然、历史、事件、人文、建筑、居民等方方面面的长期积淀和不断融合的体验，是一种与生俱来的存在方式，是一种潜在的却能决定城市命运的力量。"[1] 换言之，每一个城市有自己特定的精神，它是一个城市自然与历史、人文与地理、建筑与风情等相互交糅与调试积淀出来的城市感染力，这股都市精神影响甚至决定了城市的命运。作为一个现代国际大都市，上海除了在硬件上具备"公共空间"的可能，在软件上是否具有自己的现代精神，这是上海现代性发展的一个重要评价依据。海外华人学者在研究上海都市文化时，不但考察都市文化公共空间，还把"现代性"放在宏大的视野中去研究，把上海的都会精神作为其思考上海都市现代性的另一个着眼点。

什么是都市精神？上海是否真正拥有作为都市灵魂的现代精神？这是海外华人学者继考察上海都市空间建设情况之后关注的问题。但对于这些问题，并没有哪位海外华人学者提供一种较为权威的解释，

---

1 杨建军：《场所精神与城市特色初探——以苏州为例》，《华东交通大学学报》2006年第5期。

而上海都市精神考察的抽象性,决定了其研究方法和模式,与海外华人学者考察上海文学的方法和模式大不同。相对而言,对上海文学和城市空间发展情况的考察,显示了海外华人学者一种穿越时空的努力,他们试图回到20世纪初期还原上海的现代景象;而他们在对上海都市灵魂进行思索时,普遍采取的方法是通过"古今参照"来完成。"巡回",是他们寻找都市灵魂的重要方式,亦即以当下的城市发展作为一个主要参照和"巡回"的对象,迷恋"新上海"的同时试图回归"旧上海"。

诚然,海外华人学者对上海都市的想象,并不局限于对"上海文化地图"的描绘。他们还借助想象的翅膀,飞过那一片现代繁华,在百货与高楼的背后,捕获都市那缕耐人咀嚼的城市魂灵。海外华人学者批评以"现代性"作为考察上海都市精神文明的砝码,在都市物质繁复的缝隙间,呈现这个城市与众不同的气质。上海的怀旧精神被图解,上海的求进精神也被图解,图解的过程正是一座都市现代灵魂的呈现过程。

(一)怀旧:顾盼留恋背后的"旧上海"摩登

凭借纽约与上海的城市生活经历,张旭东在思考上海的现代意义时,敏锐地觉察到上海都市的怀旧情绪。他提到上海对不同人具有不同的怀旧意义:纽约人、巴黎人来到上海,引发的怀旧情绪跟上海本地人的怀旧情绪迥然不同。张旭东意欲表明不同的人在阅读上海时存在极大的差异性,但这似乎隐含着一种现实:上海这个城市拥有太多的回忆可能。而在感性回忆的同时,透过理性的分析,我们明显地注意到海外华人学者拾掇的记忆并不是随意的草木、门窗、台阁,而是浸染着浓厚"摩登"意味的旧上海风情。这股怀旧风,与流年时月无关,只与上海的"现代性"印记有关。

仍以李欧梵对月份牌的研究思考为例。李欧梵指出:"月份牌与时间有关,它表示的是一种过去的时间,是当时人的时间观念,而这种时间观念是把中国传统的农历与西历混在一起的。"[1] 在上海几个月的研究生活使李欧梵感受到整个上海似乎都沉浸在浓厚的历史记忆中，他认为上海这座都市对时间有特别感触。偌大个上海，每一处角落都在怀旧。李欧梵提及自己去过的咖啡店，里面有各式各样的旧器物陈列，还有各色老月份牌等。詹姆逊曾认为后现代文化的一个主要表征就是怀旧，受其影响，李欧梵认为："所谓怀旧并不是真的对过去有兴趣，而是想模拟表现现代人的某种心态，因而采用了怀旧的方式来满足这种心态。换言之，怀旧也是一种商品。"[2] 李欧梵注意到，上海这些旧器物虽然历史久远，但却散发出现代气息。这种现代气息正是上海的怀旧文化，及其背后极强的商品消费意义。透过李欧梵的论述可以发现，这些带来怀旧味道的什物，在代表"旧上海"繁荣物质的同时，从一个角度折射出当时的都市商业发展情况。现在这些具有怀旧意味的什物再次涌上市场，无疑也提醒我们这亦是"新上海"对"旧上海"摩登的延续。

比较地看，国内外学者在上海怀旧问题的研究上存在差异。刘影在《城市文学的"上海怀旧"之旅》一文中认为，城市文学界在20世纪90年代出现了一股"上海怀旧"的风潮，但是这种上海怀旧选择了追忆"旧上海的城市文明"作为自己的走向，流于中庸、琐碎[3]。相比之下，海外华人学者关于上海怀旧的研究则发现了作为城市精神的上海怀旧，认为这并不只是一种对旧文明的追忆，还是一种对都市精神的发掘。

并不是所有的过往都能够成为回忆，不是所有古旧的东西都能够被重新挖掘。怀旧与回忆也是两个并不相等的范畴，怀旧与回忆有

---

1 李欧梵：《当代中国文化的现代性和后现代性》，收入李欧梵《中国现代文学与现代性十讲》，第95页。
2 李欧梵：《当代中国文化的现代性和后现代性》，收入李欧梵《中国现代文学与现代性十讲》，第93页。
3 刘影：《城市文学的"上海怀旧"之旅》，《北方论丛》2006年第5期。

关,但怀旧不仅仅是回忆。回忆"旧上海"之所以特别称为怀旧,是因为通过上海怀旧,能够获得现代都市感知,而这种都市的感知,表述出了上海一部分的真实。李欧梵对上海的挖掘其中就不乏怀旧的情愫,但是对他来说,他要通过挖掘老上海来思考新上海,而他思考上海的怀旧,就是想厘清到底怀旧能给上海的将来带来什么有益的启示。

海德格尔在《诗人何为?》中曾引述过里尔克的一段话:"对我们祖父而言,一所房子,一口井,一座他们熟悉的塔,甚至他们自己的衣服,他们的大衣,都还是无限宝贵,无限可亲的。……现在到处蜂拥而来的美国货,空泛而无味,似是而非的东西,是生命的冒牌货……"[1]这是处于工业文明时期的人们内心的普遍呈现,世纪末思想的困扰加上工业文明的无限介入,使人在其中不由焦虑自起,而怀旧,就是对现实的逃避,对过往温情和浪漫的痛苦回忆。[2]但上海的怀旧却不是一种痛苦的历程,也不是一个与现代文明彻底决绝的行动,它是温馨而烂漫的,它把经典的优雅融入摩登的现代中。对于怀旧的上海,张旭东曾说道:"上海是一个积极向前看的城市,但上海又是一个非常怀旧的城市。什么人怀什么旧,什么人想象什么样未来,决定了上海都市文化内在的矛盾和冲突。这种矛盾决定着上海都市文化的品格。"[3]上海的怀旧,是具有现代气质的怀旧。

---

1 海德格尔:《诗人何为?》,收入《林中路》,孙周兴译,上海译文出版社1997年版,第296页。这段话引自里尔克写于1925年11月13日的一封信,不同中译文参见里尔克:《穆佐书简——里尔克晚期书信集》,林克、袁洪敏译,华夏出版社2012年版,第215页。

2 斯维特兰娜·博伊姆曾把现代型怀旧划分为两种形态:修复型怀旧与反思型怀旧。"修复型怀旧强调'怀旧'中的'旧',提出重建失去的家园和弥补记忆中的空缺。反思型的怀旧注重'怀旧'中的'怀',亦即怀想与遗失,记忆的不完备的过程。"参见斯维特兰娜·博伊姆:《怀旧的未来》,杨德友译,译林出版社2010年版,第46—47页。

3 张旭东:《纽约书简:随笔、评论与访谈》,第36页。

(二）前进：面向世界的现代上海

在纽约大学任教的托马斯·班德在讨论上海和纽约时，曾把上海定义为"非常国际化的城市"，班德更多的是从现代上海都市建设角度来评价上海的。作为一个只来过上海三次就讨论上海的外国人，班德在发表观点时还是比较谨慎的，他说自己不敢多谈上海，只能谈他所熟悉的纽约。但也许正是借鉴于这种"他者"的身份，他可以不带任何感情地感受这个城市，而这样的感受往往显得较为客观。

李欧梵研究上海都市精神时，对"上海世界主义"这一话题进行了集中的思考。在他的潜意识中，上海的开放不是始于现在，而是源自从前，最晚也开始于中国那一场殖民经历。有趣的是，李欧梵在考察上海文化时，认为殖民的入侵对于上海来说并不是一场绝对的浩劫，相反他认为这对上海的现代进程发挥了极大的促进作用。李欧梵对上海殖民情形的检阅，使大家吃惊地发现在上海这座殖民阴霾笼罩的都市里，生活在其中的人并没有像伊萨克所描述的那样，是"低声下气的臣民"，满怀"羞辱和愤怒"。相反，"上海租界里的中国作家热烈拥抱西方文化——（可）视为一种中国世界主义的表现，这也是中国现代性的另一侧面"。[1] 李欧梵提到住在租界里的中国作家很安心地接受租界的庇护，在租界里继续他们的事业。他们热烈地拥抱西方异域文明，向西方探求现代性的中国之路。在他们看来，西方是一个可以亲近的"他者"，他们通过借鉴这个"他者"来为民族服务。

> 如果说世界主义就意味着"向外看"的永久好奇心——把自己定位为联结中国和世界的其他地方的文化斡旋者——那上海无疑是30年代最确凿的一个世界主义城市，西方旅游者给她的一个流行称谓是"东方巴黎"。撇开这个名称的"东方主义"含义，所谓的"东

---

[1] 李欧梵：《上海摩登——一种新都市文化在中国 1930—1945》，毛尖译，第 327 页。

方巴黎"还是证实了上海的国际意义,而且这个名称是按西方的流行想象把上海和欧美的其他都会联系起来的。而实际上,在亚洲,上海已经替代东京(毁于1923年的地震)成了都会枢纽网的中心,这些都会是因贸易、运输和旅游造成的海运往来而联结起来的。[1]

与李欧梵的"世界主义"提法不同,张英进在研究上海20世纪30年代现代派文学时,用的是"国际主义"一词。张英进认为:"新感觉派所作空间、感知、感觉方面的文本试验,在历史上和概念上都和当年的国际先锋艺术运动有关,因此应该视为一种国际主义在上海的表达。"[2] 张英进通过分析新感觉派的文本试验,读出20世纪初上海文坛的"国际主义",这种国际主义强调的是国内创作主体对西方叙事手法的借鉴。张英进考察上海的文学交流,发现了上海都市的开放性。

相对而言,张英进的"国际主义"与李欧梵的"世界主义"各有侧重:前者着眼于文学与文化,后者着眼在工业与文明。二者虽然在表述上各有差异,但互为补充,结合起来才能够更为完整地体现出海外华人学者对上海这座面向世界的国际都市的精神理解。无论是"国际主义"还是"世界主义",海外华人学者的立意都是强调一种开放的姿态,一种前进的趋势。

根据李永毅的研究,"世界主义思想(cosmopolitanism)在西方一直源远流长,在古代主要以斯多葛派(Stoics)的'世界公民'观念和使徒保罗的基督教兄弟观念为代表,在近代主要以康德的'世界政府'构想和马克思的共产主义理论为代表"[3]。强调平等,推崇对话,世界主义普遍被作为一种政治思想而发展。但由于中国国内学界在较长时期内曾把世界主义曲解为一种右派思想,因此世界主义作为一个被批判

---

1 李欧梵:《上海摩登——一种新都市文化在中国1930—1945》,毛尖译,第328—329页。
2 张英进:《批评的漫游性——上海现代派的空间实践与视觉追寻》,《中国比较文学》2005年第1期。
3 李永毅:《西方世界主义思想的复兴》,《国外理论动态》2006年第12期。

的思想长期受到否定。新中国成立伊始的50年代是世界主义遭受批判最为激烈的时期,毛泽东的系列论著就是从"民族主义"出发,多次批判"世界主义"。"世界主义"曾经在中国遭遇种种尴尬,在"文化大革命"开始时,上海就曾有一个口号,声称要扫除残留在上海的任何都市"世界主义"。

海外华人学者在这里分析上海的"世界主义",自然与作为政治思想的"世界主义"不同。海外华人学者以一个世界人的身份,把"世界主义"作为一种社会精神看待,使得"世界主义"的提法有了新的解释。他们以"世界主义"作为关键词来考察上海,目的在于强调上海的开放性和现代性。而"前进"与"开放"就是上海城市的精神体现。只有面向世界开放的上海,才可以是一个不断前进的上海;只有物质和文明的不断繁荣,才会带来真正的现代上海。

上海的摩登与开放,已经是一个不争的事实。海外华人学者对上海"世界主义"的强调,其目虽是通过都市文化巡回来寻找都市精神,但他们研究的创新性并不在于明确上海的摩登,而在于积极地探究这一摩登的初态。通过海外华人学者的研究,我们发现"世界主义"早已在上海涌动,"旧上海"已是一座面向世界的不断发展的都市,且难能可贵的是,这种不懈前进的都市精神在上海一直延续下来。一系列的发展挫折确实对上海的世界主义造成了严重的创伤,但作为一种社会精神,世界主义之波从未停止在上海涌动。而都市精神是如何得以绵延,世界主义的内涵在"新上海"与"旧上海"又存在多大的差异,海外华人学者没有进行全面的考察,但这些问题显然值得我们再思考。

怀旧和世界主义是海外华人学者研究上海都市精神主要的理论挖掘点。其实,上海的殖民主义和性别问题[1]也是两个具有重要意义的辩

---

[1] 殖民主义方面如史书美《现代的诱惑:书写半殖民地中国的现代主义(1917—1937)》;性别问题方面如安克强《上海妓女:19—20世纪中国的卖淫与性》(转下页)

证起点。殖民不是一个都市现代化的必经过程，但是否具有现代商品意识，是否具有开拓的发展视野，恰恰是一个城市成为现代都市的必备品质。在海外华人学者上海怀旧论题的背后，我们找到了具有现代商品意识的繁荣上海；通过他们关于上海世界主义的话题，我们找到了面向世界的"东方巴黎"。海外华人学者的文学批评为我们撩开了拥有现代都市灵魂的上海的神秘面纱，其考察和评论有拓进意义。

三、上海人：摩登女郎与都市漫游者

在开展社会文化研究时，无论是文化人类学还是社会学都注意到人类社会中关键性的因素——人。美国著名文化人类学家露丝·潘乃德认为，文化与人格密切相关，在城市中成长的人为了适应城市文化必然培养出自身的城市属性人格，而生活在城市中的人所呈现的人格面貌无疑成为阐释城市文化的一个鲜活注脚。杨东平也曾就"上海人和北京人"话题谈及他个人的观点：

> 城市的出现，使城市社会成为改造和促进人类文明、提升人类生活的最主要场所。伟大的城市不但总是与伟大的文化和伟大的人物相连，而且具有自己人格化的形象，形成城市群体人格的共性特征。同时，国家、民族和城市社会的文化，最终蕴含和体现于人——人的质量贯穿了城市社会的多维空间，成为城市文化的直接现实。不同城市人的个性、文化心理、行为特征、精神风貌、教养和趣味等，体现了城市文化的丰富性和不同的品味。[1]

（接上页）（上海古籍出版社 2004 年版）、贺萧《危险的愉悦——20 世纪上海的娼妓问题与现代性》（江苏人民出版社 2010 年版）、叶凯蒂《上海·爱：名妓、知识分子和娱乐文化（1850—1910）》（生活·读书·新知三联书店 2012 年版）等，都可做论辩的起点。

[1] 杨东平：《城市季风：北京和上海的文化精神》，东方出版社 1994 年版，第 440 页；新星出版社 2006 年版，第 305 页。

杨东平的《城市季风》在完整地解读人的同时，也重现内在的文化精神。对比看来，早先进行这番学术尝试的海外华人学者的论述就显得粗糙了些。但当都市的空间已经在脑海中架构，上海的精神已经为想象准备好浓郁的气氛背景，在呈现现代性的上海之前，城市中的人同样成为海外华人学者研究的另一个焦点。

海外华人学者的上海文化批评除了呈现上海的文化事象，还把关注的目标定位在活动于城市中的人身上。把城市文化研究与人的研究联系在一起虽不是创举，但海外华人学者在这一老做法上发现了新问题，他们关注到的上海人不是我们熟悉的饮食男女甲乙丙丁，而是那些超越于普通市民生活、代表着都市灵魂的上海女性与都市漫游者。相对而言，都市漫游者更多地指称上海男性。因此海外华人学者对上海女性和都市漫游者的关注也可以被看作对代表上海城市现代性的都市男女的评论。徐剑艺在研究中国城市小说时曾强调中国知识分子对现代城市的重要意义。他说道："作为现代人类文明标志的现代城市社会中，知识分子的命运决定着城市本身的历史命运；知识分子的文化科学知识水平决定着城市文化的水平；知识分子形象代表着这个城市社会的文化状态。"[1] 知识分子是徐剑艺解读中国城市文化的重要因子，而海外华人学者在研究上海都市文明时，也寻找到了自己发现的代表性人群——上海摩登女郎和都市漫游者。

（一）摩登女郎：勾勒上海现代都市背影

城市往往被赋予女性的人格象征，尤其是有"千面女郎"之名的繁华都市上海，在众多评论中更是被描摹成散发着脂粉馨香的女子。在上海这一繁华都会，女性一直是国人最关注的话题之一。上海女性是外地人茶余饭后在心中缥缈朦胧而又鬼魅生情的城市记忆。对上

1　徐剑艺：《城市与人——当代中国城市小说的社会文化学考察》，云南人民出版社1989年版，第65页。

海女性的解说可以说版本繁多，不同时代、不同背景、不同性别的人努力通过自己的记忆来叙述这个都市的精灵。杨东平在全面介绍上海文化的同时高度评价上海女性，他以颇为亲切的口吻称之为"上海姑娘"。在杨东平看来，"文革"以来的"上海姑娘"都是聪明而沉着的现实主义者；而谢冰莹提及的上海女性多是身材苗条、活泼聪慧的少女形象。海外华人学者在关注上海文化时，也同样注意到代表上海面孔的上海女性，但他们的视角和结论有别于前面二人，他们称他们关注的上海女性为"摩登女郎"。

上海作为经济发达的贸易门户城市，时尚和现代是最恰当的形容词，而与时尚、现代匹配的都市女性最恰当的称呼就是"摩登女郎"，上海即摩登女郎的原产地。首先引起海外华人学者关注的摩登女郎来自20世纪初期的文学作品，给予他们最强烈审美冲击的摩登女郎来自新感觉派的作品，如刘呐鸥笔下的上海女性。张英进试图通过女性来实现对上海都市的构形，李欧梵努力通过女体肖像视角来解读文学对城市的刻镂，史书美凭借女性性别视角来书写上海大都会风景……这些研究的灵感大多来源于新感觉派作品及当时的一系列反映上海女性摩登的文艺作品。

张英进在想象上海的摩登女郎的开篇即援用德·劳雷提斯在《艾丽丝没有做》中的话，提到"卓贝地这座城市是建立在对女性的梦想之上的。……这座城市是对女人的再现，而女人是这一再现的基础……女人即是梦想中的欲望对象，又是将欲望物化（建一座城）的理由，这形成了无限的循环"[1]。他进而在分析新感觉派作家"女人的缺席"这一叙述策略时，认为女人作为"逃逸者"，她们的摩登表情和摩登行径——流动性与扑朔迷离正好适合于呈现现代都市的感受。城市是男人欲望的文本，而摩登女郎则折射出这种都市的欲望。张英进对摩登

---

1 张英进：《中国现代文学与电影中的城市：空间、时间与性别构形》，秦立彦译，第193页。

女郎的城市现代表征的陈述是极有意义的,他提到摩登女郎背后即是都市欲望追求的目标,也是都市欲望的呈现,摩登女郎成为都市现代欲望书写的最恰当注脚。他注意到摩登女郎是中国现代性想象中的前卫符号,是商品消费文化的图腾,认为现代都市给予体验者摩登女郎的幻影,激发城市体验者产生强大的追求欲望,而这种欲望在促使人们实现现代城市的抽象建构的同时促使人们投身于都市现代的现实建构中。我们发现,以摩登女郎的角度思考现代性问题可谓独特,摩登女郎不但代表了都市的现代的现在,还预示着现代都市的未来。

有别于张英进摩登女郎"逃逸者"的分析视角,史书美以殖民主义理论介入分析都市摩登女郎书写的意义。史书美认为刘呐鸥笔下西化的"摩登女郎"形象不仅代表着反男权制度、自主独立、都市风味,还是"混血现代性的化身","摩登女郎代表了一种可望而不可即的欲望客体。同时她也是由两个维度组成的都市图景的构成元素之一"[1]。在史书美看来,摩登女郎直接代表了都市的现代,是上海现代的幻影。张英进和史书美虽论述侧重点不同,但对摩登女郎代表的上海现代同样持肯定态度。此外,李欧梵在津津乐道地整理刘呐鸥和穆时英小说中摩登女郎的脸、身体、情感和行为时,同样分析了上海摩登女郎之于"现代"的意义。由此可见,海外华人学者对上海摩登女郎发掘,为上海都市图景又增添了鬼魅妖娆的一笔。

上海的现代,是具有无限诱惑的欲望现代,但摩登女郎对于上海现代到底具有多少代表性,我们仍需三思。毕竟海外华人学者关注的上海"摩登女郎"往往与日常生活中的上海女性群体无关,他们笔下的"摩登女郎"是都市上海现代的背影,仅是上海摩登的人格化,其主要原因就在于这些浮现在海外华人学者视野中的上海女性大多是艺术作品或大众传媒制造出来的作为都市上海生活方式呈现的形象。这

---

1 史书美:《现代的诱惑:书写半殖民地中国的现代主义(1917—1937)》,何恬译,第313页。

些形象往往是想象性的、虚幻性的，染上了文学作品中的摩登、风流、妖娆与浓艳，还有月份牌美女和影视作品中的鬼魅诱惑。或许"摩登女郎"正好表征了上海的现代浪漫风流，她提供了可供窥视的肉身和可供幻想的诱惑；或许"摩登女郎"又正好刺激了上海的欲望诉求，她夸大了上海的现代程度。海外华人学者所分析的"摩登女郎"，虽然并不具有绝对的现实考据意义，但能体现一定的都市现代品格，是都市现代精神的人格体现。

（二）都市漫游者：描摹上海现代都市线条

除了"摩登女郎"对呈现上海现代具有特定意义，都市漫游者也是捕捉城市现代灵魂的另外一个值得关注的身影。李欧梵对上海文学中的浪漫个人主义进行思考时，注意到了作为都市灵魂导师的知识分子。在思考都市文化中的人时，李欧梵联想到了本雅明意义上的都市"漫游者"形象。在李欧梵看来，相对于巴黎漫游者的舞台——拱廊街，上海的百货公司是上海中产阶级的理想活动场所，但却不是中国游手好闲者自觉流连的地方。同时，上海的作家和居民虽然做了漫游的动作，但是这个动作本身只是他们的一种日常活动。他们虽然穿过城市，但是并没有留意路上的风景，他们并不像巴黎的漫游者那样，与周围保持一定距离的同时，介入他人的空间。

李欧梵分析"漫游者"形象时对作家特别是郁达夫多有映射，但他认为郁达夫对自己的界定——孤寂者，才是对郁达夫最妥帖的定义，因为郁达夫没有都市讽刺的眼光，因此郁达夫与都市漫游者无关。在20世纪初的上海，无论是作家笔下的人物，还是作家，或是居民，都没有提炼出漫游的艺术。因为游手好闲者只能是一个现代艺术家，他自身才确切具有都市漫游者身份。

张英进是另一位对"都市漫游者"进行深入研究的海外华人学者。根据张英进的介绍，近年来西方学术界对本雅明理论中的漫游性，发展出了更为灵活的理解。学者们渐渐脱离波德莱尔的巴黎漫游者原形，结合西美尔（Simmel）和鲍德里亚（Baudurillard）等思想家的理论资源对都市漫游者进行后现代的重构评估。张英进认为李欧梵在否定上海漫游者形象的同时，又将叶灵凤理解成自我扮演的都市漫游者，有些匪夷所思。在指出李欧梵都市漫游者分析的矛盾后，张英进跨过波德莱尔与本雅明，从漫游者背后探察漫游性，他认为漫游性有三个层面——"由作品中的人物进行的'本文漫游性'、由作家本人进行的'创作漫游性'，还有学者进行的'批评漫游性'"。[1]张英进意识到，"尽管漫游者作为一个社会人物已经和波德莱尔的巴黎时代不同了，漫游性作为一个概念如今仍为我们提供了一个批判的比喻，通过这个比喻我们可以探讨多元的都市现代性"。[2]

就已有的成果看来，李欧梵对"都市漫游者"这个议题的探讨显得有些零散混乱、相互矛盾，尽管他出版过《都市漫游者：文化观察》[3]，但他这方面的研究跨越了文学与社会，杂糅着书写与真实，混杂着他者与自我。张英进对"都市漫游者"这个议题的探讨，相对来说显得全面些。他在漫游者的背后，挖掘了漫游性的内涵。"都市漫游者"之所以被海外华人学者屡屡提及，与本雅明理论对他们的影响有关。本雅明认为，"闲逛者漫步于人群并不是出于日常的实际需要，而仅仅是为了追求漫步于人群所带来的刺激：不断遭遇新的东西，同时又不断对之做出快速的反应。这是现代社会在人身上所造就的一种特有心理机制。"[4]通过本雅明对漫游者的分析，可以看出海外华人学者选择"都市漫游者"作为上海都市文化评论入口的原因。"都市漫游者"

---

1 张英进：《批评的漫游性：上海现代派的空间实践与视觉追寻》，《中国比较文学》2005年第1期。
2 同上。
3 李欧梵：《都市漫游者：文化观察》，牛津大学出版社2002年版，广西师范大学出版社2003年版。
4 瓦尔特·本雅明：《发达资本主义时代的抒情诗人》，王才勇译，江苏人民出版社2005年版，第8页。

作为生活在都市里的人,亲历了周围的一切,但同时又与周围的一切保持着一种若即若离的关系,他们"终日似乎无所事事,闲游街头,而于散步之间在脑海中捕捉都市中的形象,甚至由此而作抒情象征的诗篇(如波德莱尔)"[1],"都市漫游者"是都市最热心的观众,都市是"都市漫游者"的精神寄托。漫游者形象存在与否,对都市现代性完成与否有重要作用,漫游性就是一种现代性,是审美现代性批判的重要姿态。借助海外华人学者的研究,"漫游者"及"漫游性"理论在这些海外华人学者的文学批评中日渐充实。关于漫游性的一系列论题,不再被忽视。漫游者不再只是西方发达资本主义国家的产物,它已经突破波德莱尔的世界,真实而具体地进入了中国本土。漫游性作为一个概念,为我们研究都市现代性问题提供了一条思考的重要路径。

综上所述,海外华人学者对上海的重绘,是有目标的重绘,同时也是有价值的重绘。首先,他们刻意凸显一个繁荣、摩登、前卫的上海,通过城市空间感受来寻找上海具有现代性特征的"公共空间",通过巡回上海都市文化来寻找现代都市精神,通过勾勒上海的观察者(都市漫游者)与被观察者(摩登女郎)来刻画都市现代表情。一个现代都市——老上海在他们的推搡下,出现在人们面前。这使我们惊喜地意识到中国都市的现代在20世纪初就已经存在,上海的摩登不只是当下虚幻无力的口号,在20世纪初期,上海曾经实在地摩登了一番。海外华人学者的上海文化研究,提醒我们去重拾上海现代的历史。同时,他们呈现的现代上海无疑提升了国人对城市文化的自信,使我们在回顾"旧上海"曾经现代美好的图景时,对"新上海"的现代都市进程满怀期冀。同时,海外华人学者的上海文学、文化研究,无疑促使关于上海的文学批评实现了文化扩容,使批评超越文学进入了文化批评领域。这样的研究方法和理论,与当时海外华人学者开展研究时所盛行的文化批评模式有关。

---

1 李欧梵:《都市漫游者》,收入李欧梵《狐狸洞呓语》,第71页。

海外华人学者关于上海的文化批评成形于20世纪90年代，当时正是文化批评发展的高潮。在思考文学批评的文化选择之缘起时，蓝爱国提出构成文化选择的内在动因是对现代性话语的权威挪用，是现代性这个20世纪元话语决定着文学批评的价值取向和理论实践。"现代性"本身就包含一种激烈的否定精神，一种对之前理论的否定与突破，一种对未来理论的新探索。在这点上，"现代性"非常具有诱惑性，同时具有强大的强迫性，它诱惑批评家去努力突破，又迫使批评家去突破。因此，从这一角度看待海外华人学者由上海文学研究转向上海城市研究的轨迹，我们可以说，这是文化研究的兴趣使然，同时，也是他们在当今激烈的文学批评中试图发出自己声音的一种新的选择。

第四节　上海现代性：现实还是想象

"赤佬来了！赤佬来了！"[1]当黄浦江两岸惊恐声一叫起，火轮船开进上海，上海开始了那一段痛楚的裂变。伴随着上海的日益繁荣，"上海"不仅仅是一个单纯的地理名词，她在中国现代化进程中，扮演着特殊的城市角色。有学者指出，上海是中国人挥之不去的"现代梦"的寄托所在。[2]而海外华人学者文学批评中的上海情结，也是海外华人学者思考中国"现代性"的一个理想寄托。他们通过书写，跨越差不多一个世纪的时间去寻找上海、想象上海。通过对文学上海和都市上海的探索，海外华人学者把一个"现代"上海呈现在读者面前。面对纷繁的物质世界，还有负载着现代性的公共空间——外滩建筑、百货大楼、咖啡馆、舞厅、公园、跑马场、电影院等，"现代性"这

1　唐继无、于醒民：《飞地》，上海远东出版社2003年版，第67页。
2　练暑生：《如何想象"上海"？——三部文本和一九九〇年代以来的"上海怀旧叙事"》，《当代作家评论》2006年第4期。

个词突兀地悬浮在我们面前,"现代性"为何?上海的现代性,是现实还是想象?

海外华人学者从文学出发而后回归文化的研究路径告诉我们,建构现代性上海的理论过程本身是理想对理想的重拾、幻想对幻想的重构。但这种重拾与重构又回归到了上海部分特殊群体的实际生活中,于是,现代性在上海又具有重要的现实意义。20世纪30年代施蛰存在译介英美意象派诗歌时,就将现代派诗歌看作"纯然的现代诗,它们是现代人在现代生活中所感受到的现代情绪,用现代的辞藻排列成的现代诗形"。[1]上海的现代,是真实的有中国特色的现代,是独有上海才可呈现的都市现代。上海现代,是现代性在上海呈现的别样面孔。

南帆曾说:"'现代性'是一个庞大的超级问题。"[2]自今日看来,"现代性"这个概念经由波德莱尔、兰波、韦伯、哈贝马斯等理论的发展和海外及大陆学者吸收和批判,早已变得庞大而复杂。"现代性"在中国似乎在不同的层面上继承了西方现代性的若干定义,同时,"现代性"在"中国化"的过程中,自身的含义也发生了一些变化。周宪采取两种思路来分析"现代性"的矛盾和张力:第一种是"历时法",把现代性分为前期现代性和后期现代性;第二种是"逻辑法","把现代性区分为社会的现代化(性)和文化的现代性"。[3]周宪强调"现代性"的张力,把林林总总的"现代性"呈现都囊括到了他关于"现代性"思考的两条思路里。以周宪的"现代性"思路为参照,探究海外华人学者对上海"现代性"的思考,发现海外华人学者在对"现代性"内涵的理解上,也保存了强烈的理论张力,是对"现代性"内涵展开

---

1 史书美:《现代的诱惑:书写半殖民地中国的现代主义(1917—1937)》,何恬译,第283页。
2 南帆:《后革命的转移》,第133页。
3 周宪:《现代性的张力》,首都师范大学出版社2001年版,第5页。另见周宪:《审美现代性批判》第五章"现代性的张力"。

的不同层面的解释,是对现代性上海面孔的阐释。首先,李欧梵认为,在西方眼中的"现代"一词,被说成一种与过去相对立的当代的时间意识。在具体分析"现代性"时,他参考了马泰·卡林内斯库的观点,并在此观点的基础上,发现了中国对"现代性"理解的变化,"在中国,'现代性'不仅含有一种对于当代的偏爱之情,而且还有一种向西方寻求'新'、寻求'新奇'这样的前瞻性"。[1]其次,王德威认为,中国"现代性"的发现被延误了。他通过研究晚清小说,发现了一直以来被忽视或被压抑的中国"现代性"的"雏形"。而刘禾则通过她的跨语际实践,考察中国被译介过来的"现代性"。此外,唐小兵在分析鲁迅的《狂人日记》时,认为《狂人日记》率先使用现代白话文构建了一个叛逆的主体性,它宣告了中国"现代性"的诞生。张英进则从"多面向"去研究中国的"现代性",把现代性分为"五四"现代性、晚清现代性、城市现代性、社会主义现代性、后毛泽东时期的现代性。海外华人学者的现代性研究,探索角度各异,在搭建理论框架时,"现代性"的概念都表现出很强的张力,借用赫勒的一句话——"无所不包的现代性"[2]。这是赫勒在分析"现代性"理论时对"现代性"的一个断语,海外华人学者所说的上海"现代性"也是无所不包的"现代性"。海外华人学者的现代性思路不但存在"历时法的现代性",还存在"逻辑法的现代性"。而正是因为海外华人学者作为一个整体持有这样张力极强的现代性思路,他们才有机会通过文学和都市把上海的现代性盘点出来。

陈晓明探讨"现代性"时说道:"现代性总是伴随着自我批判而不断建构自身,这使得现代性在思想文化上具有持续自我建构的潜力。"[3]"现代性"就像一个永远没有结尾的无限循环小数,而这种无止

---

[1] 李欧梵:《追求现代性(1895—1927)》,收入李欧梵《现代性的追求:李欧梵文化评论精选集》,第236页。

[2] 阿格尼丝·赫勒:《现代性理论》,李瑞华译,商务印书馆2005年版,第198页。

[3] 陈晓明主编:《现代性与中国当代文学转型》,第4页。

境的循环,体现了"现代性"的张力。要对海外华人学者发掘的上海"现代性"进行研究,就必须把上海"现代性"放在具体而复杂的语境下加以检视,回到海外华人学者的上海发现本身去判断上海的"现代性"。

一、上海到底现代第一

为什么要解读现代上海?提出这个问题,本身就是在质疑上海之于现代性的意义。如果海外华人学者只是考察现代性的呈现状态而不是探寻现代性的发展历程,那么他们的考察对象就有可能不是上海,而是香港或许台北,甚至广州。但海外华人学者的学术野心在于探寻现代性的发展轨迹,他们的研究目的不在于呈现现代性的现在,而在于挖掘现代性在中国出现的原初,于是,上海成为不可替代的选择。历史地看,最先进入现代的都市还是上海,也就是说在20世纪早期的中国都市发展进程中,上海是最先进入现代的,她是中国都市现代的第一。

海外华人学者的上海想象,并不是绝对乌托邦式的想象。对于这种想象的方式,王德威曾强调,"小说之类的虚构模式,往往是我们想象、叙述'中国'的开端"[1],他认为小说不是在构建中国,而是在虚构中国。反过来看待李欧梵的《上海摩登》,它是"借助于对曾经辉煌的都市文明的抚问,追察20世纪文化思想史深层的脉动"[2]。借助于《上海摩登》,李欧梵把众人的目光引入1930—1945年的那一段上海繁华。这是李欧梵的想象,也是其他的海外华人学者想象的某种物质化。通过想象,海外华人学者向我们构建了声光化电的上海,在末世繁华图景和绚丽的地平线上,游走着摩登的上海女郎和都市漫游者。这些图

---

[1] 王德威:《序:小说中国》,收入王德威《想像中国的方法:历史·小说·叙事》,第1页。
[2] 李凤亮:《浪漫·颓废:都市文化的摩登漫游——李欧梵的都市现代性批判》,《宁夏社会科学》2006年第6期。

景从另外一个层面告诉我们,上海曾经有多现代,中国曾经有多现代,上海到底是现代上海,是中国特色现代性的萌芽之都。上海孕育了中国现代都市的胚胎,也曾经发展了中国都市的现代。

(一)上海:乡土中国的"飞地"

"东方巴黎"这个称呼,形象地表现了上海在20世纪初开始的都市繁荣。这是一个以租界为中心辐射开来的现代空间。在南京路、霞飞路、四马路的牵引之下,中国银行大楼、和平饭店、海关大楼、汇丰银行大楼、百货大楼、咖啡馆、舞厅、公园、跑马场、都市女子等现代都市的"摩登"簇拥着现代,凑到人们面前。自身的地理优势加上历史的原因,促使上海较早地开始了自己的现代城市发展步伐。无论是较之于北方的北京,还是南方的广州,或是当时的香港,上海在城市建设、商业文明、文化发展等方面都是最具有现代气息的。

上海被选作为城市模式来考察其现代性的观照对象绝非偶然。一方面,城市作为现代主义艺术的想象空间有其不可替代的独特性。如李欧梵所言:"这种城市是工业文明的产物,而西方人生活在工业文明过度发达的领域里,它所表现的一些心理上的失落、震撼和种种复杂的感情,我认为这正是西方现代主义的一个基础罢,一种文化性的基础。"显然,如果从大都市(metropolitan)的原则来看,当时的上海则成为唯一的选择;另一方面,李欧梵对于上海现代性的研究恰恰也是因了对先前研究的乡村型范式对城市的偏见("城市是腐败的")的不满,而李欧梵的上海研究的独特之处恰在于它是在没有此类的"道德基础"之上的有意为之:他想重画都市文化之下上海的现代性。[1]

---

1 朱崇科:《重构与想象:上海的现代性——评李欧梵〈上海摩登——一种新都市文化在中国 1930—1945〉》,《浙江学刊》2003 年第 1 期。

在此，朱崇科认为李欧梵之所以选择上海，乃因为上海是中国感受现代气息的第一城市，是东方巴黎，是乡土中国的飞地。朱崇科还分析了李欧梵从事上海研究时的那种出奇、创新的心理，并认定这是李欧梵的一种反潮流的学术尝试。其实关于这一点，李欧梵在陈述研究心路时就曾坦露过。他说自己往往故意跟大陆的现代文学研究方法唱反调，譬如他不赞成把文学史腰斩为近代、现代、当代三个时期；而多年来他自己就一直在努力"超越"大陆学术界的现实主义和革命主潮，所以对浪漫和颓废的探讨颇为偏重；另外他"对文学上'现代主义'及文化史上的'现代性'的探讨，都是个人的反潮流的学术尝试"。[1]就李欧梵的学术历程来看，他"狐狸式"的研究姿态使他发现了现代上海，并为大家呈现了一段上海风流。海外华人学者作为一个经历相似的群体，在各自的研究出发点上虽说存在差异性，但就上海"现代性"问题的探讨而言，李欧梵的学术心理可以说是他们学术心理的一种典型呈现。

其一，上海被选为现代性在中国的突破点绝非偶然。上海之所以被选择，首要也是最重要的原因，就在于上海是乡土中国的"飞地"。海外华人学者之所以选择通过上海的文学和上海的都市来发现"现代性"，是因为上海这个城市本身具有现代特征。相对于海外华人学者的这一观点，国内的一些学者提出了不同的意见。他们认为，20世纪初期的上海虽然具有现代都市的气息，但以完整的城市整体看来，上海的繁荣也仅仅局限在以租界为中心辐射开来的都市空间。现代上海，只是对上海租界和上海工厂区的形容，并不能指代整个上海城，乡土中国城市的形象依旧占据着这个城市的大片地区。据此，海外华人学者的"上海想象"受到批评。有人怀疑海外华人学者"上海想象"的客观性，怀疑这样的现代上海想象的代表意义。有人认为李欧梵的《上海摩登》"只

---

[1] 李欧梵：《序言》，收入李欧梵：《现代性的追求：李欧梵文化评论精选集》，第2页。

是怀十里洋场的旧,对底层生活的艰苦却视而不见"[1],是对上海"摩登"的书写倾斜,"对弄堂与石库门,苏州河与滚地笼的研究缺失"。[2]这样的诟病从一个侧面体现了海外华人学者构建上海形象时普遍存在着一种选择性。如果要细述历史上的上海,可以说在20世纪30年代并存着三个上海:一个是十里洋场上的上海;一个是市南市北的弄堂里小市民的上海;还有一个是苏州河两岸工人区、棚户区的上海。[3]海外华人学者的上海研究,焦点明显地集中在上海"现代性"一面,而对于十里洋场之外的另一个由狭窄里弄交织出来的上海视而不见。从这一点出发反思海外华人学者的"上海想象",不难发现其中确实存在一定的局限性,但这并不是海外华人学者学术研究的疏忽,而是他们的一种学术选择。只有"现代性"的上海才是他们的落笔处,毕竟只有这样有选择性地描绘上海,才能强调上海一直以来被忽视的现代意义。在此,海外华人学者在相似与差异之间互消互补,通过想象架构起了一个摩登的飞地——上海。在他们不断重复的话语建构中,上海的空间被刻意地裁剪,上海的"现代性"特征被裱装起来悬挂在展厅里,飞地上海的形象凸现。他们有意为之的批评选择给这块乡土中国的飞地注入"现代性"的新启发,开启了一扇文与史研究交流的新门窗。

其二,海外华人学者之所以对上海"现代性"问题进行探索,还源于他们寻求突破的学术心理。上文已提及,因为处于大致相似的研究语境,海外华人学者在研究心理上有些是相似的。在一种寻求新的突破、发现新的问题的强烈动机催促之下,海外华人学者在彼岸开辟了新的学术领地。

---

1 朱崇科:《重构与想象:上海的现代性——评李欧梵〈上海摩登———种新都市文化在中国1930—1945〉》,《浙江学刊》2003年第1期。

2 薛羽:《"现代性"的上海悖论——读〈上海摩登———种新的都市文化在上海1930—1945〉》,《博览群书》2004年第3期。

3 王战华:《"怀旧",风靡了一个上海滩——谈谈耐人寻味的话题》,《社会》2003年第6期。

海外华人学者关于现代上海的研究对国内学者是具有启发意义的。他们把"文学研究""文化研究"和"新文化史"的方法论视野引入"上海研究"中,在"文化想象"的层面上重建了上海现代性,还原了上海在历史上的另一层次上的现实意义。海外华人学者灵活地借鉴西方的研究方法来研究上海的问题,在理论、方法与实践上,创造性地开拓了上海现代性研究的另一种可能。但也正是由于这种彼岸研究本身的局限,海外华人学者在研究上海问题上显得有些理想化。上海不过是他们理论的一个寄托,是他们的"上海想象"。另外由于资料的有限性和认识的局限性,海外华人学者的上海研究仍不可避免地存在缺漏。当上海的文学夹杂着各种都市现代设施和印刷报刊传媒被纳入他们的文化批评视野时,就注定了他们的想象是一种对"上海摩登"的扫描与罗列,而不是对上海现代性的系统理论评判。海外华人学者发现了上海,但上海摩登的复杂面向,却是由后来的国内学者继续开展深入研究而得以挖掘的。

(二)香港:作为上海的"他者"

在中国寻找都市现代性时,除了上海还存在几个可供参考的城市,他们分别为香港、台北和北京。对于这几个城市,海外华人学者虽未进行全面的文化巡回,但并没有完全忽视,他们论述的字里行间就存在着对这几个城市的描摹与评价。王德威《如此繁华》一书就分别以"北京篇""上海篇""香港篇"和"台北篇"四个部分进行书写。而巴宇特却在《迷失上海》中以"漫游"的方式呈现她的都市观摩。更有上海、香港、台北三地的作家、批评家(王安忆、许子东、王德威等)从文学与城市结合的角度,联袂编辑三个城市各自的双年小说选,并整体命名为"三城记小说系列",以凸显三城文学的互动与差异。海外华人学者的相关城市评论虽侧重不同,且详略不一,但这些论述从不同侧面阐释了他们对现代性的理解以及对现代性在中国发展的看法。同时,这些论述无疑也从另一面解释了海外华人学者以上海为主要对象想象和建构中国都市现代性的原因。

综观其论,香港被海外华人学者选取作为上海"镜像"、抒写上海现代性的最典型的参照城市。选择香港作为"他者",这本身与香港的发展历史有关,也与海外华人学者熟悉香港、了解香港有关。一方面,香港的发展与上海有着密切的关系。通过张英进的香港电影研究,可稍微窥见香港与上海的文化联系。在考察香港的电影时,张英进提到香港电影中的"超地区想象",他认为香港电影自我身份的突破,与其自身的发展过程有关。而其发展的一个关键时期就是20世纪50年代,当时香港电影有着明显的上海电影传统。张英进也认同张建德的观点,认为60年代的"香港"是"上海遗风"或"上海的再版",香港被看成上海的投射。另一方面,由于海外华人学者常常游走于香港和上海两地,这对于他们的文学、文化研究产生了一定的影响。他们的文学批评建构起来的上海想象在经历一番都市现代性的重绘之后,把批评的焦点指向香港——一座曾经与上海有着相近的殖民化经历的国际化都市。他们对这两个都市的探讨结成完整的"双城记",丰富了都市上海的现代意义。作为"他者"的香港在海外华人学者上海想象话题之下,折射出上海现代都市的发展特点。

首先,上海的现代都市发展与香港的都市发展进程相似,皆与殖民身份有关。

在研究城市发展问题时,马克思和恩格斯认为,城市的产生、发展和城乡融合的发展规律有关,认为社会全部经济史就是城乡"分离—对立—统一"的发展史。马克思在《资本论》中提到:"一切发达的、以商品交换为媒介的分工的基础,都是城乡的分离。可以说,社会的全部经济史,都概括为这种对立的运动。"[1] 马克思、恩格斯通过城乡对立角度思考城市经济发展问题,而城市经济的发展问题其实就是

---

1 马克思、恩格斯:《马克思恩格斯全集》第23卷,人民出版社1972年版,第390页。

城市的现代化问题。也就是说,马克思、恩格斯认为城市的现代化过程就是城乡从分离到对立到统一的过程。参考马克思主义的城市发展观,我们发现这一理论虽能解释上海与香港在现代化进程中遭遇的城乡问题,但却无法解释这两座城市现代化的产生问题。

上海与香港走进现代都市,与传统的都市现代化进程不同,她们的现代不是主动的现代,而是被动的现代,这种被动的现代与这两座城市的殖民城市身份密切相关。殖民统治为这两座并不具备现代化基础的城市提供了一次现代化的机会。对上海和香港这一"双城记"研究最多的海外华人学者之一就是李欧梵。李欧梵选择张爱玲的传奇作为自己的分析点。通过张爱玲书写的上海和香港,李欧梵看到了殖民在上海带来的"福音"——上海现代,上海与香港的现代化存在明显的殖民共性。在此我们无意于探讨殖民对于一个地区的利弊,只关注其存在的影响及思考其带来的后果。李欧梵既关注上海与香港的殖民共性,同时也注意到二者存在的差异。李欧梵通过张爱玲的双眼,看见了一个令人失望的全盘殖民化的香港;而上海背负着租界,殖民只能给她带来一种异域的气息,在她的骨子深处依然蕴藏着中国情怀。

其次,在海外华人学者发掘香港与上海这两个城市"镜像"关系的背后,折射出上海现代的复杂性。

李欧梵曾提到战乱不仅把上海的人才和资本送到了香港的土地上,还把上海的文化带到了香港这个曾经缺乏"涵养"的"文化沙漠"中。李欧梵说:"尽管50年代的香港经历着这明显的'上海化',它依然是上海这个传奇大都会的可怜的镜像。"[1]从李欧梵的观点看,香港一下子丰饶起来凭借的都是上海的经验以及上海的积累。香港是上海的一个"镜像",而这种"镜像"关系在上海和香港之间并非单向呈现,而是双向出现的,她们互相对观,互为镜像。20世纪60年代末70年代初,上海被欣欣向荣的香港远抛到了后边。当香港超越上海成为国际大都

1　李欧梵:《上海摩登——一种新都市文化在中国1930—1945》,毛尖译,第343页。

市时,她也开始成为国人大都市建设的模板。于是从20世纪80末至90年代初开始,上海的建设开始了复制香港的历史过程,如李欧梵所说的,新上海的城市景观看上去就像是"镜像的镜像"。

通过对比,我们发现第一个"镜像"指的是上海现代性对以前的现代性的拾掇;而第二个镜像,则是上海对当前现代或者称为后现代的追求。所谓复制,指的是对上海发展的另一种机械式的描述。当然,上海现代性的发展并不简单,而且一座城市的灵魂是不存在复制问题的,上海还是上海,它的现代性也打着上海的标签。当前随着香港经济的萧条,上海的迅猛发展,有人说上海已经取代了香港,或者说正在替代香港。但实际上无论是上海还是香港,谁都取代不了谁。上海的现代不但是曲折复杂的现代,还是坚韧不屈的现代。

最后,海外华人学者在解读香港前途的同时阐述了他们对上海命运的思考。

李欧梵曾提到,"上海和香港所共享的东西不光是一个殖民地或半殖民地的历史背景,还是一扎根于大都会的都市文化感性。"[1]此观点可以在不少海外华人学者的评论中找到同调。在海外华人学者看来,上海和香港之所以是两座具有可比性的城市,除了她们曾经拥有相同的殖民化历史,还在于在一定程度上可以互为借鉴来思考彼此的前途。香港现在遭遇的某些发展瓶颈有可能就是未来上海发展将遇到的障碍,上海可以通过香港的发展历程来思考自己的未来。

海外华人学者选择香港和上海来进行对比参照解读,这样的"双城记"考察方法对于城市研究颇具启发意义。具体而言,"双城记"对学界的启示应该说是一种建设经验的吸取,无论是张旭东论及的从纽约到上海,还是李欧梵的从香港到上海,或是别的学者提及的从北京到上海、从台北到香港等,都市的现代性建设从开始到现在一直都在进行自

---

1 李欧梵:《上海与香港:双城记的文化意义》,收入李欧梵《中国现代文学与现代性十讲》,第124页。

我反思。1915年春天，苏格兰城市规划师格迪斯（Patrick Geddes）曾提出了著名的"世界城市"和"全球城市"的概念，引起广泛的反响。而后，国际学术界把"国际化城市"划分为两层：一是"世界城市"（World City），指那些在政治、经济和文化上具有全球性影响的大城市，如纽约、伦敦；一是"国际性城市"（International Metropolis），指具有某些国际功能的地区性中心城市，如悉尼、香港、新加坡。1984年英国地理学家、城市规划师彼得·霍尔（Peter Hall）又进一步对世界城市做出解释，他的观点是：一般是主要的权力中心、国家的金融中心；是国际的贸易中心，是港口、公路、铁路和大型机场的所在地；是人才的聚集中心，有大量的大学、图书馆、大医院、博物馆等；是信息汇集和传播的中心，有发达的传媒业；有大量的人口，集中了相当数量的富裕阶级；娱乐业成为主要的产业部门。他还强调，世界城市必须是在世界的经济、政治和文化事务中发生全球性作用和影响的国际一流大都市。[1] 国际都市的内涵和外延变动不居，把目标定位为国际化都市的上海应该如何发展？在张旭东看来，"上海现在许多硬件都达到了充分的国际化，这一点让国外回来的人印象非常深，但软件上还没有达到。"[2] 因此，上海离都市发展的国际化目标还有很长一段路要走。

无论是通过自身进行审视，还是通过"他者"进行审视，我们都发现，通过上海来研究中国都市的现代性问题是最有价值的。在"他者"的参照之下，上海的现代都市品格显得与众不同，上海的现代，不只是中国都市的第一现代，还预示了中国都市现代的未来。

二、继续繁荣的上海书写

海外华人学者的上海想象，为研究上海提供了新的视角和新的方法，在他们的论述中，上海的现代性被发现，并被进一步发掘。海

1　方明伦：《海派文化发展创新的动力和活力》，上海大学出版社2004年版，第4页。
2　张旭东：《纽约书简：随笔、评论与访谈》，第33页。

外华人学者研究上海的独特视角和新颖观点，对国内外的上海文学和文化研究产生了深刻影响。虽然上海研究并非李欧梵所开创（根据张英进在《中国现代文学与电影中的城市：空间、时间与性别构形》一书中文版序中所言，李欧梵的《上海摩登》出版在张英进的《中国现代文学与电影中的城市：空间、时间与性别构形》一书出版的三年之后[1]），但继李欧梵之后，海外华人学者和国内学者都掀起了一股上海都市文学与文化研究的热潮。王德威曾预言李欧梵的《上海摩登》预示着新世纪一种新的文化评论风格的开始。这大致可以从以下两个方面来理解。

首先，彼岸的上海关怀仍旧继续。

上海话题被重新聚焦，乃至比较完整的上海想象的呈现，应该归因于海外华人学者频密的全球学术互动。张英进曾说："当我于20世纪90年代初在斯坦福大学开始撰写我的比较文学博士论文时，中国现代文学中的城市形象尚属一个冷门的专题。"[2] 尽管张英进的目的在于强调其研究的价值与意义，但也折射出海外华人学者研究的潜在影响。在某种意义上可以说，上海想象其实也是海外华人学者的集体想象。

近年来随着学术交流的不断扩大，在国内学者和出版界的精心策划之下，海外华人学者的学术成果形成了一股强大的学术潮流，纷纷向国内涌来。目前，已有不少海外华人学者的作品在中国内地出版发行，除了李欧梵作品在国内的大量出版，相关出版社还推出了很多具有特色的丛书。如上海书店出版社推出了"海上风"系列，包括王德威的《如此繁华》、巴宇特的《迷失上海》、李欧梵的《浪漫与偏见》、刘绍铭的《烟雨平生》；南京大学出版社推出"海外华人学者论丛"，包括张英进的《审视中国》、王斑的《全球化阴影下的历史与记

---

[1] 张英进：《中国现代文学与电影中的城市：空间、时间与性别构形》，秦立彦译，中文版序，第1页。

[2] 同上书，中文版序，第1页。

忆》、王斑与钟雪萍的《美国大学课堂里的中国》、刘康《全球化·文化·传媒》；上海三联书店推出的"海外中国现代文学研究译丛"（两辑共十种），其中包括周蕾的《妇女与中国现代性：西方与东方之间的阅读政治》、张英进的《影像中国：当代中国电影的批评重构及跨国想象》、王斑的《历史的崇高形象：20世纪中国的美学与政治》、刘剑梅的《革命与情爱：20世纪中国小说史中的女性身体与主题重述》、黄心村的《乱世书写——张爱玲与沦陷时期上海文学及通俗文化》；等等。此外，卢汉超的《霓虹灯外：20世纪初日常生活中的上海》、孟悦的《上海与帝国的边缘》（*Shanghai and the Edges of Empires*）、张真的《银幕艳史：都市文化与上海电影1896—1937》、张英进的《民国时期的上海电影与城市文化》、陈建华的《紫罗兰的魅影：周瘦鹃与上海文学文化，1911—1949》等，也对上海文学、文化做出了独特的研究和考据，成为一时之选。

这些论著告诉我们，彼岸的上海研究开展情况蔚为壮观。这种彼岸对此岸的关怀在给我们提供新的视角、方法和理论的同时，也给我们提供了一个新的研究空间。

其次，是国内上海研究高潮的涌起。

据张英进所言，20世纪80年代中期北京大学严家炎先生重新挖掘中国现代文学各流派尤其是新感觉派，都市由此向中国文学研究的概念和方法提出全新的挑战。而李欧梵《上海摩登》一书中本版的出现对国内产生了积极的影响，至"21世纪初的这几年来，都市似乎已经完全成为文学、文化研究领域里的新宠，成为一个主流学术话语"。[1]张英进寥寥几句即勾画出了中国都市研究及上海文学文化研究的大略发展态势。上海都市研究的兴盛既是中国文学、文化研究发展和上海都市发展的结果，又受到了彼岸上海研究的影响。

---

[1] 张英进：《中国现代文学与电影中的城市：空间、时间与性别构形》，秦立彦译，中文版序，第1页。

20世纪90时代以来，随着上海城市经济建设的蓬勃发展，城市向国际化、现代化转型，上海的自我定位意识开始自觉起来。一系列关于上海的作品纷纷面世，如《寻找上海》《上海探戈》《上海的风花雪月》《时髦外婆》《上海的红颜遗事》《老上海拉洋片》《上海大班哈同外传》《上海大亨》等。此后，《百年上海城》《上海旧闻录》《银元时代的上海》《老上海电影》《上海老歌名典》《老上海》《正在消失的弄堂》《上海石库门》《老上海百年经典建筑》《二十世纪上海大博览》《旧上海风情录》《上海名街20景》《上海老月份牌》《上海老明信片》等[1]，乃至于其他上海研究活动也迅速开展，如《上海文学》开辟专栏"上海词典"和"城市地图"描述上海、研究上海。国内这些众多形式的上海研究的开展，即与海外华人学者的上海研究有着密切的联系。海外华人学者上海研究作品的大量译介、出版对中国内地上海研究所起的促进作用毋庸赘言。

国内学者也积极加入了上海文学与文化研究中，上海研究高潮涌起、风头正旺、成果层叠。这一点从陈思和主编的"都市文学研究书系"（广西师范大学出版社）即可窥斑见豹。这套书系由陈惠芬的《想象上海的N种方法》、王宏图的《都市叙事与欲望书写》、陈晓兰的《文学中的巴黎与上海》、王进的《魅影下的"上海"书写：从"抗战"中张爱玲到"文革"后王安忆》和聂伟的《文学都市与影像民间——1990年代以来都市叙事研究》组成。此外，刘永丽的《被书写的现代：20世纪中国文学中的上海》、孙绍谊的《想象的城市：文学、电影和视觉上海（1927—1937）》、张鸿声的《文学中的上海想象》、陈晓兰的《中西都市文学比较研究》、姜进的《诗与政治：20世纪上海公共文化中的女子越剧》、荣跃明主编的《中国城市文学研究读本》等对上海都市文化、城市文学研究多有推进，蔚为大观。

---

1 王战华：《"怀旧"，风靡了一个上海滩——谈谈耐人寻味的话题》，《社会》2003年第6期。

无论是彼岸，还是此岸，研究上海的空间在不断地拓展，相关的理论亦在不断被发掘。上海书写依旧延续，且正在蓬勃发展。许子东曾引刘剑梅的话说："无论是'华丽的'台北，还是'健忘'的香港，还是'朴素'的上海，都一致地对当代都市文明的贫乏提出质疑，一致地抵抗'通属城市'里的'通属景观'，不约而同地以悲天悯人的废墟意识来拒绝全球化的进程，都一致努力地在城市文化生活与心灵状态中寻找独特的地域意识与文化记忆。"[1]上海也在努力地寻找自己独特的地域意识与文化记忆，它凭借书写记录自己前进的每一个步伐，烙印下自己每一段成长历程与每一次疼痛。无论是国内还是国外，无论是作家还是理论家，他们都关注上海城市的"蜕变"，都希望上海能变成一只美丽的蝴蝶。

第五节 彼岸的"上海想象"

海外华人学者的"上海想象"，对上海研究起到了极大的促进作用，对国内上海文学与文化的相关研究形成了反哺。在这种文学与文化互动交流中，海外华人学者"上海想象"的独特性和意义逐渐彰显出来。海外华人学者"上海想象"的开展与其个人的身份有关，其"上海想象"的独特性，在于这是身处彼岸的海外华人学者基于自己的身份承载而开展的此岸关怀。彼岸的书写环境决定了海外华人学者"上海想象"的边缘性。

身处太平洋彼岸的美国开展有关上海的研究，这样的研究氛围和环境决定海外华人学者的"上海想象"采取了不同于国内学人的视角。他们跨越国界，以一个世界人的眼光，徘徊在中西文学与文化边缘，开展一种边缘化的上海批评。海外华人学者的边缘化身份问题，是当前学界探讨比较多的一个问题。海外华人学者中的不少人虽然已入美

---

[1] 许子东：《"上海文学"与香港文学——兼谈"三城记小说系列"的缘起》，收入许子东《呐喊与流言》，第208页。

国国籍,但是黄皮肤、黑头发、黑眼睛,他们身上流淌的血液与中国有关,追根究底,他们中国知识分子的身份并未全然抹去。

知识分子是另一个有趣味的话题,而中国的知识分子作为个人,永远都是同家国纠缠不清的,不论是居于庙堂,还是身处江湖,民族的力量永远会把他的视线牵回他们的故乡,在有意与无意之间,参与到当代中国文化的思考中。海外华人学者彼岸的"上海想象",恰恰是基于这样一种身份承载的想象。

> 首先,中国知识分子的首要责任是文化批评,是为主体体制提供价值选择的"别一种可能";第二,对当代西方诸新理论,尤其是以集团利益为标榜的理论,应当看出那是西方社会内部价值平衡的需要,在西方是批判理论在中国很可能变成顺应理论,因为其批判对象——现代文化——在中国一直没有确立;第三,中国文化批评的主体性建立,并不定单以西方为他者,更有必要以本国的体制文化(官方文化、通俗文化、国粹文化)为他者,这样才可避开西方中心主义的陷阱。
>
> 这不是说我们本应当比西方慢一拍,恰是相反:每当我们与全世界比"激进"时,我们文化的保守基因就正在作用。[1]

在此,赵毅衡通过纵向的历史研究对中国知识分子的地位进行了分析。他大大激赏知识分子走向边缘化的地位,认为知识分子有文化职责,而且必须坚持边缘化的批判,即"纯批判"。李欧梵在分析中国的文人和社会时,也提到文人的社会承载。他历来欣赏一种边缘化的批评身份,他认为只有这样才能维持人文价值的独立。张旭东也发表自己的看法,他思考"我们今天怎么做中国人",提到"学者的天职与使命"。这是海外华人学者的普遍想法,也是他们的普遍做法。无论是

---

1 赵毅衡:《窥者之辩》,时代文艺出版社1996年版,第242页。

在专业上,还是在研究方法上,海外华人学者的边缘属性极为明显。李欧梵本人就是有双重身份的边缘徘徊人,大学时期他修的是西洋文学,而在美国的研究院则修中国近代思想史。在论述及自己的研究方法时,他更这样坦承道,"方法上我永远徘徊于历史和文学之间",而"面对中国和美国大陆学界,我都故意站在边缘的地位"。[1]

彼岸的书写环境决定海外华人学者上海想象的边缘性,而边缘化的书写则给海外华人学的上海想象带来了明显的研究特色。

首先,边缘化的书写身份决定了海外华人学者的研究具有鲜明的创新性。

边缘化的研究身份决定海外华人学者具有研究焦虑,而创新是海外华人学者平衡自身学术发展焦虑的一条有效途径。海外华人学者的上海想象就是海外华人学者在学术研究焦虑心理的催促下着手开创的一条研究道路。在美国的学科建制中,东亚研究尤其是其中的东亚文学研究,属于并非热门的边缘学科。边缘化的书写身份决定了他们难以将关于中国文学文化的研究融入西方的学术主流之中。他们亟须在曾经的文化母体中获得学术的回应与反馈,一些学术热点遂浮出水面,"上海研究"正是在西方的文化研究潮与海内外学术互动潮的双重激发下兴盛起来的。海外华人学者边缘化的身份给研究造成尴尬的同时,也带来某种优势,这种若即若离、欲拒还迎的学术姿态,使他们有了"从异域问题回到本土问题,从文学入手切入思想文化的解构与重建"[2]的新锐触角。中西结合所带来的跨文化对话以及由此激发的理论创新,对我们的研究具有重要启示。

以上海作为方法。[3] 海外华人学者以彼岸新的学术理论和研究方法

---

[1] 李欧梵:《序言》,收入李欧梵:《现代性的追求:李欧梵文化评论精选集》,第3页。
[2] 李凤亮:《徘徊在现代与后现代之间——李欧梵文学批评的现代性视野》,《山东师范大学学报》(人文社会科学版)2005年第3期。
[3] 曾军等:《上海作为方法:探索一种"反思性上海学"的可能性》,上海大学出版社2012年版。

观照彼岸存在的文学与文化，以期获得另类学术惊喜。"上海想象"的开展，就是海外华人学者在比较文学的启迪之下，在中西文学研究成果的孕育之下开创性发掘的一个研究课题；而"现代性"论题在西方的热议无疑给他们的"上海想象"吹起了理论新风，凭借双栖身份，借助中西成果，上海的现代性通过想象在他们的文学与文化研究中迅速推进。

其次，边缘化的书写身份决定了处于弱势群体的海外华人学者学术发展具有很好的交互性。

若稍微注意一下海外华人学者的研究作品，如《中国现代文学与电影中的城市：空间、时间与性别构形》（张英进）、《上海摩登——一种新都市文化在中国1930—1945》（李欧梵）、《都市漫游者：文化观察》（李欧梵）、《徘徊在现代和后现代之间》（李欧梵）、《纽约书简》（张旭东）、《如此繁华》（王德威）、《审视中国》（张英进）、《现代的诱惑：书写半殖民地中国的现代主义（1917—1937）》（史书美）等，便不难发现海外华人学者的学术活动具有很好的交互性。他们或师或友的身份，决定了彼此学术生活存在多处交集。上海研究能够在较短时间内成为海外中国文化研究的学术热点，与海外华人学者之间的彼此交集与研究互动密切相关。再次，边缘化的书写身份决定了海外华人学者的研究成果不可避免地具有局限性。

王德威在评价晚清小说"被压抑的现代性"时曾说，自己的考察只是借拼凑已无可辨认的蛛丝马迹，试图描画"现代性"的播散，而非描述"现代性"的完成。王德威清楚地意识到自己的研究特点，是试图通过片断来呈现全景。这样的研究特点，不只存在王德威一个人身上，在其他海外华人学者的上海研究中同样存在。不少海外华人学者的上海研究的差别也只是他们试图通过拼凑上海"现代性"的蛛丝马迹来勾勒上海"现代性"的程度，对于上海"现代性"是否完成，并不是他们已经考察清楚的问题。出现这种研究局限的原因不能简单归结为海外华人学者的学术能力不足，其他客观性因素在其中所起的作用是不可忽视的,其中,海外华人学者的边缘化书写身份就是影响他们上海现代性挖掘的重要因素之一。边缘化的书写身份注定了更多的是"游走式"研究,而非"驻扎式"研究。资料的有限和不足是不可避免的,加之关注的时间有限,对上海现代性意义的挖掘自然会呈现出有些"只见树木、不见森林"的景况。

海外华人学者在对上海现代性问题不断深入研究的过程中也对这个问题进行了相应的更改和修正。如张旭东在2002年思考上海的意象问题时就提出了他的个人观点。在他看来:"对上海城市现代性进行批评性分析的核心,不在于对现代都市特征的罗列。如果执意描述外表摩登的上海,结果就往往会陷入未经深思熟虑的'唯名论',自觉不自觉地用一系列统计和符号,如建筑、消费时尚、娱乐、文学风格等,来检查上海是否符合一般现代大都市的形象,并用这种缺乏创见的攀比来代替对城市文本的历史分析。"[1]张旭东受到雷蒙德·威廉斯《都市感与现代主义的出现》一文的启发,认为检验上海的现代,首先要全面去把握上海都市现代性的复杂性。在张旭东看来,由于现代性的观念总是辩证存在的——在被热情拥护的同时被彻底地怀疑,且每一种倾向都依靠其对立的政治能量和形式化激情而存在。在张旭东的字里行间,我们理解了解构上海现代性的困难。若要全面探察上海的现代,不但要考虑时空因素,还要考虑政治因素以及想象者本身具有的期待视野。

综上所述,虽然上海的现代性是不完整、不平衡的现代性,是虚构的现代性,但海外华人学者试图通过上海想象为我们呈现一个稳定的平衡的上海仍有极大的学术意义。海外华人学者彼岸的上海关怀,无论是在理论和实践上,还是在批评方法上,都给我们带来了新的启发。首先,在理论上,海外华人学者对于上海现代性的发现,以及对

---

[1] 张旭东:《上海的意象:城市偶像批判与现代神话的消解》,《文学评论》2002年第5期。

现代上海的阐发，对我们的上海研究和"现代性"理论的探讨形成了有力的影响。在这里，中国文学和都市的"现代性"进程都在往前推移，而上海那一段被埋没的历史，再一次发出璀璨的"现代性"光芒。其次，在实践上，海外华人学者关于上海文化的系列探索，为我们的城市建设提供了建设性的意见。海外华人学者对上海摩登的再次张扬，使我们意识到，当前上海建设乃至其他的中国城市的建设，都应该是一种创造性的转化，而不是削足适履地遵循一种统一的模式。"现代性"在中国有中国的特色，它是中国的"现代性"，莫以西方模式来解读中国的现代都市，正如南帆所说："如果说现代性是复数，中国版的现代性必须提交异于西方的方案。"[1] 最后，海外华人学者通过上海想象，给我们呈现了一个十分独特的上海景观。当然，作为一种理论的探索过程，他们的想象，还并不完整。关于上海"现代性"的研究，还有待来者展开更为深入的探索。

---

1 南帆：《后革命的转移》，第150页。

第六章

海外华语电影研究的跨文化批评模式

20世纪90年代以来,中国大陆持续的改革开放进入了一个新的阶段,世界范围内的全球化浪潮也日益影响着中国政治、经济和文化的发展态势。身居这一变动格局中的中国大陆、香港、台湾及海外华人社区的电影,也开始进入互相渗透、影响、竞争、整合的新阶段。作为"中国电影"的延伸,"华语电影"作为整体性文化现象迅速浮现并在跨区域、跨文化背景中不断壮大。与之相对应,华语电影作为一个新的研究领域,日益受到海外电影研究、东亚研究、比较文学研究等领域学者的重视。不论是专门致力于华语电影研究,还是将华语电影研究作为其学术探索的一个部分,海外华人学者的华语电影研究正日益呈现出丰富驳杂的格局。从华语电影的多元影像透视20世纪中国政治、历史、文化的复杂性,成为海外华语电影研究的基本取向。在这一研究中,"中国"不仅作为一个政治实体被热烈讨论,更因这一概念所包含的丰富含义,而被当作一个"文化意象"经受反复检视。有关于华语电影"国族性"的探讨,同与其密切相关的国家话语、性别意识、身份认同等一起,共同建构了海外华语电影研究的理论视域。在这些理论问题的探讨中,华语电影生产、传播、消费本身的跨文化属性和海外华人学者自身的双重身份意识,使得跨文化批评成为华语电影研究的主要阐释范式。本章即以海外华语电影研究中的跨文化批评模式为分析对象，旨在通过对这一批评方式的分析，考察海外华人学者复杂隐微的研究取向，并从这一角度探讨其在20世纪中国文学与文化研究方面的价值立场与理论问题。

第一节　海外华语电影研究的概念、历程及其问题

一、概念史：从"中国电影"到"华语电影"

海外有关华语电影研究的争议首先反映在概念上。在过去十几年有关于此一领域的电影研究中，英文语境中出现了一系列指称性的概念，如 Chinese cinema、Chinese national cinema、Chinese-language cinema、transnational Chinese cinemas、comparative Chinese cinemas、sinophone cinema 等；与之相关，中文语境中则出现了"中国电影""中国民族电影""华语电影""中文电影""汉语电影""跨国华语电影""比较华语电影"等。这些概念大多数是先以英文在海外学术界出现，然后辐射到国内的。而中英文词义的不对等性，则加剧了概念转换的难度。比如，"Chinese cinema"一词，就可以同时翻译为"中国电影""华语电影"或"汉语电影"，因此，往往要联系"Chinese cinema"一词使用的上下文，才能明确该词所指称的对象。事实上，概念的命名与争议，正反映出海外学者面对"华语电影"这一复杂对象时，在研究立场、指涉范围、学术取向及思维方法等方面的分歧。

上述概念中，"华语电影"概念的出现是最具有意义的。从"中国电影"到"华语电影"，海外学术界的这一研究转向，传达出某些复杂的研究心理与学术潮流。"华语电影"一词最早出现在中文世界，是20世纪90年代初期由台湾和香港学者最先提出来的。由于当时台湾和大陆的关系解冻，大陆的电影学者首次应邀到台湾访问。考虑到此前台湾用以描述中国电影的概念多为"大陆片"、"港片"、"国片"（指台湾地区电影），而这些概念在学术交流中屡屡遭遇政治话语困

境，台湾学者率先提出"华语电影"这一新概念，以之作为出产于华语社会的电影的代称。美国著名华语电影研究学者、加州大学戴维斯分校鲁晓鹏教授认为，"华语电影"的提出，反映了"用一个以语言为标准的定义来统一、取代旧的地理划分与政治歧视"的努力。这种命名的调整还出现在诸如"华语歌曲""华文文学"等概念中。在他看来，有关于地理、文化、民族、身份认同及国籍的同构性的简单假设本身值得质疑。[1]这样看来，"华语电影"首先是为了因应地缘政治与学术生态的变化而产生的一个词语。这一概念在其诞生之初，即包含了极其丰富驳杂的信息，在某种意义上，也可以将其视为一个文化妥协的产物。

事实上，如上文所言，海外学术界在面对中国境内外以汉语为电影语言的电影时，其所用的概念也经历了一个变化的过程。这一点可以从海外几部重要著作的名称上反映出来。在中国电影研究学者裴开瑞（Chris Berry）1991年编著的《中国电影面面观》（*Perspectives on Chinese Cinema*）中，标题中的"中国电影"虽为单数，但书中分章节对中国大陆、台湾、香港电影一一做了研究，显然是将台湾、香港电影与大陆电影并列来看的。在1994年出版的《中国新电影：形式，身份，政治》（*New Chinese Cinemas: Forms, Identities, and Politics*）一书中，中国电影显然已经成为一个包括中国大陆、台湾和香港地区在内的"复称"实体。该书的编者敏锐地注意到了这三个地区电影业的差异，但仍保留了"中国"这一统称。而1997年鲁晓鹏主编的《跨国华语电影：身份认同、国家、性别》（*Transnational Chinese Cinemas: Identity, Nationhood, Gender*）一书则加上了限定词"跨国"以表示

---

[1] 鲁晓鹏：《华语电影之概念：一个理论探索层面上的研究》，刘翠丽译，收入陈犀禾主编《当代电影理论新走向》，文化艺术出版社2005年版，第191—198页。该文为鲁晓鹏、叶月瑜（Emilie Yueh-yu Yeh）主编的《华语电影：编史、诗学、政治》（*Chinese-Language Film: Historiography, Poetics, Politics*, Honolulu: University of Hawaii Press, 2005）所撰的导言。

对那些"常常为民族电影研究者所忽略的纷争不断的地区"的关注。1998年出版的《牛津电影研究手册》(*The Oxford Guide to Film Studies*)也在"世界电影"的总标题下,分列了中国(大陆)电影、(中国)台湾电影和(中国)香港电影几个条目。[1] 在很多学者看来,"Chinese cinema"("华语电影"或"中国电影")一词本身包含了对上述多个地区的兼容性,它作为一个"整体"概念,喻指了整个"中国"或"华语"电影的整体。当然,或许是觉得这种单数性整体概念有时候会遮蔽研究对象的复杂性,所以一些海外学者也尝试用"cinemas"这一复数概念来明确表达对"华语电影"所包括的多个研究对象的认定,并以此显示出区别于传统"中国民族电影"的命名取向。

有趣的是,在海外,"跨国华语电影"(transnational Chinese cinemas)的提出似乎比"华语电影"(Chinese cinema)的流行更早。这一复数概念的首倡者仍是鲁晓鹏。在他看来,这一概念的提出是为了描述那些"既不在中国境内拍摄,也不是由中国制作,而是由境外投资制作并主要是在国际电影市场上发行的跨国华语电影"[2]。这样,"华语电影"不仅超出了中国的大陆、香港、台湾三个区域,还扩展到了像新加坡、美国等"海外华人社区"中;不仅关注了华语电影的语言研究及艺术考察,而且还兼顾了跨国间的电影生产、发行、消费等文化命题。[3]

事实上,海外关于"华语电影"的命名努力至今仍未停息。几年前,华语电影研究界还出现了另外一个概念——Sinophone Cinema。这

---

1 鲁晓鹏:《华语电影之概念:一个理论探索层面上的研究》,收入陈犀禾主编《当代电影理论新走向》,第191页。

2 鲁晓鹏:《华语电影之概念:一个理论探索层面上的研究》,收入陈犀禾主编《当代电影理论新走向》,第192页。

3 李凤亮:《"跨国华语电影"研究的新视野——鲁晓鹏教授访谈录》,《电影艺术》2008年第5期。

个概念曾被翻译为"汉语电影"[1]。但在词义内涵上，Sinophone Cinema 并不简单等同于"汉语电影"——"汉语"更多地让人联想到"中国大陆"，内在指向"国族性"的研究，而忽视了语言流徙本身的复杂情状，因此这一翻译容易导致理解的歧义。事实上，作为一个后殖民理论影响下的新词语，Sinophone 的出现显然是意欲取得与 Anglophone（英语语系）、Francophone（法语语系）、Hispanophone（西语语系）、Lusophone（葡语语系）等老牌殖民帝国遗产（如西印度群岛的英语文化、西非和魁北克的法语文化、墨西哥的西班牙语文化、巴西的葡语文化等）相类似的学术言说空间。具体来说，显现出由于中国大陆、香港、台湾及海外华人社区等社会历史现状而产生的文化研究的杂语共生格局，这一学术初衷显然是可以理解的。然而，中国本身并非英法那样的老牌殖民宗主国，香港、台湾及中国大陆的一些城市（如上海、青岛等）也只是曾经阶段性或部分地处于被殖民状态。因此，中国"殖民"情境的复杂性使之并不能简单套用 Sinophone 这样的概念。换言之，即使用 Sinophone 这样的概念，也只能是强调"中文"向外播徙后所形成的世界各地"华语"共生的格局。用王德威的话说，是在全球化和后殖民观念的激荡下，对国家与文学间的对话关系，做出"更灵活的思考"[2]。鉴于此，王德威建议将 Sinophone 译为"华语语系"，以强调与传统的"华文""华语"相区别，强调离散、越界与回归的不同理论指向。而在曾经撰文专论 Sinophone Cinema 的鲁晓鹏看来，使用 Sinophone Cinema 一词来描述目前的研究领域，意在开启一个新的"问题领域"，即反思是否能和讨论英语电影、法语电影一样来讨论 Sinophone Cinema："在这一讨论中，殖民主义、模仿、去殖民化、民

---

1 如鲁晓鹏"Dialect and Modernity in the 21st Century Sinophone Cinema"一文即被翻译为《21世纪汉语电影中的方言和现代性》[《上海大学学报》（社会科学版）2006年第4期]。

2 王德威：《中文写作的越界与回归——谈华语语系文学》，《上海文学》2006年第9期。

族独立、身份政治以及后殖民常常规定了这些电影传统的周界和主题。同时，对于它的周边国家/地区而言，它也扮演着一种殖民—宗主势力。香港、澳门、台湾，以及中国大陆地区都成为它的殖民地，或者被授予治外法权的地位。今天，殖民传统的后果依然可以感觉到。在电影生产中，方言的使用显示了中国政治实体和思想倾向内部的历史和现实分歧。"[1]

除此之外，美国著名华语电影研究学者、加州大学圣地亚哥分校张英进教授还提出了 Comparative Chinese Cinemas（比较华语电影）这一概念。在他看来，作为一个总体框架，比较电影研究的领域应该比跨国电影研究的范围更广，因为比较电影研究"更确切地抓住了电影的多重方向性，即电影同时呈现为外向型（跨国性、全球化）、内向型（文化传统和审美习惯）、后向型（历史和记忆）和侧向型（跨媒体的实践和跨学科研究）。因此，比较电影研究要求不同领域中的同步研究深入"。在这种框架下，除了要重新思考欧洲中心主义问题，还应该超越追踪金钱流动的规则，同时强调电影生产、发行、放映和接受的语境、文本、互文性和潜在文本等方面。在比较的框架中，中国电影研究中常被忽略和尚未充分发展的课题，如观众研究、盗版现象、文学改编、电影及其他艺术（戏剧、摄影和影像）之间的跨媒体性等等又都被纳入研究范围。[2]

有关"华语电影"的命名努力与概念争议仍在持续，但在这一争论的过程中，一些共识也正在逐步建立。比如在对于究竟何为"华语电影"这样的问题上，海外学界倾向于认为，鉴于所要探讨的是一种处于不断演变、发展中的现象和主题，姑且先将"华语电影"定义为"主要使用汉语方言，在大陆、台湾、香港及海外华人社区制作的电

---

[1] 鲁晓鹏：《21世纪汉语电影中的方言和现代性》，《上海大学学报》（社会科学版）2006年第4期。

[2] 张英进：《中国电影比较研究的新视野》，《文艺研究》2007年第8期。

影,其中也包括与其他国家电影公司合作摄制的影片"[1]。而与此相关的另一个共识则是:华语电影提出了突破传统"中国民族电影"研究模式的新的研究框架,无论是对于海外的电影研究界还是东亚电影研究界,其命名的意义都是不言而喻的。

对海外华语电影研究的概念史考察,至少有以下两点启示:一、命名的变化反映了开拓学术空间的不懈努力,而此中包含的研究视野、思维方法、学术立场、意识形态的差异是显而易见的;换言之,华语电影研究在某种程度上也成了多种学术话语争论与实践的一个"场域"。二、中英文对译转换的不对等性,不仅增加了国内学术界接受和理解的难度,而且本身也提出了一个跨文化交流的问题。在《交换的符码——全球环流中的翻译问题》(Tokens of Exchange: The Problem of Translation in Global Circulations)一书导言的开篇,刘禾就说,"翻译的问题日益成为现代性批评反思的核心问题",翻译不只是文学或语言事件。刘禾在《跨语际实践》中也强调:

> 不同的语言是否不可通约(incommensurable)?倘若如此,我们如何在不同的词语及其意义间建立并保持假设的等值关系(hypothetical equivalences)?在人们共同认可的等值关系的基础上,将一种文化翻译成另一种文化的语言,这究竟意味着什么?譬如,倘若不使一种文化经验服从于(subjecting)另一种文化的表述(representation)、翻译或者诠释,我们还能不能讨论——或者干脆闭口不谈——跨越东西方界限的"现代性"问题?这二者之间的界限是由谁确定和操纵的?这些界限是否易于跨越?我们有没有可能在普遍的或者非历史的基础上提出一些可信的比较范畴?

---

[1] 鲁晓鹏:《华语电影之概念:一个理论探索层面上的研究》,收入陈犀禾主编《当代电影理论新走向》,第191页。

刘禾在此质问的，是翻译文化中的"互译性"问题，或者是不同语言之间传统的等值关系。传统的翻译理论是建立在不同语言之间的词语等值关系假设基础之上的。然而，确认类似于"Chinese Cinema"与"华语电影""中国电影"之间交换关系的难度，确实存在于中西学术交流过程之中。如前所述，也许有效的方法之一，应将概念置入语境，从上下文中寻求其真实指向和意图。

从"中国电影"到"华语电影"，这一变化是深有意味的。我们认为，华语电影研究比起传统的中国电影研究，在视野和方法均显现出新的景观。相比"中国电影"的概念，"华语电影"显然淡化了从国家、疆界和政治的同一性来界定电影的思路，而强调电影中语言和文化的同一性。在这个概念里，语言是存在的家，华语是华人存在的家。散布在全世界的华人在寻找一个最具有向心力的传统，并且不约而同地选择了语言/文化。在这里，语言是形式，文化是内容。也可以说内容即形式，文化即语言。从这个意义上讲，"华语电影"正是在当代文化研究潮流中出现的一个文化研究概念。

因此，"华语电影"概念的背后，包含了深刻的社会背景和文化愿景。长期以来，大陆、香港和台湾有着共同的文化传统以及书写文字，大陆、香港和台湾的电影在主题的确立、资金的运作、人力资源及发行放映网络等方面相互竞争、学习、合作与指涉，形成一种血肉相连的"文化生命共同体"。尤其从八九十年代以来，随着全球化浪潮的不断深入，大陆、香港和台湾的电影开始进入一个互相渗透、影响与整合的新阶段。这个时候对于电影研究者来讲，就需要一个重新整合、梳理的新思路，来对中国电影做出一个更加全面的观照。"华语电影"的思路无疑可以打破原有的对大陆、香港和台湾的电影做割裂式研究的思路，提出了一个整合性思考和研究的模式。而对于散居在世界各地的华人而言，比如东南亚与北美的华人社群，大陆、香港和台湾的电影成为他们故乡文化的表征，一个梦回故乡的想象空间。在乡音与乡愁之间，语言/话语充当了血浓于水的纽带作用。从这个层次上说，华语电影在很大程度上是汉语方言使用者移居世界各地的产物。它多少带有文化想象的共同体的性质。这也是华语电影研究思路出现的深层原因。可以这么说，华语电影的出现正呼应了历史和时代的宏观变迁。

毋庸置疑，作为当代世界电影的重要一元，华语电影为世界电影的学者们提供了宝贵的资料和颇具争议的例证，促使学者们去观察银幕上民族国家、民族性和民族主义是如何以影像和虚构的想象表现出来的，去重新审视电影话语中民族身份认同是如何建构及解构的，以进一步拓宽研究者的学术视野。

二、问题史：海外"华语电影"研究的主要成果

"华语电影"的概念出现于20世纪90年代，而学界对中国电影的研究却远远早于这个时间。在以往的西方文化想象中，社会主义中国是两种完全不同的形象：一种是被想象为"极权社会"而大加批判；另一种是源于西方左派、马克思主义学者的观点，他们对中国的社会实践，乃至"文化大革命"怀有一种浪漫情结。而自从中国改革开放以来，特别是实行社会主义市场经济以来，中国的形象日益复杂和多样化。一时间，在西方的文化想象中，中国的形象模糊不清了，同时改革开放也带来了中国的日益强大和国际地位的不断攀升，这就更加引起了西方人的好奇心。而中国电影研究无疑是观照中国内地和香港文化的最佳着手点之一。这可谓海外华语电影研究的外因。

另一方面，中国电影自身不断发展壮大，影响力不断加强，随之不断走出国门，融入世界。1982—1984年几次空前的中国电影回顾展大大激发了西方观众的兴趣，把中国电影推上了世界电影舞台。接着，1985年4月《黄土地》在香港国际电影节上大获好评，更带动中国电影从此不断进军世界，在整个80年代，中国电影屡获西方国际电影节大奖。中国电影在世界舞台上逐渐有了自己的一席之地，逐渐吸引了西方研究者的目光。这是海外华语电影研究的内因。

随着中国电影日益受到西方观众和学者的瞩目，它也逐渐确立了自己作为西方电影研究界专题领域的位置。在此，我们不妨简单回顾一下中国电影研究在欧美的发展简史，从中可以梳理出"华语电影"这一概念渐现的过程。

如上所述，中国电影在欧美真正意义上的学术研究是从20世纪80年代中期开始的。此前欧美较早的中国电影研究成果是电影史，并且作者多与中国有直接联系。比如雷吉·柏格森在北京大学教授法国文学时，就想撰写一部中国电影通史。几经周折，他的《中国电影，1905—1949》在法国问世；而《电影：中国电影与电影观众》(Dianying/Electric Shadows: An Account of Films and the Film Audience in China)[1] 的作者陈利（Jay Leyda）是研究俄苏电影的美国学者，1959—1962年在北京为中国电影资料馆收藏的大量外国电影编目。总体来说，1980年以前欧美出版的关于中国电影的书籍，信息性强于学术性，多为当时所急需的关于现代中国文化、社会、政治、历史的文献资料。

20世纪80年代，欧美陆续出版了不少关于中国电影的著作，大体可以分为电影节出版物、电影史和学术专著。其中，裴开瑞编著的论文集《中国电影面面观》已经充分意识到中国电影开始在西方学术界引起注意，这一新兴领域将需要一种跨学科的视野。几年之后，在新版的《中国电影面面观》[2] 中，裴开瑞增收了80年代后期的几篇文章。这一新版的论文集里有一个值得注意的方面是：裴开瑞力求在中国电影框架下涵盖台湾电影和香港电影。该书收录焦雄屏的《迥异的台湾与香港电影》以及刘国华的《对香港与中国流行片的文化阐释》，便充分说明了这一点。类似的西方学者研究中国电影的书籍还有很多，例如乔治·桑塞尔（George Semsel）的《中国电影》、托尼·雷恩斯

---

[1] Jay Leyda. *Dianying/Electric Shadows: An Account of Films and the Film Audience in China*, Cambridge, MA: The MIT press, 1972.

[2] Christ Berry. ed, *Perspectives on Chinese Cinema*. London: British Film Institute, 1991.

(Tony Rayns)的《中国词汇》等,这一时期出版的书籍,显然为中国电影研究在欧美的体制化铺平了道路。

与此同时,海外华人学者的中国电影研究也不断出现新的成果。这批海外华人学者都具有大致相似的知识背景:早年生长在中国大陆或台湾、香港,后去国外(主要是美国)接受本科或研究生教育,学科多为比较文学或东亚研究,对当代文化批评和文化研究热点问题相当敏感,其中的代表性人物有周蕾、鲁晓鹏、张英进、朱影、张真、萧志伟、崔淑琴、王淑珍等。他们和西方学术界的一些电影研究者在英语世界的学术工作共同促进了英语学术界中国电影研究地位的确立和巩固。90年代中后期以来,海外华人学者将中国电影研究的重点从"中国新电影"(以第五代在80年代的创作为主体的大陆电影)扩展到整个中国电影史,包括了从早期默片到当代纪录片、独立制片等非主流创作,研究的范畴也从美学上的电影文本分析扩展到电影社会学、电影工业和大众文化研究,所取得的成果不仅数量丰富,而且意义深远。各类学术性甚至通俗类文章的发表及书籍、网站的杂志的面世,一切都在证明:中国电影在一个更加广阔的国际空间中来临。诚如《2006年中国电影学研究报告》所指出的,"中国电影历史与现状研究"被分为中国电影史研究、当代中国电影研究、区域电影研究及其他和海外中国电影研究四大板块。这份报告无疑透露出这样的信息:随着海外中国电影研究成果不断被译介到国内,其影响力不断攀升,已经成为中国电影研究的主要力量之一。[1]

在海外华人学者的华语(中国)电影研究成果中,周蕾的《原初的激情——视觉、性欲、民族志与中国当代电影》[2]是其中问世较早也引起争议较大的论著之一。周蕾的这本专著以中国大陆第五代导演的电

---

1 陈晓云、吴筱颖:《2006年中国电影学研究报告》,《当代电影》2007年第1期。
2 周蕾:《原初的激情——视觉、性欲、民族志与中国当代电影》,孙绍谊译,台北远流出版公司2001年版。

影为主要考察对象，认为第五代导演的电影表现了"中国社会的神秘化图景"，周蕾将之命名为"电影化的自传性民族志"（Filmic auto-ethnography）。该书充满了对西方理论的大胆运用，以及对电影情节的俄狄浦斯化分析。该书最后一部分讨论了中国被西方所"凝视"的地位，作者指出，这种"被人视而不见而不是凝视别人的特点，构成了跨文化表现中的主要内容"。[1] 除此之外，《原初的激情》一书还将古典的商品拜物教理论用于描述作为商品对象的电影及其流通环节。总之，这种批评模式确立了西方批评理论与中国电影的凝视/观看的辩证机制，将权力的非对称性概念运用到这些电影中。这种"后殖民批评模式"在西方学术界华语（中国）电影研究的早期是较为典型的。

海外华语（中国）电影研究的许多成果，是以论文集的形式出现的。其中，鲁晓鹏主编的《跨国华语电影：身份认同、国家、性别》[2] 堪称具有标志性意义的成果。该书把中国电影的覆盖面远远扩展到"民族电影"的界限之外，使之包括美国华裔人士拍的电影，鲁晓鹏期望以此形成新的"跨国华语文化"[3]。此论文集分为三部分：第一部分勾勒了从国族到跨国的发展历程，如《民族电影、文化批评、跨国资本——评张艺谋的电影》一文中，鲁晓鹏针对中国本土批评家批评张艺谋模式的电影是在国际市场上贩卖中国这一民族做出了回应："考虑到国内日益萎缩的电影市场、电影审查制度以及中国电影业的变化，所谓的'东方主义'，也就是逃到全球文化市场上去，这未免不是中国影人的一种生存和再生策略。"鲁晓鹏认为，像张艺谋这样的影人，是借助跨国资本继续他们的文化批评的。[4] 而萧志伟的《南京政府10年

---

1 周蕾：《原初的激情——视觉、性欲、民族志与中国当代电影》，孙绍谊译，第180页。
2 Sheldon Lu. *Transnational Chinese Cinemas: Identity, National, Gender*, Honolulu: University of Hawaii Press, 1997.
3 Sheldon Lu. *Transnational Chinese Cinemas: Identity, National, Gender*, p. 18.
4 Sheldon Lu. *Transnational Chinese Cinemas: Identity, National, Gender*, p.132.

的反帝与电影审查，1927—1937》一文，则揭示了国民党政府如何力图限制外国电影对中国观众产生负面影响。第二部分面对的是台湾与香港电影的身份问题，如叶菁的《建构一个民族：台湾历史与侯孝贤的电影》，研究了侯孝贤的台湾三部曲：《悲情城市》(1989)、《戏梦人生》(1993)和《好男好女》(1995)。叶认为，像侯孝贤作品这样的近期电影，"帮助我们重新考察台湾史，从中浮出了一个全新的台湾'民族'的图景，这一图景挑战了国民党关于中国血统的神话，解释了当代台湾身份中复杂的多重成分"[1]。第三部分讨论的是性别问题，如崔淑琴的《性别视角：〈菊豆〉对主体性的建构与表现》用细读的方法，揭示了张艺谋电影如何制造性别差异的意义。崔淑琴不是把菊豆作为一个受害者来揭露中国女性的被压迫，而是认为，"在她吸引人的视觉形象背后，有一条无意识的父权的影子"，"该片的女主人公身上，暗藏了一个男性的主体意识"。[2] 这本论文集在以下两点颇具特色：其一，批评的视野越来越宽，超越中国大陆，覆盖了香港、台湾和海外华人社群；其二，身份、性别和民族性成为批评的三个焦点。

出于历史原因，港台与大陆电影所呈现的"民族性"并非完全一致。面对这样的情况，英语世界的中国电影研究者逐渐对如何建构一个适于当代中国电影现状的理论框架展开了争论与反思。同时由于全球化的加速和全球化理论与研究的盛行，文化研究学界对于跨界与跨国文化和社会想象的生产更加关注，而此关注也连带影响了研究中文电影的学者，促使他们重新思索并建构一个可以将多元化的两岸暨香港、澳门的中文电影放在全球化情境里进行国际文化生产交流的理论框架。鲁晓鹏与叶月瑜合编的《华语电影：编史、诗学、政治》[3] 就是在此学术背景里产生的另一部论文集。在该书中，鲁晓鹏与叶月瑜

---

[1] Sheldon Lu. *Transnational Chinese Cinemas: Identity, National, Gender*, p.160.

[2] Sheldon Lu. *Transnational Chinese Cinemas: Identity, National, Gender*, p.303.

[3] Sheldon H. Lu & Emilie Yueh-yu Yeh. eds, *Chinese-Language Film: Historiography, Poetics, Politics*, Honolulu: University of Hawaii Press, 2005.

为"华语电影"下了这样一个较为全面的定义：所谓的华语电影，是指影片对话以各式华语方言为主的电影，它包括了在中国内地、香港、台湾与海外华人社群所制作的中文电影，也包括了跨国制作的华语电影。[1]

华语电影研究的新视野呼应了大陆、香港和台湾在政治上走向统一和体制上保持多元化这一进程的特定历史背景，它也起到了通过电影这一重要的文化场域来透视两岸暨香港、澳门的政治、经济、社会和文化心理的性质、状态和相互关系的作用。这些发展反映了中国电影研究所处的文化生态，也折射出中国电影本身所处的国际化、全球化、跨文化的历史语境与文化逻辑。在这个思路上，产生了一系列研究成果，如郑树森编的《文化批评与华语电影》[2]，汇集了大陆、港台和海外华人学者的精彩论文，从对当代华语电影中的认同困惑、群族意识、文化寻根、移民生态、对传统和历史的追寻等进行立体的透视，试图挖掘影像背后深蕴的民族心理文化结构。

在华语电影研究的这一潮流中，中国大陆电影仍然是研究的重点。张英进的一系列著作堪称这方面的代表。而其《影像中国：当代中国电影的批评重构及跨国想象》更显示出一种探索新的华语电影批评模式的意图。张英进首先采纳了周蕾的核心概念"自传性民族志"，并称之为对第五代电影完美的描述[3]；接着分析了西方学者批评中国电影的理论框架，指出了几位美国作家对中国电影批评的失误，并将这种失误归结为"新的文化帝国主义形式"。在张英进看来，文化的特殊性绝不能强迫简化为理论性模式或者被理论模式所简化。正如书名"批评重构"所显示的，张英进提出了自身建设性的解决意见：形成"对话和多种声音并存"的批评模式。张本人的多部电影研究论著，可以说

1　Sheldon H. Lu & Emilie Yueh-yu Yeh. eds, *Chinese-Language Film: Historiography, Poetics, Politics*, p. 1.
2　郑树森编:《文化批评与华语电影》，广西师范大学出版社 2003 年版。
3　张英进:《影像中国：当代中国电影的批评重构及跨国想象》，第 222 页。

正是这一思路的具体实践。

中国电影在国际市场上的全球化以及中国电影研究在西方学术界的迅速崛起,使得电影研究这一项跨学科、跨文化的探索更加迫切。尤其随着全球化潮流已深入各个领域,我们不仅必须放眼海外去认识世界,还必须放眼海外来重新认识中国;借别人的眼光来获得自知之明,以跳出自家的文化圈子去透过强烈的反差反观自身。此时,海外的相关研究无疑是一面很好的镜子。海外华人学者因其特殊的身份(身处西学氛围),在对中国电影进行跨文化批评时,有着他们独特的视角和立场,往往能给国内的电影研究者带来新的借鉴和思维方式,从而在相互的交流和碰撞中共同推进华语电影研究。

当然,海外华人学者对华语电影所进行的跨文化批评其实也是一个不断摸索、不断深化的过程,从最初的"完全西化"的"后殖民批评模式"到后来的"跨国(区)华语电影批评模式",华语电影逐渐有了自己的言说空间,凸显自身特质;再到"对话批评模式",不仅指出了"新的文化帝国主义形式"批评模式的危险,更指出了如何走出这种危险,从而在理论上一步一步拓展了华语电影的研究空间,为全球化背景下的华语电影研究找到了一种新的思路。

海外华语电影跨文化批评模式的转变,反映出近年来随着中国的全面进步和自我意识的觉醒,既往的文化自卑心理与研究中的冲突-反应模式正逐渐得到克服。前文回顾与梳理这几种跨文化批评模式,目的正在于探讨如何才能在全球化潮流中实现有效的跨文化批评,以期展望华语电影新的研究空间。

第二节 "被凝视"的他者与后殖民话语

中国电影在欧美真正意义上的学术研究,是从20世纪80年代中期开始的;而海外华人学者涉足该领域,产生较有影响力的研究成果大致始于90年代中期。1995年,周蕾《原初的激情——视觉、性欲、民族志与中国当代电影》(以下简称《原初的激情》)在哥伦比亚大学出版社出版,可以视为海外华人学者在中国电影研究方面早期的代表性成果。

在美国华语电影研究学者朱影看来,20世纪80年代,西方理论家们开始讨论种族问题,对于这种臣服与统治的探讨,很快扩张到后殖民研究领域。[1] 当时海外华人学者在西方学术界从事华语电影研究,不可避免地受到这股学术潮流的影响。事实上,华语电影研究一开始就被西方学者纳入自认为"普世性"的理论话语之中。在很大程度上,华语电影成了西方理论的证明,海外华人学者似乎只能在这样的学术规制下发出声音。这种现象本身便是海外华语电影研究中西方话语权力的一种显著体现。

探讨这种后殖民批评模式的目的,在于观察在这种模式下,"中国"的主体性是如何被剥夺的,以至于变成主导论述阐释系统的奴隶。这里,我们选取具有代表性的周蕾的著作作为主要考察对象。

一、"女性"身体与"遥远、异化的中国"

周蕾在她的著作《原初的激情》中公开陈述,这本著作就是要制造一种"电影理论"。她的阐释计划,就是利用西方批评理论对大陆第五代导演的作品进行分析。即使在该著作出版20余年后的今天,这仍是一个值得研究的巨大计划。因为贯穿该书的跨文化阅读的方法——后殖民批评模式,在海外华人学者研究华语电影过程中有着很深的影响。这里我们略举几例,来认知在这种批评模式下,周蕾是怎样剥夺华语电影的自主性的。面对张艺谋的《红高粱》《菊豆》《大红灯笼高高挂》三部电影,周蕾这样写道:

1　朱影:《西方电影理论和实践的发展与现状》,收入陈犀禾主编《当代电影理论新走向》,第95页。

> 三部将被讨论的影片组成了与众不同的一类。它们的特性成了张艺谋风格的"商标"。这些影片的"背景"是一致的：压迫性的封建中国。我们从影片改编自的小说知道事件发生在共产党以前的时期，历史的具体细节在影片中被模糊了。封建中国的压迫性通常由一非理性且飞扬跋扈的年长男性形象体现，如《红高粱》中九儿患麻风病的丈夫，杨金山——菊豆的丈夫和染坊的主人，以及在《大红灯笼高高挂》中有几个老婆的地主陈佐千。……对张艺谋来说，女性绝对是典型的被社会链束缚的性身体，需要被解放。……在许多方面，这三部影片可以被描述为构成了一种新的民族志。[1]

周蕾的论述中始终贯穿一个核心概念：当代电影是一种"自传性民族志"，而女性身体成了民族志的博物馆。

周蕾对张艺谋影片的个案研究始于对其早期电影叙事模式的分析：傲慢与专制的老者、体弱多病的男性形象、乱伦与阉割的叙事动力等。《原初的激情》对电影情节的"俄狄浦斯化"处理，使得妇女的状态在电影中处于显要位置，也就是说，电影着重于展示妇女/身体/性。这些电影无一例外都有这样的场景或者叙事情境：父权制度的不稳定性或虚弱性、欲望普遍化所带来的刺激，为那些不顾后果的、越界违禁的性交提供了机会。这些故事的表现，总是被置于一个遥远的、没有确切时间和地点标志的时空结构之中。正是这些没有明确的时间和地点的故事，以及那些充满戏剧性张力的情感，构成中国社会的神秘化图景。这些神秘化的氛围又通过张艺谋强烈的色彩运用和高超的、精美的摄影技巧得到强化。另外，周蕾继续指出：张艺谋的电影世界充满了各种各样丰富的细节，比如：建筑、服饰、礼仪等。尽管我们

---

[1] 周蕾：《原初的激情——视觉、性欲、民族志与中国当代电影》，孙绍谊译，第215—216页。

现在知道有些细节是凭空创造的,但是它们传达了一个充满异国情调的封建中国。

可以见到,构成中国"自传性民族志"的要素主要有老者、体弱多病的男性形象、遭蹂躏的妇女……总之,在周蕾的分析下,张艺谋要表现的是一个充满异国情调的封建中国。构成周蕾批评原动力的主要是俄狄浦斯化等西方理论。"东方"与"西方"在这一原动力的主宰下对接,张艺谋等第五代导演的作品被纳入了西方批评阐释的视域。

周蕾出生在香港,后赴美留学并任教。对于真实的中国图景,周蕾不可能一无所知。这里所谓的"民族志"显然值得探讨:到底是真实的中国,还是西方的想象?

> 为达到这一目的——以精巧展示的女性作为他影像民族志的承担者——张在完全程度上利用了现代主义的观念方法,即在弗洛伊德以后很多人称作的"伊底帕斯化"(俄狄浦斯化)。比如,在《红高粱》中,九儿的丈夫在"我爷爷"出现占有她之前被神秘地谋杀了;而在《大红灯笼高高挂》中则有这样的暗示,即颂莲丈夫的大儿子,一个叫飞浦的年轻男人或许浪漫地被颂莲吸引,但因为他爸爸仍然活得好好的,这类罗曼史遂无任何希望。在两部影片中,女性的身体/性成了伊底帕斯竞争——男人之间的竞斗——被视觉化、可见地上演的场所。……在伊底帕斯化中典型的重复性弑父联想——肉体性无能、象征性阉割以及父亲们的最终死亡——一起构成了关于中国的现代性和"民族性"是"自我臣属化"(self-subalternization)的解读。[1]

第五代导演把"女性作为民族志的承担者,完全程度上把电影叙

---

[1] 周蕾:《原初的激情——视觉、性欲、民族志与中国当代电影》,孙绍谊译,第220—221页。

事'伊底帕斯化'"了，在周蕾这种俄狄浦斯化视角的观察下，张艺谋的电影被模式化了："典型的重复性弑父联想——肉体性无能、象征性阉割以及父亲们的最终死亡"。事实上，周蕾所谓的"自传性民族志"不外是西方论述话语凝视之下的一个类象，并让类象变为真实去补足西方的想象，而所谓的"中国"，不外是幻象的真实。

> 张在建构"新土著性"时精明地将关注的中心摆在女性特质上。他电影中的女性特质是文化-写作之矛盾性——作为对往昔暴力和混乱的回溯性捕捉，同时作为进步的、向前看的对重写和启蒙可能性的投入——变得最清晰的地方。这里的女性是"原初的"这一字眼在所有含混意义上的原型——她们是父权体系野蛮性的承受者，这一体系比其时间和地域活得更长久；她们被淫虐是中国"落后"的象征：通过她们我们得以知晓关于一种文化的根本性恐怖。同时，女性的苦难揭示了某种被一直不公正地束缚的、在寻找解放的更大的人性：她们是一种被冤屈、诋毁以及剥削的"高尚的野蛮人"，其天真和清白必须被赎回。[1]

在周蕾的分析中，整篇都充斥着让人费解的西方理论术语——原型、承受、被淫虐、高尚的野蛮人——尽管根据需要的不同，周蕾强调的理论重点在弗洛伊德与拉康之间不停地转换。但在周蕾的分析中，华语电影始终是西方理论的实验场，这位华人学者，始终高举着西方理论大旗，为自己进入西方学术体系找到安全的庇护。

我们注意到，在周蕾的分析中，"女性"的形象始终是她要突出的重要内容，女性总是原初激情投射的地方：在《红高粱》《菊豆》和《大红灯笼高高挂》中，女性占有的仍然是传统的空间，不是沮丧的、

---

[1] 周蕾：《原初的激情——视觉、性欲、民族志与中国当代电影》，孙绍谊译，第219页。

不满足的或受迫害的年轻妻子，就是寡妇、母亲、奸妇或小妾，无论她们性格有多坚强，总是陷身于无助的境地。[1]"女性绝对是典型的被社会链束缚的性身体"，"这里的女性是'原初的'"……总之，"女性作为他影像民族志的承担"。在西方理论的指引下，周蕾"发现"了中国，这个中国是通过女性的身体来展现出来的。鲁晓鹏认为，"性别研究确实构成了中国电影研究的重要视角，从中国最早的上海电影，女性就成为中国现代化的化身，通过女性的身体，来探讨中国现代性的问题"；而周蕾、史书美等女性学者有时在论述中充满了意气，"字里行间确实对中国父权社会表现出强大的愤怒，有时候话说得非常激进"[2]。

在西方的思维定式中，东方总是荒蛮的，他们看中国总带着一种猎奇的心态，中国人民在他们的视域里总被定位为弱者的形象。而在这个世界上，女性总是普遍意义上的弱者，因此，西方人看中国，自然就把目标锁在了弱者——"女性"的身上。周蕾在这种思维定式的统领下，自然而然地过分地关注女性，将女性定义为"民族志"的承担者。

这些对陈凯歌和张艺谋电影的解读，构成了周蕾电影研究中的主要原则：她将当代中国电影看作关于中国现代性的民族志。她的结论是，中国的电影导演是某种文化得以构成的根本性的"暴力的翻译者"，特别是当他们转向表现女性形象和中国文化对女性形象的侵犯时。

周蕾的华语电影批评，始终将西方批评理论作为自己的根据地，而华语电影一直是西方理论入侵的目标，在一步步的推进中，华语电影已一点一点被征服，甚至忘记了真实的初衷，最后完全在西方理论的进攻中沦陷。这幅"中国"图景，是合乎西方猎奇心理的中国图景，因此被周蕾称为"自传性民族志"。在这种批评模式中，"西方"显然

---

1 周蕾：《原初的激情——视觉、性欲、民族志与中国当代电影》，孙绍谊译，第67页。

2 李凤亮：《"跨国华语电影"研究的新视野——鲁晓鹏访谈录》，《电影艺术》2008年第5期。

处在优越的位置,而"中国"则处于不能自我认知的弱势位置,只能存活于西方的话语体系中,靠西方理论的指认来证确自己。显然,"中国"的主体性已经被剥夺,真实的中国已经被抹掉。

在西方理论的主宰下,华语电影成了证明西方理论的材料,这里既存的"话语霸权"已昭然若揭。当然,当我们责备周蕾剥夺中国的主体性及放弃自己的权力时,只要联系当时的学术环境思考,便不难理解周蕾的这种言说理路。周蕾是在西方研究华语电影的,她是处在西方理论场域中发言的。而 20 世纪 80 年代,正是西方理论家们开始讨论种族问题,讨论臣服与统治的时候。海外华人学者在此情势下从事华语电影研究,不可能不受到这股学术潮流的影响。

事实上,华语电影研究一开始就被西方学者纳入自认为"普世性"的理论话语之中。在这种"普世灵光"场域中产生的华语电影研究成果,不可避免地带上西方话语的烙印;当然,海外华人学者华语电影研究成果西化的重要前提是海外华人学者自身的"西化"。

二、"原始中国":被凝视的他者

如前所述,在《原始的激情》一书中,我们不可能把周蕾对中国电影影像所进行的分析和西方的批评理论分离开来。周蕾想象中国的方式是显而易见的,她的这一思路在《妇女与中国现代性:西方与东方之间的阅读政治》中更加清晰。在这部著作中,周蕾认定西化了的中国主体不可避免地被困于"汉学家的凝视(gaze)及中国的形象(image)之间"[1]。换言之,她认为海外华人学者所言的"中国性"已经完全西化,甚至只是被西方汉学家凝视的有限空间中的既定形象。正如周蕾所引之例子带出的,很多美国的"中国专家"也都有这样的印象:"从台湾来的人会中文而不会英文,香港的则会英文而不会中文,

---

1　Rey Chow. *Women and Chinese Modernity*: *The Politics of Reading between West and East*, Minneapolis: University of Minnesota Press, 1991, p. 29.

中国大陆的更两者皆不行。"[1]这样的"中国"印象显然混杂了英文性,"西化"的倾向已经很明显。

周蕾作为从香港到美国的中国人,英文甚佳而中文不甚熟稔,附在周蕾的《原始的激情》一书中三节关于第五代电影的文章后面的注释多达15页,那些有价值的有关中国电影的批评资源几乎全部来自美国出版的英语材料。因此,她自己所言的中国的"自传性民族志"也自然已经完全西化。在周蕾的论述中,"中国"作为一个符号已陷入西方的符号系统之中。"中国"作为一个边缘图像永远没有自主性,只能在西方理论话语的有限空间中去获得文化政治为她设定的商品化意义。

事实上,在这样一本以"视觉、性欲、民族志与中国当代电影"为副标题,厚达250页的书中,周蕾从来没有提到过,对于全世界来说,中国新电影的面貌是什么,女演员巩俐的容貌怎么样。但是,巩俐在封面上出现了,显示出一副挑衅的神情,而"原始的激情"就出现在照片下面,仿佛是照片的名字。这本书首先是抹去了,然后是歪曲了这位中国女性的形象。

周蕾把跨文化阅读中的东西方文化的空间差异加以时间化,无形中把西方置于"现代"的一端,而把东方(中国)至于"原始"的一端,强化了中国电影只是为西方人制造"东方奇观"的成见。事实上,张艺谋当初拍《大红灯笼高高挂》《菊豆》等未必是要迎合西方人对东方的想象。关于第五代电影,张艺谋曾经这样说道:

> 我想表达的是中国人民几千年来所受的压迫和禁锢。妇女们通过肉体更清晰地表达了这一点……因为她们比男性承担了更重的担子……
>
> 当我在山西发现已有几百年历史的深宅大院(即《大红灯笼

---

[1] Rey Chow. *Women and Chinese Modernity: The Politics of Reading between West and East*, p. xvii.

高高挂》的拍摄地)时,我非常兴奋。高高的院墙就像一道又宽又厚的栅栏,象征着不可动摇的严格的统治秩序。中国人民长期以来被禁锢在这样一种闭塞而狭小的空间里,民主对于他们来说是那么遥远而不可即,发展极其缓慢。我们有一种可怕的"灭绝人欲"的历史传统。[1]

在张艺谋看来,反抗压迫传统、解放自我的任务仍未完成,他要表达的乃是"五四"反思情结的一种延续。

而在周蕾的阐释下,张艺谋的电影已与其"原初"相去甚远。批评的这种"误读"当然值得重视,但我们更关注产生这种误读效果的跨文化批评方法。根据阐释的需要,周蕾的批评理论在弗洛伊德与拉康之间不停地转换。在她的"自传性民族志"的统领下,"中国"只能是"遥远""异国"及"奇怪"的——一种霍米·巴巴式的殖民典型。

其实,周蕾的"自传性民族志"概念交杂着后殖民理论中的模仿概念。在这种模仿中,"被殖民的主体以殖民者的方式表现自己",并以一种"贱民"(sub-altern)状态进入世界文化。正是在这种意义上,中国已然被定义为西方理论视域中的"他者"而存在,沦为一个西方的"模仿者",以"殖民者"的方式表现自己。这种跨文化批评方法下产生的"中国"图景,已然落入西方理论的凝视之下,按照西方设定的方案去"塑造"自己。所谓"民族志"的观点很容易会把第五代电影剥离出中国当代的历史和社会语境,从而将它变成把玩于西方观众手中的东方"古玩"。

"中国电影是民族志的一种形式"这个核心命题,揭示了如何在不

---

[1] Manyfair Yang. "Of Gender, State Censorship, and Overseas Capital: An Interview with Director Zhang Yimou", *Public Culture 5*, no. 2 (1993), pp. 300—302. 转引自鲁晓鹏:《民族电影、文化批评、跨国资本——评张艺谋的电影》,收入鲁晓鹏《文化·镜像·诗学》,天津人民出版社2002年版,第97页。

同文化之间对艺术文本的阐释权力上做到平衡和对称的问题。周蕾的这个命题将文化的"交流"看作一种不平衡、非对称的后殖民的观看交流模式，表征着中国和西方的不对称和不平等。因此，这种批评模式不可能离开后殖民理论而独自系统地演绎出一个可能的跨文化交流的概念。在这种情况下，真实的"中国"只能处在失语的状态，甚至沿着这一思路发展下去，一些中国导演也成为与西方相勾结的公然的"通敌者"。

需要指出的是，周蕾显然以"他者"自居，已被指认为西方的"共谋者"。她的发声，是由西方主导论述的某些历史条件（其身份在西方批评体制中占一席位）所造就的，从而诞生了西方论述与中国图像相结合的怪胎，其结果就是"中国"在西方批评话语规训下的被迫转型。其实，这正是"殖民欲望"的具体体现。

三、"后殖民批评模式"的延续

上述分析中，我们已经确认，周蕾的《原始的激情》不能离开后殖民理论而独自系统地演绎出一个可能的跨文化交流的概念。这套批评话语有着很明显的"后殖民"痕迹，我们不妨暂且把这种模式称为"后殖民批评模式"。诚然，这种论述模式显示出的东西方话语权力关系是由多方面原因促成的。很长时间以来，东方既往的文化自卑心理一直在不断重复和延续，将西方视为科学和权威的心理一直在作祟，从而使后殖民批评模式有着顽强的生命力。接下来，我们各以海外华人学者及本土学者的代表性论述加以分析。

丘静美（现任教于香港大学比较文学系）1988年在美国发表的关于《黄土地》的一篇论文，曾以"西方的分析与非西方的文本"为题展开论述。在这篇文章中，丘静美套用电影结构主义、巴特式的后结构主义、新马克思文化主义以及女性主义等西方的批评方法分析《黄土地》，讨论影片中的几对冲突：农业/战争、生存/革命、落后性/现代性、宗教/政治、农民/士兵等等。她指出翠巧是封建宗族制、共产主义意识形态和大自然这三种势力的牺牲品。她注意到翠巧和憨憨亲密的姐弟关系,但认为在电影中"对家庭成员中乱伦关系的禁止被转移成翠巧和顾青浪漫关系的禁止"。[1]

显然,丘静美是从已成定规的理论出发,追寻那些可以证实西方理论的例子。在这种情形之下,非西方的作品一旦被西方理论肢解后,则有待于权威的西方理论家将其重新组合成一个新的意义整体。丘静美的"组合"结果是:作为一个先锋作品,《黄土地》"批评的重点目标只是中国文化的封建宗法意识形态。可以推论,《黄土地》借以批评中国文化和历史的现代主义的力量来自它次文本的、对资本主义民主的非批判性的推崇"。[2]

在丘静美的解读中,面对非西方文本,西方理论的权力似乎更张扬。丘静美的结论可质疑的地方甚多:《黄土地》的导演者陈凯歌是一位极力推崇中国道家文化的,有着深厚中国文化底蕴的影人,怎么会隔着"对资本主义民主的非批判性的推崇"来批判中国历史和文化?丘静美的"推论"难逃过度阐释之嫌疑。

丘静美此文的批评理路,一如其论文的标题所示——"西方的分析与非西方的文本"。她一开始就将非西方文本置放在西方的场域中,在此分析的逻辑中,整篇文章自然聚焦于《黄土地》中所"欠缺"的西方电影主题。这种以主人自居的批评态度标明了自己被西化的立场。

这种后殖民批评模式,在国内的一些学者身上也不难找到。在后殖民话语的批评模式下,与周蕾并无相互借鉴的国内学者戴锦华就坦诚地承认:"我主要的资源就是西方电影理论,及其自然的延伸:后结构主义。"[3] 戴锦华是用汉语写作的中国大陆学者,她关于第五代导演的

---

[1] 参见张英进:《西方中国电影研究中的权威、权力及差异问题》,收入张英进《审视中国——从学科史的角度观察中国电影与文学研究》,第54页。

[2] 张英进:《西方中国电影研究中的权威、权力及差异问题》,收入张英进《审视中国——从学科史的角度观察中国电影与文学研究》,第54页。

[3] Jing Wang, Tani E Barlow, eds. *Cinema and Desire: Feminist Marxism and Cultural Politics in the Work of Dai Jinhua.* London: Verso, 2002, p. 50.

论文集英文版最早于 2002 年出版，书名是《电影与欲望》。其中两篇大约写于 90 年代初期的论文与我们的讨论相关。一篇是《后殖民主义与九十年代的中国电影》，另一篇是《雾中风景：对第六代电影的读解》。

戴锦华认为，为了回避中国电影的主流模式，吸引外国资本的投入和赢得国外电影节的注意和青睐，成为在艺术电影模式下工作的导演生存的先决条件。然而，在戴锦华看来，这样做是要付出代价的：要成功地通过那扇"走向世界"的窄门，意味着他们必须认同西方艺术电影节评委们审视与选择的目光。他们必须认同西方电影节评委们关于艺术电影的标准与尺度，认同西方对于东方的文化期待视野，认同以误读和索取为前提的西方人心目中的东方景观：

> 影片的视听结构，不仅在本土的文化认同与表述中，成功地将历史苦难与阐释由男性主/奴逻辑移至于女性的虐待/被虐情境，而且将摄影机所提供的缺席之观者的位置虚位以待于一个西方的视域、一个西方男性的目光。正是在对西方之认同的认同中，性别与种族秩序的置换规则实现了其文化策略：当一个东方的艺术家在西方的文化之镜前揽镜自照时，他所窥见的，是一个"女人"的形象。"她"准备迎合着西方男权/主人文化对东方和东方佳丽的预期，迎合着西方男性观众欲望的目光。[1]

在对第五代电影的分析中，周蕾和戴锦华所使用的后殖民主义、马克思主义与女性主义有其相似性，表现出二者诸多共同的理论基础。她们都深深地扎根于西方的批评理论，并且在西方批评理论的框架下展开批评实践。她们的主要差别在于确定这些电影的类型时，前者称其为"民族志"，后者称其为"自传体"。尽管戴锦华谴责张艺谋电影

---

[1] 戴锦华：《黄土地上的文化苦旅——1989 年后大陆艺术电影中的多重认同》，收入郑树森编《文化批评与华语电影》，第 50 页。

的故事结构和电影表达的过分"俄狄浦斯化",但弗洛伊德和拉康仍然是她的方法论和阐释内容的核心和基础。一些现成的句子应该足以说明问题:"随着弑父的历史行为而来的,(第五代)面对着来自古老东方文明和来自西方冲击的双重阉割性权力。这一代绝望地战斗在想象的边缘,而最终没能进入象征的秩序。第五代的艺术是儿子的艺术。文化革命的历史决定了他们的斗争注定要痛苦地处于持久不变的父与子的象征秩序中……"

后殖民批评模式在欧美/中国的紧张关系中一直存在着理论的僵局。早期的海外华人学者的华语电影研究,一直习惯于将华语电影的文本置于西方理论的观照之下。这种跨文化批评模式已经根植于东西方的结构性和意识形态性的逻辑之中,它或者自我复制,或者每当关于中国电影的话题出现时就不断重复。一段时间以来,这种批评模式似乎被当作研究和调查领域的通用语言。

实际上,这种"通用语言",也被国内的学者复制着,或者说,国内的学者也被"后殖民批评模式""收编"了。王一川曾这样分析道:

> 张艺谋影片屡次在西方讨来"说法",这恐怕该放到后殖民语境中看。它靠的是寓言化的中国形象,空间化、共时化、脱离中国历史连续体、异国情调等,这些正投合西方中心权威的需要。[1]

对于中国本土的电影研究者而言,面对本国的电影,最重要的任务是寻求一种可靠的论述语言,维护一个非西方的自我,建立自己的理论话语体系。然而,令人可悲的是,在当时的语境下,他们似乎别无选择,只能求助于西方的理论话语。在这个意义上,本土的学者容易被指认为"后殖民批评模式"的共谋者。不同的是,周蕾是以"他

---

[1] 王一川、张法、陶东风、张荣翼、孙津:《边缘·中心·东方·西方》,《读书》1994年第1期。

者"的身份发声的;本土的学者因为身在其中,批评张艺谋投西方所好时,所运用的话语同样是西方那一套文化资本和象征资本,站在本土立场,看似想维护非西方的自我,实则自己也在不知不觉中被吸纳进"后殖民批评模式"之中了。

其实,电影研究领域的这种批评模式,在跨文化研究的其他学科中早已出现。美国学者詹姆斯·克利佛用"文化的困境"一词描述近年西方学术界重审西方和非西方的权力关系之后所产生的种种疑惑。同样,在文学界和历史学界,原来构造的中心已经瓦解,"西方"已不再占据世界的中心。保罗·科恩在考察西方的中国近代史著作时指出,一种占主导地位的、以西方为中心的研究方法完全剥夺了中国的独立性,中国最终不过成为西方的一份知识财产。[1] 科恩的批评完全可以用来描述西方中国电影研究中的西方中心倾向。这种倾向忽视中国的文化经验与历史现实的多样性和复杂性,作茧自缚于既定的西方理论框架之中,热衷一些循环式的推论。

在这种既存的论述定位之下,他者(中国)只关心自己作为他者的形象的课题。在这个有限的空间中,他者的形象自然只可能是有限而刻板的。中国形象的自我呈现必须以一种"策略性语言"去打破固有论述的定义性限制。只有积极跨越界限,才可拓展出空间让"中国"自我呈现。否则,在他者的迷思下,中国将始终以"他者化"的形象出现。

第三节 全球化语境中的"跨国(区)"研究意识

海外华人学者研究华语电影的过程,也是在西方不断地为自己寻找合法言说席位的过程。如果一直以"他者"的身份发言,以西方共

---

[1] Paul A. Cohen. *Discovering History in China: American Historical Writing on the Recent Chinese Past.* (Studies of the East Asian Institute, Columbia University.) New York: Columbia University Press. 1984.

谋者身份存在，不仅"华语电影"中真实的"中国"被抹掉，海外华人学者的声音也会渐渐被淹没在西方话语中，最终失声。因此，海外华人学者一直在探讨属于自己的批评思路，凸显自己"海外华人"的身份优势，挖掘"华语电影"的本质特征，以期寻找到一套"策略性语言"，来呈现丰富的中国形象。

美籍华人学者鲁晓鹏在这方面做了很多有益的探索。尽管在讨论电影时，鲁晓鹏指责中国新电影"为了迎合国际社会，将影片的视觉效果异国情调化、色情化和政治化"，但是，他也将这种范式的语境重新考虑，并且赋予它一种可能的新意。从"跨国（区）电影"到"华语电影"，鲁晓鹏扩展了所考察的艺术范围，将中国跨国界、跨区域文化和经济的复杂性纳入考察范围，从而实践了一条新的跨文化华语电影批评之路。

一、民族电影与跨国（区）背景

1997年，鲁晓鹏主编的《跨国华语电影：身份认同、国家、性别》由夏威夷大学出版社出版。这是美国华语电影研究界较早使用"跨国华语电影"的一个重要成果。在该书的长篇前言《中国电影一百年（1896—1996）与跨国电影研究：一个历史导引》中，鲁晓鹏首次较为集中地对这一概念进行了阐释。鲁晓鹏在民族的（national）/跨民族的（transnational）界面上，对中国民族（国家）电影（Chinese national cinema）的性质、电影与现代民族国家的关系等进行了一次系统的再思考，对海外华语电影跨文化批评的推进起到了重要作用。

鲁晓鹏同样把第五代电影解读为"民族寓言"，但与采用后殖民批评模式的学者所不同的是，他看待中国电影的角度发生了质的变化：

> 第五代导演在毫不留情的文化批评中，形成了自己独特的风格：一种"自传民族志"。中国的民族电影是民族的自我反观。这一时期的代表作，如《老井》《黄土地》《大阅兵》《孩子王》《红高

梁》《边走边唱》，都是在詹姆逊所界定的那种意义上的、中国的深刻的民族寓言。这些影片的独特风格对于把中国想象成并描绘为一个共同体具有重要意义。因为就像本尼迪克特·安德森所陈述的，"诸共同体的彼此各不相同，并不是因为它们的虚假或真实，而是在于它们被想象的方式不同"。……一般来说，80年代的中国新电影基本上是一种民族电影，其主要内容之一就是"文化批评"。[1]

鲁晓鹏把第五代电影也解读为一种"自传民族志"，一种"深刻的民族寓言"。但在鲁晓鹏看来，第五代导演的目的在于"文化反思"与"历史反思"，也就预示着一种"寻根"，这是重返文化本源，是对被权力话语所遮蔽和扭曲的民族历史的重新发现。在谈到《菊豆》时，鲁晓鹏这样认为：

> 影片表现了两代之间的冲突似乎是一个永无休止而又无法逃避的怪圈。这一切产生的社会根源是当时的社会结构，它完全忽视了人民的愿望和行动，所以个人反过来就都成为它的牺牲品。……如果持积极态度，结尾可被解读为再生的神话，借喻一个民族脱掉旧躯壳而重获新生。这就使人想起郭沫若在"五四"文化运动高潮所创作的且一直被奉为经典的诗《凤凰涅槃》。[2]

鲁晓鹏将第五代影人的作品阐释为一种"文化批评"，它们是一首"借喻一个民族脱掉旧躯壳而重获新生"的"凤凰涅槃"。在与后殖民批评模式的对比中，我们更容易看出两种批评理路的本质差异：学者的自我身份定位是怎样的，学者是怎样处理西方话语霸权与非西方文

---

[1] 鲁晓鹏：《中国电影一百年（1896—1996）与跨国电影研究：一个历史导引》，收入鲁晓鹏《文化·镜像·诗学》，第69—70页。
[2] 鲁晓鹏：《民族电影、文化批评、跨国资本——评张艺谋的电影》，收入鲁晓鹏《文化·镜像·诗学》，第103—104页。

本的。同样是对第五代电影的阐释,采用后殖民批评模式的学者,往往认为它们呈现的是一幅符合西方审美趣味的东方奇观;而在鲁晓鹏看来,第五代的电影成为中国本土批评事业的一部分,它依托于文化反思运动这样一个大环境。这个时候,导演像儒家文人学士一样,承担着宣传民族道德、唤起民族觉醒意识的任务,其艺术被视为一种启蒙和文化批评的工具。尽管鲁晓鹏也采纳了本尼迪克特·安德森的"想象的共同体"的理论资源,但明显不同的是:在后殖民批评模式下的学者看来,华语电影只是西方理论的证明,西方理论是他们前行的工具;而在鲁晓鹏的分析中,似乎更多关注华语电影本身的内容,西方理论只是作为他支撑自己观点的工具,不再具有统治文本的功能。鲁晓鹏把张艺谋的电影从本土学者的批判中拯救了出来:张艺谋的电影是从文化批评的视角对中华民族进行反思,反映了中国(前)现代性谱系中那些被压迫者、遭蹂躏者、一无所有者,尤其是农民和妇女这些社会最底层人民的生活。最明显的证据就是在他的电影中孩子形象的反复出现。在张艺谋及其同辈人眼中,未来有时就是对过去的一种回归,是一种重复、回旋、循环;有时又好像存在一丝希望,希望未来是对过去的变革或在历史灰烬中的重生。

然而,张艺谋如此"民族"的电影又是如何进入北美市场并且为全世界所认可的呢?鲁晓鹏做出了这样的分析:

> 张艺谋电影艺术的成功也许应该归结于他抓住了西方人的心理,通过极富感染力的视觉形象,生动地讲述了充满异国情调的"中国"故事。他为西方观众提供了一个收藏着许多珍贵的中国物品、服装和工艺品的"博物馆",让他们欣赏到了众多令人目不暇接的"中国"象征物。[1]

---

[1] 鲁晓鹏:《民族电影、文化批评、跨国资本——评张艺谋的电影》,收入鲁晓鹏《文化·镜像·诗学》,第114—115页。

在这里，我们看到了更多"中国"的韵味：许多珍贵的中国物品、服装和工艺品，这些"目不暇接的'中国'象征物"是张艺谋为西方观众提供的，目的是"抓住"西方人的眼球。在鲁晓鹏看来，"中国"已经从"被凝视"的状态转变为具有很大主动性的状态。"中国"与"西方"的关系是"我展示给你看"，不再是"你想看什么我就展示给你什么"。鲁晓鹏把构成中国电影的许多元素一一显示出来，而不再局限在后殖民批评模式下的"民族"话题。

在这样的批评视域下，鲁晓鹏认为"东方主义"之路并不是许多中国电影制作人自愿的选择，而是他们为了应付90年代国内存在的问题而不得不采取的一种方法。[1] 面对审查和国内市场急剧萎缩的双重压力，中国电影进入国际市场成了必然的解决之道。尽管许多中国本土学者也许会坚持认为中国电影制作是被迫按照全球商业化的逻辑来运作的，是不得已将自己交给西方的批评话语和表达体系来评判的。毫无疑问，这种过程势必导致艺术和知识上的妥协。然而，"张艺谋个案中最重要的是他对解决中国民族电影面临的众多急迫问题所进行的探索和尝试。在这些问题的讨论背后，隐藏的是真正的危机，说明了中国电影工业、电影观众、电影市场都发生了深刻变化"。[2]

不难发现，在鲁晓鹏的论著中，西方理论只作为他观点的支撑：在前引的文字中，国际市场是其中的关键要素，它区别于采用后殖民批评模式学者的观点。显然，这种批评理路已不再仅仅将华语电影局限在东西方的视域中，而是将华语电影进一步放置到国际市场。中国电影与西方的对接点转到了国际舞台，不再仅仅局限于"东方和西方"，而尝试着东西方平等对话的努力。因此，他的研究视域显得更开阔。其实，这也是鲁晓鹏对自己"身处西学氛围"这一身份优势的发

---

1 鲁晓鹏：《民族电影、文化批评、跨国资本——评张艺谋的电影》，收入鲁晓鹏《文化·镜像·诗学》，第119页。

2 鲁晓鹏：《民族电影、文化批评、跨国资本——评张艺谋的电影》，收入鲁晓鹏《文化·镜像·诗学》，第119页。

挥。正因为身处其内,才更容易"出乎其外"地审视华语电影的现状,更容易明白它们在国际市场上所处的位置。

在鲁晓鹏看来,张艺谋所拍摄的中国民族电影的政治经济学就是:"外资注入、中国劳动力制造,然后在海外消费者中销售。"[1] "张艺谋通过引入跨国资本,然后将他的电影又推向国际市场,从而创造了一种新的电影模式——'跨国的中国电影'。随后,中国民族电影业传统的投资、制作、推销、发行、消费等运行机制都发生了巨大变化。"[2]

鲁晓鹏将张艺谋的电影关乎"民族"的相关元素展示出来:外资注入、国际市场,这催生了张艺谋电影的一种新的电影模式,即"跨国的中国电影"。显然,这是鲁晓鹏将张艺谋的电影放在跨国环境中考察的结果。这是英语世界华语电影研究界较早使用"跨国华语电影"的一个重要成果。在此,鲁晓鹏将国际电影市场视为中国电影的内在动力,在国际化背景下,在外资注入后,"中国民族电影业传统的投资、制作、推销、发行、消费等运行机制都发生了巨大变化",并且,这种变化会"打破大一统的、本族中心的历史幻觉及其'后殖民性'"[3]。因此,面对张艺谋的电影,鲁晓鹏指出,"构成张艺谋电影艺术特色主要有两个方面:一是对中华民族进行一种本土文化的回顾和反思,从而发展了民族电影;二是借助跨国资本创造了一种可以被称为'跨国的中国电影'的新模式"。[4]

显然,与"后殖民批评模式"相比,这一批评模式最突出的特征是将华语电影放置在一个全球化的背景中细加分析和整合,对"跨国

---

1 鲁晓鹏:《民族电影、文化批评、跨国资本——评张艺谋的电影》,收入鲁晓鹏《文化·镜像·诗学》,第 116 页。
2 鲁晓鹏:《民族电影、文化批评、跨国资本——评张艺谋的电影》,收入鲁晓鹏《文化·镜像·诗学》,第 96 页。
3 鲁晓鹏:《民族电影、文化批评、跨国资本——评张艺谋的电影》,收入鲁晓鹏《文化·镜像·诗学》,第 123 页。
4 鲁晓鹏:《民族电影、文化批评、跨国资本——评张艺谋的电影》,收入鲁晓鹏《文化·镜像·诗学》,第 92 页。

（区）"的背景特征的强调，赋予了华语电影跨文化研究一种新的理论视域。

二、跨国（区）研究意识与"华语电影"的提出

如果说"张艺谋借助跨国资本创造了一种可以被称为'跨国的中国电影'的新模式"，那么鲁晓鹏把第五代电影在国际市场上的全球化以及在西方学术界的迅速崛起的现状考虑在内，将文化、经济等因素纳入考察范围，提出了"华语电影"这一概念，期望形成有意义的国际对话。这一概念无疑拓展了中国电影研究的空间。早在1997年，鲁晓鹏就对中国电影的跨国研究提出了如下的研究论纲：

> 中国个案中的跨国主义可以从以下几个层面来作观察：第一，19世纪以来，特别是1949年以后，大陆、台湾、香港这三个地区之间出现了中国的民族电影/地区电影的竞争与合作。第二，在20世纪90年代的跨国资本主义时代，中国电影的生产、销售、消费的全球化。第三，电影话语本身对中国及中华性的表述与质疑，即对大陆、台湾、香港和海外华人中个人或群体的国家认同、文化认同、政治认同、族群认同以及性别认同的交叉检验。第四，一次对中国"民族电影"的重新回顾与审视，就好像是在回顾性地阅读跨国电影话语的"史前史"。[1]

鲁晓鹏在此描述了中国电影跨国主义的文化表现。第一，历史地看，19世纪末，电影作为外来的西方技术开始进入中国。20世纪早期，在建立独特的民族电影的过程中，作为中国现代国家民族建构的重要策略，中国电影的发展必须面对"他者"的在场与威胁，即西方电影。

---

[1] 鲁晓鹏：《中国电影一百年（1896—1996）与跨国电影研究：一个历史导引》，收入鲁晓鹏《文化·诗学·镜像》，第64页。

1949年以后，中国电影分为大陆电影、台湾电影、香港电影，在某种程度上也包括一些海外华人电影。它们超越国家/地缘政治的边界，横跨广大的地理区域。因此，中国电影本身一直就具有跨区、跨国的性质。在海外从事华语电影研究，鲁晓鹏有着得天独厚的地域优势，对华语电影进行跨文化比较研究，更容易整合中西方的美学观点和价值立场，从而能够率先指出华语电影的"跨区、跨国的性质"。

第二，事实上，20世纪90年代以来，全球化潮流已经深刻改变了中国电影的传统格局，两岸暨香港、澳门电影开始进入了一个跨区化的、互相渗透、互相影响、互相整合、互相竞争的新阶段。以由陈凯歌执导的《霸王别姬》为例，就其主题与风格特征来说是毋庸置疑的"大陆电影"。但是就它的出产地而言，这部电影则被纳入"香港电影"的范围。首先，这些电影得到外来资本（中国香港、中国台湾、日本和欧洲）的支持，由中国的劳动力拍摄，在全球网络中销售，供世界各地的观众消费。其次，对于电影学者更为重要的一点是，对它的阅读、接受、阐释过程开始出现跨国的性质。华语电影在国际上的发展情况，必须站在"东方"以外的视域才能看得更清楚。在跨国（区）的大环境下，第五代电影为了打进国际市场，吸纳外资实则是解决当时国内电影市场困境的出路之一。由此形成的含混身份，为国内的电影学者提出了一个有关第三世界艺术似是而非的问题：即在新的跨国环境中，如何通过电影来重新塑造第三世界的民族寓言？一个不争的事实是，"跨国华语电影"批评模式为解决这一困境提供了有益的参考。

第三，中国大陆、台湾、香港的电影发展走着各自相异的发展路线，虽然有相同的文化渊源，但表现出来更多的却是后来的本土文化经验，在意识形态和美学上有很大的差异。研究者发现，在香港和台湾所生产的电影无法与在内地所生产的电影放在同一个社会与文化脉络中进行讨论。意识到了这一问题的学者于是开始强调两岸暨香港、澳门电影发展史的多元性与差异性。基于上述跨国电影的概念，鲁晓鹏指出：“民族电影研究必须转型为跨国电影研究。”[1] 跨国（区）研究意识是鲁晓鹏提出这一概念的基础。他考察了华语电影的历史、现状，发现阅读、接受、阐释过程已经具有跨国的性质，指出两岸暨香港、澳门及海外华人拍摄的电影等共同促成了华语电影的多元性与差异性。这些努力无不显示出鲁晓鹏在研究华语电影过程中的跨国（区）研究意识。这一思路为华语电影跨文化研究提供一种新的理论视域。

"跨国华语电影研究"概念的提出，对于克服"后殖民话语"的阐释难题有着一定的积极意义。"跨国电影"显然抛弃了周蕾的那种以上帝的声音进行论述、以理论为驱动力的研究，并且在超越"自传性民族志"概念的同时对作为建构性理论的"凝视理论"进行质疑，转而将国际市场、外资注入等内在动力纳入研究视域。鲁晓鹏期望在跨国（区）的语境下开拓出中国电影研究的新的阐释空间。

鲁晓鹏的电影研究已揭示出中国电影从诞生伊始便具有的跨国（区）性质。其实，由于历史原因，港台与大陆电影所呈现的"民族性"并非完全一致。面对这样的情况，英语世界中的中国电影研究者逐渐对如何建构一个适用于当代中国电影现状的理论框架展开了争论与反思。西方的一些学者开始在人类学家本尼迪克特·安德森《想象的共同体：民族主义的起源与散布》的影响下，反思在电影学界里盛行多年的民族电影典范的合理性与适用性。安德森给我们的启示：民族和民族性这些概念不应该视为自然衍生的产物；相反，民族和民族性概念的形成，经常是各种文化论述与媒介交错建构的结果。[2] 电影与文化研究学者在安德森的启发下，一方面逐渐将民族电影视为特定的社会与文化机构的产物，另一方面则重新考虑如何讨论某些因为特殊历史原因影响，在生产方式以及所生产的社会文化想象上超越了民族

1　Sheldon Lu. *Transnational Chinese Cinemas: Identity, Nationhood, Gender.* p. 25.
2　本尼迪克特·安德森：《想象的共同体：民族主义的起源与散布》，吴叡人译，第1—17页。

电影典范的框架的电影。这包括在生产方式与发行方式超越了国家和区域疆界的电影工业，也包括许多在社会文化想象上超越了单一地域或国族疆界的电影，如许多前殖民地在殖民时期与后殖民时期所生产的电影。此外，由于全球化浪潮的加速及其理论的盛行，文化研究学界对于跨界与跨国文化和社会想象的生产更加关注。这给研究中文电影的学者带来了重要影响，即促使他们重新思索并建构一个可以将多元化的两岸暨香港、澳门的中文电影放在全球化情境里进行国际文化生产交流的理论框架。

正是在这样的学术脉络里，鲁晓鹏提出从语言角度来研究中国电影。鲁晓鹏根据本尼迪克特·安德森强调的语言在民族主义起源与传播中的重要性，推论说"电影已经越来越多地参与到'国家生产过程'中来"，在肯定汉语"在某种程度上促进了中华民族的团结统一，在更广泛的意义上形成了海外华人群体间普遍认同的中华民族性"的同时，强调"它还是一种张力与争论交织的力量"，"国内民间及海外移民当中仍存在着许多种汉语方言。这些不同的方言形成了不同的语言风格，并以多种语言混杂的状态存在着"。对于电影中汉语的功能，鲁晓鹏认为："方言与口音不仅在银幕上为电影中的角色创造出了亲密和距离，也在银幕下的观众身上取得了同样的效果。借此方式，电影话语试图不断地去表明一个国家在语言、方言、民族及宗教等方面的自我界定。电影对特定的语言、方言和个人语言方式的采用是想象民族社会时必经的一个排除与选择的过程。"[1] 因此，华语超越了地缘政治，成为国家建设进程中的离心力兼向心力，它至少有助于全世界的华语使用者形成一种不固定的、无地域限制的全球性的泛中国认同。

《卧虎藏龙》《小裁缝》等影片均是跨国（区）华语电影批评模式的例证。《卧虎藏龙》中男女主演周润发和杨紫琼均操一口广东味极

---

[1] 鲁晓鹏：《华语电影之概念：一个理论探索层面上的研究》，收入陈犀禾主编《当代电影理论新走向》，第192—193页。

浓的汉语,他们带有口音的发音违背了逼真这一原则,但对借助字幕来观看这部影片的海外观众来说这并不重要。非华人观众了解到了一个古代的、脱离政治的文化中国,同时也欣赏到了壮美的风景、不可思议的动作设计。这样的影片试图去营造一种泛化的抽象的中华民族性,使中国成为一个借助武术、烹饪、东方哲学等来彰显自我的文化标志。[1]在"华语电影"的视域下,该片有着较大的阐释空间,创造出无地域限制的泛中国认同。从某种角度上说,从语言的角度研究中国电影的可操作性,正是"华语电影"概念日渐被人们重视的原因之一。

"华语电影"概念对语言的强调之意义在于:第一,可以在理论层面上运用"想象的共同体"的概念回应民族电影典范,以强调华语电影里语言在国族与身份认同塑造过程中的作用;第二,它亦可强调跨国的华语电影如何经由电影论述建构一种新型的、流动的以及去疆界化的、全球化的泛华人认同感;第三,将中文电影及其研究范围扩大,用来指涉在中国大陆、台湾、香港与澳门,以及其他地区华人移民所拍摄的华语电影;第四,"华语"这个词在理论上呼应了多元文化主义及全球化背景下文化研究的跨区域与跨国文化活动,彰显了华语电影的多元性与复杂性面向。

显然,鲁晓鹏将近年来西方学术界对于民族电影的反思以及全球化背景下的全球化与地方化的影响,纳入了华语电影研究的视野中,试图建构一个研究"全球的"华语电影框架。鲁晓鹏建构这一框架的基础是:语言。对语言的倚重是此概念的核心。在这个层面上,"华语电影"这一概念可以将各地的电影文本(只要是出现中文语言的)置放于全面性框架的分析视野;此外,对语言的强调亦有助于研究者跨越西方传统民族电影典范中将同一地区电影同质化为单一民族文化的产物而简化繁复历史经验的缺点,从而能够重新审视特定电影文本所

---

[1] 鲁晓鹏:《华语电影之概念:一个理论探索层面上的研究》,收入陈犀禾主编《当代电影理论新走向》,第195页。

展现的地域、历史与社会经验的特殊性。

"华语电影"概念作为对跨国（区）电影的进一步整合、梳理，更进一步显示出海外华人学者近年来对华语电影进行跨文化批评研究视域的不断拓展。[1] 同时，作为海外华人学者，他们的身份意识也更加自觉与清晰：对汉语语言的倚重与强调，与对自己华人身份的强调是一致的。这也从另一个侧面反映出近年来随着中国的全面进步，海外华人学者自我意识的觉醒及对自己更全面的定位，他们将跨国的特征纳入研究视域，从而在跨文化批评时逐渐不再运用后殖民理论分析电影。在理论的运用上，他们不再仅仅局限于挪用和照搬，而是注意在东西方文化相互制约、相互渗透、相互补充中拓展自身的话语理论，重视世界一体化中自身民族文化的差异性和特殊性，重新阐释被误读的民族形象，进而重新确立被压抑的中国图像。

华语电影经过一个世纪的发展与革新后给世界各地的影迷带来了太多的合法度或不合法度的快乐。跨国（区）华语电影批评模式的提出，又为电影学者提供了大量机会来质疑他们的跨文化评论设想。[2]

三、"跨国（区）华语电影"衍生的新阐释空间

鲁晓鹏所倡导的跨国（区）华语电影批评模式，可以做到在语言统一的基础上，将各地的电影文本（只要是出现中文语言的）置放于全面性框架中进行分析。这样的主张不论是对于理解特定背景下的两岸暨香港、澳门本土电影的发展和性质，还是全球背景下华语电影的整体状态和前途，都是至关重要的。它能使我们在一个更广阔、更具前瞻性的视野中，来理解两岸暨香港、澳门中国电影目前的性质、

---

1 参见李凤亮与鲁晓鹏的系列访谈，《"跨国华语电影"研究的新视野——鲁晓鹏教授访谈录》，收入李凤亮编著《彼岸的现代性：美国华人批评家访谈录》，第259—292页。
2 鲁晓鹏：《华语电影之概念：一个理论探索层面上的研究》，收入陈犀禾主编《当代电影理论新走向》，第200页。

发展的趋势以及未来的可能性,并把握全球化语境下主流华语电影发展的整体状态。正是在这一视野下,海外学界产生了一系列华语电影跨文化批评的成果。如前所述,两岸暨香港、澳门的电影发展自电影引入中国始,便走着各自相异的发展路线,尽管都有相同的文化渊源,但表现出来更多的却是后来的本土文化经验,在意识形态和美学上也有很大差异。

> 1949年以后就难以把中国的民族电影称作一个单一实体。更确切地说,存在三类民族电影:大陆电影、台湾电影、香港电影。这三类电影传统虽然都有各自不同的发展方向,却都试图表征一个共同的主题:"中国"。但是,作为现代民族国家与文化场所(location of culture)的中国,却遭受到解构、杂糅、衍生、破坏、分离和消除的危险。现代中国是社团、民众、民族、地区、方言、语言及临时事件的集合体。中国地区间的历史或者"大中华"(大陆、台湾、香港)的历史,是移民、定居海外、殖民主义、民族主义、政治对峙、军事对抗、文化交融等同时并存的历史。把台湾、香港的历史简化为大陆的历史将会压抑它们的文化独特性与政治独特性。[1]

香港和台湾生产的电影很难与内地生产的电影放在同一个文化脉络中讨论。此外,综观好莱坞制作的以中文为主要对白语言的电影、新加坡华人在新加坡制作的华语片,以及其他华人在海外制作的中文电影等,我们会发现,之前的"民族电影理论"大多数是"自言自语"地想象着中国,这种范式在日益多元化的今天显然已经不适应。在跨国(区)华语电影批评模式的观照下,这些具有跨区性质的电影被置

---

1 鲁晓鹏:《中国电影一百年(1896—1996)与跨国电影研究:一个历史导引》,收入鲁晓鹏《文化·诗学·镜像》,第74—75页。

放于全球性框架中进行研究,有助于拓宽"民族"电影的视野,"中国"的形象也因此日益丰满而多姿。

具体来说,尽管香港地小人少,但是它却拥有世界第三大电影产业,仅次于美国和印度,是华语电影的重要组成部分。同时,"在香港,代表其文化的电影可以自由自在、无所顾忌地进行文化的创造,而没有什么外部的限定。香港文化从属的身份限制了香港电影对新的'中国经验'的创造力度和创造自由。它只能在传统、地域和历史的关系中寻找各种碎片,拼凑出自己的身份。……就这一点而言,香港电影可以看作不同于中国内地电影的另一种风格的'国家寓言'(杰姆逊言)。"[1] 面对香港电影,我们该怎样去定位和评价呢?将其置于"华语电影"的范畴是个不错的策略。丘静美曾在《跨越边界——香港电影中的大陆显影》[2] 中通过分析电影《似水流年》,探讨了香港的杂糅身份。在她看来,"香港在参与1997话语中,透过建立复杂的人情世态和符号结构,刻镂了香港人在为自己重新设定文化位置时,那种夹带着浓烈民族情感、但又对殖民政府欲拒还就的复杂心态"。[3]

几乎在大陆的新电影兴起的同时,80年代台湾也出现了新电影。与大陆的新电影相似,台湾的新电影目标在于革新陈旧的电影语言,深刻反思台湾的历史、社会与文化。侯孝贤的电影已成为这一运动中最具代表性的作品。侯孝贤的"台湾三部曲"便反映了台湾的"民族"认同问题。《悲情城市》《戏梦人生》和《好男好女》这三部曲纵贯了台湾百年历史。众多的台湾电影作品,聚焦于台湾的"民族"认同问题,为我们展现了一个世纪跨度中不断变更的视觉诗学和政治学。从摄影(《悲情城市》)、木偶剧/影戏(《戏梦人生》)、戏剧(《暗恋桃花

---

1 陈犀禾:《两岸三地新电影中的"中国经验"》,《电影艺术》2001年第1期。
2 丘静美:《跨越边界——香港电影中的大陆显影》,收入郑树森编《文化批评与华语电影》,第123—144页。
3 丘静美:《跨越边界——香港电影中的大陆显影》,收入郑树森编《文化批评与华语电影》,第124页。

源》)到电影本身(《好男好女》),这些影片中的故事勾勒了幻象与真实之间、想象与历史之间、舞台与世界之间复杂关系的轮廓。同样地,在大陆的几部重要影片,如《舞台姐妹》(二十多年的越剧)、《霸王别姬》(半个世纪的京剧)、《活着》(几十年的木偶剧)中,我们也可以看见其对同一问题的历史叙述。

其实,从事华语电影研究,我们不应再简单地聚焦于中国/世界(西方)、"第三世界"/"第一世界"这样的二元对立,而是应该更多地关注不同的华人群体——大陆、台湾、香港、海外华人社区之间的状态及其相互关系。每一群体都有以自己的方式来再现中国历史与现状的权利。在这种情境下,跨国(区)华语电影的内在张力便突显出来。

通过对李安《卧虎藏龙》的分析论述,华语电影概念介入跨国电影研究的必要性越发凸显。21世纪初,台湾出生的导演李安拍摄的《卧虎藏龙》在美国与世界许多国家和地区广受欢迎,成为华语电影界最具标志性的事件之一。《卧虎藏龙》刚在美国上映时,一位华人如是描述道:

> 这些日子,翻开当地报纸,每天都有关于《卧》片的报道和评论;在各种派对上,美国人也在谈论这部电影,谈论中国文化、中国武侠。中国太极拳在这里逐渐流行,亚洲面孔的日裔教授被学生追问会不会中国功夫,甚至许多洋人对一向轻视的针灸也产生了兴趣,以致一些中医师也不再躲躲藏藏了。《今日美国》报说,"连好莱坞也开始'卧虎藏龙'起来,亚洲和中国文化的日益抬头,东西方同化和结合的力道也将会越来越强……可否认为,这是一场没有硝烟的入侵呢?"[1]

值得注意的是,此片是美国哥伦比亚公司与中国的公司合拍的电

---

1 谢洪:《〈卧虎藏龙〉为何征服西方观众》,《青年参考》2001年4月。

影，参加此片演出和制作的人来自大陆、香港、台湾以及海外。那么，《卧虎藏龙》究竟该如何归属？中国电影？香港电影？还是好莱坞电影？论及此片，以往的电影研究突出"民族"的后殖民批评模式显然已经无法解决这一难题，"华语电影"概念的介入就显得尤为必要。李安的电影，作为跨国主义的一个范例，不仅跨越了国家界限，而且审视了海外华人的国家认同问题。

在面对类似的影片时，海外华人学者在进行跨文化批评时，如何定位影片的归属，首先反映的是他们的国家认同感。对"华语"的倚重，以及对"跨国"的强调，反映出海外华人学者将华语电影置放在全球生产的宽阔视野下进行审视，凸显出华人学者维护中华形象的理论勇气。在这种跨文化批评中，只有敢于彰显自己的特性，才能不被他者控制，才能有自己的一席之地，也才能发出真正属于自己的声音。

随着全球化潮流的不断渗透，类似的影片还有很多，例如王颖在1993年拍摄的电影《喜福会》，表现的主要就是海外华人的跨文化/双重身份、代沟等问题。我们该怎样定位？怎样评价？毋庸置疑，"跨国华语电影"的言说空间为我们提供了更多的跨文化批评依据和思路。可以说，跨国（区）华语电影批评模式把中国电影和国族性置于全球框架中，是基于中国电影的历史及地域复杂性的现实而做出的调整。这一思路挑战了英语世界的电影研究中欧洲中心主义的批评思维。

这一批评模式较好地抛弃了后殖民批评模式中西方理论先行的思维定式。西方批评理论不再是唯一的选择，不再是坚不可摧的权威。研究者将华语电影的一些本质特征纳入考察视域，从本土立场出发，使得华语电影走出了被凝视的尴尬地位，开始消除后殖民批评模式下只关注华语电影某些局部特征（因为这些局部特征恰好吻合西方的想象）的弊病。将华语电影的复杂性逐渐纳入研究视野的操作，终将展现出中国的丰富形象，进而为实现英语世界华语电影的跨文化批评提供一种更成熟有效的模式。

在跨国（区）华语电影批评模式的观照下，研究者显然已不再满足于站在西方的立场心甘情愿充当他们的传声筒，而强调汉语以期形成泛中国认同的思路，进而逐渐凸显出海外华人学者"华人"的身份特征。海外华人学者逐渐发挥自身的优势，以开阔的视野、独特的批评视角进行华语电影研究，不断为英语世界的华语电影研究开拓属于自己言说空间。在跨国（区）华语电影批评模式的观照下，构成华语电影的众多元素被有效纳入了批评视域，从而展现出处在国际舞台上的华语电影的更多本质特征，实现维护非西方的自我。

诚然，这种批评模式并非完美无缺。全球跨国华语电影无论在历史发展、生产方式，还是在语言、社会经验和文化想象等方面，肯定还存在着多元性与差异性。尽管按照鲁晓鹏的设想，电影语言本身似乎具有超越了地方特殊性的潜质，但是"华语电影"这种将凡是出现中文的电影皆都可以放在一起比较的研究模式，有可能会对某一国族或地区特有的历史体验和文化意义造成压抑或遮蔽。这些问题值得学界辩证地对待。

第四节　多元的"对话"与"比较"

海外华人学者的华语电影研究正日益呈现出丰富驳杂的格局，从本章第一节中交代的华语电影命名过程的复杂性便可见一斑。命名的变化反映海外华人学者开拓学术空间的不懈努力。海外华人学者对华语电影的持续关注，除了在研究视野上不断拓展，还表现在话语权力上不断争取与西方平等，建构对话批评模式。事实上，由于海外华人学者身份的特殊性与复杂性，以及内外环境的影响，对话批评模式的建构并不是一帆风顺的，甚至有时候学者自身也表现出犹疑和徘徊。因此，建构对话批评模式过程本身就体现出海外华人学者不断走向对话、协商沟通的过程。

一、对话式的跨文化交流：应对"后殖民"

作为一直持续从事华语电影研究的著名学者，张英进近年来频繁往来于西方和中国之间。90年代中期以来,他陆续在《电影艺术》、《当代电影》、《北京电影学院学报》、《二十一世纪》(香港)等中文刊物上发表文章,介绍海外中国电影研究的成果,在国内相关领域得到持续关注。张英进在华语电影研究领域不断开拓,努力建构一种可以实现"对话"与"比较"的批评模式,以期在海外华语电影研究领域实现与西方的平等对话。

张英进的专著《影像中国:当代中国电影的批评重构及跨国想象》是密歇根大学"中国研究专著丛书"中第一本关于中国电影的著作,全书分两部分,即"批评介入"和"影像重构"。在重构部分,张英进清晰点明了自己对海外华语电影研究中后殖民批评模式的批判性立场:"这样的设定潮流(或说追逐潮流)的学术(如周蕾的),有可能忽略某某国族或地区特有的历史体验和文化意义。"[1] 他批评周蕾"只使用少量中文资料,这与她对西方批评文献的惊人掌握形成了鲜明对比"。[2] 在张英进看来,后殖民批评模式的"问题"在于,"不是说不能使用西方批评理论,而是说不应单方面使用西方理论或将其强加于人,以压制或驯服一个异己的文化语境"。

在后殖民语境下,我们已经难以厘清中西之界限,因而空言抗拒西方理论可谓不切实际。尤其是对于处在西方学术体制中的海外华人学者而言,他们更是无法摆脱西方理论话语的纠缠。但是,身处西方学术氛围中的海外华人学者,因为身份的特殊性,在进行跨文化批评时,应该更谨慎使用西方理论。"单方面使用西方理论或将其强加于人"的结果便是"压制或驯服一个异己的文化语境",只能出现"西方理论注我"的被动局面,如前面论述的后殖民批评模式的情况。

---

[1] Yingjin Zhang, *Screening China: Critical Interventions, Cinematic Reconfigurations, and the Transnational Imaginary in Contemporary Chinese Cinema.* Ann Arbor: Center for Chinese studies, University of Michigan Press, 2002, p. 36.

[2] Yingjin Zhang, *Screening China: Critical Interventions, Cinematic Reconfigurations, and the Transnational Imaginary in Contemporary Chinese Cinema.* p. 73。

面对这一难题，张英进在《西方中国电影研究中的权威、权力及差异问题》[1]一文中提出了自己的解决方法。在分析了几位美国学者批评中国电影时的失误之后，张英进发现并确认了电影批评领域的一种特殊"危险"——"新的文化帝国主义形式"；而在分析了华人学者（丘静美、周蕾）采用西方的思维方法分析非西方的原材料所产生的种种让人生疑的结论之后，张英进对英语世界的华语电影研究中西方理论所处的权威位置提出了疑问：

> 掌握电影理论会激发批评家追求权力的欲望，即以自己所喜爱的理论模式解释一切作品的欲望。但是，这种欲望的实现取决于一个复杂的语言操作过程。……话语要不断"入侵"其他的语文领域，打破读者原有的价值体系，才能最终达义。[2]

在张英进看来，这样的批评就造成了"西方中国电影研究中的一种西方中心倾向，这种倾向是忽视中国的文化经验和历史现实的多样性和复杂性，作茧自缚于既定的西方理论框架之中，热衷一些循环式的推论"[3]。这种跨文化研究的困境——权力关系在电影研究中存在已久。对此，我们很容易从后殖民批评模式对华语电影的解读文本中找到例证。如：周蕾的论述是以一种"上帝的声音存在"而不容别人质疑；丘静美总是在"黄土地"中寻找西方理论所关注的意象；戴锦华身处东方，却依然以西方理论为纲、以西方理论入侵华语电影文本；等等。这样的情况不一而足。这种西方中心倾向的批评模式使海外华人学者

---

1 张英进：《西方中国电影研究中的权威、权力及差异问题》，收入张英进《审视中国——从学科史的角度观察中国电影与文学研究》，第52—59页。
2 张英进：《西方中国电影研究中的权威、权力及差异问题》，收入张英进《审视中国——从学科史的角度观察中国电影与文学研究》，第55页。
3 张英进：《西方中国电影研究中的权威、权力及差异问题》，收入张英进《审视中国——从学科史的角度观察中国电影与文学研究》，第57页。

逐渐"失声",华语电影的文本也逐渐沦落为西方理论的演技场。

如何解决这一跨文化批评的困境,张英进从克利佛关于"文化"的观点中得到启示:"文化,这个概念应该被重新界定为'不同团体之间、内外之间及各种亚文化之间的一种开放式的、创造性的对话',换言之,我们应该把文化视为一种'正在进行的协商过程'。"[1] 由此,张英进提出,"作为另一种极端的、完全以非西方为中心的研究不见得是摆脱困境的最好方法",解决这一困境的有效方法是——"建立一种对话式的跨文化研究"。[2] 他坚信:"从'对话'角度看跨文化研究,我们发现问题的关键不在于西方理论能不能应用到非西方的文本中去,而在于如何处理运用西方理论所带来的种种敏感的权威、权力和差异等问题。"[3]

张英进在这个问题上开拓出的论述空间是这样的:从权威、权力的角度认识到问题存在的根源,然后提出通过"对话"来解决这一跨文化批评的难题。"对话"的概念本身就隐含着追求双方话语权的平等,意味着身处西方的华人学者在追求逐渐摆脱西方中心,追求在英语世界的华语电影研究领域瓦解西方的权威地位,只有这样才能实现"对话式的跨文化研究"。张英进接着说道:

> "跨文化"这个概念本身就包含了一个既是想象的但又是现实的界限,双方批评家必须在跨越界限之前首先在各自的界限内与其他的话语系统研讨协商自己的立场和观点。只有通过长期不

---

[1] 詹姆斯·克利佛:《文化的困境》,美国哈佛大学出版社1988年版。转引自张英进:《西方中国电影研究中的权威、权力及差异问题》,收入张英进《审视中国——从学科史的角度观察中国电影与文学研究》,第57页。

[2] 张英进:《西方中国电影研究中的权威、权力及差异问题》,收入张英进《审视中国——从学科史的角度观察中国电影与文学研究》,第57页。

[3] 张英进:《西方中国电影研究中的权威、权力及差异问题》,收入张英进《审视中国——从学科史的角度观察中国电影与文学研究》,第57—58页。

断的跨越界限的和在界限之内的研讨协商和自我定位，我们才可能把跨文化研究发展到新的高度，使西方和非西方文本相互交流，使批评家们在了解异域文化的同时，更好地了解自己的文化。[1]

作为一个长期实践在跨文化研究领域的批评家，且又身处跨文化氛围中，张英进对跨文化的理解来源于自己的长期经验。"双方批评家必须在跨越界限之前首先在各自的界限内与其他的话语系统研讨协商自己的立场和观点"，张英进认为，在"跨文化"之前这是必做的功课，也就意味着批评家首先要坚守属于自己的场域。对于海外华人学者而言，要在华语电影的界限内，在维护自己场域的前提下，考虑与其他话语系统（西方理论）研讨协商自己的观点，验证自己的批评方式的可行性，努力拓展话语空间。这种"研讨协商和自我定位"既要在界限之内，亦要在界限之外，但前提是跨越界限之前要先维护好自己的场域，只有这样才能不迷失自己，在对方（西方）的观照下，更好地了解自己。

其实，张英进的身份意识是非常明晰的："西方和非西方"的明确区分，已替代了上文"批评介入"时的暧昧模糊。这种明确的身份定位，并且坚持自主性，是实现交流与对话的前提。这种"跨文化批评"所需要的"长期不断的跨越界限的和在界限之内的研讨协商和自我定位"也恰好体现在张英进的著作中。他的这本专著"批评介入"部分的主要关注点集中在华语电影如何有意"出卖自己"，如何体现一种"自传性民族志"。这样的论述逻辑看来似乎与他所提倡的"对话"有所矛盾。但是，我们是不是可以这样理解张英进的立场：张英进在著作中的"批评介入"部分为了配合西方凝视理论而制造的"大众""本土""中国"商品正是其为自己进入西方的学术机制所做的铺垫。因为

---

[1] 张英进：《西方中国电影研究中的权威、权力及差异问题》，收入张英进《审视中国——从学科史的角度观察中国电影与文学研究》，第58页。

如果只在外部徘徊，是根本不能改变游戏规则的。关键是批评家如何在机制之中按其边缘位置与主导论述协商互动，并使之松动出具有边缘性的论述空间。在这个意义上，张英进努力实现这种对话批评模式，在此表现出来的任何西方自恋，与其说是作者自己的，还不如说是在"跨文化"领域实现这种理想对话批评模式走向现实时的一种反思。[1]

最后，需要补充的是，张英进提出的对话批评模式，虽并不是针对周蕾的后殖民批评模式的，但确实是在深入分析了包括周蕾在内的几位西方学者（周蕾的自我身份定位）对中国电影的误读结果的基础上提出的。这是否也可以看作海外华人学者之间的一种互动对话呢？

二、比较电影研究：一种新的跨文化批评思路

《影像中国：当代中国电影的批评重构及跨国想象》所显示的另一个学术立场是对"比较电影研究"的强调。张英进指出，鲁晓鹏在其构想的跨国主义中强调了两岸暨香港、澳门影人之间的竞争。而张英进本人则希望请大家注意他们在80年代末以来的密切合作，认为"这是一种有效的跨地区策略"。[2] 张英进提出："我赞同鲁晓鹏、裴开瑞和法克哈的观点，即电影研究必须转变为跨国研究，但我相信，要达到这个目标，不仅需要把全球各地多种多样的生产、发行、放映和消费的地点联系起来（这些项目之前已经实施，特别是在全球劳工分配方面），而且需要在电影史和电影理论的知识生产过程中审视自己的立场。""作为一个总体框架，比起'跨国电影研究'，我更倾向于'比较电影研究'，因为后者更确切地抓住了电影的多重方向性，即电影同时呈现为外向型（跨国性、全球化）、内向型（文化传统和审美习惯）、后向型（历史和记忆）和侧向型（跨媒体的实践和跨学科研究）。因

---

1 李凤亮：《海外华语电影研究的新视野——张英进教授访谈录》，《福建论坛》（人文社会科学版）2008年第9期。
2 Yingjin Zhang. *Screening China: Critical Interventions, Cinematic Reconfigurations, and the Transnational Imaginary in Contemporary Chinese Cinema.* p.36.

此，比较电影研究要求不同领域中的同步深入研究。"张英进并且认为："跨国性可以成为电影研究比较视野中的一个主要方面。跨国性在大多数情况下目光向外，跟随着跨国家、跨地区和跨大洲的金融、科技和人力资源流动。"[1]

张英进通过与鲁晓鹏的跨国（区）华语电影批评模式的比较，提出了自己的比较电影研究。张英进将比较电影研究的视野无限扩大，"比较电影研究应该努力超越简单地追随金钱（跨国资本的流动）或分析国内（如电影审查）、国际（如电影节影展）的文化政治，而必须将研究的视野扩展到国际电影的美学、文化、经济、社会政治和技术等方面的相关问题"，涉及"对中国电影研究尚未发展课题的关注"。[2]在张英进的视野中，这些课题至少包括观众研究、盗版现象、文学改编、电影及其他艺术（摄影、戏剧和影像）之间的跨媒体性等等。

在张英进的论述下，华语电影研究似乎有着无限的空间可以挖掘。例如，在"跨学科性及其启示：观众和盗版"这一部分中，张英进通过卡普兰、裴开瑞、杨美惠、王淑珍及贾樟柯对观众和盗版问题的不同态度和方法的比较，提出这样的倡议："一个自我反省的文化评论家应该意识到自己学科的盲点，敞开胸怀在其他相关学科中寻求新的发现。"[3]

显然，通过多重的比较，张英进所期望实现的是如下效果：

> 首先，我们必须超越民族国家的模式，尤其是内含其中的民族文化的等级划分（如西方优越于非西方），这种模式过去一直主导西方比较文学与电影研究的发展。其次，我们必须避免比较文学中传统的精英主义立场，那种立场一度将该学科引入一味迷恋

---

1 张英进：《中国电影比较研究的新视野》，《文艺研究》2007年第8期。
2 同上。
3 同上。

深奥概念而漠视大众文化及日常实践的尴尬处境。再次，我们要放宽"比较"的概念，使其不仅包括相互影响和平行的事物，还包括跨学科、跨媒体和跨技术的关系。[1]

张英进倡导"比较电影"研究是为了解决下列跨文化研究中的难题：首先，要超越过去主导电影研究的民族国家模式。在以往的跨文化研究中，如英语世界的华语电影研究领域中的东方/西方两极分化的批评模式，实际上这是上一个时代的意识形态产物。而中国在当今世界中的位置，无论是从经济还是从政治角度看，当然还有中国电影在世界上取得的成绩，与当时的情况比较，已经大有改观。在此基础上，张英进适时地提出华语电影研究应该超越以西方优越于非西方为核心的批评模式，可谓有的放矢。其次，华语电影研究要避免"将该学科引入一味迷恋深奥概念而漠视大众文化及日常实践的尴尬处境"，以往英语世界的华语电影研究常常是以西方理论为主导，在大多情况下华语电影只是作为他们证明自己话语霸权的材料和补充而已，在这种居高临下的视域中，似乎掌握西方理论越多越能显示出自己接近权威，在这种所谓的精英主义立场视域中，英语世界的华语电影研究成果总是充斥着大量的西方理论术语。第三，为了给解决上述两个难题提供有力的支撑，我们必须放宽视野，将和华语电影有关的以及可以显示华语电影现状的元素全部纳入研究视域。这些未被民族国家模式发现的元素似乎更容易显示华语电影的丰富与多元，从而"策略性"地"实现对话"，渐渐淡化西方的霸权地位。从张英进近些年的学术理路来看，这样理解似乎不无道理。[2]

---

1 张英进：《中国电影比较研究的新视野》，《文艺研究》2007年第8期。
2 可参见张英进近些年的代表性成果《国族·历史·文化：华语电影的文化寻索——张英进教授访谈录》，收入李凤亮编著《彼岸的现代性：美国华人批评家访谈录》；《多元中国：电影与文化研究论集》，南京大学出版社2012年版；《理论、历史、都市：中西比较文学的跨学科视野》，复旦大学出版社2015年版。

三、"对话"的身份和"比较"的立场

张英进意欲建构的对话批评模式，是在对目前海外华语电影研究比较流行的两种模式——后殖民批评模式及跨国（区）华语电影批评模式的对话与比较中提出的，期望在跨文化批评中实现西方和非西方文本的互动交流，"使批评家们在了解异域文化的同时，更好地了解自己的文化"。

"对话批评模式"的最终目的在于"更好地了解自己的文化"，西方是参照，是我们反观自己的途径之一。在张英进看来，建构对话批评模式的关键在于"如何处理运用西方理论所带来的种种敏感的权威、权力和差异等问题"。身处西学氛围的海外华人学者，在西学场域中进行华语电影的跨文化批评时，要以"对话"的立场投入其中，才能将西方视为"参照"而不是视为"权威"，只有这样才实现话语权的平等。比较电影研究是张英进在跨国（区）华语电影批评模式的基础上提出的，它所显示的"比较"立场，可以视为在英语世界的华语电影研究中争取话语权的另一途径，即通过"放宽比较范围"，为此前存在的固有批评模式寻找摆脱困境的方法。而此前批评模式的困境源于话语权的不平等。

"对话"与"比较"批评模式付诸华语电影研究实践的可能性有多大（事实上，对话批评模式已有不少成熟的研究成果）暂且存而不论，但是从中透露出的海外华人学者的身份意识值得我们重视。海外华人学者作为一个特殊的存在，其身份定位也在不断发生变化。从最初周蕾的后殖民批评模式中以"他者"自居，到鲁晓鹏的跨国（区）华语电影批评模式中对欧洲中心主义的抵制，再到张英进的期望与西方平等"对话"，实现"比较"，"海外华人"的身份意识越来越明显。当然，其内在原因可能复杂多元，但海外华人学者对自己身份日益清晰的定位，对拓展海外华语电影研究新空间的意义不言自明。

正如张英进所言，中国电影理论正是通过在电影理论和批评方

面与欧美主流电影范式的对话、协商才在西方得以发展。"对话"与"比较",不仅是策略,亦是过程。在这个过程中,海外华人学者逐渐确立了华语电影研究在西方的学术地位;也正是在这种"对话"的过程中,海外华语电影研究逐渐开拓出自己的"言说空间"。并且在不断的相互"比较"中,寻找差距,相互推进。但是我们也必须看到,在华语电影研究过程中,这种"对话"和"比较"是多元的,不仅发生在海外华人学者与西方学者之间,同时发生在与国内学者的"对话"和"互动"过程中。

毋庸讳言,张英进身为华语电影研究领域的海外华人学者,建构这一对话批评模式是一个漫长的过程,这一点从他自身的犹疑(在其《影像中国》中有所显示)可以看出。张英进在长期的实践与思考(其思考在他的一系列著作、论文中有所显现:《影像中国》中的犹疑,《审视中国》中对这一问题的进一步思考,《中国电影比较研究的新视野》对摆脱现有困境的建设性的探讨,等等)中,结合着解决自身的论述问题,逐渐建构了"对话批评模式"。这一批评模式虽然是张英进在总结海外华人学者华语电影研究普遍存在的困境的基础上提出的,但对当下华语电影研究的现状也具有重要的现实针对性。长期以来,西方中心倾向必然导致西方话语霸权。在这种霸权笼罩下的海外华语电影研究必然失去自我,成为西方"殖民"。与此同时,奉西方理论为圭臬的海外华人学者虽然得以进入西方的学术体制,但只能以失声的状态存在。为此,张英进努力践行的对话批评模式或比较华语电影研究试图为英语世界的华人学者进行华语电影研究争取话语权力上的平等,期冀从根本上解决这一长期存在的困扰。

在全球化潮流越来越深入的背景中,我们已经越来越难以厘清中西之界限,"另一种极端的,完全以非西方为中心的研究"已经是不可能的,否则就变成了故步自封。在这种环境下,解决这一由来已久的困境的有效途径就是建构对话批评模式,以"对话的身份"和"比较的立场"争取话语权的平等,只有这样,英语世界的华语电影研究才能形成属于自己的理论场域，才能将华语电影的丰富与多姿展现在国际舞台上。

第五节　华语电影研究的新空间

朱影曾在《西方电影理论和实践的发展与现状》中概括了西方电影理论的三个发展阶段：第一阶段是形式主义电影理论；第二阶段主要是被贴上"宏大理论"标签的结构主义和后结构主义；第三阶段20世纪90年代中期以来，一些电影学者对电影理论发展第二阶段中阐释性方法进行强烈反拨，电影理论的发展呈现出折中主义的趋向。在对这一发展过程考察以后，朱影指出："在'电影理论'的头衔下存在着各种方法论。他们关注电影作为研究课题的各个不同方面。在研究者们积极地发展各种研究方法的时候，一个职业电影理论家的团队逐渐形成了，他们的事业或多或少地依赖于他们相应的理论的有效性。当理论家对社会总体的政治和文化潮流的演变做出反应时，他所工作的特定领域的电影理论观点的形式和内容难免会发生转变。"[1]

这一观点同样适用于海外华人学者对华语电影的研究过程。文中我们选取了海外华语电影研究领域几位较有代表性的学者，从对其论著的分析中概括出"后殖民批评""跨国华语电影批评"及"对话批评"这三种模式，以此梳理与探讨海外华人学者研究华语电影的问题与方法。不能否认，华语电影研究是一个动态发展的过程，即使是同一位海外华人学者，其在不同时期所采用的批评模式也不是一成不变的，如周蕾就很明显。但从时间纵向上来整体性考察，这三种批评模式还是颇具代表性的。

流行于90年代的后殖民批评模式，是海外华人学者被"西化"的

---

[1] 朱影：《西方电影理论和实践的发展与现状》，收入陈犀禾主编《当代电影理论新走向》，第87页。

产物；在这种批评模式下，中国电影与海外华人学者集体失声。从后殖民批评走向跨国（区）华语电影批评，华语电影的某些特质逐步在西方世界被呈现出来。从"对话"的角度看跨文化研究，我们发现问题的关键不在于西方理论能不能应用到非西方的文本中去，而在于如何处理运用西方理论所带来的种种敏感的权威、权力和差异等问题，正是基于上述思考，海外华人学者提出建构对话批评模式。海外华人学者的华语电影研究从"被凝视"走向"对话"的进程，充分显示出话语权力的交锋与争夺、身份意识的浮现与变化，也反映出西方学科建制中的人文学科谋求自身突破与发展的学术努力。当然，作为海外20世纪中国文学与文化研究之一元的华语电影研究，其上述批评发展进程，不过是更广义的"中国学"在当代西方实际情境的一个缩影。

对照与此同时的西方电影理论发展阶段，我们发现海外华人学者华语电影研究的进程其实是与西方的相关理论同步的。当然，如朱影所言，追求"理论的有效性"是最基本的目的；更深层的原因在于，随着海外华人学者自己身份的确立，他们开始为华语电影寻找属于自己的言说空间。海外华人学者甚至开始利用自己所处的地域优势，开拓新的批评空间，提出对话批评模式。

前述海外华人学者的不断努力，不仅为华语电影研究在西方争得一席之位，同时，他们因与国内研究者所处的语境不同，加之都接受过系统的西学教育，因此他们在做华语电影研究时，与国内研究者在入思视角、方法论等方面的差异，往往能够拓展研究空间，在研究方法、研究立场上给国内学人带来一些有益的启示。

自20世纪90年代以来，全球化潮流已经渗入世界的各个角落。这意味着，任何一个学科的发展，都不可能避免要处在自我与他者相互观照的环境中。在全球化浪潮下，电影研究如何拓展思维空间和研究方法，如何寻求新的话语空间，如何处理西方理论与中国电影之间的关系，一直是中国电影研究者需要共同面对的问题。在这个问题上，海外华人学者给了我们不少有益的启示：以西方为标准来观照华语电影研究，只能导致华语电影本质特征的丧失；反之，一味排斥外来影响，也是一种回避现实的表现。一种合理的态度应该是首先顺应它，同时又要不断寻找不损害华语电影本质特征呈现的批评模式，只有这样，才能在世界舞台上较为全面地展现出民族的影像，进而扩大其影响，通过与国际社会的交流和对话使得华语电影研究真正与国际（而不是西方）接轨。在此意义上说，顺应国际潮流的对策是与之沟通对话而非对立抵抗。

在全球学术互动协商的情势下，两岸暨香港、澳门及海外的华语电影研究应该加强沟通对话，有意识地打破地缘政治意识形态的价值分立，跨越时空、地缘政治、学科、语言等人为的画地自限，警惕西方批评理论的话语霸权，同时也不要妄自菲薄，在自觉多元的整体比较研究中，促进其与国际电影及其研究的平等交流对话，进而共同推进华语电影研究/学科的深化发展，为"世界华语电影诗学"的形成与建构做出切实的贡献。[1]

诚然，海外华人学者研究华语电影的过程，已逐渐显现出这样的发展趋势。但不可否认，目前相关领域明显理论设想多于实践，并且对话的对象还大多定位在西方而不是国际。上述两点，即为本章在对海外华人学者华语电影研究模式初探的基础上，对未来华语电影研究空间的展望。

---

1 李凤亮:《海外中国现代文学与电影研究的学科意识——张英进教授访谈录》，《文艺理论研究》2008年第6期。

结 语

走向跨地域的"中国现代诗学"

本书赋予20世纪中国文学批评研究以一种海外视野,从六个方面考察了当代海外华人学者丰富驳杂的批评理论。书中六章分别涉及海外中国现代文学批评的"整体观"、"晚清文学"观念的崛起与研究格局的扩张、比较视野中的"海外张学"、"革命叙事"的"再解读"、现代性视野中的"上海研究"、海外"华语电影"研究的跨文化批评模式等。我们试图以专题的方式,揭示当代海外现代中国文学研究的一些主要领域及焦点问题,从彼岸的现代性视角,推动海内外20世纪中国文学研究的多重比较,从而推进现有的中国现代文学学科反思。海外华人学者批评理论研究所引发的诸多问题,如全球化时代的"学术流散"倾向、中西文化交流中的"话语权力"关系、20世纪中国文学批评"现代性"的复杂面貌等,正日益凸显在文学理论及比较诗学研究的视域中。一种跨地域的"中国现代诗学",正向我们走来。

一、异质性的"他者"

毋庸置疑,海外华人学者最早是以一种带有异质性的"他者"身份进入中国大陆学界的。无论是夏志清《中国现代小说史》对沈从文、张爱玲、张天翼等人的奖掖,李欧梵《铁屋中的呐喊》对鲁迅思想的重新思考,《上海摩登》对上海"孤岛"时期文化性质的判定,还是王德威那一声"没有晚清,何来'五四'"的断语,周蕾《妇女与中国现代性》颠覆成规与权威的论述策略,抑或史书美"华语语系文学"论述对"现代中文文学"论述的挑战,都刺激了大陆学术界麻木的思维和神经。这种挑战性的声音,并不限于上述从台港地区走进西方的华人学者。即便是20世纪80年代国门再开后负笈欧美的大陆年轻学人,也不时传回迥异于国内主流的思想和观点,像刘禾对"国民性神话"的批判、唐小兵对"十七年文学"的再解读、王斑对"创伤记忆"的思考、张旭东对"后社会主义"走向的判断、刘剑梅对"革命"与"情爱"关系的叙述、许子东对"'文革'小说"叙事模式的整理、陈建华对"革命"概念的溯源及"通俗文学"的追问,以及张英进、鲁晓鹏、张真等人对"华语电影"概念不同角度的切入,等等,都曾在大陆学界激起一阵阵的波澜。

从港台或大陆"流散"至"他方"的华人学者,因其对产生于文化母体的中国现代文学的关注,先后扮演起"学术反哺者"的角色。不仅仅由于学术规训的差异,更因为言说位置的区别,海外华人学者的言论从总体上开启了中国现代文学研究的"另一种声音"。这样说,并非暗指海外华人学界铁板一面、意识统一;恰恰相反,海外华人学术圈的内部争议十分明显,有时甚至很激烈,而这些争议往往关联着发言者的身份、学科、年龄甚至场合。但不可讳言的是,作为整体的海外华人学者,在20世纪中国文学批评的发展进程中切实起到了"他者"的作用。这一批评理论刺激了大陆学界陈陈相因的学术话语,呈现了别样的观念与方法,彼此构成了较为热烈的互动(不管是以赞同还是争论的方式)。打破统一性之后的大陆现代文学研究界,再也无法忽视大洋彼岸这真实的"另一元"了。

二、缤纷多元的"比较"特质

作为"彼岸性"存在的海外华人学者,不只相对于大陆现代文学研究界、批评界充满了"比较"意识,而且就其自身的形成和现状来讲,也呈现出斑驳鲜明的"比较性"特质。这种特质,使得海外华人学者内部呈现出缤纷多元的研究走向，同时也给大陆的现代文学研究不断带来新的气息。海外华人学者的这一比较气质似乎是与生俱来的——不仅是因为地理空间上与中国大陆的延异，更指向一种学术话语空间上的差别。

首先，海外中国现代文学研究界的比较意识植根于它的学科属性和批评家的身份背景。海外华人学者，不论来自大陆还是台湾，均以外语出身的居多，出国后多攻读比较文学学位，或从事东亚区域的历史和文化研究。他们取得学位后，又多以从事中国现代文学研究为职业，其切入比较文学研究的入口，大体也是中国现代文学与文化。这一点，在作为海外中国现代文学研究重镇的北美表现得特别明显。事实上，经过数十年的发展，比较文学在美国已发展成为一个偏重理论的"精英学科"，比较文学研究成了西方各种文学理论的操练场。在这一学术语境中从事比较文学与中国现代文学研究的海外华人学者，无疑也濡染了这样的批评气质。中国比较文学学会旅美分会的成员，大多是从事现代文学研究的比较文学学者，似乎也从一个角度证明了海外中国现代文学研究比较意识的由来。

其次，海外华人学者的比较意识，还植根于一种问题意识。"什么是理论？就是'问题意识'。"刘禾的这句话，把海外比较文学研究者偏爱理论的本质说得再明白不过。在她看来，所谓"理论"，就是"提出别人没有提过的问题，它不是炫耀名词概念，更不是攀附知识权贵"。[1]经受比较文学理论训练的海外华人学者，也将这一问题意识贯穿于中国现代文学的研究中，刘禾本人即是这方面的一个典型学术个案——她对"国民性神话"的质疑，研讨路径是对语词译介及流变过程中增殖或耗损意义的分析，归根结底，还是源于刘禾写作中无处不在的现代思想史旨趣。王斑的《历史的崇高形象——二十世纪中国的美学与政治》一著

---

[1] 刘禾、李凤亮：《穿越：语言·时空·学科——刘禾教授访谈录》，《天涯》2009年第3期。

的方法和立论似乎也可佐证海外学人的问题意识。该书历史跨度大，从晚清改革到民国时代，再到新中国政权和"文革"始末。作者选择20世纪中国美学和文化活动中一系列重要的人物和事件，透视其间潜存的历史意义，以"崇高"为关键词，讨论美学思潮、政治运动和文化传统之间相互作用的关系。这一探讨反映出作者强烈的主体意识，即给历史另外一种系统阐释的可能性。用王斑自己的话说，就是"观念姿态比较强"，而观念"主要是从当代历史中产生的，像世界主义、民族主义等问题，并不是因为观念本身重要，而是因为它们在当下这种环境下很重要。所以我往往有一种先入为主的观念，对观念非常感兴趣，然后回到历史中去"。[1] 带着问题先入为主，虽有主题先行的嫌疑，却为海外中国现代文学研究开拓了一片风景独好的天地。

再次，海外华人学者的比较意识，还受到其所在学术语境的影响。以较典型的美国学界为例，其中国现代文学研究经历了一个从无到有的奠定过程，作为美国庞大学科体系中的"小众"，中国现代文学的学科化目前还不能说彻底完成——较早时期，既没有一部真正成体系的《二十世纪中国文学史》，也没有一套完整的英文版《鲁迅全集》，有的只是零星的研究、选择性的译介。在中国现代文学史编撰方面缺少"整体性"的这一现象，近十余年才逐步改观，如2016年邓腾克（Kirk Denton）主编的《哥伦比亚中国现代文学指南》[2]，张英进主编的《中国现代文学指南》[3]，罗鹏（Carlos Rojas）和白安卓（Andrea Bachner）主编的《牛津中国现代文学手册》[4]，2017年王德威主编的

---

[1] 李凤亮：《美学·记忆·现代性：质疑与思考——王斑教授访谈录》，《南方文坛》2011年第5期。

[2] Kirk Denton, ed., *The Columbia Companion to Modern Chinese Literature*. New York: Columbia University Press, 2016.

[3] Yingjin Zhang, ed., *A Companion to Modern Chinese Literature*. London: Wiley-Blackwell, 2016.

[4] Carlos Rojas and Andrea Bachner, eds., *The Oxford Handbook of Modern Chinese Literatures*. Oxford: Oxford University Press, 2016.

《新编中国现代文学史》[1]，四种中国现代文学史在两年内相继问世，引起海内外中国现代文学界的关注与热议。

不同于既往文学史以断代方式或体裁方式编史的体例，《哈佛新编中国现代文学史》这部1001页的中国现代文学史由161篇专题文章组成，在写法上也尽可能采用散文的叙述体，而非传统史著较为严肃的学术体；全书采取编年顺序，个别篇章则聚焦特定历史时刻、事件、人物及命题，由此衍生、串联出现代文学的复杂面貌；各篇"星罗棋布"，彼此既相对独立，同时又呈现出了一种"互缘共生"的关系。143位作者主要来自北美的海外华人学者，也广邀了包括中国大陆学者在内的全球中国现代文学研究者。作为一部"中国现代文学史"，该史长达四百余年的跨度也相当独特：从1635年（明人杨廷筠在受到传教士的影响之后首次在中文世界中提出了可以与literature对应的"文学"概念）一直延伸到2066年［韩松的科幻小说《火星照耀美国》（又名《2066年之西行漫记》）所标识的时刻］。用王德威本人在该书长篇导言《"世界中"的中国文学》的话讲，无论如何，与其说《新编中国现代文学史》意在取代目前的文学史典范，不如说就是一次方法实验，是对"何为文学史""文学史何为"的创造性思考。[2]

除此之外，另外两套海外中国文学史著述中的"现代文学"叙述也值得引起关注。《剑桥中国文学史》[3]作为剑桥大学出版社的系列国别文学史之一，以1375年为界分为上、下两卷，各50万字，分别由宇文所安（Stephen Owen）、孙康宜主编，作者涵括十几位美国汉学界的

1　David Der-wei Wang, ed., *A New Literary History of Modern China*. Cambridge: Belknap/Harvard University Press, 2017.

2　王德威：《"世界中"的中国文学》，《南方文坛》2017年第5期。

3　Kang-i Sun Chang & Stephen Owen, eds., *The Cambridge History of Chinese Literature*. New York：Cambridge University Press, 2010. 中译本为孙康宜、宇文所安主编：《剑桥中国文学史》（上、下两册），刘倩等译，生活·读书·新知三联书店2013年版。

著名学者，如柯马丁、康达维、田晓菲、宇文所安、艾朗诺、傅君劢、林顺夫、奚如谷（上卷）、孙康宜、吕立亭、李惠仪、商伟、伊维德、王德威、奚密（下卷）等，视域也截至1949年新中国成立。涉及20世纪中国文学的，包括王德威所写的第六章《1841至1937年间的中国文学》、奚密所写的第七章《1937—1949年的中国文学》。由德国汉学家顾彬（Wolfgang Kubin）主编的十卷本《中国文学史》（Geschichte der chinesischen Literatur）是西文中迄今为止卷帙最为浩繁的一部文学史巨著，此套《文学史》突破了传统文学史以王朝年代为顺序的叙事方式，而采用依文体不同分别论述的方法，更为集中地梳理出中国文学的整体脉络。全书以其独特的视角与方法，对3000余年的中国文学进行了细致的描写、分析和阐述。其间，对中国文学的重要题材（诗歌、章回小说、话本、散文、戏曲）皆以史为线，溯源辨流，细论详析，多有发明。这十卷本的具体内容是：《中国诗歌史》《中国章回小说史》《中国中短篇叙事文学史》《中国古典散文》《二十世纪中国文学史》《中国美学和文学理论》《中国戏曲史》《中国文学作品德译目录》《中国文学家小传（辞典）》以及《索引》。作者包括卜松山（Karl-Heinz Pohl）、莫芝宜佳（Monika Motsch）、司马涛（Thomas Zimmer）、陶德文（Rolf Trauzettel）、毕鲁直（Lutz Bieg）等在内的当前德国最活跃的一批汉学家。《二十世纪中国文学史》[1]是这部卷帙浩繁的《中国文学史》中的一册。

虽然如此，如王德威所言，"北美不像中国，不管在表面上看起来这里的中国现代文学研究多么蓬勃，实际上它都只是一个非常边缘的专业，远不能与英国文学研究和法国文学研究的阵容相比"。[2]海外中国现代文学研究的这种"边缘性"，必然要求从事这一研究的华人学者进行研究策略上的选择和调整——他们要么继续以英文写作，用欧美

1　顾彬：《二十世纪中国文学史》，范劲等译，华东师范大学出版社2008年版。
2　王德威、李浴洋：《何为文学史？文学史何为？——王德威教授谈〈哈佛新编中国现代文学史〉》，《现代中文学刊》2019年第3期。

的文学尺度丈量中国现代文学的高度，或以欧美作家作品为比较对象，以获得主流学术界的阅读兴趣和学术认可（如夏志清的《中国现代小说史》，就多以欧美作家作品为比较对象）；要么换以中文写作，在汉语世界求取更广泛的知音之声（赞许甚或质疑）。海外中国现代文学研究的这一处境，还导致了另一种学术倾向，即在研究方法上，流散、后殖民、身份意识等成为一种基调，这既契合了海外中国现代文学研究本身的处境，也暗含了海外华人学者一种巧妙的学术策略——以边缘谋取中心，这也正是当前美国人文知识界的学术游戏规则之一。海外关于"华语语系文学"的探讨，正是践行这一规则的一个例证。

三、跨越科际的整合

在分析了海外华人学者比较意识的成因之后，我们不妨更进一步，探讨一下其比较实践的具体形态和特质。应该说，海外华人学者从事文学比较的学术空间十分开阔，其中，既有中国现代文学的西学阐释（周蕾）、中国经验世界意义的揭示（张旭东），又有跨国（境）文学批评的实践（张错）、跨语际交流的考察（刘禾）、跨国文学概念的尝试（如"跨国华语电影""华语语系文学"），还包含了对中外文化交流使者的个案分析（赵毅衡）等。跨科际、跨媒介、跨语言的比较与整合，日益成为海外华人学者批评理论的重要特征。

伴随着科际整合和媒介跨越，海外中国现代文学研究的边界大大扩容。如果说早期的中国现代文学研究还较多地坚守着文学这一阵地，那么90年代以来，在文化研究等潮流的裹挟下，海外华人学者不断将研究的触角旁及文学之外的其他领域，开展跨学科研究。视觉文化首先进入海外华人学者的研究视野，华语电影研究的盛行，满足了海外华人学者从事中国文学教学及顺应文化研究潮流的双重需要。除此之外，早期美术作品、海报、月历、刊物、中国当代艺术品、电视剧等一批视觉文本成为海外学者观照的对象，媒介研究成为跨文本分析不可缺少的一部分，海外有关 Sinophone 的研究，就是这种科际和多媒介整合的产物。在此情形下，坚守文学文本分析的学者，往往会秉持某种特别的认识或定性，如王德威就认为，海外华人学者的跨界研究，跟中国现代文学研究在美国历史较短、尚未定型有关，虽然视觉文化研究是大势所趋，但每一行仍应有其特别的风格。[1] 除了视觉研究，历史、思想、城市、社会、人类学等多个学科和领域进入了海外华人学者的比较视野，使中国现代文学研究呈现出更加斑驳的面貌，大有从比较文学转到比较文化研究之势。海外中国现代文学研究的这一转向，仍应溯源至相关的学科设置。在美国大学中，中国现代文学研究隶属于开展区域研究的东亚系的"中国研究"项目。一般来说，"中国研究"涵盖人文社会科学的多个领域，如哲学、宗教、历史、政治、文化、文学、艺术等，中国现代文学研究仅是其中极小的一个分支，教师往往不仅要讲授中国现代文学课程，更需讲授先秦以来的整个中国文学史，有时还需兼任中国历史、文化方面的其他课程。作为"小众"的中国现代文学研究，必须考虑为自身的存在寻求更广阔的学术空间，于是，向视觉文化、思想史、城市研究、性别研究等方向兼顾或转移，便成为一种不可避免的学术抉择。美国唯一的《中国现代文学》杂志更名为《中国现代文学与文化》，不妨看作这一研究领域在美国学科设置中所处情境的一个缩影。

四、走向"整体"的"中国现代诗学"

至此，我们似乎能够讨论海内外中国现代文学研究的另一种"整体观"了。

这里所讲的"整体观"，主要还不是针对作为对象的"20世纪中国文学"的打通，而是指向作为主体的海内外"中国现代文学研究者"，强调的是通过海内外学人的互动，更新传统的中国文学"研究

---

[1] 李凤亮：《海外中国现代文学研究：历史与现状——王德威教授访谈录》，《南方文坛》2008年第5期。

观",尝试以跨国意识、比较视野构建中国现代文学研究的新气局。

事实上,自20世纪80年代中期北京、上海学者分别提出"20世纪中国文学"(黄子平、陈平原、钱理群)、"中国新文学整体观"(陈思和)以来,打通20世纪中国文学研究已渐成学术界的一种共识,由此还形成了几次"重写文学史"的浪潮。毋庸讳言,大陆学界"重写文学史"的呼吁,也是海内外学界互动的结果。正是有了近三十年的"请进来""走出去",大陆现代文学研究中的一元化意识才得以逐步消解,一系列基于"现代"意识的广义"中国现代文学"概念才得以真正诞生。

在海外华人学者那里,这种"20世纪中国文学整体观"似乎走得更远。在学科意识明确的王德威笔下,这种整体观体现得尤为显著。王德威的"中文小说"研究大体上呈现出这样三个特征:一是空间上跨越现有的政治地理疆界,涉及大陆、台湾、香港、海外;二是时间上打破大陆学界关于现当代的分立,甚至将视野引入晚清这一重要领域;三是在写作思维上超越文学、历史、政治、思想、想象的交叉领域,体现明显的跨科际特点。当被问及是否有意识地追求这种中文小说研究的"整体观"时,王德威这样回答:

> 对于打破时间和地理疆界这么一个做法,我的确是有意而为的,而且一开始就觉得我应该利用在海外的优势。这种优势在台湾也做不到……我不敢说我做了多少,但是我确实是有意识地在做,我也期望我在海外的其他同事,能够利用我们的优势——就是在海外比较远离国内政治语境的优势——来做一些真正交流和沟通的工作。[1]

经"整体观照"后的海外中国现代文学研究,确实呈现出一种阔

---

[1] 李凤亮:《二十世纪中国文学研究的整体观及其批评实践——王德威教授访谈录》,《文艺研究》2009年第2期。

大的学术气象。仍以海内外讨论热烈的"华语语系文学"为例，虽然海外学人对这一概念的理解依然存在较大差异（如史书美倾向于以此指称"中国大陆以外的华语文学"），但较主流的看法，仍是包含全球的华文写作。这种"打破中文小说研究的划地自限"（王德威语）的做法，展示出研究思维上的拓进与务实。值得注意的是，这种广义的"华语语系文学"，其研究旨归、价值立场和理论方法，同中国大陆的"世界华文文学"研究仍有较大的不同，但二者的对话空间显然已被强烈放大。

海外华人学者的"20世纪中国文学整体观"，对于启发我们打通海内外研究界的努力不无裨益。虽然因种种原因，无论在海外中国现代文学研究界内部还是海内外的学术交流中，仍然存在着"学术政治的凸显"和"理论方法的碰撞"，海外的"去意识形态化"学术写作也不免还有"另一种偏见"，但彼此的交流仍有极大意义：唯有交流，才能祛除误解，减少偏见；唯有交流，才能在"双重彼岸与多元思考"中构建起一种大的中国现代文学研究意识，实现海内外的互动与双赢。

交流并非要谋求所谓的"一体化"，也并不排除差异的继续存在。实际上，正是有了观念、立场、视角和方法上的差异，才可能造就对话和互动的学术空间。一切有价值的交流，都应是在尊重差异的前提下发生的。同时，交流也应该是双向的，不应再像过去30年间那样，以大陆学界对境外的"单向接受"为主。事实上，随着海外研究资源的不断开放，海内外的学术落差正日益缩小，海外华人学者业已感到：海外中国现代文学研究界过去拥有的学术资料和理论方法的两重优势，已不复存在，甚至发生了逆转；海外的宽松学术环境，也因华人学者需通过不断重回"中国现代文学"的发生地获得"现场感"而弱化。一个显见的事实是，海外华人学者正日渐感受到因传统学术优势丧失而带来的心理落差，频频回国兼职或短期工作，这成了满足其多方面学术和心理需求的一个重要途径。近年来，除少数台湾背景的学者外，海外中国现代文学研究界的多数学者均以不同的方式回到大陆开展学术交流，很好地说明了这一点。

海内外中国现代文学研究的"整体观"，为我们带来了一系列新的学术话题。比如，可否尝试邀集不同国别的华人学者，运用新的体例或思路，以不同语言编印全新的《中国现代文学史》或《20世纪中国文学史》？再如，在学术日益全球化的今天，能否对海内外中国现代文学研究的"影响"模式进行归结，从中寻求合作交流的新路径？又如，在尊重差异的前提下，能否借助会议、项目、出版、互访等方面的学术合作，逐步推进跨地域的"中国现代诗学"的形成？

上述构想似乎并非不可能。一个显见的事实是，海外学人将跨文化、跨学科、跨媒介、跨语际的研究观念投射到国内，很大程度上打破了过去中国文学研究的封闭单一视角，在某种意义上已经改变了20世纪中国文学研究的总体格局。今天海内外中国现代文学研究界的各自成就，从严格意义上讲都曾得益于"彼岸"的存在。虽然学术背景、出场语境、问题意识、研究方法等仍存在差异，但在以对话与交流为主调的当代，打破观念性、时间性、空间性的自我设限，寻求跨地域、跨科际、跨语际的学术整合，早已成为一种必需而且可行的研究路向。我们并不奢望中国现代文学研究"大同世界"的到来，却有理由相信：跨地域的"中国现代诗学"，正以一种顽强的生命力，弥散于不同语言和国家的华人学者之中。

附 录

海外华人学者小传

说明：

1. 小传收录本书所主要论列到的海外华人学者，以便读者进一步了解其学术经历及研究成果。部分海外华人学者不单列，以正文注释稍加说明。

2. 因资料所限，小传未及准确详尽，敬请读者批评指正。

3. 小传按传主中文姓名汉语拼音的音序排列。名单如下：

陈建华、黄子平、李欧梵、林幸谦、刘禾、刘剑梅、刘康、刘绍铭、鲁晓鹏、孟悦、欧阳桢、史书美、宋伟杰、唐小兵、王斑、王德威、王润华、奚密、夏济安、夏志清、徐贲、许子东、杨小滨、张错、张旭东、张英进、张真、赵毅衡、郑树森、周蕾。

陈建华（Chen, Jianhua），1949 年生于上海，1988 年获复旦大学古代文学博士学位，2002 年获哈佛大学中国现当代文学博士学位。曾先后任教于复旦大学、美国俄亥俄州欧柏林学院、香港科技大学，曾在美国加州大学伯克利分校、台湾"中央研究院"中国文哲研究所任访问学者，为香港科技大学荣誉教授。目前受邀担任上海交通大学"致远讲席教授"。主要研究领域为明清文学、都市及大众文化、中国文学与形象现代性等。发表中英文论文百余篇。

主要英文著作有：*A Myth of Violet：Zhou Shoujuan and the Literary Culture of Shanghai，1911-1927*（2002）；*From Revolution to the Republic：Chen Jianhua on Vernacular Chinese Modernity*（2013）；*Revolution and Form：Mao Dun's Early Fiction and Chinese Literary Modernity*（2018）等。

主要中文著作有：《14至17世纪中国江浙地区社会意识与文学》（1992）、《"革命"的现代性——中国革命话语考论》（2000）、《徘徊在现代和后现代之间》（与李欧梵合作，2000）、《帝制末与世纪末——中国文学文化考论》（2006）、《革命与形式：茅盾早期小说的现代性展开》（2007）、《从革命到共和：清末至民国时期文学、电影与文化的转型》（2009）、《红颜祸水：倾国倾城的美丽谎言》（与李思涯合著，2010）、《雕笼与火鸟（三十年集）》（2011）、《古今与跨界——中国文学文化研究》（2013）、《文以载车：民国小火车》（2017）、《陆小曼·1927·上海》（2017）、《紫罗兰的魅影：周瘦鹃与上海文学文化，1911—1949》（2019）等。出版诗文集《去年夏天在纽约》（2001）、《乱世萨克斯风》（2009）、《陈建华诗选》（2006）、《灵氛回响》（2014）等。

黄子平（Huang, Ziping），1949年11月生于广东梅县，曾任海南岛国营农场农工。1981年获北京大学中文系文学学士学位，1982年随北京大学中文系谢冕教授攻读硕士。曾任北京大学出版社文史编辑、北京大学中文系讲师，并分别在美国哥伦比亚大学东亚图书馆、芝加哥大学亚洲研究中心、芝加哥社会心理研究所和日本东京大学东洋文化研究所及浙江大学文学院做过访问研究。受聘担任香港浸会大学中文系教授，2010年荣休后到北京大学任教两年，2013年到中国人民大学文学院任讲座教授。为台湾"中央大学"、淡江大学、复旦大学、中山大学（珠海）等校客座或访问学者。主要研究领域为中国现当代文学。

主要著作有：《沉思的老树的精灵》（1986；2014）、《文学的意思》（1988）、《二十世纪中国文学三人谈》（与钱理群、陈平原合著，

1988)、《幸存者的文学》(1991)、《革命·历史·小说》(1996；增订版：2018)、《边缘阅读》(1997；2000)、《"灰阑"中的叙述》(2001；增订版，2020)、《二十世纪中国文学三人谈·漫说文化》(与钱理群、陈平原合著，2004；2019)、《害怕写作》(2005；2006)、《远去的文学时代（三十年集）》(2012)、《历史碎片与诗的行程》(2012)、《文本及其不满》(2019)等。参与编著《文化：中国与世界》丛书（生活·读书·新知三联书店）、"漫说文化"丛书（人民文学出版社；北京时代华文书局）、《中国小说》年选（香港三联书店）、《中国小说与宗教》(主编，1998)、《香港散文典藏》(主编，2013)等。另有诗集《如火如风》（与人合著，1977）等。在大陆、香港、台湾等刊物发表论文若干。

李欧梵（Lee, Leo Ou-fan），1939年生于河南太康，后随家迁往台湾。1961年台湾大学外文系毕业后，留学美国哈佛大学，师从史华慈和费正清等人，主修中国近代思想史，兼及文学，1970年获博士学位。曾先后任教于美国达特茅斯学院、印第安纳大学、芝加哥大学、加州大学洛杉矶分校、普林斯顿大学及哈佛大学。曾获得王安研究奖（1985）、古根海姆奖（1986）、香港科技大学人文荣誉博士（2001）、第24届台湾"中央研究院"院士（2002）等学术荣誉。2004年8月自哈佛大学退休后，聘任为香港中文大学"沈为坚中国文化讲座教授"。

主要英文著作包括：*The Romantic Generation of Chinese Writers*（1973）；*Voices from the Iron House: A Study of Lu Xun*（1987）；*Shanghai Modern: The Flowering of a New Urban Culture in China, 1930—1945*（1999）；*City between Worlds: My Hong Kong*（2008）等。编著有：*Lu Xun and His Legacy*（1985）；*An Intellectual History of Modern China*（co-edited with Merle Goldman, 2002）；*The Lyrical and the Epic: Studies of Modern Chinese Literature*（Jaroslav Prusek, 1980）等。

主要中文著作有：《中国现代作家浪漫的一代》（2005）、《铁屋中的呐喊》（1991）、《现代性的追求》（1996；2000；2010）、《上海摩登：一种新都市文化在中国1930—1945》（2001；2006；2008；2010；2017）、《西潮的彼岸》（1981；2005；2010）、《世纪末呓语》（2001）、《狐狸洞话语》（1994）、《狐狸洞呓语》（2000）、《中国现代文学与现代性十讲》（2002）、《李欧梵自选集》（2002）、《未完成的现代性》（2005）、《浪漫与偏见：李欧梵自选集》（2005）、《苍凉与世故：张爱玲的启示》（2006）、《睇色，戒——文学·电影·历史》（2008）、《李欧梵论中国现代文学》（2009）、《人文今朝》（2011）、《不必然的对等：文学改编电影》（2010；2017）、《音乐六讲》（2014）、《中国文化传统的六个面向》（2016；2017）、《现代性的想象：从晚清到当下》（2019）等。此外编选有《普实克中国现代文学论文集》（亚罗斯拉夫·普实克，1987）、《抒情与史诗：现代中国文学论集》（亚罗斯拉夫·普实克，2010）等数十部。

主要散文随笔对话录有：《我的哈佛岁月》（2005）、《清水湾畔的臆语》（2004）、《我的音乐往事》（2005）、《音乐的遐想》（2005）、《自己的空间：我的观影自传》（2007）、《寻回香港文化》（2002）、《音乐札记》（2008）、《徘徊在现代和后现代之间》（2000）、《李欧梵季进对话录》（2003）、《现代性的中国面孔：李欧梵、季进对谈录》（2011）等。著有小说《范柳原忏悔录》（1998）和《东方猎手》（2001）等。1993年以来香港牛津大学出版社出版有"李欧梵作品"（16册），2010—2011年人民文学出版社出版有"李欧梵作品"（10册），2016—2019年浙江大学出版社出版有"李欧梵作品"（5册）。

林幸谦（Lim，Chin-Chown），祖籍福建永春，1963年生于马来西亚森美兰州芙蓉。马来亚大学文学学士，台湾政治大学中文所文学硕士（硕士论文为第一篇研究白先勇的学位论文），香港中文大学哲学博士（博士论文为中国第一篇研究张爱玲的博士学位论文），后任教于香港浸会大学中国语言文学系。曾获第十二届时报文学奖散文类甄选首奖、第十七届时报文学奖散文评审奖、第六届鲁芹散文奖、1994年度香港市政局中文文学创作奖散文组冠军、第七届及第三届《星洲日报》花踪文学奖散文组推荐奖、2003年香港中文文学双年奖推荐奖等。

出版研究著作包括：《生命情结的反思：白先勇小说主题思想之研究》（1994）、《历史、女性与性别政治：重读张爱玲》（2000）、《张爱玲论述：女性主体与去势模拟书写》（2000）、《荒野中的女体：张爱玲女性主义批评Ⅰ》（2003）、《女性主体的祭奠：张爱玲女性主义批评Ⅱ》（2003）、《文学的信念与反思》（2009）、《萧红文本研究》（与张珊珊合著，2014）、《身体与符号建构：重读中国现代女性文学》（2015）等。此外，还编撰有：《洛神》（合编，2006）、《张爱玲：文学·电影·舞台》（2007）、《张爱玲：传奇·性别·系谱》（2012）、《印象·张爱玲》（合编，2012）、《千回万转：张爱玲学重探》（2018）等十余部。

主要散文集包括：《疯狂与破碎：边陲人生与颠覆书写》（1995）、《香港后青年散文集合》（合集，1996）、《漂移国土》（2003）、《人类是光明的儿子》（2004）、《愤懑年代》（2004）、《灵/性签》（2012；2019）等十余种。主要诗集有：《诗体的仪式》（1999）、《原诗》（2001）、《千岛南洋》（2005）、《幸谦之诗》（2005）、《叛徒的亡灵——我的五四诗刻》（2007）等。

刘禾（Liu，Lydia H.），女，1957年出生，四川泸州人。1974年中学毕业后到甘肃武威地区插队。1976年考入西北师范大学英语系，1979年毕业分配到武威师范学校任英文教师。1980年考入山东大学英美文学专业，1983年获硕士学位后留校任教。1984年受美国哈佛燕京访问学者基金资助赴美从事研究，1985年考入哈佛大学比较文学系攻读博士学位，1990年获得哈佛大学比较文学博士学位。1990—2001年任加州大学伯克利分校比较文学系和东亚系跨系教授及讲座教授、密歇根大学比较文学和亚洲语言文化系跨系教授及讲座教授,现任美国哥伦比亚大学东亚系终身人文讲席教授、比较文学与社会研究所所长。曾获美国古根海姆大奖、美国人文研究所年度奖、柏林高等研究院年度奖等。

主要英文著作有:*Translingual Practice: Literature, National Culture, and Translated Modernity-China, 1900-1937*(1995);*Token of Exchange: The Problem of Translation in Global Circulations*(chief editor, 1999);*The Clash of Empires: The Invention of China in Modern World Making*(2004);*Writing and Materiality in China: Essays in Honor of Patrick Hanan*(co-edited with Judith Zeitlin, 2003);*The Freudian Robot: Digital Media and the Future of the Unconscious*(2011)等。

中文著作包括:《语际书写:现代思想史写作批判纲要》(1997;1999;2017)、《持灯的使者》(主编,2001;2009)、《跨语际实践:文学,民族文化与被译介的现代性(中国,1900—1937)》(2002;2008;2014)、《帝国的话语政治——从近代中西冲突看现代世界秩序的形成》(2009;2014)、《六个字母的解法》(2013;2014)、《天义·衡报》(与万仕国合编,2016)、《世界秩序与文明等级——全球史研究的新路径》(主编,2016)等。

刘剑梅(**Liu, Jianmei**),出生于福建省南安县,刘再复之女。北京二中学生,北京大学中文系学士,美国科罗拉多大学东亚系硕士,美国哥伦比亚大学东亚系博士(师从王德威教授)。曾任美国马里兰大学亚洲与东欧语言文学系副教授,现为香港科技大学人文学部终身教授。主要研究兴趣为现当代中国文学、性别研究。

英文著作有:*Revolution Plus Love: Literary History, Women's Bodies, and Thematic Repetition in Twentieth-Century Chinese Fiction*(2003);*Zhuangzi and Modern Chinese Literature*(2016);*The Jin Yong*

Phenomenon: Chinese Martial Arts Fiction and Modern Chinese Literary History（co-edited with Ann Huss, 2007）等。

中文著作有：《共悟人间：父女两地书》（与刘再复合著，2000；2001；2003；2010）、《共悟红楼》（与刘再复合著，2008；2009）、《狂欢的女神》（2004；2005；2007）、《革命与情爱：20世纪中国小说史中的女性身体与主题重述》（2009；2014）、《教育论语》（与刘再复合著，2012）、《庄子的现代命运》（2012；2013）、《彷徨的娜拉》（2015）等。

刘康（Liu, Kang），1978—1982年就读于南京大学外文系，1983年受美国福布莱特奖学金资助赴威斯康星大学留学，1984年获比较文学硕士学位，1989年获比较文学博士学位。1989—1991年任教于美国格林奈尔大学，1991—2002年任教于宾夕法尼亚州州立大学，其间担任宾州大学东亚研究所主任，并曾任中国比较文学学会旅美分会会长。2003起担任杜克大学亚洲与中东研究系教授、公共政策学院中国传媒研究中心主任、中华人口与社会经济研究中心副主任。1997年任北京大学英语系访问教授，1998年任台湾政治大学广播电视系福布莱特访问教授，1998年任荷兰莱顿大学亚洲研究院研究员。被聘为南京大学、浙江大学、清华大学等校特聘教授、客座研究员等。2008年起，受聘为上海交通大学"致远讲席教授"，并于2008—2014年担任该校人文艺术研究院院长。2015年当选欧洲科学院外籍院士。学术研究领域主要包括：传播与大众媒体、全球化与文化研究、当代中国综合研究、马克思主义文化理论与美学等。

英文著作有：*Politics, Ideology, and Literary Discourse in Modern China: Theoretical Interventions and Cultural Critique*（1993）；*Aesthetics and Marxism: Chinese Aesthetic Marxists and Their Western Contemporaries*（2000）；*Globalization and Cultural Trends in China*（2004）等。

中文著作包括：《对话的喧声：巴赫金的文化转型理论》（大陆版

1995，2011；台湾版 1995，2005）、《妖魔化中国的背后》（与李希光合著，大陆版 1996，香港版 1997，台湾版 1997）、《妖魔化与媒体轰炸》（与李希光合著，2000）、《全球化／民族化》（2002）、《文化·传媒·全球化》（2006）、《马克思主义与美学：中国马克思主义美学家和他们的西方同行》（2011）、《中国当代传媒文化研究》（与周宪合编，2011）等。此外在美国、欧洲、日本英文学术刊物和中国大陆、香港、台湾等地中文刊物上发表中英文学术论文多篇。

刘绍铭（Lau，Joseph S. M.），笔名有桑鲁卿、二残、袁无名等，籍贯广东惠阳，1934 年 7 月生于香港。1960 年毕业于台湾大学外文系，大学期间与白先勇、陈若曦、欧阳子、叶维廉、李欧梵等台大同学创办《现代文学》杂志，毕业后赴美留学，1966 年获印第安纳大学博士学位。曾先后任教于美国夏威夷大学、威斯康星大学、香港中文大学、新加坡国立大学，担任过香港岭南学院（今岭南大学）文学院院长、翻译系讲座教授兼主任。学术研究领域主要为中西比较文学及翻译学。

主要英文著作有：*Ts'ao Yu, the Reluctant Disciple of Chekhov and O'Neill: A Study in Literary Influence*（1970）。英文编译著作有：*Chinese Stories from Taiwan: 1960-70*（1976）；*Traditional Chinese Stories: Themes & Variations*（co-edited with Yau-Woon Ma，1978）；*Modern Chinese Stories & Novellas: 1919-1949*（co-edited with C. T. Hsia & Leo Ou-fan Lee，1981）；*The Unbroken Chain: An Anthology of Taiwan Fiction since 1926*（1983）；*The Columbia Anthology of Modern Chinese Literature*（co-edited with Howard Goldblatt，1995）；*Classical Chinese Literature: An Anthology of Translations*（Vol. I: From Antiquity to the Tang Dynasty, co-edited with John Minford，2000）。英文译著有：*The Wilderness*（four-act play by Ts'ao Yu, co-trans with Christopher Rand，1980）。

中文著作及评论集有：《小说与戏剧》（1977）、《涕泪交零的现代中国文学》（1979）、《渺渺唐山》（1983）等，并编有《现代中国文学评论选》（1970）、《中国现代中短篇小说选》（与黄维樑合编，1994）、《再读张爱玲》（与许子东、梁秉钧合编，2004）、《重读张爱玲》（与李欧梵、夏志清等合作，2008）等。

著有小说《二残游记》（1976）、《二残游记续篇》（1977）、《九七香港浪游》（1986）等。出版散文、杂文集《吃马铃薯的日子》（1970）、《传香火》（1979）、《风檐展书读》（1981）、《随笔与杂文》（1984）、《道德·文章》（1984）、《西风残照》（1986）、《遣愚衷》（1987）、《半仙·如半仙》（1987）、《独留香水向黄昏》（1989）、《细微的一炷香》（1990）、《未能忘情》（1992）、《灵魂的按摩》（1993）、《香港因缘》（1995）、《偷窥天国》（1995）、《文字岂是东西》（1999）、《情到浓时》（2000）、《旧时香港：刘绍铭自选集》（2001）、《一炉烟火》（2005）、《烟雨平生》（2003）、《文字还能感人的时代》（2005）、《文字的再生》（2006）、《能不依依》（2007）、《风月无边》（2007；2012）、《浑家·拙荆·夫人：刘绍铭自选集》（2009）、《冰心在玉壶》（2012）、《蓝天作镜》（2012；2013）、《爱玲小馆》（2013）、《刘绍铭散文自选集》（2017）等数十部。

主要英译中著有：《魔桶》（马拉末，1970）、《何索》（贝娄，与颜元叔合译，1971）、《伙计》（马拉末，1971）、《傻子金宾》（以撒·辛格，1972）、《中国现代小说史》（夏志清，1979）、《一九八四》（奥维尔，1980）、《动物农庄》（奥维尔，2020）等。

鲁晓鹏（Lu，Sheldon Hsia-Peng），祖籍陕西省横山县，1962年生于西安市。少年时代在北京居住和上学，1979年赴美，1981年入美国威斯康星大学麦迪逊校区，1984年毕业，获比较文学学士学位；1990年毕业于美国印第安纳大学（布鲁明顿校区），获比较文学博士学位。曾短期任教于伊利诺依大学比较文学系及印第安纳大学东亚语言文化系，后在匹兹堡大学东亚语言文学系任教十年。2002年起任加州大学戴维斯分校比较文学系教授；曾创办该校电影系，并任首任系主任。

2004—2005年受美国福布莱特基金资助,在乌克兰首都基辅市研究后社会主义电影。曾任中国比较文学学会旅美分会会长、美国现代语言学会东亚语言文学部理事。2005年获美国"选择"机构的"杰出学术著作奖"。研究领域包括世界电影、后社会主义电影、跨国华语电影、中国现代文学与视觉文化、中国传统叙事学、文化理论、全球化研究、东西方比较诗学等。

主要英文著作有:*From Historicity to Fictionality: The Chinese Poetics of Narrative*(1994;韩文版2001);*Transnational Chinese Cinemas: Identity, Nationhood, Gender*(ed., 1997);*China: Transnational Visuality, Global Postmodernity*(2001);*Chinese-Language Film: Historiography, Poetics, Politics*(co-edited with Emilie Yueh-yu Yeh, 2005);*Chinese Modernity and Global Biopolitics: Studies in Literature and Visual Culture*(2007);*Chinese Ecocinema: in the Age of Environmental Challenge*(co-edited with Jiayan Mi, 2009);*From Fu Manchu to Kung Fu Panda: Images of China in American Film*(co-edited with Naomi Greene, 2014)等。

主要中文著作包括:《文化·镜像·诗学》(2002)、《从史实性到虚构性:中国叙事诗学》(2012)、《爱情三部曲:感伤的岁月、回北京、西域行》(2015)、《影像·文学·理论:重新审视中国现代性》(2016)、《中国生态电影论集》(与龚敏浩合编,2017)等。发表中英文论文若干。

孟悦(Meng, Yue),女,1957年生于北京,1982年北京大学中文系本科毕业,1985年获北京大学中文系文学硕士学位,曾任《文学评论》杂志编辑。1990年赴美,2000年于加州大学洛杉矶分校获历史学博士学位。曾任加州大学尔湾分校东亚系教授,现为加拿大多伦多大学东亚系、清华大学中文系教授。研究领域主要为叙述学、意识形态分析、科学文化史、文学与文化批评、文化史等。

主要著作有：都市文化研究专著 Shanghai and the Edges of Empires（2006）；女性文学研究著作《本文的策略》（1988）、《浮出历史地表》（与戴锦华合著，1989；2004；2018）；中国现当代文学评论《历史与叙述》（1991）、《人·历史·家园：文化批评三调》（2006）、《〈白毛女〉七十年》（与段宝林、李杨合著，2015）等。编著有：《物质文化读本》（与罗钢合编，2008）等。另外发表中英文论文数十篇。

欧阳桢（Eoyang，Eugene Chen），1939 年生于香港，毕业于台湾大学，后赴美国哈佛大学留学，1959 年毕业；1979 年在印第安纳大学获得比较文学博士学位，后任该校东方语言与比较文学系教授；1981 年曾应邀来北京外文出版局协助翻译出版工作。1996 年起任香港岭南大学讲座教授，2000—2008 年担任通识教育课程主任，后于该校荣休。精通中、英、法三国语言，也能阅读德文；曾任美国比较文学学会会长，国际比较文学协会智囊委员会主任（1997—2004）。专业研究领域为翻译理论与实践、中国文学、中西文学关系、全球化、跨文化研究、文学理论。

主要著作有：*The Transparent Eye: Translation, Chinese Literature, and Comparative Poetics*（1993）；*Translating Chinese Literature*（1995）；*Coat of Many Colors: Reflections on Diversity by a Minority of One*（1995）；*Borrowed Plumage: Polemical Essays on Translation*（2003）；*Two-Way Mirrors: Cross-Cultural Studies in Globalization*（2007）；*The Promise and Premise of Creativity: Why Comparative Literature Matters*（2012）等。编译有 *Ai Qing: Selected Poems*（与彭文兰、玛丽莱·金合译，1982）等。

史书美（Shih，Shu-mei），女，1961 年 4 月生于韩国，台湾师范大学英文系学士，加州大学圣地亚哥分校文学系硕士，加州大学洛杉矶分校比较文学系博士。现任美国加州大学洛杉矶分校比较文学系、亚洲语言文化系及亚美研究系合聘教授。2012 年曾任台湾大学文学院白先勇讲座教授；2013—2015年为香港大学中文学院陈汉贤伉俪讲座基金教授（专任），现为同职位的兼任讲座教授。曾客座于瑞典斯德哥尔摩大学、意大利波隆纳大学、加拿大卡尔顿大学、西班牙巴塞隆纳自治大学等。主要研究领域为中国文学、亚美文学和华语语系文学，以跨国女性主义、比较弱势话语、现代主义、（后）人文主义和（后）殖民主义为研究重点，为Sinophone研究的创建人及主要立论者。

主要英文著作有：*The Lure of the Modern：Writing Modernism in Semicolonial China，1917-1937*（2001）；*Visuality and Identity：Sinophone Articulations across the Pacific*（2007）等。编著有：*Minor Transnationalism*（co-edited with Françoise Lionnet，2005）；*Creolization of Theory*（co-edited with Françoise Lionnet，2011）；*Sinophone Studies：A Critical Reader*（co-edited with Chien-hsin Tsai & Brian Bernards，2013）等。

主要中文著作有：《现代的诱惑：书写半殖民地中国的现代主义（1917—1937）》（2007）、《视觉与认同：跨太平洋华语语系表述·呈现》（2013）、《反离散：华语语系研究论》（2017）等。

宋伟杰（Song, Weijie），1969年生，辽宁人，西安交通大学理工科学士，北京大学中文系文学硕士、比较文学博士（师从乐黛云教授），美国哥伦比亚大学东亚系博士（师从王德威教授）。曾任美国普渡大学外国语言文学系助理教授，现任美国罗格斯大学亚洲语言文化系副教授。主要研究领域包括比较文学、中国现代文学与电影、都市文化、中国流行文化、华语语系与离散研究、金庸小说等。

主要英文著作有：*Mapping Modern Beijing: Space, Emotion, Literary Topography*（2017）等。

中文论著有：《从娱乐行为到乌托邦冲动：金庸小说再解读》（1999）、《中国·文学·美国：美国小说戏剧中的中国形象》（2003），编选有《许地山（中国现代文学百家）》（1997；2000；2008版改题为《春桃：许地山代表作》）等。主要翻译有《被压抑的现代性：晚清小说新论》（2003；2005），合译有《比较诗学》（1998；2004）、《公共领域的结构转型》（1999；2004）、《理解大众文化》（2001；2006）、《跨语际实践——文学，民族文化与被译介的现代性（中国，1900—1937）》（2002；2007）、《大分裂之后：现代主义，大众文化，后现代主义》（2010）等。发表中英文研究论文若干篇。

唐小兵（Tang, Xiaobing），1964年生于湖南邵阳，1984年毕业于北京大学英语系，并师从杨周翰攻读比较文学硕士，1986年赴美留学，师从西方马克思主义理论家詹姆逊，1991年获杜克大学博士学位。1991—1995年任教于美国科罗拉多州立大学，1995—2005年任教于芝加哥大学，2005—2008年任南加州大学东亚系教授、系主任。2008—2019年任美国密歇根大学Helmut F. Stern现代中国研究讲座教授及比较文学讲座教授。2019年9月起担任香港中文大学文学院院长、冼为坚中国人文学讲座教授。研究领域包括当代中国视觉文化、关于艺术和文学的理论叙述，以及现代中国不同文化生产方式的变迁与历史等。

主要英文著作有：*Global Space and the Nationalist Discourse of Modernity: The Historical Thinking of Liang Qichao*（1996）；*Chinese Modern: The Heroic and the Quotidian*（2000）；*Origins of the Chinese Avant-grade: The Modern Woodcut Movement*（2007）；*Visual Culture in Contemporary China: Paradigms and Shifts*（2015）。英文编著有：*Politics, Ideology and Literary Discourse in Modern China: Theoretical Interventions and Cultural Critique*（co-edited with Liu Kang，1993）；*Multiple Impressions: Contemporary Chinese Woodblock Prints*（co-edited with Shang Hui & Anne Farrer，2011）。应邀主编了美国《中国现代文学研究》（*Modern Chinese Literature*）1995年春季号"城市叙事专题"等。

中文著作有：《再解读：大众文艺与意识形态》（主编，1993；2007）、《英雄与凡人的时代：解读20世纪》（2001）、《流动的图像：

当代中国视觉文化再解读》（2018）等。此外，还译有詹姆逊的《后现代主义与文化理论》（1986；1996）等。

王斑（Wang, Ban），福建厦门人，1982年于北京外国语大学获英语学士，1985年于该校获英国文学硕士学位，并留校任教。1988年旅美留学，先于爱荷华大学读比较文学，后转加州大学洛杉矶分校，1993年获比较文学博士。随后在纽约州立大学石溪校区任教7年，2000年转新泽西罗格斯大学。现为美国斯坦福大学东亚系教授，William Haas中国研究讲座教授。研究领域涉及中西文学、美学、历史、思想史、国际政治、电影及大众文化。1997年与2001年两次获美国人文基金学术研究奖励。发表中英文论文百余篇。

英文著作有：*The Sublime Figure of History: Aesthetics and Politics in Twentieth-Century China*（1997）；*Narrative Perspective and Irony in Selected Chinese and American Fiction*（2002）；*Illuminations from the Past: Trauma, Memory, and History in Modern China*（2004）；*Chinese Visions of World Order: Tianxia, Culture, and World Politics*（2017）；*Trauma and Cinema*（co-edited with Ann Kaplan, 2003）；*Words and Their Stories*（2010）；*Debating the Socialist Legacy and Capitalist Globalization in China*（co-edited with Xueping Zhong, 2014）；*China and New Left Visions: Political and Cultural Interventions*（co-edited with Jie Lu, 2012）；*Culture and Social Transformations: Theoretical Framework and Chinese Context*（co-edited with Tianyu Cao, Xueping Zhong & Liao Kebin, 2013）等。

中文著作有：《历史与记忆——全球现代性的质疑》（2004），《全球化阴影下的历史与记忆》（2006）、《美国大学课堂里的中国》（与钟雪萍合编，2006）、《历史的崇高形象——二十世纪中国的美学与政治》（2008）等。与张旭东合译本雅明的《启迪：本雅明文选》（1998；2008）等。

王德威（Wang, David Der-wei），1954年出生，台湾大学外文系毕业，美国威斯康星大学麦迪逊校区比较文学博士。曾任教于台湾大学外文系、美国哥伦比亚大学东亚语言文学系，曾任哥伦比亚大学丁龙汉学讲座讲授、东亚系系主任，复旦大学长江学者讲座教授。现任美国哈佛大学东亚语言及文明系Edward C. Henderson讲座教授。香港岭南大学荣誉博士。2004年获选为台湾"中央研究院"第25届院士。受邀担任南京大学、苏州大学、山东大学等多所国内高校的客座教授或访问教授。曾获得联合报最佳图书奖（1998、2001、2002）、"华语文学传媒大奖"2006年度文学批评家，"21大学生世界华语文学人物盛典"首届致敬人物（2017）等荣誉。

主要英文著作有：Fictional Realism in 20th-Century China: Mao Dun, Lao She, Shen Congwen（1992）; Fin-de-siècle Splendor: Repressed Modernities of Late Qing Fiction, 1849-1911（1997）; The Monster That is History: History, Violence, and Fictional Writing in Twentieth-century China（2004）; The Lyrical in Epic Time: Modern Chinese Intellectuals and Artists Through the 1949 Crisis（2015）; Chinese Literature in the Second Half of A Modern Century: A Critical Survey（co-edited with Chi Pang-yuan, 2000）; The Last of the Whampoa Breed: Stories of the Chinese Diaspora（co-edited with Chi Pang-yuan, 2003）; Dynastic Crisis and Cultural Innovation: From the Late Ming to the Late Qing and Beyond（co-edited with Shang Wei, 2006）; Writing Taiwan: A New Literary History（co-edited with Carlos Rojas, 2007）; Global Chinese Literature（co-edited with Jing Tsu, 2010）; A New Literary History of Modern China（2017）等。

中文著作在大陆、香港、台湾出版，主要包括：《从刘鹗到王祯和：中国现代写实小说散论》（1986）、《众声喧哗：三〇与八〇年代的中国小说》（1988）、《阅读当代小说：台湾·大陆·香港·海外》（1991）、《小说中国：晚清到当代的中文小说》（1993；2012）、《想像中国的方法：历史·小说·叙事》（1998；2016）、《如何现代，怎样文学？：十九、二十世纪中文小说新论》（2008）、《众声喧哗以后：点评当代中文小说》（2001）、《跨世纪风华：当代小说20家》（2002）、《被压抑的现代性：晚清小说新论》（2003；2005）、《现代中国小说十讲》（2003）、《历史与怪兽：历史，暴力，叙事》（2004；2011）、《后遗民写作》（2007）、《落地的麦子不死：张爱玲与"张派"传人》（2004）、《当代小说二十家》（2006；2007）、《王德威精选集》（2007）、《如此繁华》（2005；2006）、《一九四九：伤痕书写与国家文学》（2008）、《抒情传统与中国现代性：在北大的八堂课》（2010；2018）、《写实主义小说的虚构：茅盾，老舍，沈从文》（2009；2011）、《现代"抒情传统"四论》（2011；2016）、《现当代文学新论：义理·伦理·地理》（2014）、《华夷风起：华语语系文学三论》（2015）、《史诗时代的抒情声音：十世纪中期的中国知识分子与艺术家》（2017；2019）、《悬崖边的树》（2019）等。

主要编著包括：《台湾：从文学看历史》（2005；2009）、《文学行旅与世界想象》（与季进合编，2007）、《一九四九以后：当代文学六十年》（与陈思和、许子东合编，2010；2011）、《中国现代文学的史与学：向夏志清先生致敬》（2010）、《抒情之现代性：抒情传统论述与中国文学研究》（与陈国球合编，2014）、《华夷风：华语语系文学读本》（与高嘉谦、胡金伦合编，2016）等文学选本多种。翻译有米歇·傅柯（Michel Foucault）的《知识的考掘》（1993）等。

王润华（Wong, Yoon Wah），原籍广东省从化，1941年生于马来西亚吡叻州，现为新加坡公民。1966年获台湾政治大学文学学士学位，1969年再获文学硕士学位。1972年获威斯康星大学文学博士学位（论文为 *Ssu-Kung Tu: The Man and His Theory of Poetry*），毕业后曾任美国爱荷华大学研究员一年。1972应新加坡南洋大学之聘前往该校中文系任教，曾担任南洋大学人文与社会科学研究所所长。1980年，新加坡国立大学成立，前往该校中文系任教，历任中文系主任、文学院助理院长，后受聘担任台湾元智大学人文社会学院院长兼中文系主任、国际语言文化中心主任等。主要研究兴趣有唐代诗歌与诗论（着重于司空图与王维），1919年以来东南亚华文文学（着重于小说与诗歌），比较现代中西文学和中国现代文学作家（着重于郁达夫、鲁迅、沈从文和老舍）。1984—1989年担任新加坡作家协会会长，现为名誉会长。

学术著作有《比较文学理论集》（1972）、《郁达夫在新加坡与马来西亚》（1977）、《中西文学关系研究》（1978）、《司空图新论》（1989）、《从司空图到沈从文》（1989）、《鲁迅小说新论》（1993）、《从新华文学到世界文学》（1994）、《老舍小说新论》（1995）、《沈从文小说新论》（1998）、《从反殖民到殖民者：鲁迅与新马后殖民文学》（2000）、《华文后殖民文学：中国、东南亚的个案研究》（2001）、《越界跨国文学解读》（2004）、《王维诗学》（2009）、《华裔汉学家周策纵的汉学研究》（2011）等20余种，另有英文专论及编著《东南亚华文文学》（与白豪士共同主编，1989）、《新华华文文学选集》等十多种。译作有《异乡人》（1971）、《司空图"诗品"》（英译，1994）等四种。

擅长散文与诗歌创作，著有《患病的太阳》（1966）、《高潮》（1970）、《内外集》（1978）、《橡胶树：南洋乡土诗集》（1980）、《南洋乡土集》（1981）、《山水诗》、《秋叶行》（1988）、《把黑夜带回家》（1995）、《王润华自选集》（1986）、《地球村神话》（1999）等，创作先后获得"创世纪"二十周年纪念奖、中国时报散文推荐奖、中兴文艺奖、东南亚文学奖、新加坡文化奖和亚细安文学奖。

奚密（Yeh, Michelle），女，祖籍江苏宜兴，本姓叶，1955年生于台北市，台湾大学外文系学士，1982年获美国南加州大学比较文学博士学位，博士论文为《隐喻与转喻：中西诗学比较研究》（*Metaphor and Metonymy: A Comparative Study of Chinese and Western Poetics*，导师为张错教授）。1994年起任教于美国加州大学戴维斯分校东亚语文系和比较文学系，现为杰出教授，兼加州大学环太平洋研究中心主任，加州大学戴维斯分校孔子学院外方院长。

英文论著有：*Modern Chinese Poetry: Theory and Practice since 1917*（1991）；*Anthology of Modern Chinese Poetry*（ed.，1992）；*Frontier Taiwan: An Anthology of Modern Chinese Poetry*（与马悦然合编，2001）；*Sailing to Formosa: A Poetic Companion to Taiwan*（与马悦然、许悔之合编，2005）等。

中文著作有：《现当代诗文录》（1997）、《二十世纪台湾诗选》（1999）、《从边缘出发：现代汉诗的另类传统》（2000）、《诗生活》（2004）、《谁与我诗奔》（2005）、《芳香诗学》（2005）、《现代汉诗：1917年以来的理论与实践》（2008）、《台湾现代诗论》（2009）、《香：文学·历史·生活》（2013；2014）、《百年新诗选》（与洪子诚联合主编，2015）等。编选有《心也会流泪》（2003）、《15位台湾诗人重新定义现代主义》（2004）等多种。翻译有 *No Trace of the Gardener: Poems of Yang Mu*（中译英，1998）、《海的圣像学：德瑞克·沃克特诗选》（英译中，与人合译，2001）等。

夏济安（Hsia, Tsi-An），原名夏澍元，祖籍江苏吴县，1916年出生。少年时期先后在苏州中学、江湾立达学园、上海中学求学，1934年进金陵大学、中央大学学习，1937年转学上海光华大学英文系，毕业后相继在光华大学、西南联大、北京大学、香港新亚书院任教。1950年由香港去台湾，任台湾大学外语系讲师、副教授、教授。1956年与吴鲁芹、刘守宜等创办《文学杂志》并兼任主编，在杂志上主张"朴素的、清醒的、理智的"文学，极力推动台湾现代文学的发展，影响深远。1959年7月，夏济安离台赴美，于西雅图华盛顿大学、加州大学伯克利分校任教，并从事研究工作。1965年2月23日因脑溢血病逝于美国奥克兰。《文学杂志》不久便停刊。

夏济安多述而少作，其中文主要著作有《夏济安日记》（1975年由其弟夏志清整理出版）、《夏济安选集》（2001），英文著作有 *The*

Gate of Darkness（1968；一本1949年以前左派文人的评论集，中译本2015年出版）等。对英美文学有着精湛研究，所选注的《现代英文选评注》至今畅销海峡两岸，同时也是国际影响甚巨的研究中国新文学的专家。2015—2019年香港中文大学出版社推出"两夏书系"。后人整理出《夏志清夏济安书信集》（五卷本，王洞主编，季进编注），在海峡两岸出版。

夏志清（Hsia, Chih-Tsing），原籍江苏吴县，1921年生于上海浦东。1942年毕业于上海沪江大学英文系。抗战胜利后先去台北当公务员十个月，1946—1947年任教于北京大学西方语文学系。1947年考取北大李氏留美奖学金，同年11月赴美深造，1948年春季学期进耶鲁大学英文系当研究生，1951年获耶鲁大学英文系博士学位。后执教于美国密歇根大学。1952—1954年在耶鲁大学从事中国现代文学史研究工作，后任教于纽约州立大学及匹茨堡州立大学；1961年任教于哥伦比亚大学东方语言文化系，1969年起任中国文学教授，直至1991年退休并任中国文学名誉教授。2006年当选为台湾"中央研究院"院士。2013年12月29日，在美国纽约去世。

主要英文著作有：A History of Chinese Modern Fiction（1961）；The Classic Chinese Novel：A Critical Introduction（1968）；C. T. Hsia on Chinese Literature（2004）等。

主要中文著作论集有：《爱情·社会·小说》（1970）、《文学的前途》（1974）、《人的文学》（1977）、《新文学的传统》（1979）、《中国现代小说史》（1979）、《印象的组合》（1983）、《鸡窗集》（1984）、《夏志清文学评论集》（1987；2006）、《中国古典小说导论》（1988）、《中国古典小说史论》（2001）、《谈文艺，忆师友：夏志清自选集》（2007）、《夏志清序跋》（2004）、《岁除的哀伤》（2006）、《夏志清文学评论经典》（2007）、《中国古典小说》（2008）、《张爱玲给我的信件》（2013；2014）、《感时忧国》（2015）等；并有多种编著行世。

《中国现代小说史》中译繁体字本于1979年和1991年分别在香港（友联出版社）和台湾出版，2001年又在香港中文大学出版社出版了中译繁体字增订本。中译简体字增删本则于2005年由复旦大学出版社在大陆出版，2014年广西师范大学出版社也推出新版。《中国现代小说史》在中国现代文学研究上具有开创性的意义。作者以其融贯中西的学识，宽广深邃的批评视野，探讨中国新文学小说创作的发展路向，尤其致力于"优美作品之发现和评审"，发掘并论证了张爱玲、沈从文、钱锺书、张天翼等重要作家的文学史地位，使此书成为西方研究中国现代文学史的经典之作，影响深远。

徐贲（Xu, Ben），1950年生于苏州，上海复旦大学英语硕士，美国马萨诸塞州英语文学博士。曾任教于苏州大学外文系，现任美国加州圣玛利学院英文系教授、复旦大学社会科学高等研究院兼职教授。写作领域为公共生活、国民教育、公共文化记忆、公民社会建设等。

英文著作有：*Situational Tensions of Critic-Intellectuals*（1992）、*Disenchanted Democracy*（1999）等。中文著作包括：《走向后现代和后殖民》（1996）、《文化批评往何处去：八十年代末后的中国文化讨论》（1998）、《知识分子和公共政治》（2005）、《知识分子：我的思想和我们的行为》（2005）、《人以什么理由来记忆》（2008）、《通往尊严的公共生活：全球正义和公民认同》（2009）、《在傻子和英雄之间：群众社会的两张面孔》（2010）、《什么是好的公共生活》（2011）、《怀疑的时代需要怎样的信仰》（2013）、《政治是每个人的副业》（2013）、《统治与教育：从国民到公民》（2013）、《听良心的鼓声能走多远》（2014）、《明亮的对话：公共说理十八讲》（2014）、《颓废与沉默：透视犬儒文化》（2015）、《阅读经典：美国大学的人文教育》（2015）、《经典之外的阅读》（2018）、《人文的互联网：数码时代的读写与知识》（2019）等。编有《复归的素人：文字中的人生》（父亲徐干生的回忆文集，2010）。2016年中央编译出版社出版《徐贲作品》（4册），包括：《统治与教育：从国民到公民》《人以什么理由来记忆》《通往尊严的公共生活》《知识分子和公共政治》。

许子东（Xu, Zidong），浙江天台人，1954年8月生于上海的一个书香世家，华东师范大学中文系文学硕士，加州大学洛杉矶分校东亚语言文化系文学硕士，香港大学中文系哲学博士。曾任华东师范大学中文系副教授，香港大学、芝加哥大学的客座研究员。现任香港岭南大学中文系教授，并于2008年起出任系主任一职，同时担任华东师范大学中文系兼职教授，中国文艺理论学会副会长等。主要研究领域为郁达夫研究、张爱玲研究、"文革"小说研究、香港文学研究等。2000年应梁文道所邀担任凤凰卫视中文台的高收视率王牌节目"锵锵三人行"的常任嘉宾主持，把学术融入日常话题中。

主要著作有：《郁达夫新论》（1984；2014）、《当代文学印象》（1987）、《当代小说阅读笔记》（1997）、《为了忘却的集体记忆：解读50篇"文革"小说》（2000）、《当代小说与集体记忆：叙述"文革"》（2000）、《呐喊与流言》（2004）、《香港短篇小说初探：香港文学评论精选》（2005）、《重读"文革"：许子东讲稿（卷一）》（2011）、《张爱玲·郁达夫·香港文学：许子东讲稿（卷二）》（2011）、《越界言论：许子东讲稿（卷三）》（2011）、《张爱玲的文学史意义》（2011）、《书生之见：子东时间》（2017）、《许子东现代文学课》（香港、大陆版，2018）、《细读张爱玲》（2019）、《无处安放：张爱玲文学价值重估》（2019）等。

主要编选有：《香港短篇小说选1994—1995》（2000）、《香港短篇小说选1996—1997》（2000）、《输水管森林》（三城记小说系列第一辑·香港卷，2001）、《后殖民食物与爱情》（三城记小说系列第二辑·香港卷，2003）、《无爱纪》（三城记小说系列第三辑·香港卷，2006）、《香港短篇小说选1998—1999》（2001）、《香港短篇小说选2000—2001》（2004）、《香港短篇小说选2002—2003》（2008）、《再读张爱玲》(与刘绍铭、梁秉钧合编,2005)、《一九四九以后:当代文学六十年》(与王德威、陈思和合编,2010;2011)等。此外,在大陆、香港、台湾及海外等发表中英文研究论文若干。

杨小滨(Yang, Xiaobin),笔名杨小滨·法镭,文学评论家、诗人、摄影艺术家。1963年生于上海,1985年获复旦大学中文系学士学位,毕业后在上海社会科学院工作。1989年赴美留学,1991年获美国科罗拉多大学文学硕士,1996年获耶鲁大学东亚系文学博士。1998—2006年任教于美国密西西比大学,后任教授。2006年起任台湾"中央研究院"中国文史哲研究所研究员,台湾政治大学台文所教授,《两岸诗》总编辑。曾任台湾《现代诗》季刊、《现在诗》诗刊特约主编,《倾向》文学人文季刊特约策划,中国教育电视台《艺术争鸣》栏目主持人、策划等。

理论和评论专书有:《否定的美学:法兰克福学派的文艺理论和文化批评》(1995)、《历史与修辞》(1999)、*The Chinese Postmodern: Trauma and Irony in Chinese Avant-Garde Fiction*,*University of Michigan Press*(2002;中译本2009,2013)、《无调性文化瞬间》(2012)、《语言的放逐:杨小滨诗学短论与对话》(2012)、《迷宫·杂耍·乱弹:杨小滨文学短论与文化随笔》(2012)、《感性的形式:阅读二十位西方理论大师》(2012;2016)、《欲望与绝爽:拉冈视野下的当代华语文学与文化》(2013)、《你想了解的侯孝贤、杨德昌、蔡明亮(但又没敢问拉冈的)》(2019)等。

著有诗集《穿越阳光地带》(1994)、《青春残酷汉语·诗歌料理》(2007)、《景色与情节》(2007)、《为女太阳干杯》(2011)、《洗澡课》(2017)等。

近年在两岸各地和北美举办"涂抹与踪迹""后废墟主义"(台北当代艺术馆个展)等艺术展,并出版观念艺术与抽象诗集《踪迹与涂抹:后摄影主义》(2012)。曾获台湾《现代诗》第一本诗集奖

（1994）、纳吉·阿曼国际文学奖最佳创作奖（2013）、第三届红枫诗歌奖特别贡献奖（2013）、《江汉学术》现当代诗学研究奖（2018）、胡适诗歌奖（2018）等。

张错（Chueng, Dominic），本名张翱翔，曾用笔名翱翱，广东惠阳人，1943年10月生于澳门。早年自香港九龙华仁英文书院毕业后，于1962年进入台湾政治大学西语系，结识王润华、林绿、陈慧桦等人，共同创办《星座》诗刊。1966年大学毕业后回港，次年进入美国犹他州杨百翰大学英文系进修，1969年获英美文学硕士学位；继又进入西雅图华盛顿大学比较文学系，师从施友忠教授（冯友兰的学生，《文心雕龙》英译者），1971年获博士学位。1973年以专业诗人身份赴爱荷华大学"国际写作计划"并兼职博士后研究员。1974年起，任教于美国南加州大学比较文学系、东亚语言文化系，屡任南加州大学东亚系主任。兼任美国加州大学圣地亚哥分校、台湾政治大学、台湾中山大学、香港城市大学、香港浸会大学、暨南大学、深圳大学等校客座教授。其学术批评、诗歌等对海内外汉语诗歌界有极大影响。

学术及文学批评著作有：《当代美国诗风貌》（1973）、*Feng Chih: A Critical Study*（1979）、《文学 史学 哲学——友忠先生八十寿辰纪念论文集》（与陈鹏翔联合主编，1982）、《从莎士比亚到上田秋成》（1989）、《文化脉动》（1995）、《文学的约会》（2000）、《寻找张爱玲及其他》（2004）、《利玛窦入华及其他：东西文化比较研究》（2002；2017）、《西洋文学术语手册：文学诠释举隅》（2010；2012）、《英美诗歌品析导读》（2016）等。

艺术论著包括：《从大漠岛中原：蒙古刀的鉴赏》（2006）、《雍容似汝：陶瓷·青铜·绘画荟萃》（2008）、《瓷心一片：击壤以歌·埏埴为器》（2010）、《风格定器物：张错艺术文论》（2012）、《中国风：贸易风动·千帆东来》（2014）、《青铜鉴容："今昔居"青铜藏镜鉴赏与文化研究》（中英对照，2015）、《蓪草与画布：19世纪外贸画与中国画派》(2017)、《远洋外贸瓷》(2019)、《礼藏于器》(2019)等。

主要诗集有:《过渡》(1965)、《死亡的触角》(1967)、《鸟叫》(1970)、《洛城草》(1979)、《错误十四行》(1984;1994)、《双玉环怨》(1984;1994)、《飘泊者》(1986;1994;2000)、《春夜无声》(1988;1996)、《槟榔花》(1990;1997)、《飘泊》(1991)、《沧桑男子》(1994)、《细雪》(1996)、《张错诗选》(1999)、《流浪地图》(2001)、《浪游者之歌》(2004)、《另一种遥望》(2004)、《咏物》(2008)、《连枝草》(2011)、《张错诗集Ⅰ:错误十四行、双玉环怨》(2016)、《张错诗集Ⅱ:槟榔花、细雪、另一种遥望》(2016)等20余部。英文长诗《飘泊》(*Drifting*)获得美国国家诗学会诗奖。

中英文翻译作品有:《柏德逊》(1978);《当代美国女诗人诗选》(1980)、《哈利·马丁逊诗选》(1982);《千曲之岛:台湾现代诗选》(*The Isle Full of Noises: Modern Chinese Poetry from Taiwan*, 中英文版,1987);*Exiles and Native Sons: Modern Short Stories from Taiwan*(与奚密合编,1992);*Drifting*(合编,2000);等等。

主要散文集有:《第三季》(1964)、《翱翱自选集》(1976)、《从木栅到西雅图》(1977)、《永不消逝的余韵》(1983)、《黄金泪》(1985;1995)、《那些欢乐与悲伤的》(1988)、《儿女私情》(1993;2006)、《倾诉与聆听》(1998;2000)、《枇杷的消息》(1998;2000)、《山居小札》(2001)、《寻找长安:文化游记》(2008)、《山居地图:张错诗歌散文集》(2013)、《伤心菩萨》(2016)等。

张旭东(Zhang, Xudong),1965年生于北京,在上海受中小学教育。北京大学中文系毕业,美国杜克大学文学博士。曾任教于北京中央音乐学院音乐美学教研室、美国新泽西州立罗格斯大学东亚语文系。现为纽约大学比较文学系和东亚研究系教授,东亚研究系主任,兼任华东师范大学"紫江学者"讲座教授。

主要英文论著有:*Chinese Modernism in the Era of Reforms: Cultural*

Fever, Avant-Garde Fiction, and the New Chinese Cinema (1996); Postsocialism and Cultural Politics: China in the Last Decade of the Twentieth Century (2008); Whither China?: Intellectual Politics in Contemporary China (2002); Postmodernism and China (co-edited with Dirlik Arif, 2000) 等。

主要中文著作包括:《幻想的秩序:批评理论与现代中国文学话语》(1998)、《批评的踪迹:文化理论与文化批评》(2003)、《全球化时代的文化认同:西方普通主义话语的历史批判》(2006)、《纽约书简:随笔·评论与访谈》(2006)、《对话启蒙时代》(与王安忆合著,2008)、《我们时代的写作:对话〈酒国〉〈生死疲劳〉》(与莫言合著,2013)、《全球化与文化政治:90年代中国与20世纪的终结》(2013)、《改革时代的中国现代主义:作为精神史的80年代》(2014)等。译有《发达资本主义时代的抒情诗人:论波德莱尔》(1989)、《晚期资本主义的文化逻辑:詹明信批评理论文选》(1997)、《启迪:本雅明批评文选》(1998)、

张英进(Zhang, Yingjin),1984年毕业于福建师范大学外语系,获硕士学位;1987年获美国爱荷华大学硕士学位,1992年获美国斯坦福大学比较文学博士学位。曾任教于美国印第安纳大学,1993—1994年担任中国比较文学学会旅美分会主席。1995—1996年在密歇根大学做博士后。2001年起任教于加州大学圣地亚哥分校,历任该校文学系主任、国际教育委员会主席,比较文学与中国研究特聘教授,文学系比较文学、文化研究、电影批评教授。福布莱特基金会中国研究员,芝加哥大学客座教授,南京大学、上海交通大学、同济大学、武汉大学等国内高校的客座教授,上海交通大学人文学院访问讲席教授。学术兴趣包括中国文学和比较文学、中国电影、亚洲电影、电影工业、视觉文化、城市研究、文化史等,发表中英文论文百余篇。

主要英文著作有:The City in Modern Chinese Literature & Film:

Configurations of Space, Time, and Gender (1996); *Encyclopedia of Chinese Film* (co-edited, 1998); *China in a Polycentric World: Essays in Chinese Comparative Literature* (editor, 1998); *Cinema and Urban Culture in Shanghai, 1922-1943* (editor, 1999); *Screening China: Critical Interventions, Cinematic Reconfigurations, and the Transnational Imaginary in Contemporary Chinese Cinema* (2002); *Chinese National Cinema* (2004); *From Underground to Independent: Alternative Film Culture in Contemporary China* (co-edited with Paul G. Pickowicz, 2006); *Cinema, Space, and Polylocality in a Globalizing China* (2009); *Chinese Film Stars* (co-edited with Mary Farquhar, 2010); *A Companion to Chinese Cinema* (2012); *A Companion to Modern Chinese Literature* (2015); *Filming the Everyday: Independent Documentaries in Twenty-First-Century China* (co-edited with Paul G. Pickowicz, 2016); 等等。

中文著作有：《审视中国——从学科史的角度观察中国电影与文学研究》(2006)、《电影的世纪末怀旧》(2006)、《中国现代文学与电影中的城市：空间、时间与性别构型》(2007)、《影像中国：当代中国电影的批评重构及跨国想象》(2008)、《华语电影明星》(2011)、《民国时期的上海电影与城市文化》(2011)、《多元中国：电影与文化研究论集》(2012)、《理论、历史、都市：中西比较文学的跨学科视野》(2015) 等。

张真（Zhang, Zhen），女，1962年生于上海，曾就读于复旦大学新闻系，后赴瑞典、日本、美国等地学习多种语言及文学和电影，先后获得天普大学学士学位、爱荷华大学硕士学位。1998年获美国芝加哥大学博士学位后，在纽约大学艺术学院电影学系任教，2012年始创立"亚洲电影媒介教研计划"。主要研究领域为华语电影、数字技术等。作为策展人，于2001年创办了纽约大学"Reel China 双年展"，并与林肯中心的电影协会和现代艺术博物馆联合策划过中国"城市一代"

和早期经典影片回顾展,以及台北国际女性影展"中国女导演"专题展映单元。博士论文曾获美国电影和媒介研究协会(SCMS)最佳论文奖,*An Amorous History of the Silver Screen: Shanghai Cinema, 1896-1937* 获得美国现代语言学会(MLA)的首部专著推荐奖。

英文著作有:*An Amorous History of the Silver Screen: Shanghai Cinema, 1896-1937*(2005);*The Urban Generation: Chinese Cinema and Society at the Turn of the Twenty-First Century*(2007);*DV-Made China: Digital Subjects and Social Transformations after Independent Film*(co-edited with Angela Zito, 2015)等。

中文著作有:《银幕艳史:都市文化与上海电影1896—1937》(2012;2019)、《城市一代:世纪之交的中国电影和社会》(2013)等,出版诗集《梦中楼阁》(1998)。

赵毅衡(Zhao, Yiheng),1943年出生于广西桂林。1968年毕业于南京大学外语系;1981年毕业于中国社会科学院研究生院(师从卞之琳先生,是莎学专家卞之琳的第一个莎士比亚研究生),获硕士学位,留中国社会科学院外文所任助理研究员。后出国留学,1988年获美国加州大学伯克利分校博士学位后,任职于英国伦敦大学东方学院。2005年回国,任四川大学文学与新闻学院比较文学教授、符号学与传播学研究中心主任。研究方向早期为比较文学、文学理论、中外文学关系,回国后转向形式论、符号学、叙述学研究。

主要英文著作有:*The Uneasy Narrator: Chinese Fiction from the Traditional to the Modern*(1995),*Towards a Modern Zen Theatre*(2001)。

主要中文著作有:《远游的诗神》(1983)、《新批评》(1984)、《符号学导论》(1990)、《苦恼的叙述者》(1991)、《当说者被说的时候:比较叙述学导论》(1997)、《必要的孤独:形式文化学论集》(1998)、《建立一种现代禅剧:高行健与中国实验戏剧》(1998)、《礼教下延之后:中国文化批判诸问题》(2001)、《意不尽言:文学的形式—文化论集》(2009)、《符号学：原理与推演》(2011；2019)、《广义叙述学》(2013)、《趣味符号学》(2015)、《断无不可解之理》(2015)、《形式之谜》(2016)、《哲学符号学：意义世界的形成》(2017)等。编著有《新批评文集》(1986)、《符号学文学论文集》(2005)。编有《美国现代诗选》(1983)等。主编《符号学译丛》与《符号学前沿研究》丛书。主编双语半年刊《符号与传媒》(*Signs & Media*)。

主要文学创作有：《居士林的阿辽沙》(中篇，1994)、《沙漠与沙》(长篇，1995)、《对岸的诱惑》(散文集，2003)、《有个半岛叫欧洲》(散文集，2005)。参与编辑刊物 *World Literature Today*（Board Specialist），*Semiotica*（Member of the Editorial Committee）。2013年出版六卷本《赵毅衡文集》。

郑树森（Tay, William），祖籍福建厦门，1948年生于香港，后到台湾学习，从台湾政治大学西语系毕业后赴美留学，获加州大学圣地亚哥分校比较文学博士学位。曾任教于加州大学圣地亚哥分校与香港中文大学、香港科技大学，并担任过加州大学圣地亚哥分校文学研究所所长、香港中文大学比较文学中心主任、香港科技大学人文学部部长、香港比较文学学会会长及国际比较文学学会执行委员。2009年从香港科技大学人文学部讲座教授任上退休。主要研究领域包括批评理论、比较文学、电影研究、20世纪中国文学、香港文学、文化研究。

主要著作有：《奥菲尔斯的变奏》(1979)、《文学理论与比较文学》(1982)、《文学因缘》(1987)、《与世界文坛对话》(1991)、《从现代到当代》(1994)、《艺文缀语》(1995)、《文学地球村》(1999)、《纵目传声》(2004；2006)、《电影类型与类型电影》(2006)、《小说地图》(2003；2006)、《从诺贝尔到张爱玲》(2007)、《日本电影十大》(与舒明合著，2011)、《结缘两地：台港文坛琐忆》(2013)等十余部。

编著有：《现象学与文学批评》(1984；2004)、《中美文学因缘》(1985)、《张爱玲的世界》(1989)、《文化批评与华语电影》(1995；

2003)、《现代中国小说选》(1989)、《现代中国诗选》(与杨牧合编，1989)、《早期香港新文学作品选(1927—1941)》(与黄继持、卢玮銮合编，1998)、《早期香港新文学资料选(1927—1941)》(与黄继持、卢玮銮合编，1999)、《国共内战时期香港文学资料选(1945—1949)》(1999)、《香港散文选(1948—1969)》(与黄继持、卢玮銮合编，1997)、《香港小说选(1948—1969)》(与黄继持、卢玮銮合编，1998)、《香港新文学年表：1950—1969》(与黄继持、卢玮銮合编，2000)、《香港新诗选(1948—1969)》(与黄继持、卢玮銮合编，2007)、《沦陷时期香港新文学资料选(1941—1945)》(与卢玮銮合编，2017)、《世界文学大师选》(8本，1999)、《世界文学大师随身读》(40册，1981)、《当代拉丁美洲小说集》(1976)、《当代意大利小说集》(1976)等数十部。

周蕾(Chow, Rey)，女，1957年生于香港，香港大学英文与比较文学系学士，美国斯坦福大学硕士、博士。曾任教于美国明尼苏达大学、加州大学尔湾分校，后任教于布朗大学比较文学系及现代文化与媒体系，为该校 Andrew W. Mellon 讲座教授。现为杜克大学 Anne Firor Scott 文学讲座教授。研究领域为：现代中国文学、当代女性主义理论、中国电影、后殖民理论及文化研究。

英文著作包括：*Woman and Chinese Modernity: The Politics of Reading Between West and East*（1991）；*Writing Diaspora: Tactics of Intervention in Contemporary Cultural Studies*（1993）；*Primitive Passions: Visuality, Sexuality, Ethnography, and Contemporary Chinese Cinema*（1995）；*Ethics after Idealism: Theory-Culture-Ethnicity-Reading*（1998）；*The Protestant Ethnic and the Spirit of Capitalism*（2002）；*The Age of the World Target: Self-Referentiality in War, Theory, and Comparative Work*（2006）；*Sentimental Fabulations, Contemporary Chinese Films: Attachment in the Age of Global Visibility*（2007）；*Entanglements, or*

Transmedial Thinking about Capture（2012）; *Not Like a Native Speaker: On Languaging as a Postcolonial Experience*（2014）; *The Rey Chow Reader*（2010）等。与人合编有: *Modern Chinese Literary and Cultural Studies in the Age of Theory: Reimagining a Field*（*Asia-Pacific: Culture, Politics, and Society*（2001）等。其著作多被译成法、日、韩、德、西班牙等多国语言。

中文著作包括:《妇女与中国现代性》(1995;2008)、《写在家国以外》(1995)、《原初的激情:视觉、性欲、民族志与中国当代电影》(2001)、《世界标靶的时代:战争、理论与比较研究中的自我指涉》(2011)、《理想主义之后的伦理学》(2013)、《温情主义寓言:当代华语电影》(2019)等。

参考文献

外文文献（以作者姓名音序排列）

Berry, Chris, ed. *Perspectives on Chinese Cinema*. London: British Film Institute, 1991.

Chen, Xiaomei. *Acting the Right Part: Political Theater and Popular Drama in Contemporary China*. Honolulu: University of Hawaii Press, 2002.

Cheung, Dominic. *Feng Chih: A Critical Study*. Boston: Twayne Publishers, 1979.

Cheung, Dominic, ed. *The Isle Full of Noises: Modern Chinese Poetry from Taiwan*. New York: Columbia University Press, 1987.

Cheung, Dominic & Yeh, Michelle, ed. *Exiles and Native Sons: Modern Short Stories from Taiwan*. Taipei: National Institute for Compilation and Translation, 1992.

Chi, Pang-yuan and Wang, David Der-wei, ed. *Chinese Literature in the Second Half of a Modern Century: A Critical Survey*. Bloomington: Indiana University Press, 2000.

Chow, Rey. *Women and Chinese Modernity: The Politics of Reading between West and East*. Minneapolis: University of Minnesota Press, 1991.

Chow, Rey. *Writing Diaspora: Tactics of Intervention in Contemporary Cultural Studies*. Bloomington: Indiana University Press, 1993.

Chow, Rey. *Primitive Passions: Visuality, Sexuality, Ethnography and Contemporary Chinese Cinema.* New York: Columbia University Press, 1995.

Chow, Rey. *Sentimental Fabulations, Contemporary Chinese Films: Attachment in the Age of Global Visibility,* New York: Columbia University Press, 2007.

Denton, Kirk, ed. *The Columbia Companion to Modern Chinese Literature.* New York: Columbia University Press, 2016.

Feuerwerker, Yi-tsi Mei. *Ding Ling's Fiction: Ideology and Narrative in Modern Chinese Literature.* Cambridge, Mass. : Harvard University Press, 1982.

Feuerwerker, Yi-tsi Mei. *Ideology, Power, Text: Self-representation and the Peasant "Other" in Modern Chinese Literature.* Stanford, Calif. : Stanford University Press, 1998.

Hsia, C. T. *A History of Chinese Modern Fiction 1917-1957.* New Haven: Yale University Press, 1961.

Hsia, C. T. *The Classic Chinese Novel: A Critical Introduction.* New York: Columbia University Press, 1968.

Hsia, Tsi-an. *The Gate of Darkness: Studies on the Leftist Literary Movement in China.* Seattle: University of Washington Press, 1968.

Huters, Theodore & Tang, Xiaobing, co-eds. *Chinese Literature and the West: the Trauma of Realism, the Challenge of the (Post)Modern.* Durham, N. C. : Asian/Pacific Studies Institute, Duke University Press, 1991.

Huters, Theodore. *Bringing the World Home: Appropriating the West in Late Qing and Early Republican China.* Honolulu: University of Hawaii Press, 2005.

Lau, Jenny Kwok Wah, ed. *Multiple Modernities: Cinemas and Popular Media in Transcultural East Asia,* Philadelphia: Temple University Press, 2003.

Lau, Joseph S. M, Hsia, C. T. and Lee, Leo Ou-fan, ed. *Modern Chinese Stories and Novellas, 1919-1949.* New York: Columbia University Press, 1981.

Lau, Joseph S. M and Howard Goldblatt, co-eds. *The Columbia Anthology of Modern Chinese Literature.* New York: Columbia University Press, 1995.

Lee, Leo Ou-fan. *The Romantic Generation of Modern Chinese Writers*. Cambridge, Mass.: Harvard University Press, 1973.

Lee, Leo Ou-fan. *Voices from the Iron House: a Study of Lu Xun*. Bloomington: Indiana University Press, 1987.

Lee, Leo Ou-fan. *Shanghai Modern: The Flowering of a New Urban Culture in China, 1930-1945*. Cambridge, Mass. : Harvard University Press, 1999.

Lionnet, Françoise & Shih, Shu-mei, co-eds. *Minor Transnationalism*. Durham, NC: Duke University Press, 2005.

Liu, Lydia H. *Translingual Practice: Literature, National Culture, and Translated Modernity-China, 1900-1937*. Stanford, Calif. : Stanford University Press, 1995.

Liu, Lydia H., ed. *Tokens of Exchange: the Problem of Translation in Global Circulations*. Durham, N. C.: Duke University Press, 1999.

Liu, Lydia H. *The Clash of Empires: The Invention of China in Modern World*. Cambridge: Harvard University Press, 2004.

Liu, Lydia H. *The Freudian Robot: Digital Media and the Future of the Unconscious*. Chicago: The University of Chicago Press, 2011.

Liu, Jianmei. *Revolution plus Love: Literary History, Women's Bodies, and Thematic Repetition in Twentieth-century Chinese Fiction*. Honolulu: University of Hawaii Press, 2003.

Liu, Kang & Tang, Xiaobing, co-eds (foreword by Fredric Jameson). *Politics, Ideology, and Literary Discourse in Modern China: Theoretical Interventions and Cultural Critique*. Durham, NC: Duke University Press, 1993.

Liu, Kang. *Aesthetics and Marxism: Chinese Aesthetic Marxists and Their Western Contemporaries*. Durham, NC: Duke University Press, 2000.

Liu, Kang. *Globalization and Cultural Trends in China*. Honolulu: University of Hawaii Press, 2004.

Lu, Sheldon H. *From Historicity to Fictionality: The Chinese Poetics of Narrative*.

Stanford, Calif. : Stanford University Press, 1994.

Lu, Sheldon H., ed. *Transnational Chinese Cinemas: Identity, Nationhood, Gender*, Honolulu: University of Hawaii Press, 1997.

Lu, Sheldon H., *China, Transnational Visuality, Global Postmodernity.* Stanford, Calif. : Stanford University Press, 2001.

Lu, Sheldon H. & Yeh, Emilie Yueh-yu, ed. *Chinese-Language Film: Historiography, Poetics, Politics*, Honolulu: University of Hawaii Press, 2005.

Lu, Sheldon H. *Chinese Modernity and Global Biopolitics: Studies in Literature and Visual Culture.* Honolulu: University of Hawaii Press, 2007.

Meng, Yue. *Shanghai and Edges of Empires,* Minneapolis: University of Minnesota Press, 2006.

Rojas, Carlos and Bachner, Andrea, eds. *The Oxford Handbook of Modern Chinese Literatures*. Oxford: Oxford University Press, 2016.

Shen, Vivian. *The Origins of Left-wing Cinema in China, 1932-37*. New York: Routledge, 2005.

Shih, Shu-mei. *The Lure of the Modern: Writing Modernism in Semicolonial China, 1917-1937.* Berkeley and Los Angeles: University of California Press, 2001.

Shih, Shu-mei. *Visuality and Identity: Sinophone Articulations across the Pacific.* Berkeley and Los Angeles: University of California Press, 2007.

Tang, Xiaobing. *Global Space and the Nationalist Discourse of Modernity: The Historical Thinking of Liang Qichao*. Stanford: Stanford University Press, 1996.

Tang, Xiaobing. *Chinese Modernism: The Heroic and the Quotidian*. Durham, NC: Duke University Press, 2000.

Tang, Xiaobing. *Origins of the Chinese Avant-Garde: The Modern Woodcut Movement*. Berkeley and Los Angeles: University of California Press, 2007.

Tsu, Jing. *Failure, Nationalism, and Literature: The Making of Modern Chinese Identity, 1895-1937*. Stanford, Calif. : Stanford University Press, 2005.

Wang, Ban. *The Sublime Figure of History: Aesthetics and Politics in Twentieth-*

century China. Stanford, Calif. : Stanford University Press, 1997.

Wang, Ban. *Narrative Perspective and Irony in Chinese and American Fiction.* New York: The Edwin Mellen Press, 2002.

Wang, David Der-wei, *Fictional Realism in 20th-Century China: Mao Dun, Lao She, Shen Congwen.* New York: Columbia University Press, 1992.

Wang, David Der-wei, *Fin-de-siècle Splendor: Repressed Modernities of Late Qing Fiction, 1849-1911.* Stanford: Stanford University Press, 1997.

Wang, David Der-wei. *The Monster that is History: History, Violence and Fictional Writing in Twentieth-century China.* Berkeley: University of California Press, 2004.

Wang, David Der-wei and Rojas, Carlos. eds. *Writing Taiwan: A New Literary History.* Durham, NC: Duke University Press, 2007.

Wang, David Der-wei, ed. *A New Literary History of Modern China.* Cambridge: Belknap/Harvard University Press, 2017.

Wang Jing. *High Culture Fever: Politics, Aesthetics, and Ideology in Deng's China.* Berkeley: University of California Press, 1996.

Wang, Jing. *Brand New China: Advertising, Media, and Commercial Culture.* Cambridge, Mass. : Harvard University Press, 2008.

Wang, Shujen. *Framing Piracy: Globalization and Film Distribution in Greater China,* Lanham, MD. : Rowman & Littlefield Publishers, 2003.

Xu, Ben. *Disenchanted Democracy: Chinese criticism after 1989.* Ann Arbor: University of Michigan Press, 1999.

Xu, Gary G. *Sinascape: Contemporary Chinese Cinema.* Lanham: Rowman & Littlefield Publishers, 2007.

Yang, Xiaobin. *The Chinese Postmodern: Trauma and Irony in Chinese Avant-garde Fiction.* Ann Arbor: University of Michigan Press, 2002.

Yau, Ching-Mei Esther, ed. *At Full Speed: Hong Kong Cinema in a Borderless World.* Minneapolis: University of Minnesota Press, 2001.

Yeh, Michelle. *Modern Chinese Poetry: Theory and Practice since 1917*. New Haven: Yale University Press, 1991.

Zhang, Zhen. *An Amorous History of the Silver Screen: Shanghai Cinema, 1896-1937*. Chicago, Ill.: University of Chicago Press, 2005.

Zhang, Zhen, ed. *The Urban Generation: Chinese Cinema and Society at the Turn of the Twenty-first Century*. Durham, NC: Duke University Press, 2007.

Zhang, Xudong. *The Political Hermeneutics of Cultural Constitution: Reflections on the Chinese "Cultural Discussion" (1985-1989)*. Durham, NC: Asian/Pacific Studies Institute, Duke University, 1994.

Zhang, Xudong & Dirlik, Arif, co-eds. *Postmodernism and China*. Durham, NC: Duke University Press, 2000.

Zhang, Xudong. *Postsocialism and Cultural Politics: China in the Last Decade of the Twentieth Century*. Durham, NC: Duke University Press, 2008.

Zhang, Yingjin. *The City in Modern Chinese Literature and Film: Configurations of Space, Time, and Gender*. Stanford: Stanford University Press, 1996.

Zhang, Yingjin. *Screening China: Critical Interventions, Cinematic Reconfigurations, and the Transnational Imaginary in Contemporary Chinese Cinema*. Ann Arbor: Center for Chinese studies, University of Michigan Press, 2002.

Zhang, Yingjin. *Chinese National Cinema*. London: Routledge, 2004.

Zhang, Yingjin, Paul G. Pickowicz (Editors). *From Underground to Independent: Alternative Film Culture in Contemporary China*. Lanham, MD: Rowman & Littlefield Publishers, 2006.

Zhang, Yingjin. *Cinema, Space, and Polylocality in a Globalizing China*. Honolulu: University of Hawaii Press, 2009.

Zhang, Yingjin. *A Companion to Modern Chinese Literature*. London: Wiley-Blackwell, 2016.

Zhang, Yingjin and Pickowicz, Paul G., co-eds. *Film the Everyday: Independent Documentaries in Twenty-First-Century China*. Lanham, MD: Rowman and

Littlefield Publishers, 2017.

Zhao, Henry YH. *The Uneasy Narrator: Chinese Fiction from the Traditional to the Modern.* Oxford: Oxford University Press, 1995.

Zhong, Xueping. *Masculinity Besieged?: Issues of Modernity and Male Subjectivity in Chinese Literature of the Late Twentieth Century.* Durham, NC: Duke University Press, 2000.

Zhu, Ying. *Chinese Cinema during the Era of Reform: The Ingenuity of the System* (foreword by Xie Fei). Westport, Conn. : Praeger, 2003.

中文文献（以作者汉字姓名音序排列）

A

阿格尼丝·赫勒：《现代性理论》，李瑞华译，商务印书馆2005年版。

阿英：《晚清小说史》，人民文学出版社1980年版。

艾布拉姆斯：《镜与灯：浪漫主义文论及批评传统》，郦稚牛等译，北京大学出版1989年版。

爱德华·萨义德：《东方学》，王宇根译，生活·读书·新知三联书店1999年版。

爱德华·萨义德：《文化与帝国主义》，李琨译，生活·读书·新知三联书店2003年版。

爱德华·萨义德：《世界·文本·批评家》，李自修译，生活·读书·新知三联书店2009年版。

埃里克·霍布斯鲍姆、兰格：《传统的发明》，顾杭、庞冠群译，译林出版社2004年版。

安东尼·吉登斯：《现代性与自我认同：现代晚期的自我与社会》，赵旭东、方文译，王铭铭校，生活·读书·新知三联书店1998年版。

安东尼·吉登斯：《现代性的后果》，田禾译，译林出版社2000年版。

安克强：《上海妓女：19—20世纪中国的卖淫与性》，上海古籍出版社2004年版。

B

巴宇特:《迷失上海》,上海书店出版社 2005 年版。

白瑞文:《光影言语:当代华语电影片导演访谈录》,罗祖珍等译,广西师范大学出版社 2008 年版。

白瑞文:《乡关何处:贾樟柯的故乡三部曲》,连城译,广西师范大学出版社 2010 年版。

保罗·德曼:《解构之图》,李自修等译,中国社会科学出版社 1998 年版。

北岛、李陀主编:《七十年代》,生活·读书·新知三联书店 2009 年版。

本尼迪克特·安德森:《想象的共同体:民族主义的起源与散布》,吴叡人译,上海人民出版社 2003 年版。

柄谷行人:《日本现代文学的起源》,赵京华译,生活·读书·新知三联书店 2003 年版。

C

蔡翔:《革命/叙述:中国社会主义文学—文化想象(1949—1966)》,北京大学出版社 2010 年版。

查尔斯·泰勒:《自我的根源:现代认同的形成》,韩震等译,译林出版社 2001 年版。

昌切:《清末民初的思想主脉》,东方出版社 1999 年版。

曹金合:《十七年合作化小说的叙事伦理研究》,中国社会科学出版社 2014 年版。

陈岸峰:《文学史的书写及其不满》,中华书局(香港)有限公司 2014 年版。

陈刚:《上海南京路电影文化消费史(1896—1937)》,中国电影出版社 2011 年版。

陈国球编:《中国文学史的省思》,三联书店(香港)有限公司 1993 年版。

陈国球:《文学史的书写形态与文化政治》,北京大学出版社 2005 年版。

陈惠芬:《想象上海的 N 种方式》,上海人民出版社 2006 年版。

陈惠芬等:《现代性的姿容:性别视角下的上海都市文化》,南开大学出版社

2013年版。

陈建华:《"革命"的现代性:中国革命话语考论》,上海古籍出版社2000年版。

陈建华:《帝制末与世纪末:中国文学文化考论》,上海教育出版社2006年版。

陈建华:《革命与形式:茅盾早期小说的现代性展开,1927—1930》,复旦大学出版社2007年版。

陈建华:《从革命到共和:清末至民国时期文学、电影与文化的转型》,广西师范大学出版社2009年版。

陈建华:《古今与跨界:中国文学文化研究》,复旦大学出版社2013年版。

陈建华:《紫罗兰的魅影:周瘦鹃与上海文学文化,1911—1949》,上海文艺出版社2019年版。

陈立旭:《都市文化与都市精神:中外城市文化比较》,东南大学出版社2002年版。

陈平原:《中国小说叙事模式的转变》,上海人民出版社1988年版。

陈平原:《文学史的形成与建构》,广西教育出版社1999年版。

陈平原:《中国现代学术之建立:以章太炎、胡适为中心》,北京大学出版社2004年版。

陈平原:《中国现代小说的起点:清末民初小说研究》,北京大学出版社2005年版。

陈平原:《触摸历史与进入五四》,北京大学出版社2005年版。

陈平原主讲、梅家玲编订:《晚清文学教室:从北大到台大》,台北麦田出版社2005年版。

陈平原:《假如没有"文学史"……》,生活·读书·新知三联书店2011年版。

陈平原:《作为学科的文学史:文学教育的方法、途径及境界》(修订版),北京大学出版社2016年版。

陈思和:《陈思和自选集》,广西师范大学出版社1997年版。

陈思和:《新文学传统与当代立场》,山东教育出版社1999年版。

陈思和主编:《中国当代文学史教程》,复旦大学出版社1999年版。

陈思和:《中国新文学整体观》,上海文艺出版社2001年版。

陈思和:《文学整体观续编》,山东教育出版社2010年版。

陈犀禾主编:《当代电影理论新走向》,文化艺术出版社2005年版。

陈犀禾、彭吉象主编:《历史与当代视野下的中国电影》,广西师范大学出版社2010年版。

陈犀禾、聂伟主编:《当代华语电影的文化、美学与工业》,广西师范大学出版社2011年版。

陈小眉:《西方主义》,冯雪峰译,南京大学出版社2014年版。

陈晓明主编:《现代性与中国当代文学转型》,云南人民出版社2003年版。

陈玉堂:《中国文学史书目提要》,黄山书社1986年版。

陈子善编:《私语张爱玲》,浙江文艺出版社1996年版。

陈子善编:《作别张爱玲》,文汇出版社1996年版。

陈子善编:《张爱玲的风气:1949年前的张爱玲评说》,山东画报出版社2004年版。

陈子善编:《记忆张爱玲》,山东画报出版社2006年版。

程光炜:《文学想象与文学国家:中国当代文学研究(1949—1979)》,河南大学出版社2005年版。

程光炜:《文学史的起兴:程光炜自选集》,河南大学出版社2009年版。

程光炜:《文学讲稿:"八十年代"作为方法》,北京大学出版社2009年版。

程光炜:《当代文学的"历史化"》,北京大学出版社2011年版。

程光炜编:《七十年代小说研究》,中国社会科学出版社2014年版。

程光炜:《文学史二十讲》,东方出版社2016年版。

D

戴锦华:《昨日之岛:戴锦华电影文章自选集》,北京大学出版社2015年版。

戴锦华:《雾中风景:中国电影文化1978—1998》,北京大学出版社2016年版。

戴燕:《文学史的权力》,北京大学出版社2002年版。

丁帆、王世城：《十七年文学："人"与"自我"的失落》，河南人民出版社1999年版。

董健、丁帆、王彬彬主编：《中国当代文学史新稿》，人民文学出版社2005年版。

董乃斌主编：《文学史学原理研究》，河北人民出版社2008年版。

董之林：《追忆燃情岁月：五十年代小说艺术类型论》，河南人民出版社2001年版。

董之林：《旧梦新知："十七年"小说论稿》，广西师范大学出版社2004年版。

杜赞奇：《从民族国家拯救历史：民族主义话语与中国现代史研究》，王宪明等译，社会科学文献出版社2003年版。

F

范伯群：《中国近现代通俗文学》，江苏教育出版社2000年版。

方明伦：《海派文化发展创新的动力和活力》，上海大学出版社2004年版。

费小平：《美国华裔批评家刘禾"新翻译理论"研究》，中国社会科学出版社2017年版。

费勇：《张爱玲传奇》，广东人民出版社1996年版。

费正清编：《剑桥中华民国史》（上下），刘敬坤等译，中国社会科学出版社1994年版。

佛克马、蚁布斯：《文学研究与文化参与》，俞国强译，北京大学出版社1996年版。

傅葆石：《双城故事：中国早期电影的文化政治》，刘辉译，北京大学出版社2008年版。

傅葆石：《灰色上海，1937—1945：中国文人的隐退、反抗与合作》，张霖译，生活·读书·新知三联书店2012年版。

傅书华：《个体生命视角下的"十七年"小说》，中国社会科学出版社2016年版。

G

高瑞泉、山口久和主编：《中国的现代性与城市知识分子》，上海古籍出版社2004年版。

高伟光：《"前"现代主义、现代主义与后现代主义文学》，中国社会科学出版社2006年版。

葛红兵、温潘亚：《文学史形态学》，上海大学出版社2001年版。

顾彬：《二十世纪中国文学史》，范劲等译，华东师范大学出版社2008年版。

顾明栋：《汉学主义：东方主义与后殖民主义的替代理论》，张强、段国重、冯涛等译，商务印书馆2015年版。

关诗珮：《晚清中国小说观念译转：翻译语"小说"的生成及实践》，商务印书馆（香港）有限公司2019年版。

郭冰茹：《十七年（1949—1966）小说的叙事张力》，岳麓书社2007年版。

郭延礼：《中西文化碰撞与近代文学》，山东教育出版社1999年版。

郭延礼：《近代西学与中国文学》，百花洲文艺出版社2000年版。

郭延礼：《中国近代文学发展史》，高等教育出版社2001年版。

郭延礼：《20世纪中国近代文学研究学术史》，江西高校出版社2004年版。

H

哈贝马斯：《公共领域的结构转型》，曹卫东等译，学林出版社1999年版。

海德格尔：《林中路》，孙周兴译，上海译文出版社1997年版。

海登·怀特：《后现代历史叙事学》，陈永国、张万娟译，中国社会科学出版社2003年版。

贺桂梅：《转折的时代：40—50年代作家研究》，山东教育出版社2003年版。

贺桂梅：《人文学的想象力：当代中国思想文化与文学问题》，河南大学出版社2005年版。

贺桂梅：《"新启蒙"知识档案：80年代中国文化研究》，北京大学出版社2010年版。

贺桂梅编：《"50—70年代文学"研究读本》，上海书店出版社2018年版。

贺萧：《危险的愉悦：20世纪上海的娼妓问题与现代性》，韩敏中、盛宁译，江苏人民出版社2005年版。

洪治纲：《中国当代文学思潮十五讲》，浙江大学出版社2017年版。

洪子诚：《1956：百花时代》，山东教育出版社1998年版。

洪子诚：《中国当代文学史》，北京大学出版社1999年版。

洪子诚：《当代文学概说》，广西教育出版社2000年版。

洪子诚、孟繁华主编：《当代文学关键词》，广西师范大学出版社2002年版。

洪子诚：《问题与方法：中国当代文学史研究讲稿》，生活·读书·新知三联书店2002年版。

洪子诚编：《中国当代文学史·史料选》（上下），长江文艺出版社2002年版。

洪子诚：《文学与历史叙述》，河南大学出版社2005年版。

洪子诚等：《重返八十年代》，北京大学出版社2009年版。

侯金镜：《侯金镜文艺评论选集》，人民文学出版社1979年版。

侯敏：《有根的诗学：现代新儒家文化诗学研究》，上海人民出版社2003年版。

黄维樑：《中国文学纵横论》，（台北）东大图书公司1988年版。

黄心村：《乱世书写：张爱玲与沦陷时期上海文学及通俗文化》，胡静译，上海三联书店2010年版。

黄修己：《中国现代文学简史》，中国青年出版1984年版。

黄修己：《中国新文学史编纂史》，北京大学出版社1995年版。

黄子平、陈平原、钱理群：《二十世纪中国文学三人谈》，人民文学出版社1988年版。

黄子平：《革命·历史·小说》，（香港）牛津大学出版社1996年版。

黄子平：《边缘阅读》，（香港）牛津大学出版社1997年版。

黄子平：《"灰阑"中的叙述》，上海文艺出版社2001年版。

黄子平：《害怕写作》，江苏教育出版社2004年版。

黄子平：《远去的文学时代》，复旦大学出版社2012年版。

黄子平：《历史碎片与诗的行程》，三联书店（香港）有限公司 2012 年版。

黄子平：《沉思的老树的精灵》，华东师范大学出版社 2014 年版。

J

季进：《另一种声音：海外汉学访谈录》，复旦大学出版社 2011 年版。

季进：《彼岸的视界》，复旦大学出版社 2014 年版。

季进、余夏云：《英语世界中国现代文学研究综论》，北京大学出版社 2017 年版。

贾艳艳编：《城市文学与时代症候》，复旦大学出版社 2018 年版。

蒋述卓等：《城市的想象与呈现：城市文学的文化审视》，中国社会科学出版社 2003 年版。

蒋晓丽：《中国近代大众传媒与中国近代文学》，巴蜀书社 2005 年版。

金观涛、刘青峰：《观念史研究：中国现代重要政治术语的形成》，法律出版社 2009 年版。

金宏达主编：《回望张爱玲》，文化艺术出版社 2003 年版。

金钦俊、王剑丛、邓国伟：《中华新文学史》，广东高等教育出版社 1998 年版。

K

柯文：《在中国发现历史：中国中心观在美国的兴起》，林同奇译，中华书局 1989 年版。

旷新年：《1928：革命文学》，山东教育出版社 1998 年版。

旷新年：《写在当代文学的边上》，上海教育出版社 2005 年版。

旷新年：《中国现代文学理论批评概念》，清华大学出版社 2014 年版。

L

蓝爱国：《解构十七年》，华东师范大学出版社 2003 年版。

蓝爱国：《游牧与栖居：当代文学批评的文化身份》，中国社会科学出版社

2005年版。

郎宓谢、阿梅龙、顾有信:《新词语新概念:西学译介与晚清汉语词汇之变迁》,赵兴胜等译,山东画报出版社2012年版。

勒内·韦勒克、沃伦:《文学理论》,刘象愚等译,江苏教育出版社2005年版。

雷蒙德·威廉斯:《关键词:文化与社会的词汇》,刘建基译,生活·读书·新知三联书店2005年版。

理查德·利罕:《文学中的城市:知识与文化的历史》,吴子枫译,上海人民出版社2009年版。

李凤亮编著:《彼岸的现代性——美国华人批评家访谈录》,广西师范大学出版社2011年版。

李凤亮等:《移动的诗学:中国古典文论现代观照的海外视野》,暨南大学出版社2012年版。

李楠:《晚清、民国时期上海小报研究:一种综合的文化、文学考察》,人民文学出版社2005年版。

李今:《个人主义与五四新文学》,北方文艺出版社1992年版。

李今:《海派小说与现代都市文化》,安徽教育出版社2000年版。

李欧梵:《铁屋中的呐喊》,尹慧珉译,岳麓书社1999年版;河北教育出版社2002年版。

李欧梵:《狐狸洞呓语》,辽宁教育出版社2000年版。

李欧梵:《现代性的追求:李欧梵文化评论精选集》,生活·读书·新知三联书店2000年版。

李欧梵:《徘徊在现代和后现代之间》,上海三联书店2000年版。

李欧梵:《上海摩登:一种新都市文化在中国1930—1945》,毛尖译,北京大学出版社2001年版。

李欧梵:《李欧梵自选集》,上海教育出版社2002年版。

李欧梵:《中国现代文学与现代性十讲》,复旦大学出版社2002年版。

李欧梵、季进:《李欧梵季进对话录》,苏州大学出版社2003年版。

李欧梵：《未完成的现代性》，北京大学出版社2005年版。

李欧梵：《中国现代作家的浪漫一代》，王宏志等译，新星出版社2005年版。

李欧梵：《中西文学的徊想》，江苏教育出版社2005年版。

李欧梵：《李欧梵论中国现代文学》，上海三联书店2010年版。

李欧梵：《现代性的想象：从晚清到当下》，浙江大学出版社2019年版。

李书磊：《1942：走向民间》，山东教育出版社2002年版。

李松：《十七年文学批评史论》，中国社会科学出版社2017年版。

李陀编：《昨天的故事：关于重写文学史》，生活·读书·新知三联书店2011年版。

李喜所主编：《梁启超与近代中国社会文化》，天津古籍出版社2005年版。

李孝悌：《清末的下层社会启蒙运动：1901—1911》，河北教育出版社2001年版。

李孝悌：《恋恋红尘：中国的城市、欲望和生活》，上海人民出版社2007年版。

李杨：《抗争宿命之路："社会主义现实主义"（1942—1976）研究》，时代文艺出版社1993年版。

李杨：《50—70年代中国文学经典再解读》，山东教育出版社2006年版。

李杨：《文学史写作中的现代性问题》，山西教育出版社2006年版。

李扬：《中国当代文学思潮史》，上海社会科学院出版社2005年版。

李怡：《现代性：批判的批判：中国现代文学研究的核心问题》，人民文学出版社2006年版。

李怡主编：《词语的历史与思想的嬗变：追问中国现代文学的批评概念》，巴蜀书社2013年版。

李泽厚：《中国现代思想史论》，东方出版社1987年版。

李泽厚：《李泽厚十年集·走我自己的路》（增订本），安徽文艺出版社1994年版。

栗永清：《知识生产与学科规训：晚清以来的中国文学学科史探微》，中国社会科学出版社2012年版。

梁启超：《清代学术概论》，上海古籍出版社1998年版。

廖炳惠编：《关键词200：文学与批评研究的通用词汇编》，江苏教育出版社2006年版。

林建法主编：《华语文学印象：当代作家评论三十年文选》，辽宁人民出版社2014年版。

林建法主编：《文学谈话录：想象中的中国的方法》，辽宁人民出版社2014年版。

林霆：《被规训的叙事：十七年农业合作化题材小说研究》，北岳文艺出版社2014年版。

林幸谦：《荒野中的女体：张爱玲女性主义批评Ⅰ》，广西师范大学出版社2003年版。

林幸谦：《女性主体的祭奠：张爱玲女性主义批评Ⅱ》，广西师范大学出版社2003年版。

刘成才：《知识考古学与十七年小说研究》，中央编译出版社2016年版。

刘登翰：《华文文学跨域的建构》，福建人民出版社2007年版。

刘锋杰：《想象张爱玲：关于张爱玲的阅读研究》，安徽教育出版社2004年版。

刘复生编：《"80年代文学"研究读本》，上海书店出版社2018年版。

刘禾：《语际书写：现代思想史写作批判纲要》，上海三联书店1999年版。

刘禾：《跨语际实践：文学、民族文化与被译介的现代性（中国，1900—1937）》，宋伟杰等译，生活·读书·新知三联书店2002年版。

刘禾：《帝国的话语政治：从近代中西冲突看现代世界秩序的形成》，杨立华译，生活·读书·新知三联书店2009年版。

刘禾主编：《世界秩序和文明等级》，生活·读书·新知三联书店2016年版。

刘禾编：《持灯的使者》（增订版），广西师范大学出版社2017年版。

刘剑梅：《革命与情爱：二十世纪中国小说史中的女性身体与主题重述》，郭冰茹译，上海三联书店2009年版。

刘康：《全球化/民族化》，天津人民出版社2000年版。

刘康:《文化·传媒·全球化》,南京大学出版社 2006 年版。

刘纳:《嬗变:辛亥革命时期至五四时期的中国文学》,中国社会科学出版社 1998 年版。

刘绍铭、梁秉钧、许子东编:《再读张爱玲》,山东画报出版社 2004 年版。

刘小枫:《现代性社会理论绪论:现代性与现代中国》,上海三联书店 1998 年版。

刘小新:《华文文学与文化政治》,江苏大学出版社 2011 年版。

刘永丽:《被书写的现代:20 世纪中国文学中的上海》,中国社会科学出版社 2008 年版。

刘再复:《放逐诸神:文论提纲和文学史重评》,香港天地图书有限公司 1994 年版。

刘志华:《阐释与构建:"十七年文学批评"研究》,厦门大学出版社 2018 年版。

刘志荣等:《百年文学十二谈》,复旦大学出版社 2004 年版。

柳珊:《民初小说与中国现代文学的起源》,复旦大学出版社 2002 年版。

卢汉超:《霓虹灯外:20 世纪初日常生活中的上海》,段炼、吴敏、子羽译,上海古籍出版社 2004 年版。

鲁晓鹏:《文化·镜像·诗学》,天津人民出版社 2002 年版。

鲁晓鹏:《影像·文学·理论:重新审视中国现代性》,中国文联出版社 2016 年版。

鲁迅:《中国小说史略》,上海古籍出版社 1998 年版。

陆绍阳:《中国当代电影史》,北京大学出版社 2004 年版。

露丝·本尼迪克特:《文化模式》,王炜等译,生活·读书·新知三联书店 1988 年版。

栾梅健:《二十世纪中国文学发生论》,广西师范大学出版社 2006 年版。

罗钢、刘象愚编:《后殖民主义文化理论》,中国社会科学出版社 1999 年版。

罗岗:《危机时刻的文化想象:文学·文学史·文学教育》,江西教育出版社 2005 年版。

罗岗、许纪霖主编:《城市的记忆:上海文化的多元历史传统》,上海书店出版社 2011 年版。

罗岗主编:《现代国家想象与 20 世纪中国文学》,上海人民出版社 2014 年版。

罗兴萍:《民间英雄叙事与"十七年"英雄叙事小说》,广西师范大学出版社 2012 年版;

M

马克·赛尔登:《革命中的中国:延安道路》,魏晓明、冯崇义译,社会科学文献出版社 2002 年版。

马利安·高利克:《中国现代文学批评发生史(1917—1930)》,陈圣生等译,社会科学文献出版社 1997 年版。

马泰·卡林内斯库:《现代性的五副面孔:现代主义、先锋派、颓废、媚俗艺术、后现代主义》,顾爱彬、李瑞华译,商务印书馆 2002 年版。

孟繁华:《传媒与文化领导权》,山东教育出版社 2003 年版。

孟悦、戴锦华:《浮出历史地表:现代妇女文学研究》,河南人民出版社 1989 年版。

孟悦:《历史与叙述》,陕西人民教育出版社 1998 年版。

孟悦:《人·历史·家园:文化批评三调》,人民文学出版社 2006 年版。

米列娜编:《从传统到现代:世纪转折时期的中国小说》,伍晓明译,北京大学出版社 1991 年版。

米歇尔·福柯:《权力的眼睛:福柯访谈录》,严锋译,上海人民出版社 1997 年版。

米歇尔·福柯:《知识的考古学》,谢强、马月译,生活·读书·新知三联书店 1998 年版。

米歇尔·福柯:《词与物:人文科学考古学》,莫伟民译,上海三联书店 2001 年版。

N

南帆主编:《二十世纪中国文学批评 99 词》,浙江文艺出版社 2003 年版。

南帆:《后革命的转移》,北京大学出版社 2005 年版。

南帆:《无名的能量》,人民文学出版社 2012 年版。

O

欧阳健:《晚清小说简史》,山西人民出版社 2005 年版。

P

盘剑:《选择、互动与整合:海派文化语境中的电影及其与文学的关系》,浙江大学出版社 2006 年版。

彭丽君:《哈哈镜:中国视觉现代性》,张春田、黄芷敏译,上海书店出版社 2013 年版。

彭小妍:《浪荡子美学与跨文化现代性:一九三〇年代上海、东京及巴黎的浪荡子、漫游者与译者》,浙江大学出版社 2017 年版。

皮埃尔·布迪厄:《艺术的法则:文学场的生成和结构》,刘晖译,中央编译出版社 2001 年版。

普实克:《普实克中国现代文学论文集》,李燕乔等译,湖南文艺出版社 1987 年版。

普实克:《抒情与史诗》,李欧梵编,郭建玲译,上海三联书店 2010 年版。

Q

钱理群、温儒敏、吴福辉:《中国现代文学三十年》,北京大学出版社 1998 年版。

钱理群:《1948:天地玄黄》,山东教育出版社 1999 年版。

钱理群:《返观与重构:文学史的研究与写作》,上海教育出版社 2000 年版。

钱理群、黄子平、陈平原:《二十世纪中国文学三人谈·漫说文化》,北京大学出版社 2004 年版。

钱振文:《〈红岩〉是怎样炼成的:国家文学的生产和消费》,北京大学出版社 2011 年版。

乔纳森·卡勒:《论解构》,陆扬译,中国社会科学出版社 1998 年版。

邱明正主编:《上海文学通史》(上下),复旦大学出版社 2005 年版。

R

饶芃子等:《中西比较文艺学》,中国社会科学出版社 1999 年版。

饶芃子主编:《流散与回望:比较文学视野中的海外华人文学论文集》,南开大学出版社 2007 年版。

S

单正平:《晚清民族主义与文学转型》,人民出版社 2006 年版。

史蒂文·卢克斯:《个人主义》,阎克文译,江苏人民出版社 2001 年版。

时世平:《救亡·启蒙·复兴:现代性焦虑与清末民初文学语言转型论》,天津社会科学院出版社 2015 年版。

史书美:《现代的诱惑:书写半殖民地中国的现代主义(1937—1945)》,何恬译,江苏人民出版社 2007 年版。

史书美:《视觉与认同:跨太平洋华语语系表述·呈现》,杨庆华译,台北联经出版公司 2013 年版。

史书美:《反离散:华语语系研究论》,台北联经出版公司 2017 年版。

水晶:《张爱玲的小说艺术》,台北大地出版社 1973 年版。

水晶:《张爱玲未完》,台北大地出版社 1996 年版。

水晶:《替张爱玲补妆》,山东画报出版社 2004 年版。

司马文风:《中国新文学史》(上中下),香港昭明出版社 1980 年版。

斯维特兰娜·博伊姆:《怀旧的未来》,杨德友译,译林出版社 2010 年版。

宋声泉:《民初作为方法:文学革命新论》,南开大学出版社 2015 年版。

孙绍谊:《想象的城市:文学、电影和视觉上海(1927—1937)》,复旦大学出版社 2009 年版。

T

唐文标:《张爱玲卷》,台北艺文图书出版公司 1982 年版。

唐文标:《张爱玲资料大全集》,台北时报文化出版事业有限公司 1984 年版。

唐小兵编:《再解读:大众文艺与意识形态》,香港牛津大学出版社 1993 年版;增订版,北京大学出版社 2007 年版。

唐小兵:《英雄与凡人的时代:解读 20 世纪》,上海文艺出版社 2001 年版。

唐小兵:《流动的图像:当代中国视觉文化再解读》,复旦大学出版社 2018 年版。

特雷·伊格尔顿:《二十世纪西方文学理论》,伍晓明译,陕西师范大学出版社 1986 年版。

童庆炳、陶东风主编:《文学经典的建构、解构与重构》,北京大学出版社 2007 年版。

W

瓦尔特·本雅明:《发达资本主义时代的抒情诗人》,王才勇译,江苏人民出版社 2005 年版。

汪晖:《汪晖自选集》,广西师范大学出版社 1997 年版。

汪晖:《死火重温》,人民文学出版社 2000 年版。

汪晖:《去政治化的政治:短 20 世纪的终结与 90 年代》,生活·读书·新知三联书店 2008 年版。

汪林茂:《晚清文化史》,人民出版社 2005 年版。

汪民安、陈永国主编:《后现代性的哲学话语:从福柯到赛义德》,浙江大学出版社 2001 年版。

汪民安、陈永国、张云鹏主编:《现代性基本读本》,河南大学出版社 2005 年版。

王斑:《全球化阴影下的历史与记忆》,南京大学出版社 2006 年版。

王斑:《美国大学课堂里的中国:旅美学者自述》,南京大学出版社 2006 年版。

王斑:《历史的崇高形象:二十世纪中国的美学与政治》,孟祥春译,上海三联书店 2008 年版。

王本朝:《中国当代文学制度研究(1949—1976)》,新星出版社 2007 年版。

王春荣、吴玉杰主编:《文学史话语权威的确立与发展:"中国文学史"史学研究》,辽宁人民出版社 2007 年版。

王德威:《从刘鹗到王祯和:中国现代写实小说散论》,台北时报文化出版企业 1986 年版。

王德威:《小说中国:晚清到当代的中文小说》,台北麦田出版社 1993 年版。

王德威:《想像中国的方法:历史·小说·叙事》,生活·读书·新知三联书店 1998 年版。

王德威:《跨世纪风华:当代小说 20 家》,台北麦田出版社 2002 年版。

王德威:《历史与怪兽:历史,暴力,叙事》,台北麦田出版社 2004 年版。

王德威:《落地的麦子不死:张爱玲与"张派"传人》,山东画报出版社 2004 年版。

王德威:《被压抑的现代性:晚清小说新论》,宋伟杰译,北京大学出版社 2005 年版。

王德威:《当代小说二十家》,生活·读书·新知三联书店 2006 年版。

王德威:《如此繁华》,上海书店出版社 2006 年版。

王德威、季进主编:《文学行旅与世界想象》,江苏教育出版社 2007 年版。

王德威:《后遗民写作》,台北麦田出版社 2007 年版。

王德威:《如何现代,怎样文学?:十九、二十世纪中文小说新论》(增订版),台北麦田出版社 2008 年版。

王德威:《当代中国小说十讲》,复旦大学出版社 2003 年版。

王德威:《一九四九:伤痕书写与国家文学》,三联书店(香港)有限公司 2008 年版。

王德威编:《中国现代小说的史与学:向夏志清先生致敬》,台北联经出版公司 2010 年版。

王德威:《写实主义小说的虚构:茅盾、老舍、沈从文》,复旦大学出版社2011版。

王德威:《现当代文学新论:义理·伦理·地理》,生活·读书·新知三联书店2013年版。

王德威:《华夷风起:华语语系文学三论》,高雄中山大学文学院2015年版。

王德威、高嘉谦、胡金伦主编:《华夷风:华语语系文学读本》,台北联经出版公司2016年版。

王德威:《史诗时代的抒情声音:二十世纪中期的中国知识分子与艺术家》,涂航等译,生活·读书·新知三联书店2019年版。

王德威、季进主编:《世界主义的人文视景》,江苏大学出版社2019年版。

王逢振等编:《最新西方文论选》,漓江出版社1991年版。

王光明:《文学批评的两地视野》,北京大学出版社2002年版。

王进编:《城市文学:知识、问题与方法》,复旦大学出版社2018年版。

王奇生:《革命与反革命:社会文化视野下的民国政治》,社会科学文献出版社2010年版。

王润华:《华文后殖民文学:中国、东南亚的个案研究》,学林出版社2001年版。

王晓明:《刺丛里的求索》,学林出版社1996年版。

王晓明编:《人文精神寻思录》,文汇出版社1996年版。

王晓明主编:《批评空间的开创:二十世纪中国文学研究》,东方出版中心1998年版。

王晓明:《王晓明自选集》,广西师范大学出版社2000年版。

王晓明主编:《二十世纪中国文学史论》(修订版),东方出版中心2005年版。

王晓平:《追寻中国的"现代":"多元变革时代"中国小说研究1937—1949》,中国社会科学出版社2015年版。

王晓平:《怎样现代,如何文学?中国现代文学研究论集》,复旦大学出版社2016年版。

王瑶:《中国新文学史稿》(上),开明书店1951年版。

王瑶:《中国现代文学史论集》,北京大学出版社1998年版。

王尧、季进编:《下江南:苏州大学海外汉学演讲录》,复旦大学出版社2011年版。

王一川:《张艺谋神话的终结:审美与文化视野中的张艺谋电影》,河南人民出版社1998年版。

王一川:《中国现代性体验的发生:清末民初文化转型与文学》,北京师范大学出版2001年版。

王一川:《中国现代学引论:现代文学的文化维度》,北京大学出版社2009年版。

王一川:《第二重文本:中国电影文化修辞论稿》,北京大学出版社2013年版。

王一心:《惊世才女张爱玲》,四川文艺出版社1992年版。

魏朝勇:《民国时期文学的政治想象》,华夏出版社2005年版。

温儒敏等:《现代文学新传统及其当代阐释》,北京大学出版社2010年版。

吴福辉:《都市漩流中的海派小说》,湖南教育出版社1995年版。

吴福辉:《中国现代文学发展史》,北京:北京大学出版社2010年版。

吴俊、郭战涛:《国家文学的想象和实践:以〈人民文学〉为中心的考察》,上海古籍出版社2007年版。

X

奚密:《二十世纪台湾诗选》,中国社会科学出版社2003年版。

奚密:《从边缘出发:现代汉诗的另类传统》,广东人民出版社2000年版。

奚密:《现代汉诗:1917年以来的理论与实践》,宋炳辉译,上海三联书店2008年版。

夏济安:《黑暗的闸门:中国左翼文学运动研究》,万芷均等译,香港中文大学出版社2016年版。

夏志清:《人的文学》,辽宁教育出版社1998年版。

夏志清:《鸡窗集》,上海三联书店2000年版。

夏志清:《中国现代小说史》,刘绍铭等译,香港中文大学出版社 2001 年版。

夏志清:《文学的前途》,生活·读书·新知三联书店 2002 年版。

夏志清:《夏志清序跋》,古吴轩出版社 2004 年版。

夏志清:《中国现代小说史》,刘绍铭等译,复旦大学出版社 2005 年版。

夏志清:《谈文艺 忆师友》,上海书店出版社 2006 年版。

夏志清:《岁除的哀伤》,江苏文艺出版社 2006 年版。

夏志清:《夏志清文学评论集》,联合文学出版社 2006 年版。

夏志清、张爱玲:《张爱玲给我的信件》,长江文艺出版社 2014 年版。

夏志清:《感时忧国:夏志清散文集》,广东人民出版社 2015 年版。

谢冕、洪子诚主编:《中国当代文学史料选 1948—1995》,北京大学出版社 1995 年版。

熊权:《"革命加恋爱"现象与左翼文学思潮研究》,人民出版社 2013 年版。

熊权:《想象革命的方法:中国现代作家作品八讲》,人民出版社 2016 年版。

熊月之:《西学东渐与晚清社会》,上海人民出版社 1994 年版。

熊月之、周武主编:《海纳百川:上海城市精神研究》,上海人民出版社 2003 年版。

徐刚:《想象城市的方法:大陆"十七年文学"的城市表述》,台北新锐文创 2013 年版。

徐剑艺:《城市与人:当代中国城市小说的社会文化学考察》,云南人民出版社 1989 年版。

徐鹏绪:《中国近代文学史纲》,中国社会科学出版社 2004 年版。

徐志伟、张永峰编:《"左翼文学"研究读本》,广西师范大学出版社 2017 年版。

许纪霖编:《二十世纪中国思想史论》(上下),东方出版中心 2000 年版。

许维贤:《华语电影在后马来西亚:土腔风格、华夷风与作者论》,台北联经出版事业公司 2018 年版。

许维贤:《重绘华语语系版图:冷战前后新马华语电影的文化生产》,香港大学出版社 2018 年版。

许子东:《为了忘却的集体记忆:解读50篇"文革"小说》,生活·读书·新知三联书店2000年版。

许子东:《呐喊与流言》,上海文艺出版社2004年版。

许子东:《许子东讲稿》(三卷本),人民文学出版社2011年版。

许子东:《张爱玲的文学史意义》,中华书局(香港)有限公司2011年版。

许子东:《许子东现代文学课》,中华书局(香港)有限公司2018年版;上海三联书店2018年版。

许子东:《细读张爱玲》,台北皇冠出版社2019年版。

许子东:《无处安放:张爱玲文学价值重估》,陕西人民出版社2019年版。

薛雯:《颓废主义文学研究》,上海人民出版社2012年版。

薛雯:《颓废之美:颓废主义文学的发生、流变及特征研究》,黑龙江人民出版社2013年版。

Y

颜海平:《中国现代女性作家与中国革命(1905—1948)》,季剑青译,北京大学出版社2011年版。

颜健富:《从"身体"到"世界":晚清小说的新概念地图》,台大出版中心2014年版。

颜健富:《晚清小说的新概念地图》,北京联合出版公司2018年版。

杨东平:《城市季风》,新星出版社2006年版。

杨佳娴:《悬崖上的花园:太平洋战争时期上海文学场域(1942—1945)》,台大出版中心2013年版。

杨联芬:《晚清至五四:中国文学现代性的发生》,北京大学出版社2003年版。

杨庆祥:《"重写"的限度:"重写文学史"的想象和实践》,北京大学出版社2011年版。

杨小滨:《中国后现代:先锋小说中的精神创伤与反讽》,愚人译,上海三联书店2013年版。

杨义:《京派与海派比较研究》,太白文艺出版社1994年版。

杨远婴:《电影作者与文化再现:中国电影导演谱系研寻》,中国电影出版社2005年版。

姚丹:《"革命中国"的通俗表征与主体建构:〈林海雪原〉及其衍生文本考》,北京大学出版社2011年版。

伊夫·瓦岱:《文学与现代性》,田庆生译,北京大学出版社2001年版。

易新鼎:《二十世纪中国小说发展史》,首都师范大学出版社1997年版。

尹晓煌、何成洲主编:《全球化与跨国民族主义经典文论》,南京大学出版社2014年版。

叶凯蒂:《上海·爱:名妓、知识分子和娱乐文化(1850—1910)》,杨可译,生活·读书·新知三联书店2012年版。

叶维廉:《中国诗学》(增订版),人民文学出版社2006年版。

叶月瑜主编:《华语电影工业:方法与历史的新探索》,北京大学出版社2011年版。

余斌:《张爱玲传》,海南出版社1995年版。

余岱宗:《被规训的激情:论1950、1960年代的红色小说》,上海三联书店2004年版。

余虹:《革命·审美·解构:20世纪中国文学理论的现代性与后现代性》,广西师范大学出版社2001年版。

于青:《天才奇女张爱玲》,花山文艺出版社1992年版。

袁红涛编:《"文学城市"与主体建构》,复旦大学出版社2018年版。

袁进:《中国小说的近代变革》,广西师范大学出版社2009年版。

袁进主编:《中国近代文学编年史:以文学广告为中心(1872—1914)》,北京大学出版社2013年版。

Z

曾军等:《上海作为方法:探索一种"反思性上海学"的可能性》,上海大学出版社2012年版。

曾耀农：《中国近期电影后现代性批判》，华中师范大学出版社2004年版。

查建英主编：《八十年代：访谈录》，生活·读书·新知三联书店2006年版。

张爱玲：《秧歌》，皇冠出版事业有限公司1991年版。

张爱玲：《赤地之恋》，皇冠出版事业有限公司1991年版。

张爱玲：《张爱玲文集》（全4卷），金宏达、于青编，安徽文艺出版社1992年版。

张春田：《革命与抒情：南社的文化政治与中国现代性（1903—1923）》，上海人民出版社2015年版。

张春田编：《"晚清文学"研究读本》，广西师范大学出版社2016年版。

张错：《从莎士比亚到上田秋成：东西文学批评研究》，台北联经出版事业公司1989年版。

张错：《文化脉动》，三民书局股份有限公司1995年版。

张错：《批评的约会：文学与文化论集》，上海三联书店1999年版。

张错：《东西文化比较研究：利玛窦入华及其他》，香港城市大学出版社2002年版。

张错：《西洋文学术语手册》，上海译文出版社2012年版。

张鸿声：《文学中的上海想象》，人民出版社2011年版。

张京媛主编：《新历史主义与文学批评》，北京大学出版社1993年版。

张京媛主编：《后殖民理论与文化批评》，北京大学出版社1999年版。

张均：《中国当代文学制度研究》，北京大学出版社2011年版。

张柠、董外平编：《思想的时差：海外学者论中国当代文学》，北京大学出版社2013年版。

章培恒、陈思和主编：《开端与终结：现代文学史分期论集》，复旦大学出版社2002年版。

张清华编：《他者眼光与海外视角》，北京大学出版社2015年版。

张清华编：《当代文学的世界语境及评价》，北京大学出版社2015年版。

张寿安主编：《晚清民初的知识转型与知识传播》，北京师范大学出版社2018年版。

张伟栋：《李泽厚与现代文学史的重写》，江西人民出版社2012年版。

张文红、刘銮娇：《十七年时期长篇小说出版研究》，清华大学出版社2016年版。

张旭东：《批评的踪迹：文化理论与文化批评1985—2002》，生活·读书·新知三联书店2003年版。

张旭东：《纽约书简：随笔、评论与访谈》，上海书店出版社2006年版。

张旭东：《全球时代的文化认同：西方普遍主义话语的历史批判》（第二版），北京大学出版社2006年版。

张旭东：《全球化与文化政治：90年代中国与20世纪的终结》，朱羽等译，北京大学出版社2014年版。

张旭东：《改革时代的中国现代主义：作为精神史的80年代》，崔问津等译，北京大学出版社2014年版。

张英进：《审视中国：从学科史的角度观察中国电影与文学研究》，南京大学出版社2006年版。

张英进：《电影的世纪末怀旧：好莱坞·老上海·新台北》，湖南美术出版社2006年版。

张英进：《中国现代文学与电影中的城市：空间、时间与性别构形》，秦立彦译，江苏人民出版社2007年版。

张英进：《影像中国：当代中国电影的批评重构及跨国想象》，胡静译，上海三联书店2008年版。

张英进、胡敏娜主编：《华语电影明星：表演、语境、类型》，西飏译，北京大学出版社2011年版。

张英进：《多元中国：电影与文化研究论集》，南京大学出版社2012年版。

张英进：《理论、历史、都市：中西比较文学的跨学科视野》，复旦大学出版社2015年版。

张真：《银幕艳史：都市文化与上海电影（1896—1937）》，沙丹、赵晓兰、高丹译，上海书店出版社2019年版。

赵稀方：《小说香港》，生活·读书·新知三联书店2003年版。

赵稀方:《翻译与新时期话语实践》,中国社会科学出版社 2003 年版。

赵稀方:《后殖民理论》,北京大学出版社 2009 年版。

赵稀方:《历史与理论:赵稀方选集》,花城出版社 2014 年版。

赵毅衡:《窥者之辩》,时代文艺出版社 1996 年版。

赵毅衡:《意不尽言:文学的形式—文化论》,南京大学出版社 2009 年版。

赵毅衡:《对岸的诱惑:中西文学交流记》,四川文艺出版社 2013 年版。

郑家建:《中国文学现代性的起源语境》,上海三联书店 2002 年版。

郑鹏:《中国当代文学的主体性》,河南大学出版社 2011 年版。

郑树森编:《文化批评与华语电影》,广西师范大学出版社 2003 年版。

郑树森:《电影类型与类型电影》,江苏教育出版社 2006 年版。

郑文惠、颜键富主编:《革命·启蒙·抒情:中国近现代文学与文化研究学思录》,生活·读书·新知三联书店 2014 年版。

周承人、李以庄:《早期香港电影史》,三联书店(香港)有限公司 2005 年版。

周芬伶:《艳异:张爱玲与中国文学》,中国华侨出版社 2003 年版。

周蕾:《妇女与中国现代性:东西方之间阅读笔记》,台北麦田出版社 1995 年版。

周蕾:《写在家国以外》,香港牛津大学出版社 1995 年版。

周蕾:《原初的激情:视觉、性欲、民族志与中国当代电影》,孙绍谊译,台北远流出版公司 2001 年版。

周蕾:《思想主义之后的伦理学》,吴琼译,河南大学出版社 2013 年版。

周蕾:《温情主义寓言:当代华语电影》,陈衍秀、陈湘阳译,台北麦田出版社 2019 年版。

周慧玲:《表演中国:女明星,表演文化,视觉政治,1910—1945》,台北麦田出版社 2004 年版。

周宪:《现代性的张力》,首都师范大学出版社 2001 年版。

周宪:《审美现代性批判》,商务印书馆 2005 年版。

周宪编译:《文化现代性精粹读本》,中国人民大学出版社 2006 年版。

朱德发、贾振勇：《评判与建构：现代中国文学史学》，山东大学出版社2003年版。

朱栋霖、朱晓进、龙泉明主编：《中国现代文学史（1917—2000）》，北京大学出版社2007年版。

朱红、许蔚编：《城市变迁与文化记忆》，复旦大学出版社2018年版。

朱耀伟：《当代西方批评论述中的中国形象》，中国人民大学出版社2006年版。

朱寨主编：《中国当代文学思潮史》，人民文学出版社1987年版。

后 记

2020年1月，农历庚子年的春节，一场新型冠状病毒引发的肺炎疫情肆虐人间。病魔乱舞，民众唯恐避之不及；大家习以为常的走亲访友，全都变成了闭门谢客。不只过节模式，生活习惯、工作形式都发生了巨大变化。这个春节，过得真不寻常！

遭遇疫情也不全是坏事，至少让繁忙的中国人有了更多的时间与家人朝夕相处、令自己安静下来。在参加单位、社区各种防疫工作的同时，疫情也给了我较整块的时间，不受干扰地去处理记事本上存留已久却一直没有完成的一笔笔"文债"。首先从电脑中翻出的，就是这本《二十世纪中国文学批评的海外视野——当代海外华人学者批评理论研究》书稿。说来惭愧，这本书稿在电脑里躺了至少十年，它像一个旁观的智者，不时提醒我"时间去哪儿了！"其实这十年间，我也曾几次将它拣出来，陆续修改过一些，但随即就被其他事情打断而放下了，这样的情况不止一次。这次自己终于下定决心，也觉得不能再拖下去了。

对当代海外华人学者批评理论研究的兴趣，最初发生于2001年。那年我在暨南大学文艺学专业蒋述卓教授指导下取得博士学位，去中山大学中文系跟随程文超教授做题为"二十世纪中国文学批评的现代性"的博士后研究工作。为期两年多的研究，有不少收获，其中最大的，便是发现了海外华人学者有关现代中国文学和文化的有趣论述，自此开始了一长段跟踪研究的旅程。后来我申请了题为"当代海外华人学者批评理论研究"的国家社科基金项目，并在国家留学基金委和暨南大学的资助下，赴海外中国现代文学研究最为繁盛的美国开展了一年的访问研究。那是一段真正的"访学"，不只在南加州大学阅读、听课、开会，还带着详细的访谈提纲，去美国多所大学访问了从事二十世纪中国文学与文化研究的数位华人学者。这些访谈对话录，后来结集为《彼岸的现代性》，由广西师范大学出版社于2011年出版，引起过学界一些同人的关注。

其实在出版《彼岸的现代性》的同时，这本《二十世纪中国文学批评的海外视野》书稿也已初步完成。未能及时出版的原因，除了缺少较整块的修改时间，资料的补充、立论的斟酌都是颇费心力的事。海外华人学者批评理论之所以在大陆引发解读热潮，首先是他们和中国大陆文学研究界近乎迥异的学术立场。如何理解这个学术现象，怎样评价海外学人的立场观点，不是一件容易的事。这其中，我们既要克服"墙外开花墙内香"，一味推崇、盲目欣赏的"汉学心态"，也要避免"非我族类、其心必异"的"义和团情结"。看似容易做时难！在海外华人学术成果不断被译介、"重写文学史"被反复"重写"的情势下，做到理性、客观的评述真不是一件易事。好在有了一段时间的间隔，大陆学术界也逐渐培养起了一种平等交流的心态。以更为宏阔的汉学视野、更为审慎的研究心态、更加辩证的立场方法冷静审视、科学评判，成为学术界看待海外学人相关成果的一种常态。更何况，这十年当中，海外华人学者中的大多数人，都行走于大洋两岸；过去雾里看花的朦胧与隔阂，渐已变成近距离接触的熟稔和亲切了。

还有一个难处是切入的角度和写法。近年来，有关海外华人学者及其理论批评的个案研究、专题研究并不少见，相应的成果、学位论文已近壮观。我们想做的，是在此基础上做较为整体的考察。经过思考和讨论，我们将整体考察的落脚点放在相关的专题上面，这些专题既曾经是海外20世纪中国文学研究的学术热点，也是海内外对话甚至"交锋"的前沿阵地。像海外华人学者观测20世纪中国文学的"整体"观念、对晚清文学文化的重视、对张爱玲等一批作家的重估及"重写文学史"的实践、对"十七年文学"的"再解读"、对以上海为代表的"都市文化"及"现代性"的关注、对"华语电影"不同批评模式的探索及"华语语系"的争论……在在都构成了海内外热烈讨论的"批评场"，这些也成为本书各章研究的主要对象。所以，本书亦可视为对近40年来海外华人学者诸多批评"学案"的检讨。呈现历史、反映过程、做出评判、提供启示，大体上成为我们面对各个"学案"的论述逻辑。本书力求聚焦但不限于上述"学案"的探讨，同时也不囿于对海外华人学者批评理论本身的分析。我们更期待通过海内外的比较与互动，来还原现场、透视异同、前瞻路向，虽然现在看来，离实现这一目标仍有距离。同时，原来拟议中开展的对海外华人学者"抒情文论""跨语际实践""性别批评""后殖民话语"等的专题讨论，因为精力和篇幅所限，有些已纳入本书其他相关专题一并考察，有些则只能留待后来者继续耕耘了。

  本书能以这样的面貌呈现，有赖于一批年轻学人的接续努力，他们基本上都是我指导过的博士、硕士，大多以相关专论为题撰写了学位论文。记得2007—2008年我在美国访学那一年间，不断为学生们发回新鲜的学术资料以及开展访谈的成果，彼时师生在太平洋两岸密切互动，频频交流，好不热闹！

  本书的分工如下：李凤亮负责书稿整体思路、写作框架的设定，承担导论、结语的撰写；胡平、李淑娴、吴宏娟、梁华旭、陈小妹、刘丰果分别在我的指导下承担了第一至六章初稿写作任务；暨南大学文学院郑钊焕博士早期协助汇总打印等工作；深圳大学文学院沈一帆博士协助做了第一次统稿。特别要说明的是，我在暨南大学指导毕业的第一个博士苏文健（现执教于华侨大学文学院）协助进行第二次、第三次统稿，校订了内容，梳理了文字，补充了文献，沉潜认真，着力尤多。附录海外华人学者小传、参考文献由苏文健、李凤亮共同完成。最终由李凤亮对书稿内容再次进行全面润饰调整。

本书即将付梓，遗憾却依然存在：书稿中有些章节还可进一步扣紧主题、深入阐述，表述也可更加精练。另外，配合书稿开展的专题性翻译，原来也是海外华人学者批评理论研究的一个副产品，并曾和张英进教授等进行过认真讨论，可惜时过境迁，这一计划并未能如期付诸实施，颇感遗憾。作为本书写作的基础，我们还陆续撰写过多位海外华人批评家的专论，将来或可以其他形式见之于世。

本书是国家社会科学基金项目的优秀结项成果，研究亦得到教育部新世纪优秀人才计划、霍英东教育基金会高校青年教师基金资助，特此郑重鸣谢！

期待学界同人的批评。

李凤亮

2020年2月于深圳枕雨轩